国家社会科学基金项目"彝族叙事长诗《阿诗玛》的跨民族翻译与传播研究"
（项目批准号：11BZW135）
云南省哲学社会科学学术著作出版资助项目

《阿诗玛》
翻译传播研究

黄琼英　著

中国社会科学出版社

图书在版编目（CIP）数据

《阿诗玛》翻译传播研究 / 黄琼英著. —北京：中国社会科学出版社，2019.9
ISBN 978-7-5203-4888-1

Ⅰ.①阿… Ⅱ.①黄… Ⅲ.①彝族—叙事诗—文学翻译—研究—中国 Ⅳ.①I207.22

中国版本图书馆 CIP 数据核字（2019）第 183997 号

出 版 人	赵剑英
责任编辑	郭晓鸿
特约编辑	邱孝萍
责任校对	李　莉
责任印制	戴　宽

出　　版	中国社会科学出版社
社　　址	北京鼓楼西大街甲 158 号
邮　　编	100720
网　　址	http://www.csspw.cn
发 行 部	010-84083685
门 市 部	010-84029450
经　　销	新华书店及其他书店
印　　刷	北京明恒达印务有限公司
装　　订	廊坊市广阳区广增装订厂
版　　次	2019 年 9 月第 1 版
印　　次	2019 年 9 月第 1 次印刷
开　　本	710×1000　1/16
印　　张	28.25
插　　页	2
字　　数	403 千字
定　　价	138.00 元

凡购买中国社会科学出版社图书，如有质量问题请与本社营销中心联系调换
电话：010-84083683
版权所有　侵权必究

序

黄琼英教授的著作《〈阿诗玛〉翻译传播研究》即将在中国社会科学出版社出版。她邀请我作序并把书稿寄来。我倾心拜读，肃然起敬，欣喜之余，谈谈认识，就当序言吧。

云南是个神奇的地方，不仅地域奇美，而且民族众多，历史悠久，文化灿烂，异彩纷呈。据官方确认，云南有26个民族，其中，有25个少数民族。25个少数民族中，有10余个是跨境民族。这一丰富的民族文化与文学资源给学者的研究提供了得天独厚的滋养。

黄琼英教授邀请作序，我不敢推辞，原因很多。一是我常去云南，热爱云南的土地、云南的人。我每年到云南师范大学讲课或讲座，还到昆明理工大学、云南民族大学、曲靖师范学院、玉溪师范学院等学校进行学术交流。云南几乎成为我的第二故乡。我还经常写顺口溜（也有人把它们称为诗）歌颂云南美丽的风光和善良的人民。所以，像汪榕培教授和王宏印教授一样，我经常关注云南学者的研究情况尤其是少数民族翻译实践和研究。二是黄琼英教授这一课题的灵感来自汪榕培教授的闲谈与鼓励。汪榕培教授和王宏印教授是中国典籍英译研究的创始人，又是少数民族典籍英译的积极倡导者，作为汪榕培教授和王宏印教授的追随者和助手，我应当替他们关注并多搜集各地民族典籍英译的基本情况并协助推广。汪榕培教授虽已仙逝，但他在天之灵会高兴地发现他率领大家开创的典籍英译事业如今如火如荼，已经汇入中国文化走出去的洪流，逐渐走入世界读者之心，促进了民心相通，为文学翻译对外话语体系构建添砖加瓦，为提升中国话语权尽力。三是因为其博士生导师。黄琼英教授的导师傅惠生教授也是中国典籍英译首次学术研讨会（2002年）的参与者。他后来担任中国英汉语比较研究会典籍英译专业委员会副会长，为典籍英译事业做出了积极贡献。每次会议他都积极参加并做主旨报告，指导中青年学者。四是黄琼英教授是较早拿到民族典籍翻译与传播国家社科课题的学者之一。她的成功鼓舞了后来大批其他学者对民族典籍翻译方面国家课题和教育部课题的兴趣和追求。她是一个榜样，并且她在身患重疾的情况下率领团队完成了这一课题，为我国民族典籍翻译与传播研究做出了积极贡献，可敬可佩。

《〈阿诗玛〉翻译传播研究》是黄琼英的国家社科基金课题成果，是以彝族撒尼叙事长诗《阿诗玛》的翻译传播以及在传播中最具代表性和影响力的译本为研究对象，对《阿诗玛》翻译类型、翻译文本的谱系关系、翻译传播线路、翻译传播文化场域各权力因素与其经典身份构成之间的关系以及汉译本、英译本、法译本的翻译策略和翻译方法等进行全面系统的研究。

这本著作的特色体现在以下几个方面：（1）把《阿诗玛》置于符号学、翻译学、人类学、文艺学、传播学、文本旅行理论等多学科视域中，贴近文本的不同样式——口头文本、源于口头的文本、以传统为导向的文本、汉语文本、外语文本、民族志书写文本、舞蹈、戏剧、电影、电视、旅游文化宣传文本等，对《阿诗玛》的翻译类型、翻译文本之间的谱系关系、翻译传播线路等进行梳理和考察，发现了与其他文学样式翻译有显著区别的翻译图景，扩大了翻译类型的版图，凸显了《阿诗玛》翻译文本之间复杂的谱系关系以及翻译传播的立体多元途径，为少数民族口头文学独特的翻译传播实践问题与理论问题的进一步研究打下了基础，这也是对目前翻译研究的拓展和丰富。（2）把《阿诗玛》的翻译作为一种文化翻译传播事件，运用文化翻译学、传播学等相关理论，将其还原到当时的历史文化语境中，探究其意识形态、出版者、诗学、译者等介入翻译传播的特征、作用以及人们的认识偏向与评价的价值取向等，对其翻译传播轨迹进行多维的透视、整体的观照与动态的考量，紧紧把握《阿诗玛》经典身份建构中的那些不断被边缘化或不断被凸显的翻译传播因素，探析其后的深层原因，从而揭示出少数民族文学得以广泛翻译传播的原因和规律。（3）运用语料库语言学以及比较研究的方法，以多语种的翻译文本作为研究对象，同时引入科学的统计与分析方法，客观地描述各翻译文本的风格特点，揭示各译本翻译的共性及差异性。（4）在人类学翻译诗学的观照下，对少数民族文学翻译传播文本的选择、少数民族文学翻译的基本原则和方法策略、少数民族文学翻译传播的路径和方法的探讨可为少数民族文学翻译传播提供借鉴，为人类学翻译诗学的构建提供案例和参照。

在全球化以及当前国际国内对多元文化高度关注的时代背景下，少数民族文学如何进行跨民族翻译与传播，走向世界，成为世界文化图景中的一部分，一直是我国文化战略研究的重大课题。叙事长诗《阿诗玛》作为中国少数民族文学跨文化翻译传播的成功典范，其研究价值不言而喻。在全球化语境下，尤其是在"文化自觉"的当代语境中，对《阿诗玛》这一具有典型意义的个案进行研究，可为少数民族文学的翻译与传播、少数民族文化活力的提高以及异质文化间的平等对话与交流提供可资借鉴和参考的范例，从这个意义上讲，对《阿诗玛》跨民族翻译与传播的研究无疑是一个具有现实和历史意义的命题。此外，该研究属于少数民族文学和翻译理论相结合的典型个案研究，可为少数民族文学的跨学科交叉研究提供一个新的视角，同时也可以丰富少数民族文学翻译理论的建设，拓展翻译实践的内涵，同时以少数民族文学翻译的特殊性揭示翻译学的普遍性，为翻译学科的建设做出贡献。

李正栓

（中国英汉语比较研究会典籍英译专业委员会常务副会长兼秘书长）

2018年5月18日

目　　录

第一章　绪论 ·· 1
　第一节　彝族撒尼叙事长诗《阿诗玛》 ·· 3
　第二节　《阿诗玛》研究综述 ··· 6
　第三节　研究思路及研究内容 ··· 15

第二章　翻译与《阿诗玛》的文本旅行 ·· 19
　第一节　《阿诗玛》翻译类型研究 ··· 20
　第二节　《阿诗玛》翻译文本的谱系研究 ··· 54
　第三节　《阿诗玛》的文本旅行与翻译传播 ····································· 58

第三章　翻译与《阿诗玛》的经典建构 ·· 84
　第一节　意识形态与《阿诗玛》经典身份的建构 ······························ 85
　第二节　赞助人、诗学与《阿诗玛》经典身份的建构 ······················· 96
　第三节　译者与《阿诗玛》经典身份的建构 ··································· 116

第四章　《阿诗玛》汉译本翻译研究 ·· 133
　第一节　《阿诗玛》汉译本韵律比较 ·· 134

第二节　《阿诗玛》汉译本语词程式比较 …………………… 149
第三节　《阿诗玛》汉译本修辞比较 ………………………… 159
第四节　《阿诗玛》汉译本文体风格比较 …………………… 167

第五章　《阿诗玛》英译本翻译研究 …………………………… 173
第一节　戴乃迭与《阿诗玛》英译本 ………………………… 174
第二节　译者文化身份与《阿诗玛》经典身份的建构 ……… 178
第三节　《阿诗玛》英译本韵律翻译研究 …………………… 198
第四节　《阿诗玛》英译本修辞翻译研究 …………………… 213
第五节　《阿诗玛》英译本民俗文化翻译研究 ……………… 267
第六节　《阿诗玛》英译本叙事翻译研究 …………………… 307

第六章　《阿诗玛》法译本翻译研究 …………………………… 373
第一节　保禄·维亚尔《阿诗玛》法译本研究 ……………… 373
第二节　何如《阿诗玛》法译本研究 ………………………… 382

第七章　结语 ……………………………………………………… 423
第一节　翻译、文本旅行、传播与经典建构 ………………… 423
第二节　人类学翻译诗学观照下的民族文学翻译与传播 …… 428

参考文献 …………………………………………………………… 432
后　记 ……………………………………………………………… 442

第一章 绪论

中华文明源远流长，中国文化典籍是中华文明的精髓，博大精深，是全人类共同的精神财富。在全球化时代，弘扬中国文化，让中国文化以平等的民族文化身份参与世界文化的对话和交流，减少文化之间的误读，已成为当今国家发展战略亟须解决的问题。王宏印指出："典籍翻译是一项具体的业务工作，更是整个国家文化建设的重要组成部分。在全球交流的时代，向世界介绍中国文化经典，并对新世界文化格局的形成和发展作出贡献，已成为一项历史使命。"[1]

黄建明在"国家珍贵少数民族文字古籍名录整理研究丛书"的总序中说道：

> 人类的生存与发展，不仅需要物种多样性，而且也需要文化多样性。在世界一体化面前，古老的中华文化面临前所未有的挑战与机遇，我们既要从一切外来文化中汲取养分，又要十分尊重、继承和弘扬中华优秀文化传统。对于由于种种原因处于相对弱势地位的我国少数民族传统文化，更要给予特别关注，采取有效措施保护和保存、弘扬和发展。[2]

---

[1] 王宏印、李绍青：《翻译中华典籍 传播神州文化——全国典籍翻译研究会会长王宏印访谈录》，《当代外语研究》2015年第3期。

[2] 徐丽华著，黄建明主编：《藏文〈旁唐目录〉研究》，民族出版社2013年版，第1页。

中国是一个多民族的国家，中华文化是各民族文化之集大成。少数民族文化是中华民族多元文化的重要组成部分，具有不可替代的独特地位。少数民族文学是少数民族文化的重要表现形式，少数民族文学跨文化的翻译传播是保护、弘扬和发展我国少数民族文化的重要手段之一。在全球化以及当前国际国内对多元文化高度关注的时代背景下，少数民族文学如何进行跨文化翻译与传播，走向世界，成为世界文化图景中的一部分，一直是我国文化战略研究的重大课题。叙事长诗《阿诗玛》是用彝族撒尼语创作的少数民族文学经典，是唯一入选《中国百年百部经典文学作品》的民族民间文学作品，目前《阿诗玛》仍保持着多样化的口头演述形式，作为"活形态"口传叙事长诗，一直是撒尼民族文化认同的重要来源和精神生活中的重要支柱，2006年它被列入了中国第一批国家级非物质文化遗产名录。《阿诗玛》主要流传于云南省石林彝族自治县彝族撒尼人聚居区，19世纪末《阿诗玛》开始了它的跨文化之旅，特别是自20世纪50年代初汉译本发表以来，《阿诗玛》先后被翻译成英语、法语、俄语、日语、世界语等多种语言文本在世界各地流传，长期以来一直被其他民族广泛翻译和研究着，《阿诗玛》已经成为国际"彝学"的重要研究领域之一。《阿诗玛》还被改编成京剧、电影、歌剧、舞剧、撒尼剧等。电影《阿诗玛》是我国第一部彩色宽银幕立体声音乐歌舞片，于1982年获西班牙桑坦德第三届国际音乐舞蹈电影节最佳舞蹈片奖。舞剧《阿诗玛》被评为"中华民族20世纪舞蹈经典"。《阿诗玛》作为彝族撒尼人的文化标识和形象大使，在族际交流、国际交流中赢得了广泛的声誉，正如美国学者司佩姬所说，"'阿诗玛'的传说已经成为与现代性及全球主义有关的地方文化的一部分。……不管从地理形象还是文化形象来说，'阿诗玛'都与撒尼人的传统文化有关，同时，也与中国乃至世界有关"[①]。

我国少数民族优秀文学作品浩如烟海，《阿诗玛》作为中国少数民族文

[①] 李竞立：《世界的"阿诗玛"——〈阿诗玛〉国际学术研讨会侧记》，《云南日报》2004年9月15日第1版。

学跨文化翻译传播的成功典范，其研究价值不言而喻。在全球化语境下，尤其是在"文化自觉"的当代语境中，对《阿诗玛》这一具有典型意义的个案进行研究，可为少数民族文学的翻译与传播、少数民族文化活力的提高以及异质文化间的平等对话与交流提供可兹借鉴和参考的范例，从这个意义上讲，对《阿诗玛》跨文化翻译传播的研究无疑是一个具有现实和历史意义的命题。

第一节 彝族撒尼叙事长诗《阿诗玛》

彝族是中华民族的一名古老成员，原称"夷族"，中华人民共和国成立后，以"彝"作为其统一的民族称谓。彝族主要聚居在中国西南的云、贵、川三省，总人口 900 多万人。彝族语言属缅彝语群彝语支，有六种方言。彝族有自己的文字，古彝文的源头历史在五千年前，它是至今仍在使用的世界上最古老的文字，文字总数达一万多个，其中比较通用的有一千多个。1975年《彝文规范试行方案》确定了 819 个规范彝字。长期以来，彝族的整个文化形态属于自然原生的文化形态，生老病死的经文形式因吟诵的节奏而慢慢形成了歌唱性，他们大都以五言或七言诗句组成，浸泡在这样的诗的歌唱中的民族就是一个诗的民族。现存的各种彝文文献，无论历史典籍、诗歌，还是岩刻、碑文的行文，一般均采用诗的形式。彝族是一个以诗表意、以歌传情的民族。

彝族有很多支系，如阿细、撒尼、诺苏、聂苏、纳苏、罗婺等。彝族各个支系秉承了彝族固有的历史文化传统，同时由于受不同生存环境和人文氛围的影响，又创造出了各具特色的语言文化。撒尼是彝族的一个支系，现主要居住在云南省石林彝族自治县、红河哈尼族彝族自治州的沪西县、弥勒县等地，人口约 10 万。撒尼人以前自称为"罗倮"，这是因为他们崇尚老虎，

"罗"在撒尼语里是"虎"的意思,"倮"是"龙"的意思。① 撒尼人拥有自己的语言和文字,撒尼语属于汉藏语系、藏缅语族、彝语支、彝语东南部方言、撒尼土语。撒尼人使用的文字是彝文,常用的彝文约一千个。千百年来,勤劳善良的撒尼人在劳动和生活中,创造了绚丽多姿的独特的撒尼文学和文化。有毕摩宗教祭祀时吟唱的宗教祭祀歌,有为男女青年搭建情感桥梁的男女对唱的情歌,也有结婚仪式上的"婚嫁歌"等;有音调高亢、抒发悲伤情怀的"苦吼调",有撒尼女子绣花时表露心思的"绣花调",有响彻于旷野高山之上的"牧羊调",还有悲调、喜调、骂调等曲调。此外,还有大量的创世史诗、叙事诗、歌谣等,如《尼迷诗》《阿诗玛》《圭山彩虹》《竹叶长青》《赶地名》《逃到甜蜜的地方》等。

《阿诗玛》是流传于云南省石林彝族自治县彝族支系撒尼人中的叙事长诗,是用彝族撒尼语创作的。原生态的《阿诗玛》采用的是口传诗体语言和浪漫而具有神话色彩的诗性手法,讲述或演唱彝族撒尼姑娘阿诗玛的婚姻故事。在20世纪50年代以前,用撒尼彝语讲述或演唱的《阿诗玛》在撒尼彝区十分盛行,汉文翻译整理本和其他艺术形式演绎的《阿诗玛》问世后,使《阿诗玛》得以走出撒尼山寨,走出中国,走向世界。但用撒尼语讲述或演唱的不同版本的《阿诗玛》在彝族撒尼聚居地仍在进行,《阿诗玛》是"活形态"的彝族撒尼叙事诗。彝族撒尼叙事诗《阿诗玛》主要有以下特征:

(1)人民性。《阿诗玛》是撒尼人民经过千锤百炼而形成的集体智慧结晶,被撒尼人称为"我们民族的歌"。赵德光说"《阿诗玛》影响到撒尼人生活的方方面面,至今,我们依然能够在撒尼人的每一人生阶段听到传统的《阿诗玛》曲调和传统的《阿诗玛》片段,人们经常用这部优秀的撒尼民间叙事长诗代表作来表达自己的内心感情。……撒尼人就在《阿诗玛》的世界里世世代代繁衍下去"②。《阿诗玛》表现了撒尼人民所遭受的苦难,也表达

---

① 张姣妹、高俊、陈梅:《彝族撒尼人》,《今日民族》2011年第6期。
② 赵德光:《阿诗玛文化重构论》,中国社会科学出版社2005年版,第83页。

了他们对美好生活的向往，更体现了撒尼人民永不磨灭的典范人格和民族精神。《阿诗玛》就是撒尼民族心理、民族性格、民族文化深层积淀的文学化展示。

（2）口头性。"活形态"的《阿诗玛》一直以演唱或讲述的方式存在于撒尼民间，口传是《阿诗玛》传承的起点和主要形式。经过书写文化记录和改造后的《阿诗玛》仍然具有十分鲜明的口头文学特点。

（3）累积性。《阿诗玛》从其"初坯"经过民间大型创作群体一代又一代的口耳相传、代际授受，而后又有汉语文化圈群体、域外文化圈群体以及当代撒尼学者等不断地对《阿诗玛》文本进行创造加工，使《阿诗玛》文本与撒尼人的生活共同发展，与时代的脉搏一起跳动，在不断变化中踵事增华，丰富提高，日臻完善，获得了永久的生命力。

（4）变异性。《阿诗玛》在撒尼民间有很多版本，这是因为《阿诗玛》在口头传播过程中，因所在的空间、时间、讲唱者、观众的不同，还有方言的差异等因素，从主题、内容、情节、人物的性格特征、语言风格到故事的完整性等方面均有差异。"至今，民间《阿诗玛》的传唱已成为一个庞大的歌谣体系：从群体创作到口头流传，不断有人根据自己的理解加工改造，可以说有多少个撒尼人就有多少个阿诗玛版本。"[①]

（5）传承性。《阿诗玛》的主要传承人为毕摩和民间歌手，他们通过口传或书写的方式将撒尼民族的文化记忆传承下来，这使流传了千百年的彝族撒尼叙事诗《阿诗玛》直到今天，还能够以基本相同的格调流传在撒尼人民中间。

（6）艺术性。彝族撒尼叙事诗《阿诗玛》能成为文学经典，决不仅仅限于它的内容、思想方面，还在于其独具特色的艺术风格。《阿诗玛》具有浓郁的民族民间文化色彩与韵味及地域特色。原生态的《阿诗玛》具有诗、歌、舞三位一体的特征，以五言句为主，音韵相称，节奏齐整，朗朗上口、流畅

[①] 巴胜超：《口语文化中〈阿诗玛〉的传承与传播》，《民族文学研究》2011年第6期。

自然。句式短小精悍，采用大量复沓结构、排比句式，使诗歌富于音乐感，易于演唱。《阿诗玛》语言是撒尼人生活中的口语，语言质朴简练、自然生动。《阿诗玛》虽然是叙事诗，但抒情的成分很大。大量运用起兴、比喻、夸张、拟人、讽刺、谐音、顶真等修辞，语言风格质朴生动。原生态的《阿诗玛》可以演唱，可以伴以乐器和舞蹈，唱调有"喜调""老人调""悲调""哭调""骂调"等。

正如杨福泉在《石林阿诗玛文化发展史》序言里所说："阿诗玛的美丽传说可以称之为彝族撒尼人的心灵之音，文化之精粹。……阿诗玛的传说对撒尼人的物质和精神世界都有重大的影响，是撒尼人最具代表性的文化遗产和精神瑰宝。"[1]

第二节　《阿诗玛》研究综述

在20世纪50年代以前，彝族撒尼叙事诗《阿诗玛》很少被外界所知。19世纪末法国学者保禄·维亚尔把《阿诗玛》译成法语在国外发表，这是国内外有关《阿诗玛》的最早介绍。在抗日战争期间，学者吴晗、光未然等在路南县圭山区发掘了《阿诗玛》《阿细的先基》等彝族民间文学，但没进行整理、翻译和研究。新中国成立后，最早对《阿诗玛》进行整理，并部分翻译成汉语的当属杨放，杨放把《阿诗玛》以"曲谱+歌词"的形式翻译出来，1950年9月发表在《诗歌与散文》上，同年11月，被《新华月报》第二卷第一期转载。1953年5月，云南省人民文艺工作团黄铁、杨知勇、公刘等一行十人，在路南县圭山区对《阿诗玛》进行了两个半月的搜集，整理，翻译，历时半年多的分析研究，综合整理，最终定稿，于1954年年初在《云南日报》上发表，自此揭开了《阿诗玛》研究的序幕。自完整的汉译本《阿

---

[1] 刘世生：《石林阿诗玛文化发展史》，云南人民出版社2010年版，第3页。

诗玛》发表以来，在社会各界引起轰动，产生了巨大的反响。随后，由《西南文艺》《人民文学》《新华月报》转载，由云南人民出版社、中国青年出版社、人民文学出版社、中国少年儿童出版社分别出版，并被译为多种语言版本。

《阿诗玛》自 1954 年发表以来，由于其独特的魅力和价值，引起了广泛关注。1954 年 2 月 20 日，《云南日报》发表的杨知勇的文章《撒尼叙事诗〈阿诗玛〉整理经过》，是《阿诗玛》研究的开始。60 多年来，国内外许多学者对其开展了多方面的研究，整体呈现出多学科、跨学科的综合研究状况。与《阿诗玛》相关的研究综述，笔者搜集到 5 篇公开发表的文章，分别是王明贵的《阿诗玛国际学术研讨会综述》（2004）、杨绍军的《叙事长诗〈阿诗玛〉重要争论问题研究综述》（2010）、黄毅的《〈阿诗玛〉五十六年研究综述》（2010）、王先灿的《〈阿诗玛〉研究综述》（2013）、赵蕤的《彝族撒尼民间叙事长诗在日本的译介与研究》（2016）。这些文章分别从整理经过、重要争论问题、主要研究内容等方面对《阿诗玛》的研究进行总结和评述。此外，在多篇与《阿诗玛》研究相关的硕士、博士学位论文中，也对《阿诗玛》的研究进行了综述，涉及《阿诗玛》的现有版本情况及特点、石林撒尼阿诗玛文化研究、阿诗玛异文文本、国外研究情况等。

本节在对《阿诗玛》研究成果进行统计与梳理的基础上，对其出版来源、研究特点、研究高潮、主要研究内容、国外研究等进行分析，以期对《阿诗玛》的研究现状有一个较为全面的认识，这也是《阿诗玛》传播研究的一个方面。笔者从中国知网和相关研究书籍找到相关论文 185 篇，其来源包括报纸和网站新闻 25 篇，书籍序言 5 篇，发表的论文 144 篇，硕士、博士学位论文 11 篇，时间跨度从 1954 年年初至 2016 年。

一　出版来源

（一）报纸、网站类新闻

之所以选择报纸、网站类新闻进行统计，是因为完整版本的《阿诗玛》汉译本最早是由直属中共云南省委机关、有党报性质的《云南日报》刊登发表，自此这首叙事诗被多家报刊转载，开启了出版、发行、翻译成多国文字，并走向世界道路。在统计的25篇报纸或网站新闻中，有18篇报道来自省级或省级以上机构报刊，时间跨度从1954年年初至2011年，包括《云南日报》《人民日报》（海外版）、《中国民族报》《中国旅游报》《文艺报》《中国文化报》《四川日报》，等等，它们代表了主流权威媒体对叙事诗《阿诗玛》及其相关新闻的关注程度，新闻报道主题主要涉及该叙事诗的整理、序言、电影《阿诗玛》主演杨丽坤、《阿诗玛》国际学术研讨会的召开、国际彝学研讨会、《阿诗玛》在国际的研究及影响、石林打造彝家生态旅游、《阿诗玛》电视剧、少数民族电影、"阿诗玛"文化保护与旅游发展、《石林阿诗玛文化发展史》书籍出版评论等等。此外，有3篇新闻来自彝族人网（http://www.yizuren.com/），报道国外研究者司佩姬教授、马克·本德尔教授、樱井龙彦教授对《阿诗玛》的研究。这些新闻虽然谈不上学术研究，但由此也可以窥见《阿诗玛》由单纯的叙事诗歌，到学术研究，到多种媒体途径对其文化的构建，再到文化价值的发掘给石林旅游经济带来的影响这一路跌宕起伏的发展历程。

（二）期刊文献及主要研究丛书

目前最为完备的《阿诗玛》研究资料集是赵德光主编、云南民族出版社出版的《阿诗玛文化丛书》，包括《阿诗玛研究论文集》《阿诗玛原始资料汇编》《阿诗玛文献汇编》《阿诗玛文艺作品汇编》《阿诗玛论析》5部，基本涵盖了2003年以前《阿诗玛》研究的所有文字材料，具有重要的文献资料价值。[①] 此外，2004年由中央民族大学联合石林彝族自治县举办了"阿诗玛国际学术研讨会"，并于2006年由赵德光集结出版了《阿诗玛国际学术研讨会论文集》。这些文献涵盖了1954年《阿诗玛》发表以来到2006年《阿诗玛国际学术研讨会论文集》出版期间，国内外大多数研究的重要资料与成果，大多数论文发表于国内外重要期刊上。

---

① 参见王先灿《〈阿诗玛〉研究综述》，《玉溪师范学院学报》2013年第9期。

在赵德光主编的《阿诗玛文化丛书》及《阿诗玛国际学术研讨会论文集》的文献中，笔者搜集到78篇论文。此外，笔者还搜集到38篇发表于国内核心期刊的研究文献，时间到从1982年至2016年，主要收录于《西南民族大学学报》《民族艺术研究》《民族文学研究》《云南社会科学》《民族文学》《云南民族大学学报》《广西民族大学学报》《云南师范大学学报》《文学评论》《民族翻译》等与少数民族文学、艺术相关的期刊上。从2000年以来，普通期刊文献及CNKI系列数据库的硕士、博士学位论文，笔者共搜集到44篇。所有文献共计160篇（包括5篇书籍序言）。

尽管文献的搜集还没有做到穷尽，但对文献的学科分类以及发表时间的统计，大致可以看出《阿诗玛》研究的发展趋势、关注热点以及研究高潮。

二 国内研究

（一）研究阶段

从1954年到1964年可以视为《阿诗玛》研究的第一个时期，这一时期侧重《阿诗玛》整理、发掘、修订的研究，以及对其文学艺术成就的评介。在十年"文化大革命"期间，《阿诗玛》的研究中断。自1978年开始，至20世纪80年代末，学界更多的是在进行拨乱反正的反思，其间昂自明的古彝文翻译本《阿诗玛》（1984），以及马学良、罗希吾戈、金国库和范慧娟的翻译本《阿诗玛》（1985）相继出版，后者采用彝文、国际音标、汉文直译、汉文意译四行体的形式记录诗歌。20世纪90年代以后，《阿诗玛》的研究进入蓬勃发展的时期。21世纪以来，《阿诗玛》研究逐渐进入高潮，笔者搜集到的研究文献，有128篇发表于2000年到2016年期间，研究视角和学科也有了极大的丰富。特别是2004年"阿诗玛国际学术研讨会"的召开，取得了丰硕的成果：会议进一步确立和巩固了《阿诗玛》在彝族文学史及中国文学史上的地位；初步奠定了"阿诗玛文化"的基础；强化了石林旅游与阿诗玛文化的关系。[①] 可以说，这次

---

① 参见王明贵《阿诗玛国际学术研讨会综述》，《彝族文学》2004年第3期。

会议，为进一步拓宽并加深《阿诗玛》的研究奠定了基础。21世纪，《阿诗玛》的研究呈现跨学科、多维度的特点，涉及的学科有文学、传播学、文化、人类学、旅游学、文艺理论、民俗学、民族学、翻译学、语言学、符号学，等等。这与我国社会经济持续发展，少数民族文化持续繁荣，文化传播与交流途径极大丰富等社会背景是密不可分的。

（二）主要研究内容

1. 文学研究

从学科分类来看，在搜集到的160篇文献中，有74篇归于文学研究的范畴，占所搜集文献接近一半的比例。可见在过去的几十年中，文学研究仍然是《阿诗玛》研究的主线。在20世纪90年代以前的早期研究中，内容多集中在诗歌的整理、产生的历史背景、争议问题、艺术价值的发掘以及主题、人物形象、诗学特点、修辞、叙事特点、情节结构、语言形式、象征意义等方面。如臧克家在《撒尼人民的叙事长诗〈阿诗玛〉》（1954）中对叙事诗的人物塑造、主题思想、文学体裁等进行了研究；雪蕾在《读〈阿诗玛〉的一些体会》（1954）中对叙事诗的内容、情节、语言修辞等进行了分析和探讨。20世纪90年代前后，《阿诗玛》的文学研究开始出现多视角、多维度的研究特点。如傅光宇在文章《〈阿诗玛〉难题较量探析》（1990）中，结合抢婚的习俗对《阿诗玛》的故事情节进行了探讨，颇具文学与民俗学结合的意味；王倩予在文章《阿诗玛的悲剧》（1994）中，探索《阿诗玛》诞生时代的社会性质，解读其悲剧的根源。进入20世纪，有文学与传播学相结合的研究，如龙珊的《超越·创新——文学传播学视域中的〈阿诗玛〉》（2006）；文学与文化相结合的研究，如梁红的《试论〈阿诗玛〉融入石崖的文化内涵》（2006）等。有比较文学的研究，如黄建明（2002）把《阿诗玛》与同源异流的诗歌进行对比；秦丽辉（2004）、惹几阿吕（2015）把《阿诗玛》与傣族诗歌进行对比研究，等等。同时随着文学理论的发展，对阿诗玛的文学研究更加深入，朱国华（2003）、曹崎明（2008、2010）的《阿诗玛》口传异文叙事研究；黄建明在《阿诗玛论析》（2004）一书中对《阿诗玛》文化背景、人物、叙事方式、艺术手法、修辞手法论等做了详尽细致的分析和探讨。

对《阿诗玛》搜集整理工作进行研究和评价，在很长时间里一直是《阿诗玛》研究的热点。孙剑冰在《〈阿诗玛〉试论》（1956）一文中对《阿诗玛》的采录、整理工作取得的成就进行了肯定，但同时对整理中的"创作"、阿黑追赶阿诗玛的情节、结尾等问题进行了中肯的批评和分析。罗希吾戈（1982）对整理的方式提出质疑，同时指出汉文译本中，对地名、土司的称谓、风俗的名称翻译的不妥之处。李广田在《〈阿诗玛〉序》（1959）中对整理工作的评述，更加中肯，并且得到人们广泛的接受。他首先肯定了先前整理者的成绩与该项工作的意义，但同时也认为，黄铁等人整理的《阿诗玛》"少了点撒尼劳动人民口头创作的艺术特色，多了点非撒尼劳动人民口头创作的气味"。为此，李广田对少数民族文学整理提出了四个原则。①

当年亲自参与整理工作的几位亲历者，杨知勇（1954，2003）、黄铁（1954，1996）、公刘（1954，1980）、刘绮（1978，2004）均从整理参与者的角度，撰文回顾整理的指导思想、经过、原则和方法，存在的困难和问题。与此同时，2004年"阿诗玛国际学术研讨会"对云南省人民文工团圭山工作组全体同志的工作给予了高度评价；对黄铁、杨知勇、刘绮、公刘的《阿诗玛》第一次整理本给予了充分肯定；同时认为李广田的重新整理本删除了一些强加进去的文人创作，总共修改了250多处，功不可没，使《阿诗玛》更符合民间文学的本质，同时也提高了艺术品位。黄毅撰文《论搜集整理对〈阿诗玛〉传承的影响》（2011）指出，《阿诗玛》的整理使其固化，失去了自我更新的活力和适应能力，这对它的传承极为不利。整理工作与新中国文艺秩序建构之间存在一种关系，如段凌宇在《民族民间文艺改造与新中国文艺秩序建构——以〈阿诗玛〉的整理为例》（2012）中，就以《阿诗玛》的整理为

---

① 参见李广田《〈阿诗玛〉序》，赵德光《阿诗玛研究论文集》，云南民族出版社2002年版，第124页。

个案，探讨了少数民族民间文艺的"整理"与新中国文艺秩序建构的关系。

2. 传播学、文化学研究

《阿诗玛》的文学、文化研究常常与传播学研究相结合，龙珊在《超越·创新——文学传播学视域中的〈阿诗玛〉》（2006）中把《阿诗玛》置于文学传播理论的框架下，追寻《阿诗玛》传播的嬗变历程及成因，探讨居于弱势和边缘位置的少数民族民间文学走出困境的传播路径；巴胜超在《象征的显影：彝族撒尼人阿诗玛文化的传媒人类学研究》（2013）一书中将"阿诗玛"与各种传媒形式的嫁接与互动作为研究文化变迁的路径，将各种关于阿诗玛文化的讨论聚焦于传播语境，讨论传播与文化符号之间的书写策略和文化话语的变迁。

《阿诗玛》的文化研究的探讨，从彝族撒尼人的文化艺术特色，诗歌里的人名、地名考证等诸多文化现象的研究，到阿诗玛文化的社会功能、《阿诗玛》的民族文化旅游资源价值等的研究，涉及文化研究的各个方面。《阿诗玛》的文学常常与文化研究相结合，如梁红在《试论〈阿诗玛〉融入石崖的文化内涵》（2006）中，梳理彝族的传统文化、民俗事象，以及石林千峰万壁间的文化积淀与阿诗玛艺术形象塑造的关系。进入21世纪，学者更多地讨论阿诗玛文化的转型与重构，赵德光的《阿诗玛文化重构论》（2005）一书以石林阿诗玛文化为依据，对石林阿诗玛文化的创造性转型与重构做了开创性研究。刘世生在《石林阿诗玛文化发展史》（2010）一书中对《阿诗玛》的产生、流传和它与彝族文化的关系做了分析、论述，对阿诗玛文化的形成、影响和阿诗玛文化特色与石林旅游和文化产业开发、阿诗玛文化的传承和发展、阿诗玛文化的理论意义与石林文化产业等进行了深入探讨。黄毅在《〈阿诗玛〉的当代重构研究》（2013）一文中以文化生态理论为指导，考察了《阿诗玛》的生态环境与其变迁的关系。

3. 民族学、人类学研究

从民族学、人类学的视角研究《阿诗玛》更多的是从2000年以后开始的。王继超、王明贵对《阿诗玛》中若干典故的考释；王向方《试论长诗

《阿诗玛》的民俗学意义》对《阿诗玛》中反映的彝族撒尼民间民俗现象，如取名仪式、"咂酒"习俗、服饰习俗、婚姻习俗等进行了分析；马绍云的《〈阿诗玛〉——文化人类学的一颗明珠》从文化人类学视角对《阿诗玛》的产生年代、民族伦理价值、民族价值观等方面进行了阐释；罗钊运用口头程式理论对《阿诗玛》的各种语词程式进行了分析和探讨。

4. 英译研究

阿诗玛英译研究的主体，是英籍翻译家戴乃迭将汉文本的《阿诗玛》翻译成英文本的 Ashima，这是迄今为止从《阿诗玛》整理本直接译出的唯一英文全译本。王宏印、崔晓霞《论戴乃迭英译〈阿诗玛〉的可贵探索》（2011）一文从体例、音节、音步、押韵、语言风格等方面对戴乃迭英译本《阿诗玛》进行了分析，指出译者运用英国歌谣体成功翻译中国少数民族诗歌，为诗歌翻译树立了一个典范。林文艺在《英文版〈中国文学〉译介的少数民族形象分析——以阿诗玛和阿凡提为例》（2012）中，探讨了译者对人物形象的塑造。崔晓霞在她的博士学位论文《民族叙事话语再现——〈阿诗玛〉英译研究》（2012）中，首次系统全面地对英译本《阿诗玛》的翻译方法以及翻译效果进行分析，同时提出"叙事话语再现——微结构对等翻译模式化理论"，为诗歌翻译搭建了一个框架模型，指出了一个思考方向，促进诗歌翻译的规范化和标准化。杨芳梅在《意识形态在〈阿诗玛〉译文中的操纵途径探析》（2014）一文中运用功能语言学评价理论对《阿诗玛》英译本意识形态操纵的机制进行了分析。

三 国外研究

《阿诗玛》的海外研究，据撒尼学者黄建明（2001）的考证，最早可追溯到19世纪法国传教士保禄·维亚尔，他用法文撰写的《撒尼倮倮》一文中译介了《阿诗玛》。

《阿诗玛》引起国外学者的注意，应该是在1954年，《云南日报》发表之后被国内多家主流媒体转载并出版，随后被译为多国文字。值得一提的是，

20世纪50年代、80年代分别由《中国文学》各外文版、中国外文出版社推出的一批高质量的《阿诗玛》外文译本，对之后《阿诗玛》在世界范围内的传播，产生了很大的影响。电影《阿诗玛》的上映，使《阿诗玛》在国外引起更大的关注。国外学者的相关研究被较为集中地搜集在赵德光主编，2006年出版的《阿诗玛国际学术研讨会论文集》一书中。

现在对《阿诗玛》抱有研究兴趣的学者多为美国与日本的学者，日本学者的研究成果尤其丰富。掀起日本《阿诗玛》学术研究高潮的是日本著名民间文学学者君岛久子。主要研究学者有武内刚、清水享、西胁隆夫、藤川信夫、樱井龙彦等，其中不少学者与中国学者一起，对《阿诗玛》的研究做出了很大贡献。赵蕤撰文《彝族撒尼民间叙事长诗〈阿诗玛〉在日本的译介与研究》（2016），系统整理了作为文学读本的《阿诗玛》，在日本不同译本的情况，探讨了作为广播剧、舞台剧以及收藏本的《阿诗玛》在日本的传播。其中整理了日本学者对《阿诗玛》的研究情况，对日本学者的研究贡献做了充分的肯定，指出"日本学者从民俗学、人类学的角度对《阿诗玛》的研究拓宽了阿诗玛的研究范畴和研究深度，同时也促进其在日本的传播"①。

在美国，主要的《阿诗玛》研究学者是俄亥俄州立大学的马克·本德尔教授和加州大学的司佩姬教授。司佩姬在《阿诗玛从哪里来：撒尼人、彝族文化和世界主义》中，对阿诗玛从撒尼人的民间传说演变成为世界知名形象的过程进行了独到的分析。马克·本德尔在《〈阿诗玛〉与〈甘嫫阿妞〉"多形性程式"在两部彝族叙事长诗中的呈现》一文中，对两部长诗的形式与内容进行了分析，着重讨论"多形性程式"在两部长诗中的叙事结构及其呈现。

韩国学者侧重把《阿诗玛》与韩国本土的传说进行比较研究，有李廷珍的《中国〈阿诗玛〉和韩国〈春香传〉比较研究》、金方南的《〈莲花夫人〉

---

① 参见赵蕤《彝族撒尼民间叙事长诗〈阿诗玛〉在日本的译介与研究》，《当代文坛》2016年第2期。

和〈阿诗玛〉传说的比较研究》。

总之,以上这些研究成果中包含了大量关于《阿诗玛》翻译与传播的信息,为本研究提供了丰富的资料以及有益的参考和借鉴。但《阿诗玛》作为中国少数民族文学跨文化翻译与传播的成功典范,其价值还未引起应有的重视,目前学界对此缺乏全面系统的研究,特别是从全球化语境以及人类学翻译诗学的视角对《阿诗玛》的翻译传播以及翻译问题进行全面、系统的研究成果尚未出现。

第三节 研究思路及研究内容

少数民族文学在国外或国际上又称为"族裔文学"或者"非通用语文学"。中国少数民族文学是对中国境内除汉族以外的各兄弟民族文学的总称,包括少数民族口头文学和少数民族书面文学两部分。中国少数民族文学翻译一般是指民族口头语译为书面语、民族语今译、民族母语翻译为汉语、其他少数民族语言和外国语或者从少数民族文学的汉译本翻译为外国语。我们这里的中国少数民族文学翻译研究的范围为中国少数民族文学文本翻译为汉语文本、其他少数民族语言文本以及外国语文本或者从少数民族文学的汉译本翻译为外国语文本,同时还包括通过影视或舞台媒介等把少数民族文学文本从语言符号文本转换为影像、声响效果、非语言标记、镜头等多元符号文本的符际翻译。通过我们的调查,目前尚未发现彝族撒尼叙事长诗《阿诗玛》的中国其他少数民族语言的译本,所以我们的研究主要是对彝族撒尼叙事长诗《阿诗玛》汉译、外译、符际翻译等以及译本传播的研究。

本研究以彝族撒尼的叙事长诗《阿诗玛》翻译传播以及在传播中最具代表性和影响力的译本为研究对象,对《阿诗玛》翻译类型、翻译文本的谱系关系、翻译传播线路、翻译传播文化场域各权力因素与其经典身份构成之间的关系以及汉译本、英译本、法译本的翻译策略和翻译方法等进行全面、系统的研究。

彝族撒尼叙事长诗《阿诗玛》原初的口头性质、多样式的演述形式以及在文本旅行中多语种、不同媒介的翻译和多元文化的共同模塑，使其所涉及的翻译类型及翻译文本较为复杂，关于《阿诗玛》的翻译类型以及翻译文本类型需要做新的理论探索及梳理，这是开展本研究的前提和基础。所以本研究首先在人类学、符号学、翻译学、文艺学等跨学科的视域中，扩大翻译的内涵，从少数民族口头文学翻译与传播的关系出发，贴近文本的不同样式——口头文本、源于口头的文本、以传统为导向的文本、汉语文本、外语文本、民族志书写文本、舞蹈、戏剧、电影、电视、旅游文化宣传文本等，在运用文献法搜集国内外出版的相关文本的基础上，对不同交际时空内的文本及其相互关系进行研究，对《阿诗玛》的翻译类型进行细致的梳理和考察，同时勾勒出翻译文本之间的谱系关系。

为何《阿诗玛》作为冰山的一角能浮出水面？是本研究要解决的问题和研究焦点所在。在梳理《阿诗玛》翻译类型以及翻译文本之间的谱系关系后，本研究以《阿诗玛》的翻译传播现象为研究对象，运用翻译学、传播学、文本旅行相关理论，从翻译传播路线、翻译传播空间、翻译传播者、翻译传播目的、翻译传播受众、翻译传播媒介、翻译传播内容、翻译传播过程、翻译传播类型、翻译传播效果等方面对撒尼叙事长诗《阿诗玛》的文本旅行及翻译传播进行深入细致的梳理和分析。

彝族撒尼叙事长诗《阿诗玛》在通过翻译从源语文化场域迁移至译入语文化场域的文本旅行过程中，逐渐建构起其经典身份。在这一过程中，各文化场域的主流意识形态、诗学、赞助人等各种权利因素以及译者是如何影响彝族撒尼叙事长诗《阿诗玛》的翻译以及帮助其经典身份建构的，是解决"为何《阿诗玛》作为冰山的一角能浮出水面？"这一问题的关键。我们将《阿诗玛》的翻译传播置于文化翻译学、文化传播学视域下，考察《阿诗玛》传播过程中，翻译与其经典身份建构之间的关系。侧重研究各文化场域中意识形态、赞助人、诗学、译者等多种权力因素与《阿诗玛》经典身份建构之间的关系,揭示其翻译传播内容的选择性接收、选择性理解的复杂内涵,从而在对翻译传播环节的透析中,完整地呈现《阿诗玛》从一首由撒尼民间习惯法建构起来的"撒尼人的歌"到跨民族、跨地域、跨媒介、跨文化传播的经典生成过程。本研究试图尽可能回到历史现场,追寻《阿诗玛》翻译传播的不同时段和空间,深入讨论其得以广泛传播的历史语境。本研究关注的焦点不再是对《阿诗玛》文本单维的扫描与静态的摹写,而是作为一种文化翻译传播事件,将其还原到当时的历史文化语境中,对其翻译传播轨迹进行多维的透视、整体的观照与动态的考量,紧紧把握《阿诗玛》翻译传播价值中的那些不断被边缘化抑或不断被凸显的翻译传播因素,探析其后的深层原因,同时通过探究意识形态、赞助人、诗学、译者等介入翻译传播的特征、作用以及人们的认识偏向与评价的价值取向等,以揭示中国文化语境演变与翻译传播效果之间的关系,从而在不同版本、样式的《阿诗玛》中,探究少数民族文学得以广泛翻译传播的原因和规律。

少数民族文学翻译是少数民族文学得以传播的重要手段之一,《阿诗玛》的千年传唱、成功"申遗"和走向世界,翻译发挥着无法替代的作用。因而《阿诗玛》的翻译研究又是其传播研究的重中之重。由于少数民族文学研究本身的发展,以及人类学翻译诗学、文化人类学、口述历史等理论的影响,当下的《阿诗玛》翻译在理论资源和文化资源上要复杂得多,实际的翻译问题和价值取向也要复杂得多,这也是本研究的难点。本研究拟对《阿诗玛》在跨文化传播中最具代表性和影响力的译本进行细读和分析,探究其在成功传播中的翻译策略和翻译方法。本研究主要采用文本分析、比较分析、语料库语言学、统计等研究方法对《阿诗玛》的汉译本、英译本和法译本的韵律、语词程式、文体风格、修辞、叙事、民俗文化等翻译策略和翻译方法进行分析和探讨。最后在此基础上,借助翻译学、文化人类学、民族学、文化翻译研究等最新理论成果,对《阿诗玛》翻译中的一些共性问题进行分析和探讨,对"翻译"的内涵与外延,翻译与创作边界进行重新思考,进而上升到理性的思考,做出合理的、科学的描述和阐释。最后由《阿诗玛》的翻译传播实践问题论及全球化语境下少数民族文学的翻译与传播策略。在人类学翻译诗学的观照下，对少数民族文学的翻译传播问题进行探讨，以期为人类学翻译诗学的构建提供一个案例和参照。

本书共七章。第一章"绪论"对彝族撒尼叙事长诗《阿诗玛》进行简介，并对《阿诗玛》研究现状进行综述、对本书的研究思路和研究内容进行说明。第二章"翻译与《阿诗玛》的文本旅行"是对《阿诗玛》的翻译类型、翻译文本之间的谱系关系以及文本旅行和翻译传播线路的梳理和分析。第三章"翻译与《阿诗玛》的经典建构"是从意识形态、赞助人、诗学、译者等方面，考察《阿诗玛》的传播过程中，翻译与其经典身份建构之间的关系。第四章至第六章是对《阿诗玛》翻译文本的研究。其中，第四章"《阿诗玛》汉译本翻译研究"是从韵律、语词程式、修辞、文体风格等方面对汉译本语言风格的对比研究。第五章"《阿诗玛》英译本翻译研究"是从韵律、修辞、民俗文化、叙事等方面对戴乃迭英译本的研究。第六章"《阿诗玛》法译本翻译研究"主要对保禄·维亚尔的《阿诗玛》法译本以及何如的《阿诗玛》法译本进行研究。第七章"结语"是对《阿诗玛》的翻译传播以及翻译文本研究进行总结，同时在人类学翻译诗学的观照下，对少数民族文学翻译传播文本的选择、少数民族文学翻译基本原则和方法策略、少数民族文学翻译传播的路径和方法进行了初步探讨。

第二章 翻译与《阿诗玛》的文本旅行

美籍巴勒斯坦裔文化学者爱德华·萨义德在《世界·文本·批评家》中提出了"旅行理论"(Traveling Theory)的概念,主要是针对理论在异地异时旅行后发生概念变异问题的探讨。[①] 随着翻译研究的文化转向,翻译界学者把萨义德的旅行理论与翻译研究相结合,用来分析和探讨翻译现象。胡安江提出,"'翻译'一词在本质上既包含了空间与时间的迁移,亦有形式和内容的转换。因此,我们完全可以说翻译就是一种另类的旅行方式,是从一个文本到另一个文本、从主方文化(host culture)去往作为他者的客方文化(guest culture)的一次旅行"[②]。文本的旅行往往通过翻译,从源语文化场域被迁移至译入语文化场域,在这个迁移过程中,文本得以传播。本章我们将从文本旅行的视角对《阿诗玛》翻译类型、翻译文本的谱系关系、翻译传播线路进行分析和探讨。

[①] 参见刘禾《跨语际实践——文学,民族文化与被译介的现代性(中国,1900—1937)》,宋伟杰等译,生活·读书·新知三联书店 2002 年版,第 28 页。
[②] 胡安江:《文本旅行与翻译研究》,《四川外国语学院学报》2007 年第 5 期。

第一节 《阿诗玛》翻译类型研究

《阿诗玛》千百年来在彝族撒尼人的生产生活中以口耳相传的方式一代又一代地传承与传播着。《阿诗玛》的口头性传承带来了其文本的变异性。19世纪末《阿诗玛》开始了它的文本旅行,新中国成立后被整理、翻译为汉语叙事长诗,而后又被译为英语、法语、俄语、日语、世界语等多种语言在世界范围内广泛传播,另外电影、电视剧以及京剧、舞剧、撒尼剧、广播剧、儿童剧等艺术剧种也将《阿诗玛》加以改编和译创,从不同的角度共同演绎和建构着少数民族经典《阿诗玛》。彝族撒尼叙事长诗《阿诗玛》原始的口头性质、多样式的演述形式以及在文本旅行中多语种、不同媒介的翻译和多元文化的共同模塑,使其所涉及的翻译类型问题较为复杂,传统意义上的诸如直译、意译、全译、节译、转译、复译、缩译、编译等分类方法已经无法涵盖《阿诗玛》所有的翻译现象,因而需要对《阿诗玛》翻译所涉及的翻译类型做新的探索和梳理。本文拟将彝族撒尼叙事长诗《阿诗玛》的翻译置于文本旅行理论和符号学的视域下,对《阿诗玛》的翻译类型进行细致的梳理和考察,以期建构与其他文学样式翻译有显著区别的翻译图景,为活形态口传叙事长诗《阿诗玛》独特的实践问题与理论问题的进一步研究打下基础。

美国语言学家 Jakobson 根据皮尔士的符号学原理,将翻译分为三种类型:语内翻译、语际翻译、符际翻译[①]。苏联符号学家洛特曼认为语言是一个用来传递信息的有序的符号交际系统,它"拥有不同表达形式,如声音的、视觉的、触觉的等。从这种广义语言的概念出发,电影、电视剧以及各种艺术剧

---

① 参见 R. Jakobson, "On linguistic aspects of translation", In R. A. Brower (ed.), *On Translation*, Cambridge, MA: Harvard University Press, 1959, pp. 232 – 239。

种毫无疑问也可被看作一个有序的符号交际系统"①。刘顺利认为"文本是广义的言语的运作,是固着在物体上或者通过各种媒介传输的符号。这样,文本就可以不仅仅是文字形态的文本,还可以包括口头、体态语以及电影、电视等多种形态"②。文本旅行研究涉及旅行类别的研究,旅行类别可分为语内旅行、语际旅行和符际旅行。鉴于叙事长诗《阿诗玛》原初的口头性质以及多样式、复杂的翻译途径、方法和形式,我们在参照雅各布森翻译分类方法的同时,针对《阿诗玛》翻译所特有的翻译类型,首先从大类上把《阿诗玛》的翻译分为语内翻译、语际翻译、符际翻译三种类别,然后再在大类中对《阿诗玛》的翻译进行更加细致的分类。本文的语内翻译是指同一语言中的一些语言符号向另一些语言符号的转换,包括同一语言中口头语到书面语、书面语到书面语等的转换。语际翻译是指一种语言的语符向另一种语言的语符的转换。符际翻译是指通过非语言的符号系统解释语言符号,或用语言符号解释非语言符号。此外,由于《阿诗玛》的多行对照译本和多行多语对照译本所涉及的翻译类型较为复杂,我们把其放到《阿诗玛》译本类型中进行讨论。下面我们将从语内翻译、语际翻译、符际翻译、译本类型对《阿诗玛》的翻译类型进行讨论。

一 《阿诗玛》语内翻译

《阿诗玛》的语内翻译主要涉及的翻译类型可以分为彝语口述书面语翻译和彝语译创两类。如图2-1所示。

语内翻译 { 彝语口述书面语翻译(由彝语口头语译为彝语书面语)
彝语译创本(参照多种彝语书面语文本译创为彝语书面语)

图2-1 《阿诗玛》语内翻译类型

---

① 张海燕:《洛特曼的文化符号诗学理论研究》,博士学位论文,山东师范大学,2007年,第196页。
② 刘顺利:《文本研究》,博士学位论文,中国社会科学院,2002年,第5页。

(一)《阿诗玛》彝语口述书面语翻译概述

《阿诗玛》彝语口述书面语翻译是指把彝语口头讲述文本（彝语口头语）转换为彝语书面语文本。译本经历了"彝语口头语—彝语书面语"的语内翻译。《阿诗玛》彝语口述书面语翻译的译者主要是毕摩。"毕摩"为彝语的音译，意为"念诵经文的长者"。在彝族文化体系中，毕摩阶层是彝文化的主要传承者，他们是彝族宗教仪式的主持者和彝族文化的传播者。毕摩把《阿诗玛》从彝语口头语翻译成彝语书面语的目的，一方面是毕摩在不同的祭祀活动中要念诵不同的经文，而需要毕摩主持的祭祀活动多达六七十种，《阿诗玛》的彝语书面译本可以减少毕摩经文的记忆负担，顺利完成宗教祭祀活动；另一方面是毕摩作为彝族文化的集大成者，担负着传授族群知识和文化的职责，《阿诗玛》是毕摩教学的一个主要内容，彝语书面文本作为毕摩授徒的教材，方便教学。在彝族撒尼人的传诵中《阿诗玛》的彝语书面译本可能有很多，但目前从李缵绪选编的《阿诗玛原始资料汇编》中的"彝文手抄本翻译稿""彝文原诗译本""彝文翻译本"部分了解到的《阿诗玛》语内翻译译本主要有7个（见表2-1，序号1—7），分别是《阿诗玛》（李正新彝文藏本）、《阿诗玛》（彝文译本1）、《阿诗玛》（彝文译本2）、《阿诗玛》（毕福昌彝文藏本）、《阿诗玛》（金国库彝文藏本1）、《阿诗玛》（金国库彝文藏本2）、《阿诗玛》（李科保彝文藏本）。这些译本"可能是作品在民间盛行的时期，由'毕摩'从口头上记录下来的"[①]。虽然有大体相似的叙述结构，但在叙事焦点、叙述视角、叙述长度、故事情节等方面均有一定差异。这是因为这些译本的原本都是口传文本，口传文本是一种"活态文本"，是一种"变化中的文本"，一方面，演唱者会根据不同的场合，改变或添加演唱的内容；另一方面，演唱者的不同以及演唱者记忆的偏差也导致了演唱内容的差异。《阿诗玛》口传文本的多样性导致了《阿诗玛》彝语书面语译本的差异性。《阿诗玛》彝语书面语译本与《阿诗玛》口传文本相比，译本的故事的演进逻辑

---

① 李缵绪：《〈阿诗玛〉原始资料集》，中国民间文艺出版社1986年版，第137页。

性更强，描写更加细腻，语言更加书面化、文人化，添加了很多与宗教信仰相关的情节和内容。

(二)《阿诗玛》彝语译创概述

《阿诗玛》彝语译创是指译者参照多种彝语源语文本，通过校勘和总合（和）的方法，最后形成一个译文的翻译。译创是介于翻译与创作之间的一种居间状态。这种形式，是对翻译与创作边界的突破，是对翻译概念的扩展与丰富。目前搜集到《阿诗玛》彝语译创本1个，是1999年7月黄建明、普卫华等多行多语对照译本的源语文本，这个文本是黄建明、普卫华在对四个彝文抄本校勘基础上形成的。目前我们并未看到这个文本，但不管这个文本以什么样的形态存在，它都是黄建明、普卫华等多行多语对照译本的源语文本。（见表2-1，序号8）。

表2-1　　　　　　　　《阿诗玛》语内翻译本简表

序号	文本名称	译者	源语	译入语	翻译方式	备注说明
1	《阿诗玛》（李正新彝文藏本）	毕摩	彝语口头语	彝语书面语	口头语到书面语	彝文手抄本，于1962年2月由李德君搜集记录
2	《阿诗玛》（彝文译本1）	毕摩	彝语口头语	彝语书面语	口头语到书面语	彝文手抄本，于1963年9月14日由马维翔搜集记录
3	《阿诗玛》（彝文译本2）	毕摩	彝语口头语	彝语书面语	口头语到书面语	彝文手抄本，于1963年9月14日由马维翔搜集记录
4	《阿诗玛》（毕福昌彝文藏本）	毕摩	彝语口头语	彝语书面语	口头语到书面语	彝文手抄本，于1963年11月由李德君搜集记录
5	《阿诗玛》（金国库彝文藏本1）	毕摩	彝语口头语	彝语书面语	口头语到书面语	彝文手抄本，于1964年1月由李德君搜集记录

续 表

序号	文本名称	译者	源语	译入语	翻译方式	备注说明
6	《阿诗玛》（金国库彝文藏本2）	毕摩	彝语口头语	彝语书面语	口头语到书面语	彝文手抄本，于1980年8月由罗希吾戈搜集记录
7	《阿诗玛》（李科保彝文藏本）	毕摩	彝语口头语	彝语书面语	口头语到书面语	彝文手抄本，于1983年5月由昂自明、吴承柏搜集记录
8	《阿诗玛》（黄建明、普卫华彝语译创本）	彝族学者	多种彝语书面语文本	彝语书面语	书面语到书面语（译创）	1999年7月黄建明、普卫华等多行多语对照译本的源语文本，是在对四个彝文抄本校勘基础上形成的

注：主要参考李缵绪选编的《〈阿诗玛〉原始资料汇编》中的"彝文手抄本翻译稿""彝文原诗译本""彝文翻译本"整理而成。

二 《阿诗玛》语际翻译

《阿诗玛》语际翻译主要涉及的翻译类型可以分为五大类别，下分七小类。五大类别分别是彝译汉、彝译外、汉译外、汉字记音对译、往复翻译。彝译汉又分为彝语口述汉译、彝文抄本汉译、汉语译创三种类型。如图2-2所示。

语际翻译
- 彝译汉
  - 彝语口述汉译（由彝语口头语译为汉语书面语）
  - 彝文抄本汉译（由彝语书面语译为汉语书面语）
  - 汉语译创（参照彝语书面语文本译创为汉语书面语）
- 彝译外（由彝语口头语译为外语书面语）
- 汉译外（间接由汉语中转译成其他外语书面语）
- 汉字记音对译（彝语口头语记音对译为汉字）
- 往复翻译（各语种之间的转译）

图2-2 《阿诗玛》语际翻译类型

第二章 翻译与《阿诗玛》的文本旅行

（一）《阿诗玛》彝译汉翻译概述

目前搜集到《阿诗玛》彝译汉的译本主要有 39 本，其中彝语口述汉译本有 26 本，彝语抄本汉译本有 8 本，汉语译创本有 5 本。

1. 《阿诗玛》彝语口述汉译

《阿诗玛》彝语口述汉译是指把彝语口头讲述文本（彝语口头语）转换为汉语书面语文本。译本经历了"彝语口头语—汉语书面语"的语际翻译。目前搜集到 26 本《阿诗玛》彝语口述汉译本（见表 2-2），分别是《阿诗玛》（向中法讲述汉译本）、《阿诗玛》（金二、普明高讲述汉译本）、《阿诗玛》（金老人讲述汉译本）、《阿诗玛》（毕仙拔、昂玉昌、昂仕夫讲述汉译本）、《阿诗玛》（毕学书讲述汉译本）、《阿诗玛》（普育南、普国安讲述汉译本）、《阿诗玛》（李发贵讲述汉译本1）、《阿诗玛》（李发贵讲述汉译本2）、《阿诗玛》（李发贵讲述汉译本3）、《阿诗玛》（普同志讲述汉译本）、《阿诗玛》（中央民族学院文艺工作团汉译本）、《阿诗玛》（李老人讲述汉译本）、《阿诗玛》（普正发讲述汉译本）、《阿诗玛》（李宝昌讲述汉译本）、《阿诗玛》（昂才宝讲述汉译本）、《阿诗玛》（昂正发讲述汉译本）、《阿诗玛》（黄志清讲述汉译本）、《阿诗玛》（毕仕忠讲述汉译本）、《阿诗玛》（昂玉坤讲述汉译本）、《阿诗玛》（张学贵、张学敏讲述汉译本）、《冷耐阿诗玛》（赵吉昌、何老讲述汉译本）、《阿诗玛》（毕姜清讲述汉译本）、《芭茅村的传说〈阿诗玛〉》（毕新耀讲述汉译本）、《小姑娘的苦》（金老人讲述汉译本）、《阿诗玛爹妈年青时谈情的经过》（普正发讲述汉译本）、《抽牌神的故事（应山歌）》（毕明科、毕仕忠讲述汉译本）。这些译本大多是 20 世纪五六十年代采用"合作翻译"的方式产生的，翻译过程涉及讲述者、口译者和记录整理者。除了《阿诗玛》（中央民族学院文艺工作团汉译本）和《阿诗玛》（毕姜清讲述汉译本）外，其他译本都是在云南有关领导的重视下，在官方组织的翻译活动中产生的。1953 年 5 月，云南省文工团组织了圭山工作组，深入路南县圭山撒尼人聚居的地区进行了《阿诗玛》的发掘、整理、翻译工作。翻译的目的是通过搜集整理流传在民间的各种《阿诗玛》版本,"准备将《阿诗玛》写成歌剧"①。这26本汉译本的原本都是彝语口头讲述文本,讲述者主要是彝族撒尼人的长者,他们在讲述中往往会结合讲述的场合,对故事情节进行取舍,有时甚至把自己对生活的感悟以及撒尼人的日常生活片断融入阿诗玛的故事中,所以这26本汉译本在叙述结构、叙事风格、叙事焦点、叙述视角、叙述长度、故事情节等方面都有很大的差异。圭山工作组成员中没有一个懂得撒尼语言,且缺乏文学语言及诗的修养②,翻译的主要人员是当地的两个小学教师,"开始还发生过用现代化语言代替撒尼人习惯用语的情况","译文中还保留着'民族街子''什么委员都不嫁'这样的用语"③。

表2-2 《阿诗玛》语际翻译彝语口述汉译本(彝汉翻译:彝语口头语—汉语书面语)简表

序号	文本名称	时间	译者	源语	译入语	翻译方式	备注说明
1	《阿诗玛》(向中法讲述汉译本)	不明	口译者:虎占林;记录者:杨瑞冰	彝语口头语	汉语书面语	口头语到书面语	讲述者:向中法
2	《阿诗玛》(金二、普明高讲述汉译本)	不明	口译者:毕老师;记录者:马绍云、杨瑞冰	彝语口头语	汉语书面语	口头语到书面语	讲述者:金二、普明高
3	《阿诗玛》(金老人讲述汉译本)	不明	口译者:虎占林;记录者:杨瑞冰	彝语口头语	汉语书面语	口头语到书面语	讲述者:金老人
4	《阿诗玛》(毕仙拔、昂玉昌、昂仕夫讲述汉译本)	1953年6月30日	口译者:昂正明;记录者:朱虹	彝语口头语	汉语书面语	口头语到书面语	讲述者:毕仙拔、昂玉昌、昂仕夫

---

① 杨放:《记录长诗〈阿诗玛〉引起的随想》,赵德光《阿诗玛国际学术研讨会论文集》,云南民族出版社2002年版,第1—7页。

② 参见公刘《〈阿诗玛〉的整理工作》,赵德光《阿诗玛研究论文集》,云南民族出版社2002年版,第10—24页。

③ 黄铁、杨知勇、刘绮、公刘(杨知勇执笔):《〈阿诗玛〉第二次整理本序言》,赵德光《阿诗玛研究论文集》,云南民族出版社2002年版,第146—164页。

第二章 翻译与《阿诗玛》的文本旅行

续 表

序号	文本名称	时间	译者	源语	译入语	翻译方式	备注说明
5	《阿诗玛》(毕学书讲述汉译本)	1953年6月28日	口译者:李连珍;记录者:朱虹	彝语口头语	汉语书面语	口头语到书面语	讲述者:毕学书
6	《阿诗玛》(普育南、普国安讲述汉译本)	1953年6月25日	口译者:毕仕明;记录者:马绍云	彝语口头语	汉语书面语	口头语到书面语	讲述者:普育南、普国安
7	《阿诗玛》(李发贵讲述汉译本1)	1953年6月26日	口译者:普正有;记录者:马绍云	彝语口头语	汉语书面语	口头语到书面语	讲述者:李发贵
8	《阿诗玛》(李发贵讲述汉译本2)	不明	口译者:普正有;记录者:马绍云	彝语口头语	汉语书面语	口头语到书面语	讲述者:李发贵;有前言和注解
9	《阿诗玛》(李发贵讲述汉译本3)	1953年6月26日	口译者:普正有;记录者:马绍云	彝语口头语	汉语书面语	口头语到书面语	讲述者:李发贵
10	《阿诗玛》(普同志讲述汉译本)	1953年6月26日	口译者:虎占林;记录者:杨瑞冰、马绍云	彝语口头语	汉语书面语	口头语到书面语	讲述者:普同志
11	《阿诗玛》(中央民族学院文艺工作团汉译本)	1953年7月14日	记录者:中央民族学院文艺工作团	彝语口头语	汉语书面语	口头语到书面语	不明
12	《阿诗玛》(李老人讲述汉译本)	1953年6月23日	口译者:虎占林;记录者:朱虹	彝语口头语	汉语书面语	口头语到书面语	讲述者:李老人
13	《阿诗玛》(普正发讲述汉译本)	1953年6月7日	口译者:毕老师;记录者:杨瑞冰	彝语口头语	汉语书面语	口头语到书面语	讲述者:普正发;译文后有附记
14	《阿诗玛》(李宝昌讲述汉译本)	1953年6月16日	口译者:李宝昌;记录者:杨瑞冰	彝语口头语	汉语书面语	口头语到书面语	讲述者:李宝昌

续 表

序号	文本名称	时间	译者	源语	译入语	翻译方式	备注说明
15	《阿诗玛》(昂才宝讲述汉译本)	1953年7月8日	口译者:昂正明;记录者:朱虹	彝语口头语	汉语书面语	口头语到书面语	讲述者:昂才宝
16	《阿诗玛》(昂正发讲述汉译本)	1953年7月6日	口译者:昂正发;记录者:刘绮	彝语口头语	汉语书面语	口头语到书面语	讲述者:昂正发
17	《阿诗玛》(黄志清讲述汉译本)	1953年6月9日	口译者:毕老师;记录者:杨瑞冰	彝语口头语	汉语书面语	口头语到书面语	讲述者:黄志清
18	《阿诗玛》(毕仕忠讲述汉译本)	1953年6月19日	口译者:普正邦;记录者:马绍云	彝语口头语	汉语书面语	口头语到书面语	讲述者:毕仕忠
19	《阿诗玛》(昂玉坤讲述汉译本)	1953年6月10日	口译者:昂玉坤;记录者:杨瑞冰	彝语口头语	汉语书面语	口头语到书面语	讲述者:昂玉坤
20	《阿诗玛》(张学贵、张学敏讲述汉译本)	不明	口译者:高映谦;记录者:马绍云	彝语口头语	汉语书面语	口头语到书面语	讲述者:张学贵、张学敏;有注解
21	《冷耐阿诗玛》(赵吉昌、何老讲述汉译本)	1958年12月13日	口译者:王友祥;记录者:王广蒿	彝语口头语	汉语书面语	口头语到书面语	讲述者:赵吉昌、何老
22	《阿诗玛》(毕姜清讲述汉译本)	1963年12月	口译者:张仁保;记录者:吕晴	彝语口头语	汉语书面语	口头语到书面语	讲述者:毕姜清
23	《芭茅村的传说〈阿诗玛〉》(毕新耀讲述汉译本)	1953年4月29日	不明	彝语口头语	汉语书面语	口头语到书面语	讲述者:毕新耀
24	《小姑娘的苦》(金老人讲述汉译本)	不明	不明	彝语口头语	汉语书面语	口头语到书面语	讲述者:金老人

续 表

序号	文本名称	时间	译者	源语	译入语	翻译方式	备注说明
25	《阿诗玛爹妈年青时谈情的经过》（普正发讲述汉译本）	1953年6月3日	口译者：毕老师；记录者：杨瑞冰	彝语口头语	汉语书面语	口头语到书面语	讲述者：金老人
26	《抽牌神的故事（应山歌）》（毕明科、毕仕忠讲述汉译本）	1953年9月7日	口译者：普正邦；记录者：马绍云	彝语口头语	汉语书面语	口头语到书面语	讲述者：毕明科、毕仕忠

2. 《阿诗玛》彝语抄本汉译

《阿诗玛》彝语抄本汉译是指把彝语抄本（彝语书面语）转换为汉语书面语文本。译本经历了"彝语书面语—汉语书面语"的语际翻译。目前搜集到8本《阿诗玛》彝文抄本汉译本（见表2-3），分别是《阿诗玛》（李正新彝文藏本汉译本）、《阿诗玛》（彝文译本1汉译本）、《阿诗玛》（彝文译本2汉译本）、《诗卡都勒玛》、《阿诗玛》（毕福昌彝文藏本汉译本）、《阿诗玛》（金国库彝文藏本1汉译本）、《阿诗玛》（金国库彝文藏本2汉译本）、《阿诗玛》（李科保彝文藏本汉译本）。《阿诗玛》这8本汉译本的原本都是毕摩的彝文抄本，虽然叙述事件的秩序有所差别，但出生、成长、说媒、抢亲或出嫁、阿黑追赶、比赛、打虎、阿诗玛被岩神所害等主要情节都已具备，已经有相对完整的情节并定型化了。将彝语口述汉译本与彝文抄本汉译本相比，可以发现彝语口述汉译本篇幅较短，最长的有588行，最短的只有几十行，情节往往较为简单，不够完整。彝文抄本汉译本篇幅较长，人物的塑造较为丰满、情节较为完整。这里值得一提的是昂自明的《阿诗玛》译本（即表2-3，序号8），昂自明是彝族撒尼人，"他的译本无论从行文风格、诗体格式都基本上忠实于原古籍抄本，尤其难能可贵的是这一译本照顾了口语诗歌的特点与民族语言特色而显得生趣盎然"①。他的译本受到读者的好评,入选多种版本。

表2-3 《阿诗玛》语际翻译彝语抄本汉译本(彝汉翻译:彝语书面语—汉语书面语)简表

序号	文本名称	时间	译者	源语	译入语	翻译方式	备注说明
1	《阿诗玛》(李正新彝文藏本汉译本)	1962年2月	译者:李德君、李纯邑;记录者:李德君	彝语书面语	汉语书面语	书面语到书面语	彝文抄本保存者:李正新
2	《阿诗玛》(彝文译本1汉译本)	1963年9月14日	译者:金国库、金云;记录者:马维翔	彝语书面语	汉语书面语	书面语到书面语	无彝文抄本保存者记录
3	《阿诗玛》(彝文译本2汉译本)	1963年9月14日	译者:金国库、金云;记录者:马维翔	彝语书面语	汉语书面语	书面语到书面语	无彝文抄本保存者记录
4	《诗卡都勒玛》	1963年9月16日	译者:金国库、金云;记录者:马维翔	彝语书面语	汉语书面语	书面语到书面语	无彝文抄本保存者记录
5	《阿诗玛》(毕福昌彝文藏本汉译本)	1963年11月	译者:赵国泰、李纯邑、金国库、李德君;记录者:李德君	彝语书面语	汉语书面语	书面语到书面语	彝文抄本保存者:毕福昌
6	《阿诗玛》(金国库彝文藏本1汉译本)	1964年1月	译者:金国库、李纯邑、李德君;记录者:李德君	彝语书面语	汉语书面语	书面语到书面语	彝文抄本保存者:金国库

① 牟泽雄、杨华轲:《〈阿诗玛〉版本论》,《楚雄师范学院学报》2007年第2期。

续 表

序号	文本名称	时间	译者	源语	译入语	翻译方式	备注说明
7	《阿诗玛》(金国库彝文藏本2汉译本)	1980年8月	译者：金国库；记录者：罗希吾戈	彝语书面语	汉语书面语	书面语到书面语	彝文抄本保存者：金国库
8	《阿诗玛》(李科保彝文藏本汉译本)	1983年5月	译者：昂自明；校对：吴承柏	彝语书面语	汉语书面语	书面语到书面语	彝文抄本保存者：李科保

3. 《阿诗玛》汉语译创

《阿诗玛》汉语译创是指以翻译兼创作的方法把彝语源语文本转换为汉语书面语文本。汉语译创是指参照一种或多种彝语源语文本，以翻译兼创作的方法把彝语源语文本转换为汉语书面语文本。译者在翻译过程中往往对彝语源语文本文体进行改造，对彝语源语文本情节进行剪裁，或加进了自己的创作成分。有时翻译的源语文本不止一个，可能是多个源语文本来源，译者往往用总合（和）的方法进行翻译，最后形成一个译文本。目前搜集到5个汉语译创本（见表2-4），分别是《美丽的阿斯玛——云南圭山彝族传说叙事诗》（朱德普汉译本）、《阿诗玛——撒尼人叙事诗》（黄铁、杨知勇、刘绮、公刘汉语译创本）、《阿诗玛——彝族民间叙事诗（重整理本）》（中国作家协会昆明分会汉语译创本）、《阿诗玛——撒尼民间叙事诗》（黄铁、杨知勇、刘绮、公刘汉语译创本修订本）、《阿诗玛的回声》（夏瑞红汉语译创本）。朱德普汉语译创本是用西方的现代诗歌观念来翻译和改造彝族诗歌古籍，把流传于民间口传的严整的五言诗改造成了现代散文诗，并对全诗进行了分段处理。黄铁、杨知勇、刘绮、公刘汉语译创本、中国作家协会昆明分会汉语译创本、黄铁、杨知勇、刘绮、公刘汉语译创本修订本都是在一些"文化领导者"的关怀下，以"阶级性"为准绳，用"总和的方法"进行整理翻译的。具体地讲，就是"将搜集到的20份异文全部打散、拆开，按故事情节分门别类归纳,剔除其不健康的部分,再根据突出主题思想,丰富人物形象,增加故事结构等等的需要进行加工、润饰、删节和补足"[1]。"这里的翻译已不再是单纯的语言转换,也是嵌在语言中的'思维模式'和'历史意识'的转换。这一转换过程中,最明显的是'创作'成分的增加。"[2] 但这里值得一提的是李广田所提出的整理和翻译文本的"四不原则",即"不要把汉族的东西强加到少数民族的创作上;不要把知识分子的东西强加到劳动人民的创作上;不要把现代的东西强加到过去的事物上;不要用日常生活中的实际事物去代替或破坏民族民间创作中那些特殊的富有浪漫主义色彩的表现方法"[3]。1995年台湾作家夏瑞红把叙事长诗《阿诗玛》改编为小说,书名为《阿诗玛的回声》。

表2-4　　《阿诗玛》语际翻译本(汉语译创本:彝语口头文本—[汉译本]—汉语译创本)简表

序号	文本名称	时间	译者	源语	译入语	翻译方式	备注说明
1	《美丽的阿斯玛——云南圭山彝族传说叙事诗》(朱德普汉译本)	1953年10月	译者:朱德普	彝语口头语	汉语书面语	译创	用现代散文诗对原诗进行改造
2	《阿诗玛——撒尼人叙事诗》(黄铁、杨知勇、刘绮、公刘汉语译创本)	1954年1月30日	译者:黄铁、杨知勇、刘绮、公刘	彝语口头语—汉语书面语	汉语书面语	译创	根据云南省人民文工团圭山工作组搜集整理的《阿诗玛》传说20份、民间故事38个、民歌300多首译创而成

---

[1] 黄铁、杨知勇、刘绮、公刘(杨知勇执笔):《〈阿诗玛〉第二次整理本序言》 赵德光《阿诗玛研究论文集》,云南民族出版社第2002年版,第151页。
[2] 段凌宇:《民族民间文艺改造与新中国文艺秩序建构——以〈阿诗玛〉的整理为例》,《文学评论》2012年第6期。
[3] 李广田:《撒尼族长篇叙事诗〈阿诗玛〉序》,人民文学出版社1978年版,第22—23页。

续 表

序号	文本名称	时间	译者	源语	译入语	翻译方式	备注说明
3	《阿诗玛——彝族民间叙事诗（重整理本）》（中国作家协会昆明分会汉语译创本）	1960年4月16日	译者：中国作家协会昆明分会	彝语口头语—汉语书面语	汉语书面语	译创	中国作家协会昆明分会根据黄铁、杨知勇、刘绮、公刘汉语译创本《阿诗玛——撒尼人叙事诗》以及云南省人民文工团圭山工作组搜集材料重新整理而成
4	《阿诗玛——撒尼民间叙事诗》（黄铁、杨知勇、刘绮、公刘汉语译创本修订本）	1980年6月	译者：黄铁、杨知勇、刘绮、公刘	彝语口头语—汉语书面语	汉语书面语	译创	对黄铁、杨知勇、刘绮、公刘汉语译创本《阿诗玛——撒尼人叙事诗》修订而成
5	《阿诗玛的回声》（夏瑞红汉语译创本）	1995年	译者：夏瑞红（台湾作家）	彝语口头语—汉语书面语	汉语书面语	译创	把叙事长诗《阿诗玛》改编为小说

（二）《阿诗玛》彝译外翻译概述

《阿诗玛》彝译外主要涉及从彝语口头语向外语书面语的转换。译本经历了"彝语—外语"的语际翻译。目前搜集到的彝译外译本有2个（见表2-5），都是由彝语口头吟唱文本译为法语书面语。这两个译本是出自19世纪法国传教士保禄·维亚尔之手，在《云南撒尼倮倮的传统和习俗》的"文学和诗歌"部分的介绍中，保禄·维亚尔译介了采集自《婚礼上唱的诗歌》，据彝族学者黄建明考证，这个译介文本应为《阿诗玛》[①]。他在《维亚尔的云南来

[①] 参见黄建明《19世纪国外学者介绍的彝族无名叙事诗应为〈阿诗玛〉》，《民族文学研究》2001年第2期。

信》中介绍撒尼人的婚姻时，译介了和《阿诗玛》中内容很相像的一首《新娘悲歌》。保禄·维亚尔译介的目的是为了让法国人认识和了解遥远国度原始民族的生活及文化，以便后来的传教士尽快融入撒尼人中进行传教活动。

表2-5　《阿诗玛》语际翻译本（彝译外：彝语口头文本—外语译本）简表

序号	文本名称	时间	译者	源语	译入语	翻译方式	备注说明
1	《婚礼上唱的诗歌》	1989年	Paul Vial（1855—1917）（保禄·维亚尔）	彝语口头语	法语	口头语到书面语（节译）	《云南撒尼倮倮的传统和习俗》的"文学和诗歌"部分的介绍中，保禄·维亚尔译介了采集自《婚礼上唱的诗歌》
2	《新娘悲歌》	不明	Paul Vial（1855—1917）（保禄·维亚尔）	彝语口头语	法语	口头语到书面语（节译）	《维亚尔的云南来信》中介绍撒尼人的婚姻时，保禄·维亚尔译介了《新娘悲歌》

(三)《阿诗玛》汉译外翻译概述

《阿诗玛》汉译外是指间接由汉语中转译成其他外语书面语。目前了解或搜集到的《阿诗玛》汉译外译本主要涉及汉译俄、汉译英、汉译法、汉译日、汉译世界语。译本经历了"汉语—外语"的语际翻译。汉译英有4个翻译版本、汉译日有6个译本，汉译俄有2个译本，汉译法、汉译世界语各有1个译本（见表2-6）。汉译英的4个翻译版本分别是由戴乃迭（Gladys Yang）翻译，登载在1955年英文版《中国文学》第1、3期的"Ashma", the Oldest Shani Ballad，源语文本为1955年人民文学出版社出版的黄铁、杨知勇、刘绮、公刘的汉译本《阿诗玛》；1957年由外文出版社出版的英译本 Ashma 是戴乃迭1955年刊登在英文版《中国文学》第3期的译文；1981年由外文出版社出版的戴乃迭英译本 Ashima，源语文本为1960年人民出版社出版的中国作

第二章　翻译与《阿诗玛》的文本旅行

家协会昆明分会翻译的《阿诗玛——彝族民间叙事诗（重整理本）》。2007年由杨德安改编、潘智丹翻译、汪榕培英文校审的汉英对照故事版本《阿诗玛=Ashima》，该英译本由广东教育出版社出版。汉译日的6个译本分别是1957年宇田礼、小野田耕三郎根据1955年人民文学出版社出版的《阿诗玛》，并参考了1955年戴乃迭英译本，翻译出的《民间叙事诗阿诗玛》，此日译本以诗体的形式进行翻译，由日本未来出版社出版；1960年松枝茂夫翻译的 *Yamabikohime*（《回声公主》），源语文本为1954年黄铁、杨知勇、刘绮、公刘的汉译本《阿诗玛——撒尼人叙事诗》，此日译本以散文体的形式进行翻译，被载入安藤一郎等编写的《世界童话文学大系》第14卷《中国童话集》中，由日本东京讲谈社出版；1962年千田九一翻译的《阿诗玛》，源语文本为1960年人民出版社出版的中国作家协会昆明分会翻译的《阿诗玛——彝族民间叙事诗（重整理本）》，同时参考了前两本日译本，此日译本被载入中野重治·今村与志雄编写的《中国现代文学选集》第19卷《诗·民谣集》中，1962年由日本东京平凡社出版；1996年木下顺二翻译的《阿诗玛——爱与勇气的幻想故事》，源语文本为1954年黄铁、杨知勇、刘绮、公刘的汉译本《阿诗玛——撒尼人叙事诗》，日译本对源语文本的叙事结构和故事情节进行了改编；1999年西协隆夫翻译的《阿诗玛》，源语文本为1999年7月中国文学出版社出版的黄建明、普卫华翻译的《阿诗玛》，该日译本作为黄建明、普卫华翻译的《阿诗玛》彝文、国际音标、汉文、英文、日文对照本，于1999年由中国文学出版社出版；2002年梅谷记子、邓庆真翻译的《阿诗玛》，源语文本为1960年人民出版社出版的中国作家协会昆明分会翻译的《阿诗玛——彝族民间叙事诗（重整理本）》[1]。汉译俄的2个译本分别是杨放《圭山撒尼人的叙事诗〈阿斯玛〉——献给撒尼人的兄弟姐妹们》的俄译本[2]以及根据

---

[1] 参见［日］清水享《〈阿诗玛〉在日本》，赵德光《阿诗玛研究论文集》，云南民族出版社2002年版，第43—50页。

[2] 参见杨放《记录长诗〈阿诗玛〉引起的随想》，赵德光《阿诗玛国际学术研讨会论文集》，云南民族出版社2006年版，第1—3页。

1954年黄铁、杨知勇、刘绮、公刘《阿诗玛——撒尼人叙事诗》汉语译创本翻译出版的俄文版本"ACMA",该俄译本1956年由外文出版社出版。《阿诗玛》汉译法语译本Ashma是由何如翻译的,其源语文本为1955年人民文学出版社出版的黄铁、杨知勇、刘绮、公刘的汉译本《阿诗玛》,该法译本1957年由外文出版社出版。《阿诗玛》汉译世界语译本是1964年由国际世界语科学院院士李世俊翻译的,其源语文本为1960年人民出版社出版的中国作家协会昆明分会翻译的《阿诗玛——彝族民间叙事诗(重整理本)》。

表2-6 《阿诗玛》语际翻译本(汉译外:汉语译本—外语译本)

序号	文本名称	时间	译者	源语	译入语	翻译方式	备注说明
1	Ashma, the Oldest Sha-ni Ballad	1955年	戴乃迭(Gladys Yang)	汉语	英语	全译	源语文本为1955年人民文学出版社出版的黄铁、杨知勇、刘绮、公刘的汉译本《阿诗玛》,刊登在英文版《中国文学》1955年第1、3期
2	Ashma	1957年	戴乃迭(Gladys Yang)	汉语	英语	全译	该英译本是戴乃迭1955年刊登在英文版《中国文学》第3期的译文,只是Preface(前言)有所变化,1957年由外文出版社出版
3	Ashima	1981年	戴乃迭(Gladys Yang)	汉语	英语	全译	源语文本为1960年人民出版社出版的中国作家协会昆明分会翻译的《阿诗玛——彝族民间叙事诗(重整理本)》
4	《阿诗玛=Ashima》	2007年	潘智丹	汉语	英语	译创	汉英对照故事版本,由杨德安改编,汪榕培英文校审,由广东教育出版社出版

续　表

序号	文本名称	时间	译者	源语	译入语	翻译方式	备注说明
5	《阿诗玛》	1957年	宇田礼、小野田耕三郎	汉语	日语	译创（以诗体翻译）	源语文本为1955年人民文学出版社出版的黄铁、杨知勇、刘绮、公刘汉译本《阿诗玛》，同时参考了1955年戴乃迭英译本，1957年由日本未来出版社出版
6	Yamabiko-hime	1960年	松枝茂夫	汉语	日语	译创（以散文体的形式翻译）	源语文本为1954年黄铁、杨知勇、刘绮、公刘汉译本《阿诗玛——撒尼人叙事诗》。此日译本被载入安藤一郎等编写的《世界童话文学大系》第14卷《中国童话集》中，由日本东京讲谈社出版
7	《阿诗玛》	1962年	千田九一	汉语	日语	译创	源语文本为1960年人民出版社出版的中国作家协会昆明分会翻译的《阿诗玛——彝族民间叙事诗（重整理本）》，同时参考了前两本日译本。此日译本被载入中野重治·今村与志雄编写的《中国现代文学选集》第19卷《诗·民谣集》中，1962年由日本东京平凡社出版
8	《阿诗玛——爱与勇气的幻想故事》	1996年	木下顺二	汉语	日语	译创	源语文本为1954年黄铁、杨知勇、刘绮、公刘的汉译本《阿诗玛——撒尼人叙事诗》，日译本对源语文本的叙事结构和故事情节进行了改编

续表

序号	文本名称	时间	译者	源语	译入语	翻译方式	备注说明
9	《阿诗玛》	1999年	西协隆夫	汉语	日语	全译	源语文本为1999年7月中国文学出版社出版的黄建明、普卫华翻译的《阿诗玛》，该日译本1999年由中国文学出版社出版
10	《阿诗玛》	2002年	梅谷记子、邓庆真	汉语	日语	全译	源语文本为1960年人民出版社出版的中国作家协会昆明分会翻译的《阿诗玛——彝族民间叙事诗（重整理本）》，未见到译本
11	《阿诗玛》	不明	不明	汉语	俄语	不明	源语文本为1950年杨放的汉译本《圭山撒尼人的叙事诗〈阿斯玛〉——献给撒尼人的兄弟姐妹们》，未见到译本
12	ACMA	1956年	不明	汉语	俄语	不明	源语文本为1954年黄铁、杨知勇、刘绮、公刘的汉译本《阿诗玛——撒尼人叙事诗》，该俄译本1956年由外文出版社出版
13	Ashma	1957年	何如	汉语	法语	全译	源语文本为1955年人民文学出版社出版的黄铁、杨知勇、刘绮、公刘的汉译本《阿诗玛》，该法译本1957年由外文出版社出版
14	Ašma	1964年	李世俊	汉语	世界语	全译	源语文本为1960年人民出版社出版的中国作家协会昆明分会翻译的《阿诗玛——彝族民间叙事诗（重整理本）》

（四）《阿诗玛》汉字记音对译翻译概述

《阿诗玛》记音对译是指把彝语口头语记音对译为汉字。目前搜集到汉字记音对译的译本主要有7个（见表2-7），分别是《阿诗玛》（《能爱阿诗玛（勒咪哩）》）译本、《阿诗玛》（金云、普华昌演唱译本1）、《阿诗玛》（金云、普华昌演唱译本2）、《阿诗玛》（毕自知、毕玉珍演唱译本）、《阿诗玛》（李柏芳演唱译本）、《阿诗玛》（黄秀英、黄玉忠演唱译本）、《阿诗玛》撒尼剧歌曲译本。

表2-7 《阿诗玛》语际翻译本(汉字记音对译:彝语口头语—汉字记音)简表

序号	文本名称	时间	译者	源语	译入语	翻译方式	备注说明
1	《阿诗玛》（《能爱阿诗玛（勒咪哩）》）译本	1953年5月19日	记录者：马绍云	彝语口头语	汉字	汉字记音对译	演唱者：黄秀英、黄玉忠，1=G 2/4 每分钟60拍
2	《阿诗玛》（金云、普华昌演唱译本1）	不明	记录者：李凝	彝语口头语	汉字	汉字记音对译	演唱者：金云、普华昌，1=G 3/4 2/4 每分钟72拍
3	《阿诗玛》（金云、普华昌演唱译本2）	不明	记录者：李凝	彝语口头语	汉字	汉字记音对译	演唱者：金云、普华昌，1=G 3/4 2/4 每分钟60拍
4	《阿诗玛》（毕自知、毕玉珍演唱译本）	1953年6月30日	记录者：李凝	彝语口头语	汉字	汉字记音对译	演唱者：毕自知、毕玉珍，1=G 3/4 2/4 每分钟60拍
5	《阿诗玛》（李柏芳演唱译本）	不明	记录者：金砂	彝语口头语	汉字	汉字记音对译	演唱者：李柏芳，2/4 慢
6	《阿诗玛》（黄秀英、黄玉忠演唱译本）	不明	记录者：李凝	彝语口头语	汉字	汉字记音对译	演唱者：黄秀英、黄玉忠，1=G 2/4 每分钟60拍
7	《阿诗玛》撒尼剧歌曲译本	1958年	译创者：李纯庸、金云等	彝语口头语	汉字	汉字记音对译	

(五)《阿诗玛》往复翻译概述

"往复翻译"主要是指中国文学文化文本（汉语文本或其他民族语言文本）被译者加上了关涉源语文本的具体的历史知识、文化背景以及译者对文本的理解和诠释后，翻译成外文，然后这个外译本又被翻译为中国的语言（汉语或其他民族语言）返回中国。这里要强调的是，"往复翻译"体现的是"西方"（西方汉学）的影响，具有文化反哺的意味和文化返销的意义。[①] 目前搜集到《阿诗玛》往复翻译译本主要有 2 个（见表 2-8），这两个译本都经历了"彝语口头吟唱文本—法语书面语文本—汉语书面语文本"的语际往复翻译历程，这两个译本都是由彝族学者黄建明翻译的。《婚礼上唱的诗歌》源语文本为撒尼人婚礼上吟唱的彝语口头文本，19 世纪法国传教士保禄·维亚尔在《云南撒尼倮倮的传统和习俗》的"文学和诗歌"部分用法语译介的《婚礼上唱的诗歌》为中转文本，为了证明保禄·维亚尔译介的《婚礼上唱的诗歌》是《阿诗玛》的一部分，黄建明在《19 世纪国外学者介绍的彝族无名叙事诗应为〈阿诗玛〉》一文中对其进行了汉译。《新娘悲歌》源语文本为撒尼人婚礼上吟唱的彝语口头文本，19 世纪法国传教士保禄·维亚尔在《维亚尔的云南来信》中介绍撒尼人的婚姻时，用法语译介的《新娘悲歌》为中转文本，黄建明、燕汉生在编译《保禄·维亚尔文集——百年前的云南彝族》一书时，对保禄·维亚尔法译本进行了汉译。

---

① 参见王宏印《文学翻译批评概论》，中国人民大学出版社 2009 年版，第 171—173 页。

表2-8 《阿诗玛》语际翻译译本(往复翻译:彝语口头吟唱文本—法语书面语文本—汉语书面语文本)

序号	文本名称	出版时间	译者	源语	中转语	译入语	翻译方式	备注说明
1	《婚礼上唱的诗歌》	2002年	黄建明	彝语口头语	法语书面语	汉语书面语	"彝语口头吟唱文本—法语书面语文本—汉语书面语文本"的语际往复翻译	源语文本为撒尼人婚礼上吟唱的彝语口头文本,19世纪法国传教士保禄·维亚尔在《云南撒尼倮倮的传统和习俗》的"文学和诗歌"部分用法语译介的《婚礼上唱的诗歌》为中转文本,黄建明在《19世纪国外学者介绍的彝族无名叙事诗应为〈阿诗玛〉》一文中对保禄·维亚尔法译本进行了汉译
2	《新娘悲歌》	2002年	黄建明,燕汉生	彝语口头语	法语书面语	汉语书面语	"彝语口头吟唱文本—法语书面语文本—汉语书面语文本"的语际往复翻译	源语文本为撒尼人婚礼上吟唱的彝语口头文本,19世纪法国传教士保禄·维亚尔在《维亚尔的云南来信》介绍撒尼人的婚姻时,用法语译介的《新娘悲歌》为中转文本,黄建明等在编译《保禄·维亚尔文集——百年前的云南彝族》一书时,对保禄·维亚尔法译本进行了汉译

三 《阿诗玛》符际翻译

《阿诗玛》符际翻译主要是指通过影视或舞台媒介把叙事长诗《阿诗玛》从语言符号文本转换为影像、声响效果、非语言标记、镜头等多元符号文本。《阿诗玛》的符际翻译主要涉及的翻译类型可以分为三大类别,下分八小类,如图2-3所示。三大类别分别是影视剧译创、舞台剧译创和广播剧译创。影视剧译创包括电影译创、电视剧译创。舞台剧译创主要包括京剧译创、撒尼剧译创、舞剧译创、歌舞剧译创、儿童剧译创。具体的译本介绍详见表2-9。

```
                    ┌ 影视剧译创 ┬ 电影译创
                    │            └ 电视剧译创
                    │            ┌ 京剧译创
                    │            ├ 撒尼剧译创
         符际翻译 ┤ 舞台剧译创 ┼ 舞剧译创
                    │            ├ 歌舞剧译创
                    │            └ 儿童剧译创
                    └ 广播剧译创
```

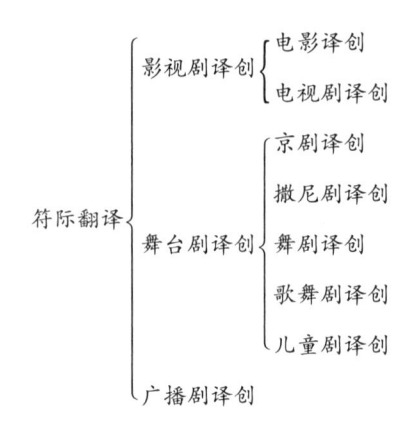

图 2-3　《阿诗玛》符际翻译类型

（一）《阿诗玛》影视剧译创概述

《阿诗玛》影视剧译创是指通过电影或电视媒介把叙事长诗《阿诗玛》从语言符号文本转换为影像、声响效果、非语言标记、镜头等多元符号文本。目前搜集到的《阿诗玛》影视剧译创本主要有 2 个，其中电影译创本 1 个，电视剧译创本 1 个。

电影《阿诗玛》是 1964 年由上海电影制片厂摄制完成，拍摄的目的是宣传新中国少数民族的新形象。《阿诗玛》叙事诗经过电影艺术媒体化的信息选择与集中，再加上艺术处理，叙事诗变成了彩色宽银幕立体声音乐歌舞片。《阿诗玛》电影译创本的导演为刘琼；主演杨丽坤；编剧葛炎和刘琼；文学顾问李广田；摄影许琦；美术丁辰；主题曲与背景曲罗宗贤和葛炎。电影《阿诗玛》作为音乐歌舞片，采用了大量的彝族音乐和舞蹈。与叙事长诗《阿诗玛》相比较，电影《阿诗玛》在叙事结构、人物关系、故事情节等方面都有很大的差异。电影《阿诗玛》共分 10 本，以"回声"开头，而叙事长诗《阿诗玛》中"回声"是最后的结局；电影的第二、三本的故事为添加的情节，第四、五、六、十本的故事情节有一定的改动，电影中阿诗玛和阿黑是恋人关系，在叙事长诗中两者是兄妹关系。

电视剧《阿诗玛新传》，又名《天堂的转角》，是 2005 年 CCTV 中视传媒文化发展有限公司与上海陶源文化传播有限公司联合拍摄的，共 18 集，拍摄的目的是投拍方石林县政府希望通过电视剧让外界了解新时代的阿诗玛群体，宣传石林的风土民情以获得更多的旅游收益。导演是刘琼和杨铸剑；主演韩雪、全成勋、钱泳辰等。作为现代"民族偶像剧"的电视连续剧《阿诗玛新传》除了采用叙事长诗《阿诗玛》中的部分人名、地名外，主题、内容与角色皆为新创。与叙事长诗《阿诗玛》相比较，"电视连续剧《阿诗玛新传》在内容和道德评判标准上对原作进行了颠覆性的改变。阿诗玛不再为了抵抗财主、地霸等恶势力而苦苦斗争，她内心最大的敌人是来自花花世界的诱惑"①。

(二)《阿诗玛》舞台剧译创概述

《阿诗玛》舞台剧译创是指通过舞台这一媒介把叙事长诗《阿诗玛》从语言符号文本转换为各剧种的多元表演符号文本。目前搜集到的《阿诗玛》舞台剧译创本主要有 5 个，分别为京剧译创本、撒尼剧译创本、舞剧译创本、歌舞剧译创本、儿童剧译创本各 1 个。

京剧《阿黑和阿诗玛》是 1953 年京剧表演艺术家金素秋、吴枫根据杨放和朱德普的《阿诗玛》汉译本译创的。在京剧译创中，编剧吸收撒尼诗歌自然、朴实的语言特点，保留了云南彝族撒尼人的某些地域特征和民族特色，同时运用了传统的京剧、昆曲的表演艺术手法，对《阿诗玛》的人物关系、情节以及结尾进行了一定的改编，还根据京剧表演的特点，增加了牧童、樵夫、三虎形、水旗等角色。京剧译创本共有六幕，分别为情别、抢亲、追赶、诱惑、打虎、回声。

撒尼剧《阿诗玛》是 1958 年李纯庸、金云等人吸收了外来剧种的表演手法，加上本民族的习惯动作、民间歌舞及语言特点译创的。此剧的说白、唱腔均为撒尼语，在演出过程中配有简要的汉语翻译。在撒尼剧译创中，编剧

---

① 章明：《首部"民族偶像剧"〈阿诗玛新传〉上海封镜》，http://news.sina.com.cn/c/2014-07-04/10146343811s.shtml。

吸收了汉族的话剧、活报剧、花灯剧等多个剧种的表演手法，把"三胡、闷笛、直笛和口弦等等撒尼人的特色乐器巧妙地穿插进去"，同时还增加二胡、月琴、扬琴等汉族乐器和少量的西洋乐器，并"从十余种叙事长诗《阿诗玛》的吟唱调中筛选出最精华的部分加以修整，把一些原来的非方整性乐句规范成方整性乐句，使在舞台上的歌者与乐队便于结合在一起"，还有就是"把民间的其他曲调通过改编升华后用于剧中""根据撒尼音乐的骨干音1、3、5和民间音乐的旋律走向，新创音乐旋律"①。与叙事长诗相比，《阿诗玛》撒尼剧译创本在内容上省略了"议婚""请媒""追赶"等情节，在人物角色方面增加了阿诗玛的情人阿萨和管理摔跤场的老人阿布，结尾也有所改动。

舞剧《阿诗玛》是1992年云南省歌舞团以叙事长诗《阿诗玛》为原本，采用无场次全舞蹈化的板块式结构，用具有象征意义的黑、绿、灰、红、金、白、蓝7个颜色的舞段对叙事长诗《阿诗玛》进行媒介转换而形成的文本。此剧编剧为赵惠和、苏天祥、徐演（执笔）、李学忠；舞蹈编导为赵惠和、周培武、陶春、苏天祥；作曲为万里和黄田；演员为依苏拉罕（傣族）、杨卫疆（白族）、陶春（布朗族）等。在舞剧译创中，编剧从时代发展的视角，"稀释了错综的人物关系，淡化了人的争斗，强化了诗的意境，强化了人间的真情，浓重了传说的神话色彩"②。该剧没有按照叙事长诗《阿诗玛》的结构顺序来安排剧本，"而是根据长诗中阿诗玛姑娘来源于'自然又回归自然'的总体构思，运用七个色块的变换"③，完成了舞剧的结构，大量吸收彝族各支系和其他民族的艺术手法、歌舞、音乐、服饰等，同时充分发挥舞美、灯光的效应，译创了大型舞剧《阿诗玛》。这个舞剧被文化部誉为"东方的天鹅湖，

---

① 金仁祥：《浅谈彝族撒尼剧〈阿诗玛〉》，赵德光《阿诗玛国际学术研讨会论文集》，云南民族出版社2006年版，第259—265页。
② 徐演：《以舞剧形式塑造阿诗玛形象探索》，赵德光《阿诗玛国际学术研讨会论文集》，云南民族出版社2006年版，第266—277页。
③ 同上。

民族艺术的奇葩""中国舞剧发展史上又一个里程碑"。

歌舞剧《阿诗玛》是1996年7月由日本Peoples Theater（人民剧团）第一次上演的，副标题为《爱与勇气的幻想故事》，原作作者为木下顺二，编剧和导演是森井睦。在歌舞剧译创中，编剧基本按照1954年黄铁、杨知勇、刘绮、公刘《阿诗玛——撒尼人叙事诗》汉语译创本的叙事结构和故事情节进行改编。与叙事长诗《阿诗玛》相比较，《阿诗玛——爱与勇气的幻想故事》歌舞剧译创本增加了解说人A和解说人B、热布巴拉家的家丁队长、回声公主诗卡都勒玛等人物，省略了阿黑"射箭"的情节。

《阿诗玛》儿童剧译创是以符合儿童认知的舞台剧表现手法对叙事长诗《阿诗玛》进行的媒介转换。日本群马县剧团Buna no ki（山毛榉之树）上演的《阿诗玛——变成回音的姑娘》编剧是若林一郎；导演大野俊夫；由8个解说员进行表演；上演时间90分钟。在歌舞剧译创中，编剧并没有按照叙事长诗《阿诗玛》的叙事结构和故事情节进行改编，而是考虑到儿童的认知状态和接受能力，通过解说员问答的方式来推进和演绎《阿诗玛》，对叙事长诗《阿诗玛》中所具有的强烈的矛盾冲突都进行弱化处理，对故事开头和结尾也做了符合儿童特点的调整和改编。

（三）《阿诗玛》广播剧译创概述

《阿诗玛》广播剧译创是通过电台这一媒介把叙事长诗《阿诗玛》从语言符号文本转换为广播剧的多元表演符号文本。1961年2月23日，日本东京的文化放送广播台（NHK）在"现代剧场"播放了《阿诗玛》的广播剧，播送时间不到30分钟。此剧编剧为当时日本著名的戏剧作家木下顺二；导演是文化放送广播台的岛地纯；音乐由间宫芳生担任；出场演员是山本安英和"葡萄之会"剧团的演员。木下顺二在编剧时参考了宇田礼翻译的《民间叙事诗阿诗玛》，把这首诗压缩为七章，对情节进行了简化处理。

表2-9　　　　　　　　《阿诗玛》符际翻译译本

序号	文本名称	时间	译者	源语	译入语	翻译方式	备注说明
1	《阿诗玛》(电影译创本)	1964年	导演:刘琼;主演:杨丽坤;编剧:葛炎、刘琼,文学顾问:李广田;摄影:许琦;美术:丁辰;主题曲与背景曲:罗宗贤、葛炎	语言符号	影像、声响效果、非语言标记、镜头等多元符号	译创	由上海电影制片厂摄制完成,是中国第一部彩色宽银幕立体声音乐歌舞片
2	《阿诗玛》(电视剧译创本)	2005年	导演:刘琼、杨铸剑;主演:韩雪、全成勋、钱泳辰等	语言符号	影像、声响效果、非语言标记、镜头等多元符号	译创	由CCTV中视传媒文化发展有限公司与上海陶源文化传播有限公司联合拍摄
3	《阿黑和阿诗玛》(京剧译创本)	1953年	编剧:金素秋、吴枫	语言符号	京剧表演符号	译创	由京剧表演艺术家金素秋、吴枫根据杨放和朱德普的《阿诗玛》汉译本译创的
4	《阿诗玛》(撒尼剧译创本)	1958年	编剧:李纯庸、金云等人	语言符号	撒尼剧表演符号	译创	由李纯庸、金云等人吸收外来剧种的表演手法,加上本民族的习惯动作、民间歌舞及语言特点译创的
5	《阿诗玛》(舞剧译创本)	1992年	编剧:赵惠和、苏天祥、徐演(执笔)、李学忠;舞蹈编导:赵惠和、周培武、陶春、苏天祥;作曲:万里、黄田;演员:依苏拉罕(傣族)、杨卫疆(白族)、陶春(布朗族)等	语言符号	舞剧表演符号	译创	云南省歌舞团以叙事长诗《阿诗玛》为原本,采用无场次全舞蹈化的板块式结构,用具有象征意义的黑、绿、灰、红、金、白、蓝7个颜色的舞段对叙事长诗《阿诗玛》进行媒介转换而形成的文本

续　表

序号	文本名称	时间	译者	源语	译入语	翻译方式	备注说明
6	《阿诗玛——爱与勇气的幻想故事》（日本歌舞剧译创本）	1996年	编剧和导演：森井睦；原作作者：木下顺二	语言符号	歌舞剧表演符号	译创	由日本 Peoples Theater（人民剧团）第一次上演，编剧基本按照1954年黄铁、杨知勇、刘绮、公刘《阿诗玛——撒尼人叙事诗》汉语译创本的叙事结构和故事情节进行改编
7	《阿诗玛——变成回音的姑娘》（儿童剧译创本）	不明	编剧：若林一郎；导演：大野俊夫；演员：8个解说员	语言符号	儿童剧表演符号	译创	由日本群马县剧团 Buna no ki（山毛榉之树）上演，上演时间90分钟
8	《阿诗玛》（广播剧译创本）	1961年	编剧：木下顺二；导演：岛地纯；音乐：间宫芳生；演员：山本安英和"葡萄之会"剧团的演员	语言符号	广播剧表演符号	译创	由日本东京的文化放送广播台（NHK）在"现代剧场"播放，播放时间不到30分钟。在编剧时参考了宇田礼翻译的《民间叙事诗阿诗玛》

四　《阿诗玛》译本类型

《阿诗玛》的译本体例主要有单语译本、双语对照译本、多行对照译本和多行多语对照译本等。《阿诗玛》的大多数译本为单语译本，双语对照译本有1个，是杨德安改编、潘智丹翻译、汪榕培英文校审的汉英对照故事版本《阿诗玛＝Ashima》。这里我们着重讨论多行对照译本和多行多语对照译本（见表2－10），这是《阿诗玛》翻译的特色之一。多行对照译本又分为彝语口头吟唱文本多行对照译本和彝语书面文本多行对照译本。彝语口头吟唱文本多行对照译本有四种不同的体例，彝语书面文本多行对照译本有三种不同的体例。如图2-4所示。

```
多行对照译本 ┬ 彝语口头吟唱文本多行 ┬ ①彝语口头吟唱译为：曲谱+汉语译意
             │                      ├ ②彝语口头吟唱译为：曲谱+汉语译意夹杂音译
             │     对照译本          ├ ③彝语口头吟唱译为：曲谱+汉字记音对译+汉语译意
             │                      └ ④彝语口头吟唱译为：曲谱+汉字夹杂汉语拼音记音对译+
             │                                         汉语译意
             │
             └ 彝语书面文本多行对照译本 ┬ ①国际音标记音对译+
                                        │  汉语字对字直译+汉语意译
                                        ├ ②曲谱+汉语记音对译+汉语意译
                                        └ ③彝文原本+国际音标记音对译+
                                           汉语字对字直译+汉语句译+
                                           汉语段译
```

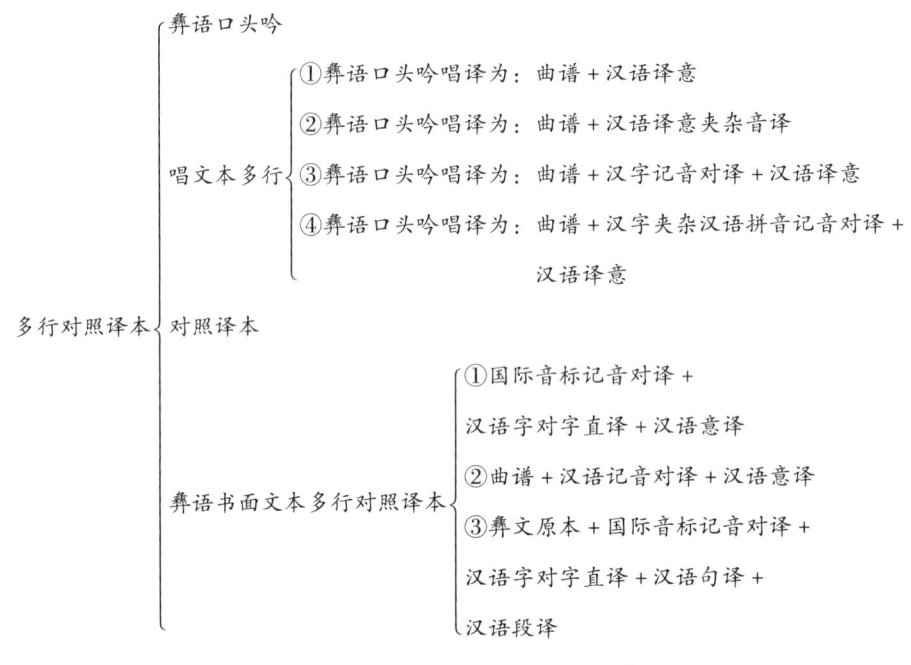

图2-4 《阿诗玛》多行对照译本类型

(一)《阿诗玛》多行对照译本概述

目前搜集到的《阿诗玛》多行对照译本主要有11个，其中彝语口头吟唱文本多行对照译本有8个，彝语书面文本多行对照译本有3个。

1.《阿诗玛》彝语口头吟唱文本多行对照译本

《阿诗玛》彝语口头吟唱文本多行对照译本是指《阿诗玛》彝语吟唱文本通过彝语口头语与其他语言或符号转换而产生的多元符号多行对照文本。彝语口头吟唱文本多行对照译本有四类，分别为"曲谱+汉语译意""曲谱+汉语译意夹杂音译""曲谱+汉字记音对译+汉语译意""曲谱+汉字夹杂汉语拼音记音对译+汉语译意"。目前搜集到的《阿诗玛》"曲谱+汉语译意"多行对照译本1个，为《圭山撒尼人的叙事诗〈阿诗玛〉——献给撒尼人的兄弟姐妹们》(杨放译本)；"曲谱+汉语译意夹杂音译"多行对照译本1个，

第二章 翻译与《阿诗玛》的文本旅行

为《阿诗玛》(金国富演唱译本);"曲谱+汉字记音对译+汉语译意"多行对照译本6个,分别是《阿诗玛》(《能爱阿诗玛(勒咪哩)》)译本、《阿诗玛》(金云、普华昌演唱译本1)、《阿诗玛》(金云、普华昌演唱译本2)、《阿诗玛》(毕自知、毕玉珍演唱译本)、《阿诗玛》(李柏芳演唱译本);《阿诗玛》(黄秀英、黄玉忠演唱译本)。以上译本除了杨放译本标注了译者的姓名,其他译本都只标注了演唱者和采录者的姓名。这类翻译是对口头文本的翻译以及力求在书面上表现出口头艺术表演性的珍贵探索。

文艺工作者杨放把所听到的撒尼民间歌曲《阿诗玛》以"曲谱+汉语译意"多行对照的形式进行翻译和整理,并把这个标题为《圭山撒尼人的叙事诗〈阿斯玛〉——献给撒尼人的兄弟姐妹们》的多行对照译本发表在文艺刊物《诗歌与散文》1950年9月号上。由于译者是音乐工作者,所以译本不仅有《阿诗玛》诗句的汉译文,而且还提供了《〈阿斯玛〉的主题歌》。在译本中译者写到"《阿斯玛》全部的诗都是用下面这个曲调来歌唱的,这曲调和《阿斯玛》本来不应该分割开来,而现在,我们只能把它附在这里,作为一点有关这叙事诗的材料提供给朋友们,这可能是有用处的。因为一经译成汉文后,它就丧失了原来的格律和音乐性了,这样一来,只好让音乐和诗分了家"。

文艺工作者麦丁把所听到的金国富演唱的撒尼民间歌曲《阿诗玛》以"曲谱+汉语译意夹杂音译"多行对照的形式进行翻译和整理,发表在1959年1月音乐出版社出版的《云南贵州少数民族民歌选》中。译本的脚注中译者写道"'阿诗玛',是长期流传在撒尼人民中间的口头长篇故事歌。它表现了撒尼人民反抗压迫和追求自由幸福的意志,歌颂了劳动、勇敢、自由和爱情,这里介绍的曲子是经过撒尼民间作曲家金国富整理过的,其中结合了几种流传在民间的阿诗玛的唱法。"译本还标注了唱法"1 = F2/4 稍慢"。

文艺工作者李凝把所听到的金云、普华昌演唱的两首撒尼民间歌曲《阿诗玛》以"曲谱+汉字记音对译+汉语译意"多行对照的形式进行翻译和整理,第一个译本的脚注中译者写到"'赛路赛'是没有意思的虚字",译本还

· 49 ·

标注了唱法"1 = G 3/4 2/4 每分钟 72 拍",另一个译本标注了唱法"1 = G 2/4 每分钟 60 拍"。李凝把毕自知、毕玉珍演唱的撒尼民间歌曲《阿诗玛》以"曲谱+汉字记音对译+汉语译意"多行对照的形式进行翻译和整理,译本标注了唱法"1 = G 3/4 2/4 每分钟 60",把黄秀英、黄玉忠演唱的撒尼民间歌曲《阿诗玛》以"曲谱+汉字记音对译+汉语译意"多行对照的形式进行翻译和整理,译本标注了唱法"1 = G 2/4 每分钟 60 拍"。这些多行对照译本都发表在 1959 年 6 月音乐出版社出版的《云南贵州兄弟民族民歌集》中。

文艺工作者金砂把所听到的李柏芳演唱的撒尼民间歌曲《阿诗玛》以"曲谱+汉字记音对译+汉语译意"多行对照的形式进行翻译和整理,译本里的脚注中译者写到"这支歌的汉语译词曾发表在《诗歌与散文》1950 年 9 月号上,只曲调有些不同,见杨放;《圭山撒尼人民歌和叙事诗'阿斯玛'》"译本有编者注,译本还标注了唱法"2/4 慢",这个多行对照译本发表在 1957 年 1 月音乐出版社出版的《云南民间歌曲选》中。

1953 年 5 月 19 日,译者马绍云把所听到的《阿诗玛》(《能爱阿诗玛(勒咪哩)》)以"曲谱+汉字记音对译+汉语译意"多行对照的形式进行翻译和整理,译本标注了唱法"G 调 2/4"。

2.《阿诗玛》彝语书面文本多行对照译本

《阿诗玛》彝语书面文本多行对照译本是指《阿诗玛》书面语文本通过彝语书面语与其他语言和符号转换而产生的多元符号多行对照文本。彝语书面文本多行对照译本有三类,分别为"国际音标记音对译+汉语字对字直译+汉语意译""曲谱+汉语记音对译+汉语意译""彝文原本+国际音标记音对译+汉语字对字直译+汉语句译+汉语段译"。

目前搜集到《阿诗玛》"国际音标记音对译+汉语字对字直译+汉语意译"多行对照译本 1 个,为《阿诗玛》撒尼剧剧本译本,原作为李纯庸用撒尼语创作的撒尼剧剧本,方跃章、黄兴用国际音标记音对译,金仁祥翻译为汉语;"曲谱+汉语记音对译+汉语意译"多行对照译本 1 个,为撒尼剧歌曲译本,原作为李纯庸用撒尼语创作的撒尼剧歌曲,方跃章、黄兴、金仁祥翻译为汉语。

"彝文原本+国际音标记音对译+汉语字对字直译+汉语句译+汉语段译"多行对照译本 1 个，为 1985 年中国民间文艺出版社出版的马学良、罗希吾戈、金国库、范惠娟翻译的《阿诗玛》彝文、国际音标、直译、意译多行对照译本。1980 年彝族学者罗希吾戈在付愁绩、马学良、刘魁立等前辈的指导下，在石林县人民政府的大力支持下，开展了彝文《阿诗玛》的调查工作，先后发现了不少版本，经过筛选确定以毕摩金国库所收藏的版本为翻译、整理的底本。为了忠实于源语文本，罗希吾戈按照毕摩金国库的讲解逐字逐句地翻译出来，完成了初译本。金国库是石林知名度很高的毕摩，能读写常用的汉语和汉字。为确保出版质量，罗希吾戈与金国库又共同赴京，请马学良先生的助手范慧娟女士负责注音，马学良先生亲自校正。[①] 这个译本在民族语言文学研究家马学良的建议下，"采取四行译法，即第一行是原诗彝文，第二行用国际音标注音，第三行逐字直译，第四行句译（意译），然后随文加注说明有关风俗，这种译法不但可以译得真实，而且可以保留源语文本的艺术风格、语言特色和民族形式"[②]。"这个译本就是按照四行译法的科学本，不仅为深入研究《阿诗玛》的文学者提供原件和忠实译文，且可为研究彝族撒尼的语言文字和风俗习惯，提供较真实的科学资料。为了不需要研究彝文源语文本的读者，另把译文全文附后，便于文学欣赏。"[③] 这个译本为系统地保留古籍抄本的原貌以及读者了解原作的艺术风格、语言文字特点和撒尼文化提供了一个成功的范例。

（二）《阿诗玛》多行多语对照译本概述

《阿诗玛》多行多语对照译本是指书面语文本通过彝语书面语与其他多种

[①] 参见乌谷《〈阿诗玛〉之我见》，赵德光《阿诗玛国际学术研讨会论文集》，云南民族出版社 2006 年版，第 36—42 页。

[②] 马学良：《古彝文整理本〈阿诗玛〉序》，赵德光《阿诗玛研究论文集》，云南民族出版社 2002 年版，第 256 页。

[③] 同上。

语言和符号转换而产生的多语种、多元符号多行对照文本。目前搜集到的《阿诗玛》多行多语对照译本有1个，为1999年中国文学出版社出版的黄建明、普卫华的译本。黄建明、普卫华两位译者长期从事《阿诗玛》的研究和整理，黄建明出生在阿诗玛的故乡——云南省石林县的彝族山寨，毕业于中央民族学院彝文文献专业，早年曾参与过马学良、罗希吾戈、金国库、范惠娟的《阿诗玛》翻译工作。普卫华为云南省民族博物馆研究员。这个译本的源语文本是由四个彝文抄本校勘而成，译本是由彝文原本、国际音标记音对译、汉语字对字直译、汉语段译、英译、日译多语多符号对照的形式呈现的，译本中还通过脚注对诗歌里的句子、地名、人名以及撒尼人的风俗习惯等进行了注解。在这个译本中，由四个彝文抄本校勘而成的源语文本以及汉语直译本都是严格按照撒尼诗歌的五言体形式翻译的。英译本没有出现译者的名字，不过通过比较，这个英译本应该是1957年外文出版社出版的戴乃迭翻译的 Ashma，译者是用英国民谣体的四行诗翻译的。日译本是由西协隆夫根据黄建明、普卫华的《阿诗玛》汉译本翻译的，西协隆夫先生从20世纪80年代起一直致力于中国民间文学，尤其是中国少数民族文学的介绍及研究，先后前来中国访问近10次，并一度留学中国北京。这个多语多符号对照译本"是目前所能见到的彝文翻译本中较好的一部，汉文翻译也尽量体现了彝文抄本的内容和形式"[①]。

表2-10　　《阿诗玛》其他翻译类型译本（多行对照翻译、多语多元符号对照翻译）简表

序号	文本名称	时间	译者	源语	译入语	译本体例	备注说明
1	《圭山撒尼人的叙事诗〈阿斯玛〉——献给撒尼人的兄弟姐妹们》	1950年9月	译者:杨放	彝语口头语	曲谱+汉语译意	多行对照译本	

---

① 刘世生：《阿诗玛文化发展史》，云南民族出版社2010年版，第136页。

第二章 翻译与《阿诗玛》的文本旅行

续 表

序号	文本名称	时间	译者	源语	译入语	译本体例	备注说明
2	《阿诗玛》(《能爱阿诗玛（勒咪哩)》)	1953年5月19日	记录者：马绍云	彝语口头语	曲谱+汉字译音+汉语译意	多行对照译本	G调2/4
3	《阿诗玛》(黄秀英、黄玉忠演唱译本)	不明	记录者：李凝	彝语口头语	曲谱+汉字译音+汉语译意	多行对照译本	演唱者：黄秀英、黄玉忠 1 = G2/4 每分钟60拍
4	《阿诗玛》(金云、普华昌演唱译本1)	不明	记录者：李凝	彝语口头语	曲谱+汉字译音+汉语译意	多行对照译本	演唱者：金云、普华昌 1 = G3/4 2/4 每分钟72拍
5	《阿诗玛》(金云、普华昌演唱译本2)	不明	记录者：李凝	彝语口头语	曲谱+汉字译音+汉语译意	多行对照译本	演唱者：金云、普华昌 1 = G2/4 每分钟60拍
6	《阿诗玛》(毕自知、毕玉珍演唱译本)	不明	记录者：李凝	彝语口头语	曲谱+汉字译音+汉语译意	多行对照译本	演唱者：毕自知、毕玉珍 1 = G3/4 2/4 每分钟60拍
7	《阿诗玛》(李柏芳演唱译本)	不明	记录者：金砂 歌词大意：杨放译	彝语口头语	曲谱+汉字译音+汉语译意	多行对照译本	演唱者：李柏芳 2/4 慢
8	《阿诗玛》(金国富演唱译本)	不明	采录者：麦丁	彝语口头语	曲谱+汉语译意夹杂音译	多行对照译本	演唱者：李柏芳 1 = F2/4 稍慢

· 53 ·

续 表

序号	文本名称	时间	译者	源语	译入语	译本体例	备注说明
9	《阿诗玛》(马学良、罗希吾戈、金国库、范慧娟多行对照译本)	1985年9月	马学良、罗希吾戈(彝族)、金国库(彝族)、范慧娟	彝文	彝文+国际音标+汉语直译+汉语句译	多行对照译本	1985年9月中国民间文艺出版社,彝文意译附后,有脚注和尾注
10	《阿诗玛》(黄建明、普卫华多行多语对照译本)	1999年7月	黄建明、普卫华	彝文	彝文+国际音标+汉语直译+汉语段译+英文+日文	多行多语对照译本	1999年7月中国文学出版社出版,彝文意译附后,有脚注

通过对叙事长诗《阿诗玛》翻译类型的考察,我们可以看到活形态口传文本《阿诗玛》有着复杂的翻译途径和方法,涉及口头语到书面语、书面语到书面语的语内翻译,还涉及口头语到书面语、书面语到书面语等的语际翻译以及由媒介转换带来的符际翻译。每一类型的翻译又可以分成很多的不同小类。《阿诗玛》的译本体例主要有单语译本、双语对照译本、多行对照译本和多行多语对照译本等。

第二节 《阿诗玛》翻译文本的谱系研究

彝族撒尼叙事长诗《阿诗玛》大量异文本的存在,以及在文本旅行中多语种、不同媒介的翻译,使《阿诗玛》所涉及的文本问题较为复杂。特别是在多种原本并出的情况下,传统意义上的版本学已很难厘清《阿诗玛》翻译文本之间的关系。鉴于《阿诗玛》的口传特质,本节拟用弗里和杭柯对史诗文本类型的划分标准对彝族撒尼叙事长诗《阿诗玛》不同旅行时空中的文本及其相互关系进行研究,勾勒出文本之间的谱系关系。

弗里和杭柯认为史诗研究对象的文本可以划分为三种:"(1)'口头文

第二章 翻译与《阿诗玛》的文本旅行

本'或'口传文本'（Oral Text）、（2）'源于口头的文本'（Oral – Derived Text）、（3）'以传统为导向的文本'（Tradition – Oriented Text）。'口头文本'或'口传文本'是指口头传承的民俗学事像，而非依凭书写。这类文本主要来源于民间艺人和歌手，口头文本既有保守性，又有流变性。"[1] "'源于口头的文本'，又称与口传有关的文本。它们是指某一社区中那些跟口头传统有密切关联的书面文本，通过文字而被固定下来，而文本以外的语境要素则无从考察。""'以传统为导向的文本'是指由编辑者根据某一传统中的口传文本或与口传有关的文本进行汇编后创作出来的。通常所见的情形是，将若干文本中的组成部分或主题内容汇集在一起，经过编辑、加工和修改，以呈现这种传统的某些方面，常常带有民族主义或国家主义取向。"[2] 根据弗里和杭柯的文本分类，同时考虑到彝族撒尼叙事长诗《阿诗玛》翻译源语文本的特殊性，我们将其翻译源语文本划分为四种："口头文本"或"口传文本""源于口头的文本""以传统为导向的文本"、无确定的源语文本。现将彝族撒尼叙事长诗《阿诗玛》翻译文本之间的谱系关系用谱系图勾勒如下（见图2-5）。

从图2-5"《阿诗玛》翻译文本谱系"，我们可以厘清彝族撒尼叙事长诗《阿诗玛》翻译文本之间的谱系关系，也可以清晰地看到撒尼叙事长诗《阿诗玛》文本旅行与传播的线路。从中我们不难发现《阿诗玛》的翻译，有以彝语"口头文本"或"口传文本"为出发语的翻译；有以"源于口头的文本"为出发语的翻译；也有以从不同村寨、不同讲述者搜集到的多个彝语"口头文本"或"口传文本"为出发语，通过合作者的口译及整理、记录形成不同的汉译本，然后进行译创，形成"以传统为导向的文本"。再以这个"以传统为导向的文本"为出发语进行翻译；还有无确定源语文本的翻译。《阿诗玛》翻译文本之间如此复杂的谱系关系在其他民族典籍翻译中可能已有先例，但并非达到如此典型的情况，这是一个值得进一步分析和探讨的问题。

---

[1] ［美］马克·本德尔（Mark Bender）：《怎样看〈梅葛〉："以传统为取向"的楚雄彝族文学文本》，付卫译，《民俗研究》2002年第4期。
[2] 巴莫曲布嫫：《"民间叙事传统格式化"之批评（下）》，《民族艺术》2004年第3期。

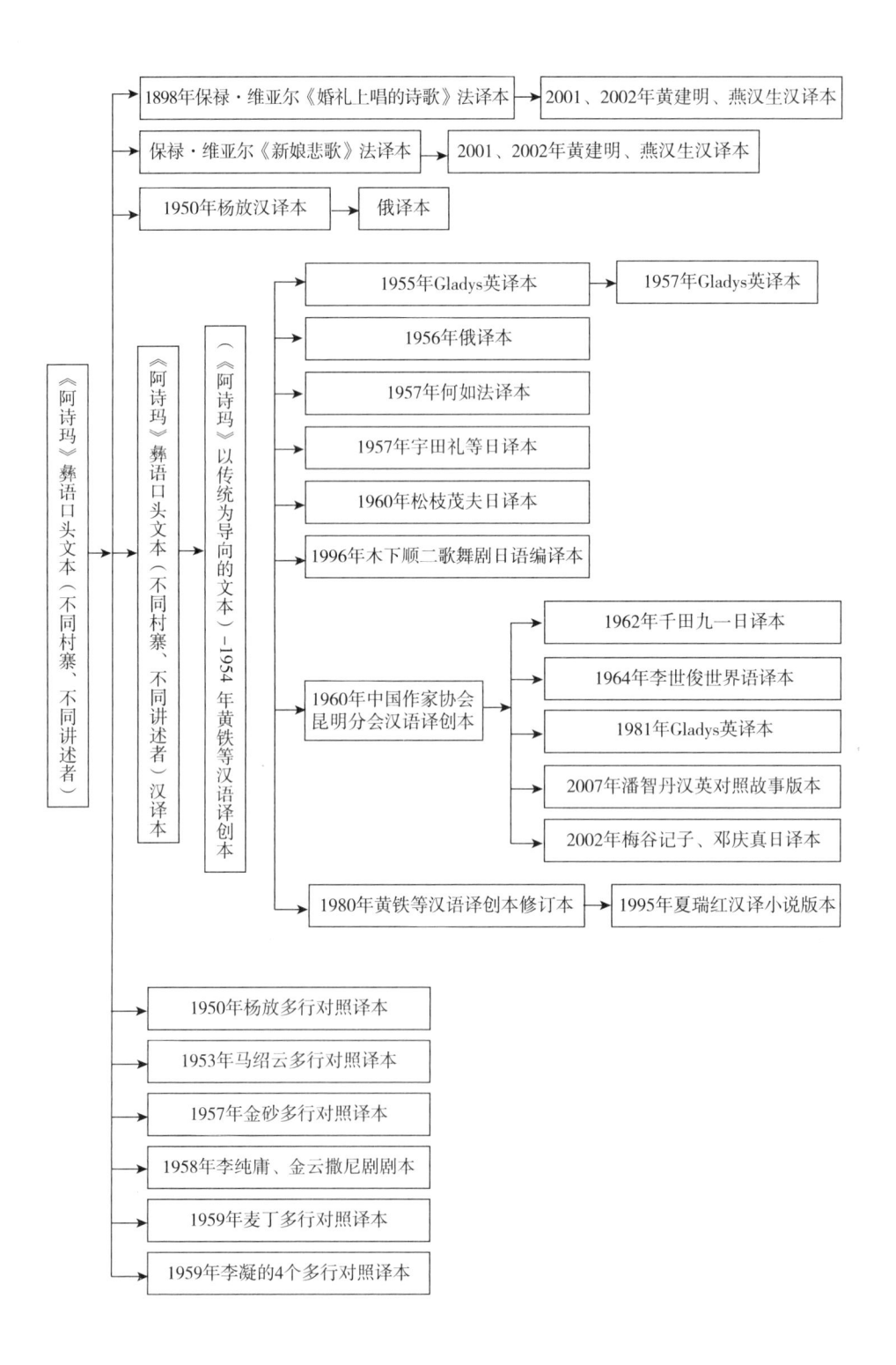

```
《阿诗玛》彝语口头文本（不同村寨、不同讲述者）
  │
  ├─→ 1898年保禄·维亚尔《婚礼上唱的诗歌》法译本 ─→ 2001、2002年黄建明、燕汉生汉译本
  ├─→ 保禄·维亚尔《新娘悲歌》法译本 ─→ 2001、2002年黄建明、燕汉生汉译本
  ├─→ 1950年杨放汉译本 ─→ 俄译本
  │
  └─→ 《阿诗玛》彝语口头文本（不同村寨、不同讲述者）汉译本
        │
        ├─→ （一）《阿诗玛》以传统为导向的文本——1954年黄铁等汉语译创本
        │     ├─→ 1955年Gladys英译本 ─→ 1957年Gladys英译本
        │     ├─→ 1956年俄译本
        │     ├─→ 1957年何如法译本
        │     ├─→ 1957年宇田礼等日译本
        │     ├─→ 1960年松枝茂夫日译本
        │     ├─→ 1996年木下顺二歌舞剧日语编译本
        │     ├─→ 1960年中国作家协会昆明分会汉语译创本
        │     │     ├─→ 1962年千田九一日译本
        │     │     ├─→ 1964年李世俊世界语译本
        │     │     ├─→ 1981年Gladys英译本
        │     │     ├─→ 2007年潘智丹汉英对照故事版本
        │     │     └─→ 2002年梅谷记子、邓庆真日译本
        │     └─→ 1980年黄铁等汉语译创本修订本 ─→ 1995年夏瑞红汉译小说版本
        │
        ├─→ 1950年杨放多行对照译本
        ├─→ 1953年马绍云多行对照译本
        ├─→ 1957年金砂多行对照译本
        ├─→ 1958年李纯庸、金云撒尼剧剧本
        ├─→ 1959年麦丁多行对照译本
        └─→ 1959年李凝的4个多行对照译本
```

第二章 翻译与《阿诗玛》的文本旅行

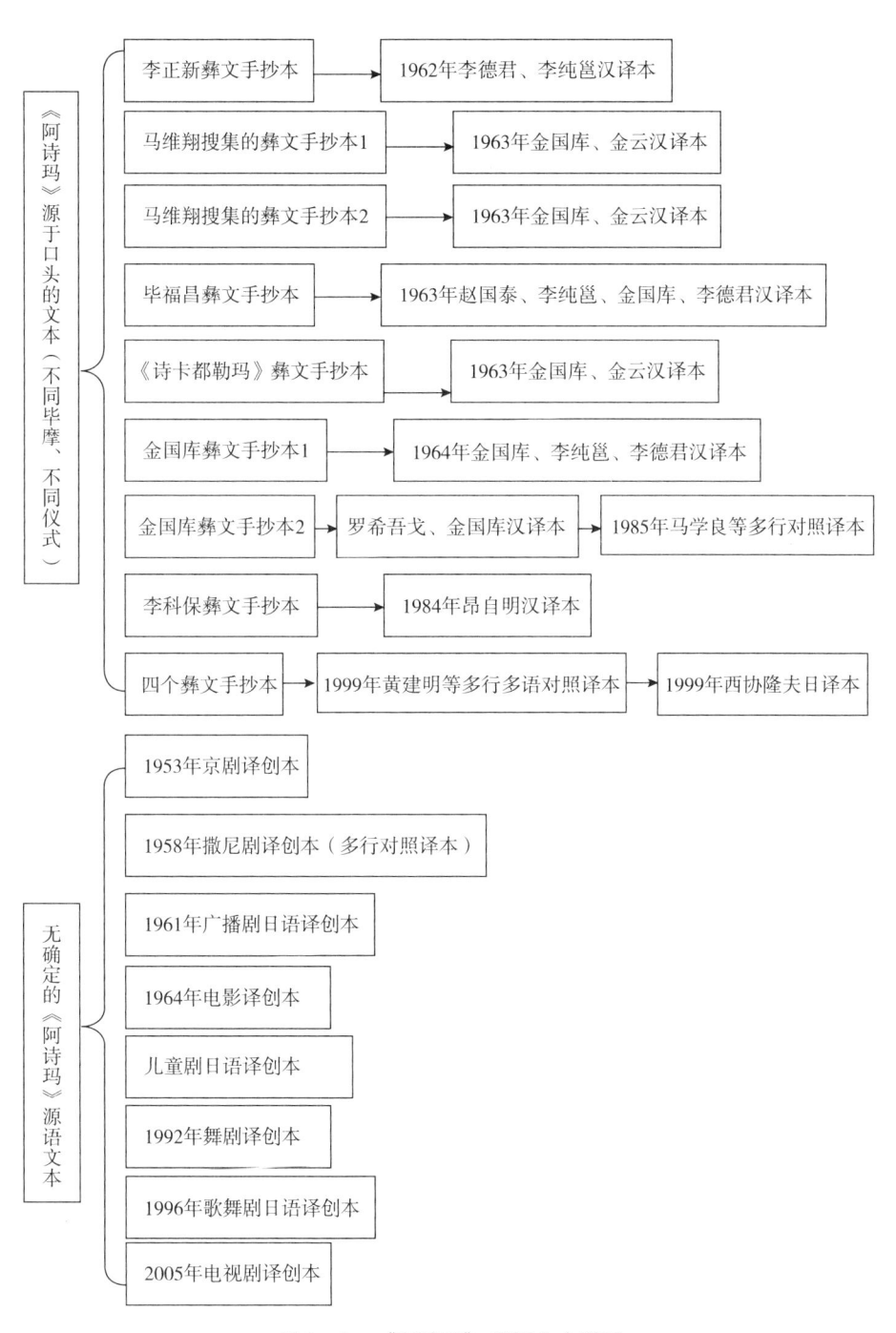

```
                    ┌─ 李正新彝文手抄本 ──→ 1962年李德君、李纯邕汉译本
                    │
                    ├─ 马维翔搜集的彝文手抄本1 ──→ 1963年金国库、金云汉译本
《                  │
阿                  ├─ 马维翔搜集的彝文手抄本2 ──→ 1963年金国库、金云汉译本
诗                  │
玛                  ├─ 毕福昌彝文手抄本 ──→ 1963年赵国泰、李纯邕、金国库、李德君汉译本
》                  │
源                  ├─ 《诗卡都勒玛》彝文手抄本 ──→ 1963年金国库、金云汉译本
于                  │
口                  ├─ 金国库彝文手抄本1 ──→ 1964年金国库、李纯邕、李德君汉译本
头                  │
的                  ├─ 金国库彝文手抄本2 ──→ 罗希吾戈、金国库汉译本 ──→ 1985年马学良等多行对照译本
文                  │
本                  ├─ 李科保彝文手抄本 ──→ 1984年昂自明汉译本
（                  │
不同毕摩、不同仪式） └─ 四个彝文手抄本 ──→ 1999年黄建明等多行多语对照译本 ──→ 1999年西协隆夫日译本


                    ┌─ 1953年京剧译创本
                    │
                    ├─ 1958年撒尼剧译创本（多行对照译本）
无                  │
确                  ├─ 1961年广播剧日语译创本
定                  │
的                  ├─ 1964年电影译创本
《                  │
阿                  ├─ 儿童剧日语译创本
诗                  │
玛                  ├─ 1992年舞剧译创本
》                  │
源                  ├─ 1996年歌舞剧日语译创本
语                  │
文本                └─ 2005年电视剧译创本
```

图2-5 《阿诗玛》翻译文本谱系

· 57 ·

第三节 《阿诗玛》的文本旅行与翻译传播

鉴于撒尼叙事长诗《阿诗玛》译本众多,翻译文本之间关系复杂的情况,下面我们就沿着其文本旅行线路,从传播路线、传播空间、传播者、传播目的、传播受众、传播媒介、传播内容、传播过程、传播类型、传播效果等方面对撒尼叙事长诗《阿诗玛》翻译传播状况做一梳理。通过对上一节"《阿诗玛》翻译文本谱系图"的分析,我们发现,撒尼叙事长诗《阿诗玛》大体存在六种翻译传播路线:

第一条路线是以某一彝语"口头文本"或"口传文本"为源语文本直接译为外文,然后再以外译本为中转文本进行汉译,形成了早期法译本以及以法译本为中转文本的汉译翻译传播路线,如表 2-11 所示。

表 2-11   《阿诗玛》翻译传播路线一

传播路线	彝语口头文本	外文译本	汉译本
传播空间	中国大陆石林彝族撒尼村寨	欧洲大陆	中国大陆汉语文化圈
传播者	撒尼人	法国传教士	彝族学者
传播目的	撒尼族传统习俗的传承	让海外读者了解撒尼文学和文化	了解国外《阿诗玛》研究的情况
传播受众	撒尼人	海外读者	彝学及《阿诗玛》研究者
传播媒介	口、舞蹈等	印刷文本	印刷文本
传播内容	撒尼传统习俗	撒尼文学及传统习俗	撒尼文化的海外传播情况
传播过程	面对面互动交流	阅读	阅读
传播类型	人际传播(群体传播)	大众传播	大众传播
传播效果	撒尼族传统习俗得以传承	撒尼文学、文化得以在海外传播	深化《阿诗玛》的研究

第二章 翻译与《阿诗玛》的文本旅行

以 19 世纪法国传教士保禄·维亚尔用法文译介的采集自《婚礼上唱的诗歌》以及《新娘悲歌》为肇始，然后彝族学者黄建明、燕汉生以保禄·维亚尔的法译本为中转文本进行汉译，其传播空间是从中国大陆石林彝族撒尼村寨走向欧洲大陆，然后再从欧洲大陆回到中国大陆汉语文化圈。传播者是从彝族撒尼人（普通民众、毕摩、说唱艺人等）到法国传教士，再从法国传教士到彝族学者。

撒尼普通民众吟唱《阿诗玛》往往是境由心生，述说人生的经历，毕摩、说唱艺人吟唱《阿诗玛》是为了主持宗教祭祀或人生礼俗仪式，其传播类型主要是人际传播中的群体传播，受众主要是撒尼人，是通过口、舞蹈等传播媒介进行面对面的互动交流，最终实现了传承撒尼族传统习俗的目的。

19 世纪《阿诗玛》从中国大陆石林彝族撒尼村寨走向欧洲大陆是西方殖民扩张的结果，西方传教士是翻译的主体。19 世纪外国人以传教或探险的身份纷纷踏入中国少数民族地区，除了传教之外，他们还做了大量的少数民族文化的调查、研究。法国传教士保禄·维亚尔在所写的一篇名为 *LES LOLOS : Histoire, religion, mœurs, langue, écriture*（《倮倮人：历史、宗教风俗习惯、语言、文字》）文章中，用专题《倮倮的文学和诗歌》对彝族撒尼文学艺术风格特色做了简要的介绍。在介绍中，他用撒尼婚礼上男女双方对歌中的一小段诗歌做例子说明了撒尼诗歌的特点，文章中没有交代这首诗的名称和出处。彝族学者黄建明从长诗的内容及其风格，推断这首无名诗是世界著名的撒尼叙事长诗《阿诗玛》。[①] 译者以传播福音、殖民中国、满足西方读者猎奇心理等为翻译目的，采取的是民族志的书写方式，译本呈现为诗体形式。《阿诗玛》法译本是以印刷文本为传播媒介，以海外读者，特别是法国人和传教士为受众，通过海外读者的阅读让撒尼文学、文化得以在海外传播，其传播类型主要为大众传播。这也是撒尼叙事长诗《阿诗玛》文本旅行中，第一次踏

---

① 参见黄建明《19 世纪国外学者介绍的彝族无名叙事诗应为〈阿诗玛〉》，赵德光《阿诗玛研究论文集》，云南民族出版社 2002 年版，第 74—79 页。

上欧洲大陆。

21世纪《阿诗玛》从欧洲大陆回到中国大陆汉语文化圈可视为彝族学者的文化自觉及其民族文化振兴的心理,翻译主体为彝族学者。译者以科学、严谨的态度采取直译的方法进行翻译。黄建明在《19世纪国外学者介绍的彝族无名叙事诗应为〈阿诗玛〉》一文中以及黄建明、燕汉生在编译《保禄·维亚尔文集——百年前的云南彝族》一书时,对保禄·维亚尔的法译本进行了汉译,《婚礼上唱的诗歌》呈现为撒尼传统的五言诗体形式,《新娘悲歌》呈现为散文诗体形式。以法译本为中转文本的《阿诗玛》汉译本是以印刷文本为传播媒介,以中国大陆汉语文化圈读者,特别是彝学及《阿诗玛》研究者为受众,通过阅读让读者了解《阿诗玛》在海外的传播和研究情况,同时也深化了《阿诗玛》的研究,其传播类型主要为大众传播。

第二条路线是以某一彝语"口头文本"或"口传文本"为源语文本直接译为汉文,而后有些汉译本再被翻译成其他国家的语言,形成早期汉译本以及以汉译本为中转文本的俄译的翻译传播路线,如表2-12所示。

表2-12　　　　　　　　《阿诗玛》翻译传播路线二

传播路线	彝语口头文本	汉译本	(俄译本)
传播空间	中国大陆石林彝族撒尼村寨	中国大陆汉语文化圈	苏联
传播者	撒尼人	云南文艺工作者和学者	俄文译者
传播目的	撒尼族传统习俗的传承	让汉语读者了解少数民族文学	让苏联读者了解中国少数民族文学
传播受众	撒尼人	汉语读者	苏联读者
传播媒介	口、身体语言等	印刷文本	印刷文本
传播内容	撒尼传统习俗	撒尼文学《阿诗玛》	中国少数民族文学《阿诗玛》
传播过程	面对面互动交流	阅读	阅读

第二章 翻译与《阿诗玛》的文本旅行

续　表

传播路线	彝语口头文本	汉译本	（俄译本）
传播类型	人际传播	大众传播	大众传播
传播效果	撒尼族传统习俗得以传承	撒尼文学得以在汉语文化圈传播	撒尼文学得以在苏联传播

1949年秋，文艺工作者杨放参加了中国人民解放军滇桂黔边区纵队，在云南石林圭山地区一个叫"日直"的寨子驻扎，被分到李大爹家住，听到了李大妈的吟唱，后来通过李大爹的回忆和翻译，杨放记录了《阿斯玛》，后经过整理，于1950年在文艺刊物《诗歌与散文》9月号上发表，1950年11月号25日的《新华月报》第三卷第一期进行了转载，这个汉译本名为《圭山撒尼人的叙事诗〈阿斯玛〉——献给撒尼人的兄弟姐妹们》，是《阿诗玛》最早的汉译本。在1951年冬，当时云南省文联的领导陆万美告诉杨放，有人告诉他：杨放整理的撒尼长诗已译成俄文，发表在一个苏联的刊物上，但杨放一直没机会看到这个刊物。[①] 目前我们也未查到这个俄译本，当然如果这个译本真的存在的话，那就应该是最早的俄译本。杨放汉译本在《阿诗玛》翻译传播史上具有重要意义，正是这个译本引起了当时云南省委宣传部的关注，才促成了官方对《阿诗玛》进行了有组织的、全面的资料搜集、整理和翻译。20世纪50年代，朱德普到云南石林圭山地区进行调查，对当地口传的《阿诗玛》进行了整理和翻译，并于1953年把其汉语译创本《美丽的阿斯玛——云南圭山彝族传说叙事诗》发表在《西南文艺》10月号上。朱德普对《阿诗玛》进行了分段处理，后来的许多译本也采用了朱德普的做法，朱德普的汉语译创本在《阿诗玛》翻译史上起到了承上启下的作用。以1950年杨放汉译

---

① 参见杨放《记录长诗〈阿诗玛〉引起的随想》，赵德光《阿诗玛国际学术研讨会论文集》，云南民族出版社2006年版，第1—7页。

本《圭山撒尼人的叙事诗〈阿斯玛〉——献给撒尼人的兄弟姐妹们》为肇始，然后有译者（译者具体情况现还未考证到）以杨放汉译本为中转文本进行俄文翻译，其传播空间是从中国大陆石林彝族撒尼村寨走向中国大陆汉语文化圈，然后再从中国大陆汉语文化圈走向苏联。传播者是从彝族撒尼人（普通民众）到汉族文艺工作者，再到俄文译者。而朱德普1953年的汉语译创本《美丽的阿斯玛——云南圭山彝族传说叙事诗》传播空间是从中国大陆石林彝族撒尼村寨走向中国大陆汉语文化圈。

杨放和朱德普听到的撒尼普通民众吟唱的《阿诗玛》是一种撒尼人的自娱自乐，更是一种撒尼人对历史记忆的回顾和传统习俗的传承，其传播类型主要是人际传播，受众主要是撒尼人，但偶尔也有其他民族的听众，是通过口、身体语言等传播媒介进行面对面互动交流，一方面实现了人与人之间的情感交流，另一方面也达到了传承撒尼族传统习俗的目的。

作为最早汉译本翻译主体的云南文艺工作者杨放和云南学者朱德普，以印刷文本为传播媒介使《阿诗玛》第一次从中国大陆石林彝族撒尼村寨走向中国大陆汉语文化圈。译者对《阿诗玛》的整理和翻译是为了把撒尼族的文学艺术介绍给外界，同时也是为了丰富中国传统文学，正如杨放所言："'阿斯玛'（原名'可怜的阿斯玛'）是活在撒尼人民口头上的一篇劳动人民的史诗，……我们应该把它整个地挖掘出来，洗去芜秽和泥沙，让它的光辉照亮我们新民族诗歌的殿堂。"[①] 杨放是从搜集民族音乐的角度对《阿诗玛》进行翻译的，杨放汉译本最后是以省略号结束的，采取的是摘译的翻译方法，译本呈现为散文体文本，朱德普也是采用散文体进行翻译。这两个译本都是以汉语读者为受众，通过汉语读者的阅读让撒尼文学、文化得以传播，其传播类型主要为大众传播。而根据杨放汉译本翻译的俄文译本也同样是以印刷文本为传播媒介，但主要是以俄语读者为受众，通过俄语读者的阅读让中国少

---

① 杨放：《记录长诗〈阿诗玛〉引起的随想》，赵德光《阿诗玛国际学术研讨会论文集》，云南民族出版社2006年版，第1—7页。

数民族文学《阿诗玛》得以在苏联传播,使《阿诗玛》从中国大陆石林彝族撒尼村寨走向苏联,其传播类型主要为大众传播。

第三条路线是从多种彝语"口头文本"或"口传文本"出发,对多种彝语"口头文本"或"口传文本"进行翻译、整理和记录形成汉文记录稿,然后译者用"总合(和)"的方法对多种彝语"口头文本"或"口传文本"的汉文记录稿进行翻译,形成一个汉语译创本,以这个汉语译创本为原本向海外传播有两条路线,一是这个汉语译创本被直接翻译成其他国家的语言,在这里各种彝语"口头文本"或"口传文本"为第一原本,汉文记录稿为第二原本,而用"总合(和)"的方法翻译的汉语译创本则是第三原本,形成了早期汉文记录稿以及以早期汉文记录稿为第一中转文本的汉语译创本和以汉语译创本为第二中转文本的其他国家语言译本的翻译和传播路线。二是这个汉语译创本被重新整理、翻译形成汉语重译本,然后这个汉语重译本再被翻译成其他国家的语言,在这里各种彝语"口头文本"或"口传文本"为第一原本,汉文记录稿为第二原本,而用"总合(和)"的方法翻译的汉语译创本是第三原本,而在汉语译创本基础上形成的汉语重译本则是第四原本,形成了早期汉文记录稿以及以早期汉文记录稿为第一中转文本的汉语译创本、以汉语译创本为第二中转文本和以汉语重译本为第三中转文本的其他国家语言译本的翻译传播路线,如表2-13所示。

表2-13 《阿诗玛》翻译传播路线三

传播路线	彝语口头文本	汉译本(翻译、整理记录稿)	汉语译创本	(汉语重译本)	外译本
传播者	撒尼人	撒尼族和汉族译者	汉族译者	汉族译者	国外译者
传播目的	撒尼族传统习俗的传承	贯彻执行党的民族政策	贯彻执行党的民族政策	贯彻执行党的民族政策	让海外读者了解中国少数民族文学文化,宣传新中国的民族形式和国家形象

续 表

传播路线	彝语口头文本	汉译本(翻译、整理记录稿)	汉语译创本	(汉语重译本)	外译本
传播受众	撒尼人	汉语译创本译者	汉语读者	汉语读者	海外读者
传播媒介	口、身体语言等	记录稿	印刷文本	印刷文本	印刷文本
传播内容	撒尼传统习俗	口头文本《阿诗玛》	撒尼文学《阿诗玛》	撒尼文学《阿诗玛》	中国少数民族文学《阿诗玛》
传播过程	面对面互动交流	面对面交流合作	阅读	阅读	阅读
传播类型	人际传播（群体传播）	人际传播（组织传播）	组织传播、大众传播	组织传播、大众传播	大众传播
传播效果	撒尼族传统习俗得以传承	撒尼人口传《阿诗玛》得以整理	撒尼文学得以在汉语文化圈传播，引发中国民族民间文学的搜集、整理和翻译热	撒尼文学得以在汉语文化圈传播	撒尼文学得以在海外传播

1953年在云南有关领导的重视下，云南省文工团组织圭山工作组到石林圭山地区进行了《阿诗玛》的发掘、整理、翻译工作。两个半月时间，共搜集到《阿诗玛》口述材料20份。20份口述材料，有诗体的演唱，有散文的叙述。这些材料都是彝语口头讲述文本，讲述者主要是彝族撒尼人的长者，译者主要是当地的两个小学教师，整理记录者为《阿诗玛》圭山工作组成员。面对20份主题思想、人物形象和主要情节都存在较大差异的原始材料，黄铁、杨知勇、刘绮、公刘运用"总（和）"的方法对其进行整理和翻译。1954年1月30日，黄铁、杨知勇、刘绮、公刘的汉译本《阿诗玛——撒尼人

第二章 翻译与《阿诗玛》的文本旅行

叙事诗》首先在《云南日报》发表,随后由《西南文艺》《人民文学》《新华月报》转载,1954年7月,由云南人民出版社出版了第一种单行本。此后,又于同年12月和1955年、1956年,分别由中国青年出版社、人民文学出版社、中国少年儿童文学出版社再版出版,并被译为英、法、德、日、俄、世界语等国文字。[1] 一时间,《阿诗玛》引起了社会各界的关注,各种报纸杂志纷纷发表评论,对《阿诗玛》的整理出版表示了极大的欢迎和肯定。《阿诗玛》引发了中国民族民间文学热。

由云南人民出版社、中国青年出版社、人民文学出版社、中国少年儿童出版社分别出版,以1953年圭山工作组翻译、整理和记录的各种彝语"口头文本"或"口传文本"汉文记录稿为肇始,1954年黄铁、杨知勇、刘绮、公刘以这些汉文记录稿为中转文本用"总(和)"的方法形成汉语译创本《阿诗玛——撒尼人叙事诗》,而后这个汉语译创本再被翻译成英文或其他国家语言,其传播空间是从中国大陆石林彝族撒尼村寨走向中国大陆汉语文化圈,然后再从中国大陆汉语文化圈走向全世界。传播者是从彝族撒尼人(普通民众、毕摩、说唱艺人等)到撒尼族和汉族汉文记录稿的翻译、整理、记录者,再到汉族译创者、国内外的外文译者。

《阿诗玛》圭山工作组在发掘、整理、翻译中听到的撒尼人吟唱的《阿诗玛》是在一些"文化领导者"的关怀下的撒尼人对撒尼文学艺术的跨民族传播,其传播类型主要是人际传播中的组织传播,受众主要是《阿诗玛》圭山工作组的翻译和记录者,是通过口、身体语言等传播媒介进行面对面互动交流,最终实现撒尼文学艺术跨民族传播的目的。

《阿诗玛》圭山工作组所整理和翻译的汉文记录稿是在一些"文化领导者"的关怀下撒尼人与汉族合作对撒尼文学艺术的跨民族传播,其传播类型主要是人际传播中的组织传播,是通过书写文本(记录稿)为传播媒介,以

---

[1] 参见杨知勇《〈阿诗玛〉的诞生——搜集整理〈阿诗玛〉50年来的回顾》,赵德光《阿诗玛国际学术研讨会论文集》,云南民族出版社2006年版,第8—18页。

《阿诗玛》圭山工作组成员为受众,通过阅读,让《阿诗玛》圭山工作组成员了解撒尼叙事诗《阿诗玛》,并参照这些汉文记录稿进行撒尼叙事诗《阿诗玛》的汉语翻译工作,最终使撒尼人口传《阿诗玛》得以整理并向外界传播。

1954年黄铁、杨知勇、刘绮、公刘汉语译创本《阿诗玛——撒尼人叙事诗》是第一部比较完整的印刷文本,译者以印刷文本为传播媒介使《阿诗玛》成功从中国大陆石林彝族撒尼村寨走向中国大陆汉语文化圈,走向世界。正如郭思九指出的那样,"《阿诗玛》从它问世时起,就受到我国各族人民的喜爱,并得到党和政府及其文艺界的广泛关注与重视,影响面之广,一下就从中国扩展到了国外,曾先后被翻译成英、法、日、俄、德、罗马尼亚、捷克、泰等国文字介绍到了世界许多国家。赞誉之甚、影响之大堪为20世纪五六十年代中国少数民族民间文学乃至诗坛所少有"[①]。1955年,中国民间文学研究会将《阿诗玛》作为《民间文学丛书》由人民文学出版社再版时,在"序言"中做了高度评价:"发现和整理出《阿诗玛》来,应该说是对我国各民族的巨大贡献,也是对我国文学艺术的巨大贡献。"诗人晓雪说:"它显示出我国少数民族民间文学蕴藏的丰富和优美,不但受到广大读者的喜爱,而且也得了很大的国际声誉。它早已作为我国民间诗歌的灿烂珍宝,进入了世界文学宝库。"[②] 1954年黄铁、杨知勇、刘绮、公刘对《阿诗玛》的整理和翻译是为了贯彻执行党的民族政策,坚持党的革命文艺路线,向外界宣传和介绍中国少数民族文学艺术。1979年,黄铁、杨知勇、刘绮、公刘"根据原材料及撒尼人的文艺传统、生活真实、政治经济情况、风俗习惯、婚姻制度、宗教信仰,以及各方面对原整理本的评论"对汉语译创本《阿诗玛——撒尼人叙事诗》进行了重新修订,1980年黄铁、杨知勇、刘绮、公刘重译本《阿诗玛——撒尼民间叙事诗》由上海文艺出版社出版。这两个译本都是"以传统

[①] 郭思九:《〈阿诗玛〉在中国文学发展史上的地位和影响》,赵德光《阿诗玛国际学术研讨会论文集》,云南民族出版社2006年版,第69—99页。

[②] 杨知勇:《〈阿诗玛〉的诞生——搜集整理〈阿诗玛〉50年来的回顾》,赵德光《阿诗玛国际学术研讨会论文集》,云南民族出版社2006年版,第8—18页。

为取向的文本",是由译者根据彝族撒尼《阿诗玛》多种口传文本组成部分或主题内容汇集在一起,经过编辑、加工和整理而成的。这两个译本都是以汉语读者为受众,通过汉语读者的阅读让撒尼文学、文化得以在中国大陆汉语文化圈传播,其传播类型主要为组织传播以及大众传播。1995年台湾作家夏瑞红根据1980年黄铁、杨知勇、刘绮、公刘重译本《阿诗玛——撒尼民间叙事诗》把叙事长诗《阿诗玛》改编为小说,书名为《阿诗玛的回声》,这个译创本以台湾读者为受众,通过台湾读者的阅读让撒尼文学、文化得以在台湾传播,其传播类型主要为大众传播。

20世纪五六十年代出现了以1954年黄铁、杨知勇、刘绮、公刘汉语译创本《阿诗玛——撒尼人叙事诗》为源语文本的汉译外高潮。如戴乃迭1955年、1957年的英译本 Ashma、俄文版本 ACMA、1957年何如法译版 Ashma、1957年宇田礼和小野田耕三郎的日译本、1960年松枝茂夫日译本、1961年木下顺二广播剧日语编译本、1996年木下顺二歌舞剧日语编译本等。这些译者以传播或了解中国文学、文化的心理,以印刷文本为传播媒介,以海外读者为受众,通过海外读者的阅读让撒尼文学、文化得以在海外传播,其传播类型主要为大众传播。

1959年,为了显示我们新中国成立十年来在文学艺术上取得的伟大成绩,《阿诗玛》需要再版,而当时由于汉语译创本《阿诗玛——撒尼人叙事诗》的译者公刘等被划成右派。在云南省委有关领导的要求下,李广田根据《阿诗玛》圭山工作组所整理、翻译的汉文记录稿,并研究了《阿诗玛》圭山工作组调查整理的过程及《阿诗玛》发表后国内外各界对《阿诗玛》的评论、意见,对1954年黄铁、杨知勇、刘绮、公刘汉语译创本《阿诗玛——撒尼人叙事诗》进行了重新整理和翻译,1960年这个汉语重译本《阿诗玛——彝族民间叙事诗(重新整理本)》署以"云南省人民文工团圭山工作组整理、中国作家协会昆明分会重新整理"由人民文学出版社出版,这个新版的《阿诗玛》加上了李广田的序。李广田在《〈阿诗玛〉序》中说道:"严肃认真地搜集、翻译、研究、整理少数民族的口头创作,是贯彻党的民族政策的一个方面，是为了帮助少数民族继承和发扬优秀的文学遗产，帮助他们培养自己的作家，发展他们自己的文学艺术，以丰富祖国的文学宝库，使少数民族和汉族一道共同创造社会主义内容民族形式的新文学，共同为社会主义、共产主义建设服务，也使我们的《中国文学史》真正成为全中国各族人民的文学史，而不只是汉族的文学史，因而也就为世界文学增加一份财富。"① 这个汉语重译本再次震动了中国和世界文坛，受到国内外文艺界的广泛关注与好评。这个汉语重译本属于"以传统为取向的文本"，是以汉语读者为受众，通过汉语读者的阅读让撒尼文学、文化得以在汉语文化圈传播，其传播类型主要为组织传播和大众传播。

20世纪60年代以后《阿诗玛》的外文翻译主要是以1960年中国作家协会昆明分会汉语重译本《阿诗玛——彝族民间叙事诗（重新整理本）》为源语文本，如1962年千田九一日译本、1964年李世俊世界语译本、1981年戴乃迭（Glady）英译本、2002年梅谷记子和邓庆真的日译本、2007年潘智丹汉英对照故事版本等。这些外译本的译者以了解、传播中国少数民族优秀文学为目的，以印刷文本为传播媒介，以译入语读者为受众，通过译入语读者的阅读让中国少数民族优秀文学得以在世界传播，同时也开阔了国外文学界的眼界，正如千田九一在译本序言所说："（《阿诗玛》的出现）不仅使人们对于少数民族具有优秀文学的事实，增加了认识，而且也使人们把眼光扩展到其他少数民族文学的遗产方面，促进了这方面的发掘工作。""在少数民族内部也引起了对于已经消歇的文学传统尽力寻求的愿望。"② 这些外译本的传播类型主要为大众传播。

第四条路线是以某一彝语"口头文本"或"口传文本"为源语文本翻译为多行对照译本，形成了从"口头文本"或"口传文本"到多行对照音乐文本的翻译传播路线，如表2-14所示。

---

① 李广田：《〈阿诗玛〉序》，云南人民出版社1960年版，第13—14页。
② 紫晨：《〈阿诗玛〉在日本》，《民间文学》1964年第3期。

表 2-14　　　　　　　　《阿诗玛》翻译传播路线四

传播路线	彝语口头文本	多行对照译本
传播空间	中国大陆石林彝族撒尼村寨	汉语文艺圈
传播者	撒尼人	文艺工作者(音乐家)
传播目的	撒尼族传统习俗的传承	向汉语文化圈介绍少数民族歌曲
传播受众	撒尼人	汉语文化圈文艺工作者
传播媒介	口、身体语言等	印刷文本(音乐记录稿)
传播内容	撒尼传统习俗	撒尼歌曲《阿诗玛》
传播过程	面对面互动交流	阅读
传播类型	人际传播	大众传播
传播效果	撒尼族传统习俗得以传承	撒尼歌曲《阿诗玛》得以在汉语文化圈传播

从 1950 年到 1959 年由文艺工作者，特别是音乐家们通过"曲谱+汉语译意""曲谱+汉语译意夹杂音译""曲谱+汉字记音对译+汉语译意""曲谱+汉字夹杂汉语拼音记音对译+汉语译意"等形式采录、翻译的撒尼民间歌曲《阿诗玛》多行对照译本，其传播空间是从中国大陆石林彝族撒尼村寨走向汉语文艺圈。传播者是从彝族撒尼人（普通民众、毕摩、说唱艺人等）到汉语文化圈的文艺工作者（音乐家）。作为《阿诗玛》多行对照译本翻译主体的汉语文化圈的文艺工作者（音乐家），以印刷文本（音乐记录稿）为传播媒介使《阿诗玛》从中国大陆石林彝族撒尼村寨走向汉语文艺圈。译者

对《阿诗玛》的采录和翻译是为了把撒尼族民间歌曲《阿诗玛》介绍给外界。这些译本大多是以汉语文化圈文艺工作者为受众,通过读者的阅读让撒尼歌曲《阿诗玛》得以在汉语文化圈传播,其传播类型主要为大众传播。杨放的译本"虽然仅只是片段,却如同吉光片羽引起了众多文艺工作者的浓厚兴趣,在北京的研究民间文艺的专家钟敬文立即把这《阿诗玛》片段编进了一本丛书中,接着又被苏联翻译发表。这使云南的文艺工作者很振奋"①。

汉语文化圈的文艺工作者(音乐家)杨放、李凝、金砂、麦丁、马绍云等所听到的撒尼人吟唱的《阿诗玛》或是撒尼人消遣、娱乐的一种方式,或是宗教或人生礼俗的一种仪式,其传播类型主要是人际传播,受众主要是撒尼人,但偶尔也有其他民族的听众,是通过口、身体语言等传播媒介进行面对面互动交流,一方面实现了人与人之间的情感交流,另一方面也达到了传承撒尼族传统习俗的目的。

第五条路线是从源口头《阿诗玛》的彝语文本出发,这些彝语文本有些是来自不同毕摩、不同仪式的彝文手抄文本,有些是文艺工作者根据民间传唱的叙事诗《阿诗玛》创作的撒尼语剧本。这些源于口头的彝语文本有些被直接翻译为汉语文本,形成了从源于口头的彝语文本到汉译本的翻译传播路线;有些源于口头的彝语文本被直接翻译为多行或多行多语对照译本,形成了从源于口头的彝语文本到多行或多行多语对照译本的翻译传播路线;有些源于口头的彝语文本则首先被翻译为汉语文本,然后再被翻译成多行或多行多语对照译本,在这情况中,源于口头《阿诗玛》的彝语文本为第一原本,汉译本为第二原本,形成了以汉译本为第一中转文本的多行或多行多语对照译本的翻译传播路线。如表2-15所示。

---

① 《"阿诗玛"的悲情》,http://blog.sina.com.cn/s/blog_4c3ea0660100g6fl.html,2016-06-01。

表 2-15　　　　　　　　　《阿诗玛》翻译传播路线五

传播路线	源于口头的彝语文本	汉译本	多行或多行多语对照译本
传播者	彝族人	彝族学者	彝族、汉族、国外译者
传播目的	撒尼族传统习俗的传承	民族文学的复兴	保存和传承民族文学文化；复兴民族语言、文学、文化
传播受众	撒尼人	汉语读者	彝语、汉语及海外读者
传播媒介	手抄文本	印刷文本	印刷文本
传播内容	手抄文本《阿诗玛》	撒尼文学《阿诗玛》	撒尼文学《阿诗玛》
传播过程	面对面互动交流	阅读	阅读
传播类型	人际传播（书写文本的口语传播）	大众传播	大众传播
传播效果	撒尼族传统习俗得以传承	撒尼文学得以在汉语文化圈传播	撒尼文学得以在汉语文化圈及海外传播

1958 年在党的民族政策和"百花齐放，推陈出新"方针的指导下，当时在路南县（现改名为石林县）圭山文化馆工作的撒尼干部李纯庸、金云根据民间传唱的叙事诗《阿诗玛》，创作了撒尼语剧本，由文化馆组织领导的业余剧团排演。《阿诗玛》撒尼剧译本呈现为"国际音标记音对译+汉语字对字直译+汉语意译"多行对照文本，这个译本的源语文本为李纯庸用撒尼语创作的撒尼剧剧本，方跃章、黄兴用国际音标记音对译，金仁祥翻译为汉语。《阿诗玛》撒尼剧歌曲译本呈现为"曲谱+汉语记音对译+汉语意译"多行对照

文本，这个译本的源语文本为李纯庸用撒尼语创作的撒尼剧歌曲，方跃章、黄兴、金仁祥翻译为汉语。这两个译本的第一原本都属于"源于口头的文本"，即《阿诗玛》的彝文文本。作为译者的彝族文艺工作者把这些"源于口头的文本"直接翻译为多行对照文本并由彝族学者赵德光编入《阿诗玛文艺作品汇编》，其传播空间是从中国大陆石林彝族撒尼村寨走向彝语文化圈、汉语文化圈。传播者主体为彝族撒尼文艺工作者、彝族学者。《阿诗玛》撒尼剧译本以舞台为传播媒介，主要以彝族、汉族观众为受众，通过观众的观看让撒尼文学、文化得以在彝语文化圈、汉语文化圈传播，其传播类型主要为大众传播。同时《阿诗玛》撒尼剧译本还以印刷文本为传播媒介，以彝语、汉语读者为受众，通过读者的阅读让撒尼文学、文化得以在彝语文化圈、汉语文化圈传播，其传播类型主要为大众传播。

20世纪80年代以后，一些彝族学者出于保存和传承民族文学文化以及复兴民族语言、文学、文化的目的，以非常严谨的态度、科学的方法对《阿诗玛》进行了翻译。这些译本的第一原本都属于"源于口头的文本"，即《阿诗玛》的彝文手抄文本。作为译者的彝族学者把这些"源于口头的文本"直接翻译为汉译本、多行或多行多语对照译本，或者先把这些"源于口头的文本"翻译为汉语文本，然后再把这些汉译本翻译为多行或多行多语对照译本。传播空间是从中国大陆石林彝族撒尼村寨走向彝语文化圈、汉语文化圈以及海外文化圈。传播者是从彝族撒尼人，主要是毕摩到彝族学者，再到彝族、汉族、国外译者。作为《阿诗玛》汉译本或多行对照译本翻译主体的彝族学者，以印刷文本为传播媒介，以彝语、汉语及海外读者为受众，通过读者的阅读让撒尼文学得以在彝语文化圈、汉语文化圈及海外传播，其传播类型主要为大众传播。李红昌、钱润光认为这些译本"是现在所能见到的《阿诗玛》彝文翻译本中，最具翻译水平、学术研究价值、客观真实性和权威性的译本"[①]。

[①] 李红昌、钱润光：《阿诗玛与阿黑关系探析》，赵德光《阿诗玛国际学术研讨会论文集》，云南民族出版社2006年版，第241—247页。

第二章 翻译与《阿诗玛》的文本旅行

彝族学者所看到《阿诗玛》的彝文手抄文本，即"源于口头的文本"，是"以文字书写记录，但以口头方式表演的彝书文本"①。其传播类型主要是人际传播，是书写文本的口语传播，受众主要是撒尼人，是以手抄文本为传播媒介进行面对面互动交流，最终实现了传承撒尼族传统习俗的目的。

彝族学者昂自明把毕摩李科保保存的《阿诗玛》古彝文手抄本译为汉语，1984 年发表在由云南民族出版社出版的《牵心的歌绳》一书中。译文后有附记，通过附记我们了解到，彝族学者昂自明把毕摩李科保保存的《阿诗玛》古彝文手抄本译为汉文后，曾请歌手高应丰、金国举同志演唱校对。经校对，他们唱的彝文本几乎完全一致。后经调查，圭山一带歌手演唱的《阿诗玛》，都是这个彝文本。② 这个译本故事情节较为完整，译者按照撒尼诗的诗体风格，以五言诗体的形式进行汉译，语言表达较为流畅，"他无论从行文风格、诗体格式都基本上忠实于原古籍抄本，尤其难能可贵的是这一译本照顾了口语诗歌的特点与民族语言特色而显得生趣盎然"③。译本受到读者的好评，入选多种版本。

1985 年中国民间文艺出版社出版了马学良、罗希吾戈、金国库、范慧娟的《阿诗玛》彝文、国际音标、直译、意译四行对照译本。这个译本的原本是毕摩金国库的古彝文抄本，1985 年 9 月由马学良、罗希吾戈、金国库、范慧娟用彝文、国际音标记音对译、汉语字对字直译、汉语句译四行体对照以及汉语段译的译文全文附后的形式翻译出版，译本中还通过脚注和尾注对撒尼人的风俗习惯和祭祀活动进行详细说明，这为系统地保留古籍抄本的原貌以及读者了解原作的艺术风格、语言文字特点和撒尼文化提供了一个成功的范例。钟敬文认为这个译本是"民间文学科学资料本典范之作"。1989 年该

---

① ［美］马克·本德尔（Mark Bender）：《怎样看〈梅葛〉："以传统为取向"的楚雄彝族文学文本》，付卫译，《民俗研究》2002 年第 4 期。
② 参见李缵绪《〈阿诗玛〉原始资料集》，中国民间文艺出版社 1986 年版，第 428 页。
③ 牟泽雄、杨华轲：《〈阿诗玛〉版本论》，《楚雄师范学院学报》2007 年第 2 期。

译本荣获全国第二届民间文艺荣誉奖。①

1999年中国文学出版社出版了黄建明、普卫华的彝文、国际音标、汉文、彝文、英文、日文对照译本。这个译本的源语文本是由四个彝文抄本校勘而成，译本是由彝文、国际音标记音对译、汉语字对字直译、汉语段译、英译、日译多语多符号对照的形式呈现的，译本中还通过脚注对诗歌里的句子、地名、人名以及撒尼人的风俗习惯等进行了注解。"该译本出版后，社会反响较好。……同时，该译本还受到国外一些学者的关注，如日本名古屋大学的樱井龙彦教授就对其评价甚高。"② 这个译本为国内外《阿诗玛》读者，特别是研究者提供了丰富的可资对照的多语种文本，对少数民族文学典籍的翻译有较高的参考价值。

第六条路线无确定的源语文本，译者往往根据民族传统中大量的口头文本、手抄文本或后期的整理、翻译文本，通过符际翻译，即通过影视、舞台或电台媒介把叙事长诗《阿诗玛》从语言符号文本转换为影像、声响效果、非语言标记、镜头等多元符号文本，形成了无确定源语文本的以影视、舞台或电台为传播媒介的翻译传播路线。《阿诗玛》的这类译本主要涉及电影译创本、电视剧译创本、京剧译创本、撒尼剧译创本、舞剧译创本、歌舞剧日语译创本、儿童剧日语译创本和广播剧日语译创本等，如表2–16所示。以影视、舞台或电台为传播媒介的无确定源语文本的翻译，与传统翻译有所不同。传统翻译要求译者必须忠实于原作，不能用创作去改变原作的主题思想、情节结构、人物形象等。叙事长诗《阿诗玛》属于文学范畴中的诗歌形式，影视剧、舞台剧和广播剧属于综合艺术中的表演艺术范畴，影视剧、舞台剧和广播剧具有与诗歌结构截然不同的结构方法和表现形式，这就要求以影视、舞台或电台为传播媒介的无确定源语文本的翻译将原长诗的诗歌创作表现手法转化为适应影视剧、舞台剧和广播剧艺术的表现手法，也就是必须按照影

---

① 参见刘世生《阿诗玛文化发展史》，云南民族出版社2010年版，第135页。
② 同上书，第136页。

视剧、舞台剧和广播剧艺术的创作规律来进行艺术构思和改写。日本亚细亚经济文化研究所所长、首席研究员刘京宰说:"'阿诗玛'是世界珍贵的民族文化遗产之一,它会在不断变化的媒体信息环境中继续传播下去,其文化理解机能和和平贡献机能会永远存在。"①

表2-16　　　　　　　　《阿诗玛》翻译传播路线六

传播路线	无确定的《阿诗玛》源语文本							
	电影译创本	电视剧译创本	京剧译创本	撒尼剧译创本	舞剧译创本	歌舞剧日语译创本	儿童剧日语译创本	广播剧日语译创本
传播者	电影工作者(多民族)	电视剧工作者(中国、韩国)	京剧工作者	撒尼文艺工作者	舞台剧工作者(多民族)	舞台剧工作者(日本)	舞台剧工作者(日本)	广播剧工作者(日本)
传播目的	宣传新中国少数民族新形象	让外界了解新时代的阿诗玛群体,宣传石林的风土民情以获得更多的旅游收益	贯彻执行党的民族政策	传播撒尼族文化	从时代发展的视角及现代群众的审美心理塑造阿诗玛新的形象	介绍中国少数民族文化思想	介绍中国少数民族文化思想	介绍中国少数民族文化思想

---

① 孟宪玲:《阿诗玛:从神话走向世界》,《中国民族报》2004年9月10日第5版。

续　表

传播路线	无确定的《阿诗玛》源语文本							
	电影译创本	电视剧译创本	京剧译创本	撒尼剧译创本	舞剧译创本	歌舞剧日语译创本	儿童剧日语译创本	广播剧日语译创本
传播受众	观看电影《阿诗玛》的国内外观众	观看电视剧《阿诗玛新传》的国内外观众	观看京剧《阿黑和阿诗玛》的观众	撒尼人	观看舞剧《阿诗玛》的观众	日本人	日本儿童	日本人
传播媒介	电影	电视	舞台	舞台	舞台	舞台	舞台	广播
传播内容	阿诗玛的故事	阿诗玛文化	阿诗玛的故事	阿诗玛的故事	阿诗玛的故事	阿诗玛的故事	阿诗玛的故事	阿诗玛的故事
传播过程	表演宣传	表演宣传	表演宣传	表演宣传	表演宣传	表演宣传	表演宣传	表演宣传
传播类型	大众传播	大众传播	群体传播	群体传播	群体传播	群体传播	群体传播	大众传播
传播效果	撒尼文化得以在汉语文化圈及海外广泛传播	撒尼文化得以在汉语文化圈及海外广泛传播	撒尼文化得以在京剧文化圈传播	撒尼族传统习俗得以传承	撒尼文化得以在国内传播	撒尼文化得以在日本传播	撒尼文化得以在日本传播	撒尼文化得以在日本传播

《阿诗玛》电影译创本是中国内地电影工作者根据彝族撒尼民间叙事诗《阿诗玛》译创的。《阿诗玛》电影译创本的译者首先通过艺术创作手段把叙

第二章　翻译与《阿诗玛》的文本旅行

事长诗《阿诗玛》转化为电影文本，其次再通过光影手段把电影文本转化为运动的艺术形象，即译者以电影为媒介，按照电影艺术的表现手法和创作规律来进行艺术构思，把叙事长诗《阿诗玛》从语言符号文本转换为影像、声响效果、非语言标记、镜头等多元符号文本。《阿诗玛》叙事诗经过电影艺术媒体化的信息选择与集中，再加上艺术处理，叙事诗变成了彩色宽银幕立体声音乐歌舞片，其传播空间是从中国大陆石林彝族撒尼村寨走向全国，走向世界。传播者是从彝族撒尼人（普通民众、毕摩、说唱艺人等）到中国内地各民族电影工作者，作为翻译主体的中国内地各民族电影工作者，以电影为传播媒介使《阿诗玛》从中国大陆石林彝族撒尼村寨走向全国，走向世界。译者对《阿诗玛》的译创是为了宣传新中国少数民族的新形象，展现少数民族文化，宣传民族政策。这些译本都是以观看电影《阿诗玛》的国内外观众为受众，通过观众的观看让撒尼文化得以在中国其他民族文化圈及海外广泛传播，其传播类型主要为大众传播。

电视剧译创本《阿诗玛新传》是由中、韩两国电影工作者译创的。该译创本讲述了一个名为"阿诗玛"的现代撒尼族姑娘从家乡到上海，邂逅韩国音乐家的美丽爱情故事。电视剧《阿诗玛新传》被誉为中国第一部"民族偶像剧"。作为现代"民族偶像剧"的电视连续剧制作完成后，除了央视和全国各地方电视台播出，还将走进东南亚等地的市场"[①]。《阿诗玛》电视剧译创本的译者首先通过艺术创作手段把叙事长诗《阿诗玛》转化为电视文本，其次再通过光影手段把电视文本转化为运动的艺术形象，即《阿诗玛》电视译创本的译者以电视为媒介，融合舞台和电影艺术的表现方法和创作规律来进行艺术构思，把叙事长诗《阿诗玛》从语言符号文本转换为影像、声响效果、非语言标记、镜头等多元符号文本。《阿诗玛》叙事诗经过电视艺术媒体化的信息选择与集中，再加上艺术处理，叙事诗变成了电视连续剧，其传播空间

---

① 章明：《首部"民族偶像剧"〈阿诗玛新传〉上海封镜》，http：//news.sina.com.cn/c/2014-07-04/10146343811s.shtml。

是从中国大陆石林彝族撒尼村寨走向全国，走向世界。传播者是从彝族撒尼人（普通民众、毕摩、说唱艺人等）到中韩两国电视工作者，作为翻译主体的电视工作者，以电视为传播媒介使《阿诗玛》从中国大陆石林彝族撒尼村寨走向全国，走向世界。译者对《阿诗玛》的译创是投拍方石林县政府希望通过电视剧让外界了解新时代的阿诗玛群体，宣传石林的风土民情以获得更多的旅游收益。这些译本都是以观看电视连续剧《阿诗玛新传》的国内外观众为受众，通过观众的观看让撒尼文化得以在中国其他民族文化圈及海外广泛传播，其传播类型主要为大众传播。

京剧译创本《阿黑与阿诗玛》是中国内地京剧工作者根据彝族撒尼民间叙事诗《阿诗玛》译创的。1953年年初，著名京剧演员和编剧金素秋、吴枫夫妇，根据《阿诗玛》这首长诗译创了京剧剧本《阿黑与阿诗玛》，剧本被编入《剧本》月刊"戏曲剧本专刊"第一辑，后收编在《云南（三十年）戏剧剧目选》（传统戏和新编故事剧集），由云南人民出版社出版。1956年该剧参加了云南省第一次戏曲观摩会演，获编剧、导演、演出、音乐和舞台美术设计共五个一等奖，同年又被调进京参加全国戏剧交流演出，获得一致好评。《阿诗玛》京剧译创本的译者以舞台为媒介，按照电影艺术的表现手法和创作规律来进行艺术构思，把叙事长诗《阿诗玛》从语言符号文本转换为唱、念、做、打、脸谱等多元符号文本。《阿诗玛》叙事诗经过京剧艺术媒体化的信息选择与集中，再加上艺术处理，叙事诗变成了遵从一定京剧程式的戏剧，其传播空间是从中国大陆石林彝族撒尼村寨走向京剧文化圈。传播者是从彝族撒尼人（普通民众、毕摩、说唱艺人等）到中国内地京剧工作者，作为翻译主体的中国内地京剧工作者，以京剧舞台为传播媒介使《阿诗玛》从中国大陆石林彝族撒尼村寨走向汉语文艺圈。译者对《阿诗玛》的译创是为了"歌唱与颂扬少数民族"和"促进民族团结"[①]。这些译本都是以观看京剧《阿黑与阿诗玛》的观众为受众，通过观众的观看让撒尼文化得以在京剧文化圈、

---

① 参见金素秋《京剧〈阿黑与阿诗玛〉的创作和演出》，《云南戏剧》1986年第4期。

汉语文艺圈传播，其传播类型主要为大众传播。

《阿诗玛》撒尼剧译创本是彝族文艺工作者根据彝族撒尼民间叙事诗《阿诗玛》译创的。撒尼剧《阿诗玛》是吸收了话剧、活报剧、花灯剧等多个剧种的表演手法，融合本民族的表演手法、民间歌舞以及语言表达方式，创造出的新剧种，它的表演模式一直沿袭至今。此剧的说白、唱腔均为撒尼语，在演出过程中配有简要的汉语翻译，使观众和专家都能看得懂。撒尼剧《阿诗玛》受到了撒尼人的喜爱和赞扬。50多年来，圭山地区的业余剧团一直持续不断地在石林彝族撒尼村寨演出《阿诗玛》。撒尼剧《阿诗玛》引起了云南省文化界的关注，多家报纸刊登了撒尼剧《阿诗玛》的有关文章。撒尼剧《阿诗玛》对后来《阿诗玛》电影、舞剧，甚至日本人上演的《阿诗玛》都有着十分重要的影响。[①]《阿诗玛》撒尼剧的译创是在继承撒尼民族优秀传统文化的基础上，采用戏剧艺术形式编演的以歌、舞、剧相结合的剧目。《阿诗玛》叙事诗经过撒尼剧艺术化的信息选择与集中，变成了遵从一定撒尼剧程式的戏剧，其传播空间首先是石林彝族撒尼各村寨，其次是通过参加各种文艺调演，从而走向汉语文化圈，走向世界。传播者主体为彝族撒尼人，作为翻译主体的彝族文艺工作者，以舞台为传播媒介使《阿诗玛》在中国大陆石林彝族撒尼村寨得以传播。当撒尼剧《阿诗玛》在石林彝族撒尼各村寨演出时，主要是以观看撒尼剧《阿诗玛》的撒尼人为受众，其主要目的在于娱乐，同时也是通过观众的观看让撒尼文化得以在石林彝族撒尼村寨继承与发展，其传播类型主要为群体传播。而当撒尼剧《阿诗玛》在各种文艺调演中演出时，在演出过程中配有汉语翻译，主要是以观看撒尼剧《阿诗玛》的汉语文化圈观众为受众，通过观众的观看让撒尼文化得以在汉语文化圈传播，其传播类型主要为大众传播。

《阿诗玛》舞剧译创本是文艺工作者根据《阿诗玛》的传说故事和叙事

[①] 参见金仁祥《浅谈彝族撒尼剧〈阿诗玛〉》，赵德光《阿诗玛国际学术研讨会论文集》，云南民族出版社2006年版，第259—265页。

诗为题材译创的。《阿诗玛》舞剧译创者运用诗化的色块型结构来完成舞剧的创作，共有17个民族的演员参与创作和演出。1992年2月在昆明举行的"中国第三届艺术节"正式公演，后应邀到全国及台湾地区巡回演出，受到广大观众和文艺界的一致赞扬与肯定。该剧曾荣获文化部"第二届文华大奖"、中共中央宣传部"五个一工程"奖、"中华民族20世纪舞蹈经典作品金像奖"等奖项。《阿诗玛》舞剧译创本的译者以舞台为媒介，按照舞剧艺术的表现手法和创作规律来进行艺术构思，把叙事长诗《阿诗玛》从语言符号文本转换为舞蹈、戏剧、音乐等多元符号文本。《阿诗玛》叙事诗经过舞剧的结构和舞蹈语言的选取与运用，叙事诗被转换成了运用诗化的色块型结构的舞剧，其传播空间是从中国大陆石林彝族撒尼村寨走向汉语文化圈。传播者主体为多民族文艺工作者，作为翻译主体的17个民族的文艺工作者，以舞台为传播媒介使《阿诗玛》得以在中国大陆以及港台地区传播。译者对《阿诗玛》舞剧的译创是从时代发展的视角及现代群众的审美心理塑造阿诗玛新的形象，是为了把阿诗玛通过舞剧的形式介绍给外界。这些译本主要是以观看舞剧《阿诗玛》的观众为受众，通过观众的观看让撒尼文化得以在中国大陆以及港台等地传播，其传播类型主要为大众传播。

《阿诗玛》歌舞剧日语译创本是日本文艺工作者根据1954年黄铁、杨知勇、刘绮、公刘汉语译创本《阿诗玛——撒尼人叙事诗》的叙事结构和故事情节进行译创的。歌舞剧是把戏剧、诗歌、音乐、舞蹈和舞台美术等融为一体的综合性艺术。《阿诗玛》叙事诗经过日本歌舞剧艺术媒体化的信息选择与集中，再加上艺术处理，叙事诗变成了遵从一定日本歌舞剧程式的戏剧，其传播空间是从中国走向世界。传播者是从汉语文化圈的文艺工作者到日本文艺工作者。作为《阿诗玛》歌舞剧日语译创本翻译主体的日本文艺工作者，以戏剧舞台为传播媒介使《阿诗玛》从中国走向海外。日本译者对《阿诗玛》的译创是为了把中国民间文学介绍到日本，让日本民众对中国民间文学有所了解。这些译本都是以观看歌舞剧《阿诗玛》的观众为受众，通过观众的观看让中国民间文学得以在日本传播，其传播类型为大众传播。

第二章 翻译与《阿诗玛》的文本旅行

《阿诗玛》儿童剧日语译创本是日本文艺工作者以符合儿童认知的舞台剧表现手法对叙事长诗《阿诗玛》进行译创的。儿童剧除了具有戏剧一般的特征外,还要适应儿童特有的情趣、心理状态和对事物的理解、思考方式。《阿诗玛》儿童剧译创是以符合儿童认知的舞台剧表现手法对叙事长诗《阿诗玛》进行的媒介转换。儿童剧《阿诗玛——变成回音的姑娘》的编剧为日本的若林一郎、导演大野俊夫,由日本群马县剧团 Buna no ki(山毛榉之树)进行表演。日本的"人与人"和"山毛榉之树"两家剧团将《阿诗玛》作为剧团的保留节目,坚持几十年不间断地表演。这两家剧团在石林举办的火把节"世界的阿诗玛"大型文艺晚会上为中国观众表演了这个保留剧目。在云南石林世界地质公园,来自日本山毛榉之树剧团的男女演员为《阿诗玛》国际研讨会的参会者动情地表演阿黑哥营救阿诗玛的情形,博得现场阵阵掌声。从1996年开始,山毛榉之树剧团就在日本的很多学校里演出《阿诗玛》故事剧。饰阿黑哥的川上直已表演结束时介绍了他们在日本的演出情况,他说:"一位11岁的日本小姑娘看了《阿诗玛》后非常感动,她说长大后也要做一个像阿诗玛那样勇敢的姑娘。"①《阿诗玛》叙事诗经过日本儿童剧艺术媒体化的信息选择与集中,再加上艺术处理,叙事诗变成了遵从一定日本儿童剧程式的戏剧,其传播空间是从中国走向海外。传播者是从汉语文化圈的文艺工作者到日本文艺工作者。作为《阿诗玛》儿童剧日语译创本翻译主体的日本文艺工作者,以戏剧舞台为传播媒介使《阿诗玛》从中国走向日本。日本译者对《阿诗玛》的译创是为了"提醒人们要有善良勇敢的精神,也是介绍亚洲的民族文化思想"②。这些译本都是以观看儿童剧《阿诗玛》的观众为受众,通过观众的观看让中国民间文学及其文化思想得以在日本传播,其传播类型为大众传播。

《阿诗玛》广播剧日语译创本是日本文艺工作者通过电台这一媒介把叙事

---

① 叶晓楠:《"阿诗玛"感动世界》,《人民日报》(海外版)2004年8月9日第4版。
② [日]清水享:《〈阿诗玛〉在日本》,赵德光《阿诗玛研究论文集》,云南民族出版社2002年版,第48页。

长诗《阿诗玛》从语言符号文本转换为广播剧的多元表演符号文本。《阿诗玛》日语广播剧编剧为当时日本著名的戏剧作家木下顺二,出场演员是山本安英和"葡萄之会"剧团的演员。1961年2月23日,日本东京的文化放送广播台(NHK)在"现代剧场"播送了《阿诗玛》的广播剧。NHK是日本放送协会的简称,是日本最大的广播电视机构,是与美国有线电视新闻网(CNN)和英国广播公司(BBC)等并列的世界上最具影响力的媒体组织。日本名古屋大学教授樱井龙彦对这个广播剧在日本的影响曾做过这样的表述,"20世纪60年代初,日本作家木下顺二将翻译成日文的《阿诗玛》改编成广播剧,播出后很是轰动。当时,日本还很少有人知道中国有那么多的少数民族,有那么美丽、勇敢的彝族姑娘。知道了这个故事后,大家都很感动。大人把这个故事讲给自己的孩子们听,因为故事的一个版本是'兄妹'说,所以孩子们也听得懂。当时,日本女性的社会地位还不像现在,敢于向强大势力挑战的阿诗玛给日本女性做出了榜样。而且,《阿诗玛》还为日中友好做出了巨大贡献。那时,日中两国还没有恢复邦交,但是中国政府还是邀请木下先生来到中国,进行文化交流活动"[①]。《阿诗玛》叙事诗经过日本广播剧艺术媒体化的信息选择与集中,再加上艺术处理,叙事诗变成了遵从一定日本广播剧程式的戏剧,其传播空间是从中国走向海外。传播者是从汉语文化圈的文艺工作者到日本文艺工作者。作为《阿诗玛》广播剧日语译创本翻译主体的日本文艺工作者,以广播电台为传播媒介使《阿诗玛》从中国走向日本。日本译者对《阿诗玛》的译创是为了把中国民间文学介绍到日本,让日本民众对中国民间文学、中国少数民族有所了解。这些译本都是以收听广播剧《阿诗玛》的观众为受众,通过观众的观看让中国民间文学、文化得以在日本传播,其传播类型为大众传播。

彝族撒尼叙事长诗《阿诗玛》通过语内翻译、语际翻译、符际翻译,经过六条不同的翻译传播线路进行着其文本之旅,从彝族撒尼文化场域被迁移

---

① 孟宪玲:《阿诗玛:从神话走向世界》,《中国民族报》2004年9月10日第5版。

至汉语文化场域以及各种外语文化场域。在这个迁移过程中,不同翻译传播主体带着不同的翻译传播目的,通过不同的传播媒介,在不同的传播空间,面对不同的受众,对《阿诗玛》进行着传播,并使彝族撒尼叙事长诗《阿诗玛》走出彝区、走出中国、走向世界。

第三章　翻译与《阿诗玛》的经典建构

美国翻译理论家安德烈·勒菲弗尔（André Lefevere）借用俄国形式主义的"系统"（system）这一术语，"将社会视为一个由多系统组成的综合体，而其中的文学系统具备双重操控机制，一个为外部机制，在文学和外部环境之间保持联系，其中起重要作用的是意识形态（Ideology）和赞助人（Patronage）；另一个为内部机制，对文学内部发生作用的主要是诗学"[①]。勒菲弗尔认为"翻译理所当然是一种对源语文本的改写。所有的改写，无论意图如何，都是反映某种意识形态和诗学，并以此操纵文学在特定社会以特定方式发挥功能"[②]。在意识形态、赞助人、诗学等多种因素的操控和影响下，翻译已不是在真空环境中进行的单纯语言转换活动，而是在一定文化场域中的一种文化、文学行为和复杂社会活动。

多元系统论创始人伊塔玛·埃文-佐哈尔（Itmar Even–Zohar）将"经典"（canonicity）区分为静态经典（static canons）和动态经典（dynamic canons）两类。静态经典主要是就文本层面而言，是指静态的"文学文本"，这些文学文本只是因其在世界文学史上的文学声誉而被译入语看作经典，被接受为经典的文本被归置于译入语文学或文化所希望保存的文本类型里。动态

[①] 王友贵：《意识形态与20世纪中国翻译文学史》，《中国翻译》2003年第5期。

[②] A. Lefevere, *Translation, Rewriting, and the Manipulation of Literary Fame*, London: Routledge, 1992, p. 7.

第三章 翻译与《阿诗玛》的经典建构

经典是就模式层面而言,是"指一种文学模式试图通过系统经典库来建立其在译入语文化、文学系统中的能产(productive)原则,为译入语创作起典范作用"①。这种经典状态是某些行为或行动作用于某些材料的结果。对于系统动态化进程来说,动态经典化是经典的真正建构者,这个动态经典化过程涉及"促成文本,尤其是其所代表的'文学模式',成为经典化形式库的各种动态的、活跃的社会文化因素"②。

彝族撒尼叙事长诗《阿诗玛》通过翻译从源语文化场域被迁移至译入语文化场域的过程中,逐渐建构起了其经典身份。在这一过程中,各文化场域的主流意识形态、诗学、赞助人等各种权利因素以及译者是如何影响彝族撒尼叙事长诗《阿诗玛》的翻译以及帮助其经典身份建构的,是一个值得研究的问题。本章我们将从意识形态、赞助人、诗学、译者等方面,考察《阿诗玛》跨文化传播过程中,翻译与其经典身份建构之间的关系。

第一节 意识形态与《阿诗玛》经典身份的建构

"意识形态是社会哲学或政治哲学的一种形式。其中实践的因素与理论的因素具有同等重要的地位。它是一种观念体系,旨在解释世界并改造世界。"③"意识形态在动员、操纵、控制大众方面具有一定潜能,因此,意识形态也常常是被动员起来的信仰系统。"④ 本节从意识形态对《阿诗玛》源语文本的文本类型、主题思想的选择、对译本的操纵等方面分析意识形态对翻译文本生产的影响,探讨彝族叙事长诗《阿诗玛》是如何在译入语主流意识形态的操

---

① Itama Even-Zohar, "Polysystem Theory", *Poetics Today*, No. 11, Dec., 1990.
② Lefevere, A., *Translation, Rewriting, and the Manipulation or Literarg Fame*, London: Routledge, 1992: 7.
③ 《简明大英百科全书》,台湾中华书局1988年版,第520—521页。
④ R. Mostafa, *Dictionary of the History of Ideas*, Vol. 2, New York: Charles Scribners, 1973, p.558.

控下，通过翻译（translating）这一动态经典化过程，来实现其经典身份的建构的，如表3-1所示。

一 意识形态对《阿诗玛》翻译文本生产的操控

《阿诗玛》被汉语文化圈选择进行翻译可以追溯到新中国成立之初。20世纪五六十年代，中国政府组织了大规模的搜集、整理和翻译民间文学的活动，活动主体主要是文化干部，方式是深入各少数民族地区，与当地人民同吃、同住、同劳动。《阿诗玛》就是这一时期进入汉语文化圈视野的。来自中国人民解放军滇桂黔边区纵队的文艺工作者杨放，把偶然听到的用撒尼语口头吟唱的《阿诗玛》翻译为曲谱和汉语，于1950年在文艺刊物《诗歌与散文》9月号上发表。1950年11月号25日的《新华月报》第三卷第一期进行了转载，这个汉译本名为《圭山撒尼人的叙事诗〈阿斯玛〉——献给撒尼人的兄弟姐妹们》，是《阿诗玛》最早的汉译本。这个译本是阿斯玛以第一人称的叙述方式，叙述了自己的成长，后由父母兄嫂做主"把我嫁到别人家"，三年之后遭到公婆和丈夫虐待的故事。译者杨放在译本的开头写道："'阿斯玛'（原名'可怜的阿斯玛'）是活在撒尼人民口头上的一篇劳动人民的史诗，它闪耀着人民光辉四射的智慧，是一颗还埋藏在人民地层里的五彩斑斓的大宝石。""我们应该把它整个地挖掘出来，洗去污秽和泥沙，让它的光辉照亮我们新民族诗歌的殿堂。"[1] 在译本的最后写道："《阿斯玛》具备了撒尼人民的朴实、天真、沉默……的一切特质，同时，充满了千百年来悲惨境遇所造成的哀怨，这是一篇革命的、浪漫的叙事诗，又是一首中国妇女在罪恶的封建炼狱里挣扎奋斗的悲剧。" 1953年朱德普把其汉译本《美丽的阿斯玛——云南圭山彝族传说叙事诗》发表在《西南文艺》10月号上。这个汉译本同样是阿斯玛以第一人称的叙述方式，叙述了自己的成长，后由父母做主"把我嫁给伊布拜来富豪家"，遭到婆婆和丈夫的虐待逃回娘家，又被"酋长"抢婚。

---

[1] 杨放：《记录长诗〈阿诗玛〉引起的随想》，赵德光《阿诗玛国际学术研讨会论文集》，云南民族出版社2006年版，第1—7页。

哥哥追赶救下阿斯玛，在回家途中阿斯玛被岩神所害，变作回声的故事。同年，昆明军区政治部京剧团把《阿诗玛》改编为京剧，撒尼族的地主和统治者热布拜对农民阿诗玛的迫害——抢婚，是这个文本的主要内容。这些文本受到当时云南省委宣传部的关注，吸引了北京的视线，最后促成了1953年官方对《阿诗玛》进行的有组织的、全面的资料搜集、整理和翻译。

1953年在云南有关领导的重视下，云南省文工团组织了圭山工作组到石林圭山地区进行了《阿诗玛》的发掘、整理、翻译工作。1953年《阿诗玛》被官方定为发掘、整理和翻译的对象，其缘由正如当时在云南省委宣传部工作，倡议并组织参与了《阿诗玛》汉译本生产的黄铁所言，"一方面是由于《阿诗玛》的强烈诱惑力，它就像高尔基所形容的，像'一股股清新的甘泉'；另一方面也是由于《阿诗玛》本身还未完全定型，它在流传中存在着捉摸不定，甚至混乱和不够完整、健康、优美的地方，也必须迫使我们做一些去芜存菁、去伪存真的工作。"[①] 1954年黄铁、杨知勇、刘绮、公刘的汉语译创本《阿诗玛——撒尼人叙事诗》发表在《云南日报》副刊"文艺生活"栏目上。这个译本的源语文本为圭山工作组所搜集整理的20份不同的"异文"，这些"异文"都是根据彝语口头讲述文本转译的，彝文书面抄本完全没有进入汉文译者的视野。这些"异文"有体现婚姻矛盾、家庭矛盾等不同的主题以及不同主题统辖下的情节，译者把主题定为反抗统治阶级的婚姻掠夺，情节也围绕这一主题展开。翻译《阿诗玛》的目的是"创造社会主义的民族新文化"[②] 以及"提供文艺工作者向民族民间文学学习和借鉴参考"[③]。

20世纪50年代出现了以1954年黄铁、杨知勇、刘绮、公刘汉语译创本《阿诗玛——撒尼人叙事诗》为源语文本的汉译外高潮。英文版的《中国文

[①] 黄铁：《〈阿诗玛〉——"我们民族的歌"》，赵德光《阿诗玛研究论文集》，云南民族出版社2002年版，第172页。
[②] 刘绮：《50年后再忆〈阿诗玛〉长诗的搜集整理》，赵德光《阿诗玛国际学术研讨会论文集》，云南民族出版社2006年版，第19—27页。
[③] 黄铁：《〈阿诗玛〉——"我们民族的歌"》，赵德光《阿诗玛研究论文集》，云南民族出版社2002年版，第172页。

学》于 1955 年第 1 期和第 3 期选译了长诗《阿诗玛》，英译本名为 Ashma, the Oldest Shani Ballad；1956 年外文出版社出版了《阿诗玛》的俄文版本 ACMA；1957 年外文出版社出版了戴乃迭（Gladys Yang）英译本 Ashima、何如法译版 Ashma，这两个译本的前言是相同的，对源语文本有这样的叙述："《阿诗玛》是一首富有民族特色的叙事长诗，由云南彝族撒尼人民以口口相传的方式一代又一代地流传至今。""多年来撒尼人民常常通过吟唱阿诗玛的传奇故事来表达他们对自由和幸福的渴望，以及对统治阶级的憎恨之情。""中国是一个多民族国家。在封建统治阶级的残酷统治下，少数民族受到了残酷的压迫和歧视，阻碍了少数民族文学的发展。尽管如此，充满劳动人民智慧的民间叙事诗一直口口相传，流传至今。自中华人民共和国成立以来，各民族兄弟姐妹组成了一个大家庭，在这个大家庭中人人平等，大家的生活日益幸福。与此同时，少数民族文学也得到了应有的重视和保护。《阿诗玛》的整理和出版为我们树立了一个正确评价及发展少数民族文学的榜样。"这些译本对源语文本的审美价值都持肯定的态度，译文都忠实地再现了源语文本"反抗统治阶级的婚姻掠夺"的主题思想。

《阿诗玛》汉译本发表并获得巨大反响后，1956 年海燕电影制片厂决定把《阿诗玛》搬上银幕，电影剧本发表在 1957 年 4 月号的《人民文学》上。作为符际翻译所生产出来的文本——电影《阿诗玛》，秉承了长诗"反映阶级压迫与反抗"的这一主题，但把阿诗玛和阿黑的关系定为恋人关系。1950—1965 年期间，杨放汉译本被转载 1 次、收入论文集 1 次，黄铁汉译本再版 6 次，黄铁汉译本被官方出版机构外文出版社、《中国文学》（英文版）杂志社选为对外译介的源语文本，1960 年黄铁汉译本因译者被划为"右派"，而由李广田重新整理翻译。1961 年李广田汉译本再版 1 次。"文化大革命"开始后，电影《阿诗玛》被视为"宣传恋爱至上"的"修正主义大毒草"而遭到了批判和禁映，1966—1976 年期间，无任何《阿诗玛》新译本出现，也无任何《阿诗玛》译本再版。1976 年"四人帮"被粉碎后，电影《阿诗玛》再次引起人们的关注，1979 年元旦《阿诗玛》得以在全国上映。1977—1989 年期间黄铁汉译本再版3次,李广田汉译本再版2次,1981年外文出版社再版戴乃迭英译本,黄铁等对第一个汉译本进行修订并出版。

20世纪80年代以后,再次掀起了《阿诗玛》翻译的小高潮。这个阶段的翻译,对源语文本的选择主要侧重于一些较为权威的《阿诗玛》的彝文抄本,译者大多数为彝族学者。1984年彝族学者昂自明翻译所选源语文本为毕摩李科保保存的《阿诗玛》古彝文手抄本,他的译本"无论从行文风格、诗体格式都基本上忠实于原古籍抄本,尤其难能可贵的是这一译本照顾了口语诗歌的特点与民族语言特色而显得生趣益然"①。1985年马学良、罗希吾戈、金国库、范惠娟的《阿诗玛》彝文、国际音标、直译、意译四行对照译本所选源语文本为毕摩金国库所收藏的彝文抄本——"应是当时所见到的最好善本"②。1988年彝族学者黄建明、昂自明、普卫华译本以及1999年彝族学者黄建明、普卫华、日本学者西协隆夫的彝文、国际音标、汉文、彝文、英文、日文对照译本的源语文本为4个彝文手抄本校勘而成,这个译本"是目前所能见到的彝文翻译本中较好的一部,汉文翻译也尽量体现了彝文抄本的内容和形式"③。这一阶段的译本都保持了彝文抄本原本的意识形态,并未像20世纪五六十年代译本那样过多渲染阶级矛盾、反抗压迫等阶级意识形态因素。

20世纪90年代进入市场经济以后,全国上下大力发展经济,国家提出大力发展文化经济和文化产业。毕宏志指出"长诗具有形成阿诗玛文化产业的潜在优势。只有将具有潜在文化产业的文化,进行文化投资,才能最终形成现实的文化产业,获得经济效益"④。为促进石林县域经济的发展,石林县委、县政府提出要加强民族文化保护和开发的力度。在人文历史方面的开发上,对以长诗《阿诗玛》为代表的神话传说、文学,要进一步地挖掘、整理、开

---

① 牟泽雄、杨华轲:《〈阿诗玛〉版本论》,《楚雄师范学院学报》2007年第2期。
② 同上。
③ 刘世生:《阿诗玛文化发展史》,云南民族出版社2010年版,第136页。
④ 毕宏志:《〈阿诗玛〉社会功能论》,赵德光《阿诗玛国际学术研讨会论文集》,云南民族出版社2006年版,第609—613页。

发，并考虑用新的手段、新的艺术载体来展现阿诗玛的艺术形象。这一时期，不同的部门、不同的企业、不同的媒介对《阿诗玛》进行了重新的阐释和演绎。如石林旅游网上的《阿诗玛的故事》；由常振国主编的《中国旅游全览·石林》；由石林县政府投资，中、韩两国电影工作者共同演绎的电视剧《阿诗玛新传》等。这些文本有的与进入文学经典库的《阿诗玛》文本在某些方面有所不同，而有的则是完全的重新创作。

二 意识形态与《阿诗玛》的经典化

从《阿诗玛》汉译、外译，京剧、电影等符际翻译以及石林县对《阿诗玛》所进行的重构过程，我们可以看到《阿诗玛》能够在翻译中实现其经典身份的建构，首先在于彝族叙事长诗《阿诗玛》文本自身的审美价值。它"是一颗还埋藏在人民地层里的五彩斑斓的大宝石""它就像高尔基所形容的，像'一股股清新的甘泉'"等。这些表述说明彝族叙事长诗《阿诗玛》符合当时译入语阅读社团的审美喜好和阅读口味。

其次，彝族叙事长诗《阿诗玛》的译介符合新中国民族形式及国家形象建构的需要。"当权力准则已经发生变化，经典便会随之而异动"[①]。1949年新中国成立以后，党和政府就一直致力于新中国民族形式和国家形象的建构，民族平等被明确地写入了宪法。这一时期通过少数民族文艺的发掘和整理来宣传新中国的民族政策，促进全国人民形成对多民族共同体的认同，是中华人民共和国意识形态领导工作中重要的一部分。段凌宇指出"新中国民族形式和国家形象的建构，需要借鉴和发展包括少数民族民间文艺在内的各种文艺形式，'整理'就是实现从芜杂、多样的民间形态向社会主义新文艺转化的关键环节"[②]。20世纪五六十年代对民间文艺的挖掘与利用得到空前的重视。20世纪50年代《阿诗玛》的搜集、整理以及汉译、外译，京剧、电影等符

---

① ［美］Adams, Hazard：《经典：文学的准则、权力的准则》，曾珍珍译，《中外文学》1994年第2期。
② 段凌宇：《民族民间文艺改造与新中国文艺秩序建构——以〈阿诗玛〉的整理为例》，《文学评论》2012年第6期。

际翻译热潮就是在这一大背景下出现和展开的。1954年出版的黄铁、杨知勇、刘绮、公刘汉语译创本《阿诗玛——撒尼人叙事诗》在20世纪50年代被再版6次,被官方出版机构外文出版社、《中国文学》(英文版)期刊选为对外译介的源语文本,说明这个译本是构建和谐民族、和谐国家理想的形象,符合宣传新中国形象的需要。通过汉译、外译以及京剧、电影等对《阿诗玛》的译介,向国内外读者完美展现了新中国的女性形象,以及撒尼族人民勤劳善良、热爱生活、敢于反抗强暴、追求自由和幸福生活的坚强意志等优秀品质,同时对外宣传了新中国汉彝一家,民族团结一家亲的国家形象。

再次,彝族叙事长诗《阿诗玛》的译介符合国家主流意识形态和文艺、经济政策。1949年新中国成立以后,中国共产党和新政权确立了马克思主义意识形态的主导地位,开始构建新中国国家意识形态,在社会各领域开始实施变革立新的举措,对文学艺术也提出了新的规范要求。1949年中华全国文学艺术工作者代表大会的召开,确定了毛泽东的《在延安文艺座谈会上的讲话》为新中国文艺工作的总方针,确立了文艺是为人民大众服务的方向。"这种新文艺政策极大地改变了中国文艺的发展方向,客观上也推动了人们对民间文艺的重视。如何提升民间文艺,重新回到群众中去,发挥教育和宣传的作用,成为这一时期民间文艺发展的重要问题。"[①] 这一时期政治对文艺的干涉较强。20世纪50年代,杨放的"这是一篇革命的、浪漫的叙事诗,又是一首中国妇女在罪恶的封建炼狱里挣扎奋斗的悲剧"的表述;朱德普汉译本关于"富豪家""酋长"抢婚的表述;黄铁、杨知勇、刘绮、公刘的汉语译创本关于"反抗统治阶级的婚姻掠夺"主题的确定;京剧以撒尼族的地主和统治者热布拜对农民阿诗玛的迫害——抢婚为主要内容;电影《阿诗玛》对长诗"反映阶级压迫与反抗"这一主题的秉承;外译文前言对《阿诗玛》阶级意识及立场的阐释以及忠实再现源语文本"反抗统治阶级的婚姻掠夺"主题

---

① 段凌宇:《现代中国的边地想象——以有关云南的文艺文化文本为例》,博士学位论文,首都师范大学,2012年,第66—67页。

思想的翻译，等等，都说明了经汉语文化圈译者的改造后，意识形态较为复杂的《阿诗玛》已经完全符合国家主流意识形态和文艺政策。圭山工作组的汉文整理本都是根据彝语口头讲述文本转译的，毕摩的书面抄本并没有纳入搜集整理的范围，这也可能与当时主流意识形态对民间文艺的新规范有关。"1949 年之后，对于民间文艺的理解更强化了'人民性'和'阶级性'的一面。而《阿诗玛》的彝族古本都是由毕摩记录和收藏的。这些由'统治阶级'记录的'书面文学'自然也就不属于民间文艺的范围了。"① 而电影《阿诗玛》的禁映是由于它不符合当时的主流意识形态和文艺政策，即极"左"势力的意识形态。十一届三中全会召开后，中国的国家意识形态发生了根本性的改变，文艺政策也发生了根本性的变化，这一时期政治对文艺的干涉减弱。随着文艺界"百花齐放、百家争鸣"方针的恢复，电影《阿诗玛》得以恢复放映，这也是由于它符合当时的主流意识形态，即邓小平拨乱反正、改革开放的意识形态。所以电影《阿诗玛》的禁映和放映"都与那个时代意识形态紧密相关，都是一种意识形态的外在化表现"②。20 世纪 80 年代以后，随着改革开放、思想解放的进一步深入，文化复兴和价值输出的任务被提到议事日程，民族身份及民族意识得到提升。国家意识形态开始强调所有民族都是平等的，每个民族都应该得到平等的尊重和对待，人们应该尽可能地展现不同民族真实的历史和文化，少数民族的独特文化和生活方式应该得到更多人的关注和了解。这一时期的少数民族典籍整理和翻译工作更有组织性与计划性，少数民族对自己的典籍和文化极为珍视。这个阶段《阿诗玛》的翻译，对源语文本的选择更加关注其权威性，作为彝族文化传承人的毕摩所保存的《阿诗玛》彝文抄本无疑是最佳的选择。这个阶段，一些民族意识觉醒的彝族学者带着强烈的民族意识形态，出于保存和传承民族文学文化以及复兴民族语言、文学、文化的目的，以非常严谨的态度、科学的方法对《阿诗

---

① 段凌宇：《现代中国的边地想象——以有关云南的文艺文化文本为例》，博士学位论文，首都师范大学，2012 年，第 70 页。
② 黄毅：《〈阿诗玛〉的当代重构研究》，博士学位论文，云南大学，2013 年，第 81 页。

玛》的源语文本进行了选择和翻译。《阿诗玛》通过汉译、外译以及京剧、电影等符际翻译已经确立了其经典地位。但随着十一届三中全会后,国家以经济建设为中心的改革开放战略的确立,民族文化在社会发展中的作用也日益得到重视。这一阶段,市场对文艺的干涉增强,石林县为了通过《阿诗玛》来宣传石林的风土民情以及获得更多的旅游收益,而对《阿诗玛》进行了改写和利用。从文化翻译的角度看,这些对《阿诗玛》的阐释和演绎也可以算作翻译。

最后,通过彝族叙事长诗《阿诗玛》这一具有政治利用潜质文本的译介,使其成为经典,而后通过这个经典发挥典范作用。正如译者们所说:"我们应该把它整个地挖掘出来,洗去污秽和泥沙,让它的光辉照亮我们新民族诗歌的殿堂。"[1] "想将《阿诗玛》大致固定后,把它作为一个文学胚胎,提供文艺工作者向民族民间文学学习和借鉴参考,并使他们在创作或将《阿诗玛》改编成其他文学样式时,有了足够的养料和根据。""《阿诗玛》的整理和出版为我们树立了一个正确评价及发展少数民族文学的榜样。"[2] 由此我们可以看到,《阿诗玛》的译介和经典身份的建构具有了双重功能。一方面是借助《阿诗玛》这个经典,"丰富意识形态话语空间,强化意识形态权力话语的合法性和权威性;另一方面是为文学创作树立典范"[3]。

表3-1 源语文本选择:主流意识形态对《阿诗玛》经典身份建构的影响

时间段	1950—1965年	1966—1976年	1977—1989年	1990年以后
意识形态	以"左倾的革命政治"为指导的新中国民族形式和国家形象的建构	极"左"的"以阶级斗争为纲"	拨乱反正,确立"改革开放、解放思想"的社会主义发展方向	社会主义市场经济

---

[1] 刘绮:《撒尼人民与长诗〈阿诗玛〉——谈谈我参加整理〈阿诗玛〉的体会》,赵德光《阿诗玛研究论文集》,云南民族出版社2002年版,第169页。

[2] 黄铁:《〈阿诗玛〉——"我们民族的歌"》,赵德光《阿诗玛研究论文集》,云南民族出版社2002年版,第172页。

[3] 张南峰:《伊塔马·埃文佐哈尔多元系统论》,《中外文学》2001年第3期。

续 表

时间段	1950—1965 年			1966—1976 年	1977—1989 年		1990 年以后	
文艺政策、经济政策	1949 年第一次文代会,强调文艺的"人民性""阶级性"			1966 年中共中央《林彪同志委托江青同志召开的部队文艺工作座谈会纪要》,强调文艺"政治挂帅"、打倒"封资修"	1979 年第四次文代会,强调文艺的"百花齐放、百家争鸣""文艺不从属于政治"		1992 年邓小平南巡讲话后,国家提出大力发展文化经济和文化产业	
意识形态对源语文本选择的操控	文本类型	杨放汉译本	口头文本		昂自明汉译本	源语口头的文本(彝文手抄本)	黄建明等多语多元符号对照	源语口头的文本(彝文手抄本)
		朱德普汉译本	口头文本					
		黄铁汉译本	口头文本		马学良等四行对照译本	源语口头的文本(彝文手抄本)	石林县演绎本	无定本
		京剧译本	口头文本					
		电影译本	以传统为取向的文本(汉译本《阿诗玛》)、口头文本		黄建明汉译本	源语口头的文本(彝文手抄本)		
		《中国文学》戴乃迭英译本	以传统为取向的文本(汉译本《阿诗玛》)					
		外文出版社外译本	以传统为取向的文本(汉译本《阿诗玛》)					

第三章 翻译与《阿诗玛》的经典建构

续 表

时间段			1950—1965年	1966—1976年	1977—1989年	1990年以后	
意识形态对源语文本选择的操控	主题思想	杨放汉译本	反抗封建婚姻		昂自明汉译本	穷人不嫁富人（阶级矛盾不突出）	黄建明等多语多元符号对照	源语口头的文本（彝文手抄本）
		朱德普汉译本	反抗统治阶级的婚姻掠夺					
		黄铁汉译本	反抗统治阶级的婚姻掠夺					
		京剧译本	撒尼族的地主和统治者热布拜对农民阿诗玛的迫害——抢婚		马学良等四行对照译本	穷人不嫁富人（阶级矛盾不突出）	石林县演绎本	多元
		电影译本	反映阶级压迫与反抗					
		《中国文学》戴乃迭英译本	反抗统治阶级的婚姻掠夺					
		外文出版社外译本	反抗统治阶级的婚姻掠夺		黄建明汉译本	穷人不嫁富人（阶级矛盾不突出）		
意识形态对译本的操控		1. 杨放汉译本被转载1次、收入论文集1次；2. 杨放、朱德普汉译本、京剧译本受到当时云南省委宣传部的关注，吸引了北京的视线，最后促成了1953年官方对《阿诗玛》进行了有组织的、全面的资料搜集、整理和翻译。		1. 无任何新译本；2. 无任何译本再版；3. 电影《阿诗玛》遭禁映。	1. 黄铁汉译本再版3次；2. 李广田汉译本再版2次；3. 电影《阿诗玛》恢复放映；4. 外文出版社再版戴乃迭英译本；5. 黄铁等对第一个汉译本进行修订并出版。		

续　表

时间段	1950—1965 年	1966—1976 年	1977—1989 年	1990 年以后
意识形态对译本的操控	3. 黄铁汉译本再版6次。 4. 黄铁汉译本被官方出版机构外文出版社、《中国文学》（英文版）杂志社选为对外译介的源语文本。 5. 黄铁汉译本因译者被划为"右派"，而由李广田重新整理翻译。 6. 李广田汉译本再版1次。			1. 黄铁汉译本再版2次。
阶段特征	政治对文艺的干涉较强	政治对文艺的干涉极强	政治对文艺的干涉减少	市场对文艺的干涉增强

第二节　赞助人、诗学与《阿诗玛》经典身份的建构

勒菲弗尔认为文学系统能与社会其他系统和谐共处是因为它受到赞助人和诗学两大控制因素的影响。所谓"赞助人"，是指"足以促进或阻碍文学的阅读、写作或改写的力量。这些力量包括诸如宗教集团、阶级、政府部门、出版社、大众传媒机构，也可以是个人势力"[1]。勒菲弗尔指出："意识形态经常是因赞助人或委托和出版译作的人和机构而得以强化。"[2] 诗学由两个方面构成，一是文学作为整体的社会系统中的作用的概念，是指文学观念、创作原则和文学范式。二是文学手法、体裁和主题、原型人物、情景和符号的

---

[1] A. Lefevere, *Translation, Rewriting, and the Manipulation of Literary Fame*, London: Routledge, 1992, p. 17.

[2] A. Lefevere, *Translation History Culture: A Source Book*, London: Routlege, 1992, p. 14.

总和。本节拟将对《阿诗玛》翻译活动的赞助机制,以及赞助人、诗学对《阿诗玛》翻译策略的操控等进行分析,探讨彝族叙事长诗《阿诗玛》是如何在赞助人和诗学的操控下,实现其经典身份的建构的。

一 赞助人与《阿诗玛》经典身份的建构

在《阿诗玛》经典身份的建构过程中,翻译赞助人往往起着决定性作用。由于"文化大革命"开始后,1966—1976年期间,无任何《阿诗玛》新译本出现,也无任何《阿诗玛》译本再版。所以我们这里对《阿诗玛》翻译赞助人的探讨主要涉及1950—1965年、1977—1989年、1990年以后三个阶段,如表3-2所示。下面我们主要对这三个时期在《阿诗玛》翻译赞助人方面较为典型的译本进行分析,集中探讨以下几个问题,即"历次翻译时期里谁是主要赞助人?若赞助呈多元形态,其主要构成(hierarchy)是什么?赞助人以什么方式资助,是全额还是部分资助?其基本运作方式是什么?赞助人和译者是什么关系(以下简称'赞译关系')?前者是否为委托人?赞助是否有条件?若有,其条件是指令性的还是建议性的?三个时期赞助的动机是什么?总体效果如何?"[1]

表3-2　　　　　　　　《阿诗玛》翻译赞助人情况

时间段	1950—1965年	1977—1989年	1990年以后	
典型译本	黄铁汉译本	《中国文学》、外文出版社外译本	昂自明、马学良、黄建明译本	黄建明等多语多元符号对照译本	石林县演绎本
赞助人构成	中共云南省委、省委宣传部、省文联、省文工团/刊物	对外文委、国务院外办/外文局、作协	云南民族出版社、中国民间文艺出版社、中国文学出版社	云南民族出版社	政府机构、企业、大众传媒机构

---

[1] 王友贵:《中国翻译的赞助问题》,《中国翻译》2006年第3期。

续　表

时间段	1950—1965 年		1977—1989 年		1990 年以后
赞助人资助方式	全额资助	全额资助	部分资助	部分资助	全额资助、部分资助
赞助基本运作	政府机构直接成为委托人	杂志社、出版社为委托人	出版社为委托人	出版社为委托人	政府机构、企业为委托人
赞译关系	共谋关系	全职雇佣	暂时雇佣	暂时雇佣	暂时雇佣
赞助条件	指令性	指令性	指令性、建议性	指令性、建议性	指令性、建议性
赞助动机	为构建中国新文艺和新形象的迫切需要服务	翻译外交	保护民族文学文化	保护和对外宣传民族文学文化	发展地方文化经济和文化产业
赞助效果	掀起少数民族文学整理翻译热潮；促进人们对少数民族文学文化的认识	促进国外对新中国民族形式和国家形象的认识	促进少数民族文学文化的保护和传承	促进少数民族文学文化的保护和传承	促进地方文化经济和文化产业发展
阶段特征	赞助人多		赞助人少	赞助人少	赞助人多元化

1950—1965 年期间，在《阿诗玛》翻译赞助人方面较为典型的译本有：1954 年黄铁、杨知勇、刘绮、公刘汉语译创本《阿诗玛——撒尼人叙事诗》；1955 年第 1 期和第 3 期《中国文学》（英文版）刊登的英译本 *Ashma, the Oldest Shani Ballad*；外文出版社 1956 年出版的《阿诗玛》俄文译本 *ACMA*、1957 年出版的戴乃迭（Gladys Yang）英译本 *Ashma*、何如的法译版 *Ashma*。

第三章 翻译与《阿诗玛》的经典建构

在彝族叙事长诗《阿诗玛》经典身份建构的过程中，1953年云南省文工团圭山工作组在石林圭山地区进行的《阿诗玛》发掘、整理以及在此次大规模的搜集、整理基础上，1954年黄铁、杨知勇、刘绮、公刘等翻译出版的汉译本工作功不可没。1953年5月在时任云南省委宣传部文艺处处长的黄铁建议下，云南省领导决定派遣工作组负责搜集整理《阿诗玛》，当即由云南省人民文艺工作团组建了圭山工作组。其次，原稿出来后，又经由云南省党、政部门的领导以及文艺界的同志指导、帮助，甚至是修改、校正后，才最后定稿。[①] 1954年1月30日、2月5日、2月13日，首发于《云南日报》"文艺生活"栏目。这次翻译活动的赞助人主要涉及中共云南省委、省委宣传部、省文联、省文工团以及刊物《云南日报》。20世纪五六十年代，文联是组织管理文艺工作的重要机构，而云南省人民文艺工作团虽非政府机构，但新中国的这些艺术社团都是政府领导下的文艺单位，其官方色彩是不言而喻的。《云南日报》是中共云南省委机关报，1950年创刊，是全省发行量最大的党报，是云南省权威、极具公信力和影响力的大报。而译者黄铁等人都是具有政府背景的人员。可以说，这一次《阿诗玛》的发掘、整理、翻译带有浓厚的政府色彩，"政府赞助人"的主导作用和操控作用相当明显。正如当时的译者们所言："《阿诗玛》的整理出版，是在各级党委领导和关怀下进行的，是党的民族政策光辉照耀的下产物。"[②] "在工作过程中，从头至尾，都是在有关领导密切关注下进行的。"[③] 这次翻译活动的赞助人呈上下两级结构，一级赞助人是政府外宣部门和文化部门，对翻译活动进行直接管理、直接赞助；二级赞助人是受政府领导，承担政府新闻宣传报道的刊物，对翻译活动进行间接管理、间接赞助。政府作为赞助人，以全额资助方式资助翻译工作，其

[①] 参见黄铁《〈阿诗玛〉第一次整理本序言》，赵德光《阿诗玛研究论文集》，云南民族出版社2002年版，第2页。

[②] 刘绮：《撒尼人民与长诗〈阿诗玛〉——谈谈我参加整理〈阿诗玛〉的体会》，赵德光《阿诗玛研究论文集》，云南民族出版社2002年版，第169页。

[③] 黄铁：《〈阿诗玛〉第一次整理本序言》，赵德光《阿诗玛研究论文集》，云南民族出版社2002年版，第3页。

基本运作方式是政府机构直接成为委托人,委托具有政府背景的人员进行翻译活动,相关刊物发表翻译作品,本模式通常伴随着指令性条件,上下层赞助人之间以及他们与译者之间为共谋关系。政府机构赞助这次翻译活动的目的是为构建中国新文艺和新形象的迫切需要服务,其赞助效果非常显著,为彝族叙事长诗《阿诗玛》以及少数民族文学进入中国文学经典库做了开拓性准备,同时促进了人们对少数民族文学文化的认识。

在彝族叙事长诗《阿诗玛》走向世界,实现其世界文学文化经典身份建构的过程中,《中国文学》(英文版)刊登的英译本 Ashma, the Oldest Shani Ballad;外文出版社 1956 年出版的《阿诗玛》俄文译本 ACMA、1957 年出版的戴乃迭(Gladys Yang)英译本 Ashma、何如的法译版 Ashma 等立下了汗马功劳。《中国文学》是由政务院文化教育委员会对外文化联络事务局于 1951 年 10 月正式创刊的。1953 年《中国文学》被划归外文出版社和中华全国文协分管。当时《中国文学》英文杂志的编辑方针之一就是"提高译文的质量,首先争取刊物不出现政治性差错;提高编辑人员的政治、文学艺术的修养,办好刊物"[①]。1959 年《中国文学》由国务院外事办、中国作家协会、文化教育委员会分管。1963 年《中国文学》杂志社成立,直接受国务院外事办的领导。1949 年中央人民政府新闻总署国际新闻局成立后即开始以外文出版社的名称出版外文版图书。1952 年国际新闻局撤销后,正式成立了外文出版社。当时出版社在行政上隶属出版总署,业务方针由中共中央宣传部领导。这一阶段《阿诗玛》对外翻译活动的赞助人主要涉及对外文委、国务院外办、外文局、作协、《中国文学》杂志社、外文出版社等。赞助人呈上下两级结构,一级赞助人是国家机关,对翻译活动间接管理、直接赞助;二级赞助人是承担党和国家书刊外宣的刊物或出版单位,对翻译活动直接管理、间接赞助。一级赞助人国家权力实体机关作为赞助人,以全额的资助方式资助翻译工作,二级赞助人《中国文学》杂志社、外文出版社向国家财政部门申请运营经费,

---

① 戴延年、陈日浓:《中国外文局 50 年大事记(一)》,新星出版社 1999 年版,第 40 页。

第三章 翻译与《阿诗玛》的经典建构

并以薪酬方式全职雇佣译员从事翻译工作。其基本运作方式是在一级赞助人的指导和监督下，杂志社或出版单位为委托人，委托在国家机关工作的译员进行翻译活动。本赞助模式通常伴随着指令性条件，上下层赞助人之间为共谋关系，赞助人与译者之间为全职雇佣关系。政府机构赞助这次翻译活动的目的是开展翻译外交，通过少数民族文学的翻译，来对外宣传新中国的新文艺和新形象，让外界了解新中国的成就。这个阶段对外翻译活动的赞助效果非常显著，为彝族叙事长诗《阿诗玛》以及少数民族文学走向世界做了开拓性准备，同时促进了国外对中国少数民族文学文化的认识。

1951年和1954年召开的两次全国性的翻译会议确立了国家对翻译活动的统一计划和领导地位。这一时期的翻译活动完全体制化了。1950—1965年期间，翻译活动的赞助特征为赞助人多，赞助人呈现出一种上下两层的双层赞助结构，一级赞助人为"政府赞助人"，二级赞助人为"杂志或出版社赞助人"。这一时期，出版社、杂志社从表面上看似乎是翻译活动的一个层面的赞助人，但因新中国成立后所建立的出版社均为国营的，而一些私营性质的出版社和杂志社在国家通过公私合营或者赎买的方式将其转变为公有制单位后，纯商业运作方式淡出，出版社和杂志社已不再是以前独立的赞助人，它们的运营经费需要国家财政部门的支持。另一方面这些出版社和杂志社在翻译选题计划、翻译作品出版方面必须接受政府有关部门的领导和审查。虽为二级赞助人，却难以履行独立翻译赞助的职能，在某种程度上说，它们的作用充其量不过是翻译活动的译稿审校者和出版者。其次，资助的方式为全额资助。作为一级赞助人政府机构往往以全额资助方式资助翻译工作。赞助基本运作方式主要涉及两种，一是政府机构直接为委托人，委托在国家机关工作的译员进行翻译活动；二是在一级赞助人的指导和监督下，杂志社或出版单位为委托人，委托在杂志社或出版单位工作的译员进行翻译活动。在这类赞助中，"政府赞助人"的赞助往往是隐性的，而杂志社或出版单位的赞助则是显性的，但在遇重大问题或特殊情况下，"政府赞助人"始终握有终决权。这一阶段的赞助模式通常伴随着指令性条件，上下层赞助人之间往往为共谋关系，而赞助人与译者之间可能为共谋关系，也可能为全职雇佣关系。翻译活动的展开必须符合当时的政治意识形态，这是"政府赞助人"赞助的前提。这一阶段，杂志社或出版社不再是独立的、完全的赞助人，作为高级的、指导的、隐形的"政府赞助人"对翻译作品的生产、流通等翻译活动的各个环节都起着明显的操控作用。

1977—1989年期间，在《阿诗玛》翻译赞助人方面较为典型的译本有：1984年彝族学者昂自明《阿诗玛》古彝文手抄本汉译本；1985年马学良、罗希吾戈、金国库、范惠娟的《阿诗玛》彝文、国际音标、直译、意译四行对照译本；1988年彝族学者黄建明、昂自明、普卫华译本。在彝族叙事长诗《阿诗玛》成功以经典身份进入中国乃至世界文学经典库后，一些学者，一方面是希望完成1953年云南省人民文艺工作团《阿诗玛》圭山工作组的愿望，即"希望有关机构能再进行关于《阿诗玛》的研究工作，并做出更大的成绩来"。对这个阶段翻译的情况，译者马学良这样写道："1979年，中国社会科学院少数民族文学研究所云南分所刚一成立，就派彝族罗希吾戈同志去路南撒尼人聚居区做深入调查。此次调查侧重于搜集《阿诗玛》的彝文写本，参证民间口头流传的《阿诗玛》，以彝文抄本为主，进行翻译整理，结合撒尼人的风俗习惯、宗教仪式加以必要的注释，使读者更好地了解《阿诗玛》的内容。"[1] 另一方面是学者们出于民族文化的自觉性，再一次投身于《阿诗玛》的翻译中，希望通过对毕摩保存的《阿诗玛》手抄本的翻译，使已经"石化"，即被汉语和汉语文化圈"经典化"的《阿诗玛》重新焕发生机，以更为严谨、科学的翻译方法翻译《阿诗玛》，"为今后重新整理《阿诗玛》诗篇，提供一份较可靠的参考资料"。这一阶段《阿诗玛》翻译活动的赞助人主要涉及中国社会科学院少数民族文学研究所云南分所、云南民族出版社、中国民间文艺出版社、中国文学出版社。赞助人基本上都是研究所和新闻出版

---

[1] 马学良：《古彝文整理本〈阿诗玛〉序》，赵德光《阿诗玛研究论文集》，云南民族出版社2002年版，第255页。

第三章 翻译与《阿诗玛》的经典建构

文化事业单位。十一届三中全会以后，政府机构对出版社的行政干预有所减弱，出版社独立性有所增强。出版社可以自行选题，然后报省一级新闻出版局批准。省一级新闻出版局依据国家《出版管理条例》等对选题及内容进行审批，确保有关选题符合国家有关规定，并报国家新闻出版总署备案。出版社一般根据长远和近期的选题规划，物色合适的译者，并与译者签订图书出版合同。译者根据与出版社协商同意的内容及图书出版合同中的约定进行翻译工作。除出版社主动向译者组稿外，译者也可以主动与出版社联系，自荐欲译书稿。出版社与译者达成合作意向后，签订合同。出版社向译者支付稿酬一般有三种方式：基本稿酬加印数稿酬、版税和一次性付酬。这一阶段翻译活动呈现出赞助人少的特点，出版社作为主要赞助人，以部分资助方式资助翻译工作。这一时期出版社同样向国家财政部门申请运营经费，并以支付稿酬方式雇佣译员从事翻译工作。其基本运作方式是在隐性政府机构的监督下，出版社为直接委托人，委托相关学者进行翻译活动。本赞助模式可能伴随着指令性条件，也可能伴随着建议性条件，赞助人与译者之间为暂时雇佣关系。出版社赞助目的是保护民族文学文化和对外宣传民族文学文化。这个阶段翻译活动赞助效果较好，促进了少数民族文学文化的保护和传承。这些译本为"科学本，不仅为深入研究《阿诗玛》文学者提供原件和忠实译文，而且可为研究彝族撒尼的语言文字和风俗习惯，提供较真实的科学资料"[1]。随着改革开放的逐渐深入，从计划经济过渡到市场经济，特别是20世纪90年代后，随着私营出版社和独立出版赞助机制的出现，以"市场为导向"的翻译活动逐渐进入翻译出版领域。"改革使得一幅真正多元的赞助构成图逐步得到恢复。"[2] 在国家大力发展文化经济和文化产业的发展战略提出的背景下，石林县不同的部门、不同的企业、不同的媒介对《阿诗玛》所作的重新阐释和演绎，使彝族叙事长诗《阿诗玛》的翻译活动的赞助人朝着多元化方向发

---

[1] 马学良：《古彝文整理本〈阿诗玛〉序》，赵德光《阿诗玛研究论文集》，云南民族出版社2002年版，第256页。

[2] 王友贵：《中国翻译的赞助问题》，《中国翻译》2006年第3期。

展。有时候政府机构作为翻译活动的唯一赞助人和直接委托人，委托企业、大众传媒机构或相关人员对《阿诗玛》进行重新阐释和演绎，这个时候政府机构作为赞助人，有全额、也有非全额资助，本模式通常伴随着指令性条件，赞助人与译者之间大多数为暂时雇佣关系；有时候政府机构作为一级赞助人，企业为二级赞助人，委托大众传媒机构或相关人员对《阿诗玛》进行重新阐释和演绎。这个时候政府作为一级赞助人对翻译活动间接管理、直接赞助；二级赞助人企业对翻译活动直接管理、间接赞助。一级赞助人政府机关作为赞助人，以全额资助的方式资助翻译工作，二级赞助人企业向本地财政部门申请经费，并以薪酬方式暂时雇佣译员从事翻译工作。本赞助模式可能伴随着指令性条件，也能伴随着建议性条件。上下层赞助人之间、赞助人与译者之间为暂时雇佣关系；有时候企业作为翻译活动的唯一赞助人和直接委托人，委托大众传媒机构或相关人员对《阿诗玛》进行重新阐释和演绎。这个时候，政府机构行政干预较小，企业赞助人的自主独立性较强。本模式通常伴随着指令性条件，赞助人与译者之间大多数为暂时雇佣关系。这一时期，政府机构赞助翻译活动的目的是发展地方文化经济和文化产业，其赞助效果非常显著，促进了地方经济和文化产业的发展。

二 诗学与《阿诗玛》经典身份的建构

新中国成立以后，中国的诗学经历了从"社会主义现实主义""革命浪漫主义与革命现实主义相结合""三突出""双百方针"等的变化。从新中国成立初期到改革开放以前，中国共产党领导文学艺术工作的基本方针强调的是文学必须为政治服务，即"文学和艺术，要为工农兵服务，就是说，诗歌、戏剧、小说、绘画、音乐等，要描写工农兵，以及工农兵的干部，要表现他们的情绪"[①]。十一届三中全会上，"以阶级斗争为纲"的政治路线被彻底否定，邓小平在第四次文代会上指出，文艺不需要服从政治任务，而应根据其自身的特点和规律发展。而后，邓小平提出建设有中国特色的社会主义文化，必须坚持为

---

① 程光炜：《中国当代诗歌史》，中国人民大学出版社2003年版，第4页。

人民服务、为社会主义服务的"二为"方向和坚持"百花齐放、百家争鸣"的"双百"方针。在这种形势下,文艺领域再次呈现繁荣景象。在《阿诗玛》经典化过程中,不同时期的主流诗学通过对《阿诗玛》翻译策略选择的操控和影响,使《阿诗玛》的翻译生产符合主流意识形态,从而使其经典身份得以顺利建构。《阿诗玛》文本经典化过程中最重要的阶段为20世纪50年代,这一阶段的翻译完全是依据"社会主义现实主义""革命浪漫主义与革命现实主义相结合"的政治性原则和艺术性原则运作的。下面我们将选取译入语主流诗学对《阿诗玛》翻译策略操控方面较为典型的案例,即1954年黄铁、杨知勇、刘绮、公刘汉语译创本《阿诗玛——撒尼人叙事诗》的翻译活动进行分析。

(一)译入语主流诗学对《阿诗玛》翻译原则的操纵

在《阿诗玛》经典化过程中,译入语主流诗学对各个时期《阿诗玛》的翻译原则都有着明显的操纵现象。其中最具特色的当属1954年黄铁、杨知勇、刘绮、公刘汉语译创本《阿诗玛——撒尼人叙事诗》。这个译本翻译涉及源语文本的搜集、整理和翻译等阶段,同时其源语文本又具有变异性及多样性的特点,译者在当时"社会主义现实主义"的主流诗学规范下,对《阿诗玛》翻译原则进行了操纵,主要体现在对《阿诗玛》的搜集、整理、翻译等原则的操控上。

1953年5月,云南省人民文工团组织包括从事文学、音乐、舞蹈等文艺工作的人员成立了圭山工作组,深入石林县(当时名为路南县)圭山区进行发掘、整理和翻译工作。圭山工作组制定的搜集原则强调"深入体验和了解源语文化"以及搜集资料的"全面性"。"深入体验和了解源语文化"就是要"和群众一起劳动,一起生活,了解其心理特征与民族性格,体验劳动人民的思想感情,改造我们的思想感情,克服大汉族思想";"全面性"包括两个方面,一是"争取将《阿诗玛》的传说尽可能地全面搜集"。二是"凡与《阿诗玛》传说有关联的东西也尽可能地搜集起来"[①]。历时两个半月时间,圭山

---

① 杨知勇:《撒尼叙事诗〈阿诗玛〉整理经过》,赵德光《阿诗玛研究论文集》,云南民族出版社2002年版,第1页。

工作组共搜集到《阿诗玛》的口述材料20份，其他民间故事33个，民歌300多首。在翻译前，译者首先是对源语文本的相关背景进行研究，如对撒尼人的民族性格、民族发展情况及政治经济、宗教信仰、婚姻制度、文化生活等各方面的情况的分析研究，其目的是"求得对撒尼人有比较全面的统一的认识，以使我们在以后的整理加工过程中，能够真实地深刻地反映其生活及历史的面貌"①。其次是对《阿诗玛》本体的研究，如《阿诗玛》演变的过程、故事的主题思想、人物形象、结构、语言等，其目的是"以使我们在整理及编写过程中，不至于违反人民的愿望、离开其文学传统和生活的现实，而以我们的偏好去取而代之"②。译者确定的翻译原则是"在忠实于原来传说（包括主题思想、人物形象及民族特色等）的基础上，根据撒尼人民的喜爱及撒尼人的生活实际加以适当润饰、改写和发展，使其主题思想更为突出，人物形象更为鲜明，人民性的现实主义的部分得到增强，封建性的部分予以删除，使整个故事更趋于完整和统一"③。面对20份主题思想、人物形象和主要情节都存在较大差异的原始材料，译者把毛泽东"剔除封建性的糟粕，吸收其民主性的精华"这一论断作为搜集、整理和翻译《阿诗玛》的指导思想，在参考了光未然整理、翻译民间文学的方法，采用的是一种"总和"的方法，即将各种异文打散、拆开，按故事情节分门别类归纳，把"不健康""封建性"的部分剔除，把"精华""人民性"的部分集中，在此基础上，为满足突出主题思想、丰富人物形象、增强故事结构等等的需要，对源语文本进行了加工、润饰、删节和补充。对于因情节需要而必须补充的部分，译者提出了三种翻译方法：

1. 运用流传于民间的撒尼民歌进行的创译，如：

哥哥犁地朝前走，

---

① 杨知勇：《撒尼叙事诗〈阿诗玛〉整理经过》，赵德光《阿诗玛研究论文集》，云南民族出版社2002年版，第6页。
② 同上。
③ 同上。

妹妹撒粪播种跟后头,
泥土翻两旁,
好像野鸭拍翅膀。

2. 与撒尼歌手合作的创译。译者把源语文本中没有的情节或需要表达的感情告诉撒尼歌手,然后请撒尼歌手进行创作。如:

张开口来小锅大,
胡须就像扇子摇。

3. 根据与撒尼人同吃同住中所获得的生活体验进行的创译。如:

他的心和直树一样直,
我喜欢像树那样直的人。

译者在当时"社会主义现实主义"的主流诗学规范下,"人民性"是搜集、整理、翻译民族民间文学的一条基本原则。对《阿诗玛》的搜集、整理、翻译等也是遵循着"人民性"这一原则运作的。

(二) 译入语主流诗学对《阿诗玛》翻译文本的操纵

在《阿诗玛》经典化过程中,译入语主流诗学对各个时期《阿诗玛》翻译文本也有着明显的操纵现象。圭山工作组所搜集到的20份《阿诗玛》口述材料,在主题思想、人物形象和主要情节方面都存在较大差异。译者遵循毛泽东所提出的文艺工作方针,即"在现在世界上,一切文化或文学艺术都是属于一定的阶级,属于一定的政治路线的。为艺术而艺术,超阶级的艺术,和政治并行或互相独立的艺术,实际上是不存在的。无产阶级的文学艺术是无产阶级整个革命事业的一部分"[1],对《阿诗玛》翻译文本进行了操纵,主要体现在对《阿诗玛》源语文本主题思想、情节、人物形象塑造的改写、对

---

[1] 毛泽东:《在延安文艺座谈会上的讲话》,人民出版社1953年版,第23页。

语言风格等的改写上。

1. 诗学对《阿诗玛》源语文本主题思想、人物形象塑造、情节、结尾的改写

据译者所说，圭山工作组所搜集到的20份《阿诗玛》口述材料至少同时存在这样不同的主题："（1）控诉媳妇被公婆和丈夫虐待的痛苦；（2）反抗统治阶级的婚姻掠夺，追求幸福自由；（3）维护传统习俗；（4）显示女方亲人的威力，使公婆和丈夫不敢虐待；（5）羡慕热布巴拉家的富有，阿诗玛安心地在他家生活；（6）阿诗玛变成抽牌神，群众耳鸣是因为阿诗玛作怪，责备她死后不应该变成恶神。"第二种主题思想在20份口述资料中所占比例并不大，但译者在讨论《阿诗玛》的时代背景时确立了其主题思想，即"这一诗篇的生命是对阶级压迫顽强反抗的意志。阿诗玛和阿黑的可爱在于他们是劳动人民，不屈于剥削阶级的压迫；热布巴拉的可恨在于他是剥削阶级，他压迫劳动人民"①。此外，译者还添加了大量的全知叙述者的评论等来强化诗歌的"人民性"和"斗争性"。如阿诗玛出生后，"撒尼的人民，一百二十个欢喜，撒尼的人民，一百二十个高兴"；热布巴拉家对穷人的狠毒的描写，"晒干了的细米辣，比不上狠毒的热布巴拉，他想用不见天日的黑牢，压服撒尼人民的花"；对阿诗玛的赞美，"阿诗玛呵！可爱的阿诗玛，她是撒尼人民最可爱的姑娘，是撒尼姑娘的榜样，是撒尼人民的一朵鲜花""她的声音，永远伴着撒尼人民，她的影子，永远印在撒尼人民的心上"。可以说，经过翻译的《阿诗玛》有着鲜明的时代诗学印记，这正是通过符合当时诗学规范的翻译，《阿诗玛》的民间叙事被规范化为阶级斗争叙事，从而使得彝族叙事长诗《阿诗玛》能以经典的身份进入新中国经典文学形式库。

为了突出和体现"对阶级压迫顽强反抗"这一主题思想，译者对《阿诗玛》口述材料中多元化的人物形象、情节和结尾进行了改写和操纵。

---

① 杨知勇：《撒尼叙事诗〈阿诗玛〉整理经过》，赵德光《阿诗玛研究论文集》，云南民族出版社2002年版，第7页。

第三章 翻译与《阿诗玛》的经典建构

译者对《阿诗玛》口述材料中人物形象的操纵和改译主要体现在以下几个方面:

第一,对源语文中本阿诗玛形象的改写和操纵。(1) 增加了更多的关于阿诗玛热爱劳动的描述;(2) 增加了阿诗玛被抢时的态度;(3) 增加了阿诗玛与小伙伴亲密无间关系的描写;(4) 增加了阿诗玛被抢走后撒尼人民对她的思念、对热布巴拉家憎恨的描写;(5) 增加了阿诗玛被抢路上与海热针锋相对的对话。(6) 增加了更多的关于阿诗玛在热布巴拉家与巴拉父子斗争场景的描写。另外,译者为突出阿诗玛与热布巴拉家的矛盾,树立阿诗玛的正面形象,还添加了关于阿诗玛愿嫁什么人,不愿嫁什么人等诗句。此外,下面这一节诗中,第二、四两节并非阿诗玛原诗中所有,而是从民歌中吸收进来的,是译者根据第一、三两节加以引申和添加的。"用意在于借此衬托出阿诗玛这一善良、纯洁、天真无邪的少女的无忧无虑的心情,从而作为一根伏线,与突然覆盖到她头上来的命运的乌云形成鲜明的对比,唤起读者对女主人公的深厚的同情。"[①] 这样的改写丰富了阿诗玛的形象,更衬托出"九十九个不嫁"的愤怒心情。如:

> 路边的荞叶,
> 像飞蛾的翅膀,
> 长得嫩汪汪,
> 阿诗玛高兴一场。
>
> 阿诗玛像荞叶,
> 长得嫩汪汪,
> 只知道高兴,
> 不知道悲伤。

[①] 杨知勇:《撒尼叙事诗〈阿诗玛〉整理经过》,赵德光《阿诗玛研究论文集》,云南民族出版社2002年版,第16页。

路边的玉米，

叶子像牛角，

长得油油亮，

阿诗玛高兴一场。

阿诗玛像玉米叶，

长得油油亮，

只知道高兴，

不知道悲伤。

第二，对源语文本中阿黑形象的改写和操纵。在追赶阿诗玛以前，原材料对阿黑的描述很少，译者为了塑造阿黑勇敢无畏的形象，增加了6节诗，诗中描写到："像高山上的青松，断得弯不得……万丈青松不怕寒，勇敢的阿黑吃过虎胆。"此外，译本删减了显示阿黑作为舅舅威力的描述，把对阿黑的描写和叙述都集中在阿黑通过机智勇敢地与热布巴拉父子进行斗争，最后救出阿诗玛这一条线上。"作为斗争对立面的热布巴拉父子，则突出他们外貌丑陋，心肠歹毒和阴险狡诈这一面。"①

第三，对源语文本中故事情节、结尾的改写和操纵。

20份《阿诗玛》口述资料在情节上差异较大，大多情节结构不完整，具有多元化的特点。译者在"社会主义现实主义"的诗学指导下，以突出"对阶级压迫顽强反抗"这一主题思想为目的，通过对20份口述资料的分析，确定了《阿诗玛》的典型情节为：出生、成长、说媒、抢亲、盼望、阿黑追赶、比赛、兄妹相见、打虎、回声等。此外，为了强调阿诗玛兄妹与群众的深厚阶级情感，译者运用叠句进行了创作，添加了"盼望"这一情节。

---

① 黄铁等：《〈阿诗玛〉第二次整理本序言》，赵德光《阿诗玛研究论文集》，云南民族出版社2002年版，第156—157页。

20份《阿诗玛》口述资料的结尾大体有三种情况：一、悲剧结局，即阿诗玛受神的主宰和控制。二、理想结局，即阿诗玛变成回声。三、美满结局，即阿诗玛逃出热布巴拉家，找到了自己的爱人。译者认为第一种结局是封建性的。在这里译者举了一个搜集到的例子。当时已82岁的金二老人所讲述的"阿诗玛"，讲的是阿诗玛在回父母家的途中，被一阵风吹来，耳朵长在山岩上，我们问这是为什么，他回答"阿诗玛不守规矩，已经嫁到热布巴拉家，就不该逃回家"。译者认为"显然金二是站在维护封建社会的立场出发的"。译者认为如果采用这样的结局，就会导致宿命论，它会导致把人民引向消极悲观、丧失信心的方向。第二种"阿诗玛变成回声"的结局"不仅符合人民的愿望，而且显示了人民的预感，——对于未来必将属于人民的预感，在圭山石林之中，在撒尼人民心田之中，回声是永远缭绕不绝的，它是对旧生活的勇敢的反叛，也是对新生活的乐观的预言"①。

2. 诗学对《阿诗玛》源语文本语言风格的改写

《阿诗玛》是撒尼民间叙事诗歌，它是撒尼人民遵循着本民族特有的诗学和诗法集体创作的，它具有鲜明的民族艺术传统特色。正如孙剑冰指出的那样，"《阿诗玛》原作在表达思想和创作形象的时候，……它有自己的传统的诗法。它有自己喜爱的用语和数字等等。所有这些，和撒尼人民的劳动与社会生活、民族艺术传统以及《阿诗玛》在这个传统中发展的特点都是分不开的"②。译者为了遵循译入语诗学规范和读者的阅读期待，对《阿诗玛》源语文本的语言风格进行了改写，主要表现在对源语文本篇章结构、修辞、叙事视角、文化等的改写与操纵上。

第一，译入语诗学规范对《阿诗玛》源语文本篇章结构的改写。

1953年的黄铁汉语译创本的源语文本为20份口述资料，大多为五言诗。

---

① 公刘：《〈阿诗玛〉的整理工作》，赵德光《阿诗玛研究论文集》，云南民族出版社2002年版，第19—20页。
② 孙剑冰：《〈阿诗玛〉试论》，赵德光《阿诗玛研究论文集》，云南民族出版社2002年版，第120—121页。

这20份口述资料没有任何一份有分章、分段、分节的情况，也没有标题。翻译时，译者采用现代四行诗的体例，对源语文本进行了改写，并对诗歌进行了分章、分段、分节，还使用了标题。译者还指出："但凡是遇上内容和形式发生矛盾时，我们也决不削足适履，而是抛弃四行一段，行与行间字数（音节数）不太悬殊的守则，努力试探着去创造新的适应内容的新形式。""原诗描写阿诗玛诞生以后迅速成长的情形，是用的比较老实的手法，从1月说到12月，显得琐碎，我们将它做了局部的精减。"① 此外，为了使译文篇章符合现代汉语诗学规范，增强叙述的逻辑性，"使长诗浑然一体，首尾相接"，译者对所选择的源语文本的结尾的叙述进行了改译。源语文本对于阿诗玛变为回声的叙述很简单，只有"阿诗玛不变也变了，变成回声了"。译者根据生活中的感受，增加了三节，分别叙述了阿诗玛对哥哥、爹妈、小伙伴的嘱咐，表达了阿诗玛对她们的不舍和思念之情。如：

> 勇敢的阿黑哥呀！
> 每天吃饭的时候，
> 盛着金黄色的玉米饭，
> 你来叫我，
> 我就答应你。
>
> 告诉亲爹妈，
> 每天做活的时候，
> 不管天晴还是下雨，
> 不管放羊还是犁地，
> 不管挑水还是煮饭，
> 不管绣花还是绩麻，

---

① 杨知勇：《撒尼叙事诗〈阿诗玛〉整理》，赵德光《阿诗玛研究论文集》，云南民族出版社2002年版，第22页。

你们来叫我，
我就答应你们。

告诉我的小伴，
每次出去玩耍，
不论是端午还是中秋，
不论是六月二十四还是，
三月初三，
吹着清脆的笛子，
弹着悦耳的三弦，
你们来叫我，
我就答应你们！

第二，译入语诗学规范对《阿诗玛》源语文本修辞的改写。

20份《阿诗玛》口述资料中，有大量具有鲜明撒尼特色的修辞。译者在尽量保留源语文本修辞特色的同时，也因要遵循译入语的诗学规范，对一些修辞格进行了改译。如：

母亲来梳头，
梳得像落日的影子。

译者在翻译时，认为源语文本的比喻"梳头梳得像落日的影子"不符合汉语的表达方式，"然而，撒尼人却的确有这样的形容。当我们体会到那意思是指乌黑而有光泽的事物时，我们便根据辞意，根据汉族的习惯，也根据劳动人民乐于选择日常生活中常用的朴素的名词来做比喻的爱好"进行了改译，将它改译为：

> 母亲给她梳头,
> 头发闪亮像菜油。

第三,译入语诗学规范对《阿诗玛》源语文本叙事视角的改写。

20 份《阿诗玛》口述资料的叙事方式也有所不同。有以阿诗玛视角,采用第一人称叙事方式讲述故事的;有以阿诗玛妈妈的视角,采用第三人称内视角叙事方式讲述故事的;有采用第三人称外视角叙事方式讲述故事的。还有在同一文本里,出现了不同视角的切换。译者采用的是中国汉语传统叙事诗歌的叙事视角,以全知者的视角来讲述故事的。

第四,译入语诗学规范对《阿诗玛》源语文本文化的改写。

20 份《阿诗玛》口述资料中有大量的关于撒尼人生活环境、生活智慧等方面的诗句,译者在尽量保留源语文本文化特色的同时,有时为了遵循译入语的诗学规范,对源语文本的文化进行了改译。如原诗有这样的句子:

> 宜良河水深,
> 路南河水浅,
> 深浅都不管,
> 我们一齐过。

译者在翻译时,认为这节诗歌与"阿黑、阿诗玛兄妹斗争胜利后回家的情节缺乏有机的联系",同时这节诗歌"在阿诗玛的生死关头出现,可能会起到冲淡严重的气氛的副作用"[①]。于是译者将其改译为:

> 兄妹两人啊,
> 不管小河还是大河,
> 不管水浅还是水深,

---

① 杨知勇:《撒尼叙事诗〈阿诗玛〉整理经过》,赵德光《阿诗玛研究论文集》,云南民族出版社 2002 年版,第 17—18 页。

都要一起过。

20份《阿诗玛》口述资料中没有任何描写人物心理活动的诗句,译者按照汉语诗歌的文人意趣,在译本中添加了一些人物心理活动的描写,如添加了阿诗玛在黑牢中的心理活动描写:

这个黑牢呀!
怎么这样暗?
潮湿的石头呀!
比冰还要冷!

风呀!怎么听不见你呼唤!
鸟呀!怎么看不见你飞翔!
太阳呀!怎么觉不着你的温暖!
月亮呀!怎么感觉不到你的光芒!

墙外,有什么在叫喊?
像是爹妈在呼唤,
仔细一听,
原来是蟋蟀的叫声!

墙外有什么在奔跑?
像是小伙伴们在欢闹,
仔细一听,
原来是我的心跳!

墙外,有什么在闪?
像是飞龙马在眨眼,

仔细一看,

原来是两只萤火虫扑腾向前。

从以上的分析我们可以看到,译者在《阿诗玛》翻译过程中,在当时诗学因素的制约下,译者"尝试着力图以汉语的趣味和感觉,去表现原诗的旋律和风格"[①]。于是"将不少汉族的心理状态、风俗人情楔进原作代替了反映在作品中的撒尼人民的社会生活;用近代化的个人的创作方法、艺术手法代替了原作的表现方法;整理人……将自己熟悉的那一套四行诗的形式强加在《阿诗玛》身上了"[②]。可以说,"意识形态观照下的权力关系在很大程度上影响了文本内容的传达;而意识形态观照下的本土诗学传统则多少制约着文本的最终表现形式,它们在很大程度上影响着译者在翻译决策过程中对于各项翻译规范的综合考虑"[③]。

第三节 译者与《阿诗玛》经典身份的建构

随着20世纪80年代翻译研究的"文化转向",翻译界越来越多的人开始关注翻译活动主体——译者的研究。美国翻译理论家道格拉斯·罗宾逊在其后理性主义翻译(postrationalist translation)理论中,提出译者就是作者,译者利用他们自己的语言和世界经验以构建有效的话语。[④]罗宾逊认为"译者

[①] 杨知勇:《撒尼叙事诗〈阿诗玛〉整理经过》,赵德光《阿诗玛研究论文集》,云南民族出版社2002年版,第21页。

[②] 孙剑冰:《〈阿诗玛〉试论》,赵德光《阿诗玛研究论文集》,云南民族出版社2002年版,第116页。

[③] 胡安江、周晓琳:《语言与翻译的政治——意识形态与译者的主体身份建构》,《四川外国语学院学报》2008年第5期。

[④] D. Robinson, *Who Translates? —Translator Subjectivities Beyond Reason*, Albany: State University of New York, 2001, p. 3.

是翻译行为中的积极的诠释中介，并且控制着整个事件"。① 罗宾逊在强调译者主体性的同时也强调了种种权力因素将不同程度地影响译者的翻译。译者主体在翻译的过程中将不断与所面临的种种制约因素做斗争。②

翻译是在特定的文化场域中完成的。英籍翻译家戴乃迭《阿诗玛》的翻译活动主要是在20世纪50年代的中国大陆进行的。当时"国内政治环境始终笼罩在敏感紧张的氛围中，仅有个别阶段相对宽松，总体来说，以'政治第一'为特点的国家宏观话语支配了该时期的对外宣传和译介活动。"③ 在这种语境下，当时的诗学、赞助人往往形成一种共谋关系，与国家主流意识形态保持高度一致。而身处这样语境的译者往往会或主动或被动地"趋附于当时的国家主流意识形态，对文本进行某种共时性和本土化解读，从而在迎合主流意识形态和诗学规范的同时，争取到最大量的读者群，甚至在此基础上完成翻译文本在译入语文化场域中的经典建构"④。英籍翻译家戴乃迭作为一个具有双重文化身份的译者，在《阿诗玛》的翻译中，体现了较强的译者主体性，但其在源语文化场域所从事的翻译活动，也不可避免地受到源语语境的影响。对英籍译者戴乃迭翻译活动的探讨能更好地揭示译者与源语语境以及《阿诗玛》经典身份建构之间的关系。

一 译者与翻译文本《阿诗玛》的选择

20世纪50年代戴乃迭和杨宪益受雇于《中国文学》期刊。《中国文学》作为国家对外宣传的重要刊物，在各个方面都受到国家主流意识形态、诗学强有力的制约。杨宪益对当时国家级刊物《中国文学》翻译文本的选择情况曾有过这样的描述：

> 不幸的是，我俩实际上只是受雇的翻译匠而已，该翻译什么不由我

---

① D. Robinson, *Who Translates?—Translator Subjectivities Beyond Reason*, Albany: State University of New York, 2001, p. 25.
② Ibid., pp. 165—166.
③ 胡安江:《翻译文本的经典建构研究》,《外语学刊》2008年第5期。
④ 同上。

们做主，而负责选定的往往是对中国文学所知不多的几位年轻的中国编辑，中选的作品又必须适应当时的政治气候和一时的口味，……有时候即使是古典诗歌的选择也要视其"意识形态"和政治内容而定，我们常常要为编辑们选出的诗和他们争论不休，经过长时间的商讨方能达成妥协。①

从这段话可以看出，翻译文本的选择并不是由译者所定，而是由一些对中国文学不甚了解的年轻编辑，按照当时的国家主流意识形态和政治标准进行选择。

新中国成立后，政府对少数民族的重视促进了对少数民族文学艺术的翻译。1953—1964年期间，《中国文学》选译了一些少数民族文学艺术作品，如内蒙古族作家玛拉沁夫、乌兰巴干、纳·赛音朝克图等的作品，维吾尔族作家木塔里甫、尼米希衣提等的诗歌作品。关于1955年戴乃迭对《阿诗玛》的翻译，杨宪益有这样的一段描述：

这部优美的翻译作品的成功有编辑李荒芜不小的功劳：李荒芜说少数民族的东西也应该介绍一些，他介绍一部云南白族的叙事长诗《阿诗玛》，我们也就翻了，翻的很快。②

从杨宪益的言辞中，我们可以感觉到，杨宪益夫妇对编辑李荒芜选择的翻译文本——《阿诗玛》还是非常满意的。这与编辑李荒芜的学术背景有很大关系。

荒芜（1916—1995），即李荒芜，翻译家、作家、诗人、美国文学专家。1937年毕业于北京大学历史系（同期读副系西语系英文专业）。1949年夏，进入国际新闻局工作，并担任大型对外宣传刊物《争取人民民主，争取持久和平》中文版主编（九国共产党联办）。1952年后任外文出版社

---

① 杨宪益：《杨宪益自传》，薛鸿时译，人民日报出版社2010年版，第225页。
② 雷音：《杨宪益传》，明报出版社2007年版，第187页。

民盟区主委,任对外图书编辑部副主任,常年致力于中外文化交流,组织对外译介中国文学作品,坚持美国文学研究。荒芜在中国文坛上耕耘了半个多世纪,发表翻译作品300万字,抗日战争的尾声中,他译出了支持中国人民抵御外侮的赛珍珠的小说,是向我国人民介绍美国文学的早期译者之一(包括奥尼尔剧作、美国黑人诗歌),是较早向中国人民介绍苏联高尔基文艺理论的译者。

可以说,在当时政治严格控制文艺的语境中,撒尼叙事诗《阿诗玛》被国家级对外宣传刊物《中国文学》选中作为对外宣传的翻译文本,一方面是因为经过汉语文化圈译者编撰、翻译的《阿诗玛》汉译本符合当时国家的主流意识形态和诗学规范;另一方面,也正是由于撒尼叙事诗《阿诗玛》具有独特的审美价值,才能使兼具学者、翻译家、编辑三重身份的李荒芜看中,也才能使译者戴乃迭对编辑的选本感到满意。通过译者戴乃迭的翻译,《阿诗玛》向世界文学经典迈出了重要的一步。

二 译者与《阿诗玛》的翻译副文本

戴乃迭1955年、1957年、1981年的三个英译本译文前都有导言,1957年、1981年的两个英译本除了对《阿诗玛》出版的情况介绍有少许变化外,导言其他内容基本相同。但1955年英译本导言与后两个译本导言内容存在较大差异。1955年英译本导言共分为15个段落,第一段主要是对撒尼人的居住地、撒尼人的民族性格及特点、撒尼人的语言等进行介绍,此外还介绍了撒尼人的乐器——口弦。第二段是对《阿诗玛》的主题、人物、形成、传承和传播等进行了简介,这里还提到了"公房",并对"公房"做了脚注。第三段到十一段是对《阿诗玛》故事内容的详细介绍。第十二段到十四段是对《阿诗玛》艺术风格以及语言特色的分析和介绍。最后一段是对《阿诗玛》的搜集、整理、翻译、出版、传播的情况的简介,而且还对中国发展多民族文学的情况进行了说明。1957年、1981年的两个英译本导言都为7个段落,第一段主要是对撒尼人叙事诗《阿诗玛》的产生、语言特色、故事情节、人物等的介绍。第二段是对撒尼人、撒尼人的语言、撒尼人的民族性格及特点等进行介绍，同时也介绍了撒尼人的乐器——口弦。第三段是对撒尼青年男女谈情说爱的地方——"公房"进行了介绍，并对过去撒尼人的恋爱婚姻状况进行了说明。第四段是强调过去撒尼人民受到封建地主的剥削，撒尼人民过着悲惨的生活，《阿诗玛》反映了撒尼人民对压迫阶级的深仇大恨。第四段是对阿诗玛的传承情况的简介。第五段是对《阿诗玛》的搜集、整理、翻译、出版、传播的情况的简介。最后一段是对新中国成立前和新中国成立后少数民族及其文化发展状况进行对比，把撒尼人民保存下来的《阿诗玛》文本类型归为方言文学（vernacular literature），同时指出新中国成立后《阿诗玛》的编辑出版，是对少数民族文学艺术经典的尊重和珍视。

源语语境对《阿诗玛》翻译副文本的操控主要体现在译本的导言中，如表3-3所示。下面我们把三个译本中涉及意识形态的表述摘录如下：

表3-3　　戴乃迭《阿诗玛》英译本涉及意识形态的表述对照

1955年英译本	1957年英译本	1981年英译本
Through the portrayal of Ashma and Ahay, the true son and daughter of the toiling people, this ballad extols labour, courage, freedom, and love, expressing the indomitable resistance to oppression, the passionate longing for freedom and happiness, and the optimism and confidence of the Shani people.（第2段部分）	In simple, unadorned language, it relates Ashma's determined struggle against the despotic landlord who has carried her off. With their vitality and their longing for freedom and happiness, young Ahay and Ashma epitomize the whole Shani people.（第1段）	In simple, unadorned language, it relates Ashima's determined struggle against the despotic landlord who has carried her off. With their vitality and their longing for freedom and happiness, young Ahei and Ashima epitomize the whole Sani people.（第1段）

续 表

1955 年英译本	1957 年英译本	1981 年英译本
It is especially moving at a wedding to watch an old man squat on a stool to sing *Ashma* while the young folk listen quietly, sharing Ashima's sorrow and joy. Thus young women say: "Ashma's sorrow of all us Shani girls." For *Ashma* is a song from the heart of the Shani people. (第 2 段部分)	Whenever a marriage takes place, old folk will squat on stools to sing *Ashma*; and the young people will shed tears over Ashma's sufferings and rejoice at her victory. … Girls working in the fields will sing "Ashma" too, and they often used to say: "Ashma's sufferings are the sufferings of all Shani girls." (第 5 段部分)	Whenever a marriage takes place, old folk will squat on stools to sing "Ashima"; and the young people will shed tears over Ashima's sufferings and rejoice at her victory. … Girls working in the fields will sing "Ashima" too, and they often used to say: "Ashima's sufferings are the sufferings of all Sani girls." (第 5 段部分)
Rabubalore, whose family was so wicked/ He was rich and powerful/ a bad local official, Hajow (第 7 段) high-handed Rabubalore/ these wicked bandits (第 11 段)	In the past, however, although they (young Shani people) could love freely, they could not marry whom they pleased but had to abide by their parents' choice. This explains why, for many generations, through "Ashma" the Sani people have expressed their longing for freedom and happiness. (第 3 段部分)	In the past, however, although they (young Sani people) could love freely, they could not marry whom they pleased but had to abide by their parents' choice. This explains why, for many generations, through "Ashima" the Sani people have expressed their longing for freedom and happiness. (第 3 段部分)
Pouring into this poem their own thoughts and emotions, love and hate, experience and aspirations, the Shani people magnified all that was beautiful and lovabled in the hero and heroine and gave a penetrating exposure of the cruelty, selfishness and cowardice of their oppressors.		

续表

1955 年英译本	1957 年英译本	1981 年英译本
From the creation of this song and from its singing, the people have drawn strength to battle with their enemies; and there can be no doubt that at the conclusion of the ballad when Ashma is made to live on in peace above the lofty cliff, her clear voice and cheerful laughter echoing forever through the hills and woods, the Shani people in their bitter struggles expressed their passionate longing for freedom and happiness and affirmed their belief in victory. (第12段部分)	In the past the Shani peasants were exploited by the feudal landlords who seized the fruits of their labour every year, leaving them to live in misery. This explains why "Ashma" voices the Shani's fierce hatres for oppressors. (第4段整个段落)	In the past the Sani peasants were exploited by the feudal landlords who seized the fruits of their labour every year, leaving them to live in misery. This explains why "Ashima" voices the Sani's fierce hatres for oppressors. (第4段整个段落)
China possesses a rich, multi-national literature; and today, even as we develop creative writing, we are making every effort to discover and edit folk-songs, stories and ballads which will enrich our literature still further. (第15段部分)	China is a multi-national country. Under the cruel rule of reactionaries in the past, the minority people suffered all manner of hardships and their cultures were attacked and to some extent destroyed; yet, even so, the vernacular literature was preserved and enriched by the labouring people. In New China all the minority peoples are equal members of one big family, and their national cultures are respected and appreciated. The discovery, compilation and publicaton of "Ashma" form but one instance of the way in which the fine literature and art of the minority peoples are valued today. (第7段整个段落)	China is a multi-national country. Under the cruel rule of reactionaries in the past, the minority people suffered all manner of hardships and their cultures were attacked and to some extent destroyed; yet, even so, the vernacular literature was preserved and enriched by the labouring people. In New China all the minority peoples are equal members of one big family, and their national cultures are respected and appreciated. The discovery, compilation and publicaton of "Ashima" form but one instance of the way in which the fine literature and art of the minority peoples are valued today. (第7段整个段落)

第三章　翻译与《阿诗玛》的经典建构

从表3-3我们可以看出，戴乃迭1955年、1957年、1981年的三个英译本导言都涉及意识形态的表述。1955年英译本导言15个段落文字表述中涉及意识形态的有5个段落，主要集中在第2、12、15段。1957年、1981年的两个英译本导言7个段落文字表述中涉及意识形态的有5个段落，主要集中在第1、3、4、5、7段，其中第4、7两个段落的整个段落都带有鲜明意识形态特征的表述。

从表述内容来看，1955年英译本导言涉及意识形态的表述都较为平和，而1957年、1981年的两个英译本导言涉及意识形态的表述就更加注重突显"阶级矛盾""阶级斗争"等阶级对立的国家主流话语。下面我们对比分析如下：

1. 关于"压迫和反压迫的斗争"的表述：1955年英译本用了"the toiling people""the indomitable resistance to oppression""gave a penetrating exposure of the cruelty, selfishness and cowardice of their oppressors""the people have drawn strength to battle with their enemies""Rabubalore, whose family was so wicked. He was rich and powerful.""a bad local official, Hajow""high-handed Rabubalore""these wicked bandits"等这些表述；1957年、1981年的两个英译本用了"struggle against the despotic landlord""the Sani peasants were exploited by the feudual landlords who seized the fruits of their labour every year, leaving them to live in misery. This explains why 'Ashma' voices the Shani's fierce hatres for oppressors.""Under the cruel rule of reactionaries in the past, the minority people suffered all manner of hardships and their cultures were attacked and to some extent destroyed"等这些表述。1955年英译本中，"the toiling people"（劳动人民）、"oppression"（压迫）、"oppressors"（统治阶级）、"resistance"（反抗）等词语带有鲜明的"阶级对立"色彩；"enemies"（敌人）、"battle with"（与……战斗）、"wicked"（邪恶的）、"rich and powerful"（有钱有势）、"a bad local official"（品行不好的地方官）、"high-handed"（专横的）、"wicked bandits"（邪恶的强盗）等词虽然带有一定的"对立""厌恶"的感情色彩，但不一定是阶级性的，意识形态色彩并不浓烈。1957年、1981年英译本中，

· 123 ·

"the despotic landlord"（暴虐专横的地主阶级）、"the Sani peasants"（撒尼农民）、"the feudal landlords"（封建地主阶级）、"oppressors"（统治阶级）、"Under the cruel rule of reactionaries"（在反动派的残酷统治下）、"struggle against"（与……做斗争）、"were exploited by"（被剥削）、"seized the fruits of their labour"（劳动果实被掠夺）、"leaving them to live in misery"（使他们过着悲惨的生活）、"fierce hatres for…"（对……的强烈仇恨）、"suffered all manner of hardships"（遭受着各种疾苦）、"attacked"（被损害）、"destroyed"（被毁坏）等表述都带有强烈的"阶级对立""阶级斗争"色彩。

2. 关于"撒尼年轻人听老一辈讲述《阿诗玛》的反应"的表述：1955年英译本用了"the young folk listen quietly, sharing Ashma's sorrow and joy." "young women say：'Ashma's sorrow of all us Shani girls.'"等这些表述；1957年、1981年的两个英译本用了"the young people will shed tears over Ashima's sufferings and rejoice at her victory." "Ashima's sufferings are the sufferings of all Shani girls."等这些表述。1955年英译本中，撒尼年轻人静静地听着老一辈的吟唱，与阿诗玛同喜（joy）同悲（sorrow）。1957年、1981年英译本中，老一辈吟唱《阿诗玛》时，撒尼年轻人为阿诗玛所遭受的苦难（sufferings）泪流满面（shed tears over），为阿诗玛的胜利（victory）而欢欣鼓舞（rejoice）。显然1955年英译本所用词语"joy""sorrow""sharing"等与1957年、1981年英译本所用词"sufferings""victory""shed tears over""rejoice"等，在情感意义上有所不同，1955年英译本用词没有1957年、1981年英译本用词语情感强烈、爱憎分明。

3. 关于"新中国成立前后对比"的表述：1955年英译本没有关于"新中国成立前后对比"的表述。1957年、1981年英译本有三个段落涉及"新中国成立前后对比"的表述，这里往往运用时间状语"In the past" "In New China"等来形成对照，以强调新中国成立前撒尼人民过着痛苦、不自由的生活，少数民族文化不被尊重，甚至遭到毁坏；而新中国成立后，情况有了很大变化。如：

第三章 翻译与《阿诗玛》的经典建构

In the past, however, although they (young Sani people) could love freely, they could not marry whom they pleased but had to abide by their parents' choice. This explains why, for many generations, through "Ashima" the Sani people have expressed their longing for freedon and happiness.

In the past the Sani peasants were exploited by the feudual landlords who seized the fruits of their labour every year, leaving them to live in misery. This explains why "Ashima" voices the Shani's fierce hatres for oppressors.

China is a multi-national country. Under the cruel rule of reactionariesin the past, the minority people suffered all manner of hardships and their cultures were attacked and to some extent destroyed; yet, even so, the vernacular literature was preserved and enriched by the labouring people. In New China all the minority peoples are equal members of one big family, and their national cultures are respected and appreciated.

戴乃迭三个英译本导言都体现了国家主流意识形态对翻译的影响和操控。但是1955年英译本导言与1957年、1981年英译本导言的差异，也值得我们进一步探讨。在1955年戴乃迭在 *Chinese Literature*（《中国文学》英文版）发表的《阿诗玛》英译本导言中，关于意识形态的表述并不鲜明。这一方面说明源语语境的主流意识形态、诗学对当时《阿诗玛》翻译的赞助人——《中国文学》期刊的操控还不算太强；另一方面也说明译者虽然在一定程度上受到当时源语语境主流意识形态、诗学的影响，但国家主流话语中关于"阶级对立""阶级斗争"的语汇对译者的表述影响还不算太深。可以说，1955年开始、1956年结束的肃反运动对发表于1955年年初的戴乃迭《阿诗玛》英译本影响还不算大。前面我们提到1957年外文出版社出版的戴乃迭《阿诗玛》英译本和何如《阿诗玛》法译本，这两个译本的导言是相同的，这说明这两个译本的导言可能是外文出版社在1955年戴乃迭英译本导言基础上，根据当时国家主流话语统一撰写的，只是让译者直译过来而已。1957 年戴乃迭英译本导言中那些带有强烈"阶级对立""阶级斗争"意识形态的表述，应该与 1957 年的反右运动有关。"1957 年 5 月至 1958 年 7 月，外文出版社开展了整风运动，许多同志被错划为'右派'。"① 这一时期，一连串的政治运动使整个国家变得越来越"左"，"阶级斗争"成为国家的主流话语，发生在源语语境的《阿诗玛》外译活动在源语政治语境的操控下，走向了其世界经典化的旅程。

三　译者对《阿诗玛》译文的操控

翻译文化学派强调译文中意识形态的操纵和改写无处不在。② "如果说翻译是一个决策过程，那么无论是有意的还是无意的决策，都往往受制于意识形态。译者在翻译过程中往往总会表现出与意识形态的配合和共谋，从而对文本做出符合个人及赞助人的意识形态要求的'改写'。"③ 评价理论是由马丁等人在 20 世纪 90 年代初提出的研究人际意义的理论。Hunston 认为："评价对话语之所以重要主要有两个方面的原因：一方面是因为评价对构建语篇的意识形态基础发挥至关重要的作用；另一方面是因为评价对组织语篇结构起着十分重要的作用。"④ 评价理论关注语篇中可以协商的各种态度⑤，评价意义与意识形态存在着天然的联系。评价理论有助于认识译本如何通过改写评价意义而操纵意识形态。马丁和罗斯把评价理论（Appraisal Theory）分为三个子系统：态度（Attitude）、介入（Engagement）、级差（Graduation）。⑥

---

① 戴延年、陈日浓：《中国外文局 50 年大事记（一）》，新星出版社 1999 年版，第 69—70 页。
② 参见 A. Lefevere, *Translation, Rewriting and the Manipulation of Literary Fame*, London and New York: Routledge, 1992, p. 24。
③ 胡安江、周晓琳：《语言与翻译的政治——意识形态与译者的主体身份建构》，《四川外国语学院学报》2008 年第 5 期。
④ S. Hunston & J. M. Sinclair, Evaluation in Text. Authorial Stance and the Construction of Discourse, S. Hunston & G. Thompson, *A local grammar of evaluation*, Oxford: Oxford University Press, 2000, p. 21.
⑤ 参见胡壮麟、朱永生、张德禄等《系统功能语言学概论》，北京大学出版社 2005 年版，第 23 页。
⑥ 参见 J. R. Martin & D. Rose, *Working with Discourse: Meaning beyond the Clause*, London: Continuum, 2003, p. 36。

第三章 翻译与《阿诗玛》的经典建构

介入主要是指语言使用者通过语言将不同的态度介入对他人、地点、事物、事件和事态的评价上。介入分单声/自言、多声/借言两个分系统。其中借言通过投射、情态和极性、让步三种资源实现。[1] 彝族叙事长诗《阿诗玛》包含丰富的评价资源，这里我们选取了 1960 年中国作家协会昆明分会汉译本《阿诗玛——彝族民间叙事诗（重新整理本）》及其英译本（1981 年由外文出版社出版的戴乃迭英译本 *Ashima*）为研究语料，运用评价系统理论，从介入子系统的借言视角对《阿诗玛》英译本语言资源运用进行分析，以期揭示译者戴乃迭的意识形态对英译文的具体操纵机制。

（一）投射资源评价分析

"投射包括引述（quote）和转述（report）。引述或转述的内容可以是原话或大意，也可以是思想或感受。"[2]

（1）热布巴拉说："麻蛇给了你舌头，八哥给了你嘴巴，要跟阿诗玛说亲，你不出马谁出马？"

译文：

"A parrot gave you cunning lips,
Your tongue came from a snake;
This match with Ashima we desire,
No man but you can make."

转述在话语中的典型实现是直接引语和间接引语的使用。<u>热布巴拉说："……"</u>发生在叙事长诗《阿诗玛》的第五节，是热布巴拉游说海热为自己做媒时的一段对话的开头。"麻蛇给了你舌头，八哥给了你嘴巴"，这一句是热布巴拉对海热的恭维：他认为海热巧舌如簧，能言善辩，为热布巴拉家做媒

---

[1] 参见刘立华《评价理论研究》，外语教学与研究出版社 2010 年版，第 96 页。
[2] J. R. Martin & D. Rose, *Working with Discourse: Meaning beyond the Clause*, London: Continuum, 2003, pp. 36–37.

非海热莫属。鉴于热布巴拉专横跋扈、为所欲为的邪恶本质,<u>热布巴拉说:"……"</u>这一直接引语揭开了二人狼狈为奸的序幕。但在戴乃迭的译文中找不到热布巴拉说:"……"对应的翻译,而是只用了" "来翻译话语内容。汉语常用"某人说"来表达"对话语场中某一观点的摘引或是转移,这是作者在表达不同观点或不能确信某观点时为自己留出一定的'后退'空间。观点的可信度也随'信源'的不同发生变化"①。热布巴拉作为"信源",由于其人品的奸恶,其表达的话语内容也就不具备可信度了:海热即使真的能言善辩,他代表的也是奸恶势力。因此,在戴乃迭的译文中,"热布巴拉"这个"信源"的缺失使得译文读者对话语内容的可信度失去了判断依据。斯特恩伯格(Sternberg)谈到引用时指出,"引用就是当中介,当中介就是介入"。他认为"说话人的局部观点总是对引用者的总体观点有益,因为引用者已把前者的话改造得适合自己的目的和需要"②。显然,戴乃迭对"热布巴拉"这个信源的删减,正是为了将前者的话改造得适合自己的目的和需要。李战子认为直接引语有特殊的功能,是作者有意识的选择,它传递对意识形态的评判③。可以说戴氏译文中信源的缺失体现了译者意识形态的操纵。显然在下述例子中也可以看到意识形态操纵的身影。

(2)"不嫁就是不嫁,九十九个不嫁,有本事来娶!有本事来拉!"

译文:

"I answer: Ninety – nine times No!

I will not go with you!

He cannot make me wed his son.

No! That he cannot do!"

---

① 刘立华:《评价理论研究》,外语教学与研究出版社2010年版,第62页。
② Meir Sternberg, "Point of view and the indirections of direct speech", *Language and Style*, No.1, January 1982.
③ 李战子:《话语的人际意义研究》,上海外语教育出版社2002年版,第217页。

"不嫁就是不嫁,九十九个不嫁,有本事来娶!有本事来拉!"这一句是海热与阿诗玛的对话。既然是对话,那就是面对面发生,话语出处是显然的,就是阿诗玛说的。但在戴乃迭译文中,译者增加了:I answer。这个信源的增加使话语语气得到加强。

(二)情态资源评价分析

情态包括频率、概率、意愿、义务、能力五种资源。"情态允许不同声音的出现,但情态没有潜在的对抗性声音,只是提供一个磋商的空间,允许不同声音同时存现。"①

(3)"去了几天了?两天两夜了。可还追得着?得力的马<u>就追得着</u>。"

译文:

"How long ago did they pass by?"

"Two nights now, and a day."

"Think you I still can catch them up?"

"Your steed is good—you *may*."[17]

(4)雁鹅不长尾,伸脚当尾巴,我虽唱不好,也要来参加。

译文:

Wild geese which have no tail stretch back

Their feet to fly instead;

And though I am no singer, still,

I must not hide my head.

中文中"得"是个助词,一般用于动词后面,可以表示可能;也可以作动词,表示获取、适合。中文中"可还追得着?"就是表示有没有追上被掳掠

---

① 刘立华:《评价理论研究》,外语教学与研究出版社 2010 年版,第 182 页。

的阿诗玛的可能性，戴乃迭用了"Think you I still can catch them up"，can 表达能力资源。中文中"就"字用在动词前面，表示在某种条件或情况下自然怎么样。如"不斗争就不能前进"。赵德光的源语文本中"得力的马就追得着"就是表示可能。在戴氏译文中，显然采取了忠实于源语文本的翻译策略…"Your steed is good—you may."情态动词 may 在这里表达了可能性。例4中"也要来参加"，"要"字在句中作副词，表示做某件事的意志、意愿，如：要学游泳。在戴乃迭的译文中，译者用表示义务的情态动词 must 来翻译源语文本的意志资源。由此可以看出，戴氏译文中，有时替换源语文本的资源类别，如用表示能力的词语"can"来翻译表示可能的"可还追得着"；有时忠于源语文本的资源类别，如：情态动词"may"的使用。

众所周知，两种语言与文化之间完全绝对的互译是不可能的，语言之间的转换是民族与民族意识形态斗争的一个交锋场所。翻译的过程中，必然流淌着意识形态的暗流。

(三) 让步资源评价分析

让步则包括连接词、连续词两种资源。"让步对读者的期望实施监控。有些语言现象给读者留下希望，但是语言使用者的话锋转移会让读者的期望落空。White 继承了 Martin 的观点，将因果和让步连词归入介入系统，在承认其逻辑衔接功能的前提下，进一步突出了其人际功能。"[①]

(5) 没有主人的客，热布巴拉家也做了；没有媳妇的喜酒，热布巴拉家也喝了。

译文：

  They came like uninvited guests,
  To wreak their wicked will;

---

① P. R. R. White, *Telling media tales: the news story as rhetoric*, Dissertation for Doctor Degree, University of Sydney, 1998, p. 29.

And though [Disclaim: Counter – expectation] no bride attends the feast,
They eat and drink their fill.

在文学作品中，作家是用陈述句、疑问句，还是祈使句，是用简单句、并列句还是复杂句，是用短句还是长句等，都是有一定目的的，都能体现作家的态度、介入方式和程度，因此，都具有评价价值。汉语用排比来叙事写景，能使层次清楚、描写细腻、形象生动。"没有主人的客，热布巴拉家也做了；没有媳妇的喜酒，热布巴拉家也喝了"这个句子是一个没有关联词的排比句。它隐含"虽然，但是"的转折关系——虽然没有主人，但是热布巴拉家还是做了客；热布巴拉一干人的不请自来，蛮横霸道跃然纸上。在戴乃迭译文中，尽管源语文本两个句子的句式一样，译者只在第二个句子"没有媳妇的喜酒，热布巴拉家也喝了"的翻译中使用了表示意料之外的让步连词 though。

（6）"嫁不嫁都由不得你，"可爱的阿诗玛，被人往外拉。

译文：

"Though [Disclaim: counter – expectation] Ashima has no wish to wed,
She cannot disobey,"
Alas, poor Ashima! Wicked men
Are snatching her away!

直接引语使情景更生动、直接。"嫁不嫁都由不得你，"是源语文本编辑的热布巴拉等人的声音，在源语文本中阿诗玛的声音受到了压制。但在译文中，译者选取了表示让步的关联词 though 来表达意料之外。Though 的使用引出的是阿诗玛的态度而不是热布巴拉一干人的作为。

译者选择引述还是转述都是译者意识形态的反映。因为直接引语投射原话有较强的客观性，作者的介入很少，也不对话语担责。转述则必然经过加工，难免掺杂作者或译者个人的观点或看法，作者或译者将承担更多话语责任。戴乃迭译文中有的改写为直接引语，有的改为间接投射，有的改变情态资源类别，有的增加或删减因果或让步的关联词，这些译者在介入上的操纵，都使得译者承担的责任和义务更加主动积极，更加明确。

"译者有意识或无意识的意识形态可以通过译者对源语文本的'话语世界'（Universe of Discourse），即现实世界中为源语文本作者所熟知的事物、概念和习俗的处理方式反映出来。"[1] 翻译文本的评价意义常常是隐蔽地表达译者观点态度的有力工具，也是意识形态的重要载体。从介入子系统的借言视角对《阿诗玛》英译本语言资源运用的分析表明：译者意识形态操纵在彝族叙事长诗《阿诗玛》的英译过程中是普遍存在的。译者戴乃迭在翻译的过程中，通过增加、删减源语文本介入资源，或将隐性的介入资源做显化处理，来改变源语文本的评价意义。

胡安江提出："文本在旅行至另一文化场域（包括语内和语际两种文化场域）之后，如果能附应此文化场域中的'主流意识形态'（包括主流诗学），以及文学赞助人所代表的各种权力关系，同时在文本阐释者有意为之的共时性与本土化解读的努力下，就可以实现该翻译文本的经典身份建构。"[2] 纵观《阿诗玛》的翻译史和经典化过程，我们可以看到意识形态、诗学和赞助人以及译者对《阿诗玛》的经典化操纵非常明显。可以说，《阿诗玛》翻译的过程也就是其动态经典化的过程，《阿诗玛》的翻译过程构筑了《阿诗玛》的传播世界，《阿诗玛》的传播见证的是对他者解读和转移的多层效果构成的复杂网络。正如刘禾所说："当概念从一种语言进入另一种语言，意义与其说发生了'转型'，不如说在后者的地域性环境中得到了（再）创造。在这个意义上，翻译已不是一种中性的，远离政治及意识形态斗争和利益冲突的行为。相反，它成了这类冲突的场所，在这里被译语言不得不与译体语言对面相逢，为它们之间不可简约之差别决一雌雄。"[3]

---

[1] A. Lefevere, *Translation, Rewriting, and the Manipulation of Literary Fame*, London: Routledge, 1992, p. 41.
[2] 胡安江：《寒山诗：文本旅行与经典建构》，清华大学出版社2011年版，第60页。
[3] 刘禾：《语际书写：现代思想史写作批判纲要》，上海三联书店1999年版，第36页。

第四章 《阿诗玛》汉译本翻译研究

自 20 世纪 50 年代初开始,《阿诗玛》以汉语作为主要载体,先后出版发行过多个不同的版本,主要有以下 8 个版本:

(1) 1950 年杨放整理本《圭山撒尼人叙事诗阿斯玛》;

(2) 1953 年朱德普整理本《美丽的阿斯玛——云南圭山彝族传说叙事诗》;

(3) 1954 年黄铁、杨知勇、刘绮、公刘汉语译创本《阿诗玛——撒尼人叙事诗》;

(4) 1960 年云南省人民文工团圭山工作组搜集整理、中国作家协会昆明分会重新整理本《阿诗玛——彝族民间叙事诗》;

(5) 1980 年云南省人民文工团圭山工作组搜集,黄铁、杨知勇、刘绮、公刘汉语译创本第二次整理本《阿诗玛——撒尼民间叙事诗》;

(6) 1983 年昂自明汉译本《阿诗玛——撒尼民间叙事诗》;

(7) 1985 年马学良、罗希吾戈、金国库、范惠娟用彝文、国际音标、直译、意译四行对照译本《阿诗玛》;

(8) 1999 年黄建明、普卫华翻译的彝文、国际音标、汉文、彝文、英文、日文对照译本《阿诗玛》。

其中比较有代表性的是黄铁本、昂自明本、马学良本和黄建明本,这里我们主要选取了这四个汉译版本进行语言风格的比较研究。这些汉译本的语言风格各有其特点，这里主要从韵律、语词程式、修辞格、文体风格等方面对其进行比较研究。

第一节 《阿诗玛》汉译本韵律比较

"民间诗律，是民间歌谣在民俗环境里，歌唱状态中形成的关于篇法、章法、句法、韵法、声法、调法等等的规律。其中最主要的为句法和韵法。"[①] 虽然，彝诗讲求押、扣、连、对，但因为是汉译本，不可能严格对应韵调，又加上彝语和汉语押韵的差异，彝语主要是押音节和声调，而汉语押韵主要是韵母，所以这里主要从句法和韵法两个方面进行对比研究。

一 《阿诗玛》汉译本句法比较

"句法：即一句多少字（多少音节，多少言？）什么节奏？"[②]（"节奏"即彝语诗论中的"步格"。）

黄铁本：句法从三言到十三言都有，以五言句居多，其次是七言句（本文以"应该怎样唱啊""在阿着底地方""成长"三部分为例进行统计，其中：五言106句、七言84句、六言52句、八言45句、九言35句、十言25句、四言5句、十一言3句、三言1句、十三言1句。）五言句的节奏多为2/3、3/2、4/1结构，七言句多为4/3、3/4结构。以四句、五句、六句、七句、八句、九句为一章，多以四、六句为主。

昂自明本：句法方面全部都是五言。节奏多为2/3、3/2、4/1结构。四、六、九句为一章，以四句为主，偶有六句（全诗大概三四处），全诗只有一处九句。

马学良本：句法方面全部都是五言。节奏多为2/3、3/2、4/1结构。三、

---

① 段宝林：《民间文学教程》，高等教育出版社2006年版，第166页。
② 同上书，第169页。

四、五、六、七、八、九、十、十二、十三、十五、十六、二十句为一章，以四、五、六、七句为主。

黄建明本：句法方面大部分都是五言（全诗除 50 句六言，13 句七言，3 句八言之外）。节奏多为 2/3、3/2、4/1 结构。三句到十九句为一章，甚至还有二十五句、二十六句和三十三句为一章的，以四、五、六、七、八句为主。相较其他文本，黄建明本的章节句数显然更多，不仅出现了二十五句、二十六句、三十三句这样较长的章节，而且从三句到十九句的章节数量没有明显的差距。

从句法方面来看，除黄铁本是三言到十三言的杂言体外，其他四个文本均是五言体，五言的节奏多为 2/3、3/2、4/1 结构。这种差异与四个翻译文本的源语文本有关。黄铁本是对 20 份彝族撒尼族长者口头讲述文本的翻译整理、加工创作，所以主要体现了彝族撒尼族口头诗歌及汉族文人根据撒尼族口头诗歌风格进行创作的特点，20 份材料有韵文，有散文，因而呈现出韵散结合的语体特点。而其他三个文本均是在撒尼族毕摩所保存的古彝文手抄本的基础上翻译整理而成的。古彝文诗歌大多都是五言的，昂自明本是毕摩李科保保存的《阿诗玛》古彝文手抄本的汉译，而五言诗体是彝语古典韵文的主要语体形式，所以昂自明本采用的也是五言诗体的形式。这一译本照顾到了撒尼族口头诗歌的特点与民族语言的特色。马学良本是以毕摩金国库所收藏的古彝文抄本为底本，翻译整理而成的，所以马学良本也采用的是五言诗体的形式。黄建明本是由四个彝文抄本校勘翻译整理而成，在这个译本中，由四个彝文抄本校勘而成的源语文本以及汉语直译本基本都是按照撒尼族诗歌的五言体形式翻译的，间或有少量六言、七言和八言句，显然没有马学良本和昂自明本的全部五言那么严格。由于四个翻译文本的源语文本不同，所以四个文本采用了不同的诗体形式。

这种差异在诗节句子数目上的体现也较为明显。黄铁本和昂自明本的诗节句数相对来说较少，黄铁本主要以四、六句一节为主，昂自明本以四句一节为主，较为简短；马学良本和黄建明本诗节句数则相对较多，出现了十句以上的诗节,甚至还有二十、三十几句的诗节,其中马学良本虽有句数较多的诗节,但仍以四、五、六、七句一节为主。而黄建明本相较其他文本诗节句数显然更多,不仅出现了二十五句、二十六句、三十三句这样较长的诗节,而且从三句到十九句的诗节数量没有明显的差距。相对于其他文本来讲,黄铁本因主要来源于口头讲述文本,为便于记忆和唱诵,更倾向于选择较简短的诗节;另外三个来自古彝文手抄本的文本中,昂自明本显然更接近于口头讲述的诗法体例,而马学良本和黄建明本则明显受到彝文书面语的影响,出现了较长诗节,更接近于书面语诗歌的表述风格。

二 《阿诗玛》汉译本韵法比较

"韵法:指押什么韵?在何处押韵?有头韵、腰韵、脚韵、脚腰韵、句内韵、句间韵。"[①]("韵法"即彝语诗论中的"韵式")

彝语诗歌中的音韵概念与汉语诗律中的音韵概念是不一样的,学者一般认为彝语中其实并没有"韵"字,古彝语韵文中是不存在押韵的说法的。因为彝语语音中声母韵母的规律与汉语有很大的差异,汉语有 21 个声母和 39 个韵母,韵母除单元音韵母之外,还有大量的复韵母和鼻韵母,汉语韵尾变化的繁复之所以能成为汉语诗学重要的美学特征,与汉语中存在丰富的复韵母、鼻韵母是分不开的。而彝语有 43 个声母和 10 个韵母,韵母大大少于声母,并且都是单元音韵母,没有复韵母,也就是说,彝语的韵母只有韵腹,没有韵头和韵尾。而且,彝语的复声母非常多,都是汉语所没有的。所以彝语诗歌的韵律不是通过韵母来体现,即不是主要集中在一个韵母上,而是更多地从声和调体现出来。因而,"押"在彝语诗歌中主要是押字和押调。"广义的押韵,既押声母,又押韵母,还押声调,即'押字',……狭义的押韵是指押声母,或韵母,或声调,而不包括押字和押音节,与汉语诗歌中的'押韵'意义接近。"[②] 彝语诗歌的押韵与汉语有所不同,它不是押韵母,而是整

[①] 段宝林:《民间文学教程》,高等教育出版社 2006 年版,第 169 页。
[②] 鲜益:《彝族口传史诗的语言学诗学研究》,博士学位论文,四川大学,2004 年,第 34 页。

第四章 《阿诗玛》汉译本翻译研究

个音节的重复,可以说是押音节。从诗歌韵律的表达效果来说,显然没有汉语诗律那么繁复,体现了口头诗歌的简洁和凝练。

彝语诗歌的韵律原则是"押""扣""连""对"四个基本要素。其中主要是"押"和"扣"运用较多。

彝语诗歌的押韵方式主要是句首韵、句尾韵、句内韵和句间顶韵。需要注意的是句首韵和句尾韵的用法和汉语、英语的诗歌韵律有所不同,它们既不是汉语诗歌中单纯的押韵母,也不与英语诗歌中的首韵和尾韵严格对应,而是整个音节的重复运用。

从以上分析可以看出,彝语诗歌本身的押韵与汉语诗歌的押韵有着不同的内涵,汉译往往只能体现"复叠",难以表达韵律,而且在彝语诗歌的汉语翻译中,翻译者为了符合汉语的欣赏阅读习惯不得不把汉语的音韵模式嵌入彝语的诗歌中。所以彝诗汉语译本的韵法呈现出非常复杂的风格。诗歌翻译中最常见的问题是,既要尽量接近原貌,体现出原诗的韵律风格和特点,又要尽量符合译入语的韵律特点以照顾译入语读者的欣赏习惯。这一问题在《阿诗玛》的彝汉翻译中也同样存在,翻译整理者既要考虑到彝语诗歌的韵律特征,又要照顾到汉语诗歌的韵律特点。

"'扣'的诗律意义主要是以同一个字为音节,在一个诗句的不同部位,或几句诗之间的同一部位,几段诗之间的同一部位构成重复出现,以达到音韵的协调效果的彝语诗歌的格律形式。……诗论家们所论之扣类主要有字扣(扣字)、句扣、偶扣、段扣,每一类他们都有详尽的示例说明。关于字扣,谐声、押字、押调均可归入此类,不做赘述。句扣则可分为句中扣、句间扣、顶真扣、偶扣。"[①]

以下主要从"押""扣"两方面来对四个翻译文本的韵法进行比较:

黄铁本:从"押"的原则来看,主要是句首韵、句尾韵、句内韵和句间顶韵。

---

① 鲜益:《彝族口传史诗的语言学诗学研究》,博士学位论文,四川大学,2004年,第37页。

押首韵的，如："不是黑云不成雨，不是野兽不会吃人，不是坏人做不出坏事，不是坏人讲不出坏话。"① 四句一韵到底。"应该唱上一个呀！应该怎样唱呀！山中的姑娘，山林中的花"② 中第一二句和第三四句各自押韵，AABB式；押腰韵的如"破竹成四块，划竹成八块"③；押句内韵的如"后脚踏前脚"④，"该给的时候还是要给，该嫁的时候还是要嫁"⑤；押句间顶韵的如"没吃过的水有三塘，塘水清又亮"⑥，第一句末与第二句头押。这里首韵、腰韵、句内韵、句间顶韵大多都是押同字。从整个文本来看各种押韵方式中押尾韵的居多（其次是首韵）。

押尾韵的，如："大风大雪天，他砍柴上高山，砂子地上他开荒，种出的玉米比人旺。"⑦ 尾韵也有押同字的，但押韵居多。本文以"应该怎样唱啊""在阿着底地方""成长"三章为例进行统计，共86节，其中，全部押尾韵的有8节；全不押尾韵的有10节；其余68节中押各种形式的尾韵（包括押同字），共有20种押韵形式，其中以每节一二句押A韵，二四句押B韵即AABB式（共有13节）；一二四句押韵（共11节）；二四句押韵（共10节）三种形式最多；另外，这86节中尾韵押同字的有28节，其中尾韵全押同字的有2节，其余26节共有9种押同字尾韵的形式，以每节一二句尾韵押同字的居多。

从"扣"的原则来看，文本中主要运用了句中扣、句间扣、顶真扣、偶扣、段扣等形式。

句中扣，如："撒尼人民个个喜欢，撒尼人民个个赞扬，勇敢的阿黑呵！他是撒尼小伙子的榜样。"⑧ 一二句前六个音节完全相同。"脸洗得像月亮白，

---

① 赵德光：《阿诗玛文献汇编》，云南民族出版社2003年版，第38页。
② 同上书，第24页。
③ 同上书，第23页。
④ 同上。
⑤ 同上书，第34页。
⑥ 同上书，第25页。
⑦ 同上。
⑧ 同上书，第26页。

第四章 《阿诗玛》汉译本翻译研究

身子洗得像鸡蛋白,手洗得像萝卜白,脚洗得像白菜白。"① 一二三四句中的倒数第四、第五、第六三个章节和最后一个音节完全相同,"爹爹身上三分血,妈妈身上七分血,妈妈身上藏了十个月,爹爹身上也藏了十个月"②。一二三四句的第三四两个音节完全相同,一二句最后两个音节完全相同,三四句的最后五个音节完全相同。属同句内的音节相扣。

句间扣,如:"撒尼的人民,一百二十个欢喜,撒尼的人民,一百二十个高兴。"③ 一三句五个音节完全相同,上下相扣,二四句前五个音节完全相同,相扣。"妈妈问客人:'我家的好囡取个什么名字呢?'爹爹也问客人:'我家的好囡取个什么名字呢?'"④ 一三句的最后三个音节完全相同,相扣,二四句的十二个音节完全相同,相扣。"这天,请了九十九桌客,坐满了一百二十桌,客人带来九十九坛酒,不够,又加到一百二十坛。"⑤ 第二四句的倒数第三四五音节,第三六句的第四五六七个音节分别相扣。

顶真扣,是彝诗中惯常运用的扣法,陈望道先生在《修辞学发凡》中指出:"顶真是用前一句的结尾来做后一句的起头,使邻接的句子头尾蝉联而有上递下接趣味的一种措辞法。"⑥ 如:"一条牛使不得一辈子,一辈子成人家的囡了!……/一蒲箩饭吃不得一辈子,一辈子成人家的囡了!……/一绕麻绩不得一辈子,一辈子成人家的囡了!"⑦ 这些句子中前一句的末尾三个音节做了后一句的开头,形成顶真扣。黄铁本中除了这种比较严格的顶真扣外,还存在着大致相同相扣或隔句顶扣的情况,如"在撒尼人阿着底地方,阿着底的上边,有三块地无人盘,三所房子无人烟"⑧。第一句末的"阿着底地方"与第二句开头的"阿着底"大致相同;"那一天,天空闪出一朵花,鲜

---

① 赵德光:《阿诗玛文献汇编》,云南民族出版社 2003 年版,第 27 页。
② 同上书,第 26 页。
③ 同上。
④ 同上书,第 27 页。
⑤ 同上。
⑥ 陈望道:《修辞学发凡》,世纪出版社 2001 年版,第 220 页。
⑦ 同上书,第 34 页。
⑧ 同上书,第 24 页。

花落在阿着底的上边，阿诗玛就生下地啦"① 中第二句末的"花"与第三句首的"鲜花"；"泸西出的盆子，盆边镶的银子，盆底镶的金子，小姑娘赛过金子、银子"② 中的第一句末的"盆子"和第二句首的"盆"；"小姑娘日长夜大了，长到三个月了，就会笑了，笑声就像知了叫一样。爹爹喜欢了一场，妈妈喜欢了一场"③ 中第三句末的"笑了"和第四句首的"笑"都是尾首大致相同的情况。另外还有如"没吃过的水有三塘，塘水清又亮，三塘水留给谁吃？要留给相好的人吃。没有人绕过的树有三丛，树丛绿茸茸，三丛树留给谁绕？要留给相好的人绕"④ 中第一句末的"三塘"和第三句首的"三塘"，第五句末的"三丛"和第七句首的"三丛"这样隔句顶真相扣的形式。

偶扣，"偶扣即对偶句，即两句结构类同的诗句之间在字或词上相谐、相押的扣法"⑤。如"荒山上面放山羊，荒地上面放绵羊"⑥，两句相对相扣。"苦荞没有棱，甜荞三棱子"⑦，两句相对相扣。"彝语诗律讲求均衡，小到双音节、四音节骈俪词的组词对称，大到句与句、段与段之间的平衡，相对的词、句、段的内容或相近，或相反，成为彝语韵文运用最普遍的修辞手法之一。……如果从每偶句的上句为出，下句为对，上下句音节等同，结构相似、相对，名词对名词，动词对动词，形容词对形容词，实对实，虚对虚等而言，彝诗与汉诗是基本相似的。但彝诗中的偶扣句不只限于两句相扣，而且还有四句偶扣、六句偶扣、隔句偶扣等。"⑧ 如："院子里的树长得香悠悠，生下姑娘如桂花。院子里的树长得直挺挺，生下儿子像青松。"⑨ 其一二三四句隔句偶扣，又与后面的"院子里的树长得格权权，生下个儿子长不高大，他叫

---

① 赵德光：《阿诗玛文献汇编》，云南民族出版社2003年版，第26页。
② 同上。
③ 同上书，第28页。
④ 同上书，第25页。
⑤ 鲜益：《彝族口传史诗的语言学诗学研究》，博士学位论文，四川大学，2004年，第39页。
⑥ 同上书，第29页。
⑦ 同上书，第24页。
⑧ 同上书，第40页。
⑨ 同上书，第25页。

第四章 《阿诗玛》汉译本翻译研究

阿支,阿支就是他,他像猴子,猴子更像他。"① 中的一二句隔段偶扣。

段扣,如:"小姑娘日长夜大了,长到三个月了,就会笑了,笑声就像知了叫一样。爹爹喜欢了一场,妈妈喜欢了一场。/小姑娘日长夜大了,长到五个月了,就会爬了,爬得就像耙齿耙地一样。爹爹喜欢了一场,妈妈喜欢了一场。/小姑娘日长夜大了,长到七个月了,就会跑了,跑得就像麻团滚一样。爹爹喜欢了一场,妈妈喜欢了一场。"② 通过三段中相同位置上的相同字、词、句的反复运用,使各段形成内容和声律上的协调连贯。另外还有"小姑娘日长夜大,不知不觉长到十岁了。手上拿镰刀,背上背竹箩,脚上穿草鞋,到田埂上割草去了。/谁帮爹爹的苦?谁疼妈妈的苦?囡帮爹爹的苦,囡疼妈妈的苦。爹爹喜欢了一场,妈妈喜欢了一场。/小姑娘日长夜大,不知不觉长到十二岁了。手中拿棍子,头上戴笠帽,身上披蓑衣,和小伙伴放羊去了。/……"③ 十四岁、十五岁、十六岁一直到十七岁,其中每段的第一二句隔段相扣。

昂自明本:从"押"的原则来看,主要是句首韵、句尾韵、句内韵和句间顶韵。

有押首韵的,如:"整个天底下,整个大地上,家家讨媳妇,家家都嫁囡。"④ 第一二句和第三四句各自相押,AABB 形式。"独牛换独妹,独牛厩里站,独牛姆安叫,独妹呜呜泣。"⑤ 四句一韵到底;押腰韵的如"舒尔买羊养,窝尔买工具"⑥;押句内韵的如"绕线绕得团"⑦ "一条连一条"⑧ "雁鹅雁鹅飞"⑨;押句间顶韵的如"破竹划竹篾,篾细费工夫"⑩,一句末与二句首

---

① 鲜益:《彝族口传史诗的语言学诗学研究》,博士学位论文,四川大学,2004 年,第 25 页。
② 同上书,第 28 页。
③ 赵德光:《阿诗玛文献汇编》,云南民族出版社 2003 年版,第 29 页。
④ 同上书,第 147 页。
⑤ 同上。
⑥ 同上书,第 148 页。
⑦ 同上书,第 144 页。
⑧ 同上书,第 145 页。
⑨ 同上书,第 142 页。
⑩ 同上书,第 141 页。

押。而首韵、腰韵、句内韵、句间顶韵大多都是押同字。从整个文本来看各种押韵方式中押尾韵的居多（其次是首韵）。

押尾韵的，如："吸酒的竹筒，就像老猪牙，直的放几匣，横的放几把。"① 第二三四句尾韵相押。"阿爸心欢喜，不论到哪里，阿诗玛姑娘，经常挂嘴上。"② 第一二句和第三四句尾韵分别相押。其中也有押同字的，但押韵居多。本文以"应该怎样唱啊""在阿着底地方""成长"三章为例进行统计，共34节，其中，全部押尾韵的没有；全不押尾韵的有15节；其余19节中押各种形式的尾韵（包括押同字），共有8种押韵形式，其中每节第一二句相押的押韵形式稍多（共5节）。这34节中尾韵押同字的有4节，其中尾韵全押同字的没有，共有3种押同字尾韵的形式，以每节第一二句尾韵押同字的居多。另外，34节中有10节有尾韵是an和ang的情况，考虑到在云南大部分方言中an和ang都是不区分的，或只有an和ang，这里也可以把它看成是押韵的。

从"扣"的原则来看，文本中主要运用了句中扣、句间扣、顶真扣、偶扣、段扣等形式。

句中扣，如"金色婆娑树，银色婆娑树，铜色婆娑树，玉色婆娑树，锡色婆娑树，铁色婆娑树，婆娑十二树，全部学会了"③。第一二三四五六句后四个音节完全相同相扣；"找一头白猪，找一只白鸡，找一只白羊，找来祭崖神。"④ 第一二三句的第一二两个音节完全相同相扣。

句间扣，如"射出第二箭，箭插西墙角，射出第三箭，箭插南墙角。/射出第四箭，箭插北墙角，射出第五箭，箭插堂正中"⑤。两段中第一三句除第四音节数字变换外，其余音节完全相同，上下相扣，第二四句除第三音节方

---

① 赵德光：《阿诗玛文献汇编》，云南民族出版社2003年版，第143页。
② 同上书，第144页。
③ 同上书，第152页。
④ 同上书，第159页。
⑤ 同上书，第157页。

向变换外,其余音节完全相同,上下相扣。

顶真扣,如"耕牛养三年,三年又卖出"①"来年养绵羊,绵羊养三年"②两例都是前一句末尾两个音节做了后一句的开头,形成顶真扣。昂自明本中这种比较严格的顶真扣相较黄铁本稍多。除了这种非常典型的顶真扣外,也存在着大致相同相扣或隔句顶扣的情况,如"锡色婆娑树,铁色婆娑树,婆娑十二树,全部学会了"③中的第二句末的"婆娑树"和第三句开头的"婆娑"大致相同;另外也有如"他在虎下睡,老虎押他身,脚趾夹虎尾,睡到天发亮"④中第一句末的"睡"和第四句开头的"睡"这样隔句顶真相扣的形式。只是这两类情况相比黄铁本而言较少。

偶扣,如"黄蜂叫嘤嘤,黑蜂叫嗡嗡"⑤前后两句相扣;"赌砍一片林,砍不赢阿黑,赌点一片麦,点不赢阿黑"⑥一二句和三四句两两相扣。

段扣,如"长到七个月,姑娘会坐了,姑娘会爬了,妈喜欢三场。/长到十个月,来到水塘边,看妈洗麻线,妈喜欢四场……"⑦三岁、五岁、七岁、九岁、十四岁,其中每段的第一四句隔段相扣。

马学良本:从"押"的原则来看,主要是句首韵、句尾韵、句内韵和句间顶韵。

有押首韵的,如:"会唱调的人,共唱一支调。是不是那样?会穿衣好看,会唱歌动听,看得人心醉。"⑧第一四五句首韵押。"囡取名那天,献肉肉成堆,献饭饭成堆,献礼堆如牛。装酒那个钵,如同白绵羊。"⑨第二三四句的首韵相押;有押腰韵的,如"嫁是该嫁了,给也该给了"⑩;押句内韵的

---

① 赵德光:《阿诗玛文献汇编》,云南民族出版社 2003 年版,第 148 页。
② 同上。
③ 同上书,第 152 页。
④ 同上书,第 158 页。
⑤ 同上书,第 156 页。
⑥ 同上书,第 157 页。
⑦ 同上书,第 143 页。
⑧ 同上书,第 229 页。
⑨ 同上书,第 230 页。
⑩ 同上书,第 235 页。

如"绿香九十九，焚香香灰落。灰落似白雪，一堆又一堆"①。押句间顶韵的如"妈来把囡嫁，嫁囡一箩饭"②。第一句末与第二句首押。马学良本中的首韵、腰韵、句内韵、句间顶韵大多也都是押同字。从整个文本来看各种押韵方式中押尾韵的居多（其次是首韵）。

押尾韵的，如："阿哲会耍刀，好坏不知道。雌恩会唱调，真假难分晓。"③ 第一二三四句尾韵押，一韵到底。其中也有押同字的，但押韵居多。这里仍以"应该怎样唱啊""在阿着底地方""成长"三章为例进行统计，共27节，其中，全部押尾韵的有2节；全不押尾韵的有11节；其余14节中押各种形式的尾韵（包括押同字），共有8种押韵形式，其中每节第二四句、第三四句相押的押韵形式稍多（共3节），其他形式都只出现了一到两次。这27节中尾韵押同字的有4节，其中没有尾韵全押同字的情况，共有4种押同字的尾韵形式。另外，27节中也有4节有尾韵是an和ang的情况，考虑到在云南大部分方言中an和ang都是不区分的，或只有an和ang，这里也可以把它看成是押韵的。

从"扣"的原则来看，文本中主要运用了句中扣、句间扣、顶真扣、偶扣、段扣等形式。

句中扣，如"金色竹一支，银色竹一支，铜色竹一支，玉色竹一支，锡色竹一支，铅色竹一支。……"④ 第一二三四五六句的最后四个音节完全相同相扣。"转身问阿妈：'松毛何处来？荞秆何处来？骨头何处来？客人何处来？'"⑤ 中第二三四五句的最后三个音节完全相同相扣。

句间扣，如"二次射一箭，插到屋西角；三次射一箭，插到屋南角；四次射一箭，插到屋北角；五次射一箭，堂屋正中插"⑥。第一三五七句除第一

---

① 赵德光：《阿诗玛文献汇编》，云南民族出版社2003年版，第230页。
② 同上书，第234页。
③ 同上书，第228页。
④ 同上书，第239页。
⑤ 同上。
⑥ 同上书，第243页。

音节数字变换外,其余音节完全相同,隔句相扣,第二四六句除第四音节方向变换外,其余音节完全相同,隔句相扣。

顶真扣,如"破竹成竹丝,竹丝编竹器"①"囡长满七月,七月学会坐;囡长满八月,八月学会爬"②,两例都是前一句末尾两个音节做了后一句的开头,形成顶真扣。马学良本中这种比较严格的顶真扣相较黄铁本稍多。除了这种非常典型的顶真扣外,也存在着大致相同相扣或隔句顶扣的情况,如"格尔依呢家,有儿叫阿黑,阿黑牧羊人,牧羊甜蜜乡,河水河边放"③,其中第三句末的"牧羊人"和第四句首的"牧羊"大致相同;另外还有如"巴拉全家人,一齐把箭拔,推箭推不动,拔也拔不下"④。第二句末的"拔"和第四句首的"拔"运用隔句顶真相扣的形式。只是这两类情况相比黄铁本而言也较少。

偶扣,如"天上白蜂叫,地上黄蜂叫。黄蜂悬悬叫,黑蜂嗡嗡叫,"⑤ 第一二句和第三四句前后两句相扣;"白脸赛月亮,腰直似金竹;左手金戒指,右手戴银镯"⑥,第一二句和第三四句两两相扣。

段扣,如"囡长满九月,拿着麻线玩,妈妈喜四场。/囡长满三岁,绩麻快如飞,妈妈喜五场。/囡长满五岁,帮妈绕麻团,妈妈喜六场……"⑦ 七岁、九岁、十五岁,其中每段的第一三句隔段相扣。

黄建明本:从"押"的原则来看,主要是句首韵、句尾韵、句内韵和句间顶韵。

有押首韵的,如"射出第一箭,射在东墙角,射出第二箭,射在南墙角,射出第三箭,射在西墙角,最后射一箭,射在正堂上"⑧。有押腰韵的,如

---

① 赵德光:《阿诗玛文献汇编》,云南民族出版社 2003 年版,第 228 页。
② 同上书,第 230 页。
③ 同上书,第 238 页。
④ 同上书,第 243 页。
⑤ 同上。
⑥ 同上书,第 231 页。
⑦ 同上书,第 230 页。
⑧ 同上书,第 360 页。

"山顶喊三声,山腰喊三声,山脚喊三声"①,既是押腰韵又押首韵和尾韵。押句内韵的,如"晃也晃不动,摇也摇不动,拔也拔不动"②。押句间顶韵的,如"只见一棵树,树枝分三杈"③前一句末和后一句首相押。而首韵、腰韵、句内韵、句间顶韵大多都是押同字。从整个文本来看各种押韵方式中押尾韵的居多(其次是首韵)。

押尾韵的,如"青松高又大,长在深湖畔,故事悲又惨,传自远古时"④第二三句押尾韵。其中也有押同字的,如"女儿满九岁,走路谁做伴?做饭去挑水,水桶来做伴。在家谁做伴?做饭站灶边,灶台来做伴"⑤。第一三句和二四五六七句尾韵分别相押,但总体来看押韵居多。这里仍以"应该怎样唱啊""在阿着底地方""成长"三章为例进行统计,共25节,其中,全部押尾韵的没有;全不押尾韵的有2节;其余23节中押各种形式的尾韵(包括押同字),共有11种押韵形式,因黄建明本每节的句子数量明显多于其他三本,所以押韵形式很难统一,很少有重复的形式,除每节第二三句相押的押韵形式稍多(共3节)外,其他形式几乎都只有一次。另外,这25节中尾韵押同字的有7节,其中没有尾韵全押同字的情况,也没有重复的押同字尾韵的形式。这点也不同于其他三本。也存在尾韵押 an 和 ang 的问题,一共有8节。

从"扣"的原则来看,文本主要运用了句中扣、句间扣、顶真扣、偶扣、段扣等形式。

句中扣,如"金歌学一支,银歌学一支,铜歌学一支,锡歌学一支,铅歌学一支,钢歌学一支,铁歌学一支,祖传十二调"⑥。第一二三四五六七句后四个音节完全相同相扣。

---

① 赵德光:《阿诗玛文献汇编》,云南民族出版社2003年版,第358页。
② 同上书,第360页。
③ 同上书,第358页。
④ 同上书,第338页。
⑤ 同上书,第340页。
⑥ 同上书,第351页。

句间扣，如"你家官位大，官位赛君主，我也不羡慕；你家房屋大，堂屋再宽敞，我也不羡慕；你家牛羊多，牛壮如石狮，我也不羡慕；你家粮食多，粮食堆如山，我也不羡慕"①。其中第一四七十句的前两个音节，第三六九和十二句的五个音节全部分别相扣。"姑娘不是畜，哪能当畜换，姑娘不是粮，哪能当粮卖。"② 第一三句的前四个音节完全相同相扣，第二四句的前三个音节完全相同相扣。"你说一句话，姑娘我听懂，你说两句话，姑娘我心烦，你说三句话，姑娘我要骂。"③ 第一三五句除第三音节数字变换外，其余音节完全相同，上下相扣，第二四六句前三个音节完全相同，上下相扣。

顶真扣，如"破竹竹纤多，纤多工序忙"④。"阿黑被虎吃，虎吃阿黑啦！"⑤ 两例都是前一句的结尾是后一句的开头。黄建明本中这种比较严格的顶真扣相较黄铁本稍多。除了这种非常典型的顶真扣外，还存在着大致相同相扣或隔句顶扣的情况，如"阿妈生下你，生你在穷家，穷苦把日度，每天进山去，进山天才亮"⑥ 中前一句末的"生下你"和后一句开头的"生你"；"穷家"和"穷苦"；"进山去"和"进山"大致相同。"走到松树林，松林黑森森"⑦ 中前一句末的"松树林"和后一句开头的"松林"大致相同。另外还有如"早年养绵羊，绵羊养三年，就把羊卖啦，绵羊虽卖了，剪刀却没卖"⑧ 中第一句末的"绵羊"和第四句首的"绵羊"这种隔句顶扣。只是这两类情况相比黄铁本而言较少。

偶扣，如"似篱上蝉鸣，如篱下蚊嚎，哥说也伤心，妹道也伤心"⑨ 中第一二句对扣、第三四句对扣。"吆牛九十九，吆牛做聘礼，抬绸九十九，抬

---

① 赵德光：《阿诗玛文献汇编》，云南民族出版社2003年版，第360页。
② 同上书，第348页。
③ 同上。
④ 同上书，第337页。
⑤ 同上书，第359页。
⑥ 同上书，第349页。
⑦ 同上书，第353页。
⑧ 同上书，第346页。
⑨ 同上书，第360页。

绸做聘礼。"① "热布巴拉家，三人砍一林，阿哥阿黑呵，一人砍三林。"② 两例都是一三、二四句两两相扣。

段扣，如"彝家阿着地，阿着地上方，有地没人住，格格日明家，居住在这里。格格日明家，有树不结果，有花不落蜂，有家无女儿，度日多伤心。/彝家阿着地，阿着地下方，有地没人住，热布巴拉家，居住在这里。热布巴拉家，有树不结果，有花不落蜂，有家无儿女，度日多伤心。"③ 第一段的一到十句分别和第二段的一到十句隔段相扣。

韵法方面，四个文本中，从"押"的原则来看，主要都是句首韵、句尾韵、句内韵和句间顶韵。其中，首韵、腰韵、句内韵、句间顶韵大多都是押同字。各种押韵方式中押尾韵的居多，其次是首韵，句内韵、腰韵和句间顶韵相对较少。尾韵也有押同字的，但押韵居多。

从押尾韵的情况来看，黄建明本的押韵频率较高 92%，黄铁本次之 79%，昂自明本和马学良本相对少一些，但鉴于黄建明本每节较长，句子数量较多的情况（总会有押韵的），应该说四本中黄铁本的押韵频率要更高一些，且押韵形式较少，重复率高。另外，黄铁本和马学良本中都有全押的情况，而黄铁本居多。黄建明本的尾韵形式最多，重复率最低，与文本每节较长，句子数量较多的情况有关。从押尾韵情况来看昂自明本和马学良本较为接近。从尾韵押同字的情况来看，黄建明本相对较多，黄铁本次之，昂自明本和马学良本相对较少。另外，除黄铁本外的三个文本中都存在尾韵 an 和 ang 相押的情况，尤以黄建明本和昂自明本为多，这可能受到了翻译者方言的影响。相对来讲，黄铁本的押韵频率较高较为整齐，显得整理创作痕迹更为明显，更多考虑到汉语诗律的特点。而其他三本尤其是马学良本和黄建明本还有源语文本、直译等相对照，更注重从科学的角度严格对应原彝诗进行意译，更多考虑到符合原意原貌，较少加入自己的加工创作。

---

① 赵德光：《阿诗玛文献汇编》，云南民族出版社 2003 年版，第 348 页。
② 同上书，第 357 页。
③ 同上书，第 338 页。

"扣"其实就是同字复沓的情况，民间诗歌是口头诗歌，相较文人诗歌来更为注重韵律的和谐。民歌中除了押韵的运用，还大量运用同字复沓，以达到更好的音韵协调效果。"扣"是彝语诗歌中非常重要的原则，这在四个文本中都有体现。四个文本都大量运用了句中扣、句间扣、顶真扣、偶扣、段扣等形式，以达到韵律和谐的音韵效果。总体来说，四个文本中，句中扣和句间扣的运用较多，偶扣、段扣次之，顶真扣较少。而相较四个文本来看，黄铁本叙事更多，传统程式较少，其他三本中的传统程式较黄铁本多，叙事较黄铁本少，而传统程式部分往往较多运用"扣"。具体从"偶扣"的情况来看，彝诗中的偶扣句不只限于汉语的两句相扣，而且还有四句偶扣、六句偶扣、隔句偶扣等形式，这在四个文本中都有体现。另外从"顶真扣"来看，四个文本中除了比较严格的顶真扣外，都存在着大致相同相扣或隔句顶扣的情况，相比而言，黄铁本中这两类情况要更多一些。而"顶真扣在彝诗中是充分体现彝语诗歌文化内涵的一种形式。彝诗顶真扣与汉语诗歌作为形式的顶真法区别就在于，彝诗顶真法根源于彝族传统的父子连名谱系叙史记事观念"[①]。从四个文本来看，"扣"的运用都体现了彝语诗歌的韵律风格，相比较而言，昂自明、马学良、黄建明三本中"扣"的运用与彝文古典传统诗歌更为接近，尤其是传统程式部分中"扣"的运用，以及较为严格的顶真扣的运用。

第二节 《阿诗玛》汉译本语词程式比较

在"帕里—洛德理论"或叫"口头程式理论"中，帕里在界定程式时明确指出："在诗人的诗歌句法中，程式可被界定为，在相同格律的条件下，为表达一个中心观念，而被有规律运用的措辞。"帕里认为："程式是在相同的

[①] 鲜益：《彝族口传史诗的语言学诗学研究》，博士学位论文，四川大学，2004年，第38页。

步格条件下，通常用来表达一个基本观念的词组……是具有稳定性和重复性的词组。"[1] 当口头诗人用口头诗歌的语言进行创作时，其创编原则就是语词的"程式"。这些程式并非出自特定的审美目的，而是出于口头诗人对程式的依赖性，正是这种依赖性促使他们出于方便的目的，选用被历代歌手们反复使用的语词程式，最大限度地照搬那些在类似语境下出现过的词句，并以相似的语法或韵律技巧复现它们。

常用程式是通过运用一组在意义和用词上彼此相似，具有相同韵律的语词，去表达特定的内容。这些内容包括一般性意义的姓名、行为、时间、地点、数量等，也包括具有某些特定意义的宗教人物、特殊器物、动物、植物等。

《阿诗玛》是彝族撒尼人的口传叙事长诗，被撒尼人称为"我们民族的歌"，它不仅在日常生活中传唱，也在一些节日礼仪中讲唱，已经成为撒尼人日常风俗习惯的一部分。它采用口传诗体语言来进行讲唱，其中运用了大量的程式化语词。这里主要从人物、方位、数字、宗教内容、对歌等几个方面对四个译本的语词程式进行比较。

一 《阿诗玛》汉译本人名、人物外貌及特性的语词程式比较

彝语中的人名、地名多是四音节词，而五言体又是彝语诗歌的主要诗体形式，因此在诗歌的选词用句上，人名地名就起到了非常重要的作用。四音节的人名只需与一个音节的词搭配就可以形成一句意义比较完整的五言诗句。这在四个文本中都有体现：如黄铁本中的"格格日明家，热布巴拉家"；昂自明本中的"格尔依尼家，热布巴拉家，格尔依尼帕，格尔依尼玛"；马学良本中的"格尔依呢家，热布巴拉家，格尔依呢爹，格尔依呢妈，热布巴拉爹"；黄建明本中的"格格日明家，热布巴拉家，格格日明帕，格格日明玛"等人名。或在讲述人物的成长经历、成功、磨难时，通常在人名前加一些突出人物某方面特性的修饰语，如黄铁本中的"可爱的阿诗玛，好囡阿诗玛，哥哥

---

[1] 鲜益：《彝族口传史诗的语言学诗学研究》，博士学位论文，四川大学，2004年，第28页。

阿黑啊，勇敢的阿黑"；昂自明本中的："尼暗（美丽、勤劳、聪慧）阿诗玛，哥哥阿黑哟"；马学良本中的"好囡阿诗玛，阿黑牧羊人，二哥阿黑呢"；黄建明本中的"美丽的阿诗玛，放羊人阿黑，阿哥阿黑呵"等，并在诗歌中反复出现以强调和突出人物某一方面的特性。这正是彝族口传诗歌的习惯表达法，其步格多是4/1和2/3，人名的反复讲唱在这里体现出多种功能，既是叙事的需要，有助于表达主题，又受步格和韵式的限定。

另外，诗歌中还有一种专门描绘人物外貌及特性的诗句，它们大多是一个诗段，由几个诗句组成。这种描绘虽然只是在某些特定场景才有，其作用是交代人物的特别身份和地位，但却具有内在的象征性，实际上是民族文化精神与观念在神灵或英雄身上的外在表现。[①] 诗人对这些人物外貌的描写总是遵循固定的顺序展开的，如对阿诗玛外貌的描写：昂自明本是"尼暗阿诗玛，头顶红艳艳，耳环挂两边，脸色如月亮……"[②] 马学良本中的是"好囡阿诗玛，头锦红彤彤，耳环挂两边，白脸赛月亮，……"[③] 黄建明本中的是"包头红光闪，两边垂耳环，脸庞如明月，……"[④] 黄铁本中有所不同，只有出生时的描写"脸洗得像月亮白，身子洗得像鸡蛋白，手洗得像萝卜白，脚洗得像白菜白"[⑤]。

长诗对中心人物阿诗玛的出生、成长、经历的描绘同样来自古老的程式——用特定语词模式来对英雄的神奇特性进行程式化的描写，表示时间、成长、行为的模式。最典型的就是长诗中阿诗玛成长过程的描述，四个文本中都有体现，如黄铁本的"小姑娘日长夜大了，长到三个月了，就会笑了，笑声就像知了叫一样。爹爹喜欢了一场，妈妈喜欢了一场。/小姑娘日长夜大了，长到五个月了，就会爬了，爬得就像耙齿耙地一样。爹爹喜欢了一场，

---

① 鲜益：《彝族口传史诗的语言学诗学研究》，博士学位论文，四川大学，2004年，第96页。
② 赵德光：《阿诗玛文献汇编》，云南民族出版社2003年版，第114页。
③ 同上书，第231页。
④ 同上书，第341页。
⑤ 同上书，第26页。

妈妈喜欢了一场。/小姑娘日长夜大了,长到七个月了,就会跑了,跑得就像麻团滚一样。爹爹喜欢了一场,妈妈喜欢了一场……"① 其中每段的第一二三五六句隔段重复;昂自明本的"囡长满九月,拿着麻线玩,妈妈喜四场。/囡长满三岁,绩麻快如飞,妈妈喜五场。/囡长满五岁,帮妈绕麻团,妈妈喜六场……"② 七岁、九岁、十五岁,其中每段的第一三句隔段重复;马学良本的"囡长满九月,拿着麻线玩,妈妈喜四场。/囡长满三岁,绩麻快如飞,妈妈喜五场。/囡长满五岁,帮妈绕麻团,妈妈喜六场……"③ 七岁、九岁、十五岁,其中每段的第一三句隔段重复。黄建明本的"女儿满一岁,一岁会走路,走似麻团滚,阿妈喜四场。/女儿满三岁,走亲又串戚,坐在门槛上,帮妈绕线团,阿妈喜五场。/女儿满五岁,背上背菜篮,上山找野菜,阿妈喜六场。……"④ 一直唱到十二岁,其中每段的第一四句隔段重复,反复吟唱。长诗运用平行结构,利用相似句式的多次复沓,节节相递,在舒缓的变化节奏中让人轻而易举地抓住这一节奏规律,通过这种程式的运用,使我们对人物形象的印象逐渐加深。我们也会看到不同文本中的形式变化,但是变化的只是同类语词或语音的替换,如昂自明本的"妈妈喜四场",黄建明本的"阿妈喜四场",这里变换的只是第一音节,但步格与韵式并未受到影响。时间、出生和人物行为都是英雄神异才能的象征,这种象征在每一个民族的传统诗歌中都有,但是表述这种象征的语词模式却各有不同。这些传统的语词程式已经被神圣化,具有了仪式性,所以严格遵循传统的语言格式去讲唱,是很容易让歌手及听众具有语言崇拜意识的。各本都有关于阿诗玛的出生和美好,阿黑的神异(勇敢和能干)等程式化的反复唱诵,以期对以阿诗玛和阿黑为典型代表的民族精神和性格给予完全的认同和赞赏。

---

① 赵德光:《阿诗玛文献汇编》,云南民族出版社2003年版,第28页。
② 同上书,第143页。
③ 同上书,第230页。
④ 同上书,第340页。

二 《阿诗玛》汉译本方位程式比较

方位名词是彝族口头诗歌传统中重复率相当高的一类程式化语词，口传诗歌中最常见的五个方位名词是"东西南北中"，这是一组表示空间方位的程式化语词。在长诗中主要体现在阿黑在热布巴拉家射箭的部分，昂自明本中"阿黑拿起弓，拉弓来射箭，射出第一箭，插上东墙角。/射出第二箭，箭插西墙角，射出第三箭，箭插南墙角。/射出第四箭，箭插北墙角，射出第五箭，箭插堂正中"①；马学良本中"首先射一箭，东面屋角插；二次射一箭，插到屋西角；三次射一箭，插到屋南角；四次射一箭，插到屋北角；五次射一箭，堂屋正中插"②；黄建明本中"射出第一箭，射在东墙角，射出第二箭，射在南墙角，射出第三箭，射在西墙角，最后射一箭，射在正堂上……"③ 三个文本中都有箭插"东西南北中"五个方位的隔句复沓，形成整齐完整的对应，显然是一种程式化的体现。而黄铁本中没有这一程式的运用。

另外还有一类与彝族传统哲学和宗教文化相关的方位语词程式"上、下"，大多数情况下它们都是与特定的人或物相伴随出现的。这在四个文本中都有体现。黄铁本中"阿着底上方""阿着底下方"；昂自明本中"阿着底头起""阿着底尾上"；马学良本中"阿着底上头""阿着底下方"；黄建明本中"阿着地上方""阿着地下方"。每个文本中"阿着底上方"与"格格日明家"、"阿着底下方"与"热布巴拉家"都是对应的。古代彝人的"上、下"观念不仅同具体的方位有关，还同抽象的天界和地界有关，蕴含在"上"与"下"两个方位语词之下的实质是"神"与"人"的对立，这种彝族古代哲学和宗教观念的寓意在诗歌语言的重复中不断得到强化。从《阿诗玛》中的"上方"与"下方"程式运用中，我们可以看到阿诗玛和阿黑已经具有了文

---

① 赵德光：《阿诗玛文献汇编》，云南民族出版社2003年版，同上书，第157页。
② 同上书，第243页。
③ 同上书，第360页。

化英雄及民族精神的象征意蕴。

三 《阿诗玛》汉译本数字程式比较

数字在彝族传统诗歌中占有重要的地位，它贯串着彝族古老的数理文化，大多不具有确定、实在的意义，而是有着象征意义，这种象征性的数字观念在口传诗歌中已经被传统的语词和结构程式化了。

这些数字在长诗中出现最多的是"三""九""十二"。它们出现的频率是有其规律性的。"三"一般表示物的概量，介于多和少之间。所以凡表述不止一次但又不是很多次的情况下，多用"三"来表述，如"三块地、三间房、三塘水、三大块、三年、三月"等。彝族认为奇数属阳性，偶数属阴性，所以奇数为大、为贵，要形容事物的多和大，就用奇数。另外，"十二"是彝族传统文化中古老的十二历法的暗喻，在诗歌中也是一种程式化的表达。如各文本中阿黑学歌调的部分，昂自明本中的"婆娑十二树，全部学会了"[1]；马学良本中的"竹生十二杈，杈杈米团插"[2]；黄建明本中的"祖传十二调，阿黑全学会"[3]；黄铁本中则没有出现。因此在各个文本中都有数字"九十九"和"一百二十"的大量使用，这些数字多是描述数量繁多、内容丰富、过程复杂等的程式化反映。最典型的是阿诗玛取名请客部分的描述，四个文本都有表述。这里不再赘述。需要注意的是，在阿诗玛被抢婚阿黑追寻的过程中也出现了"一百二十"的数字程式，从对抢亲人数的三次描述中，可以看到四个文本对这一程式的运用情况。昂自明本中是"过去了一伙，一百二十人，陪郎百二十"[4]；马学良本中是"曾有百多人，伙伴百二十，过去一帮人"[5]；黄建明本中三次都是"伴郎一百二"[6]；黄铁本中三次都是"讨媳妇的倒是过

---

[1] 赵德光：《阿诗玛文献汇编》，云南民族出版社2003年版，第152页。
[2] 同上书，第239页。
[3] 同上书，第351页。
[4] 同上书，第153页。
[5] 同上书，第342页。
[6] 同上书，第354页。

了一蓬人"①。其中黄建明本前后重复出现了三次，昂自明本中重复了两次，马学良本中只出现了一次，黄铁本中一次都未出现。

这些数字无论是程式习用还是具体指称，其意义都远远超过了数字表示的数量本身，这是一种蕴含着彝族古代传统文化观念的程式化表现。

四 《阿诗玛》汉译本宗教内容程式比较

《阿诗玛》不仅在日常生活中传唱，也被视为宗教经典在一些固定的祭祀礼仪中讲唱，它本身就包含着一些宗教内容，并以特定的语词程式被歌手们表述出来。这些宗教内容或礼仪程序早已内化在彝族的日常宗教生活中，为民众所熟知，当歌手们将它们以诗化的语言展现给民众时，其中的语词程式必会给他们带来认同感和神圣性。

长诗对宗教祭祀仪式有一些直观的描述，最为典型的是阿诗玛出生后的取名仪式上对祭祀的描写：昂自明本"取名那一天，祭祖宗的肉，祭祖宗的饭，牛身一样大。/盛酒的祭盆，绵羊身子大，烧香的灰堆，犹如一堆雪"②；马学良本"因取名那天，献肉肉成堆，献饭饭成堆，献礼堆如牛。装酒那个钵，如同白绵羊。/绿香九十九，焚香香灰落。灰落似白雪，一堆又一堆"③；黄建明本"取名这天呵！献祖宗的饭，堆得像尖山，供祖先的肉，大得像牛身，祭祖先的酒，酒碗大似羊。香火烟袅袅，香灰似雪山"④；黄铁本中没有关于取名时祭祀的描述。宗教祭祀礼仪的程序在彝族文化中是非常繁复的，这就要求歌手选取那些大家都非常熟悉的语词模式，把这些仪式简练地融合进诗段中来展现。

此外，长诗中还有祭育神和祭崖神的描述。阿诗玛还未出生前两家祭育神的描述：昂自明本"格尔依尼帕，有花蜂不落，几年不生囡，心里好悲

---

① 赵德光：《阿诗玛文献汇编》，云南民族出版社2003年版，第44页。
② 同上书，第143页。
③ 同上书，第230页。
④ 同上书，第340页。

伤。/格尔依尼帕,祭三次育神,花香蜂来采,生个好姑娘。/热布巴拉家……"① 马学良本"格尔依呢爹,花上不站蜂,妻子不生囝。/格尔依呢爹,'扎佬'祭三次,花上才站蜂,妻子才生囝。/热布巴拉家……"②;黄建明本"格格日明家,有树不结果,有花不落蜂,有家无女儿,度日多伤心。格格日明家,请人来祭祀,祭祀来生育,蜂落花朵上,家中生育啦!/热布巴拉家……"③;黄铁本中没有祭育神的程式描写。四个文本中都有阿诗玛和阿支出生之前蜜蜂不来和蜜蜂来的语词程式。在传统口传诗歌中出现的动物大多具有特殊的象征意义,不同民族的歌手在表述动物与人的关系时,都有其特定的思维方式和语词模式,彝族口传诗歌中往往会认为动物的反常或正常行为是神灵意志的反映,有花蜂不来是违背常理的,因而不会生育,祭神后蜂来采蜜恢复了自然的常态,就生育了。这一程式在昂自明、马学良、黄建明三本中都有体现,大致相同。而在黄铁本中则主要是用蜂来蜂不来与家庭品质的好坏和生的孩子好不好进行对应。

长诗中对阿诗玛被崖神困住,为解救阿诗玛祭崖神的描写:昂自明本"找一头白猪,找一只白鸡,找一只白羊,找来祭崖神"④;马学良本"白羊要一只,白猪要一只,白鸡要一只,三样要找齐"⑤;黄建明本"去找一头白猪,去找一只白羊,去找一只白鸡,找来祭崖神"⑥;黄铁本中没有关于祭崖神解救阿诗玛的描述。

五 《阿诗玛》汉译本歌调、对歌程式比较

彝族口传诗歌中在描述弓、箭、锤、柱、线、扫帚、匙子、歌调等事物时,总是会用金、银、铜、铁、竹、木或神一类的词来修饰它。除稍有差别外,语序和句法格式大致相同。这种程式在《阿诗玛》中也有运用,如对阿

---

① 赵德光:《阿诗玛文献汇编》,云南民族出版社2003年版,第142页。
② 同上书,第229页。
③ 同上书,第339页。
④ 同上书,第159页。
⑤ 同上书,第245页。
⑥ 同上书,第361页。

第四章 《阿诗玛》汉译本翻译研究

黑学歌的描写：昂自明本"三月学调子，金色婆娑树，银色婆娑树，铜色婆娑树，玉色婆娑树，锡色婆娑树，铁色婆娑树，婆娑十二树，全部学会了"[①]；马学良本"三月学唱歌，金色竹一支，银色竹一支，铜色竹一支，玉色竹一支，锡色竹一支，铅色竹一支。竹生十二杈，杈杈米团插"[②]；黄建明本"三年学唱歌，金歌学一支，银歌学一支，铜歌学一支，锡歌学一支，铅歌学一支，钢歌学一支，铁歌学一支，祖传十二调，阿黑全学会"[③]（婆娑树和竹这里都指歌调）；黄铁本中没有这方面的表述。

程式的运用与语境的联系，即歌手在表达相同、相似内容时，往往会采用相同或相似的程式句。对于彝族来讲经常出现的对歌场景也有相应的程式化语词体现。长诗中阿黑去救阿诗玛时在热布巴拉家与阿支对歌的描写，四个文本都有"大路十二条，小路十三条……"[④]的歌头套语，相差不大。有关春夏秋冬四季问答，黄铁本：阿支问什么是春（夏秋冬）季鸟，阿黑来回答都答出来了，阿支输了；昂自明本：阿黑问什么开春口（夏口、秋口、冬口），冬口阿支回答不出输了；马学良本：阿黑问谁把春门开，自己回答，阿支接着唱夏门，轮流问答，阿支唱到冬门接不上，输了；黄建明本：阿黑问春阿支答，阿支问夏阿黑答，阿黑问秋阿支答，阿黑问冬阿支答不上，输了。无论谁问谁答，除黄铁本外其他三本都是阿支答冬门答不出，输了。其中，马本和黄建明本都是问春门，昂自明本问春口，大致相同，黄铁本问春季鸟稍有不同。鸟的种类：黄铁本中，春是布谷鸟，夏是叫天子，秋是阳雀，冬是雁鹅；昂自明本中春是布谷鸟，夏是青蛙，秋是苍蝇，冬，无；马学良本中，春是布谷鸟，夏是青蛙，秋是苍蝇，冬，无；黄建明本中春是杜鹃，夏是青蛙，秋是苍蝇，冬，无。除黄铁本外，其他三本差异较小，采用了大致相同的语词程式。

---

① 赵德光：《阿诗玛文献汇编》，云南民族出版社2003年版，第152页。
② 同上书，第239页。
③ 同上书，第351页。
④ 同上书，第49页。

从语词程式的运用来看，四个文本中的主要情节部分，如歌头的破竹、雁鹅、阿着底的上下方、出生（蜜蜂的来否）、取名、成长、说媒、抢婚、阿黑营救、对歌、射箭等均有大量程式语词的运用。相对来说，在昂自明、马学良、黄建明三个文本中传统程式的运用更多。如祭育神，取名祭祀，学歌调，抢亲人数"一百二十"的描述，射箭的方位、祭崖神等部分中语词程式的运用，黄铁本中都没有涉及，对歌部分的语词程式另外三本更为接近。这些程式大多与彝族的宗教祭祀与传统文化有着密切的关系。

从《阿诗玛》的语词程式运用中可以看到它对彝族古代传统口传诗歌的一种继承。其中的每一个程式都源于彝族民族文化的深层意蕴，语词程式本身就是彝族口传诗歌历史传统的一个组成部分。

除黄铁本外，其他三个文本的翻译整理底本都是来自毕摩的彝文手抄本。《阿诗玛》在传讲的过程中已经具有一定的宗教性质，很多篇章都要在一些宗教仪式中唱诵，而传统程式的大量运用也是增强仪式感和神圣性的体现。首先从创作和演唱来看，毕摩在学习和演唱过程中就是要熟记并严格运用这些程式，因为它不仅便利而且具有神圣性，他们必须要严格遵循传统程式来进行创作、学习和演唱。其次，对毕摩手抄本的翻译文本又可分为两种情况，一种是从民俗学的角度，基于"忠实记录"和"慎重整理"原则之上的较为科学的严格翻译，更注重如何忠实地再现作品本身的风格要素如程式的运用，音韵的原则等，这些不仅仅是语言风格的再现，还具有神圣性、象征性和文化性。另一种则是更注重作品文学性的翻译整理。显然昂自明、马学良、黄建明三个文本应该属于第一种情况，这三个文本的源语文本都是毕摩的彝文手抄本，所以相对来说，由于它们的演唱者决定了他们更注重对宗教及传统文化程式的遵循和运用。而较为严格地忠实再现，使得这三个文本中有更多这类传统程式的运用。而黄铁本则是来自 20 份口头讲述材料，并不一定是出自毕摩之口，且翻译整理者也没有宗教背景，整理本的唱诵也不具有仪式效应，从杂言体可以看出，并不是传统彝诗的严格诗体，对传统程式的遵循也没有其他三个文本那么严格。

第四章 《阿诗玛》汉译本翻译研究

第三节 《阿诗玛》汉译本修辞比较

彝族撒尼族的民间叙事诗《阿诗玛》中运用了大量具有撒尼族民族民间特色的比喻、反复、对照、排比、夸张等修辞手法。富有浓郁的民族色彩和地域文化特征，使诗歌呈现出自然、朴素、单纯、明朗、优美而又通俗化的艺术风格。各种修辞手法的运用中，运用最多的是排比，其次是比喻、反复和对照。虽然长诗中运用了大量的排比句，但因大多与比喻、反复、对照、夸张等结合使用，所以这里主要就四个文本中的比喻、反复、对照等辞格进行比较研究。

一 《阿诗玛》汉译本比喻修辞比较

《阿诗玛》中有大量贴切生动，丰富多样，具有民族地域民间特色的比喻。这种特点主要是从喻体的选用和灵活多样的比喻手法中体现出来。

1. 从喻体的选用来看，山地民族多以自然界动植物或日常生活生产为比喻，长诗中的喻体都是选自生活中最常见的事物和形象，信手拈来，亲切自然。类似小姑娘成长过程中的笑声比作"知了叫"，爬比作"耙齿耙地"，跑比作"麻团滚"；阿诗玛织的布"织好一段布，颜色白花花，像尖刀草一样宽，像棉布一样密扎"[①]；阿诗玛的外貌"脸色如月亮，身条像金竹"[②]。把媒人海热的舌头比作"蛇"，嘴巴比作"鹦鹉"；把阿支比作"猴子"；取名祭祀时的比喻的喻体"牛、羊、山"这些都是撒尼人的日常生活中最常见的东西；取名请客时形容酒罐多的"密麻如石林"[③]，极具本地特色。其中像哥哥像"一顶帽子"，"盖在妹妹头上"保护妹妹；妹妹像"一朵菌子"，永远依

[①] 赵德光：《阿诗玛文献汇编》，云南民族出版社 2003 年版，第 29 页。
[②] 同上书，第 144 页。
[③] 同上书，第 143 页。

偎在哥哥的身旁;"头发像落日的影子""荞叶嫩汪汪,像飞蛾翅膀;(玉麦),叶子绿油油,长得像牛角"①;犁地,"泥土翻两旁,好像野鸭拍翅膀"②这类比喻都体现了当地撒尼人独特的想象力和创造力,在四个文本中均有所体现。

  与文人诗作注重个性化,看重喻体的独特性、本体喻体的超常规搭配,以期达到某种特殊的表达效果不同,民间诗歌惯常使用民众日常生活中最常见、最熟悉、最普通的喻体作比,更容易获得文化认同感,亲切、自然、生活化,随处可见,信手拈来。其中用蜜蜂采蜜与生育孩子作比,把女性比作山茶,身段比作金竹,男性比作青松,坏人比作猴子等,既与当地日常生活中常见的事物有关,又与传统文化宗教背景有关。长诗中"竹子、蜜蜂、青松、老虎"等喻体的出现反映了彝族撒尼人的图腾崇拜,这在四个文本中均有体现。另外,黄建明本取名部分中的"你因美似金,就叫阿诗玛"③。这个比喻显然是以彝语中"阿诗"是"金子"的意思为依据的。黄铁本中把"阿诗玛"的名字比喻为"香草"就不具有这种文化内涵。所以在1960年的重新整理本中改成了"阿诗玛长得像金子一样"。这些喻体已经具有程式化的性质,实际上也是一种比喻的修辞程式。

  其中,蜜蜂落不落与生不生育,海热的嘴像八哥或鹦鹉,脸色像月亮,姑娘像花,哥是妹的帽,妹是哥的花(黄铁本中稍有不同,妹是菌子)这些喻体,四个文本都有,且基本相同;身子像金竹,酒坛像石林,竹筒像猪牙,取名祭祀时祭品的比喻,阿诗玛被抢后妈妈伤心的眼泪比作梅果上的汁水(昂本中是露珠),阿诗玛被抢后,妈妈对阿黑说的"憨狗不咬人,直人不通话"④ 中的比喻除了黄铁本外,其他三本都有;骏马厩中名声远播与阿诗玛声名远播的比喻,除昂自明本外其他三本都有(黄铁本稍有不同);黄铁本与黄

---

① 赵德光:《阿诗玛文献汇编》,云南民族出版社2003年版,第30页。
② 同上。
③ 同上书,第340页。
④ 同上书,第153页。

第四章 《阿诗玛》汉译本翻译研究

建明本都有阿诗玛成长时笑声、爬地、走路、头发的比喻,喻体相差不大,其他两本没有。另外,黄铁本中把阿黑的声音比作"像山崩地震,像风哮雷打"①,"大雪压青松"②,"热布巴拉是豺狼心"③,"清水和浑水","绵羊和豺狼","你绣出的花,比山茶还鲜艳,你赶的绵羊,白得像秋天的浮云"④,"你像石竹花一样清香,像白花草一样生长"⑤,"拉弓如满月"⑥,把阿诗玛比作"桂花""石竹花""白花草"等喻体都是其他三本所没有的,这些比喻多用于诗歌的叙事描写,带有一定的书面文艺风格。

2. 各个文本中比喻辞格的使用呈现出灵活多样的特点。不仅有明喻、暗喻、借喻的使用,还有反喻、强喻、博喻等各种变式的使用。其中黄铁本中使用了明喻、暗喻、并列性暗喻、借喻、强喻、博喻等比喻类型。并列性暗喻("暗喻的本体和喻体各自成句,组成并列性暗喻"⑦),如"好马不等到放青,嘶声就风传千里,小姑娘长到十七岁,远近都知道她的名字"⑧;强喻("为了突出本体,用本体赛过喻体的比喻"⑨),如"黄蜜蜂算得会讲了,海热比它还会讲"⑩;博喻("连续用几个比喻"⑪),如"织好一段布,颜色白花花,像尖刀草一样宽,像棉布一样密扎"⑫。尤以明喻使用最多,其次是并列性暗喻。昂自明本使用了明喻、暗喻、并列性暗喻等比喻类型,尤以明喻使用最多,其次是暗喻。马学良本使用了明喻、并列性暗喻,强喻(如"白脸赛月亮"⑬)等比喻类型,以明喻和并列性暗喻居多。黄建明本使用了明

---

① 赵德光:《阿诗玛文献汇编》,云南民族出版社2003年版,第47页。
② 同上书,第39页。
③ 同上书,第41页。
④ 同上书,第29页。
⑤ 同上书,第31页。
⑥ 同上书,第26页。
⑦ 骆小所:《现代修辞学》,云南人民出版社2004年版,第124页。
⑧ 赵德光:《阿诗玛文献汇编》,云南民族出版社2003年版,第31页。
⑨ 骆小所:《现代修辞学》,云南人民出版社2004年版,第129页。
⑩ 赵德光:《阿诗玛文献汇编》,云南民族出版社2003年版,第33页。
⑪ 骆小所:《现代修辞学》,云南人民出版社2004年版,第130页。
⑫ 赵德光:《阿诗玛文献汇编》,云南民族出版社2003年版,第29页。
⑬ 同上书,第231页。

· 161 ·

喻、暗喻、并列性暗喻、强喻（如"你嘴赛鹦鹉"①）等比喻类型，明喻使用最多，其次是并列性暗喻。

另外，大量比喻还与排比、反复、对照等结合使用，反复强调渲染。常见的有以下几种方式。

（1）同一人或事物、场景各个方面一系列的比喻排比连用，从各个方面来渲染烘托。如黄铁本中的"笑得像知了叫一样；爬得像耙齿耙地一样；跑得像麻团滚一样"②；"脸洗得像月亮白，身子洗得像鸡蛋白，手洗得像萝卜白，脚洗得像白菜白"③；昂自明本中"脸色如月亮，身条像金竹，脚趾似萝卜"④；马学良本"白脸赛月亮，腰直似金竹，脚像萝卜黄"⑤；黄建明本"脸庞如明月，身段如金竹，脚如萝卜白"⑥。

（2）同种事物的类似比喻连用，反复渲染。如黄铁本中"黄鼠狼的头算尖了，海热比它还要尖，黄蜜蜂算得会讲了，海热比它还会讲"⑦。"甜不过蜂蜜，亲不过母女，吃饭离不了盐巴，女儿离不了妈妈"⑧；昂自明本中"囡是妈的花，囡是爸的手"⑨；黄建明本中"所梅上的汁水多，汁水会淌完，悲伤的阿妈，泪水淌不完。刺蓬上的露水多，露水会滴完，悲伤的阿妈，泪水揩不完"⑩。马学良本中没有这类比喻；黄铁本中较多。

（3）同类同比反复连环连用。如黄铁本"他像猴子，猴子也像他"⑪；黄建明本"阿支像猴子，猴子更像他"⑫。其他两本没有这种用法。

---

① 赵德光：《阿诗玛文献汇编》，云南民族出版社2003年版，第342页。
② 同上书，第28页。
③ 同上书，第26页。
④ 同上书，第144页。
⑤ 同上书，第231页。
⑥ 同上书，第341页。
⑦ 同上书，第33页。
⑧ 同上。
⑨ 同上书，第147页。
⑩ 同上书，第349页。
⑪ 同上书，第25页。
⑫ 同上书，第339页。

（4）利用相反的喻体反向作比。如黄铁本"竹子能够砍两节，我舍不得把女儿出嫁"①"萝卜能够切两块，我舍不得女儿分开"②。其他三本没有这种用法。

（5）比喻和对照的结合使用。如黄铁本对歌处，阿黑和阿支的对照比喻连用"阿支脸红脖子大，越唱越没劲，声音就像癞蛤蟆。……阿黑从容面含笑，越唱越有神，声音就像知了叫"③。其他三本没有这种用法。

从比喻辞格的使用来看，黄铁本中使用的比喻数量远远超出其他三本，并且在喻体的选用和比喻方式上都与其他三本有较大的差异。就喻体来看，黄铁本使用了更多描写叙事用的带有一定书面文艺风格的喻体，而其他三本中则使用了更多与传统文化宗教相关的程式化喻体。就比喻方式来看，黄铁本中比喻使用的方式显然要比其他三本更为丰富多样。

二 《阿诗玛》汉译本反复修辞比较

彝族民间口头诗歌非常注重扣和程式的运用，因而长诗中出现了大量的反复。四个文本中都使用了较多的反复辞格。

反复和重复不同，它是一种为了表达思想而运用的语言技巧。"用同一的语词，一再表现强烈的情思的，名叫反复辞。"④ 反复也叫重叠或复沓，是民间歌谣常用的一种抒情手段。朱自清在《经典常谈·诗经第四》中说："歌谣的节奏最主要的靠重叠或叫复沓；本来歌谣以表情为主，只要翻来覆去将情表到家就成，用不着废话。重复可以说是歌谣的生命，节奏也便建立在这上头。"⑤ 朱自清还在《新诗杂话·诗的形式》中说过："诗的特性似乎就在回环复沓，所谓兜圈子；说来说去，只说那点儿。复沓不是为了说得少，是为了要说得少而强烈些。"⑥

---

① 赵德光：《阿诗玛文献汇编》，云南民族出版社2003年版，第34页。
② 同上书，第33页。
③ 同上书，第49页。
④ 陈望道：《修辞学发凡》，世纪出版社2001年版，第203页。
⑤ 骆小所：《现代修辞学》，云南人民出版社2004年版，第276页。
⑥ 同上书，第277页。

反复可分为连续反复和间隔反复,在《阿诗玛》的四个汉译本中,主要使用的是间隔反复,这在上文的扣和程式部分都有提及,这里主要探讨的是间隔反复和排比或层递结合使用的情况。

1. 间隔反复和排比合用。这种用法在四个文本中出现的频率都很高,其内部各构成成分之间是并列关系。如:黄铁本"伸脚随囡心,缩脚随囡意,绣花随囡心,缝衣随囡意"①;昂自明本"布谷春季鸟,布谷叫得欢,布谷有伙伴,妈无囡陪伴"②;马学良本"春鸟雌布谷,春鸟吱吱叫,春鸟也有伴。好囡妈年老,妈老谁陪伴"③;黄建明本"从头看到脚,没有不好处,没有不美处,我呀喜欢他!我呀想要他!我呀想娶她!"④ 这种方式的运用虽然没有推动故事情节向前发展的作用,却能造成一唱三叹的表达效果,起到有效强化叙事主题的作用。

2. 间隔反复和层递合用。这种用法与第一种的差别是其内部各构成成分之间具有层层递进的逻辑关系。四个文本中最典型的用例就是对阿诗玛成长的叙述,按阿诗玛成长的年月,从出生到成年,一岁一岁层层递进,反复叙述。另外如抢婚后阿黑追赶途中遇到的三个人三次问话,黄铁本"赶到一个三家村,遇见一个拾粪的老人:'拾粪的老大爹,有没有看见我家阿诗玛'……走到一个两家村,见着一个放牛的老大妈:'放牛的老大妈,有没有看见我家阿诗玛'……走到一个独家村,见着个放羊的牧童:'放绵羊的小兄弟,有没有看见我家阿诗玛'"⑤;昂自明本"一纵越三山,见拾粪老人:'拾粪老大爹,格见一伙人?'……二纵越六山,见到放牛老人:'你老在这里,可见娶媳人?'……马纵九座山,见个放羊倌。阿黑问老人:'你老在这里,我妹阿诗玛,格见从此过'"⑥;马学良本"翻越一座山,穿过二道梁,遇见

---

① 赵德光:《阿诗玛文献汇编》,云南民族出版社 2003 年版,第 31 页。
② 同上书,第 152 页。
③ 同上书,第 238 页。
④ 同上书,第 341 页。
⑤ 同上书,第 44 页。
⑥ 同上书,第 153 页。

拾粪汉。'拾粪老爹啊，可见一帮人？……过了三座山，翻了四道梁，遇见一老人，正在放绵羊。'放羊老大爹，路边把羊放，你可曾看见，过去一姑娘？……过了四座山，翻了五道梁，遇见一老人，正在放山羊。'请问老大爹，我妹阿诗玛，可曾见过她'"①；黄建明本"翻过两架山，遇见老羊倌。'放羊老大爹，你放羊在这里，可见一群人'……翻过三架山，遇见放牛倌。'放牛老人呵，你放牛在这里，可见一群人'……飞快往前赶，遇到放羊人，停马开口问：'放羊老人呵，你放羊在这里，可看见我妹阿诗玛'"②，这种用法在四个文本中出现的频率也很高，能够起到推动故事情节向前发展的作用，同时造成重章复沓的表达效果。

在文本中大量运用的"反复"，不仅仅是一种营造重章叠句、一唱三叹表达效果的修辞手法，更重要的是一种民间诗歌表述主题的叙事方法。洛德认为："口头文学中的主题是独具特点的，因为歌手和故事讲述者每一次运用主题的时候，都或多或少运用相同的词语来表述主题的内容。主题是重复的段落，而不是一种话题。"③ 主题的具体内容就是口头诗歌中反复出现的段落，歌手就是在这些涉及人物的行为、场景、事件等段落的程式化主题的排列组合中来结构他们的叙诗歌的，平行的组合句型依靠重复的语词，间隔相扣的音韵整合为一体。这种按照一个固定的段落程式不断复制的叙事手段并不是简单的重复，每一次重复与前一诗段的意义都会有所不同，有时则在内容上略加变换，形成前后词句意义的递进。这样的平行法就不只是语词的简单叠加，一般都是同彝族传统韵文的语词或诗句表达习惯相关的，它们同样是出于程式化的表达目的。所以仅从修辞的角度去理解这种诗歌中的反复是远远不够的。因为在歌手们运用这些反复的时候，已经把它们当作一些固定的程式传统，他们轻易不会打破前人设定的语词表达规范，而这些规范则是来源于口头文化的传统叙事思维。

---

① 赵德光：《阿诗玛文献汇编》，云南民族出版社2003年版，第240页。
② 同上书，第350页。
③ 鲜益：《彝族口传史诗的语言学诗学研究》，博士学位论文，四川大学，2004年，第125页。

从这一辞格的高频率使用可以看出，四个文本都带有民间口头诗歌叙事的共同特点。其中，与彝族的宗教祭祀和传统文化有着密切关系的部分，如祭育神、取名祭祀、学歌调、射箭的方位、祭崖神等部分中语词程式的反复运用，黄铁本中都没有。显然，相对于黄铁本而言，另外三个文本更能体现彝语古典诗歌叙事范型的特点。

三 《阿诗玛》汉译本对照修辞比较

由于惩善扬恶等群体性传统观念的传承和影响，民间叙事中的人物类型往往都是成对出现的，善与恶、正与反，形成鲜明的对照。这一特点在民间叙事诗中主要是通过对照辞格来体现的，通过两类人物各方面的正反对照，以强化主题，塑造鲜明的人物形象。长诗中的对照还往往与排比、反复、比喻等结合使用，形成更为强烈的对比。

受宗教的影响，善恶意识的道德观在彝族撒尼人中根深蒂固，《阿诗玛》体现了撒尼民族的传统道德观。四个汉译本中对照辞格的翻译都很好地体现了这一观念，如下陈述。

黄铁本有：格格日明家与热布巴拉家人品好坏与蜂来蜂不来的对照；阿诗玛、阿黑的桂花、青松与阿支猴子的气质对比；阿诗玛妈妈讲述嫁好人家和坏人家的对照；清水和浑水、绵羊和豺狼的对照；对歌时阿支像癞蛤蟆的声音和阿黑像知了叫的声音对比；比赛中砍树、接树、撒米、拾米、剥虎皮时阿黑和热布巴拉家父子的对比；拔箭时阿诗玛和热布巴拉家父子的好人轻轻拿，坏人休想拿的对照。

昂自明本有：蜂来蜂不来与生不生育的前后对照；拔箭时阿诗玛和热布巴拉家父子的对照；剥虎皮时阿黑和热布巴拉家的对比。

马学良本有：蜂来蜂不来与生不生育的前后对照；骏马和恶狗的对照；拔箭时阿诗玛和热布巴拉家父子的对照。

黄建明本有：蜂来蜂不来与生不生育的前后对照；比赛时砍树、烧山、撒种、拣种、剥虎皮时阿黑和热布巴拉家的对比。

相对其他三个文本而言，黄铁本中的对照运用得更多、对应更为整齐，形式更为多样。对蜂来蜂不来，桂花、青松与猴子，嫁好坏人家的待遇，清水和浑水，绵羊与豺狼，癞蛤蟆的声音与知了的叫声，砍树、接树、撒种、拾米中的三大块和一小块，拔箭时的轻轻拿和休想拿等一系列对照的运用，使格格日明和热布巴拉家人品的善恶形成了更为鲜明的对比，对诗歌主题的凸显、人物形象的塑造都起到了较为重要的作用。从对照的运用情况来看，显然，黄铁本相较其他三本来看更注重诗歌的叙事和人物形象的塑造。从大量与其他文本相异且较为整齐的对照中，也可以看到黄铁本中较多的整理创作痕迹。

从修辞格的使用来看，大量反复、对照、带有撒尼族民族民间特色的喻体的运用，使四个文本都带有彝族民间口头诗歌叙事的共同特点。其中，黄铁本中无论是比喻、反复、对照和排比的运用都要多于其他三个文本，且比喻的方式更为灵活多样，对照的对应更为整齐完整，喻体的使用也更多用于描写叙事。显然，黄铁本相较其他三本来看更注重诗歌的叙事和人物形象的塑造。从大量与其他文本相异的辞格使用中，也可以看到黄铁本中较多的整理创作痕迹。另外，从较多与传统文化宗教祭祀相关的程式化喻体及语词程式的反复运用中，可以看到，相对于黄铁本来说，另外三个文本更能体现彝语古典诗歌叙事范型的特点。

第四节 《阿诗玛》汉译本文体风格比较

《阿诗玛》汉译本的文体风格是诗歌韵律、语词程式、修辞格的使用等各方面风格特点的综合呈现。与源语文本的特点及文体风格、译者的身份、翻译的目的和方法等也有密切的关系。

一 《阿诗玛》源语文本的特点及文体风格比较

译本文体风格的形成离不开源语文本的特点和文体风格的影响。从源语文本的特点和文体风格来看，黄铁本主要是二十份口头讲述材料的翻译、整理和再创作而成。20 份口述材料，有诗体的演唱，有散文的叙述，这些材料中有 19 份是口述经翻译笔录的，其中有一份是以撒尼文字记录下来，然后再加以翻译的。口述者主要是彝族撒尼人的长者。昂自明本的源语文本是毕摩李科保保存的《阿诗玛》古彝文手抄本，圭山一带歌手演唱的《阿诗玛》都是这个彝文本。马学良本是以金国库毕摩所收藏的版本为底本进行翻译整理的。黄建明本的源语文本是四个彝文抄本。

相对而言，黄铁本的源语文本有诗体有散文，有口述也有彝文抄本；昂自明本、马学良本、黄建明本的源语文本都是五言诗体的毕摩古彝文抄本。

二　《阿诗玛》译者的身份、翻译目的和方法比较

翻译者的身份、翻译的目的和方法也会对译本文体风格的形成产生较大的影响。

从翻译者的身份来看，黄铁本的翻译者主要是当地的两个小学教师以及文艺工作者和作家。昂自明本、马学良本、黄建明本大多都是彝族学者。

从翻译整理的目的来看，四个文本各有侧重。黄铁本主要出于文学政治宣传的需要；昂自明本更倾向于彝族撒尼族民间文化尤其是宗教传统文化的保护和保存；马学良本则主要是从民俗学科学研究的角度对民族民间文学进行的翻译整理和保存；黄建明本则更倾向于对民族民间文学、文化保存传承和传播的目的。

从翻译整理的方法上看，黄铁本除了翻译之外，还将 20 份异文全部打散、拆开，进行了加工、润饰、删节和补充的整理工作。其他三个文本基本上都是从民俗学的角度，基于"忠实记录"和"慎重整理"原则之上的较为科学的严格翻译。

三　《阿诗玛》汉译本文体风格比较

《阿诗玛》汉译本的文体风格是诗歌韵律、语词程式、修辞格的使用等各方面风格特点的综合呈现。

第四章 《阿诗玛》汉译本翻译研究

黄铁本，句法以三言到十三言的杂言为主，呈现出韵散结合的诗体特点，与传统彝诗的五言诗体有一定的差异。相对于其他文本来讲，黄铁本因主要来源于口头讲述文本，为便于记忆和唱诵，章法以四、六句一章为主，较为简洁，更具口头诗歌的特点。从"押"的原则来看，句首韵、句尾韵、句内韵和句间顶韵都有，除尾韵外，大多都是押同字。主要押尾韵，押韵频率较高，押韵形式较少，重复率高，较为整齐，既再现了原诗的韵律风格，又体现了汉语诗歌的韵律特点，显示出较多的整理创作痕迹。从"扣"的原则来看，文本中句中扣、句间扣、顶真扣、偶扣、段扣的运用体现了彝语诗歌的韵律风格。但传统程式部分中"扣"的运用，以及顶真扣的运用方面显然没有其他三本严格。

从语词程式的运用来看，文本中主要情节部分的大量程式语词的运用，体现了一定的彝族传统诗歌的叙事特点。但相对其他文本来说，与宗教及传统文化相关部分的程式运用显然较少，因黄铁本主要来自口头讲述材料，大多不是出自毕摩之口，且翻译整理者也没有宗教背景，整理本的唱诵也不具有仪式效应，因而对传统程式的遵循也没有其他三个文本那么严格。

从修辞格的使用来看，大量反复、对照、带有撒尼族民族民间特色的喻体的运用，使文本带有彝族民间口头诗歌叙事的共同特点。黄铁本中无论是比喻、反复对照和排比的运用都要多于其他三个文本，且比喻方式更为灵活多样，对照的对应更为整齐完整，喻体的使用也更多用于描写叙事。显然，黄铁本相较其他三本来看更注重诗歌的叙事和人物形象的塑造。从大量与其他文本相异的辞格使用中，也可以看到黄铁本中较多的整理创作痕迹。

昂自明本，句法是非常严格的五言诗体，章法以四句一章为主，较为简短，在来自古彝文手抄本的三个文本中，昂自明本显然更接近于口头讲述的章法特点，更好地照顾到了彝族撒尼族口头诗歌的特点与民族语言的特色。从"押"的原则来看，句首韵、句尾韵、句内韵和句间顶韵都有，除尾韵外，大多都是押同字。主要押尾韵，押韵频率相对较低，整理的痕迹较少。从传统程式部分中"扣"的运用，以及较为严格的顶真扣的运用来看，昂自明本

· 169 ·

更能体现古彝文传统诗歌的特点。

从语词程式的运用来看，文本中除主要情节部分的大量程式语词的运用外，相对黄铁本来说，与宗教及传统文化相关部分的程式运用显然更多，更为严格，较严格地体现了彝族传统古典诗歌的叙事特点。这与源语文本的宗教背景及彝族撒尼族传统宗教文化保护的整理目的是分不开的。这些不仅仅是语言风格的再现，还具有神圣性、象征性和文化性。《阿诗玛》在传讲的过程中已经具有一定的宗教性质，很多篇章都要在一些仪式中唱诵，而传统程式的大量运用也是增强仪式感和神圣性的体现。

从修辞格的使用来看，大量反复、对照、带有撒尼族民族民间特色的喻体的运用，使文本带有彝族民间口头诗歌叙事的共同特点。另外，从更多与传统文化宗教祭祀相关的程式化喻体及语词程式的反复运用中，可以看到，相对于黄铁本来说，昂自明本更能体现彝语古典诗歌叙事范型的特点。

马学良本，句法是较为严格的五言诗体，章法以四、五、六、七句为主，章节句数相对较多，出现了十句以上的较长章节，更接近于书面语诗歌的表述风格。从"押"的原则来看，句首韵、句尾韵、句内韵和句间顶韵都有，除尾韵外，大多都是押同字。主要押尾韵，押韵频率相对较低，整理的痕迹较少。从传统程式部分中"扣"的运用，以及较为严格的顶真扣的运用来看，马学良本与古彝文传统诗歌风格更为接近。

从语词程式的运用来看，文本中除主要情节部分的大量程式语词的运用外，相对黄铁本来说，与宗教及传统文化相关部分的程式运用显然更多，更为严格，较忠实地再现了彝族传统古典诗歌的叙事特点。

从修辞格的使用来看，大量反复、对照、带有撒尼族民族民间特色的喻体的运用，以及更多与传统文化宗教祭祀相关的程式化喻体及语词程式的反复运用中，可以看到，马学良本既带有彝族民间口头诗歌叙事的共同特点，又体现了彝语古典诗歌叙事范型的特点。这种风格的体现不仅与源语文本的宗教背景有关，更多取决于翻译目的与方法，从民俗学的角度，基于"忠实记录"和"慎重整理"原则之上的科学严格地翻译，四行译法中源语文本、

第四章 《阿诗玛》汉译本翻译研究

直译等相对照,更为科学地严格对应原诗进行意译,使文本更注重如何忠实地再现作品本身音韵的原则、程式的运用、修辞手法等风格要素。

黄建明本,句法方面大部分都是五言,在这个译本中,由四个彝文抄本校勘而成的源语文本以及汉语直译本基本都是按照撒尼族诗歌的五言体形式翻译的,间或有少量六言、七言和八言句,显然没有马学良本和昂自明本的全部五言那么严格。相较其他文本,黄建明本的章节句数显然更多,明显受到彝文书面语的影响,出现了二十五句、二十六句、三十三句这样较长的章节,更接近于书面语诗歌的表述风格。黄建明本是由四个彝文抄本校勘翻译整理而成,从"押"的原则来看,句首韵、句尾韵、句内韵和句间顶韵都有,除尾韵外,大多都是押同字。主要押尾韵,虽然从每章来讲押韵频率相对较高,但鉴于黄建明本每章较长,句子数量较多的情况(总会有押韵的),应该说实际押韵频率并不高。从传统程式部分中"扣"的运用,以及较为严格的顶真扣的运用来看,黄建明本更多体现了古彝文传统诗歌的风格。

从语词程式的运用来看,文本中除主要情节部分的大量程式语词的运用外,相对黄铁本来说,与宗教及传统文化相关部分的程式运用显然更多,更为严格,体现了彝族传统古典诗歌的叙事特点。

从修辞格的使用来看,大量反复、对照、带有撒尼族民族民间特色的喻体的运用,以及更多与传统文化宗教祭祀相关的程式化喻体及语词程式的反复运用中,可以看到,黄建明本既带有彝族民间口头诗歌叙事的共同特点,又体现了彝语古典诗歌叙事范型的特点。这种风格的体现主要取决于源语文本的宗教背景和更倾向于对民族民间文学、文化保存传承和传播的目的。除采用了马学良本的四行译法之外又增加了英译、日译多语多符号对照的形式呈现,译本中还通过脚注对诗歌里的句子、地名、人名以及撒尼人的风俗习惯等进行了注解。与马学良本和昂自明本相比,黄建明本中显然有更多用来叙事的比喻、对照等,在忠实再现原诗风格的基础上更侧重于原诗的文学性。

总体来看,黄铁本在韵律、语词程式及修辞的运用方面都体现出彝族口头诗歌的特点。源语文本大多是口头叙述材料,有诗体有韵文,使它具有韵散结合的口头诗体特点。较为整齐的押韵,大量与叙事相关的比喻的使用,灵活多样的比喻方式,更多鲜明整齐的对照,都使它呈现出与其他三本所不同的风格,显然更注重诗歌的文学性,更注重诗歌的叙事与人物形象的塑造,有较多的整理创作痕迹。文本翻译者的文艺工作者身份,文学政治宣传的目的都是形成这种风格的原因。

昂自明本、马学良本、黄建明本在韵律、语词程式及修辞的运用方面更能体现出古彝文传统口头诗歌的特点。源语文本都是毕摩彝文手抄本,因而三个文本都是严格的五言诗体,呈现出古典彝文诗歌的传统风格。其中,马学良本和黄建明本的章节句数相对较多,出现了十句以上的较长章节,明显受到彝文书面语的影响,更接近于书面语诗歌的表述风格。不太整齐的押韵,显示出较少的整理痕迹。严格使用的顶真扣,大量反复、对照、带有撒尼族民族民间特色的喻体的运用,以及更多与传统文化宗教祭祀相关的程式化喻体及语词程式的反复运用,可以看到,三个文本既带有彝族民间口头诗歌叙事的共同特点,又体现了彝语古典诗歌叙事范型的特点。源语文本的宗教背景及民族民间文化文学的保存研究整理目的,使它们更注重原作品内容风格的忠实再现。其中,昂自明本源语文本的宗教背景及更倾向于彝族撒尼族传统宗教文化保护的目的,使文本更注重对作品风格要素如音韵的原则、程式运用等的神圣性、象征性和文化性内涵地忠实再现。马学良本从民俗学的角度,采用四行译法中的源语文本、直译等相对照,更为科学地严格对应原诗进行意译,使文本更注重对作品的忠实再现。与马学良本昂自明本相比,黄建明本中显然有更多用来叙事的比喻、对照等。出于对民族民间文学、文化保存传承和传播的目的,除采用了马学良本的四行译法之外又增加了英译、日译多语多符号对照的形式呈现,译本对诗歌里出现的撒尼人的风俗习惯进行了注解。在忠实再现原诗风格的基础上更侧重于原诗的文学性。相对来说,昂自明本更倾向于宗教文化保护的研究;马学良本更注重翻译的忠实性和科学性;黄建明本则更倾向于叙事文学性的再现与传播。

第五章 《阿诗玛》英译本翻译研究

1954年黄铁、杨知勇、刘绮、公刘汉译本《阿诗玛——撒尼人叙事诗》发表后，引起了广泛关注，也引发了彝族撒尼叙事长诗《阿诗玛》的汉译外高潮。Chinese Literature（《中国文学》英文版）、外文出版社都组织了《阿诗玛》对外译介活动。20世纪60年代以后《阿诗玛》的外文译本主要是以1960年中国作家协会昆明分会汉译本《阿诗玛——彝族民间叙事诗（重新整理本）》为源语文本。目前搜集到的《阿诗玛》汉译英版本有4个，分别是由戴乃迭（Gladys Yang）翻译，登载在1955年英文版《中国文学》第1期的"Ashma", the Oldest Shani Ballad 以及第3期的 ASHMA（a shani ballad），源语文本为1955年人民文学出版社出版的黄铁、杨知勇、刘绮、公刘整理的《阿诗玛》；1957年由外文出版社出版的戴乃迭英译本 Ashma，这个译本是戴乃迭1955年刊登在英文版《中国文学》第1、3期的译文，只是 Preface（前言）有所变化；1981年由外文出版社出版的戴乃迭英译本 Ashima，这个译本的源语文本为1960年人民出版社出版的中国作家协会昆明分会汉译本《阿诗玛——彝族民间叙事诗（重新整理本）》；2007年由杨德安改编、潘智丹翻译、汪榕培英文校审的汉英对照故事版本《阿诗玛 = Ashima》，该英译本由广东教育出版社出版。

戴乃迭1955年、1957年英译本为同一个版本，源语文本为1955年人民文学出版社出版的黄铁、杨知勇、刘绮、公刘的汉译本《阿诗玛》。戴乃迭

1981年英译本 Ashima 是以李广田修订的《阿诗玛——彝族民间叙事诗（重新整理本）》为源语文本，而这个文本又是以1954年黄铁、杨知勇、刘绮、公刘汉语的汉译本《阿诗玛——撒尼人叙事诗》（第一次整理本）为基础进行的修订，修改部分并不多，并且作为后期出版的版本，应该更具有代表性。2007年由杨德安改编、潘智丹翻译的《阿诗玛=Ashima》是故事版本。鉴于此，本章拟在对戴乃迭1955年、1957年、1981年三个英译本进行梳理的基础上，选取1981年由外文出版社出版的戴乃迭英译本 Ashima 及其源语文本1960年中国作家协会昆明分会汉译本《阿诗玛——彝族民间叙事诗（重新整理本）》（下面简称1960年汉译本）为研究语料，从韵律、修辞、民俗文化、叙事等方面对戴乃迭英译本进行分析和探讨，揭示戴乃迭《阿诗玛》英译本的翻译特点。

第一节　戴乃迭与《阿诗玛》英译本

最早的《阿诗玛》英译本是戴乃迭1955年在 Chinese Literature （《中国文学》英文版）上发表的标题为 "Ashma ," the Oldest Shani Ballad 的译文。这个译本由两部分组成，第一部分是导言，是对撒尼叙事长诗《阿诗玛》的介绍，登载在第1期第181—185页上，共5页，期刊目录把这首诗安排在"NEW POEMS"一栏；第二部分是以1955年3月人民文学出版社出版的由云南省人民文工团圭山工作组搜集，黄铁、杨知勇、刘绮、公刘整理翻译的《阿诗玛》汉译本为源语文本译出的英译文，登载在第3期第3—51页上，共49页。期刊目录诗歌标题写作：ASHMA (a Shani ballad)，第3页的译文正文标题写作：ASHMA，同一页有脚注 "This is one of the oldest ballads of the Shani pepole——a branch of the Yi, one of China's fraternal nationalities. No written text of this poem exists in the Shani language. This translation is based on a Chinese version published by the People's Literary Press, Peking. See Chinese Liteature No.1,

1955."译文的末尾有"*Translated by Gladys Yang*"的译者署名。值得一提的是，这个译本没有汉译本译者的署名。

1957年外文出版社出版了戴乃迭《阿诗玛》英译本，书名为 *Ashma*。经过仔细比对，这个版本译文应该是戴乃迭1955年发表在 *Chinese Literature*（《中国文学》英文版）第3期的译文，只是 Preface（前言）对《阿诗玛》的介绍有所变化。这个译本版权页印有译本的出版社、源语文本来源、译者、译本插图版画作者等情况：

第1页：

Foreign Languages Press

Peking 1957

第2页：

Compiled and Translated from Shani into Chinese by the Yunnan People's Cultural Troupe

Translated into English By Gladys Yang

Illustrations (coloured Wood – blocks)

By Huang Yung – yu

Printed in the People's Republic of China

译本版权页介绍了 *Ashma* 是1957年由外文出版社出版的，这个译本源语文本为云南省人民文工团圭山工作组所编撰，并从撒尼语译为中文，这个英译本译者为 Gladys Yang，译本插图版画作者为黄永玉，最后说明此版本在中华人民共和国印制。值得一提的是，在 Preface（导言）里对这个译本的源语文本的搜集、整理、翻译、出版情况有详细的说明，这个译本的源语文本就是1955年3月人民文学出版社出版的由云南省人民文工团圭山工作组搜集、整理、编撰和翻译的汉译本，但这个译本同样没有汉译本译者的署名。

1981 年外文出版社出版的戴乃迭《阿诗玛》英译本，书名为 *Ashima*。经过仔细比对，这个版本是以李广田修订的《阿诗玛——彝族民间叙事诗（重新整理本）》为源语文本的英译本。李广田修订的这个汉译本是以 1954 年黄铁、杨知勇、刘绮、公刘汉语的《阿诗玛——撒尼人叙事诗》（第一次整理本）为基础进行的修订，署名"云南省人民文工团圭山工作组搜集整理；中国作家协会昆明分会重新整理"，于 1960 年由云南人民出版社出版。李广田的重新整理本只是对黄铁等的第一次整理本进行了局部修订，修改部分并不多。这样 1981 年外文出版社出版的戴乃迭《阿诗玛》英译本与 1957 年外文出版社出版的戴乃迭《阿诗玛》英译本大部分译文相同，只是针对李广田修订的地方重新进行了翻译。1981 年版本与 1957 年版本书名以及正文里地名、人名等的拼写不同，用了汉语拼音；前言一词拼写均用大写，写作：PREF-ACE；导言内容基本相同，只是对《阿诗玛》出版情况的介绍有了少许变化。这个译本版权页印有译本的出版社、源语文本来源、译者、译本插图版画作者等情况：

第 1 页：

FOREIGN LANGUAGES PRESS
BEIJING

第 2 页：

First Edition　　1957
Second Edition　　1981

Compiled and Translated from Sani into Han by the Guishan Work Team of the Yunnan People's Cultural Troupe

第五章 《阿诗玛》英译本翻译研究

Revised by the Kunming Branch of the Union of Chinese Writers

Translated into English By Gladys Yang

Illustrations (coloured Wood – blocks)

By Huang Yongyu

Foreign Languages Press

24 Baiwanzhuang Road, Beijing, China

Printed in the People's Republic of China

1981 年版本译本版权页介绍了 *Ashima* 是由外文出版社出版的，第一版是 1957 年出版的，第二版是 1981 年出版的，这个译本源语文本为云南省人民文工团圭山工作组所编撰，并从撒尼语译为汉语，后由中国作家协会昆明分会修订而成。这个英译本译者为 Gladys Yang，译本插图版画作者为黄永玉，最后交代了外文出版社地址，并说明此版本在中华人民共和国印制。这里值得一提的是，1957 年版本译本对汉语文本的来源交代是 "Compiled and Translated from Shani into Chinese by the Yunnan People's Cultural Troupe"（由云南省人民文工团编撰，并从撒尼语译为中文），1981 年版本译本对汉语文本的来源交代是 "Compiled and Translated from Sani into Han by the Guishan Work Team of the Yunnan People's Cultural Troupe"（云南省人民文工团圭山工作组编撰，并从撒尼语译为汉语），1981 年版本译本除了对编撰翻译者有了更为详细、准确的说明外，还把 1957 年版本译本 "Translated from Shani into Chinese" 改为了 "Translated from Sani into Han"，体现了对少数民族的尊重以及民族间的平等观念。

· 177 ·

第二节 译者文化身份与《阿诗玛》经典身份的建构

王宁认为:"文化身份主要诉诸文学与文化研究中的民族本质特征和带有民族印记的文化本质特征。"① 它是某一文化群体成员在与"他者"比较之下所认识到的自我形象,是其成员对其群体文化的归属感和认同感。文化身份不同于意识形态和诗学,前者根植于群体文化中,更为稳定。译者的文化身份对于其对翻译本质的理解、对翻译活动的态度及其翻译策略的运用有着深刻的影响。下面就从戴乃迭文化身份对其翻译观、翻译策略、《阿诗玛》经典身份建构等方面的影响进行研究和探讨。

一 戴乃迭的文化身份与翻译观

戴乃迭是当今著名的英籍翻译家,她深谙中西文化,中英文造诣高深,她将自己一生奉献给了中国文学的译介事业,译著颇丰,成就斐然,为中国文学走向世界做出了巨大的贡献。戴乃迭,1919年出生于北京一个英国传教士的家庭,原名 Gladys B. Tayler,七岁时返回英国接受教育。1937年考入牛津大学,学习法国语言文学,后转攻中国文学,是牛津大学首位获得中国文学学士学位者。她在牛津大学求学期间结识了杨宪益,1940年夏天随杨宪益回到中国,在重庆完婚,婚后改名为 Gladys Yang。1943年戴乃迭与杨宪益在重庆国立编译馆从事翻译工作,1951年受邀到北京担任外文出版社翻译专家,1954年起兼任英文版《中国文学》杂志专家和主要译者。1999年11月18日戴乃迭于北京逝世。在她80年的生涯里,她在中国生活了60多年。戴乃迭曾写道:"今天中国是世界和平的伟大力量,也是革命的伟大力量。今天中国人民所享受的美好生活一定要影响世界各地,因而加速了那一天的来临,那

---

① 王宁:《文学研究中的文化身份问题》,《外国文学》2007年第4期。

第五章 《阿诗玛》英译本翻译研究

时英国及其他国家的劳动人民也将享受更丰富的生活。"① 正是为了"那一天的来临",作为中外文化交流活动家的戴乃迭,在从事中国文学、文化译介的50余年里,以翻译为主,兼及写作、编辑、做报告等形式,不遗余力地向国外介绍中国文学,在世界范围内推崇中国文化,向西方世界真实地呈现中国社会。

独特的人生经历使戴乃迭具有东西方双重文化身份。戴乃迭深爱英国,也热爱中国。她在自传中写道:"不同于许多的外国友人,我来中国不是为了革命,也不是为了学习中国的经验,而是出于我对杨宪益的爱、我儿时在北京的美好记忆,以及我对中国古代文化的仰慕之情。"② 她经常微笑着对来访的朋友们说:"我觉得我有两个祖国!"③ 一方面,戴乃迭是英国人,虽然出生在中国北京,但从小接受的是典型的西方文化教育,精通西方语言和文化;另一方面,出生在北京的戴乃迭,自幼就对中国、对北京有着浓厚的兴趣和深厚的情感。童年在北京绚丽多彩、活色生香的生活,给她留下了美好的回忆;牛津大学里对中国文学的专研为她打下了坚实的中文基础;长期生活于中国以及大量的中国文化译介实践,使她深受中国传统文化的浸染,熟悉并热爱中国文化。戴乃迭深深的中国情结使她选择了身上洋溢着中国传统文化魅力的杨宪益,选择了中国文学作为其大学学习的专业,选择了在战火纷飞的年代与丈夫回到千疮百孔的中国,选择了耗尽一生心血把中国文化译介到国外去。戴乃迭独特的双重文化身份对她的翻译思想产生了巨大的影响。

虽然戴乃迭和杨宪益"珠联璧合"式的合作翻译模式贯穿了两人翻译生涯的始终,被译界所称道,但是他们的翻译观却有着一定的差异。1980年,澳大利亚《半球》杂志主编肯尼思·亨德森就文学翻译问题,对杨宪益、戴乃迭、俞林、王佐良进行了采访。④ 在这次访谈中,戴乃迭和杨宪益关于翻译的看法主要集中在以下五个方面:

---

① 姜庆刚:《戴乃迭短文两则》,《新文学史料》2011年第3期。
② 杨宪益:《我有两个祖国——戴乃迭和她的世界》,广西师范大学出版社2003年版,第3页。
③ 同上。
④ 王佐良:《翻译:思考与试笔》,外语教学与研究出版社1989年版,第916—917页。

1. 关于翻译中国古典文学作品的困难：戴乃迭对这个问题的表述更多的是放在对中国特色文化词汇的翻译上，认为中国的四字成语、典故、"红娘"等的翻译较为困难。同时也指出因为加脚注或解释，英译文总是比源语文本累赘得多，也不及源语文本有力；杨宪益所关注的则是中国古典文学作品译者的翻译过程及翻译过程所关涉的因素，在注重源语文本的历史语境意义的同时，也关注当今读者的阅读习惯。

2. 关于翻译方法：戴乃迭提出文化的翻译方法主要有三种：（1）增词法，即在文中通过添加一定的词汇来对文化词汇进行解释；（2）加脚注法，即通过添加脚注来对文化词汇进行解释；（3）意译法，即在典故的处理上，用恰当的、符合源语文本语境意义的表达方式把典故的意思表达出来。杨宪益则主张翻译不要添加过多的解释，要尽量忠实于源语文本的形象。

3. 关于译者的创造性及对源语文本的改写：戴乃迭认为译者应该富有创造性，在翻译中应该有一定的灵活性。她认为，长期以来中国文化的对外翻译，由于受政治环境和译学规范"信、达、雅"的影响，翻译太拘泥于源语文本，太强调"直译"，导致了读者不爱看。此外，就现代汉语缩略语的翻译，戴乃迭提出"英译文就得加以发挥"。杨宪益认为过分强调创造性不是在翻译，而是在改写。同时也承认，在翻译中绝对的语言形式对等是不可能的，要把源语文本的含义完全传达给文化不同的人也很难做到。

4. 对英国翻译家亚瑟·威利译作的评价：戴乃迭和杨宪益都认为威利翻译的《诗经》有很高的学术水平。戴乃迭只是指出威利译文中的"Castles"（城堡）一词的使用不符合中国文化。杨宪益认为威利用译入语的诗学规范和文化对中国的古典作品《诗经》做了改写，使其"译文读起来很像英国中世纪的民谣，而不像反映中国情况的诗歌"[①]。

5. 关于对译入语读者阅读习惯的考虑：戴乃迭认为他们自己的翻译是过于死板的直译，特别是政治性的社论的翻译，没有考虑读者的阅读习惯，译

---

① 王佐良：《翻译：思考与试笔》，外语教学与研究出版社1989年版，第916—917页。

文读者接受度不好。她认为外国记者所作的报道应该考虑译入语读者的阅读习惯，增加相关背景的解释。同时也指出他们对自己的译文读者并不了解。杨宪益则并不太关注译文的读者，他认为译者只要竭尽全力把源语文本的意思忠实地传达给译入语读者，使他们能尽量理解源语文本的内容就行了，"译者不应过多地把自己的观点放进去，否则就不是在翻译而是在创作了"①。

从以上分析我们可以看出，在中国古典文学作品的翻译中，由于戴乃迭主要负责中英语言文化的转换和译作的润色，所以更为关注中西文化的差异以及文化翻译的具体处理方法。戴乃迭的主体性主要体现在语言的微观和细节层面的处理。而杨宪益作为中国古典文学作品翻译的主要"操刀"者和译本整体面貌的决定者，需要考虑的是古—今、中—外转换的整个翻译过程，所关注更多的是翻译宏观层面的问题。戴乃迭更为看重意义是否传达到位，更多关注译文的读者反映，主张译者不能过分拘泥于源语文本，应该富有创造性，在翻译中可以运用增词法、加注法、意译法等翻译方法灵活性处理文本，提高译文的可读性，以使译入语读者更好地理解中国文学作品。但也并不赞成在中译英时，用不符合中国文化的西方概念来表达中国事物。而杨宪益则更强调对源语文本的忠实，不主张译者发挥过多的创造性，对用译入语诗学规范和文化对中国文学作品的改写极为反对，对译文读者关注较少。

戴乃迭的翻译观源于她的双重文化身份。正是对中国文化的尊崇和热爱，使戴乃迭更想让世界真正了解和分享中国文学和文化，因而主张译者应该注重忠实地传达中国文化，反对用西方概念来遮蔽中国文化的特性。同时作为身在源语语境、有着西方文化背景的译者，戴乃迭更加能体会到中西方文化的巨大差异，以及两种文化相互理解和转换的困难，因而具有强烈的读者意识，更为关注译入语读者的阅读习惯和译文的可读性，更加注重读者的接受度和译文传播的有效性。所以主张译者运用灵活和富有创造性的翻译方法，使译文在忠实性和可接受性之间达到了一种平衡，以帮助译入语读者理解中

---

① 王佐良：《翻译：思考与试笔》，外语教学与研究出版社1989年版，第916—917页。

国文学和文化。

二 戴乃迭译者主体性与《阿诗玛》经典身份的建构

关于译者的主体性，国内外学者有不同的界定。查明建、田雨提出"译者主体性是指作为翻译主体的译者在尊重翻译对象的前提下，为实现翻译目的而在翻译活动中表现出的主观能动性，其基本特征是翻译主体自觉的文化意识、人文品格和文化、审美创造性"①。译者的主体性一方面表现为，在翻译的过程中译者不断与所面临的种种权力因素进行斗争、协商，甚至妥协，使翻译生产符合当时的社会语境，从而使其经典身份得以顺利建构；另一方面，其更深层次的意义在于有着强烈自觉文化意识、人文品格和文化、审美创造性的译者，对于翻译本质的理解、对于翻译活动的态度以及在个人翻译思想指导下，为实现翻译目的而对源语文本采取翻译策略和翻译方法。

戴乃迭翻译方式按译者主体可分为与杨宪益的合作翻译和个人的独立翻译。戴乃迭与杨宪益合作翻译了一千多万字的中国古典文学和现代文学著作，这种合作翻译模式贯穿了两人翻译生涯的始终。在他们的早期翻译活动中，他们合作翻译模式为杨宪益翻译初稿，然后由戴乃迭修改英文，成为定稿。杨宪益生前常这样说："其实，乃迭比我工作得更努力，她独自翻译了许多中国现、当代文学作品，尤其是中国现代长篇小说和短篇小说。"② 戴乃迭的独立翻译始于20世纪50年代，1953年戴乃迭翻译了赵树理的《李家庄的变迁》，开始独自署名。由戴乃迭独自署名的译作还有丁玲的《太阳照在桑干河上》、黄铁、李广田等的《阿诗玛》、张天翼的《大林和小林》、梁斌的《红旗谱》、欧阳山的《三家巷》、沈从文的《边城》和《湘西散记》等80余部，主要以现当代文学作品为主。戴乃迭的双重文化身份使她形成了一些不同于杨宪益的关于翻译对象的认识，这些认识对戴乃迭的翻译实践产生了巨大的影响。在戴乃迭独自翻译的这些译作中，戴乃迭展示了自己独特的翻译风格，

---

① 查明建、田雨：《论译者主体性——从译者文化地位的边缘化谈起》，《中国翻译》2003年第1期。
② 杨宪益：《杨宪益自传》，薛鸿时译，人民日报出版社2010年版，第225页。

这种翻译风格有别于杨宪益，甚至也不同于同时代源语语境下进行中国文学文化译介的其他译者。下面我们对戴乃迭英译本的标题、导言、注释、文体等方面的翻译特色进行一个粗略分析，旨在展示其独特的译介策略和风格，揭示戴乃迭译者主体性对《阿诗玛》经典身份建构的影响和作用。至于对其译本特点的深入分析和探讨，我们将在后面的章节中进行。

（一）戴乃迭英译本诗歌标题/书名翻译特色

戴乃迭1955年的《阿诗玛》英译本，分导言和译文两部分，分别登载在 Chinese Literature（《中国文学》英文版）第1、3期上。Chinese Literature 第1期目录页的诗歌标题以及导言的标题是一样的，都写作"Ashma," the Oldest Shani Ballad，但第3期译文在目录页的诗歌标题写作：ASHMA（a Shani ballad），译文正文标题写作：ASHMA。1957年戴乃迭的《阿诗玛》英译本书名为 Ashma，1981年戴乃迭《阿诗玛》的英译本书名为 Ashima。1955年、1957年英译本标题都是采用威玛氏音标，把《阿诗玛》转写为 Ashma，这两个译本的人名、地名等都是采用的威玛氏拼音法转写的，1981年英译本标题采用的则是汉语拼音，把《阿诗玛》转写为 Ashima。威玛氏音标，在1958年大陆推广汉语拼音方案前广泛被用于人名、地名注音，影响较大，1958年后逐渐废止。1978年9月26日，国务院批准从1979年1月1日起，中国在对外文件、书刊中的人名、地名的罗马字母拼写，一律采用汉语拼音方案拼写。

值得我们关注的是，1955年、1957年英译本源语文本标题/书名为《阿诗玛——撒尼人叙事诗》，1981年英译本源语文本书名为《阿诗玛——彝族民间叙事诗》，戴乃迭三个英译本都未对源语文本的标题/书名进行全译。戴乃迭1955年的《阿诗玛》英译本中，登在 Chinese Literature 第1期的目录页及导言的标题用"Ashma," the Oldest Shani Ballad，期刊目录把这首诗安排在"NEW POEMS"一栏，标题的表述和目录的安排很特别，很醒目。目录栏目中的"NEW"与紧接下来的标题中的"the Oldest"形成强烈对比。此外，"Ashma""Shani"这些带有强烈异域色彩的书写方式，"the Oldest"与古老、神秘的中国相联系，这一切对西方读者来说都是新奇的。当西方读者读到这样新奇、陌生化的标题时，自然就会产生阅读这首译诗的愿望。登在 *Chinese Literature* 第 3 期的《阿诗玛》英译文在目录页的标题为 ASHMA（a Shani ballad），译文正文标题为 ASHMA，比起导言的标题有所简略，这样的安排也很特别和用心。译者对英译文目录页及正文的标题的简化，一方面可能出于诗学规范的考虑，即诗歌标题不宜过长，也不需要太多阐释性的文字；另一方面可能是出于以下的考虑，即如果读者被第 1 期的目录页及导言的标题所吸引，就会去阅读导言。读完导言后，读者觉得这首诗很有意思，就自然会去阅读第 3 期的《阿诗玛》英译文，而对于对这首诗歌有所了解的读者就不需要再在标题上强调过多。

（二）戴乃迭英译本导言特色

在第三章里，我们已从源语语境对戴乃迭 1955 年、1957 年、1981 年的三个英译本导言进行了讨论。我们谈到，虽然戴乃迭三个英译本导言都体现了国家主流意识形态对翻译的影响和操控，但 1955 年戴乃迭的英译本导言关于意识形态的表述并不鲜明，而 1957 年、1981 年两个英译本导言，由于有翻译赞助人——外文出版社受当时环境的影响，导言带有鲜明的意识形态。除了意识形态的表述存在差异外，从三个英译本导言的内容构成，我们可以看到戴乃迭 1955 年英译本的导言更具戴乃迭双重文化身份的译介风格。

1955 年戴乃迭英译本导言 15 个段落都是非常专业的对源语文本人文背景、形成、搜集、整理、翻译、出版、传播以及故事的主题、人物、内容、艺术风格、语言特色、文化特色词等进行了介绍。其中对故事内容的介绍和分析占了导言的五分之三，这部分介绍和分析非常到位，既有情节的分析，又有对人物细致入微的描写，特别是引用诗歌中阿诗玛的一些话语来突出阿诗玛的性格特征。这些分析有助于译入语读者较快把握事件的来龙去脉，较好地理解源语文本中人物的言行举止。导言中对源语文本形成、传承和传播的介绍，有助于译入语读者了解《阿诗玛》的口传特点。

第五章 《阿诗玛》英译本翻译研究

下面为导言第二段中，对《阿诗玛》形成、传承和传播情况的简介。

> It is not yet possible to state with certainty the exact date at which this poem took shape: all we know is that old folk who are seventy or eighty today heard this song when they were young from their elders. *Ashma* is, without doubt, a product of actual life. It probably started a lendend which, in the course of time, was set to music and song, growing richer from generation to generation like a tinkling stream which finally becomes a mighty river.

这可以说是从民间文艺学视角对《阿诗玛》的起源、发展和形成进行的说明，很好地为译入语读者揭示了撒尼人叙事诗《阿诗玛》的民间文学特征，即口头性、集体性、累积性、传承性等特点，以使译入语读者对《阿诗玛》的文学类型以及中国少数民族文学的特点有所了解。

> Today *Ashma* can be heard everywhere, whether on the hillsides where the peasants work or in the communal hostels where the young folk make love. It is especially moving at a wedding to watch an old man squat on a stool to sing *Ashma* while the young folk listen quietly, sharing Ashma's sorrow and joy. Thus young women say: "Ashma's sorrow of all us Shani girls." For *Ashma* is a song from the heart of the Shani people.

这可以说是从传播学视角对口传《阿诗玛》的传播特点的分析。口传《阿诗玛》的传播者是"the peasants"（农民）、"the young folk"（年轻人）、"an old man"（老人）；传播地点是"everywhere"（每个地方）、"on the hillsides"（山坡上）、"the communal hostels"（公房）、"a wedding"（婚礼上）；接受者是"the Shani people"（撒尼人）、"the young folk"（年轻人）；传播媒介是"sing"（演唱）；传播效果是"the young folk listen quietly, sharing Ashima's sorrow and joy."（撒尼年轻人静静地听着老一辈的吟唱，与阿诗玛同喜同

悲)、"young women say: 'Ashma's sorrow of all us Shani girls.'"(青年女子说:"阿诗玛的悲伤就是我们所有撒尼女孩的悲伤。");传播原因是"*Ashma is a song from the heart of the Shani people.*"(《阿诗玛》是撒尼人民心中的歌。)这段介绍很好地为译入语读者揭示了撒尼叙事诗《阿诗玛》的口传特征,即《阿诗玛》的传播者可以是任何会唱《阿诗玛》的撒尼人,传播地点是撒尼人生产生活的空间,接受者是撒尼人,传播媒介是"口",即演唱,传播类型为人际传播,传播效果很好,传播原因是《阿诗玛》表达了撒尼人民的心声。

下面为导言中,对撒尼人特有的乐器"口弦"以及"公房"文化的简介。

All Shani lads know how to make a simple musical instrument out of bamboo, called a*mosheen*, by blowing on which they can produce beautiful melodies to express their love and longing. (第一段, p. 181)

From the age of twelve till the time of their marriage, Shani lads and lasses usually sleep away from home with friends of their own age. There are separate hostels or camps for girls and boys where they can go in the evening to sing, play the flute and some stringed instruments, and enjoy themselves as they please. These hostles are slao the scenes of courtship. (脚注, p. 181)

"口弦"和"公房"都是最具撒尼文化特色的词语。译者把这两个撒尼文化特色词及其解释都放在导言的首页,"口弦"放在导言的第一段,"公房"则以脚注的形式呈现给读者。撒尼文化特色词这样的呈现方式,可以较好地吸引读者对异域文化的关注和兴趣,有助于译入语读者中西文化差异认知的建构。

下面为导言中对《阿诗玛》文体的介绍和分析。

This long ballad has a strongly lyrical flavour. Since it has grown out of songs describing the industry and courage of the Shani people, it has something of the grandeur of an epic; on the other hand, its plot, mode of expression and slightly elliptical style are reminiscent of a good folk song, particularly in the opening and closing stanzas.

译者用"long ballad"（长篇民谣）"a strongly lyrical flavour"（带有强烈的抒情色彩）"songs"（歌谣）"something of the grandeur of an epic"（带有史诗的宏大叙事的特点）"a good folk song"（一首优美的民间歌谣）等对《阿诗玛》的文体进行了描述。这里涉及"ballad"（民谣）"epic"（史诗）"folk song"（民间歌谣）以及"叙事诗"等文体。这几种文体存在一定的相似性，但也有一定的差异性。

陈才宇在《Ballad 译名辨正》一文中对 ballads、史诗（epic）、叙事诗进行了辨析，指出：

> ballads 习惯上是指那些由人民群众集体创作的叙事性短诗。史诗是一种古老的叙事体长诗，它反映具有重大意义的历史事件，或以古代传说为内容塑造著名英雄的形象，结构宏大，充满幻想和神话色彩。民间 ballads 与史诗相比，共同点在于它们都属于叙事文学；不同点在于 ballads 不具备史诗的规模。叙事诗一般有较长的篇幅，完整的故事情节和人物形象的塑造。……叙事诗与现实生活的联系显然比史诗更直接、更紧密。①

在《民间文学概论》一书中，钟敬文对"民间歌谣"（folk song）做了如下定义：

> 民间歌谣是劳动人民集体的口头诗歌创作，属于民间文学中可以歌唱和吟诵的韵文部分。它具有特殊的节奏、音韵、章句和曲调等形式特征，并以短小或比较短小的篇幅和抒情的性质与史诗、民间叙事诗、民间说唱等其他民间韵文样式相区别。②

---

① 陈才宇：《Ballad 译名辨正》，《外语教学与研究》1988 年第 1 期。
② 钟敬文：《民间文学概论》，上海文艺出版社 1980 年版，第 238 页。

导言中，译者用"This long ballad has a strongly lyrical flavour"（这首长篇民谣带有强烈的抒情色彩）来向读者说明，撒尼人叙事诗《阿诗玛》与西方的"ballad"（民谣）有相同之处，都是由人民群众集体创作的叙事性诗，但是《阿诗玛》是带有抒情色彩的叙事性长诗。"Since it has grown out of songs describing the industry and courage of the Shani people, it has something of the grandeur of an epic"的表述向读者说明，撒尼人叙事诗《阿诗玛》产生于口头吟唱，是对撒尼族群勤劳和勇敢的描写，带有西方"epic"（史诗）的宏大叙事的特点。"its plot, mode of expression and slightly elliptical style are reminiscent of a good folk song, particularly in the opening and closing stanzas."的表述向读者说明，撒尼人叙事诗《阿诗玛》这首诗，特别是这首诗的开头和结尾，在情节、表达方式等方面与"folk song"（民间歌谣）有一定的相似之处。从译者对《阿诗玛》文体的描述，我们可以看到，具有双重文化身份的译者戴乃迭有着强烈、明晰的文体意识，对"ballad""epic""folk song"以及"叙事诗"的异同有着清晰的认识，对撒尼叙事诗《阿诗玛》与西方的"ballad""epic""folk song"的文体特点差异有着清醒地认识。

下面为导言中，对中国文学及中国文学发展现状的简介。

China possesses a rich, multi-national literature; and today, even as we develop creative writing, we are making every effort to discover and edit folk-songs, stories and ballads which will enrich our literature still further.

在导言最后一段，译者向读者介绍：中国拥有丰富的多民族文学作品。当今，中国在发展创作文学作品的同时，也在致力于发掘、整理民谣、民间故事、民间叙事诗等来进一步丰富中国文学。从这一段的叙述中，我们可以感觉到，具有双重文化身份的译者戴乃迭希望通过自己的叙述让西方世界了解中国文学及其发展现状和所做的努力。

(三) 戴乃迭英译本注释翻译特色

戴乃迭 1955 年、1957 年、1981 年的三个英译本都有注释。1955 年与 1957 年的英译本是同一个源语文本，除了 1955 年译本多了两条脚注外，两个译本其他脚注都是相同的。在源语文本中，对"口弦""公房"的注释都是放在脚注，但这两个译本在导言部分对这两个词语进行了阐释，1955 年译本同时还在译文正文脚注中对"公房"一词又加了一条注释，只是更简洁一些。1981 年英译本与前面两个译本的源语文本内容有一些不同，注释也有所差异。1955 年与 1957 年的译本源语文本脚注有 23 条，1981 年的译本源语文本脚注有 12 条。1955 年与 1957 年的译本源语文本有关于"荞""裹布带""火塘""白花草""诗卡都勒玛"等的脚注，1981 年的译本源语文本则没有。源语文本脚注的差异也导致了译本脚注的差异。而这里更值得我们关注的是，戴乃迭英译本注释与源语文本注释的差异性。从对脚注的处理方式，我们可能会发现戴乃迭翻译的一些特色。下面我们将对戴乃迭 1955 年《阿诗玛》英译本注释进行探讨，如表 5-1 所示。戴乃迭 1955 年《阿诗玛》英译本首页脚注已经说明，该译本的源语文本为 1955 年人民文学出版社出版的黄铁、杨知勇、刘绮、公刘整理的《阿诗玛》。

表 5-1　戴乃迭 1955 年《阿诗玛》源语文本与英译本注释对照表

源语文本注释	英译本注释
	This is one of the oldest ballads of the Shani pepole——a branch of the Yi, one of China's fraternal nationalities. No written text of this poem exists in the Shani language. This translation is based on a Chinese version published by the People's Literary Press, Peking. See *Chinese Liteature* No. 1, 1955. (译文首页脚注)

续　表

源语文本注释	英译本注释
"'口弦'是一种长两寸宽五分,两端拴有棉线,中间雕有一小齿,利用中间小齿的弹动及口型的变化,可以弹出不同的声音。撒尼姑娘把它作为谈情说爱的工具,用它代替语言传达感情。"①(正文脚注)	All Shani lads know how to make a simple musical instrument out of bamboo, called a *mosheen*, by blowing on which they can produce beautiful melodies to express their love and longing. (导言正文)
"荞,即荞麦,在当地叫荞子。荞分两种:一种苦味,叫苦荞;一种甜味,叫甜荞。"②(正文脚注)	
"撒尼族——撒尼族是彝族的一个支系。主要居住在云南省路南县圭山地区,有自己的文字和语言。"③(正文脚注)	
"'阿着底'——据说即'南诏'的意思,也就是现在的大理县。据传说撒尼族原住大理,后迁到昆明碧鸡关,因反抗租佃压迫失败,最后才迁到路南圭山区。"④(正文脚注)	
"裹布带——是一种背孩子用的又长又宽的带子,系用线织成的。"⑤(正文脚注)	
"'九十九''一百二十',都是撒尼人惯用的形容多的数字。"⑥(正文脚注)	The Sani people use ninety-nine and one hundred and twenty to describe any very great number. (正文脚注)
"面疙瘩饭——是用荞麦玉米面或小麦面加热水拌成小疙瘩,蒸熟当饭。"⑦(正文脚注)	

---

① 黄铁、杨知勇等编著:《阿诗玛》,人民文学出版社1955年版,第1页。
② 同上书,第3页。
③ 同上。
④ 同上书,第5页。
⑤ 同上书,第12页。
⑥ 同上书,第13页。
⑦ 同上。

第五章 《阿诗玛》英译本翻译研究

续 表

源语文本注释	英译本注释
"公房——撒尼青年在十二岁以后到婚前都要到公房集中住宿。小姑娘住的叫女公房,小伙子住的叫男公房。每晚青年男女可以在公房中唱歌,吹笛子,弹三弦,拉二胡,尽情欢乐。公房是他们谈情说爱的场所。"①(正文脚注)	From the age of twelve till the time of their marriage, Shani lads and lasses usually sleep away from home with friends of their own age. There are separate hostels or camps for girls and boys where they can go in the evening to sing, play the flute and some stringed instruments, and enjoy themselves as they please. These hostles are slao the scenes of courtship. (导言脚注) Shani lads and lasses, from the age of twelve to the time of their marriage, sleep in separate camps for boys and girls. (正文脚注)
"火塘——用石头砌成小坑,中间烧火,叫火塘。公房里通常都烧这样一摊火,可以不点灯。"②(正文脚注)	
"白花草——是圭山区长得最茂盛的草,撒尼人常拿它来象征茂盛和自由。"③(正文脚注)	
"你是普天下的官,做媒的事要劳你的驾——过去撒尼族中有钱的人家,多半请有权有势的人做媒人,因媒人势力大,对方不好拒绝,或不敢拒绝。"④(正文脚注)	Rich Sani families used to ask powerful people to act as their go-betweens, for this made it difficult for the other family to refuse the proposed match. (正文脚注)

---

① 黄铁、杨知勇等编著:《阿诗玛》,人民文学出版社 1955 年版,第 21 页。
② 同上。
③ 同上书,第 23 页。
④ 同上书,第 26 页。

· 191 ·

续 表

源语文本注释	英译本注释
"正月初二、三,还到你家来拜年——这是撒尼族的礼节。新婚夫妇,在第一个春天,要携带猪头、猪脚、酒、衣裳、帽子等礼物到媒人家里拜年酬谢。"①(正文脚注)	It was the custom for a young Sani couple, on the first New Year after their marriage, to take gifts to the go-between. (正文脚注)
"我嫁我的女,嫁得一瓶酒——这也是撒尼族的礼节。结婚时,男家要送给新娘的父亲一瓶酒,送新娘的母亲一蒲萝饭,送新娘的哥哥一条牛,送新娘的嫂嫂一束麻。"②(正文脚注)	On the occasion of a wedding, the bridegroom's family gave a bottle of wine to the bride's father, a basket of rice to her mother, an ox to her brother, and a skein of yarn to her sister-in-law. (正文脚注)
"一绕麻——一束麻,一捆麻的意思。"③(正文脚注)	
"黄菜——晒黄了的野菜。"④(正文脚注)	
"捧水——用手捧水。"⑤(正文脚注)	
"我就不嫁了——这句话的意思是我就不把女儿嫁出去了。"⑥(正文脚注)	
"到远远的地方放羊去了——秋季八月以后,圭山区的草木渐渐枯萎,羊儿吃不到鲜嫩的青草,人们便把羊群赶到滇南气候温暖的地方放,有的放出八九天的路程,一直到下年三四月青草回绿的时候才回家。"⑦(正文脚注)	When the grass on the mountains withered, the herdsmen took their flocks to warmer districts in southern Yunnan Province, not returning till March or April the next year when the hills were green again. (正文脚注)

---

① 黄铁、杨知勇等编著:《阿诗玛》,人民文学出版社1955年版,第28页。
② 同上书,第31页。
③ 同上书,第33页。
④ 同上书,第36页。
⑤ 同上书,第37页。
⑥ 同上。
⑦ 同上书,第51页。

第五章 《阿诗玛》英译本翻译研究

续 表

源语文本注释	英译本注释
"放神主牌的石头——按照撒尼族的风俗,家里只供三代祖先的牌位,三代以上的就用木盒装好,放到岩洞中。因此,石岩是他们很尊敬的地方。"①(正文脚注)	The Sani people used to keep the ancestral tablets of the three most recent heads of the family at home. The tablets of earlier forebears, placed in a wooden case, were kept in a cave in the mountains. (正文脚注)
"樱桃辣——一种状似樱桃的辣子,为云南特产,其味特辣。"②(正文脚注)	
"撒尼族中认为知了的声音是很好听的,所以惯用此形容好听的声音。"③(正文脚注)	
"诗卡都勒玛——撒尼族传说中她是一个很有名的美丽可爱的姑娘,出嫁后,由于忍受不了公婆的虐待,就跳崖自杀。她婆婆到处找她,到石崖前喊她,崖石那边有同样的声音回答,以后,大家就叫诗卡都勒玛为'应山歌'姑娘。"④(正文脚注)	
"六月二十四,三月初三——六月二十四是'火把节',是撒尼族最大的节日,到节日的前后三天,在山野中举行盛大的斗牛及抬跤(即摔跤)大会;会后,青年男女即在山野中尽情欢乐,谈情说爱,一直到深夜。三月初三主要是青年的节日,每年逢这一天,路南附近几个县的撒尼族青年,都穿着崭新的衣裳,到老圭山聚会,这是青年寻找对象的好机会。"⑤(正文脚注)	

---

① 黄铁、杨知勇等编著:《阿诗玛》,人民文学出版社1955年版,第56页。
② 同上书,第63页。
③ 同上书,第69页。
④ 同上书,第92页。
⑤ 同上书,第97页。

从上表我们可以看出，1955 年的译本源语文本都是以脚注的形式来对相关事物进行注释的，脚注共有 23 条，分别是对"口弦""荞""撒尼族""阿着底""裹布带""九十九""一百二十""面疙瘩饭""公房""火塘""白花草""你是普天下的官，做媒的事要劳你的驾""正月初二、三，还到你家来拜年""我嫁我的女，嫁得一瓶酒""到远远的地方放羊去了""放神主牌的石头""樱桃辣""诗卡都勒玛""六月二十四""三月初三"等事物的解释。戴乃迭英译本注释共有 10 条，其中 1 条是导言正文中对"口弦"（*mosheen*）的解释，其他均为脚注。译文首页脚注"This is one of the oldest ballads of the Shani pepole——a branch of the Yi, one of China's fraternal nationalities. No written text of this poem exists in the Shani language. This translation is based on a Chinese version published by the People's Literary Press, Peking. See *Chinese Liteature No. 1, 1955.*"是源语文本所没有的，是译者所添加的。这个注脚重复了发表在第 1 期导言的部分内容，这可以看出译者对读者的照顾是细致入微的。在导言和脚注对"公房"的两次注释，表明译者想让西方读者了解中国少数民族"公房"文化的真实情况，消除以前西方对中国少数民族"公房"文化介绍的一些误解。译者对大部分涉及民俗文化的事物的注释都进行了直译，如数字文化"九十九""一百二十"；恋爱婚俗文化"公房""撒尼人请媒人习俗""撒尼人谢媒礼节""撒尼人聘礼习俗"；"撒尼人游牧习俗"；祖先崇拜文化"祖先牌位"等。对源语文本的脚注"口弦""荞""撒尼族""阿着底""裹布带""面疙瘩饭""火塘""樱桃辣""白花草""诗卡都勒玛""六月二十四""三月初三"等未进行翻译。未对脚注"口弦""撒尼族"进行翻译，是因为译本导言已经对这个词进行了阐释。未对脚注"诗卡都勒玛"进行翻译，可能是诗歌文本中已对诗卡都勒玛的故事有所交代。未对脚注地名"阿着底""裹布带""黄菜"等进行翻译，可能是译者考虑这些事物对于读者理解这首诗歌不太重要，如果对这些脚注进行翻译，脚注里还有更多的新信息需要解释，这样译文会显得很臃肿。但译者未对"荞""面疙瘩饭""火塘""白花草""六月二十四""三月初三"等这些富含撒尼文化的词语进行翻译，从文化传播这个角度来说，不能不说是一种不足和缺憾。

（四）戴乃迭英译本文体特色

戴乃迭1955年的英译本在导言中用"This long ballad has a strongly lyrical flavour"来告知读者撒尼人叙事诗《阿诗玛》的文体特色，以及与西方的"ballad"的异同之处。戴乃迭1955年英译本源语文本为1955年3月人民文学出版社出版的由云南省人民文工团圭山工作组搜集，黄铁、杨知勇、刘绮、公刘整理翻译的汉译本《阿诗玛》，这个汉译本虽然带有一些汉语文人诗歌的文体特点，但在文体风格上还是最大限度地保留了撒尼人叙事诗的特点。English Ballad产生于中世纪末期，是英国最古老的诗歌形式之一。其特点是：情节简单，单线发展，平铺直叙；有强烈的口头文学色彩，新鲜活泼而朗朗上口；以叙事为主，结构紧凑；[①]戏剧性强，主要通过动作（Action）和对话（Dialogue）来表现；有句子和结构的重复；形式灵活多样，最常见的形式"是一节四行，一、三行各四音步，二、四行各三音步，韵脚落在第二、四行的末尾"[②]。正是看到了撒尼人叙事诗《阿诗玛》与西方的"ballad"有很多相似之处，戴乃迭选择了用English Ballad（英国民谣）这种文体体例来翻译彝族撒尼叙事长诗《阿诗玛》。

戴乃迭1955年的英译本非常忠实地再现了源语文本口头文学色彩、抒情色彩、情节结构、人物性格、行为和言语等。源语文本采用汉语新体诗体例，多数诗节由四行构成，每节多为四句，也有二句、五句到九句不等的诗行构成的诗节。诗行的音步不一，有四音步的，有三音步的，有的无韵，有的有尾韵，但有一定的节奏感。源语文本带有一定的口传文学的特点，比如说句子和结构的重复，即复沓结构等。译者用英国民谣体四行诗（quatrain）对撒尼人叙事诗《阿诗玛》进行了翻译。在翻译时，译者在尽力再现源语文本文体形式的同时，也注重尊重译入语的诗学规范和读者的阅读习惯，对诗行进

[①] 参见杨亚东《英国民谣研究》，《辽宁行政学院学报》2007年第1期。
[②] 方岩：《民谣——英国文学的一份宝贵遗产》，《兵团教育学院学报》2002年第1期。

《阿诗玛》翻译传播研究

行了合并、删减,对文本进行了一定的改写。下面举一个例子进行简单说明。

源语文本: 译文:
"小姑娘日长夜大了, "From day to day sweet Ashma grew,
长到三个月, Till three months old was she;
就会笑了, When gay as cricket was her laugh,
笑声就像知了叫一样。 She crowed so merrily."①
爹爹喜欢了一场,
妈妈喜欢了一场。"②("成长"第一节)

"小姑娘日长夜大了, "From day to day sweet Ashma grew,
长到五个月, Until at five months old,
就会爬了, Her parents laughed to see her crawl,
爬得就像耙齿耙地一样。 So nimble and so bold!"③
爹爹喜欢了一场,
妈妈喜欢了一场。"④("成长"第二节)

这是"成长"一章中的第一节、第二节,每节由六行构成。这里有结构重复所形成的复沓结构,即"小姑娘日长夜大了,/长到……月,/就会……了,/……就像……一样。/爹爹喜欢了一场,妈妈喜欢了一场。"有着较强文体意识和读者意识的译者戴乃迭,一方面通过句子重复"From day to day sweet Ashima grew"以及部分句子重复"Till three months old was she""Until at five months old"来再现源语文本的部分复沓结构,以使西方读者了解《阿诗玛》所具有的口头程式的文体特征;另一方面,译者通过删减、合并、压

---

① Gladys Yang, "Ashma", *Chinese Literature*, No. 3, 1955, p. 11.
② 黄铁、杨知勇等编著:《阿诗玛》,人民文学出版社1955年版,第14—15页。
③ Gladys Yang, "Ashma", *Chinese Literature*, No. 3, 1955, p. 11.
④ 黄铁、杨知勇等编著:《阿诗玛》,人民文学出版社1955年版,第14—15页。

· 196 ·

缩等方式把六行诗节改写成了四行,通过意译法把比喻修辞"爬得就像耙齿耙地一样"改译为一般的表述形式"So nimble and so bold!"使译文第二、四行押韵,即"old"与"bold"押韵。译者通过这些改写使译文符合英国民谣体四行诗的体例。此外,为了照顾读者的阅读习惯,译者把"笑声就像知了叫一样"中的"知了"改译为"cricket"(蟋蟀)。从戴乃迭对文体的处理方式,我们可以看到具有双重文化身份的译者戴乃迭,有着清晰的文体意识和较强的读者意识。

戴乃迭的双重民族文化身份建构了其独特的翻译策略,她一方面利用导言、注释等方式向西方传达了一个真实的中国文学、文化形象,同时采用能较好传递源语文本语言、文化特色的翻译方法,使译文在形式上、意义上尽可能忠实于源语语言和文化;另一方面,又充分发挥译者主体性,在充分考虑中西语言、文体、文化异同的前提下,采用符合译入语诗学规范和读者阅读习惯的对应或对等的方式进行翻译,减少文化隔阂和理解障碍,增强译文可读性。戴乃迭的译者主体性更多体现了其教育生活背景和中西文化的浸润对其文化身份的影响。戴乃迭"集中西文化于一身,其跨文化身份使其能够站在文化比较的高度上看待并阐释中英世界迥异的社会形态、文学传统和伦理道德"[1]。这使其具有更为强烈的翻译传播学意识,具体表现为在中国文学文化本真传递方面所做的努力,以及对译入语诗学规范和读者阅读习惯的更多考量。戴乃迭始终将传递中国文学和文化作为第一目标,她所运用的灵活的、富有创造性的翻译方法是为了更好地传播中国文化而采取的变通策略。

戴乃迭的翻译目的是为了使西方读者通过阅读中国优秀文学作品,来分享中国文学文化的精华,从而喜爱中国的文学和文化。同时通过阅读来了解中国社会的真实状况,减少西方读者对中国的误读。戴乃迭的双重民族文化身份,使她能够跳出单一文化的视阈,带着强烈的翻译传播学意识,以文化沟通者的身份去从事译介活动,充分发挥主观能动性,采用更为灵活、富有

---

[1] 付文慧:《多重文化身份下之戴乃迭英译阐释》,《中国翻译》2011年第6期。

创造性的翻译策略和方法对撒尼人叙事长诗《阿诗玛》进行翻译。戴乃迭的英译本《阿诗玛》"给英语世界的读者展现了中国彝族撒尼人叙事诗的民族风采""为译语文学提供了新的诗学形态（poetics），新的地方性知识（local knowledge）和新的文学技巧（techniques）"①。

戴乃迭通过优美流畅的译笔，成功地传达了《阿诗玛》的风貌和文化精神，使西方读者在阅读《阿诗玛》的过程中，领略到了中国民间文学的魅力和重要性：

"有一位匈牙利朋友说：'欧洲越来越感到中国民间文学的丰富和重要。'我们应当为此感到骄傲与自豪。我国不但有可与世界各国媲美的鸿篇巨制的民族史诗，而且还有荷马式的民间艺人在演唱史诗、叙事诗，外国朋友感到震惊地说：'史诗在中国还活着。'"②

第三节 《阿诗玛》英译本韵律翻译研究

诗歌格律是诗歌音律节奏的主要体现者，是诗歌表现节奏的手段。声律"利用语言中具有对立意义的轻重、长短、强弱、高低等成分，追求音节间相异相显的抑扬效果；韵律通过安排诗歌的押韵和韵式，使元音和韵尾相同的音节在特定位置上有规律地复沓重现，追求回环节奏。各种诗歌的声律和韵律都是通过选择语言要素构成的，是使用语言要素的结果。诗律的具体构成因语而别"③。《阿诗玛》源语文本和译文的格律的形成，与其使用的语言要素密切相关，两者之间的差异，是英汉两种语言差异在诗律层面上的外显。本节我们拟从《阿诗玛》的音韵特点出发，对《阿诗玛》英译本的韵式、音

---

① 崔晓霞：《〈阿诗玛〉英译研究》，民族出版社 2013 年版，第 196—197 页。
② 群言杂志社：《对外文化交流与翻译工作》，《群言》1990 年第 7 期。
③ 张洪明：《语言的对比与诗律的比较》，《复旦大学学报》1987 年第 4 期。

步等进行分析。

一 《阿诗玛》与英国民谣：从歌到谣

(一)《阿诗玛》是叙事长歌

彝族撒尼叙事长诗《阿诗玛》语言带有鲜明的歌谣特点，即朴素地表达心情和描写事物，形象丰富鲜明。由四行构成的诗节数量居多，但体式参差不齐，有较强的节奏感。有学者认为，对于《阿诗玛》，应该"使用'长篇故事歌'代替惯常使用的'民间长诗'或'民间叙事诗'"[①]，因为"《阿诗玛》是撒尼人民用惊人的记忆力口耳相传，以歌唱的形式保存下来的艺术珍品"[②]。同样，王娟在《民俗学概论》一书中说道："诗是一种文学创作形式，歌是一种民间口头演唱形式，诗是读或诵的，而歌是唱的。诗和歌的流传方式也不一样，诗是以书面文字的形式流传下来的，而歌是以口头形式流传下来的。歌是活的，因为歌是保存在人们的口头演唱中。每一次演唱，都是一种新的创作。而相对来说，诗是死的，因为诗一旦被创作出来，便会以文字的形式记录下来，不会改变。"[③]

无独有偶，有一位学者在谈及《阿诗玛》的口头文化时也专门谈到了"歌"与"诗"的关系。巴胜超认为"作为语言的第一重符号，声音无疑是口语文化中《阿诗玛》最具特色的传承媒介，通过富有韵味的组织和编码，在各种乐器的衬托中，以'歌'的形式传唱、传承、传播"[④]。

巴胜超在谈到《阿诗玛》的演唱方式时说："撒尼人演唱《阿诗玛》，用的是撒尼语。在演唱时，一般以五字为一句，旋律以1351四个音为基础调式，135也可以形成调式。……在唱《阿诗玛》时，撒尼人会根据故事情节

---

① 仲林：《民族志视野中的叙事表演与口头传统——对〈阿诗玛〉三类文本的解读与反思》，《民间文化论坛》2006年第2期。
② 毕志峰：《〈阿诗玛〉我们民族的歌——试论撒尼叙事长诗〈阿诗玛〉的几个问题》，赵德光《阿诗玛研究论文集》，云南民族出版社2002年版，第300页。
③ 王娟：《民俗学概论》，北京大学出版社2002年版，第118—119页。
④ 巴胜超：《口语文化中〈阿诗玛〉的传承与传播》，《民族文学研究》2011年第6期。

的发展,选择不同的唱调,配合不同的乐器演奏,如三弦等。"①

对此,中国的音乐家们曾经实地考察了电影《阿诗玛》音乐创作的发源地,阿诗玛出生和生长的家乡,并对他们的音乐元素进行了采掘和分析。国家一级作曲家王黎光先生认为,电影《阿诗玛》的成功是音乐的成功。他带领团队考察了海宜村,也就是歌曲《远方的客人请你留下来》的发源地后发现,村寨里的所有女孩都称她们自己为"阿诗玛",小伙子则称他们自己为"阿黑哥",他们都能歌善舞。据作者研究,电影插曲《马铃响来玉鸟叫》之所以能广为流传,离不开彝族人的歌舞。"大小三弦的音乐元素是融化其中的精妙绝伦之首。彝族大三弦,具有鲜明的民族特色和地方特色。"②

另有一位音乐人在谈及电影《阿诗玛》的音乐创作时,将之称为音乐中的"哥德巴赫猜想"。黄田认为:"撒尼人用丰富而优美的文学语言塑造了阿诗玛动人的文学形象,却用最简洁、最凝练、最淳朴的三音音列创造了举世闻名的最奇特美妙的撒尼音乐。""塑造阿诗玛的音乐形象,将当然只能用三个音的撒尼音乐。否则,你的阿诗玛不是装束不对,就是发饰不对;不是身段不对,就是神态不对。""他们(撒尼人)富有诗的才能,他们不但善于歌唱,善于编织美丽的故事,而且在每个章节里,每个诗句里,每一个声调里,每一个比喻里,……都渗透着他们本民族的特色。"③

令人可喜的是,四川音乐学院三位教授易柯、易加义、张宝庆被撒尼人民纯粹的爱憎所感染,以叙事长诗《阿诗玛》为创作蓝本,于1982年创作了竹笛音乐作品《阿诗玛叙事诗》,荣获了全国第三届音乐作品二等奖。乐曲由引子、闪花、拒媒、思念、回声等段落构成。音乐具有较强的叙事功能。其中,"第三部分为一段式,小标题为《思念》。运用6/8、/5/8、4/8的变换拍子,速度较慢,大量运用三连音营造凄婉的气氛。这个部分篇幅较短但乐思

---

① 巴胜超:《口语文化中〈阿诗玛〉的传承与传播》,《民族文学研究》2011年第6期。
② 王黎光:《音乐的文化追究——寻访电影〈阿诗玛〉的生态音源》,《北京电影学院学报》2011年第5期。
③ 李广田:《撒尼族长篇叙事诗〈阿诗玛〉序》,人民文学出版社1978年版,第22—23页。

· 200 ·

清晰明了，没有过多的装饰。独奏笛子直接引入，用大量的变化装饰音和三连音，节奏缓慢，凄婉地表达了阿诗玛对阿黑的思念之情"①。这无疑是用"最简洁、最凝练、最淳朴的三音音列"创造的又一个成功的音乐作品。

（二）英国民谣体与《阿诗玛》

学识渊博、具有双重文化身份的译者戴乃迭有着明晰的文体意识，在登载在 1955 年英文版《中国文学》第 1 期的"Ashma , the Oldest Shani Ballad"导言中，她向读者清晰地阐述了撒尼人叙事诗《阿诗玛》与西方的"ballad"的相同之处，它们都是由人民群众集体创作的叙事诗，但是《阿诗玛》是带有抒情色彩的叙事性长诗。撒尼人叙事诗《阿诗玛》产生于口头吟唱，这首诗，特别是这首诗的开头和结尾，在情节、表达方式等方面与"folk song"（民间歌谣）有一定的相似之处。由于英国民谣和彝族撒尼叙事诗都是叙事性诗歌，是口头传唱艺术，具有鲜明的口头文学特征，戴乃迭最终选择了英国民谣体来翻译《阿诗玛》。

英国民谣即民间歌谣，是种短小的叙事诗，是英国民间口头流传的文学作品，具有古朴率真、自由和人文性特点。故事情节单纯、富有戏剧性，通常由一串简单的场景或者长故事的片段组成，爱情故事是其中常见的一类题材，但大多也是悲剧结局。英国民谣最初并没有固定形式，多半是歌手即兴演唱，有歌咏的性质，有音乐的配和，有的还与民间舞蹈有关（民谣一词 ballad 即来自法文词 baller，意为"跳舞"）。民谣在音乐上并不过度用力，也没有太多的速度变化，只是借由歌词平实地在诉说一个美丽的故事。英国民谣经常采用大量的比喻和叠句形式来抒发情感和表现主题，通过每段诗节之后叠句的不断重复而获得一种戏剧性的张力，适合音乐伴唱。最常见的英国民谣体例是每四行为一个诗节（stanza），第一行和第三行各有四个音步，第二行和第四行各有三个音步并且押韵。

1960 年汉译本是对黄铁汉译本的修订，而黄铁汉译本是对 20 份彝族撒尼

---

① 柴洁：《竹笛协奏曲〈阿诗玛叙事诗〉音乐本体分析》，《戏剧之家》2016 年第 13 期。

长者口头讲述文本的翻译整理、加工创作，所以文本体现了彝族撒尼族口头诗歌及汉族文人根据撒尼口头诗歌风格进行创作的特点。1960年汉译本进行了分章处理，但每一章中的诗节的行数并不一致，多数诗节由四行构成，每节多为四句，也有二句、五句到九句不等的诗行构成的诗节。

　　从民间叙事、口头传唱、富于音乐性、曲调简单、运用比喻叠句等几个特点来看，英国民谣确实是英译彝族撒尼叙事诗《阿诗玛》"对应的最佳形式"。而"要把一首中文长诗翻译成英语的歌谣体，首先一个问题就是全诗体制的统一"①。为了符合英国民谣体诗节的体例，戴乃迭对源语文本进行了一定程度的改写。

阿支关起大铁门，	Then Azhi barred the iron gate,
拦住阿黑不准进。②	To shut Ahei outside.
（第十章第一节）	"First let me see if you can guess
	My riddles!" Azhi cried.
"小米做成细米饼，	
我们比赛讲细话。	
谷子做成白米花，	
我们比赛讲白话。③	
（第十章第二节）	
春天的季鸟，	And straightway Azhi asked Ahei:
什么是春季鸟？"④	"Which is the bird of spring?"

---

　　① 王宏印、崔晓霞：《论戴乃迭英译〈阿诗玛〉的可贵探索》，《西南民族大学学报》2011年第12期。
　　② 赵德光：《阿诗玛文献汇编》，云南民族出版社2003年版，第126页。
　　③ 同上。
　　④ 同上。

第五章 《阿诗玛》英译本翻译研究

(第十章第七节)

"布谷是春季鸟,
布谷一叫,
青草发芽,
春天就来到。"①
(第十章第八节)

"The cuckoo is the bird of spring;
Spring comes when cuckoos sing."

"夏天的季鸟,
什么是夏季鸟?"②
(第十章第九节)

"Which is the bird of summer, then?"
Asked Azhi, sore downcast.

"叫天子是夏季鸟,
叫天子一叫,
荷花开放,
夏天就来到。"③
(第十章第十节)

"The skylark is gay summer's bird,
When lotus blooms at last."

"秋天的季鸟,
什么是秋季鸟?"④
(第十章第十一节)

"Which is the bird of autumn, then,
That sings when leaves do fall?"

"阳雀是秋季鸟,

"The nightjar is rich autumn's bird;

---

① 赵德光:《阿诗玛文献汇编》,云南民族出版社 2003 年版,第 126 页。
② 同上。
③ 同上。
④ 同上。

· 203 ·

阳雀一叫， The frost comes at its call."
天降白霜，
秋天就来到。"①

（第十章第十二节）

"冬天的季鸟， "Which is the bird of winter cold,
什么是冬季鸟？"② Which comes when snowflakes fly?"

（第十章第十三节）

"雁鹅是冬季鸟， "The swift wild goose, for when it calls
雁鹅一叫， We know that winter's nigh." (pp. 58 – 59)
大雪飘飘，
冬天就来到。"③

（第十章第十四节）

这里是第十章"比赛"中阿支与阿黑之间对歌比赛的一段描写。诗歌第一节、第七节、第九节、第十一节、第十三节只有两行，第二节、第八节、第十节、第十二节、第十四节均为四行。译者把源语文本第一节与第二节、第七节与第八节、第九节与第十节、第十一节与第十二节、第十三节与第十四节进行了合并，并对合并的诗节内容进行了意译、减译和省略，以保证译文每一节为四行的体例。

另外，戴乃迭英译本还采用了跨行策略。英文诗中的一个诗行不一定是一个完整的句子。如果一个意思完整的句子分两行，甚至多行才完成书写，这样的诗行叫跨行（run – on lines）。《阿诗玛》英译中包含了大量跨行诗句。

---

① 赵德光：《阿诗玛文献汇编》，云南民族出版社2003年版，第126页。
② 同上书，第127页。
③ 同上。

我们对英译本各章中出现的跨行数进行了统计。分别为：第 1 章 7 处，第 2 章 8 处，第 3 章 8 处，第 4 章 21 处，第 5 章 38 处，第 6 章 7 处，第 7 章 11 处，第 8 章 8 处，第 9 章 22 处，第 10 章 20 处，第 11 章 6 处，第 12 章 17 处，第 13 章 25 处，共 198 处。从分布的情况来看，几乎每章都有跨行，有 7 处的，也有多达 38 处的。

（三）从歌到谣：创变的后续生命

正如王宏印、崔晓霞指出的那样，"翻译使该文本（《阿诗玛》）脱离了原生态封闭的民间口头叙事演唱形式，走向开放、动态的世界，同时也激活了这个诗歌文本的有机活性，为民族文学享誉世界文坛树立了榜样，赢得了广泛的国际声誉"①。正是因为戴乃迭等翻译家不懈的努力和精心翻译，得以让《阿诗玛》走向世界，走进世界文学的大舞台，为更多其他民族的人们所了解和欣赏。《阿诗玛》也由此得到了重生，获得了后续的崭新的生命（afterlife）。

李广田在重新整理、翻译《阿诗玛》时曾说："各少数民族的民间口头创作，都有它自己长期形成的民族风格，这是任何时候都不能忽视的。……如果使这个民族作品失掉了它原有的声音和颜色，从实质上说，这是一种不尊重少数民族的表现。"② 我们同意李广田先生的意见，正如，对于译文删节或删行的处理方法，王宏印先生也提出："删节并非始终都是合适的处理方式。"③ 李广田先生所指出的问题是彝族撒尼语《阿诗玛》翻译为现代汉语过程中，也可以说是彝汉翻译之间存在的一大问题。而对于《阿诗玛》汉英翻译，则存在着更加棘手的、不可调和的矛盾。比如，英国民谣中，如果四小段歌词共用一个旋律时，也会因为代代相传的原因，将这些不同的音符固定

---

① 王宏印、崔晓霞：《论戴乃迭英译〈阿诗玛〉的可贵探索》，《西南民族大学学报》2011 年第 12 期。
② 李广田：《撒尼族长篇叙事诗〈阿诗玛〉序》，人民文学出版社 1978 年版，第 22 页。
③ 王宏印、崔晓霞：《论戴乃迭英译〈阿诗玛〉的可贵探索》，《西南民族大学学报》2011 年第 12 期。

为一定的旋律。这在中国的传统音乐中也有类似的情况，即头尾不变中间变。在《阿诗玛》叙事诗中，这类头尾不变中间变的情况并不少见，但并不表现得整齐划一。如第四章中，前三个诗节中，首句都为"小姑娘日长夜大了"，末两句都为"爹爹喜欢了一场""妈妈喜欢了一场"，这样的旋律搭配在后续的诗节中并未再出现。但首句在不同的诗节中作为首句共出现了 9 次；末两句作为诗节的最后两句，出现在了 5 个不同的诗节中，如此形成了连环复沓的效果，既便于吟唱诗人记忆，又给听众带去耳熟能详、回味无穷的听觉效果。而散韵结合、自由随意本来就是《阿诗玛》作为口头传唱文学的固有特点，译文经过改编后已无法保留以上特色，也无法让听众玩味原汁原味的《阿诗玛》音乐特质。应该说，《阿诗玛》包含的民族音乐性根本无法在英译中得以保留。这是翻译的死穴。越是民族性的内容，越是在翻译中让人束手无策，徒留叹息和无奈。

面对诗歌翻译中的重重困难，戴乃迭在英译中所付出的努力因而更加让人由衷地钦佩和仰慕。

二 《阿诗玛》英译本韵式的翻译

韵是诗词格律的基本要素之一。诗人在诗词中用韵，叫作押韵。汉语主要有头韵、腰韵、脚韵、脚腰韵、句内韵、句间韵等押韵形式。Lewis Chase 认为，"Ballad 以 iamb 为主要节奏形式，常见格式为 common measure，四行诗节，abcb 或 abab 韵，各行音步数为 4343。诗人根据需要还可使用 short measure 3343 式，或 long measure，4444 式"[1]。据王宝童先生统计，Ballad 除四行诗节外，还有二行节、五行节、六行节、九行节。音步数除了上述提到的之外，还有 4443、33443、43443、434343、444343、443443443 等；韵式也可分别为 abbb、abaab、abccb、ababab、abbcdc、abcbdb、aabccbddb 等。[2]

---

[1] Lewis Chase, *Coleridge's The Rime of the Ancient Mariner*, The Commercial Press, limited, Shanghai, China, 1924, p.42.

[2] 参见王宝童《用歌谣体译介中国的创世神话》，《外语教学与研究》1996 年第 1 期。

第五章 《阿诗玛》英译本翻译研究

1960 年《阿诗玛》汉译本主要押句首韵、句尾韵、句内韵和句间顶韵，也有无韵的，整首叙事诗读来有较强的节奏感。这里首韵、腰韵、句内韵，句间顶韵大多都是押同字。从整个文本来看，各种押韵方式中押尾韵的居多，其次是首韵。在押各种形式的尾韵（包括押同字）中，以每节一二句押 A 韵、二四句押 B 韵，即 AABB 式；一二四句押韵，即 AABA 式；二四句押韵，即 ABCB 式这三种形式最多。另外，尾韵押同字的情况也很多。

押首韵的诗节，如：

应该唱上一个呀！	It would be wrong to shirk my song;
应该怎样唱呀！	But what song can I song?
山中的姑娘，	A story of a mountain maid,
山林中的花。①	A woodland flower of spring!
（第一章第六节）	

"穷人知道穷人的苦，	"The poor they know a poor man's woe,
穷人爱听穷人的话，	Their joys and griefs they share;
穷人喜欢的是一样，	With those I love I count it joy
受冻受饿我不怕！"②	Both cold and want to bear."
（第五章第五十九节）	

不是黑云不成雨，	From storm clouds only pours the rain,
不是野兽不会吃人，	Wild beasts alone seek prey;
不是坏人做不出坏事，	Vile men alone do wicked deeds,
不是坏人讲不出坏话。③	And vile is all they say.

---

① 赵德光：《阿诗玛文献汇编》，云南民族出版社 2003 年版，第 61 页。
② 同上书，第 75 页。
③ 同上书，第 76 页。

· 207 ·

(第五章第六十节)

上面这三节诗都是押首韵,都是押同字。第一章第六节中第一二句和第三四句各自押,AABB 式;第十章第五十九节中第一、第二句、第三四句押同一个韵,AAAB 式;第十章第六十节则四句一韵到底,AAAA 式。译文无法做到与源语文本一样同字押首韵,但按照英国民谣四行诗的体例押尾韵,分别押 AABC、ABCB、ABCB、ABCB 韵。

押尾韵的诗节,如:

没有人绕过的树有三丛,	Three groves where never man had walked
树丛绿茸茸。	Had leaves of emerald green.
三丛树留给谁绕?	For whom were these orchards left?
要留给相好的人绕。①	For love to walk between.

(第二章第四节)

格路日明夫妻俩,	Geluriming it was and his sweet wife
绕过树丛穿过塘,	Who' mid these trees did roam;
就在这里安了家,	They tilled the land beside the pools,
种着山地住着房。②	And made the place their home.

(第二章第五节)

雁鹅不长尾,	Wild geese which have no tail stretch back
伸脚当尾巴。	Their feet to fly instead;
我虽唱不好,	And though I am no singer, still,
也要来参加。③	I must not hide my head.

---

① 赵德光:《阿诗玛文献汇编》,云南民族出版社 2003 年版,第 63 页。
② 同上。
③ 同上书,第 62 页。

第五章　《阿诗玛》英译本翻译研究

（第一章第十三节）

泸西出的盆子，	The tubs and basins in Luxi
盆边镶着银子，	Are all with gold inlaid;
盆底嵌着金子，	And she will be as good as gold,
小姑娘赛过金子、银子。①	The pretty little maid.

（第三章第十二节）

上面这四节诗都是押尾韵。第二章第四节中一二句押 A 韵、二四句押 B 韵，即 AABB 式；第二章第五节中一二四句押韵，即 AABA 式；第一章第十三节中二四句押韵，即 ABCB 式；第三章第十二节则押同字，四句一韵到底。译文除了与源语文本第一章第十三节押同样的尾韵，即 ABCB 式外，其他的诗节都无法完全做到与源语文本押相同的尾韵，但按照英国民谣四行诗的体例押尾韵，都押 ABCB 韵。

虽然戴乃迭尽量采用英国民谣四行诗的体例去翻译，但还是无法做到都押标准的音韵。戴乃迭并未完全按照英国民谣四行诗的体例去押韵，译文中的韵律有很多不同的形式。我们对《阿诗玛》英译本的押韵方式进行了初步统计。译文中共出现了 51 种不同的程式。其中出现最多的押韵方式是 ABCB，共出现 53 次。其他出现次数在 10 次以上的共有 8 种程式，依次是 ABCD（50次）、AABA（43 次）、ABCC（30 次）、AABB（25 次）、ABBB（23 次）、AAAA（22 次）、AABC（18 次）、ABAB（16 次）。可以看出戴乃迭《阿诗玛》英译本主要有 ABCB、ABCD、AABA、ABCC、AABB 五种押韵方式，押 ABCB 韵的居多。所以，"交韵、随韵、不完全隔行韵是戴乃迭英译本的特点"②。

---

① 赵德光：《阿诗玛文献汇编》，云南民族出版社 2003 年版，第 64 页。
② 王宏印、崔晓霞：《论戴乃迭英译〈阿诗玛〉的可贵探索》，《西南民族大学学报》2011 年第 12 期。

三 《阿诗玛》英译本音步的翻译

"停顿"在现代汉语的语法形式中是一个重要的不能忽视的形式。诗歌的停顿受语法、语义和语音等因素的影响，而在语词前和句末出现的语流暂歇现象。我们对1960年《阿诗玛》汉译本的句顿程式进行了标注和统计。全诗共有176种句顿程式。出现次数在10次以上的共有23种句顿程式。其中，出现次数在100次以上的共有三个程式，分别是223（158次）、23（150次）和212（119次）。出现20次以上100次以下的共10种句顿程式，分别是221（71次）、2212（54次）、323（51次）、222（45次）、33（44次）、2221（39次）、32（34次）、232（31次）、213（25次）、2223（23次）。我们发现，其中由四个停顿构成的诗行并不多。这似乎和《阿诗玛》本身具有的三音列密切相连。如：

大风/大雨/天，A（221）

他/砍柴/上高山，A（123）

石子/地上/他/开荒，B（2212）

种出的/玉米/比/人壮。B（3212）

——（第三章第三节）

从小/爱骑/光背马，A（223）

不带/鞍子/双腿夹，A（223）

拉弓/如/满月，B（212）

箭起/飞鸟/落。C（221）

——（第三章第四节）

在第三章第三节中，第一、二句押 an 韵，第三、四句押 ang 韵，即AABB式。在第三章第四节中，第一、二句押 a 韵，即AABC式。第三章第三节四句的句顿分别为"221、123、2212、3212"，第三章第四节四句的句顿分

第五章 《阿诗玛》英译本翻译研究

别为"223、223、212、221"。这两节诗行几乎没有相同规律的顿格出现。

英语以双音律五步诗为主,因为英诗的诗行结构以双音律五音步诗为常式,英诗每行适宜放置十个音节,十音以上、八音以下的情况不多。英语中单音词不少,跟介词、冠词等虚词相配正好是双音,而虚词以读轻音为主,其位置恰在名词(读重音)之前,这就天然造就了双音的轻重律。①

戴乃迭英译本在音步的处理上,是按照英国民谣体体例来进行翻译的,每一诗节为四行,共341个诗节,大部分诗行的格律采用抑扬格(iambic),即音节多为"轻—重"节奏,即每个音步由一轻一重两个音节构成,尽量做到整齐划一。这样的处理方式,"体现了彝族撒尼叙事同英国民谣一样都是用于歌唱的诗,都有很强的节奏,便于口头传唱"②。但有时由于轻音节的出现难以做到完全符合体例,就出现了有的地方多一个轻音节,有的地方少一个轻音节的现象,无法完全采用抑扬格的形式,因此戴乃迭英译本的音步与英国民谣体体例有所不同。戴乃迭英译本中,共1364行诗句,其中运用抑扬格的共有989行,占全诗的72.5%。而采用非抑扬格的诗句共375行,占全诗的27.5%。如:

> Fragrant osmanthus trees they had,
> And sweet their daughter fair;
> And straighter than a sapling pine
> The son they nurtured there. ③

——(Ⅱ第七节)

《阿诗玛》英译本中并非全是整齐划一的抑扬格。如:

---

① 参见张洪明《语言的对比与诗律的比较》,《复旦学报》1987年第4期。
② 王宏印、崔晓霞:《论戴乃迭英译〈阿诗玛〉的可贵探索》,《西南民族大学学报》2011年第12期。
③ Gladys Yang, "Ashma", *Chinese Literature*, No. 3, 1955, p. 8.

· 211 ·

> The kind old ploughman answered him:
> "Lost hoes seek in the lea;
> Lost herds seek on the mountain side;
> Lost rice seek on a tree."①

——（X第三十二节）

> "And eight days after it was sown,
> Up sprang the Indian corn;
> As green as emerald where its leaves
> And curved as bullock's horn."②

——（Ⅳ第十九节）

这几节诗都是"4343"的音步，但第X章第三十二节、第Ⅳ章第十九节并未采用抑扬格。这使得全诗在格律上显得更加活泼、多样。

《阿诗玛》英译，转换的不仅仅是语言，而且是诗歌的体式及其背后的文化。美国诗人Robert说，诗歌是翻译中必定要丢失的东西。从彝族撒尼叙事长歌，到英国民谣，《阿诗玛》英译从歌到谣的漫长而巨大的跨越中，丢失和被改写是《阿诗玛》无可躲避的命运结局。这不是谁的过错和失败，而是诗歌翻译本身无法逾越的天堑。

戴乃迭英译《阿诗玛》，既是对中国文化无限热爱和无法割舍的一种体现，也是戴乃迭作为英国人，对自身英国民族文化，具体而言是英语诗歌，无论是诗歌的体式、词汇、韵律等母语文化知识的一种外化。正如王宏印先生所说："戴乃迭采用英国民谣诗的押韵方式、音节数和音步数进行翻译，不仅使原作的诗歌文体得以保留，而且符合英语读者的阅读习惯和可接受的表达方式。戴译《阿诗玛》表现出既重视文体形式又重视原意再现的特点。但

---

① Gladys Yang, "Ashma", *Chinese Literature*, No. 3, 1955, p. 64.
② Ibid., p. 18.

译诗时也不免有对意义的更改、创作的情况。……译者从风格上找到了大致的对应或对等（equivalence），具有'形似'的意味。"① 河南大学王宝童先生也认为，用英诗中的歌谣体（Ballad metre）作为一种译诗形式，是介绍中国文化的一种可行形式。②

第四节 《阿诗玛》英译本修辞翻译研究

《阿诗玛》修辞手法丰富多样，大量使用比喻、拟人、夸张、排比、反复、起兴等修辞。这些修辞格具有显著的民族语言特色和民族文化特征，营造出独特、生动、形象、富有感染力的语言效果。本节主要对戴乃迭《阿诗玛》英译本中的比喻、拟人、夸张等修辞的翻译方法进行分析和探讨，揭示戴乃迭修辞翻译方面的特点。

一 《阿诗玛》英译本比喻修辞的翻译

王希杰的《汉语修辞学》中认为"比喻，又叫'譬喻'，俗称'打比方'，就是根据心理联想，抓住和利用不同事物的相似点，用另一个事物来描绘所要表现的事物"③。比喻由"本体"和"喻体"构成，所描绘的对象，叫作"本体"。用来比方的事物，叫作"喻体"。比喻一般分为：明喻、暗喻和借喻。明喻的本体和喻体之间，常常用"像""好像""如""如同""好比""似的""一样""一般""犹如""像……似的""像……一样"等词语来联结。这些词语叫作"喻词"。暗喻，就是不把比喻当作比喻，而当作实有其事来陈述。换句话说，暗喻就是不用比喻词的比喻。暗喻常常用"是、做、为、变为、变成、等于、当作"等词语来连接本体和喻体。借喻，是本体不出现，

---

① 王宏印、崔晓霞：《论戴乃迭英译〈阿诗玛〉的可贵探索》，《西南民族大学学报》2011年第12期。
② 王宝童：《用歌谣体译介中国的创世神话》，《外语教学与研究》1996年第1期。
③ 王希杰：《汉语修辞学》，商务印书馆2004年版，第381—383页。

用喻体直接代替本体的比喻。① 运用比喻可以把深奥的道理浅显化,把抽象的事理具体化、形象化。下面通过对《阿诗玛》英译本比喻修辞翻译方法的统计和分析,揭示戴乃迭在处理比喻修辞翻译方面的特点。

(一)《阿诗玛》英译本比喻修辞翻译方法统计

戴乃迭英译本《阿诗玛》比喻修辞翻译主要有四种处理方法:(1)直译法,在译文中保留源语文本比喻辞格的"修辞格式"以及指示意义,即在译文中保留源语文本的本体、喻体、比喻类别不变,指示意义不变;(2)转译法,在译文中用其他比喻辞格的"修辞格式"替代源语文本比喻辞格的"修辞格式",同时使用来替代的辞格意义与原来辞格意义相近或联想意义相同,戴乃迭《阿诗玛》英译本主要包括两种情况,一种是比喻类别的改变,比如源语文本是明喻,而译语是暗喻,另一种是喻体的改变;(3)意译法,译文舍弃源语文本比喻辞格的"修辞格式",用解释的方式来表达源语文本辞格的意义,或是译文的意义,和源语文本辞格的意义毫无关系,即汉译英中源语文本使用了比喻,而译语未使用比喻,用的是一般表达;(4)省略法:即在译文中源语文本中的比喻未被翻译。

表5-2 《阿诗玛》英译本比喻修辞翻译方法统计

	明喻	占比(%)	暗喻	占比(%)	借喻	占比(%)	合计	占比(%)
直译	19	37.3/67.9	2	18.2/7.1	7	58.3/25	28	37.8
转译	10	19.6/58.8	6	54.5/35.3	1	8.3/5.9	17	23
意译	19	37.3/73.1	3	27.3/11.5	4	33.3/15.4	26	35.1
省略	3	5.9/100	0	0/0	0	0/0	3	4.1
合计	51	68.9	11	14.9	12	16.2	74	100

注:在百分比部分,"/"前的数字是某种比喻在所有翻译方法中所占的比例,"/"后的数字是某种翻译方法在各类比喻翻译中所占的比例。

---

① 王希杰:《汉语修辞学》,商务印书馆2004年版,第383—384页。

由表 5-2 我们可以看出，《阿诗玛》源语文本共使用比喻 74 例，明喻与暗喻、借喻的使用频率存在很大差异，明喻使用频率较高，共有 51 例，占全部译例的 68.9%；暗喻和借喻的使用频率相对较低，暗喻共有 11 例，占 14.9%，借喻 12 例，占 16.2%。《阿诗玛》英译文本直译、转译、意译、省略四种翻译方法的使用频率也存在很大差异，其中直译法使用频率最高，共有 28 例，占全部译例的 37.8%；其次是意译法，共有 26 例，占 35.1%；转译法 17 例，占 23%；省略法使用频率最低，共有 3 例，占 4.1%。直译、转译、意译、省略四种翻译方法在各类比喻的翻译中所占比率差异较大，直译法、转译法、意译法、省略法在明喻的翻译中所占比率均为最高，分别为 67.9%、58.8%、73.1%、100%，直译法、意译法在暗喻的翻译中所占比率均为最低，分别为 7.1%、11.5%，转译法在借喻的翻译中所占比率均为最低，为 5.9%，省略法在暗喻、借喻的翻译中所占比率均为 0%。具体到各类比喻，则四种译法的比例也存在一定差异：明喻的直译法和意译法使用频率较高，各有 19 例，各占 37.3%；明喻的转译法有 10 例，占 19.6%；省略法使用得最少，有 3 例，占 5.9%。暗喻的转译法使用频率较高，共有 6 例，占 54.5%，意译法与直译法使用频率分别为 3 例和 2 例，分别占 27.3% 和 18.2%，暗喻的翻译未使用省略法；借喻的直译法使用频率最高，共有 7 例，占 58.3%，意译法 4 例，占 33.3%，转译法仅 1 例，占 8.3%，借喻的翻译未使用省略法。

（二）《阿诗玛》英译本比喻修辞翻译方法分析

1. 直译法

直译法是戴乃迭《阿诗玛》英译本中比喻修辞翻译最常用的翻译方法，直译法在明喻翻译中使用次数最多，在借喻翻译中使用频率最高。在直译法的用例中，源语文本在翻译为英文时，其本体、喻体、比喻类别都不变，但在直译法的具体运用中，翻译方法又有所区别，主要有句法成分对应的直译、句法成分不对应的直译以及增译、减译等。

其一，句法成分对应的直译，例如：

明喻翻译：

（1）他就像高山上的青松。(p. 63)

译文：And he …/Like some green pine upon the hill. (p. 10)

（2）阿诗玛像荞叶。(p. 74)

译文：And Ashima …/ Was like a buckwheat leaf. (p. 31)

（3）哥哥像一顶帽子。(p. 93)

译文：A brother's like a hat. (p. 76)

（4）妹妹像一朵菌子。(p. 93)

译文：A sister's like a mushroom. (p. 31)

（5）拔箭就像摘下花一朵。(p. 92)

译文：Like flower the shaft plucked she. (p. 74)

借喻翻译：

（6）石岩往下滚，/草房立不稳。(p. 76)

译文：And when a boulder hurtles down, /The small thatched hut must fall. (p. 36)

（7）清水不愿和浑水在一起。(p. 75)

译文：Clear water will not mix with foul. (p. 32)

例（1）—（5）为明喻的翻译，例（6）—（7）为借喻的翻译，译者翻译时保留了源语文本的本体、喻体和比喻类别。虽然例（1）—（5）汉语文本明喻喻体"高山上的青松""荞叶""一顶帽子""一朵菌子""摘下花一朵"，例（6）—（7）汉语文本借喻喻体"石岩""草房""清水""浑水"等都带有浓郁的撒尼民族特色，在译入语中没有相同的文化内涵，但通过译文的上下文，译入语读者可以理解这些比喻的内涵，同时源语文本比喻的句法结构在译入语中有相对应的表达形式,特别是借喻因为只有喻体,没有本体和喻词,其表层结构较为简单,翻译就更容易处理,译者在翻译这类比喻时就采取了句法成分对应的直译方式。

其二,句法成分不对应的直译,例如:

明喻翻译:

(8) 阿着底的上边,/没有了阿诗玛,/像春天草木不发芽!/像五月荞子不开花!(p. 77)

译文:So mournful then is High Azhedi, /With Ashima snatched away, /As if no blossoms bloomed in spring, /No buckwheat bloomed in may. (p. 38)

(9) 穿着绸缎衣,/好像一堵黑云。(p. 82)

译文:All dressed in silk and fine brocade, /they passed like thunder cloud. (p. 50)

(10) 像风哮雷打。(p. 85)

译文:Like wind or thunder's roar. (p. 57)

暗喻翻译:

(11) 照着老大爹指的方向,/飞赶阿诗玛。(p. 83)

译文:He took a road the old man showed, /And after Ashima flew. (p. 51)

借喻翻译:

(12) 狂风卷进屋,/竹篱挡不住。(p. 76)

译文:A bamboo fence it cannot stand, /The fury of a squall. (p. 36)

例(8)—(10)为明喻的翻译,例(11)为暗喻的翻译,例(12)为借喻的翻译，译者翻译时保留了源语文本的本体、喻体和比喻类别。例（8）汉语的"五月"用作"荞子"的补语，而在英译时为了与本节第二句 With Ashima snatched away 中的 away 押韵，译者把 in may 处理为时间状语，放在句末。例（11）译文把"flew"置于句末，例（12）把"squall"置于句末，都是出于诗歌押韵的考虑。例（9）汉语是一个句子，为主系表结构，主语为"穿着绸缎衣"，谓语为"好像"，表语为"一堵黑云"，在翻译成英文时，译者把其处理为两个独立的句子。例（12）汉语是两个句子，译者把其处理为一个英语简单句，为主谓宾结构。例（10）汉语"像"后面是两个主谓结构，即"风哮雷打"，而译文"wind or thunder's roar"则是一个名词所有格。从以上句法成分不对应的直译用例来看，大多数都是译者出于诗歌押韵、节奏的考虑。

其三，增译、减译：在直译的用例里，有时为了使译文更符合译入语的表达习惯，往往还会采用一些增译或减译的手段。在直译的用例里，增译、减译使用最多，明喻翻译使用的增译、减译最多，例如：

明喻翻译：

（13）织好一段布，／颜色白花花，／像刀尖草一样宽。（p.67）

译文：And at her loom a length she wove/ Of linen dazzling white, / Broad as the waving jiandao grass. （p.18）

（14）长得牛角样。（p.68）

译文：And curved as bullock's horn. （p.18）

（15）小姑娘日长夜大了，／长到七个月，／就会跑了，／跑得就像麻团滚一样。（p.66）

译文：At nine months old she learned to run, ／And blithe and gay did dart, ／ Like some small ball of hempen yarn. （p.15）

（16）像山崩地震。（p.85）

译文：Like earthquake dread that wakes the dead. （p.57）

第五章 《阿诗玛》英译本翻译研究

暗喻翻译：

（17）应该唱一个呀，／应该怎样唱呀，／山中的姑娘，／山林中的花！（p.61）

译文：It would be wrong to shirk my song；／But what song can I sing？／A story of a mountain maid，／A woodland flower of spring！（p.5）

借喻翻译：

（18）绵羊不愿和豺狼做伙伴。（p.75）

译文：Lambs will not lie with jackals sly.（p.32）

例（13）—（16）为明喻的翻译，例（17）为暗喻的翻译，例（18）为借喻的翻译，译者翻译时保留了源语文本的本体、喻体和比喻类别。例（13）汉语用"像尖刀草一样宽"来描写织好的一段布，译文是 Broad as the waving jiandao grass，"尖刀草"是石林撒尼人居住地常见的一种多年生的草本植物，生长于山野之中，而译入语中没有相同的表达，译者运用"音译+意义类别"翻译为 jiandao grass，同时增加了形容词 waving，waving 的添加可能是译者为了强化和应和 dazzling white（白花花）。例（14）汉语用"长得牛角样"来描写玉米叶子的形态，译文是 And curved as bullock's horn，bullock's horn 在英语文化中会引起很多联想，英译文增加了谓语动词 curved，把牛角的样子具化了，使译入语读者更易理解。例（15）汉语用"就像麻团滚一样"来描写刚会走路的小孩，跟跟跄跄，左右摇摆，就像麻团的滚动。译文是 Like some small ball of hempen yarn，英译文省略了源语文本喻体中的谓语动词"滚"，译者在这里运用减译法是为了避免与前句的 dart 重复。例（16）汉语为"像山崩地震"，译文是 Like earthquake dread that wakes the dead，省略了"山崩"，却为 earthquake 增加了"dread"和"that wakes the dead"两个定语，符合译入语读者的阅读习惯。例（17）汉语文本暗喻本体为"山中的姑

· 219 ·

娘",喻体为"山林中的花",译文是 A story of a mountain maid,/A woodland flower of spring! 译文增加了 A story of 和 of spring,A story of 的添加符合本章"序歌"的特点,是歌手交代要唱的故事的内容,of spring 的添加则是出于诗歌节奏的考虑。例(18)汉语文本借喻喻体"绵羊""豺狼"等都是撒尼人民日常生活中常用的喻体,有其特殊的含义,绵羊带有"温顺""善、义、美"的文化意蕴,常被比作好人,豺狼常用来比喻"凶残的恶人",而在英语文化中,Lamb 具有"温顺可爱、天真无邪"的含义,jackals 具有"走狗、帮凶"的文化含义,如果只是把"豺狼"译为 jackals,就会导致译入语读者无法正确理解该比喻的内涵,因而译者添加了 sly(狡猾)一词,点明了 jackals 的特性。

2. 意译法

意译法也是戴乃迭《阿诗玛》英译本中比喻修辞翻译较为常用的翻译方法,仅次于直译法。具体到各类比喻,明喻的翻译意译法的运用最多。在意译法的用例中,源语文本使用了比喻,而译语未使用比喻,用的是一般表达。例如:

明喻翻译:

(19)脸洗得像月亮白,/身子洗得像鸡蛋白,/手洗得像萝卜白,/脚洗得像白菜白。(p. 62)

译文:No moon is whiter than her face,/Or tiny form so sweet,/No turnip whiter than her hands,/No egg shell than her feet.(p. 12)

(20)小姑娘日长夜大了,/长到五个月,/就会爬了,/爬得就像耙齿耙地一样。(p. 66)

译文:From day to day sweet Ashima grew./Until at five months old,/Her parentsnlaughed to see her crawl,/So nimble and so bold!(p. 15)

(21)对面石岩像牙齿,/那是他家放神主牌的石头。(p. 80)

译文:There towers alone their sacred stone——/That fang – sharp peak ahead! （p.47）

暗喻翻译：

(22) 囡是娘的肉，/囡是娘的心。（p.74）

译文：I carried her beneath my heart, the daughter I have bred. （p.30）

借喻翻译：

(23) 好花离土活不成，/姑娘不能下火坑（p.80）

译文：A flower torn up will fade away, /A girl enslaved must die. （p.46）

例（19）—（21）为明喻的翻译，例（22）为暗喻的翻译，例（23）为借喻的翻译，译者翻译时用英文的一般表达来转换源语文本的比喻。例（19）源语文本的四个明喻都是用来形容阿诗玛出生后经过洗浴后身体各部分皮肤呈现出来的白皙色彩，译者运用了意译的翻译方法来处理"脸洗得像月亮白""身子洗得像鸡蛋白""手洗得像萝卜白"三个明喻。其中"脸洗得像月亮白""手洗得像萝卜白"是用"No…than"这种有比较意义的结构来翻译明喻"像……"结构，"身子洗得像鸡蛋白"则意译为"tiny form so sweet"，这里意译法的运用更多是出于诗歌二、四行押韵的考虑。"脚洗得像白菜白"运用转译法来翻译，即把喻体"白菜白"转译为英语国家读者熟悉的喻体"egg shell"。例（20）、例（21）源语文本明喻"爬得就像耙齿耙地一样""对面石岩像牙齿"带有撒尼民俗特有的表达方式，"耙齿"是撒尼人日常劳动工具，是一种用来聚拢谷物或平土地用的用具，用"爬得就像耙齿耙地一样"来描写小孩刚学会爬时的状态及样子，这样的喻体是英语文化所没有的，译者运用意译法译为"her crawl, /So nimble and so bold"，舍弃了源语文本的喻体。"对面石岩像牙齿"则用具有比喻义的单词"fang‐sharp"（像尖利的牙齿）来意译。例（22）源语文本的两个暗喻"囡是娘的肉""囡是娘的心"

表达的是母亲与女儿难以割舍的亲情,这样的表达方式也是英语文化所没有的,译者舍弃喻体"娘的肉""娘的心",直接用英语动词短语"carry sb beneath one's heart"(珍藏在心底)来翻译,意思与原文有所出入。例(23)的源语文本借喻为"姑娘不能下火坑",汉语里"火坑"比喻极为悲惨痛苦的生活境地,译文为"A girl enslaved must die",意思与原文有所出入。

3. 转译法

转译法是戴乃迭《阿诗玛》英译本中比喻修辞翻译较为常用的翻译方法。在译文中仍然采用的是比喻的形式,但为了适应英语的表达习惯或其他因素,译文在比喻类别、喻体或本体等方面与源语文本有所不同。它们分别对应的是比喻类别的转译、喻体的转译以及本体的转译。

其一,比喻类别的转译。

借喻与明喻、暗喻在表层结构上差异较大,译文没有出现三者之间转译的现象。而明喻和暗喻在表层结构上差异不大,只是喻词有所不同,两者之间的转换较易,因此译文中两者之间转译的现象较多。

明喻翻译:

(24)有因如朵花,/只得看一下。(p. 71)

译文:A girl is but a flower that fades。(p. 25)

暗喻翻译:

(25)热布巴拉家是虎牢。(p. 78)

译文:His house is like a tiger's den. (p. 41)

(26)你家金银马蹄大。(p. 82)

译文:Your ingots large as horses' hooves. (p. 41)

例(24)为明喻的翻译,例(25)—(26)为暗喻的翻译。例(24)是将汉语的"如"译成了英语的"is",明喻转换为暗喻。例(25)将汉语的

"是"译成了"like",例(26)中没有喻词,译文使用了"as"(像),将暗喻转译成了明喻。

其二,喻体的转译。

比喻的本体和喻体之间往往有较强的相关性,不同民族之间的比喻虽有差异,但一般并不难理解,所以翻译时采用直译的方式较多。但对于一些不易理解或难以接受的喻体,译者也会用译入语的喻体来替换。在译本中,明喻、暗喻和借喻都有喻体转译的现象。

明喻翻译:

(27)小姑娘日长夜大了,/长到三个月,/就会笑了,/笑声就像知了叫一样。(p.66)

译文:From day to day sweet Ashima grew,/Till three months old was she;/When gay as cricket was her laugh,/She crowed so merrily. (p.15)

(28)他像猴子。(p.63)

译文:A surly, wizened ape was he. (p.9)

暗喻翻译:

(29)热布巴拉家是豺狼心。(p.78)

译文:Rebubala is like a wolf. (p.41)

(30)她是天空一朵花。(p.94)

译文:A flower of paradise she seemed. (p.78)

借喻翻译:

(31)热布巴拉家是虎牢,/羊入虎口难脱身!(p.78)

译文:His house is like a tiger's den;/No lamb escapes from there! (p.41)

例（27）—（28）为明喻的翻译，例（29）—（30）为暗喻的翻译，例（31）为借喻的翻译。这几个例子在译文中分别将汉语的喻体"知了""猴子""豺狼心""天空一朵花"转译为"cricket"（蟋蟀）、"A surly, wizened ape"（一个乖戾、干瘪的猿）、"a wolf"（一匹狼）、"A flower of paradise"（天堂里的一朵花）。在英语文化中，"cicada"（知了）没有特殊的含义，如果用直译法来翻译例（27）"笑声就像知了叫一样"，英语读者很难理解，而自从莎士比亚《亨利四世》使用"as merry as crickets"以后，"cricket"（蟋蟀）一词就成了欢乐、愉快的象征，如（as）lively（或 merry）as a cricket（[口语] 非常活泼或快活），译者用"gay as cricket was her laugh"来翻译"笑声就像知了叫一样"，很好地将源语文本的意思传达出来。例（28）"他像猴子"，这里是指坏人阿支长得尖嘴猴腮，很难看，而"monkey"（猴子）在英语文化里常常用来指"淘气、机灵的人"，译者用"A surly, wizened ape was he"（一个乖戾、干瘪的猿）来翻译"他像猴子"，把阿支的性格及长相形象地刻画出来。例（29）翻译涉及本体、喻体及比喻类别的转译，喻体"豺狼心"在汉文化中是指凶狠残忍的人，而"wolf"在英语文化里也是用来比喻凶残的人，二者的转译是等值的翻译。例（30）的喻体"天空"在汉文化中常有一种圣洁的含义，转译为"paradise"，对于译入语的读者来说更能体会到阿诗玛的圣洁美丽。例（31）喻体"虎口"转译为 there（具体指 a tiger's den），更多是出于诗歌二、四行押韵的考虑（"fair"与"there"押韵）

其三，本体的转译。

（32）他的心和直树一样直。(p. 69)

译文：Some men are upright as a tree. (p. 20)

（33）热布巴拉说的话，/好比石岩压着嫩树芽。(p. 76)

译文：Rebubala, like some great rock, / Can crush a tender tree. (p. 33)

（34）人马像黑云，/地上腾黄尘。（p.76）

译文：The yellow dust flies up, while black, /As clouds the horsemen ride. (p.35)

（35）马嘶震动山林，/四蹄如飞不沾尘。（p.84）

译文：His mare's hooves shake the mountain woods, /As he comes flying through. (p.53)

在《阿诗玛》英译本中，只有明喻有本体、有转译的现象。例（32）、（33）源语文本的本体"他的心"转译为"some men"，汉语常用"心直口快"来形容一个人直爽、没有心计，而英语文化中则直接用人与upright搭配来表此意。例（33）汉语有"用话来压人"这样的表达，而英语文化没有相应的表达，源语文本的本体"热布巴拉说的话"转译为施为者"Rebubala"。例（34）源语文本的本体"人马"为名词性联合词组，转译为一个英语简单句"the horsemen ride"，例（35）源语文本的本体"四蹄"为名词性偏正词组，转译为人称代词"he"（这里指阿黑）作主语，用状语从句"As he comes flying through"来替换一个动物身体部分作主语的汉语简单句"四蹄如飞不沾尘"，更多是出于诗歌二、四行押韵的考虑（"ride"与"bride"，"two"与"through"押韵）。

4. 省略法

省略法是戴乃迭《阿诗玛》英译本中比喻修辞翻译很少使用的翻译方法，只有明喻有运用省略法的现象，译者在翻译中把源语文本比喻完全省略，不进行翻译。

（36）村中的老人，/齐声来说道：/"小姑娘就叫做阿诗玛，/阿诗玛的名字像香草。"（p.65）

译文：Then all the village elders spoke, /Their answer was the same: /"As Ashima let the child be know, /Let Ashima be her name." (p.14)

（37）阿黑手提虎尾巴，/左一甩，右一甩，/好像身上脱衣服，/一

下子就剥下一张整皮来。(p. 91)

译文：Ahei he grasped the tiger's tail, /And pulled from left to right, /And then held up the skin entire/ To their astonished sight. (p. 70)

（38）全家来拔箭，/箭像生了根，/条牛来拖，/也不见动半分。(p. 92)

译文：His kinsmen gripped the arrow then, /And wrenched with might and main, /They yoked five buffaloes abreast, /But tugged and pulled in vain. (p. 73)

例（36）、（37）、（38）源语文本明喻"阿诗玛的名字像香草""好像身上脱衣服""箭像生了根"都是带有浓郁民俗特色的比喻，把女孩子的名字比喻为"香草"，为了突出主人公阿黑的勇敢，用夸张的手法把阿黑剥下完整的老虎皮比喻为脱自己衣服一样轻松，为了突出阿黑所射箭的神性以及坏人热布巴拉一家的无能，把箭比喻为"生了根"的神箭。这些比喻在英语文化中不易被读者理解，译者干脆省略比喻不译，而是用与源语文本比喻无关联性的表达来替代，这些替代的句子更多是出于诗歌二、四行押韵的考虑（"same"与"name"、"right"与"sight"、"main"与"vain"押韵）。

通过以上分析可以看出，彝族叙事长诗《阿诗玛》常常借助丰富的比喻，对事物的特征进行描绘或渲染，使事物生动具体，给人留下鲜明深刻的印象。《阿诗玛》中的比喻往往蕴含着撒尼人独特的思维方式和生存方式，体现了独特的撒尼文化。通过对《阿诗玛》汉语文本中比喻修辞的统计、分析，我们考察了明喻、暗喻、借喻在《阿诗玛》汉语文本中的使用特点，发现在《阿诗玛》汉语文本中以明喻的使用频率为最高，暗喻和借喻的使用频率相对较低，说明《阿诗玛》更倾向于使用生动形象、直白朴实的语言来表达他们的思想情感。通过戴乃迭《阿诗玛》英译本中比喻修辞的统计、分析，发现戴乃迭主要使用了直译和意译两种翻译方法，转译法次之，省略法使用频率最低。正如王希杰指出的那样，"比喻的基本矛盾是：相似点越明显，解读越容

第五章 《阿诗玛》英译本翻译研究

易,但新奇感、审美感越低;相反,相似点越晦涩,解读越困难,新奇感、审美感越高。比喻运用的得体性原则要求:在两者之间保持动态的平衡。过分追求新奇感、审美感,解读的困难叫读者无法承受,甚至导致歧义误解,这不可取。过分讨好读者,一味追求解读的方便,丧失了新奇感,减低了审美感,也是不可取的"①。戴乃迭比喻修辞的翻译原则也基本是这样的。对于带有一定撒尼民族特色的比喻修辞,虽然在译入语中没有相同的文化内涵,但通过译文的上下文,译入语读者可以理解这些比喻的内涵,同时源语文本比喻的句法结构在译入语中有相对应的表达形式,戴乃迭通常运用句法成分对应的直译方式来处理,这样的翻译方式能最大限度地保留源语文本比喻的语言文化特色,增加译入语读者阅读的新奇感、审美感。从句法成分不对应的直译用例来看,大多数都是译者出于诗歌押韵、节奏的考虑。从直译的用例里增译、减译的使用情况来看,增译手段的使用往往是由于源语文本中的比喻不能在译入语文化中找到相对应的表达时,译者通过添加解释性文字来弥补两种文化之间的差异,帮助译入语读者理解源语文化,有些增译手段的使用则是出于诗歌节奏的考虑,减译手段的使用是为了避免重复;从意译的用例来看,当比喻中喻体带有很强的民俗色彩,译入语文化中没有相对应的表达,较难直译,译者就把比喻译为一般的表达以帮助译入语读者理解源语文本。汉语明喻喻词"(像)……一样/似的"常用一个比较结构或用具有比喻义的单词来翻译,有些意译手段的使用则是出于诗歌押韵的考虑。转译法是戴乃迭《阿诗玛》英译本中比喻修辞翻译较为常用的翻译方法,喻体的转译有的是为了照顾不同民族的认知心理,是为了适应译入语的表达习惯,有的是出于译者对诗歌韵律的考虑。省略法是戴乃迭《阿诗玛》英译本中比喻修辞翻译使用较少的翻译方法,只有明喻有运用省略法的现象,译者在翻译时把源语文本中那些与译入语相似点较为晦涩,解读较为困难的比喻完全省略,不进行翻译,有时省略法的运用也是出于诗歌韵律的考虑。

---

① 王希杰:《汉语修辞学》,商务印书馆2004年版,第397页。

二 《阿诗玛》英译本拟人修辞的翻译

《美国百科全书》将 Personification 定义为"A figure that endows objects, animals, ideas, or abstractions with human form, character or sensibility"(拟人是一种修辞格,它赋予物体、动物、思想、抽象概念等以人形、人性或者情感)。王希杰的《汉语修辞学》中将拟人定义为"把生物或无生物当作人,给它们以人的思想感情,具有人的声情笑貌"[①]。拟人作为一种常见修辞,其作用从修辞格式来看,体现在其可以丰富文字的表现力,增强文字的感染力,从修辞内容来看,体现在其可以使被描写的事物更加生动、形象、具体,更易于读者理解和接受,同时还可以丰富读者的想象力,加深人们对被描写事物的感受和体悟。下面我们将基于李亚丹和李定坤对拟人的分类[②],把《阿诗玛》拟人修辞分为动物拟人、植物拟人、无生物拟人和抽象概念拟人,通过对《阿诗玛》英译本拟人修辞翻译方法的统计和分析,揭示戴乃迭在处理拟人修辞翻译方面的特点。

(一)《阿诗玛》英译本拟人修辞翻译方法统计与分析

戴乃迭英译本《阿诗玛》拟人修辞翻译主要有三种处理方法:(1)直译法,在译文中保留源语文本拟人辞格的"修辞格式"以及指示意义;(2)转译法,在译文中用其他拟人辞格的"修辞格式"替代源语文本拟人辞格的"修辞格式",同时使用来替代的辞格意义,与原来辞格意义相近或联想意义相同;(3)意译法,译文舍弃源语文本拟人辞格的"修辞格式",用解释的方式来表达源语文本辞格的意义,或是译文的意义和源语文本辞格的意义毫无关系。

[①] 王希杰:《汉语修辞学》,商务印书馆2004年版,第397页。
[②] 参见李亚丹、李定坤《汉英辞格对比研究简编》,华中师范大学出版社2005年版,第174—182页。

表5-3　　　　　《阿诗玛》英译本拟人修辞翻译方法统计

翻译方法 数量、占比	直译		转译		意译		合计	
	数量	(%)	数量	(%)	数量	(%)	数量	(%)
合计	16	42.1	2	5.3	20	52.6	38	100

由表5-3我们可以看出,《阿诗玛》源语文本共使用拟人辞格38例,英译本主要使用了直译和意译两种翻译方法,两种翻译方法分别为16例和20例,各占42.1%和52.6%,转译仅2例,占5.3%。

表5-4　　　　《阿诗玛》英译本各类拟人修辞翻译方法统计

译法 类型	直译	比例(%)	转译	比例(%)	意译	比例(%)	合计	比例(%)
动物拟人	7	50	0	0	7	50	14	100
植物拟人	6	46.2	1	7.7	6	46.2	13	100
无生物拟人	3	30	1	10	6	60	10	100
抽象概念拟人	0	0	0	0	1	100	1	100
合计	16	42.1	2	5.3	20	52.6	38	100

由表5-4我们可以看出,《阿诗玛》源语文本共使用拟人辞格38例,其中动物拟人辞格14例,植物拟人辞格13例,无生物拟人辞格10例,抽象概念拟人辞格1例。《阿诗玛》英译本动物拟人修辞翻译只运用了直译和意译两种翻译方法,两种翻译方法各占50%;植物拟人修辞翻译主要运用直译法和意译法,两种翻译方法各占46.2%,转译法仅1例,占7.7%;无生物拟人修辞翻译运用意译法比例最高,占60%,直译法次之,占30%,转译法仅1例,

占 10%；抽象概念拟人修辞 1 例，英译本运用意译法进行翻译。

从以上对戴乃迭《阿诗玛》英译本中拟人修辞翻译的统计分析中，我们可以得出如下结论：

直译法和意译法是戴乃迭《阿诗玛》英译本中拟人修辞翻译最常用的翻译方法，直译法在动物拟人修辞翻译中使用次数最多，其次是植物拟人修辞翻译，抽象概念拟人修辞没有直译法用例；意译法在动物拟人修辞翻译中使用次数最多，植物拟人修辞和无生物拟人修辞翻译次之；转译法仅在无生物拟人修辞和植物拟人修辞翻译中使用。

下面分别对戴乃迭《阿诗玛》英译本中动物拟人、植物拟人、无生物拟人和抽象概念拟人的翻译方法进行逐一探讨。

(二) 动物拟人的翻译

动物拟人是指将动物人格化，赋予动物人的特征，借它们的言行举止、声情形貌等反映人性，寓情于物，抒发人的情感，渲染气氛，给读者身临其境的感觉。[①] 下面将对戴乃迭《阿诗玛》英译本中动物拟人翻译方法进行分析和探讨。

1. 直译法是戴乃迭《阿诗玛》英译本中动物拟人修辞翻译最常用的翻译方法之一。译者在译文中保留了源语文本动物拟人辞格的"修辞格式"以及指示意义，但在直译法的具体运用中，翻译方法又有所区别，主要有句法成分对应的直译、句法成分不对应的直译以及增译、减译等。如：

(1) 天空的玉鸟啊，替我们传句话。(p. 78)

译文：Oh, jade bird flying in the sky, / a message take for me. (p. 41)

(2) 黄蜜蜂算会讲了，/海热比它还会讲。(p. 71)

译文：A bumble - bee is known to prate, / But he outdid the bee. (p. 24)

[①] 参见谢世坚、邓霞《莎剧中的拟人修辞及其翻译》，《贵州大学学报》2014 年第 1 期。

第五章 《阿诗玛》英译本翻译研究

（3）八哥给了你嘴巴。（p. 70）

译文：A parrot gave you cunning lips. （p. 23）

（4）四月布谷唱得忙。（p. 61）

译文：And cuckoos sing in spring. （p. 3）

例（1）采用了句法成分基本对应的直译法，源语文本将动物"玉鸟"人格化，赋予"玉鸟"人的特征，可以与人对话，并为人传话，译者英译时保留了源语文本的拟人修辞格式，同时译文与源语文本句法成分基本对应。例（2）采用了句法成分不对应的直译法，源语文本将动物"黄蜜蜂"人格化，赋予"黄蜜蜂"人的行为——"讲话"，句子为主动句，译者翻译时保留源语文本的拟人修辞格式，但句子转换为被动结构"be known to do"，指示意义未变。例（3）采用了增译的手段，"八哥给了你嘴巴"是撒尼人特有的一种表达方式，用来形容"某人能说会道"，该表达赋予"八哥"人的行为——"给某人……"而在英语文化里"八哥"的含义却为"学舌者、应声虫、机械模仿别人的人"，与撒尼文化内涵相差甚远，译者翻译时保留了源语文本的拟人修辞格式，同时增加了形容词"cunning"（灵巧的），使译入语读者能更好地了解撒尼人这种独特的表达方式。例（4）采用了减译的手段，源语文本将动物"布谷"人格化，赋予"布谷"人的行为——"唱得忙"，译者翻译时在保留源语文本拟人修辞格式的同时，省略了补语"……得忙"，并把"四月"转换为"in spring"，这里省略和转换的运用是为了与本节第四句"And neither can I sing"中的 sing 押韵。

2. 意译法也是戴乃迭《阿诗玛》英译本中动物拟人修辞翻译最常用的翻译方法之一。如：

（5）雁鹅不长尾，/伸脚当尾巴。（p. 62）

译文：Wild geese which have no tail stretch back, their feet to fly instead. （p. 5）

（6）麻蛇给了你舌头。（p. 70）

译文：Your tongue came from a snake. （p. 23）

（7）玉鸟绕路飞。（p. 84）

译文：The jade bird veered away. （p. 55）

例（5）—（7）源语文本都使用了动物拟人修辞，译者英译时舍弃了源语文本动物拟人辞格的"修辞格式"，用解释的方式来表达源语文本辞格的意义。例（5）如果将"雁鹅不长尾，/伸脚当尾巴"直译为"Wild geese have no tail, and then stretch back their feet as their tail"，译入语读者就难以理解句子的意思，译者把"伸脚当尾巴"具化为"their feet to fly instead"，使译入语读者能较好地理解雁鹅"伸脚当尾巴"是为了让脚充当尾巴的作用，飞行时用其维持身体平衡和改变方向。例（6）"麻蛇给了你舌头"为撒尼人的一种独特表达方式，用来形容某人"巧舌如簧"，该表达方式赋予"麻蛇"人的行为——"给某人……"，译者译为"Your tongue came from a snake"，未保留源语文本的修辞格式和修辞内容，但与下句话"A parrot gave you cunning lips"相互照应，使得译入语读者能通过上下文领会此句话的大概意思。例（7）译者用"veered away"来翻译"绕路飞"，舍弃了源语文本动物拟人辞格的"修辞格式"以及该表达方式的内涵意义，未能把玉鸟不愿亲近邪恶的热布巴拉一家的心理表现出来。

（三）植物拟人的翻译

植物拟人是指将植物人格化，赋予植物人的特征，借它们的言行举止、声情形貌等反映人性，寓情于物，抒发人的情感，渲染气氛，给读者身临其境的感觉。[①] 下面将对戴乃迭《阿诗玛》英译本中植物拟人翻译方法进行分析和探讨。

1. 直译法是戴乃迭《阿诗玛》英译本中植物拟人修辞翻译最常用的翻译方法之一。译者在译文中保留了源语文本植物拟人辞格的"修辞格式"以及

[①] 参见谢世坚、邓霞《莎剧中的拟人修辞及其翻译》，《贵州大学学报》2014年第1期。

指示意义,但在直译法的具体运用中,翻译方法又有所区别,主要有句法成分对应的直译、句法成分不对应的直译以及增译、减译等。如:

(8) 山顶上的老树好意思一辈子站着。(p. 72)

译文:Old trees upon the mountain top, Will stand content for aye. (p. 27)

(9) 河边有树三棵,/问问它该唱个什么歌。(p. 62)

译文:Pray ask the three trees by the stream/ Which story I should tell? (p. 6)

(10) 万丈青松不怕寒。(p. 63)

译文:It fears not winter's cold. (p. 10)

(11) 山上的青松,/不怕吹邪风。(p. 88)

译文:The young pine on the mountain side/ Fears neither wind nor gale. (p. 63)

例(8)采用了句法成分基本对应的直译法,源语文本将植物"山顶上的老树"人格化,赋予老树"好意思""站着"等人的心理和行为举止,译文通过"stand""content"等词的使用保留了源语文本植物拟人辞格的"修辞格式"和修辞内容,同时使译文的句法成分与源语文本的句法成分基本对应。例(9)采用了句法成分不对应的直译法,源语文本将植物"树"人格化,赋予"树"人的特征,可以与人交流,回答人的提问,句子为两个单句,译者翻译时保留了源语文本的拟人修辞格式,但把两个单句转换为一个含有定语从句的祈使句。例(10)、(11)源语文本赋予青松"不怕"等人的心理特征,译者用"fears not"" Fears neither … nor"进行翻译,保留了源语文本的拟人修辞格式和内容,同时例(10)还采用了增译手段,添加了名词性所有格"winter's",这里的添加可能更多的是出于诗歌节奏的考虑。例(11)则同时采用了增译和减译两种手段,添加了"young",省略了"风"的定语"邪",添加"young"一方面使"The young pine"和该节第三句中阿黑形成一个照应，另一方面也是出于诗歌节奏的考虑。把"邪风"译为"wind""gale"，则未能把"风"所隐藏的故事讲述者的态度和情感意义传达出来，即故事讲述者对热布巴拉父子所作所为的厌恶和不屑。

2. 意译法也是戴乃迭《阿诗玛》英译本中植物拟人修辞翻译最常用的翻译方法之一。如：

（12）场子里的桂花放清香，/生下女儿像花一样。（p. 63）

译文：Fragrant osmanthus trees they had, /And sweet their daughter fair. （p. 8）

（13）乘凉的大树依然站着。（p. 78）

译文：The spreading tree still sheds its shade. （p. 40）

（14）青松和嗑松从不分离。（p. 69）

译文：Together pine and cypress grow. （p. 20）

例（12）—（14）源语文本都使用了植物拟人修辞，译者英译时舍弃了源语文本植物拟人辞格的"修辞格式"，用解释的方式来表达源语文本辞格的意义。例（12）源语文本主语为"桂花"，赋予"桂花"人的动作——"放"，"……放清香"是具有撒尼特色的表述方式，但在译文中，译者用 they（格路日明夫妇）作主语，had 作谓语，译文句子平铺直叙，未能呈现出撒尼语言风格。例（13）源语文本中"乘凉的""站着"等词的运用使"大树"具有了人的行为举止，语言生动形象，体现了阿诗玛被抢后，周围的人、物所表现出的一种悲愤的心绪。但译文"The spreading tree still sheds its shade"只描述了树的一种状态，未能传达源语文本拟人修辞所隐含的情感意义。例（14）阿诗玛用拟人修辞"青松和嗑松从不分离"来比喻自己所期许的与未来爱人之间的一种亲密关系，是撒尼情侣文化中的一种独特的表达方式，"从不分离"一般是用来指人与人之间的一种紧密关系，译者用"grow together"（生长在一起）翻译，未能有效传达撒尼特色表达方式。

3. 在戴乃迭《阿诗玛》英译本中，植物拟人修辞的翻译转译法运用很少,仅1例,译者用其他拟人辞格的"修辞格式"替代源语文本拟人辞格的"修辞格式",同时使用来替代的辞格意义与原来辞格意义相近或联想意义相同。如:

(15) 风吹草低头,羊群吃草刷刷响。(p. 67)

译文:The flowers bowed before the wind,/Her cattle cropped the grass. (p. 16)

例(15)源语文本"草低头"运用了拟人修辞,赋予植物"草"人的动作特征——"低头",译文用"bowed"一词翻译"低头",把动作发出者"草"转译为"The flowers",这里改变了源语文本拟人辞格的"修辞格式",但所使用来替代的辞格意义与原来辞格意义相近。这里的转译可能是出于译者对诗歌韵律的考虑,即一旦上一句草译为"The grass",按照英语句子的特点,下一句的"草"往往会用代词 it 来指代,那么该节诗歌第二、四行就不押韵("pass"与"grass")。

(四)无生物拟人的翻译

以无生物拟人,就是给无生命的事物增添生命的色彩和气息,把人的主观意识和情感转移至无生命的事物身上,融情于物,借物抒情,达到别样的表达效果。① 下面将对戴乃迭《阿诗玛》英译本中无生物拟人翻译方法进行分析和探讨。

1. 直译法是戴乃迭《阿诗玛》英译本中无生物拟人修辞翻译使用较多的一种翻译方法。在直译法的用例中,译者在英译时,保留了源语文本无生物拟人辞格的"修辞格式"以及指示意义,但在直译法的具体运用中,翻译方法又有所区别,主要有句法成分不对应的直译、增译、减译等。如:

(16) 什么做阿黑的伴?笛子做阿黑的伴。(p. 79)

---

① 参见谢世坚、邓霞《莎剧中的拟人修辞及其翻译》,《贵州大学学报》2014 年第 1 期。

译文：What company had brave Ahei? /His shepherd's flute had he. (p. 43)

(17) 水桶就是她的伴；/锅灶就是她的伴。(p. 67)

译文：And water bucket, kitchen stove /Were all her company. (p. 16)

(18) 伤心的泪呀，星星也不忍看！怨恨的歌啊，月亮也不忍听。(p. 78)

译文：Such bitter, bitter tears of grief / No stars could bear to see, / the moon grew faint to hear their plaint/Of hate and agony. (p. 40)

例（16）采用了句法成分不对应的直译法，源语文本将植物"笛子"人格化，赋予"笛子"人的功能，即能"与人做伴"，译者英译时保留源语文本的拟人修辞格式，但根据英语表达习惯，调整了句子成分，用"he"（Ahei）作主语、"His shepherd's flute"作宾语，同时还使用了增译法，添加了"brave""shepherd's"等定语，"brave"的添加凸显了译者对主人公阿黑的情感和态度。而"shepherd's"的添加更多的是出于译者对撒尼人牧羊文化的敏感性，添加的目的是让译入语读者了解撒尼文化。例（17）源语文本赋予"水桶""锅灶"等物体人的特征，句子用了重复手段，两次重复句子"就是她的伴"，译者翻译时保留了源语文本的拟人修辞格式，通过合并主语，省略重复部分，把两个句子合并为一个句子。这样的翻译方式，一方面使译文更加符合英语的表达习惯，另一方面却丧失了源语文本语言"喜用复沓结构"的特点。例（18）源语文本把人的主观意识和情感转移至无生命事物的身上，将"泪""星星""歌""月亮"等无生命的事物人格化，赋予它们"伤心""不忍看""怨恨""不忍听"等人的情感和动作，译者英译时保留源语文本的拟人修辞，同时采用了增译手段，运用词汇重复和词汇添加等手段来表达阿诗玛被抢后，小伙伴伤心、悲痛的心情，"伤心"一词通过两次重复"bitter"，同时增加了同义词"grief"来进行转换，"怨恨"则用"hate and agony"来翻译，添加了"agony"（极大的痛苦）一词。

第五章 《阿诗玛》英译本翻译研究

2. 意译法是戴乃迭《阿诗玛》英译本中无生物拟人修辞翻译最为常用的翻译方法。如：

（19）清水不愿和浑水在一起。（p. 75）

译文：Clear water will not mix with foul. （p. 32）

（20）太阳不愿照。（p. 84）

译文：But dimly shone the bright sun then. （p. 55）

（21）嗓子里吐出三颗细米来。（p. 89）

译文：The turtle-dove that he brought down/Spat out three grains of rice! （p. 65）

例（19）、（21）源语文本都使用了无生物拟人修辞，而英译时译者并未转换为拟人辞格，而是使用一般表达把拟人辞格的意思翻译出来。例（19）—（20）源语文本赋予"清水""浑水""太阳"人的情感，即"不愿和……在一起""不愿照"，但在译文中，译者用动词短语"mix with"（……与……混合）翻译"和……在一起"，用"dimly shone"翻译"不愿照"，舍去了源语文本无生物拟人修辞格式和所含的情感意义。例（21）源语文本赋予无生物"嗓子"人的行为——"吐出"，但译文舍去了源语文本的拟人修辞格式，用"The turtle-dove"（斑鸠）作句子的主语，"Spat out"作谓语，仅仅描述了一个情况，即"The turtle-dove spat out three grains of rice!"（斑鸠吐出三颗米），这里的转换更多的是出于对译入语表达习惯的考虑。

3. 在戴乃迭《阿诗玛》英译本中，无生物拟人修辞的翻译转译法运用很少，仅1例。如：

（22）黑云盖满了天空。（p. 80）

译文：The sun gives light no more. （p. 47）

例（22）源语文本运用了拟人修辞，赋予无生命事物"黑云"人的动作特征——"盖满",译文仍然使用拟人修辞手法"gives light no more",但主语"黑云"转换为"The sun"(太阳)。译文改变了源语文本拟人辞格的"修辞格式",但所使用来替代的辞格意义与原来辞格意义相近。

(五)抽象概念拟人的翻译

抽象概念的人格化就是为了丰富文字的表现形式和浓缩语意,赋予抽象概念人所特有的声、情、形、貌、言、行等,从而起到表现作者思想感情增加风趣和幽默感,使被描述的概念栩栩如生的效果。① 下面将对戴乃迭《阿诗玛》英译本中抽象概念翻译方法进行分析和探讨。

(23) 指甲离肉疼透心,/仇恨在心里生了根。(p.78)

译文:When flesh is torn, the pain is keen;/Then cursed be the day. (p.40)

例(23)源语文本使用了抽象概念拟人修辞"仇恨在心里生了根",而英译时译者并未转换为拟人辞格,而是用一般表达"Then cursed be the day"把拟人辞格的意思翻译出来,这里的转换更多的是出于对译入语表达习惯的考虑。

通过以上分析可以看出,彝族叙事长诗《阿诗玛》善用拟人修辞,常常借助丰富的想象,把事物模拟成人来写,把它们与人的形象、行为举止等联系在一起,使所书写的事物具体化、形象化,从而达到映照人性、显示美丑,引起读者的联想与共鸣。拟人在《阿诗玛》中不仅仅是一种修辞,更是一种极具浓郁撒尼特色的表述方式,体现了独特的撒尼文化。通过对《阿诗玛》汉语文本中拟人修辞的统计、分析,我们考察了动物拟人、植物拟人、无生物拟人和抽象概念拟人在《阿诗玛》汉语文本中的使用特点,发现在《阿诗玛》汉语文本中动物拟人、植物拟人、无生物拟人的使用频率为最高,抽象

---

① 参见谢世坚、邓霞《莎剧中的拟人修辞及其翻译》,《贵州大学学报》2014年第1期。

第五章 《阿诗玛》英译本翻译研究

概念拟人的使用频率为最低,说明了像《阿诗玛》这样的少数民族文学,更倾向于使用借助丰富的想象,将动植物、甚至无生物等人格化,赋予它们人的特征,借它们的言行举止、声情形貌等反映人性,寓情于物,抒发人的情感,渲染气氛,给读者身临其境的感觉。[①] 通过戴乃迭英译本中拟人修辞的统计、分析,发现戴乃迭主要使用了直译和意译两种翻译方法。对于一些源语文本中与译入语具有同样拟人辞格修辞格式和修辞内容的表达,戴乃迭通常运用句法成分对应或者句法成分不对应的直译法来处理;而对于一些具有撒尼特色的表述方式,戴乃迭往往通过直译法在保留源语文本拟人修辞格式的基础上,充分发挥译者的主体性,采用增译或释义手段,译文比源语文本的修辞内容有所增加,但却易于读者接受,从而达到既使译入语读者能理解源语文本的意义,又能保留《阿诗玛》源语文本的拟人修辞格式,重现源语文本的语言美和撒尼文化的独特性,使读者能够从译文中欣赏到源语文本语言使用的技巧和意趣。有时为了诗歌的节奏和韵律,戴乃迭在通过直译法来尽量保留源语文本的拟人修辞格式的同时,还采用减译、转换等手段来达到诗歌押韵的目的,这些处理方式有时很成功,有时则显得较为牵强。当拟人辞格带有很强的民俗色彩,译入语文化中没有相对应的表达,较难理解时,戴乃迭则偏向于意译法,化繁为简,往往会舍弃源语文本的拟人修辞格式,甚至修辞内容,用解释的方式来表达源语文本辞格的意义,以帮助译入语读者理解源语文本,但是这样的处理方式有时使译本未能较好传达源语文本那些独特而形象的表达方式及其内涵,有时使译本未能把拟人修辞所隐藏的故事讲述者的态度和情感意义传达出来。转译法在戴乃迭《阿诗玛》英译本中使用较少,译者一般用其他拟人辞格的"修辞格式"替代源语文本拟人辞格的"修辞格式",同时使用来替代的辞格意义与原来辞格意义相近或联想意义相同,转译法的使用更多的是出于译者对诗歌韵律或是对译入语表达习惯的考虑。

---

① 参见谢世坚、邓霞《莎剧中的拟人修辞及其翻译》,《贵州大学学报》2014年第1期。

三 《阿诗玛》英译本夸张修辞的翻译

王希杰的《汉语修辞学》认为"夸张,就是故意言过其实,或夸大事实,或缩小事实,目的是让对方对于说写者所要表达的内容有一个更深刻的印象"①。夸张是一种常见的修辞,是对事物的形象、特征、作用、程度等做扩大夸张或缩小夸张。扩大夸张就是夸大事实,也就是往大处夸张,把事物的数量、性质、状态、作用、特征等往深、大、多、快、高、长、强等方向夸张。缩小夸张就是缩小事实,也就是故意把事物的数量、特征、作用、程度等往小、慢、矮、轻、短、弱等方面说的夸张。②夸张修辞可以使诗歌变得生动、形象,极富有画面感,可以渲染气氛,塑造人物,能增强语言的感染力,引起人们的联想。③夸张存在于各民族的语言中,是各民族语言的结晶,体现了人类语言强大的表现力以及背后文化的多样性。下面我们将针对《阿诗玛》源语文本夸张修辞使用的特点,把《阿诗玛》夸张修辞分为数量夸张和非数量夸张,通过对戴乃迭英译本《阿诗玛》夸张修辞翻译方法的统计和分析,揭示戴乃迭在处理夸张修辞翻译方面的特点。

(一)《阿诗玛》英译本夸张修辞翻译方法统计与分析

戴乃迭英译本《阿诗玛》夸张修辞翻译主要有5种处理方法:(1)直译法,在译文中保留源语文本夸张修辞格的"修辞格式"以及指示意义;(2)转译法,在译文中用其他夸张修辞格的"修辞格式"替代源语文本夸张修辞格的"修辞格式",同时使用来替代的辞格意义与原来辞格意义相近或联想意义相同;(3)意译法,译文舍弃源语文本夸张修辞格的"修辞格式",用解释的方式来表达源语文本辞格的意义,即汉译英中源语文本使用了夸张,而译语未使用夸张,用的是一般表达;(4)省略法:在译文中源语文本夸张修辞未被翻译。(5)注释法:在直译、转译或意译的基础上,通过在页脚添

---

① 王希杰:《汉语修辞学》,商务印书馆2004年版,第299页。
② 参见金普《浅谈夸张修辞格》,《安徽文学》2008年第3期。
③ 参见刘怡《从夸张修辞格的处理谈译者主体性发挥——唐诗英译本比较》,硕士学位论文,华东师范大学,2007年,第6—7页。

加注释的方式进行翻译。

表5-5　　　　　《阿诗玛》英译本夸张修辞翻译方法统计

	直译		转译		意译		省略		注释		合计	
	数量	比例(%)	数量	比例(%)	数量	比例(%)	数量	比例(%)	数量	比例(%)	数量	比例(%)
合计	17	29.8	12	21.1	21	36.8	6	10.5	1	1.75	57	100

由表5-5我们可以看出，《阿诗玛》源语文本共使用夸张修辞格57例，英译本主要使用了直译和意译两种翻译方法，两种翻译方法分别为17例和21例，各占29.8%和36.8%；转译法12例，占21.1%；省略法为6例，占10.5%，注释法1例，占1.75%。

表5-6　　　　　《阿诗玛》英译本各类夸张修辞翻译方法统计

译法类型	直译	比例(%)	转译	比例(%)	意译	比例(%)	省略	比例(%)	注释	比例(%)	合计	比例(%)
数量夸张	8	21.6	10	27	13	35.1	5	13.5	1	2.7	37	100
非数量夸张	9	45	2	10	8	40	1	5	0	0	20	100
合计	17	29.8	12	21.1	21	36.8	6	10.5	1	1.75	57	100

由表5-6我们可以看出，《阿诗玛》源语文本共使用夸张修辞格57例，其中数量夸张修辞格37例，非数量夸张修辞格20例。《阿诗玛》英译本数量夸张修辞翻译意译法运用频次最高，为13例，占35.1%，转译法、直译法次之，分别为10例、8例，分别占27%、21.6%，省略法为5例，占13.5%，注释法仅1例，占2.7%。在非数量夸张修辞翻译中，直译法运用频次最高，

为9例，占45%，意译法次之，为8例，占40%，转译法、省略法较少，分别为2例、1例，分别占10%、5%，非数量夸张修辞翻译没有运用注释法。

从以上对戴乃迭《阿诗玛》英译本中夸张修辞翻译的统计分析中，我们可以得出如下结论：

直译法和意译法是戴乃迭《阿诗玛》英译本中夸张修辞翻译最常用的翻译方法，直译法在数量夸张修辞翻译和非数量夸张修辞翻译中使用次数基本持平，意译法在数量夸张修辞翻译中使用次数较多。直译法、意译法在非数量夸张修辞翻译中使用次数基本持平。转译法在数量夸张修辞翻译中使用次数较多，在非数量夸张修辞翻译中使用次数较少。省略法在数量夸张修辞翻译中使用次数比非数量夸张修辞相对多一些。注释法在戴乃迭《阿诗玛》英译本夸张修辞翻译中运用很少，仅在数量夸张修辞翻译中使用过1例。

下面分别对戴乃迭《阿诗玛》英译本中数量夸张和非数量夸张的翻译方法进行逐一探讨。

(二) 数量夸张的翻译

数量夸张是指依据题旨情境，巧妙地运用数词将语言本体夸大或缩小。《阿诗玛》夸张修辞中有一大类为数量夸张，这一类最能代表撒尼民族的文化特色。鲜益认为"史诗中的数总是和具体物象结合在一起的，在歌手眼里，它们并不是抽象的符号，而是特定事件和物象的象征，数的具象性与民族文化内在意蕴的关联性是各民族传统文化普遍存在的现象"[1]。根据鲜益的研究："三、六、九、十二、二十四、三十六、七十二等数在彝族古歌和古籍中大量存在，它们包含了彝族古代丰富的天文、历算知识""彝族认为奇数属于阳性数，偶数属阴性数，故奇数为大，为贵，要形容事物的多和大，就取奇数。"[2]下面将对戴乃迭《阿诗玛》英译本中数量夸张修辞翻译方法进行分析和探讨。

---

[1] 鲜益：《彝族口传史诗的语言学诗学研究——以〈勒俄特衣〉（巴胡母木本）为中心》，博士学位论文，四川大学，2004年，第265页。

[2] 同上。

第五章 《阿诗玛》英译本翻译研究

1. "九十九""一百二十"类扩大夸张手法的翻译

《阿诗玛》源语文本分别在第三章"天空闪出一朵花"、第五章"说媒"和第六章"抢亲"中使用了"九十九""一百二十"类满数扩大夸张手法。"彝族传统数理文化的意蕴就在于：以一为小，以九为大，古人的运算法则是，以一而九，反本归一，以生倍数。"①"九十九"和"一百二十"是具有鲜明撒尼族文化特征的数字，多为虚指，包含某物数量繁多、内容丰富或过程复杂的意指功能。

(1) 撒尼族的人民，/一百二十个欢喜，/撒尼族的人民，/一百二十个高兴。（p. 64）

译文：The Sani elders loved him well（p. 11）

(2) 这天，请了九十九桌客，[1]（注释：[1]"九十九""一百二十"，都是撒尼人惯用的形容多的数字。）

坐满了一百二十桌；

客人带来九十九坛酒，

不够，又加到一百二十坛。

全村杀了九十九个猪，

不够，又增加到一百二十个；

亲友预备了九十九盆面疙瘩饭，

不够，又加到一百二十盆。（p. 65）

译文：For ninety-nine the board was laid,

But by six score was filled;

A hundred pigs were brought as gifts,

But twenty more were killed. *

---

① 鲜益：《彝族口传史诗的语言学诗学研究——以〈勒俄特衣〉（巴胡母木本）为中心》，博士学位论文，四川大学，2004年，第265页。

The guests brought wine kegs ninety – nine,

But drank a full six score;

And to the hundred dishes brought

They added twenty more. (p. 14)

(＊The Sani people use ninety – nine and one hundred and twenty to describe any very great number.)

（3）不嫁就是不嫁，/九十九个不嫁（p. 76）

译文：I answer: Ninety – nine times No! /I will not go with you! (p. 34)

（4）九十九挑肉，

九十九罐酒，

一百二十个伴郎，

一百二十匹牲口。(p. 76)

译文：See ninety – nine full loads of meat,

And kegs of wedding wine;

Five score and twenty bridegroom's men,

Five score and twenty kine! (p. 35)

例（1）是在诗歌第三章"天空闪出一朵花"中阿诗玛出生时对撒尼人民情感的描述。这里运用了两个数量夸张"一百二十个欢喜""一百二十个高兴"，描写了阿诗玛出生时撒尼人民兴高采烈的样子，属于扩大夸张修辞，故意把事物往"强处"说。在英语国家文化中，鲜有用数词与"欢喜""高兴"等表达情感之类的词语连用，来突出"欢喜""高兴"的强度，以达到表达强烈情感、渲染气氛的效果，所以译者英译时采用了省略法，省略了源语文本的两个数量词"一百二十"，同时添加副词"aloud"（大声地）来强调欢喜、高兴的程度。例（2）是在诗歌第三章"天空闪出一朵花"中关于为阿诗玛做满月酒的两段描写。源语文本出现了4个"九十九"和4个"一百二十",并对两个数字加了脚注。这里数词"九十九"和"一百二十"与相应的量词、名词搭配运用,构成了扩大夸张修辞,故意把事物往"多处"说。这里的往"多处"说,并不是强调阿诗玛家的富有,而是突出阿诗玛满月庆祝仪式的热闹和隆重,也体现了撒尼文化中人们对孩子满月仪式的重视。在英译时,译者把"九十九桌客""九十九坛酒"中的"九十九"直译为"ninety-nine";把"九十九个猪""九十九盆面疙瘩饭"中的"九十九"转译为"hundred";把"一百二十桌""一百二十坛"中的"一百二十"转译为"six score";把"(增加到)一百二十个(猪)""(又加到)一百二十盆"中的"一百二十"意译为"twenty more",同时保留了源语文本里的脚注,把脚注译为"＊The Sani people use ninety-nine and one hundred and twenty to describe any very great number"例(3)是在诗歌第五章"说媒"中关于阿诗玛拒绝热布巴拉家提亲的话语。"九十九个不嫁",这里把数量词"九十九个"与动词"不嫁"搭配使用,构成了扩大夸张修辞,通过数量夸张修辞来强化语势,表达了阿诗玛对待富人热布巴拉家提亲的拒绝态度是无比坚决的。译者把"九十九个不嫁"译为"Ninety-nine times No",保留了源语文本夸张修辞格的"修辞格式",同时与后一句"I will not go with you!"相呼应,使得源语文本夸张修辞格的指示意义得以传达。例(4)是诗歌第六章"抢亲"中热布巴拉家来抢阿诗玛时的描写。这里数量词"九十九挑""九十九罐"分别与物质名词"肉""酒"搭配,"一百二十"分别与名词"伴郎""牲口"搭配,构成了扩大夸张修辞,故意把事物往"多处"说,突出热布巴拉家抢亲时的排场。译者把"九十九挑肉""九十九罐酒"两句话合并为一句,只翻译了一个"九十九",把其直译为"ninety-nine";把"一百二十个伴郎""一百二十匹牲口"中的"一百二十"都转译为"Five score and twenty"。戴乃迭将《阿诗玛》中的"九十九"直译为"ninety-nine"以及对脚注的翻译,表明她对撒尼数字语言文化的了解,同时也表明了作为中国文化的传播使者,她对保留和传播异族语言文化的责任感和所做的努力。而译者有时把

"九十九"转译为"hundred",一方面可能是考虑读者的语言习惯,英语常常避免太多重复同一个词或词组;另一方面,在英语国家文化中,"hundred"也常常用来虚指,表示数量多或强度强等,把"九十九"转译为"hundred",异曲同工,夸张的口吻被保留了下来。把"一百二十"转译为"six score"或"Five score and twenty",可能是出于照顾读者语言习惯以及诗歌节奏的考虑。

2."百""九百九十九""千""万""千万""一辈子"类扩大夸张手法的翻译

(5)万丈青松不怕寒。(p. 63)

译文:No tree grows taller than the pine:/It fears not winter's cold. (p. 10)

(6)万般毒计都用过,/该让妹妹见哥哥。(p. 91)

译文:Thwarted once more, they should restore /His sister to Ahei. (p. 70)

(7)笛子一吹百鸟来。(p. 69)

译文:Draw birds to hear him play. (p. 21)

(8)好马关在厩里,/鸣声闻千里。(p. 69)

译文:A good steed's neigh will reach the ear, / long ere the horse is seen. (p. 21)

(9)阿诗玛的爹妈,

就是一千个不喜欢,

一万个不甘愿,

我也要把他们说转。(p. 71)

译文:Why, both of Ashima's parents now,

However loath they be,

However much they may object,

Will be talked round by me. (p. 24)

第五章 《阿诗玛》英译本翻译研究

（10）留下来的呵，/是那一辈子喝不完的伤心！（p. 72）

译文：all that's left / Is grief until we die. （p. 26）

（11）留下来的呵，/是那一辈子赶不走的伤心！（p. 72）

译文：未译

（12）千万朵山茶，

你是最美的一朵。

千万个撒尼族姑娘，

你是最好的一个。（p. 67）

译文：Among ten thousand lovely flowers,

Our Ashima blooms most fair;

Among ten thousand Sani girls,

None can with her compare. （p. 17）

（13）豺狼虎豹死他手，/少说也有九百九十九。（p. 90）

译文：With knife and bow he had laid low/A thousand beasts of prey. （p. 67）

例（5）—（9）采用意译法来处理数量夸张修辞中的数词或数量词"万""百""千""一辈子"等，舍弃了源语文本数量夸张修辞格的"修辞格式"。例（5）"万丈青松"中的数量词"万丈"是对事物高度的夸张，用来强调青松的高度，译文则用比较级句型"No tree grows taller than the pine"来强调青松的高度。例（6）"万般毒计都用过"中，数量夸张修辞"万般毒计"用来强调热布巴拉家的歹毒与无能，译文则用一个分词短语"Thwarted once more"（再一次被挫败）来表达源语文本辞格的意义。例（7）"百鸟"中，数词"百"是对事物数量的夸张，译文则用名词复数"birds"来表达源语文本辞格的意义，即鸟的数量众多。例（8）"鸣声闻千里"中，数量词"千里"是对距离的夸张，把人所听到的好马的叫声距离扩大为"千里"，译文则平铺直叙，意译为 A good steed's neigh will reach the ear, / long ere the

· 247 ·

horse is seen.（在看到骏马之前，其嘶鸣声就传到了我们耳朵）。例（9）是在诗歌第五章"说媒"中，媒人海热在拿到热布巴拉家的好处后，对热布巴拉家表忠心的一段话。这里运用"一千个不喜欢""一万个不甘愿"两个数量夸张修辞格来突出阿诗玛父母对热布巴拉家提亲坚决反对的态度。数量词"一千个""一万个"是对人物情感强度的夸张，在英语国家文化中，鲜有用数词与"不喜欢""不甘愿"等表达情感之类的词语连用，来突出"不喜欢""不甘愿"的强度。译者采用了意译法，用程度副词"however""however much"来表达源语文本辞格的意义，即"不喜欢""不甘愿"的程度。例（10）的"一辈子喝不完的伤心"，例（11）的"一辈子赶不走的伤心"都有数量词"一辈子"，译者采用意译法来处理。例（10）中的"一辈子"，译为"until we die"；例（11）中的"一辈子"则省略没有翻译。例（12）是诗歌第四章"成长"中小伙伴对阿诗玛的赞美之词。这里用了2个数量夸张修辞"千万朵山茶""千万个撒尼族姑娘"与最高级"最美的一朵""最好的一个"搭配使用，来突出阿诗玛的美丽。译者则采用了转译法，把两个"千万"都译为"ten thousand"（一万）。对于译入语读者来说，数量夸张修辞格中用于对花、姑娘赞美的数词"千万"，听上去并不比"ten thousand"（一万）多，可以说"ten thousand"（一万）听起来比"ten million"（千万）更自然些。例（13）是诗歌第十一章"打虎"中对阿黑勇敢品质的描写。这里数量夸张修辞"少说也有九百九十九"，是对被阿黑打死的豺狼虎豹数量的扩大夸张，用以突出阿黑打猎能手的特点。"九百九十九"的表述形式具有鲜明的民族文化特征，多为虚指，包含某物数量繁多、内容丰富或过程复杂的意指功能。在英语国家文化中则常常用"thousand"来虚指，表示数量多，译者将"九百九十九"转译为"A thousand"，更多的是出于译入语读者阅读习惯的考虑，同时也能将源语文本夸张的口吻保留下来。

3. "七""九""十二""四方"类扩大夸张手法的翻译

（14）老鼠有九斤重。（p.74）

译文：The rats weigh nine full pounds.（p. 30）

（15）黄牛遍九山，

水牛遍七山，

山羊遍九林，

绵羊遍七林。（p. 74）

译文：His cattle roam nine mountain sides,

His goats nine forests steep;

On seven hills his oxen graze,

In seven woods his sheep.（p. 30）

（16）十二座山箐都跑遍。（p. 74）

译文：Faire Ahsima led her flock that day/On mountain high to roam.（p. 31）

（17）翻过十二座大山。（p. 79）

译文：And crossed great mountain ranges high.（p. 43）

（18）翻过十二大山，/跳过十二大涧。（p. 82）

译文：Twelve mountains you must scale, / Twelve chasms you must vault across.（p. 51）

（19）从此阿诗玛，/名声传四方。（p. 66）

译文：And ever after, Ashima's name/Was heard on every tongue.（p. 14）

（20）好女家中坐，

双手戴银镯，

镯头丁当响，

站起来四方亮。（p. 69）

译文：With silver bracelets on each wrist,

At home sat Ashima good,

Her bracelets sparkled in the light,

· 249 ·

And tinkled when she stood. (p. 21)

例 (14) — (15) 中的数词 "七" "九" 不是实数，而是虚数，表达多数之意。例 (14) "老鼠有九斤重"、例 (15) "黄牛遍九山" "水牛遍七山" "山羊遍九林" "绵羊遍七林" 出自诗歌第五章 "说媒" 中，媒人海热向阿诗玛家提亲时对热布巴拉家财富的描写。"老鼠有九斤重" 是通过对某家老鼠重量的扩大夸张，来夸耀其财富。"黄牛遍九山" "水牛遍七山" "山羊遍九林" "绵羊遍七林" 是通过黄牛、水牛、山羊、绵羊数量的扩大夸张来夸耀其富有。这些都是极具撒尼文化特色的数量夸张修辞格。在英语国家文化中，数词 "九" 则是象征美德的数，是象征圆满的3的圆满形式，《圣经》里有九级天使。数词 "九" 也是有德之人的灵魂之数。数词 "七" 是一个神圣、神秘、吉利、博大尊贵的数字，在宗教文化中广泛运用，它是上帝创世的天数。译者把 "老鼠有九斤重" 译为 "The rats weigh nine full pounds"，保留了源语文本的数量夸张修辞格式和内容，只是把源语文本度量单位 "斤" 转译为 "full pounds"。这样的处理方式，一方面可以保留撒尼族的语言文化特色，另一方面可以照顾译入语读者的度量衡使用习惯，使读者通过老鼠的超常重量来理解和知晓撒尼人独特的语言表达方式和文化。译者把 "九山" "七山" "九林" "七林" 分别译为 "nine mountain" "seven hills" "nine forests" "seven woods"，译文为了凸显撒尼族语言文化特色，采用了直译的方法，在某种程度上可谓是 "硬译"，未太多考虑译入语读者的阅读习惯。但是当译入语读者结合本章上文的内容，应该能够理解这章诗歌译文的大体意义，同时这种陌生化的翻译方式也会给读者留下深刻的印象，从而使他们关注这些带有鲜明民族特色的语言表达方式。例 (16) — (18) 中出现了4例带有数词 "十二" 的句子。"'十二' 这个数字在撒尼文化中表达的意义多为虚指，具有表示数量繁多、过程复杂、内容丰富、形式多样的意指功能。数字 '十二' 常常出现在撒尼人的祭词以及对物产丰富、丰衣足食的祈请中。数字 '十二' 是带有撒尼人特定思维的数字模式，它的深层意指只被撒尼人这一特定群体接纳认可。如：楠楠十二楠（十二种食物）、尼尼十二尼（十二种艳丽之物）、桎桎十二桎（十二种饮料）。"[1] "在英语国家文化中，'十二'是象征完美、秩序和稳定性的数。它是2、3、4、6的倍数。根据亚里士多德学说，人应有十二种基本品德。托勒密天文学中有黄道十二宫。《圣经》中耶稣有十二使徒。"[2] 译者用意译法把"十二座山箐""十二座大山"分别译为"mountain high""great mountain ranges high"，舍弃源语文本夸张修辞格的"修辞格式"，用解释的方式来表达源语文本辞格的意义；例（18）采用了硬译法，把"十二大山""十二大涧"分别译为"Twelve mountains""Twelve chasms"。由于中西文化的差异，这里译者对撒尼文化中具有特殊含义的"十二"的处理方式可能会造成英语国家读者的误读。例（19）—（20）中出现了2例带有"四方"的句子。"四方"在源语文本中是指天下，各处，属于空间的扩大夸张。译者运用转译法，用译入语中与源语文本辞格意义相近的夸张修辞格"one's name was heard on every tongue"替代源语文本夸张修辞格"名声传四方"。这样的处理方式既照顾了译入语读者的阅读习惯，同时也能将源语文本夸张的口吻保留下来。例（20）则采用了省略法，没有翻译源语文本的夸张修辞格"站起来四方亮"。

4. "半点""一口气""两口气""一下子""半分"类缩小夸张手法的翻译

（21）她的眼睛闪着光，/没有半点畏惧。（p.83）

译文：Her eyes flashed bright with bitter scorn, /No fear or dread she knew. (p.52)

（22）五条牛来拖，/也不见动半分。（p.92）

译文：They yoked five buffaloes abreast, /But tugged and pulled in vain.

---

[1] 罗钊：《石林彝族撒尼人"祭祀词"语词程式分析》，《昆明师范高等专科学校学报》2004年第2期。

[2] 胡家峦：《历史的星空——英国文艺复兴时期诗歌与西方宇宙论》，北京大学出版社2000年版，第67页。

(p. 73)

(23) 一口气跑了两座山，/两口气跑了五座山（p. 83）

译文：He scales two mountains in one breath, /Then crosses five in two. (p. 53)

(24) 好像身上脱衣服，/一下子就剥下一张整皮来。(p. 91)

译文：And then held up the skin entire/ To their astonished sight. (p. 70)

例（21）—（24）中"半点""一口气""两口气""一下子""半分"等为缩小夸张手法。缩小的描述，有更突出、更鲜明地表达事物的作用。例（21）、（22）采用意译法来处理数量夸张修辞中的数量词"半点""半分"等，舍弃了源语文本数量夸张修辞格的"修辞格式"。"半点""半分"分别与动词"畏惧""动"等搭配，都是用来强调动作幅度极小、极弱，构成对事物的缩小夸张。例（21）出自诗歌第九章"马铃响来玉鸟叫"中，是关于阿诗玛面对阿支的威逼利诱时面部表情的描写。"没有半点畏惧"突出了阿诗玛面对恶势力的威胁，毫不畏惧、毫不妥协的英雄气概。译文运用完全否定形式"No fear or dread"，替代了源语文本通过缩小方式来构成夸张的修辞格式。例（22）是诗歌第十二章"射箭"中关于阿黑射箭震慑热布巴拉家的描写。阿黑射出第三箭，正中在热布巴拉家堂屋的供桌上，怎么也拔不下来，这里用了夸张修辞"五条牛来拖，也不见动半分"。夸张修辞格中，"五条牛来拖"与"也不见动半分"形成对照关系，同时整个夸张修辞格与后面阿诗玛"拔箭就像摘下花一朵"又构成鲜明的对照。译者用短语动词"in vain"（徒劳地）翻译"不见动半分"，未保留源语文本的夸张口吻和内容。例（23）出自诗歌第九章"马铃响来玉鸟叫"中，是关于阿黑追赶被热布巴拉家抢去的阿诗玛的描写。这里数量词"一口气""两口气"分别与数量词"两座山""五座山"搭配，构成鲜明对照，"一口气""两口气"为缩小夸张，"两座山""五座山"为扩大夸张。译者把"一口气跑了两座山""两口气跑了五座山"译为"He scales two mountains in one breath, /Then crosses five in two",运用直译法保留了源语文本的数量夸张修辞格式和内容。例（24）是在诗歌第十一章"打虎"中,对阿黑剥虎皮的描写。这里数量词"一下子"与数量词"一张整皮"搭配,构成鲜明对照,"一下子"为缩小夸张,"一张整皮"为扩大夸张,突出了阿黑剥虎皮动作的迅速。译者没有对夸张修辞格进行翻译,只是通过增加"To their astonished sight"来表达阿黑令人震惊的能力。译文未能体现出受撒尼人尊崇的撒尼英雄——阿黑的神力。

（三）非数量夸张的翻译

这里非数量夸张是指依据题旨情境,运用除数词以外的其他手段将语言本体夸大或缩小。下面将对戴乃迭《阿诗玛》英译本中非数量夸张修辞翻译方法进行分析和探讨。

1. 直译法是戴乃迭《阿诗玛》英译本中非数量夸张修辞翻译最常用的翻译方法之一。译者在译文中保留了源语文本夸张修辞格的"修辞格式"以及指示意义,但在直译法的具体运用中,翻译方法又有所区别,主要有句法成分对应的直译、句法成分不对应的直译以及增译、减译等。如：

（25）照着老大爹指的方向, /飞赶阿诗玛。（p.83）

译文：He took a road the old man showed, /And after Ashima flew. (p.51)

（26）满天起黑云, /雷声震天裂。（p.93）

译文：The sky was rent by thunderbolt, /Black clouds began to flown。(p.76)

（27）你家金银马蹄大。（p.82）

译文：Your ingots large as horses' hooves. (p.50)

（28）阿黑射出第三箭, /正中在堂屋的供桌上, /整个院子都震动。(p.92)

译文：The third shaft that Ahei let fly/The shrine's main altar pierced. /Rebubala's whole courtyard shook. （p. 72）

例（25）出自诗歌第九章"马铃响来玉鸟叫"中,是阿黑追赶营救阿诗玛的描写。这里用"飞"与动词"赶"搭配,是对动作"赶"往强处说,构成扩大夸张修辞。译者采用了句法成分基本对应的直译法,译为"flew after",保留了源语文本夸张修辞格的"修辞格式"和修辞内容,同时使译文的句法成分与源语文本的句法成分基本对应。例（26）出自诗歌第十三章"回声"中,是对阿黑和阿诗玛被热布巴拉家设计陷害时的描写。"雷声震天裂"是扩大夸张修辞,译者采用了句法成分不对应的直译法。源语文本用的是主动句,主语为"雷声",谓语为"震","裂"为宾语"天"的补语。译者保留了源语文本的夸张修辞格式和修辞内容,但用以"The sky"（天）为主语的被动句来进行翻译。例（27）源语文本运用比喻来构成夸张,译者同样用了"…as…"比喻源语文本的夸张修辞格式和内容,同时采用了减译手段,省略了"金银",仅用"ingots"（锭）进行翻译;例（28）出自诗歌第十二章"射箭"中,是关于阿黑射箭震慑热布巴拉家的描写。阿黑射出第三箭,正中在热布巴拉家堂屋的供桌上,这里用了夸张修辞"整个院子都震动","第三箭"与数量词"整个院子都震动"构成鲜明对照,突出了阿黑箭的力量和神性。译者采用直译法保留了源语文本的夸张修辞,但添加了"Rebubala's",这里增译法的使用是出于诗歌节奏的考虑。

2. 意译法也是戴乃迭《阿诗玛》英译本中非数量夸张修辞翻译最常用的翻译方法之一。如:

（29）仇恨在心里生了根。（p.78）

译文:Then cursèd be the day. （p.40）

（30）全家来拔箭,/箭像生了根。（p.92）

译文:His kinsmen gripped the arrow then, /And wrenched with might and main. （p.73）

（31）张开口来小锅大。（p.90）

第五章 《阿诗玛》英译本翻译研究

译文：Their huge jaws opened wide. （p.67）

（32）阿黑的叫声，/震动了热布巴拉家。（p.85）

译文：He shouted loud to cow the crowd/Around Rebubala. （p.57）

（33）我的灵魂永不散。（p.95）

译文：For here my spirit will abide. （p.79）

（34）我的声音永不灭。（p.95）

译文：My voice ring out on high. （p.79）

例（29）—（30）源语文本都使用了"生了根"一词，"生了根"是肯定极限词，常用来比喻事物建立起牢固的基础、深入人心，是一个极具民族特色的夸张表达形式。在英语国家文化中也有同样的表达形式"take root in…"，如《圣经》中的句子"Bitterness is relentless and dangerous when allowed to take root in our hearts"（Ephesians 4：31）。例（29）、（30）中"生了根"分别与"仇恨在心里""箭"搭配，构成了夸张修辞格。译者英译时，舍弃了源语文本夸张修辞格的"修辞格式"，这种处理方式是出于音韵的考虑。"仇恨在心里生了根"出自诗歌第七章"盼望"中，是关于阿诗玛被热布巴拉家抢后，她的小伙伴对热布巴拉家态度的描写。译者用"cursèd be the day"（成天地诅咒）来表达源语文本"仇恨在心里生了根"的意义，较好地传达了源语文本夸张的口吻，同时使该节诗歌二、四行押韵，即"day"与"away"押韵。"箭像生了根"出自诗歌第十二章"射箭"中，是关于阿黑射箭震慑热布巴拉家的描写。译者仅用了"gripped the arrow … And wrenched with might and main"（用力地拔箭）来翻译，使该节诗歌二、四行押韵，即"main"与"vain"押韵，但未能体现源语文本的夸张口吻以及阿黑所射箭的神性。例（31）"张开口来小锅大"是诗歌第十一章"打虎"中关于老虎相貌体征的描写。把老虎张口的大小与小锅的大小相比，构成富有鲜明撒尼族特色的比喻和夸张。译者译为"opened wide"（大大地张开），译文舍弃了源语文本的修辞格式和语言的民族特色，这样的处理方式更多的是译者出于该节诗歌二、四行押韵（"side"与"wide"押韵）的考虑。例（33）—（34）出自诗歌第十三章"回声"中，是关于阿诗玛被热布巴拉家的帮凶——崖神，发大水淹死重生后对哥哥阿黑说的话。这节使用了两个"永不"，"永不"是否定极限词，说话者通过极限表达"永不散""永不灭"，有意违反质量准则来构成夸张修辞，以表达阿诗玛说话语气中那种不畏恶势力、坚强不屈的强烈情感。译者用肯定表达"abide""ring out on high"来翻译极限表达"永不散""永不灭"，译文所表达的情感不如源语文本强烈。

3. 在戴乃迭《阿诗玛》英译本中，夸张修辞的翻译转译法运用很少，仅2例，译者用其他夸张修辞格的"修辞格式"替代源语文本夸张修辞格的"修辞格式"，同时使用来替代的辞格意义与原来辞格意义相近或联想意义相同。如：

(35) 背起了弓和箭，

跳上了黄骠马，

铃子敲在马脸上，

阿黑飞赶阿诗玛。(p. 80)

译文：He seized his bow and arrows then,

And spurred his sorrel mare;

Bells tinkled on the horse's head,

As swift it cleft the air. (p. 46)

(36) 日灭我不灭。(p. 95)

译文：The sun may die, I shall live on. (p. 79)

例（35）出自诗歌第八章"哥哥阿黑回来了"中，是关于阿黑骑马追赶被热布巴拉家抢去的阿诗玛的描写。"飞赶"是对动词"赶"的速度的扩大夸张。这里动态夸张手法的运用，较好地突出了阿黑急于救出阿诗玛的焦急、急迫的心情。译文用"spurred…As swift it cleft the air"来表达"飞赶"之意，改变了源语文本夸张修辞格的"修辞格式"，但所使用来替代的辞格意义与原来辞格意义相近。这里的转译使译文的诗意更加突出，同时使该节诗歌二、四行押韵（"mare"与"air"押韵）。例（36）是在诗歌第十三章"回声"中关于阿诗玛被热布巴拉家的帮凶——崖神，发大水淹死重生后对哥哥阿黑说的话。这里对照修辞"日灭我不灭"有意违反质量准则构成夸张修辞，来表达阿诗玛面对恶势力大无畏的抗争精神。译文用肯定表达"live on"来转译"不灭"，译文的气势不如源语文本强。

4. 在戴乃迭《阿诗玛》英译本中，夸张修辞的翻译省略法运用很少，仅1例。译者在翻译中把源语文本夸张修辞格完全省略，不进行翻译。如：

（37）满嘴酒气满嘴油，/媒人说话满场子臭。（p76）

译文：With wine-flushed face and greasy lips, /Up speaks the foul Haire.（p.35）

例（37）出自诗歌第六章"抢亲"中，是关于热布巴拉家强抢阿诗玛成亲场景里，对媒人海热的描写。"满"为肯定极限词，这里"满嘴酒气""满嘴油"的表达符合生活实际，说话人遵守了质量准则，而"说话满场子臭"则通过极限表达有意违反质量准则来构成夸张修辞，以表达说话者对趋炎附势的媒人——海热的憎恶之情。"说话满场子臭"是带有浓郁撒尼族特色的表述方式，这个表述方式如果直译的话，则不易被英语国家的读者所理解，译者采取省略法，未对夸张修辞"满场子臭"进行翻译。

夸张修辞是彝族叙事长诗《阿诗玛》极具特色的一种修辞手法，它蕴含了丰富的撒尼文化和撒尼人的认知心理，读者往往能透过这些夸大其词的言语形式感受到撒尼人的情感体验和情感倾向。通过对《阿诗玛》汉语文本中数量夸张修辞格和非数量夸张修辞格的统计、分析，发现在《阿诗玛》汉语文本中，数量夸张修辞格的使用频率较高。数量夸张修辞格主要是由"九十九""一百二十""百""九百九十九""千""万""千万""一辈子""七""九""十二""四方""半点""一口气""两口气""一下子""半分"等数词或数量词构成的扩大夸张或缩小夸张。非数量夸张修辞格主要通过对照夸张手法,通过程度副词与动词搭配构成的动态夸张手法,通过肯定或者否定极限词与其他词搭配构成的极限表达夸张手法,以及通过借助其他修辞手段构成的夸张手法等加以表现。通过对戴乃迭英译本《阿诗玛》中夸张修辞的统计、分析,发现戴乃迭主要使用了直译和意译两种翻译方法。

"语言是文化的符号,文化是语言的管轨。"[1] 源语文本中表示数量夸张的数词大多数是具有鲜明民族文化特色的文化负载词,而这些文化负载词在译入语中则构成文化空缺。戴乃迭在将这些带有鲜明民族文化特色的数量词译成英语时,对扩大夸张手法类的数词或数量词,主要采用直译法、意译法和转译法,有的地方则加了脚注或采用了省略法。对缩小夸张手法类的数词或数量词,主要采用意译法。为了凸显撒尼族的语言文化特色,戴乃迭采用直译法或者直译法加脚注的方法对扩大夸张手法类的数词或数量词进行翻译。大多数译文处理得非常好,既做到了译文与源语文本修辞格式上的对等,将数量夸张如实地反映在了译文中,又使译入语读者通过上下文,能够理解译文的意思。这种陌生化的翻译方式往往会给读者留下深刻的印象,从而使他们关注这些带有鲜明民族特色的语言表达方式。有的译文在某种程度上可谓是"硬译",未太多考虑译入语读者的阅读习惯。由于中西文化的差异,这些译文可能会造成英语国家读者的误读。转译法的使用更多的是出于照顾译入语读者阅读习惯以及诗歌节奏的考虑,同时也能将源语文本夸张的口吻保留下来。对一些民族文化特色不太突出的数词或数量词,译者往往采用意译法来处理,舍弃了源语文本数量夸张修辞格的"修辞格式",有时甚至采用省略法,不对带有这些数词或数量词的源语文本进行翻译。在非数量夸张修辞翻译中,直译法运用频次最高,意译法次之,转译法、省略法较少,没有运用注释法的案例。对于一些源语文本中与译入语具有同样夸张辞格修辞格式和修辞内容的表达,戴乃迭通常运用直译法来处理。有时译者通过直译法在保留源语文本夸张修辞格式的基础上,出于诗歌节奏和韵律的考虑,也会采用

---

[1] 邢福义:《文化语言学》,湖北教育出版社1990年版,第58页。

增译或减译的手段。当非数量夸张辞格带有很强的民族文化特色,特别是带有否定极限词时,戴乃迭往往出于对译入语读者阅读习惯的考虑,或者出于对诗歌音韵的考虑,采用意译法或转译法,舍弃源语文本语言的民族特色。有时则采取省略法,不对该夸张修辞进行翻译。这样的处理方式,有时不能较好地体现源语文本作者的情感体验和情感倾向。从戴乃迭的《阿诗玛》英译文我们可以看到,译者在翻译中追求最大程度地保留源语文本的夸张修辞手法。但是保留绝不是照搬源语文本,而是译者在受制性与创造性之间寻求平衡,在保留夸张修辞格的基础上,灵活地再现或传达夸张修辞格。[①] 同时我们也可以看到,深谙东西方文化差异的戴乃迭对撒尼语言文化的尊重和了解,作为中国文化传播使者的戴乃迭对保留和传播异族语言文化的责任感和所做的努力。戴乃迭《阿诗玛》英译本的翻译方法有利于译入语读者对译文的接受和喜爱,对我国少数民族文化及语言、诗歌在英语世界的广泛传播有着不可磨灭的作用。

四 《阿诗玛》英译本反复修辞的翻译

反复修辞分为重复段、重复句和重复行。重复段指整段完全相同的重复;重复句指多于一行且不足一段的重复;重复行指单行相同的重复。我们对《阿诗玛》源语文本和戴乃迭英译本中的各类反复修辞进行了统计。

《阿诗玛》源语文本中,各类重复共达 83 处之多。其中重复段共出现 16 处,重复段出现的章节和次数分别为:第 1 章共 3 处、第 4 章共 2 处、第 7 章共 6 处、第 9 章共 3 处、第 10 章共 2 处;重复句共 24 处,重复句出现的章节和次数分别为:第 4 章共 5 处、第 5 章共 2 处、第 7 章共 2 处、第 8 章共 3 处、第 9 章共 7 处、第 10 章共 5 处;重复行共出现 43 处,重复行的章节和次数分别为:第 4 章 9 处、第 5 章 10 处、第 8 章 3 处、第 9 章 1 处、第 10 章 6 处、第 11 章 1 处、第 12 章 4 处、第 13 章 9 处。

---

① 参见刘怡《从夸张修辞格的处理谈译者主体性发挥——唐诗英译本比较》,硕士学位论文,华东师范大学,2007 年,第 6—7 页。

戴乃迭《阿诗玛》英译本中运用反复修辞的具体情况如下：全文重复共出现55处。其中，重复段共出现13处，分别为第1章3处、第9章2处、第10章5处、第12章3处；重复句共出现16处，分别为第5章2处、第7章6处、第8章1处、第9章7处；重复行共出现26处，分别为第4章8处、第5章9处、第9章1处、第10章2处、第13章6处。

统计对比后我们发现，译文中的反复修辞在出现的次数上明显少于源语文本。源语文本中的一些反复修辞，译文中并没有译成反复，甚至有些直接删除未译。"适当重复描写性词语能较好地体现 ballad 的文体特点。因为重复既是 ballad 的一种抒情手段，又便于记诵。"[1] 而使用 parallelism 也是 ballad 的文体特色。[2] 对于反复这一修辞手法，戴乃迭在英译过程中不但没有忽视，而且非常重视，译文中也有很好的体现。如，在第九章"马铃响来玉鸟叫"第十七、三十二和四十四节为重复段："玉鸟天上叫，太阳当空照，阿黑满身大汗，急追猛赶好心焦"，戴译也用重复段形式进行了翻译；第二十四、四十节为"太阳不愿照，玉鸟绕路飞"，两诗句的译文相同，但在顺序上做了调换。译文详见如下：

玉鸟天上叫，	The jade – white bird is crying still,
太阳当空照，	The sun shines in the sky;
阿黑满身大汗，	His body dripping sweat, Ahei
急追猛赶好心焦。	Comes riding madly by.

（第九章第十七、三十二和四十四节）

| 太阳不愿照， | The jade – white bird veered far away, |
| 玉鸟绕路飞， | But dimly shone the sun; |

---

[1] Alex Preminger and others, *Princeton Encyclopedia of Poetry and Poetics*, Princeton: Princeton University, 1974, p.62.

[2] 参见王宝童《用歌谣体译介中国的创世神话》，《外语教学与研究》1996年第1期。

第五章 《阿诗玛》英译本翻译研究

热布巴拉家阴森森，   The threshold of Rebubala
好人不跨他家门。   All honest men did shun.
（第九章第二十四节）

太阳不愿照，   But dimly shone the bright sun then,
玉鸟绕路飞，   The jade bird veered away;
热布巴拉家阴森森，   Poor Ashima was in agony,
阿诗玛正在受苦罪。   Alone and trapped she lay.
（第九章第四十节）

同样，第十三章第三十一和三十二节中重复出现了"爹妈的好囡呀，好囡阿诗玛"。正是在这一呼一应中，将父母思念女儿的真切情感表露得淋漓尽致。译文在进行忠实翻译的基础上，为了情感表达的需要，不但增加了 dear, lost 两词，而且增添了一个感叹号，同时将源语文本中呼喊的"阿诗玛"增加为三次对阿诗玛的呼喊，大大增强了情感的宣泄。兹将源语文本和译文摘录如下：

爹妈出去做活的时候，   And when her parents went to work,
对着石崖喊：   They hailed the boulder sheer;
"爹妈的好囡呀，   "O Ashima, daughter lost to us!
好囡阿诗玛！"   Oh, Ashima! Ashima, dear!"
（第十三章第三十一节）

对面，同样的声音，   And from the peak the selfsame sound,
回答亲爹妈：   The good old folk could hear;
"爹妈的好囡呀，   "O Ashima, daughter lost to us!
好囡阿诗玛！"   Oh, Ashima! Ashima, dear!"
（第十三章第三十二节）

· 261 ·

《阿诗玛》翻译传播研究

但源语文本中有些反复修辞在译文中做了些改动，有些被合并或删除不译。英语诗歌并不常用反复，其行文多倾向简洁明了。译文为避免因过多的反复而导致行文不流畅，译者直接进行了简化处理。"然而，删节并非始终都是合适的处理方式。"[①] 这一现象在第四章"成长"的英译中尤其突出。比如，"小姑娘日长夜大了"这一诗句在本章36节中重复出现了9次，分别为第1、2、3、6、8、9、15、17、21节的首句。译文重复了8次，分别放在第1、2、5、7、8、14、16、20节首句位置中，得到了较为忠实的转换。但本章中的"爹爹喜欢了一场，妈妈喜欢了一场"两诗句重复了5次，分别出现在第1、2、3、5、7各节的末尾第5、6行。译文只在第3节（To cheer her parents' heart）和第6节末尾（And made their hearts right glad）各用一诗句进行了意译，其他4处一概做了省译处理。第5节因和第7节整段重复，译文干脆做了删除处理。而第7节前面4句分别用问答形式出现的诗句，译文直接将其压缩为两问一答（源语文本和译文见下）。另外，第四章共36节，其中共有12节诗歌是由6个诗行组成的，占整章1/3篇幅。但译诗为"使译文形式工整，实现形式与意义并重，诗性和可读性并存，译出英国民谣四行诗体例的韵语效果"[②]。一概把每一节编译为4诗行。第四章是对阿诗玛成长过程的描述，运用大量同一句式的反复咏唱，这正"是石林撒尼人的惯常表达，是在撒尼文化系统中生成的一种审美形式"[③]。

谁帮爹爹苦？	Oh, who could ease her father's toil?
谁疼妈妈的苦？	And cheer her mother sad?
因帮爹爹苦，	Young Ashima helped her parents dear,
因疼妈妈的苦。	And made their hearts right glad.

[①] 王宏印、崔晓霞：《论戴乃迭英译〈阿诗玛〉的可贵探索》，《西南民族大学学报》2011年第12期。
[②] 同上。
[③] 牟泽雄：《〈阿诗玛〉版本论》，《楚雄师范学院学报》2007年第2期。

爹爹喜欢了一场，

妈妈喜欢了一场。①（第四章第七节）

五 《阿诗玛》英译本顶真修辞翻译研究

《阿诗玛》源语文本中出现了许多顶真修辞。"顶真以形式立格，句子环环相扣，层层顶接，语气贯通，顺流而下，十分绵密、紧凑。顶真从内容表达来说，能够突出事物之间的各种紧密的关系。"② 一般后一句开头重复前一句结尾的词或词组，从而使相连的两个句子首尾蝉联，上递下接。③

《阿诗玛》源语文本中顶真修辞运用的具体情况如表5-7所示。

表5-7　　　　　　　　源语文本顶真修辞统计表

顶真类别	出现的章节	出现次数
节间顶真	第一章第1—2节	1
	第九章第37—38节	1
行内顶真	第二章第10节第3行+第4行	2
行间（跨行）顶真	第三章第15节第3—4行	1
	第四章第1节第3—4行+第2节第3—4行+第3节第3—4行+第22节第2—3行+第25节第1—2行+第32节第3—4行	6
	第五章第34节第3—4行+第36节第3—4行+第38节第3—4行+第52节第3—4行	4

---

① 赵德光：《阿诗玛文献汇编》，云南民族出版社2003年版，第66页。
② 王德春、陈晨：《现代修辞学》，上海外语教育出版社2001年版，第26页。
③ 参见张智中《汉诗的反复之美及其英译》，《外文研究》2013年第3期。

续 表

顶真类别	出现的章节	出现次数
行间（跨行）顶真	第六章第 6 节第 1—2 行	1
	第十章第 38 节第 3—4 行	1
	第十一章第 7 节第 1—2 行 + 第 8 节 1—2 行	2
	第十三章第 1 节第 3—4 行 + 第 31 节第 3—4 行 + 第 32 节第 3—4 行	3
连续顶真	第五章第 21 节第 2—3—4 行 + 第 23 节第 3—4—5 行 + 第 24 节第 2—3—4 行	3

从表 5 - 7 中可以看到，《阿诗玛》源语文本共 13 章，共有 25 处运用了顶真修辞手法。文中的顶真修辞主要有四类：第一类是节间顶真，第二类是行内顶真，第三类是行间（跨行）顶真，第四类是连续顶真。如，第一章第一节与第二节之间出现了一处节间顶真。

　　破竹成四块，
　　划竹成八片，
　　多好的竹子呀，
　　拿来做口弦。（第一章第一节）

　　口弦轻轻地响，
　　弹出心里的话，
　　多好的声音呀，
　　爱它和宝贝一样。（第一章第二节）

行间（跨行）顶真出现得比较多。相对比较集中地出现在第四章描绘阿诗玛的成长过程中。如：

就会笑了，

笑声就像知了叫一样。(第四章第一节)

就会爬了，

爬得就像耙齿耙地一样。(第四章第二节)

就会跑了，

跑得就像麻团滚一样。(第四章第三节)

行内顶真，如第二章第二节出现了两处：

他叫阿支，阿支就是他，(第二章第二节)

他像猴子，猴子更像他。(第二章第二节)

另外也出现了连续顶真。如第五章第二十一节中第2、3、4行：

嫁得一条牛，

一条牛使不得一辈子，

一辈子成人家的妹了！

(第五章第二十一节第2、3、4行)

《阿诗玛》英译本中顶真修辞运用的具体情况如表5-8所示。

表5-8　　　　　　　英译本顶真修辞翻译统计表

顶真类别	源语文本	译文
节间顶真	第一章第1—2节	重复不顶真
	第九章第37—38节	不重复不顶真

续 表

顶真类别	源语文本	译文
行内顶真	第二章第 10 节第 3 行 + 第 4 行	不重复不顶真
行间（跨行）顶真	第三章第 15 节第 3—4 行	不重复不顶真
	第四章第 1 节第 3—4 行 + 第 2 节第 3—4 行 + 第 3 节第 3—4 行 + 第 22 节第 2—3 行 + 第 25 节第 1—2 行 + 第 32 节第 3—4 行	不重复不顶真
	第五章第 34 节第 3—4 行 + 第 36 节第 3—4 行 + 第 38 节第 3—4 行 + 第 52 节第 3—4 行	不重复不顶真
	第六章第 6 节第 1—2 行	不重复不顶真
	第十章第 38 节第 3—4 行	不重复不顶真
	第十一章第 7 节第 1—2 行 + 第 8 节第 1—2 行	不重复不顶真
	第十三章第 1 节第 3—4 行 + 第 31 节第 3—4 行 + 第 32 节第 3—4 行	不重复不顶真
连续顶真	第五章第 21 节第 2—3—4 行 + 第 23 节第 3—4—5 行 + 第 24 节第 2—3—4 行。	不重复不顶真

通过表 5-8 对源语文本中 25 处顶真与译文进行对比发现，译文中除了一处重复但不顶真外，其余 24 处顶真译文无一例外地采取了既不重复也不顶真的处理方法。顶真属于汉语诗歌中反复的一种，即同语反复。"顶真的好处是能够使原来彼此相对独立的诗句紧密相连，形成一个有机的整体，朗读起来也显得十分连贯，诗歌本身也会给人一气呵成之感。"[①] 顶真是一种连环之

[①] 徐有富：《诗学原理》，北京大学出版社 2007 年版，第 182—183 页。

美、呼应之美和流动之美。因为英语不太喜欢重复，汉诗的反复之美，在英译的过程中往往都有所损失。

第五节 《阿诗玛》英译本民俗文化翻译研究

英国文化人类学家 Edward Taylor 提出"文化是一个复杂的系统，它包括知识、信仰、艺术、道德、法律、风俗及其社会习得能力和习惯"[①]。不同民族生存的自然地理环境以及成长发展历程的差异导致了各民族思维方式、价值观念、宗教文化、历史文化以及社会风俗习惯等的不同。每个民族都有自己独特的民俗文化。民俗文化是由广大人民群众在共同的地域以及共同历史作用下创造、形成并传承的民间传统文化。[②]

撒尼人具有悠久的历史，文化源远流长。撒尼人是一个迁徙的民族，历代先民一直在寻找梦中的"阿着底"。"撒尼人是一个善于创造的民族，一直在塑造着自己的民族文化和民族精神。从'蒙部落文化'到'路南彝族撒尼文化'，再到'石林阿诗玛文化'"[③]，创新一直没有停止。"撒尼人居住的地方以老圭山为中心，向四面扩展，从圭山山峦到山脚乃至平坝都有撒尼人居住。由于居住在不同的等高线，各地的地理、气候、生产方式也有所不同。"[④] 撒尼人生存的独特自然地理环境以及社会历史发展历程，形成了其独特的思维方式和文化心理，也孕育了丰富多彩的撒尼文化，从而形成了撒尼人独特的语言表达方式。语言是文化的载体，各民族的语言都有其独特的文化寓意，撒尼人独特的思维方式和文化心理就蕴含在其语言表达方式之中。文化负载

---

① B. Edward Tylor, *Primitive Culture*, London: John Murray, 1871, p. 2.
② 参见吴丽冰《漳州民俗文化英译的应用研究——以目的论为视角》，《闽南师范大学学报》2015 年第 1 期。
③ 赵德光、黄建明:《石林撒尼人》，民族出版社 2006 年版，第 10 页。
④ 同上书，第 73 页。

词是最活跃、最能直接反映一个民族文化的语言单位。文化负载词是指"标志某种文化中特有事物的词、词组和习语。这些词汇反映了特定民族在漫长的历史进程中逐渐积累的、有别于其他民族的、独特的活动方式"[①]。在语言系统中,最能体现语言承载的民俗文化信息、反映民间习俗的词汇就是民俗文化负载词。撒尼民俗文化负载词是撒尼人利用富含其语言特点的词汇来表达思想的概念或事物,体现了鲜明的民族性。

彝族叙事长诗《阿诗玛》是撒尼人民共同创作的,以口头说唱的形式在民间流传的优秀文学作品,诗中含有大量的撒尼民俗文化负载词,这些词是凝聚着撒尼族悠久民族传统文化精髓的词条,表达了撒尼族文化中独有的事物或概念,反映了撒尼族独特的思维方式、价值观念、宗教文化、历史文化以及社会风俗习惯等,极具民族特色和地域特色。本节按照奈达对翻译中涉及的文化因素分类,即"生态文化、语言文化、宗教文化、物质文化、社会文化"[②],把《阿诗玛》中的民俗文化负载词分为以下五类:生态民俗文化负载词、语言民俗文化负载词、宗教民俗文化负载词、物质民俗文化负载词以及社会民俗文化负载词,主要对戴乃迭《阿诗玛》英译本中民俗文化负载词的翻译方法进行分析和探讨,揭示戴乃迭民俗文化翻译方面的特点。

一 《阿诗玛》英译本民俗文化的翻译方法

戴乃迭英译本《阿诗玛》中民俗文化负载词翻译主要有九种处理方法:(1)直译法:把源语文本按照字面意思翻译为英文,在译文中保留源语文本形式的翻译方法。(2)替换法:源语文本的文化内涵无法在译入语中找到完全对应的表达形式来转换时,用译入语中与源语文本意义相近或联想意义相同的表达形式来转换的翻译方法。(3)意译法:舍弃源语文本字面意义和表层形式,只保留源语文本深层意义的翻译方法。(4)省略法:源语文本民俗文化负载词被省略不译的翻译方法。(5)减译法:在译文中省略源语文本某

[①] 廖七一:《当代西方理论探索》,译林出版 2000 年版,第 232 页。
[②] 郭建中:《文化与翻译》,中国对外翻译出版公司 2000 年版,第 276 页。

些形式或部分蕴含着文化内涵的内容的翻译方法。(6)增译法:在译文中添加源语文本所没有的某些形式或部分蕴含着文化内涵的内容的翻译方法。(7)释义法:在译文中对源语文本中那些蕴含着丰富文化背景和文化特征的内容进行文内补充解释的翻译方法。(8)音译+直译法:将源语文本词汇的一部分在源语中的发音形式以译入语发音形式表现出来后,把词语的其他部分按照字面意思进行转换的翻译方法。(9)音译法,将源语文本词汇在源语中的发音形式以译入语发音形式表现出来的翻译方法。

表5-9　《阿诗玛》英译本民俗文化负载词翻译策略与方法统计

文化负载词 翻译方法	生态	语言	宗教	物质	社会	总计	比例(%)
直译	14	12	2	32	39	99	21.2
音译	0	0	0	0	14	14	3.0
音译+直译	1	0	0	0	0	1	0.2
增译	6	1	0	5	7	19	4.1
意译	17	88	2	9	72	188	40.2
减译	6	2	1	4	5	18	3.8
替换	28	7	0	20	14	69	14.7
释义	0	4	0	1	4	9	1.9
省略	8	8	0	15	20	51	10.9
总计	80	122	5	86	175	468	100
比例	17.1	26.1	1.1	18.4	37.4	100	

由表 5-9 我们可以看出，《阿诗玛》源语文本共有民俗文化负载词 468 例，其中社会民俗文化负载词最多，共计 175 例，占全部民俗文化负载词的 37.4%；其次是语言民俗文化负载词 122 例，占 26.1%；物质民俗文化负载词 86 例，占 18.4%；生态民俗文化负载词 80 例，占 17.1%；最少的是宗教民俗文化负载词，共计 5 例，仅占 1.1%。《阿诗玛》英译文本直译、音译、音译+直译、增译、意译、减译、替换、释义、省略九种翻译方法的使用频率也存在很大差异，其中意译法使用频率最高，共计 188 例，占全部译例的 40.2%；其次是直译法，共计 99 例，占 21.2%；替换法 69 例，占 14.7%；省略法 51 例，占 10.9%；增译法、减译法分别为例 19 例、18 例，分别占 4.1%、3.8%；音译法 14 例，占 3%；释义法 9 例，占 1.9%；音译+直译法使用频率最低，仅有 1 例，占 0.2%。使用意译法最多的是语言民俗文化负载词的翻译，共计 88 例，其次是社会民俗文化负载词的翻译，共计 72 例；使用直译法最多的是社会民俗文化负载词的翻译，共计 39 例，其次是物质民俗文化负载词的翻译，共计 32 例；使用替换法最多的是生态民俗文化负载词的翻译，共计 28 例，其次是物质民俗文化负载词的翻译，共计 20 例；使用省略法最多的是社会民俗文化负载词的翻译，共计 20 例，其次是物质民俗文化负载词的翻译，共计 15 例；使用增译法最多的是社会民俗文化负载词的翻译，共计 6 例；使用减译法最多的是生态民俗文化负载词的翻译，共计 7 例；使用释义法最多的是语言和社会文化负载词的翻译，都为 4 例；使用音译法的只有社会文化负载词的翻译，共计 14 例；使用音译+直译的只有生态文化负载词的翻译，仅 1 例。（生态民俗文化负载词翻译使用替换法最多，为 28 例，未使用音译法和释义法；语言民俗文化负载词翻译使用意译法最多，为 88 例，未使用音译法、音译+直译法；宗教民俗文化负载词翻译只使用了直译法、意译法、减译法，使用直译法、意译法最多，都为 2 例；物质民俗文化负载词翻译使用直译法最多，为 32 例，未使用音译法、音译+直译法；社会民俗文化负载词翻译使用意译法最多，为 72 例，未使用音译+直译法。）

二 《阿诗玛》英译本生态民俗文化的翻译

不同民族由于所处地理位置和生存环境的差异，对自然界中事物的认知也存在着差异。《阿诗玛》中生态民俗文化负载词主要包括植物、动物、地理环境（山、水、河、湖）、气候、天气变化（雨、雪、风）等方面的词汇。

表 5-10 《阿诗玛》英译本生态民俗文化负载词翻译方法统计

	直译	减译	意译	音译+直译	替换	增译	省略	合计
频数	14	6	17	1	28	6	8	80
比例(%)	17.5	7.5	21.3	1.3	35	7.5	10	100

由表 5-10 我们可以看出，《阿诗玛》源语文本共使用生态民俗文化负载词 80 例，《阿诗玛》英译文本直译、减译、意译、音译+意译、替换、增译、省略七种翻译方法的使用频率也存在很大差异，其中替换法使用频率最高，共有 28 例，占全部译例的 35%；其次是意译法，共有 17 例，占 21.3%；直译法 14 例，占 17.5%；省略法 8 例，占 10%；减译法、增译法分别有 6 例，各占 7.5%；音译+直译法使用率最低，仅 1 例，占 1.3%。

下面对《阿诗玛》英译本中的生态民俗文化负载词翻译方法进行分析。

(1) 苦荞没有棱，/甜荞三个棱。(p. 62)

译文：The bitter buckwheat has no barbs, /Sweet buckwheat, though, has three. (p. 4)

(2) 天晚露水出，/鸡叫寒霜下。(p. 71)

译文：When evening comes the dew will fall, / When dawn comes, cocks will crow. (p. 25)

(3) 饿狼看见绵羊，/口水往外淌，/阿支看见阿诗玛，/猴子眼睛乱眨巴。(p. 81)

译文：The hungry wolf who sees a lamb，/Will slaver at the jaw；/And Azhi loose mouth watered too，/When Ashima sweet he saw.（p. 49）

（4）要不是听见海热的话，/白光不闪雷不打。（p. 75）

译文：But when she heard the go–between，/Then Ashima's wrath was stirred.（p. 32）

（5）十三月亮小，/十五月亮大，/月亮缺了还会圆，/我们什么时候能团圆？（p. 76）

译文：The moon will wax and wane；/The crescent moon will wax full soon，/ But shall we meet again?（p. 36）

（6）天上的白云彩，/不会变黑云彩，/没有黑云彩，/雨就下不来。（p. 75）

译文：未译

（7）晒干了的樱桃辣[1]，比不上狠毒的热布巴拉，（注释：[1]一种状似樱桃的辣椒，是云南特产，味很辣。）（p. 83）

译文：Dried capsicum but sears the tongue；/ This man，more galling still（p. 53）

（8）这块地方呵，/也有森林，就是豺狼遍山野，/虎豹咬好人。（p. 81）

译文：In this grim place where Azhi dwelt，/Trees grew in every glen；/ But wolves and panthers roamed the hills/To prey on honest men.（p. 49）

（9）这块地方呵，/也有花朵，就是花开蜂不来，/有蜜蜂不采。（p. 81）

译文：In this grim place where Azhi dwelt，/Grew flowers fresh and fair；/But thought they bloomed，no bees would come/To sip the nectar there.（p. 48）

（10）像尖刀草一样宽。（p. 67）

译文：Broad as the waving jiandao grass.（p. 18）

例（1）中"苦荞""甜荞"在彝族文化中有其特殊的含义，属于植物文化负载词。万瓦良在《彝人的荞麦歌和荞麦情》一文中曾论述道："彝族对荞麦有深厚的感情，荞麦是维持彝人生命、繁衍一个民族的主要食品，凡红白喜事均不能没有荞麦，在各种粮食作物中，荞麦的地位最高，被视为粮中至宝。在彝区，数千年以来，流传着家喻户晓的荞麦歌，娓娓道来的是对荞麦这种农作物那说不完、道不尽的好处：'撒下荞麦种，幼苗绿油油，嫩叶似斗笠，花开如白雪，结籽沉甸甸，荞子堆成山，老人吃了还了童，少年吃了红润润，姑娘吃了双眼明如镜，乌发放光泽，十指嫩如笋，腰细如柳枝，容貌好似油菜花，迷醉多少男人心。马驹吃了乐津津；牛儿喂了胀鼓鼓；猪仔喂了肥胖胖；小鸡吃了唧唧叫；瘦羊吃了蹦又跳……'"①《维基百科》把荞麦定义为"buckwheat is a plant cultivated for its grain-like seeds, and also used as a cover crop."（From Wikipedia, the free encyclopedia）（荞麦是一种植物，人们种植以获得种子，也用以作为肥田的农作物）。荞麦对大多数英语国家的读者来说是陌生的，更不要说知晓"苦荞"与"甜荞"的区别。译者把"苦荞""甜荞"分别直译为"bitter buckwheat""sweet buckwheat"，淡化源语文本的文外之义，让读者经过自己对"bitter""sweet""wheat"的感悟去联想，以准确地理解源语文本意义。例（2）"天晚露水出，鸡叫寒霜下"属于天气民俗文化。石林撒尼人居住地为高寒山区，"天晚露水出""鸡叫寒霜下"是撒尼人对其居住环境及自然现象的认知。译者把"天晚露水出"直译为"When evening comes the dew will fall"，而把"鸡叫寒霜下"译为"When dawn comes, cocks will crow"。"鸡叫"与"寒霜下"两种自然现象在撒尼文化中是具有关联性的，但由于居住环境的差异，对于大多数英语国家的读者来说，这两种自然现象没什么相关性。所以译者用替换法把"寒霜下"译为"dawn comes"，更符合英语国家读者"鸡叫"与"黎明来临"两种自然现象

---

① 万瓦良：《彝人的荞麦歌和荞麦情》，《四川日报》2006年11月10日第4版。

关联性的认知。例（3）"饿狼看见绵羊，口水往外淌"是撒尼人经常看到的动物界的一种现象，英语国家的人们对这一景象也较为熟悉。而"阿支看见阿诗玛，猴子眼睛乱眨巴"表达的是阿支想得到阿诗玛那种急不可耐的样子，这样的表达是撒尼人对自然界猴子示爱表现的认知，而这样的比喻却是英语国家读者难以理解的表达。译者对"饿狼看见绵羊，口水往外淌"一句基本采用直译法，只是把绵羊替换成了"lamb"（羔羊）。而对"猴子眼睛乱眨巴"一句则完全采用了替换法，译为"And Azhi loose mouth watered too"，这样的译法，一是使译入语读者易于理解，二是与上句"The hungry wolf who sees a lamb/Will slaver at the jaw"相呼应。例（4）中"白光不闪雷不打"属于自然界中的天气现象，撒尼人把这种天气现象拟人化，用来描写人的性格，即"平和"的性格，是具有撒尼文化特色的表述方式。而这样的表述方式很难使英语国家读者产生与源语文化读者同样的联想意义。译者把用否定形式表述的句子转换成肯定形式表述的句子，运用意译法把源语文本译为"But when she heard the go–between, / Then Ashima's wrath was stirred."（当听到媒人海热的话时，阿诗玛被激怒了。）译者虽然舍弃源语文本"白光不闪雷不打"所蕴含的民俗文化意义，但使读者能更好地理解源语文本的意思。例（5）中"月亮小""月亮大""月亮缺了还会圆"属于月相。月相是天文学中对于地球上看到的月球被太阳照明部分的称呼，世界各地都一样。但对中国人来说，月亮往往蕴含着丰富的情感意义。睹月思人，望月兴叹，观月之阴晴圆缺想人间之聚散离合，人们把思人怀物、聚散离合、人生完满与不完满等种种情感寄托于月亮，月亮已然被拟人化和意象化了。特别是把农历"十三""十五"与"月亮小""月亮大"连在一起用，就使月亮具有了某种中国文化色彩。"农历是中国汉族的传统历法，又有夏历、汉历、阴历等名称，是一种阴阳历。汉族和一些少数民族的传统节日均以农历计算，至今汉字文化圈的国家和民族多仍庆祝农历的传统节日，如农历新年、端午节、中秋节、重阳节等。"[①]

---

① 《农历》，http://blog.sina.com.cn/s/blog_64e4300701011p9x.html。

第五章 《阿诗玛》英译本翻译研究

"十三月亮小""十五月亮大",对西方读者来说是陌生的表达,译者没有对"十三""十五""月亮小""月亮大"进行直接转换,而是根据英语国家读者对月亮的认知和其所熟悉的表达方式,用意译法把源语文本译为"The moon will wax and wane"(月亮有圆有缺)。月亮的阴晴圆缺往往蕴含着人生的完满与不完满、人间的聚与散。"人月两圆""天上月团圆,地下人团圆"等意境是中国人对生活的理想境界和世俗情怀的表达。源语文本中的"月亮缺了还会圆,/我们什么时候能团圆?"表达了阿诗玛的妈妈在女儿被抢后,对女儿的思念以及急切想与女儿阿诗玛相见团圆的感伤情怀。下文"我们什么时候能团圆?"(But shall we meet again?)能较好地帮助读者理解"月亮缺了还会圆"的内涵意义,因而译者用直译法把源语文本译为"The crescent moon will wax full soon"(新月不久将会变圆)。例(6)中"天上的白云彩,/不会变黑云彩,/没有黑云彩,/雨就下不来"的表述属于天气变化方面的民俗文化。对于以前居住在山区的撒尼人来说,看天象是一项重要的生产生活技能。撒尼人往往把天象的变化神化或拟人化来暗示或传达人的某种行为和情感。与下文"好心的阿诗玛,/从来不把人骂,/要不是听见海热的话,/白光不闪雷不打。"联系来看,此节又起着起兴句的作用,在结构上起了转接作用。"这种转接作用,是通过起兴句,借合于诗人感觉或意识到的外界其他事物先开一个头,而后才引向要说的主体事物。"[①] 这里的"白云彩""黑云彩""雨"都有所指,通过"白云彩""黑云彩""雨"三者的关联性以及三者与人情绪变化的隐有联系,来暗示阿诗玛听到媒人海热威逼利诱的一席话之后其情绪的变化,即阿诗玛的情绪从高兴到愤怒的变化。对于英语语篇来说,这样的起兴句是多余的,会破坏语篇的连贯性。所以译者省略此句未译。例(7)中把"晒干了的樱桃辣"与热布巴拉的狠毒相比,并对樱桃辣做了一个脚注,即"一种状似樱桃的辣椒,是云南特产,味很辣",这样的对比及叙述使植物樱桃辣带上了浓郁的地方民俗文化。樱桃辣老熟时鲜红似樱桃,辣味强烈,

---

① 《起兴》,http://baike.baidu.com/view/1140911.htm。

香味浓郁。嫩果鲜绿，供菜用，味美；老果为加工辣椒干、辣粉、辣椒酱、辣椒油、腌辣椒等调味品的最佳原料。樱桃辣是云南很多少数民族地区重要的调味品，在这些地方的饮食文化中占有重要地位。译者翻译时，从诗的节奏考虑，用"capsicum"（辣椒）代替了较长的樱桃辣拉丁文名称 Capsicum frutescens，舍弃了源语文本中的脚注未译，但增加了"but sears the tongue"（灼烧舌头）对原句及其脚注进行了解释。这里所使用的意译法使读者可以较好地理解"晒干了的樱桃辣"与热布巴拉狠毒之间的关联。例（8）中"豺狼""虎""豹"是居住在高山上的撒尼人常见的动物，通过对这些动物性情的长期观察，他们赋予了"豺狼""虎""豹"凶残的标签，常用"豺狼""虎""豹"来暗指穷凶极恶的人。译者运用减译法，删减了"虎"（tiger），并把分别在两句话中作主语的"豺狼"和"豹"合在一句作主语，译为"wolves and panthers"，使诗句更为紧凑。例（9）中"花朵""花开蜂不来""有蜜蜂不采"都属于自然界现象，但撒尼文化中这些表述却隐含着一定的情感意义，即某主人家如果出现了"花开蜂不来""有蜜蜂不采"的情况，那么就意味这家人不受大家的欢迎。从这节诗歌译文的整体来说，译者用了直译法，但在翻译第二句"也有花朵"时，增加了形容词"fresh and fair"。这里增译法的使用，一方面是为了把诗歌中隐含的"阿支一家人不受大家欢迎"的情感意义做一定的体现，更多地是出于诗歌的音步以及第二句与第四句的押韵，即"fair"与"there"押韵。例（10）中"尖刀草"，又名白花蛇舌草、矮脚白花蛇利草等，是一种生长于山野之中的多年生草本植物，撒尼人常常用它来治喘咳、痈肿疔疮、毒蛇咬伤等。对撒尼人来说，它是一种常见的治病救命的珍贵药材。因为对尖刀草的常见和熟悉，撒尼人也常常用尖刀草作喻体来描述其他物体的性状。这里是用"尖刀草"来描述阿诗玛母女俩所织布的宽度，撒尼人听到或读到这样的描述，对这段布的宽度便会了然于心。大多数英语国家的读者对中医药及中医药文化都不了解，尖刀草对他们来说是陌生的，更无法理解撒尼人对尖刀草的情感以及用尖刀草作为喻体所描述物体的性状。译者首先用音译法把"尖刀草"中的"尖刀"译为"jiandao",然后采用直译法把"草"译为"grass",还在句子中增加了形容词"waving"(摇曳的、像波浪起伏的),把静态描写布宽度的尖刀草变成了动态的描写。这样的译文,虽然没有实现译文与源语文本的功能对等,但给译入语读者留下了充分的想象空间,有利于帮助他们经过思索与回味了解不同的民俗文化。

三 《阿诗玛》英译本语言民俗文化的翻译

语言是文化的载体,不同民族由于思维方式和文化心理的不同,形成了各自语言的特质。《阿诗玛》语言民俗文化负载词主要涉及方言、数字、叠词、语言程式、修辞等。由于在修辞一章中,我们已对《阿诗玛》的数字、修辞进行了探讨。下面主要对《阿诗玛》英译本方言、叠词等的翻译方法进行分析。

表5-11　《阿诗玛》英译本语言民俗文化负载词翻译方法统计

翻译方法		直译	减译	意译	替换	增译	省略	释义	合计
方言	频数	11	2	71	7	1	7	4	103
	比例(%)	10.7	1.9	68.9	6.8	0.97	6.8	3.9	100
叠词	频数	1	0	17	0	0	1	0	19
	比例(%)	5.3	0	89.5	0	0	5.3	0	100

由表5-11我们可以看出,《阿诗玛》源语文本语言民俗文化负载词中方言有103例,叠词有19例,共计122例。《阿诗玛》英译文本直译、减译、意译、替换、增译、省略、释义七种翻译方法的使用频率也存在很大差异,其中意译法使用频率最高,共有71例,占全部译例的68.9%;其次是直译法,共有11例,占10.7%;替换法、省略法均为7例,分别占6.8%;释义法4例,占3.9%;减译法2例,占1.9%;增译法使用率最低,仅1例,占0.97%。

（一）方言的翻译

这里的源语文本是根据 20 多份彝语口述文本整理而成，文本保留了很多撒尼方言。这些方言隐含着撒尼人对事物的认知，具有强烈的民族色彩和文化个性。

（1）场子里的树长得格权权，/生下个儿子长不大。（p.63）

译文：His courtyard trees grew all awry, his son was just the same. (p.9)

（2）会盘田的人我才中意。（p.69）

译文：A working man for me! (p.20)

（3）爹爹身上三分血，/妈身上七分血；/妈妈身上藏了十个月，/爹爹身上也藏了十个月。（p.64）

译文：Seven parts she had of mother's blood, / And of her father's three; / Ten months within her mother's womb, /Conceived with love was she. (p.11)

（4）阿诗玛的爹妈，/就是一千个不喜欢，/一万个不甘愿，/我也要把他们说转。（p.71）

译文：Why, both of Ashima's parents now, / However loath they be, / However much they may object, / Will be talked round by me. (p.24)

（5）走到一个独家村，/见着个放羊的娃娃。（p.85）

译文：(As he comes hurtling through.) / A single hut, a peasant lad. (p.56)

（6）小米做成细米饼，/我们比赛讲细话。/谷子做成白米花，/我们比赛讲白话。（p.85）

译文："First let me see if you can guess/My riddles!" Azhi cried. (p.58)

（7）阿支脸红脖子大。（p.86）

译文: Till Azhi, like to choke, /Was breathing hard, his throat was hoarse. (p.58)

例(1)—(2)中"格权权""会盘田"都是撒尼方言,这些表述体现了撒尼人特有的思维方式和民族文化个性,译者都是运用意译法来进行翻译的。"格权权"体现了撒尼人的形象思维。"格权权"是撒尼人在认识世界的过程中,对树表象进行取舍时形成的,它生动形象地描写出树长得不直,歪歪扭扭,枝杈很多,很难成才的性状。"场子里的树长得格权权"是一个起兴句,与下句"生下个儿子长不大"相对应,暗指热布巴拉家的儿子就像长得歪歪扭扭的树一样,心术不正,难以成才,译者译为 awry(歪斜的、扭曲的)。"会盘田的人"为撒尼方言,用来指能平田整地、种植庄稼的行家里手。"会盘田"是农耕社会撒尼人选夫婿最为看重的一种能力,表现的是农耕文明时期人们对事物的一种认知。译者仅用一个表抽象意义的词组 a working man(一个做工的人)进行翻译,未能突出阿诗玛对所喜欢和心仪的人能力的具体要求,未能体现撒尼农耕文化的特质以及当时人们的思维特征。例(3)"爹爹身上三分血,/妈身上七分血""妈妈身上藏了十个月,/爹爹身上也藏了十个月"是汉语重译本中的句子,是在汲取阿诗玛原始资料基础上的改造,在一定程度上体现了撒尼人的传统生育习俗。血缘关系是由婚姻或生育而产生的人际关系,如父母与子女的关系。将一个生命带到这个世界的两个个体被称作父母。自然血亲的亲子关系是基于子女出生的事实而发生,因而子女与父母在血缘上都有直接联系,即爹爹身上三分血,妈身上七分血。用"身上藏"来指怀胎,即"妈妈身上藏了十个月,爹爹身上也藏了十个月"。撒尼人对新生命诞生极为重视,认为生育不仅是女人的事,也是男人的事,繁育后代对撒尼人来说是头等大事。译者用直译法把"爹爹身上三分血,/妈身上七分血"转换为"Seven parts she had of mother's blood, / And of her father's three"。直译法虽然保留了源语文本的字面意义,但对译入语读者来说,"Seven parts she had of mother's blood"(她拥有她母亲的七分血),"And of her father's three"（她父亲的三分血）这样的表达可能难以理解。译者省略"爹爹身上也藏了十个月"未译，用意译法把"妈妈身上藏了十个月"转换为"Ten months within her mother's womb"（在她妈妈子宫里十个月），同时运用增译法添加了"Conceived with love was she"（她是由于爱而怀上的）。这些译法虽然舍弃了源语文本的字面意义，但却使译入语读者得以理解此句的意思。例（4）中"把……说转"是方言，意思是说服某人。译者直接用在意义上基本对等的英语短语"talk round"进行翻译。例（5）"独家村""放羊的娃娃"都是方言。现在很多彝族聚居地都有以"独家村"命名的村子，但从源语文本上文的"赶到一个三家村""走到一个两家村"来看，"独家村"应该是居住着一户人家的村子。译者用"独家村"中的某一具体事物"A single hut"（一座小屋）替换了"独家村"，用"放羊的娃娃"的上义词"a peasant lad"（乡下少年）替换了"放羊的娃娃"，译文未能较好体现当时生活在高山地区的撒尼人的社区特点和人的身份特点。例（6）中"讲细话""讲白话"均为方言，都是具有鲜明民族文化和地域文化特征的演唱形式，是民歌中最有特色的曲调，也是对歌比赛中常用的曲调。这节诗歌中第一句"小米做成细米饼"和第三句"谷子做成白米花"都是起兴句，译者省略未译，将源语文本的直接引语转换为了间接引语"First let me see if you can guess/My riddles!" Azhi cried.（"先让我瞧瞧你能猜出我的谜语不！"阿支叫到。）用译入语读者所熟悉的"guess riddles"（猜谜游戏）代替了"讲细话""讲白话"，未能体现少数民族音乐文化以及对歌社交文化的特色与特征。例（7）中"脸红脖子大"是撒尼语特有的表达方式，这里用来形容阿支与阿黑对歌对不出来发急、发怒时面部、颈部红胀的样子。汉语没有"脸红脖子大"这样的表述方式，但常用成语"脸红脖子粗"来形容发急或发怒时面部、颈部红胀的样子。英语里也有很多与其意义对等的表达方式，如"blue in the face""get red faced""be red to the tip of one's ears"等。译者并没有用这些现成的英语成语来替换，而是运用了释义法来解释"脸红脖子大"的具体表现和特征，即"Azhi, like to choke, /Was breathing hard, his throat was hoarse"（阿支感觉要窒息了，呼吸急促，喉咙沙哑）。从源语文本的上下文来看，这里主要想表达的是阿支与阿黑对歌比赛输了，羞愧发怒的样子，并没有太多的含义。译者是否值得用如此多的句子来解释"脸红脖子大"这个词，值得商榷。

（二）叠词的翻译

重叠词是指重复相同的字词组成的新词。重叠词的主要形式有：AA、AAB、ABB、AABB、AABC、ABAC、ABCC。《阿诗玛》源语文本中的重叠词形式主要有两种：AAB、ABB。重叠词既可摹声，又可摹色。其主要作用是：能使描绘的景色或人物更加形象，富于艺术魅力；使表达的意象更加确切；使音律和谐，读起来朗朗上口，听起来声声悦耳。①

(8) 羊群吃草刷刷响。(p. 67)

译文：Her cattle cropped the grass. (p. 16)

(9) 叶子绿茵茵，/长得牛角样。(p. 68)

译文：As green as emerald were its leaves/And curved as bullock's horn. (p. 18)

(10) 独因换独牛，/姑娘哭幽幽，/独牛换独因，/独牛叫哞哞。(p. 72)

译文：How can an ox replace my child? /She weeps, the cattle low. (p. 26)

(11) 口弦阵阵响，回答哥哥的叫唤。(p. 85)

译文：In answer to her brother's call, its notes rang clear and true. (p. 57)

(12) 软石磨斧亮闪闪。(p. 87)

译文：First whet your axe. (p. 61)

---

① 王冠：《叠词的巧妙运用》，《语文世界》2013年第5期。

例（8）—（12）中"刷刷响""绿茵茵""哭幽幽""叫哞哞""阵阵响""亮闪闪"都是重叠词，"刷刷响""阵阵响"的结构形式为AAB，"绿茵茵""哭幽幽""叫哞哞""亮闪闪"的结构形式为ABB。除了"叫哞哞""亮闪闪"，译者分别运用直译法和省略法来翻译外，其他重叠词都是运用意译法来进行转换的。例（8）中用重叠词"刷刷响"模拟羊群吃草声，译者用动词"crop"来进行翻译，"crop"是指"(of an animal) bite off and eat the tops of (p.lants)"，即（动物）吃掉（植物的）上部，不是拟声词。例（9）中用重叠词"绿茵茵"描摹玉米叶子的颜色，形容玉米叶子很绿，译者用比较句型"As green as emerald"（像绿宝石一样绿）进行转换。例（10）中重叠词"哭幽幽""叫哞哞"都是摹声。用"哭幽幽"摹女孩离家嫁人时，心里难过而低声哭泣的声音。译者用动词"weep"（哭泣）进行了转换。"叫哞哞"是摹牛叫声，译者用英语拟声词"low"来进行转换，"low"是指"(of a cow) make a characteristic deep sound"。例（11）中重叠词"阵阵响"是摹口弦声。译者用动词词组"rang clear and true"进行了意译。例（12）中重叠词"亮闪闪"是摹斧头打磨后锃光发亮的样子，译者运用省略法，未对重叠词进行翻译。

四 《阿诗玛》英译本宗教民俗文化的翻译

宗教文化是由民族的宗教信仰、意识等所形成的文化，具有民族性。[①]"在彝族的民间中，存在着一种最重要最广泛的文化现象，即彝族原始宗教信仰，它的形成是基于彝族早期先民对自然界和祖先的认识，而后又借鉴了各种其他宗教的信仰和崇拜发展而来。它有着本民族独特的信仰与崇拜。"[②] 本文选取的1960年中国作家协会昆明分会的《阿诗玛——彝族民间叙事诗（重新整理本）》，由于当时意识形态的影响，在整理《阿诗玛》原始资料时，许

[①] 参见白靖宇《文化与翻译》，中国社会科学出版社2000年版，第99—100页。
[②] 郭佩：《近三十年彝族宗教崇拜观念研究综述》，《四川民族学院学报》2015年第4期。

多涉及民族原始宗教信仰方面的事物都被删减了。这个文本仅有 4 处涉及彝族原始宗教信仰中的石崇拜，1 处涉及祖先崇拜，1 处涉及天崇拜。

表 5-12　《阿诗玛》英译本宗教民俗文化负载词翻译方法统计

	直译	减译	意译	合计
频数	2	1	2	5
比例(%)	40	20	40	100

由表 5-12 中我们可以看出，《阿诗玛》源语文本共使用宗教民俗文化负载词 5 例，《阿诗玛》英译文本主要采用了直译、减译、意译三种翻译方法，直译、意译各 2 例，分别占 40%，减译 1 例，占 20%。

（1）对面石岩像牙齿，/那是他家放神主牌的石头。[1]（注释：[1]按照撒尼人的风俗，家里只供三代祖先的牌位，三代以上的就用木盒装好，放到岩洞中。因此，石岩是他们最尊敬的地方。）(p.80)

译文：There towers alone their sacred stone—/that fang-sharp peak ahead！*（*The Sani people used to keep the ancestral tablets of the three most recent heads of the family at home. The tablets of earlier forebears, placed in a wooden case, were kept in a cave in the mountains.）(p.47)

（2）"勇敢的阿黑哥呵，/天造老石崖，/石崖四角方，/这里就是我的住房。"(p.94)

译文："Oh, brother, see this ancient rock, /That rises square and sheer. /Heaven gave it as a refuge sure. /And my new home is here."(p.79)

（3）央告崖神想办法，/一定要留住阿诗玛。(p.93)

译文：And begged the spirit of the crags/To bar fair Ashima's way. (p.75)

例（1）—（3）中的"石岩""老石崖""崖神"都涉及彝族原始宗教信仰中的石崇拜。"彝族生活在山区，与石头的关系密切。但是，他们不能正确认识石头的本质，石头的坚硬性、奇异的石峰、石林和山石庞然大物般的形状，使他们对石头产生了畏惧，认为石头是石神的化身，并产生了对石头的崇拜。"①"神主牌"涉及彝族原始宗教信仰中的祖先崇拜。"在彝族的信仰体系中，石崖崇拜与祖先崇拜有着一定的联系。因为彝族家庭对祖先神灵的祭祀分'家祭'和'野祭'两部分，近三代祖先的神灵牌位置于家中堂屋正面的墙壁上，时时供奉，而三代以上的祖先牌位则移送到野外的家族祖灵洞中，每年只祭祀一次。因为祖灵洞都选择安放在高峻、干燥、背风的石崖上，在撒尼人的心目中高大的石崖都是祖先灵魂的安息之所，所以在路上碰到高大的石崖都十分的敬重，不敢随意冒犯，否则就要用净白的牺牲来祭祀。"②"天造老石崖"涉及彝族原始宗教信仰中的天崇拜。云南省路南县（今石林县）《普兹楠兹》等彝文经典有祭天的记载，如"来日种庄稼，收成胜往年。祭过天神后，又要祭地神……"③ 彝文经典《献酒经》说"天神是阿父，地神是阿母"④。彝族认为，宇宙间的万物皆为天神所造，悉由天神所主宰。⑤ 传说地上本无石头，仙子阿俄署布去天神恩体古兹那里取来三块。例（1）中的"石岩"是用来放置祖先牌位的地方，正如该节诗歌注释中所述的那样"石岩是他们最尊敬的地方"。译者用"sacred stone"（神圣的石头）来翻译"石岩"，较好地体现了彝族原始宗教信仰中的石崇拜文化。但未对源语文本注释中的"石岩是他们最尊敬的地方"这句话进行翻译，对撒尼石文化的传达有所削弱。例（2）是诗歌第十三章"回声"中的一节，描写了哥哥阿黑打败了热布巴拉家，带着阿诗玛回家。在回家的路上，崖神发洪水把阿诗玛

---

① 何耀华：《彝族的自然崇拜及其特点》，《思想战线》1982年第6期。
② 刘世生：《彝族撒尼民间叙事长诗〈阿诗玛〉的历史人类学研究》，赵德光《阿诗玛国际学术研讨会论文集》，云南民族出版社2002年版，第381页。
③ 李清：《彝族自然崇拜与稻作祭仪》，《楚雄师专学报》2001年第2期。
④ 丁文江：《爨文丛刻（甲编）·献酒经》，商务印书馆1936年版，第39页。
⑤ 参见何耀华《彝族的自然崇拜及其特点》，《思想战线》1982年第6期。

融入了石崖后，阿诗玛对哥哥说的一段话。"天造老石崖"中的"天"，在彝族宗教文化中是指自然界的主宰者和造物主。译者用"heaven"来翻译"天"，但舍弃了"天造"这个意象未译，把"天造老石崖"意译为"Heaven gave it as a refuge sure"（上天把它作为一个庇护所）。在西方文化中"heaven"是基督教的一个核心概念，"作为上帝的居所，'heaven'从一开始就同西方人生活的重要主题'救赎'紧密相连。……'heaven'的重大现实意义在于它鼓励人们虔诚的信仰和善行，从而有助于建立一个自由、平等、和谐的社会"[①]。这与彝族宗教文化中的"天"有着一定的差异。由"天造"的"老石崖"在彝族文化中是一个充满灵性的神石，它也是撒尼人最为尊崇的、集智慧和美貌于一身的阿诗玛的最终归宿。译者用"ancient rock"（古老的岩石）来翻译"老石崖"，未能较好体现彝族原始宗教信仰中的石崇拜。例（3）中的"崖神"，即是石神。古希腊文化是一种多神文化，自然界一切 supernatural being 都可以称作"spirit"，译者把"崖神"译为"the spirit of the crags"，语义上基本对等。

五 《阿诗玛》英译本物质民俗文化的翻译

物质民俗文化是指与民族衣、食、住、行等活动相关的事物，具有鲜明的民族特性。不同民族由于生存环境的差异，与其衣、食、住、行等相关的事物也存在着差异。《阿诗玛》中物质民俗文化负载词主要包括饮食类、服饰类、器具类等方面的词汇。

表5-13　《阿诗玛》英译本物质民俗文化负载词翻译方法统计

	直译	减译	意译	替换	增译	省略	释义	合计	比例（%）
饮食类	7	0	5	3	1	5	0	21	24.4
服饰类	9	2	2	6	2	1	0	22	25.6

[①] 吴倩雯：《论"天"与"Heaven"》，硕士学位论文，国际关系学院，2007年，第48页。

续 表

	直译	减译	意译	替换	增译	省略	释义	合计	比例(%)
器具类	11	2	1	7	2	7	0	30	34.9
建筑类	5	0	1	4	0	2	1	13	15.1
合计	32	4	9	20	5	15	1	86	100
比例(%)	37.2	4.7	10.5	23.3	5.8	17.4	1.2		100

由表5-13中我们可以看出,《阿诗玛》源语文本共使用物质民俗文化负载词86例,其中饮食类文化负载词21例,占物质民俗文化负载词的24.4%;服饰类文化负载词22例,占25.6%;器具类文化负载词30例,占34.9%;建筑类文化负载词13例,占15.1%。《阿诗玛》英译文本直译、减译、意译、替换、增译、省略、释义七种翻译方法的使用频率也存在很大差异,其中直译法使用频率最高,共有32例,占全部译例的37.2%;其次是替换法20例,占23.3%;省略法15例,占17.4%;意译法9例,占10.5%;增译法、减译法分别为5例、4例,分别占5.8%、4.7%;释义法使用率最低,仅为1例,占1.2%。

(一) 饮食类文化负载词的翻译

"饮食文化是人类饮食行为、观念、技术及其产品的总和,是人类自然选择、约定俗成的同自然界与人文环境相适应的饮食生活方式。"① 饮食习俗分为日常食俗、婚庆食俗、节日食俗、祭祀食俗等。《阿诗玛》中主要涉及日常食俗、婚庆食俗等。

(1) 亲友预备了九十九盆面疙瘩饭[2] (注释:[2]把麦子磨成粉后,

---

① 孙太群:《中美饮食文化的对比研究》,《齐齐哈尔大学学报》2009年第1期。

揉成小疙瘩蒸熟当饭吃。）（p. 65）

译文：And to the hundred dishes brought/ They added twenty more. （p. 14）

（2）小米做成细米饼，/我们比赛讲细话。/谷子做成白米花，/我们比赛讲白话。（p. 85）

译文："First let me see if you can guess/My riddles！" Azhi cried. （p. 58）

（3）盛着金黄色的玉米饭。（p. 95）

译文：And daily when the meal is cooked, /And when you bowl you take. （p. 79）

（4）九十九挑肉，/九十九罐酒。（p. 76）

译文：See ninety‐nine full loads of meat/And kegs of wedding wine. （p. 76）

例（1）—（3）中的"面疙瘩饭""谷子""玉米饭"都是彝族人家常吃的主食，属于日常食俗。彝族主要从事农业、畜牧业，喜种杂粮，以玉米、小麦、荞麦、大麦为主食，肉食以猪、羊、牛肉为主。"疙瘩饭""玉米饭"是最具彝族饮食文化特色的食物。"疙瘩饭"是把小麦、大麦、玉米、荞麦、粟米等杂粮磨成粉，揉成小疙瘩蒸熟当饭吃。"玉米饭"是将玉米粉洒上水，混合均匀后倒入蒸笼中，蒸至半熟时，再倒入筛子中，将玉米压碎，洒上冷水混合均匀后再倒入蒸笼中蒸熟。"细米饼""白米花"中"细"字和"白"字"在彝语中都是同音，用在这节诗里属于借音格。它们在一句中并不表示意义，不过纯粹是为了借用这个音引起下文而已"[①]。例（4）"九十九挑肉""九十九罐酒"也体现了彝族的婚庆食俗。在彝族节庆中和日常生活中，酒和牲畜占据着极为重要的地位。参加婚礼、丧葬、宗教等活动都要用到酒和牲

[①] 王明贵：《〈阿诗玛〉三论》，赵德光《阿诗玛研究论文集》，云南民族出版社2002年版，第399页。

畜。彝族的酒大多是用玉米、谷子、荞子、高粱等酿制的。凡是重大节日或聚会上，或婚丧嫁娶等众多礼仪中，以及贵客的到来等，彝族人就会杀猪做坨坨肉，一块肉就有一个拳头大小。彝族的饮食文化对西方读者来说是陌生的，特别是"面疙瘩饭""玉米饭"等在他们的饮食中属于词汇缺项，所以译者在翻译"面疙瘩饭""玉米饭"时，采用了替换法，用上义词"dishes"（食物）替换下义词"面疙瘩饭"，用上义词"meal"（饭菜）替换下义词"玉米饭"，并且把源语文本中"面疙瘩饭"的注释"把麦子磨成粉后，揉成小疙瘩蒸熟当饭吃。"省略未译。对"小米""谷子""细米饼""白米花"这些食物也省略未译，这是因为在"小米做成细米饼，/我们比赛讲细话。/谷子做成白米花，/我们比赛讲白话"这句话中，"小米做成细米饼""谷子做成白米花"都为起兴句，与后面的句子并没有太多的联系。如果直译出来，英语语篇就会不连贯，译入语读者对这些句子的出现会感到突兀，难以理解。用直译法把"九十九挑肉"中的"肉"译为"meat"，用替换法和增译法把"九十九罐酒"中的物质名词"酒"替换为"wedding wine"，"wine"在西方酒文化中主要指用葡萄或其他水果酿制成的葡萄酒或果酒，与彝族用玉米、谷子、荞子、高粱等酿制的酒有很大区别，替换法的使用遮蔽了彝族酒文化的内涵。在这里增加"wedding"一词，一是为了让西方读者对"九十九罐酒"所用的场合有所了解，另一方面是考虑到让译诗符合英国民谣诗四行诗二、四行各三个音步的体例。译者用替换法、增译法对民族特色食物进行转换，实现了语义的基本传递，而一些省略法的使用是出于对译入语语篇连贯性的考虑。

（二）服饰类文化负载词的翻译

服饰文化是一门综合性的文化艺术，它蕴含着物质与精神的双重性。一个民族的服饰，除了美观（精神性），还要适应该民族聚居地的气候及地理环境（物质性），而后者对服饰的决定作用通常又与生产方式相关联。[①] 民间服

---

① 参见杨红明《自然景观与人文景观的水乳交融：彝族撒尼服饰》，《服装科技》2000年第8期。

饰主要包括衣着、附加饰物、服饰材料等。衣着包括衣、裤、裙、鞋、袜。附加的饰物包括头发的饰物、耳部饰物、手部饰物等。服饰材料包括用来制作服饰的材料如棉、麻等。彝族服饰色彩、纹样及造型纷呈，不仅有性别、年龄、盛装、常装之别，还有各种专用服饰和特别的风俗习惯。《阿诗玛》中有许多对撒尼人服饰的描写，这些服饰反映了撒尼人独特的社会观念和生活风貌。

（5）祥云的棉花好，／路南的麻线长，／织出一节布，／给小姑娘缝衣裳。／／宜良抽红线，／澄江抽黄丝，／织成裹布带，／把小姑娘背起来。（p.65）

译文：Oh, Lunan flax is long and fine, ／ And Xiangyun cotton best；／ A length of cloth can soon be spun／ To make the child a vest.／／From Chengjiang we get silver thread, ／ From Yiliang thread of gold, ／ With which to make the swaddling–bands／ The little babe to hold. （p.13）

（6）好女家中坐，／双手戴银镯，／镯头叮当响，／站起来四方亮。（p69）

译文：With silver bracelets on each wrist, ／ at home sat Ashima good, ／ Her bracelets sparkled in the light, ／ And tinkled when she stood. （p.21）

（7）手中拿棍子，／头上戴笠帽，／和小伴放羊去了。（p.67）

译文：And, staff in hand, to tend her flocks／ She climed the mountain green. （p.16）

（8）拼起五彩布，／做成花衣裳。（p.67）

译文：To sew a patchwork jacket bright, ／ A gaudy skirt or hat. （p.17）

（9）绣花包头头上戴，／美丽的姑娘惹人爱；／绣花围腰亮闪闪，／人人看她看花了眼。（p.68）

译文：From day to day sweet Ashima grew, ／ Til she was seventeen；／ With turban bright and apron gay, ／ No fairer maid was seen. （p.19）

例（5）—（9）中"棉花""麻线""布""红线""黄丝""麻团""棉布""五彩布"等都是撒尼人做服饰的材料。撒尼人的服饰多为手工制作，面料大多为麻和布，用彩色丝线进行挑花和刺绣。"衣裳""裹布带""银镯""镯头""笠帽""花衣裳""绣花包头""绣花围腰"等是撒尼人的日常服饰。"棉花""麻线""布"为世界各地服装制作常用的材料，"银镯""镯头"为世界各地常见的手部饰物，所以译者用直译法分别译为"cotton""flax""cloth""silver bracelets""bracelets"。"红线""黄丝"是撒尼人刺绣常用的彩色丝线中的两种，译者用替换法把"红线"译为"thread of gold"（金线），"黄丝"译为"silver thread"（银色的线），与撒尼人服饰刺绣所用的丝线色彩不符。译者把"红线"译为"thread of gold"，可能是出于该节诗歌第二句与第四句押韵的考虑，即"gold"与"hold"押韵。"给小姑娘缝衣裳"中的"衣裳"被替换为"vest"（背心、汗衫），与撒尼小姑娘服饰不符，这样的处理方式可能是出于该节诗歌第二句与第四句押韵的考虑，即"best"与"vest"押韵。"裹布带"又称背被、背单、襁褓，撒尼妇女用来背小孩，传统的背被用一平方米左右的毡条做背芯，外套一层黑布，背被背面中间部分有刺绣精美的绣品。"裹布带"被替换为"swaddling-bands"（背负婴儿用的布兜和系带），彝族背被服饰文化内涵难以传达，但实现了功能意义的对等。"笠帽"是用竹篾或棕皮编制的遮阳挡雨的帽子，这对西方读者来说颇为陌生，译者省略未译。译者用意译法把"拼起五彩布，/做成花衣裳"译为"To sew a patchwork jacket bright, A gaudy skirt or hat"，这里"jacket"（短上衣）、"skirt"（裙子）都不符合撒尼妇女的服饰特点。撒尼妇女身穿斜襟长衣，长略过膝，双腿两侧开衩至腰。长衣的领口、袖口用花边镶嵌。袖子用花边和五彩布叠镶成各种纹饰。长衣的边角用丝线滚镶。长衣的右前胸镶世代相传的白云图案。[①]下着彩宽裆带镶边的蓝色、白色、黑色长裤。"绣花包

---

① 阿拉墨杰：《撒尼服饰》，彝学研究网，http://www.yixueyanjiu.com/news/13/z_13_6592.html。

头""绣花围腰"是撒尼妇女最具特色的服饰。"绣花包头""绣花围腰"为西方文化中的词汇缺项,译者用替换法把"绣花包头""绣花围腰"分别译为"turban"(无檐帽,狭边帽)、"apron"(围裙),实现了语义的基本传递。

(三) 器具类文化负载词的翻译

器具文化是与人类生活方式和生产方式紧密相连的器物。不同的生活方式和生产方式,器具的风格和文化内涵是不一样的。彝族在数千年的劳动生活中,积累了许多征服自然的经验和知识,他们有自己独特的生活、生产器具。《阿诗玛》中有许多对撒尼人生活、生产器具的描写,这些器具反映了撒尼人别具特色的生活方式和生产方式。

(10) 从小爱骑光背马,/不带鞍子双腿夹,/拉弓如满月,/箭起飞鸟落。(p.64)

译文:Ahei from boyhood rode bareback,/ None sat a horse so well;/ When in the chase he bent his bow,/ His quarry always fell. (p.10)

(11) 梭子从昆明买,/机架从陆良买,/踏板索从曲靖买,/做成了织布机一台。(p.65)

译文:From Luliang buy a spinning wheel,/ A shuttle from Kunming;/ From Qujing buy a treadle too,/ And all is set to spin. (p.13)

(12) 小姑娘日长夜大了,/不知不觉长到十六岁了,/哥哥扛锄头,/妹妹背粪箩,/脸上汗水流,/兄妹一齐去做活。(p.66)

译文:From day to day sweet Ashima grew,/ Until she was sixteen;/ She helped Ahei with all her might/ To till the ridges green. (p.18)

(13) 公公支使去砍柴,/砍柴不给刀。(p.73)

译文:She will be sent to gather wood/ Without an axe or knife. (p.29)

(14) 你家的金箭你能拔。(p.91)

译文:Your shafts your words obey. (p.71)

(15) 捧水捧三坛,/浑水有一坛。(p.74)

· 291 ·

译文：She fills three vessels at the pool, /One muddied out of three. (p.30)

例（10）中"鞍子""弓""箭"等都是世界各地狩猎文化中的常见器具。骑马、狩猎是彝族生活中的重要组成部分，一个彝族男子的成长过程，是他学会打猎的过程。阿黑是撒尼人尊崇的英雄，他从小就是一名优秀的猎手和骑手。源语文本中第一句的"骑光背马"和第二句的"不带鞍子"是同一个意思，为了避免重复，译者只用了"rode bareback"（不带马鞍地骑）来传达这两个词组的意思，使译文简洁明了。译者把"拉弓如满月，/箭起飞鸟落"中的"弓"用直译法译为"bow"，而未对"箭"进行翻译，这里可能是考虑到"拉弓"与"箭"之间的自然联想关系，为避免重复而选择的省略。例（11）"梭子""机架""踏板索""织布机"等都是世界各地纺织文化中的常见器具。撒尼妇女从小就承传长辈种麻、织麻、纺线、织布、缝绣等技术，并把这些技术代代相传。撒尼妇女擅长织麻、织布、挑花刺绣，她们把能否织麻、织布、刺绣作为衡量妇女才能的一种标准。译者用直译法把"梭子""踏板索""机架"分别译为"shuttle""treadle""a spinning wheel"。用"all is set to spin"（所有部件安装起来后可以纺纱）来翻译"做成了织布机一台"，用动词"spin"转换了宾补结构"织布机一台"，可能是出于该节诗歌第二句与第四句押韵的考虑，即"Kunming"与"spin"押韵。例（12）中"哥哥扛锄头，/妹妹背粪箩"中的"锄头""粪箩"为农耕文化中的常见器具。源语文本中这节诗为六句，译者把这节诗中描写农耕劳作细节的"哥哥扛锄头""妹妹背粪箩""脸上汗水流"等句子都省略，未进行翻译，这是为了遵循英国民谣诗（English Ballads）四行诗的体例，即每四行为一诗节（stanza）。例（13）—（14）中"刀"被译为"an axe or knife"，译者增加了"axe"（斧子）；"金箭"被译为"shaft"，译者用减译法未译"箭"的定语"金"。这都是为了遵循英国民谣诗四行诗音步的体例，即英国民谣诗四行诗中二、四行各三个音步。例（15）"坛"为撒尼人日常生活中装水的器皿，译者用"坛"的上义词"vessel"（容器、器皿）来替换，虽然西方读者头脑中无法形成撒尼人装水器皿"坛"的样子，但基本实现了译文与源语文本功能意义上的对等。

（四）建筑类文化负载词的翻译

建筑文化是人类生活与自然环境不断作用的产物，是人类文明长河中产生的一大物质内容和地域文化特色。在不同的时代、不同的地域，建筑文化内涵和风格是不一样的。《阿诗玛》中有许多对撒尼人建筑物的描写，这些建筑物反映了撒尼人独具特色的生活习俗。

（16）公房四方方，／中间烧火塘。（p.68）

译文：A bonfire blazed inside the camp／Within the cabins' square；（p.19）

（17）狂风卷进屋，／竹篱挡不住；／石岩往下滚，／草房立不稳。（p.76）

译文：A bamboo fence it cannot stand／The fury of a squall；／And when a boulder hurtles down，／The small thatched hut must fall.（p.36）

（18）阿黑射出第二箭，／二箭射在堂屋的柱子上。（p.92）

译文：The second shaft Ahei shot pierced／The pillar of the hall.（p.72）

（19）左门雕金龙，／右门镶银凤。（p.74）

译文：In gold and silver ornaments／His massive gate abounds.（p.30）

例（16）—（18）中"火塘""竹篱""草房""堂屋""柱子"等都是最具彝族文化特色的房屋或构筑物。撒尼人的民居建筑因各地建材资源和生态而定，传统建筑有瓦房、草房、石板房、土掌房、篱笆房等。[①] 无论是瓦房、草房、石板房、土掌房，其房屋布局与结构都基本相同。撒尼人的住房

---

① 参见赵德光、黄建明《石林撒尼人》，民族出版社2006年版，第95页。

一般是三间二耳的土木结构房屋。正房一般为带楼的三间，两边为耳房。带楼的三间为正房，分别作为堂屋、卧室和仓库。堂屋有贡桌，后墙上供着祖灵，离门不远之处是火塘。①"火塘"是彝族火文化的集中体现，彝族有谚语说："生于火塘边，死于火堆上。"堂屋和火塘是彝族饮食、取暖、会客、议事乃至宗教活动的场所。彝族人对火塘有特殊的认识和情感，他们把火塘的熄灭与家庭的兴旺和家人的命运联系在一起。例（16）这节诗句表现的是阿诗玛和伙伴们围着公房火塘进行社交娱乐活动的情形，译者用"bonfire"（篝火）替换了"火塘"，虽然不可能激起西方读者对火塘与撒尼人同样的认识和情感，但是实现了功能意义的基本对等。撒尼人的"篱笆房"是以条石做墙基，以竹条、树条或藤条编织成篱笆，再糊上泥巴，涂刷平坦，成为墙壁。②"草房"是指茅草房。茅草房一般为土木结构，以石块奠基，夯土筑墙，用结实的圆木或方木为柱。茅草房为双面坡斜顶，用草盖顶面。盖草顶时先剔掉草绒，泼上冷水让风吹，接着放火燎茅草，形成结实的草顶。这种房屋建盖时，山墙筑得较高，高度超过茅草屋顶，并在山墙上盖石板。其作用是当发生火灾时让山墙挡住风力和火力。茅草房的特点是成本低，冬暖夏凉。③ 例（17）中的"竹篱"应该是指篱笆房的墙壁，译者用直译法译为"A bamboo fence"（竹篱笆），与源语文本意义有偏差。"草房"用释义法译为"small thatched hut"，而"hut"在英语文化中一般是指"只有一层的简陋小屋"。可以说这里译者对"竹篱""草房"的理解上有所偏误。例（18）中"堂屋"为撒尼人起居活动的空间，与"hall"在功能上有相似的地方，译者用"hall"替换"堂屋"，实现了译文与源语文本功能意义上的对等；用直译法把"柱子"译为"pillar"，则实现了译文与源语文本在语义和功能上的对等。例（19）中"左门雕金龙""右门镶银凤"是最具民族建筑装饰文化特色的描述。这里是媒人海热用来夸耀热布巴拉家富有的句子。译者未对"雕金龙"

---

① 参见赵德光、黄建明《石林撒尼人》，民族出版社2006年版，第106页。
② 同上书，第101页。
③ 同上书，第102页。

"镶银凤"这些具体的装饰手法和装饰物进行翻译，只是用了一个概括性的句子"gold and silver ornaments"（许多金银装饰物）来转换源语文本的两个句子，虽然未能较好地体现建筑装饰文化的民族特性，但基本实现了语义的传递。

六 《阿诗玛》英译本社会民俗文化的翻译

社会文化涉及社会生活的方方面面，如风俗习惯、社会规则、道德价值、历史背景、意识形态、心理反应等。不同社会有不同的风俗习惯、历史背景、生活方式和思想意识等。生活在不同社会中的人，具有不同的文化背景。撒尼人在长期的历史中形成了一套极具民族特色的社会民俗文化，这些社会民俗文化在潜移默化中影响着人们的思想观念和行为方式。《阿诗玛》中有许多对撒尼人社会民俗文化的描写，前面的几种民俗文化负载词中，我们已涉及农业文化、狩猎文化等翻译的分析，下面我们主要对地名、人名、亲属称谓、起名仪式、青年男女社交文化、婚姻习俗等的翻译进行探讨。

由表5-14我们可以看出，《阿诗玛》源语文本共使用社会文化负载词175例，《阿诗玛》英译文本直译、减译、意译、替换、增译、省略、音译、释义八种翻译方法的使用频率也存在很大差异，其中意译法使用频率最高，共有72例，占全部译例的41.1%；其次是直译法39例，占22.3%；省略法20例，占11.4%；替换法、音译法均为14例，分别占8%；增译法7例，占4%；减译法5例，占2.9%；释义法4例，仅占2.1%。

表5-14 《阿诗玛》英译本社会民俗文化负载词翻译方法统计

	直译	减译	意译	替换	增译	省略	音译	释义	合计
频次	39	5	72	14	7	20	14	4	175
比例(%)	22.3	2.9	41.1	8	4	11.4	8	2.1	100

(一) 地名、人名、亲属称谓的翻译

《阿诗玛》中出现了很多地名、人名和称谓。地名如阿着底、陆良、泸西、昆明、曲靖、祥云、路南、宜良、澄江等，人名如格路日明、阿诗玛、阿黑、热布巴拉、阿支、海热等。亲属称谓如爹、妈、爹爹、妈妈、哥哥、妹妹、丈夫、公公、婆婆、舅舅等。绝大多数地名、人名都是运用音译法进行翻译的，如"阿诗玛"译为"Ashima""曲靖"译为"Qujing"。多数亲属称谓是运用直译法进行翻译的，如"爹"译为"father"，"哥哥"译为"brother"，但"公公"意译为"his father"，"婆婆"译为"his mother"。这里要特别提出来的是地名"阿着底"和亲属称谓"舅舅"的翻译。

(1) 在撒尼人阿着底地方[1]（注释：[1] 撒尼是彝族的一个支系。"阿着底"，据说即现在的大理县。传说撒尼人原住大理，后迁到昆明碧鸡关，因反抗租佃压迫失败，最后才迁到路南圭山区。）(p. 62)

译文：We Sani folk live in Azhedi. (p. 7)

(2) 热布巴拉说："舅舅为大剥大的，我们剥小的。"(p. 91)

译文："You skin the largest; 'tis your due —/ The smaller we will skin."(p. 69)

例(1)源语文本中对地名"阿着底"做了一个注释，因为"阿着底"这个地名对撒尼人来说是一个很重要的地方。它承载着撒尼人的迁移史。译文省略了这个注释未译，这可能与当时对《阿诗玛》的翻译定位是民间文学的翻译有关。戴乃迭《阿诗玛》英译本最早的登载刊物为《中国文学》（英文版），译文前言写道："The discovery, complication and publication of 'Ashima' form but one instance of the way in which the fine literature and art of the minority peoples are valued today."作为民间文学的翻译，译者可能更为关注文学内容和文学艺术的传达，地名文化内涵对西方一般读者来说就显得不那么重要，所以对源语文本中"阿着底"的注释没有翻译。例(2)源语文本中

"舅舅"的称谓有其特殊的文化含义。彝族撒尼人至今仍有"天上天为大，地上舅舅大"的俗语。《阿诗玛》第十一章"打虎"中出现了四次"舅舅"的称谓，都是热布巴拉或热布巴拉父子俩对阿黑的称谓：①"舅舅你家辛苦了，/今夜楼上睡一觉，明天你们好赶道。"②"舅舅家，请你下来洗脸。"③"舅舅对不起，忘了告诉你，赶快剥虎皮，虎肉做菜请你吃。"④"舅舅为大剥大的，我们剥小的。"①中的"舅舅你家辛苦了"被译为"You must be tired"，传达了一种对舅舅阿黑不恭敬的语气；②被译为"Arise, Ahei! Come down to eat! It's light!"，这里直呼"阿黑"其名，特别是运用了"Arise""Come down to eat!""It's light!"这一系列祈使句；③英译文中"good Ahei"的称呼；④英译文中"You skin the largest：'tis your due –"祈使句的使用，都传达了一种对舅舅阿黑极为不礼貌、不恭敬的态度。彝族"舅舅为大"的习俗是西方读者难以理解的，译者对四句话中的"舅舅"都运用了替换法来处理，使译文更容易为西方读者所接受。

（二）起名仪式的文化翻译

彝族撒尼人在孩子满月时，通常要举行隆重的起名仪式，也称祝米客仪式。《阿诗玛》第三章"天空闪出一朵花"描写到："满月那天早晨，爹说要给我固请客人，妈说要给我固取个好名字，哥哥说要给我妹热闹一回。//这天，请了九十九桌客[1]，坐满了一百二十桌，客人带来九十九坛酒，不够，又加到一百二十坛。//全村杀了九十九头猪，不够，又增加到一百二十头，亲友预备了九十九盆面疙瘩饭[2]，不够，又加到一百二十盆。（注释：[1]'九十九''一百二十'，都是撒尼人惯用的形容多的数字。[2]把麦子磨成粉后，揉成小疙瘩蒸熟当饭吃。)"① 译者对这里用来渲染祝米客仪式隆重的数字夸张修辞及注释，主要运用了直译法和替换法来翻译，对祝米客仪式上用到的"酒""猪"这些常见食品，运用直译法来翻译，但对"面疙瘩饭"等西方读者不熟悉的食品及注释则用替换法和省略法来翻译。

---

① 赵德光：《阿诗玛文献汇编》，云南民族出版社2003年版，第65页。

(三) 青年男女社交文化的翻译

撒尼青年的文化娱乐生活，主要反映在公房文化中，晚饭后彝族青年男女吹着竹笛、口弦，弹着月琴、三弦，沿着村内的大道呼朋引伴，到公房里赛歌赛舞、谈天说地、找寻爱情。①《阿诗玛》中也有对撒尼族青年男女社交文化的描写，主要体现在对社交场所"公房""火把节"以及社交活动载体——乐器等的描写。

(3) "姑娘去公房[1]（注释：[1]撒尼青年在十二岁以后到婚前都要到公房集中住宿。小姑娘住的叫女公房，小伙子住的叫男公房。每晚青年男女可以在公房中唱歌子，吹笛子，弹三弦，拉二胡，尽情欢乐。公房是他们谈情说爱的场所）"②

译文：And went at evening to the camp/ With lads and lasses all. (p.19)

(4) "拿来做口弦[1]（注释：[1]'口弦'是一种长两寸宽五分，中间雕出一小齿的竹片，两端拴有棉线，利用中间小齿的弹动及口型的变化，可以弹出不同的声音。由于它所发出的声音与撒尼人语言比较接近，撒尼姑娘便把它作为谈情说爱的工具，用它代替语言传达感情。)"③

译文：To fashion a mÔ – sheen. (p.3)

(5) "六月二十四还是三月初三，[1]/吹着清脆的笛子，/弹着悦耳的三弦。（注释：[1]六月二十四是火把节，是撒尼人最大的节日，到节日的前后三天，在山野中举行盛大的斗牛及抬跤（即摔跤）大会；会后，青年男女即在山野中尽情欢乐，谈情说爱，一直到深夜。三月初三主要是青年的节日，每年逢这一天，路南附近几县的撒尼青年，都穿着崭新的

---

① 参见刘世生《彝族撒尼民间叙事长诗〈阿诗玛〉的历史人类学研究》，赵德光编《阿诗玛国际学术研讨会论文集》，云南民族出版社2006年版，第381页。
② 赵德光：《阿诗玛文献汇编》，云南民族出版社2003年版，第68页。
③ 同上书，第61页。

第五章 《阿诗玛》英译本翻译研究

衣裳,到老圭山聚会,这是青年找寻爱人的好机会。)"①

译文:That at the summer festival, /The festival of spring, / "As on the soft mÔ – sheen they play, /Or flute's clear echoes fall." (p. 80)

例(3)—(5)中"公房"涉及撒尼族青年男女社交文化中的公房文化,"口弦""笛子""三弦"都是撒尼族青年男女社交文化中谈情说爱时常用的传统乐器。口弦,撒尼彝语称"玛兴",是撒尼女子专用的小乐器。口弦用金竹制成,口弦声音嗡嗡作响,倾诉着女子的内心世界,以至撒尼男子喜欢把它作为爱情的信物送给女友,撒尼姑娘们则用它向心上人吐露爱情。笛子撒尼彝语称"智捞网",分大、中、小三种。小竹笛音色清脆响亮,表现力丰富,常用于主旋律的演奏。中笛声音悦耳、丰满。大竹笛音色沉闷,对极度悲伤情境有极强的表现力。三弦是撒尼民间弹拨乐器,用于民间舞蹈伴奏,其声粗犷洪亮,热情奔放。②"六月二十四""三月初三"则涉及撒尼族青年男女社交文化中谈情说爱的时间和场所。源语文本对这些词或词组都做了详细的注解。译者用替换法把"公房"译为"camp"(营地),"公房"与"camp"(营地)虽然在作为人们社交场所的功能上有某些相似之处,但在文化内涵上却相差甚远。口弦在撒尼彝语发"玛兴","口弦"被音译为"mÔ – sheen"。"三弦"被替换为"mÔ – sheen"("口弦"的音译),这里混淆了"口弦"和"三弦"是两种不同的乐器。译者用直译法把"笛子"译为"flute",对"六月二十四""三月初三"等农历则用意译法,并对"公房"以及所有涉及乐器、农历节日的注释都进行了省略,未进行翻译。从译者对青年男女社交文化翻译的处理方式,我们可以看出在文学视角下的叙事长诗《阿诗玛》的翻译,译者更注重源语文本的文学性,至于其中所传达的与民俗文化相关的内容,如果对西方一般读者来说显得不重要的,就常常省略不译,以使译文更加简洁易读。

---

① 赵德光:《阿诗玛文献汇编》,云南民族出版社 2003 年版,第 95 页。
② 参见赵德光、黄建明《石林撒尼人》,民族出版社 2006 年版,第 380—384 页。

(四) 婚姻习俗的文化翻译

婚姻是维系人类自身繁衍和社会延续的最基本制度。婚姻作为民俗现象，其内容主要包括婚姻的形态和婚姻仪礼两个方面。苏夏在《路南圭山彝族撒尼支社会历史调查》中云："过去男女青年十六岁以后，必须进公房去睡，在男女公房里，青年人合唱情歌，吹奏乐器。男女相会后，男方可以请媒人说合，对方父母喝下'许口酒'，并且祭过祖宗后，即可订婚。之后，便可请八字先生选择吉日娶妻。"① 《阿诗玛》也有对撒尼族婚姻习俗的描写，主要体现在说媒礼仪、择偶观以及抢婚习俗的描写。

(6) "请海热做媒人，……/'你是普天下的官，/做媒的事要劳你的驾。'[1]，（注释：[1]过去撒尼人中有钱的人家，多半请有权有势的人做媒人，因媒人势力大，对方不好拒绝，或不敢拒绝）"②

译文：Then went Haire to see, /To beg this mighty office */Their go-between to be. …/ "but you alone can make this match; /You only have such powers!" (* Rich Sani families used to ask powerful people to act as their go-betweens, for this made it difficult for the other family to refuse the proposed match.) (p. 19)

(7) "只要你给我儿讨来阿诗玛，/我的谢礼大，/金子随你抓，/粮食随你拿，/山羊绵羊随你拉。//正月初二三，/还到你家来拜年[2]，/送上猪头、猪脚、甜米酒，/还有鞋一双，帽两顶，/裤子两条衣两件。（注释：[2]这是撒尼人的礼节。新婚夫妇，在第一个春天，要携带猪头、猪脚、酒、衣裳、帽子等礼物到媒人家里拜年）"③

译文：If you win Ashima for my son, / You shall not work in vain; / But take what sheep and goats you want, /And gold, and golden grain. / Pig'

---

① 云南编辑组：《云南彝族社会历史调查》，云南人民出版社1986年版，第295页。
② 赵德光：《阿诗玛文献汇编》，云南民族出版社2003年版，第70页。
③ 同上。

第五章 《阿诗玛》英译本翻译研究

s trotters, pork and sweet rice wine/ He'll bring you for New Year, / Two coats and hats, with trousers too, / And shoes for you to wear. *（注释：*It was the custom for a young Sani couple, on the first New Year after their marriage, to take gifts to the go-between.）(p. 23)

（8）①你喜欢和谁相好,/爹妈不会打扰,/你高兴和谁相爱,/谁也不会阻碍。//②"会盘田的人我才中意。"//③"直心的人儿我才喜欢。"//④"跳起舞来笑脸开,/笛子一吹百鸟来,/这样的人我喜欢,/这样的人我疼爱。"①

译文：①Then should you wish a love to take, / They would not say you nay; / And should you wish to marry him, / You need but name the day. // ② "A working man for me！" //③ "Some men are upright as a tree; /May such a man be mine！" //④ "And he must dance with smiling face, / Draw birds to hear him play; / For only such a man as this/ Can steal my heart away." (p. 20)

（9）不管他家多有钱,/休想迷住我的心,/不管我家怎样穷,/都不嫁给有钱人!②

译文：I do not care how rich they are; / You cannot dazzie me. / Though we are poor, no rich man's wife/ Will I consent to be! (p. 32)

（10）九十九挑肉,/九十九罐酒,/一百二十个伴郎,/一百二十匹牲口。//人马像黑云,/地上腾黄尘,/热布巴拉家,/厚脸来抢亲。//没有主人的客,/热布巴拉家也做了;/没有媳妇的喜酒,/热布巴拉家也喝了。//满嘴酒气满嘴油,/媒人说话满场子臭,/"来了客抵得磕了头,/吃了酒抵得赌了咒,/好比几千年前立天地,/嫁不嫁都不由不得你!"//……可爱的阿诗玛,/被人往外拉!③

---

① 赵德光：《阿诗玛文献汇编》，云南民族出版社2003年版，第69页。
② 同上书，第75页。
③ 同上书，第76页。

译文：See ninety-nine full loads of meat//And kegs of wedding wine；/ Five score and twenty bridegroom's men, / Five score and twenty kine！// The yellow dust flies up, while black/ As clouds the horsemen ride；/ The kinsmen of Rebubala/ Have come to steal a bride！// They come like uninvited guests, / To wreak their wicked will；/ And though no bride attends the feast, / They eat and drink their fill. //With wine-flushed face and greasy lips, / Up speaks the foul Haire：/ "When guests arrive and wine is drunk, / That serves as marriage vow. / "Though Ahsima has no wish to wed, / She cannot disobey." / Alas, poorAshima！ Wicked man/ Are snatching her away！(p.35)

例（6）—（7）涉及撒尼族婚姻习俗中的说媒礼仪。"撒尼未婚青年男女通过多次交往，确定恋爱关系能结婚时，男青年就会主动告诉父母自己选定了谁家的姑娘，男青年的父母会带上一罐酒去请村中能说会讲、有办事能力的人去当媒人。"① 在诗歌第五章"说媒"中，有钱有势的热布巴拉家请"普天下的官"海热为儿子阿支向阿诗玛家提亲。例（6）中"你是普天下的官，/做媒的事要劳你的驾"。体现了撒尼族对所请媒人身份、地位的看重。源语文本中对这句话还加了一个注释，解释了为什么过去撒尼人中有钱的人家要请有权有势的人做媒人。译者用意译法对这句话进行了翻译，并用直译法对注释进行了转换。例（7）是当海热拒绝热布巴拉家当媒人的请求时，热布巴拉家向海热许诺做媒人的谢礼，这里体现了撒尼族给媒人谢礼的习俗。源语文本中对这句话也加了一个注释，解释了新婚夫妇向媒人拜年的礼节。对于农历的表达以及西方食物中很少见到的"猪头"等，译者用替换法进行翻译，"正月初二三"被译为"New Year"，"猪头"被译为"pork"。为了避免与诗句中所列举的给媒人的谢礼重复，译者用上义词"gifts"替换了注释

---

① 《没有新郎新娘参加别具一格的婚礼》，http://qcyn.sina.com.cn/city/shilin/feelings/2011/0124/13172022779.html。

第五章 《阿诗玛》英译本翻译研究

中的谢礼"猪头、猪脚、酒、衣裳、帽子";为了遵循英国民谣诗四行诗音步的体例,即英国民谣四行诗中二、四行各三个音步,译者用增译法把"粮食"转换为"golden grain"。而对于这两节诗中其他的句子,译者基本采用的是意译法,即抓住源语文本深层的意义,对源语文本的信息进行归纳、重组,最终把深层次的意义翻译出来,使读者能更好地理解撒尼族婚姻习俗中的说媒礼仪。例(8)—(9)涉及撒尼族婚姻习俗中的择偶观。在诗歌第四章"成长"中,叙述者的陈述"你喜欢和谁相好,/爹妈不会打扰,/你高兴和谁相爱,/谁也不会阻碍",体现了撒尼人恋爱自由、婚姻自由的婚恋观。生活在石林的彝族撒尼青年婚姻自主,从古至今都是自由恋爱择偶成婚。青年男女通过公房、节日集会、劳动等方式自由恋爱结成终身伴侣。"会盘田的人我才中意。""直心的人儿我才喜欢。""跳起舞来笑脸开,/笛子一吹百鸟来,/这样的人我喜欢,/这样的人我疼爱。""不管他家多有钱,/休想迷住我的心,/不管我家怎样穷,/都不嫁给有钱人!"是阿诗玛亲口说出来的她的择偶标准,也体现了撒尼人的择偶标准及价值观,即不看重对方的钱财,而看重对方是否勤劳能种田,是否耿直豪爽、能歌善舞。在"笛子一吹百鸟来"一句中,译者省略了"笛子一吹"未翻译。除此之外,这几节诗的其他句子,译者基本采用的都是意译法,使读者能更好地理解撒尼人的择偶观。例(10)涉及撒尼族婚姻习俗中的抢婚习俗。在诗歌第六章"抢亲"中,抢婚又称掠夺婚,是由母系氏族社会过渡到父系氏族社会的产物[①]。"抢亲是彝家婚姻中的大事。""抢亲是婚姻礼训之一,是彝族必须履行的一种行为方式。"[②] 整理本《阿诗玛》"抢亲"一章表现的则是有钱有势的热布巴拉家不顾阿诗玛的意愿,将她强行抢走,试图结亲的情节。"九十九挑肉,/九十九罐酒,/一百二十个伴郎,/一百二十匹牲口",表现的是男方在强行抢亲时的人多势众,以及所带来的食品的丰盛。除了"酒"翻译时用了增译法、"牲口"用下义词

[①] 参见殷晓璐《"抢婚"民俗传承与搭救的主题展开》,《现代中文学刊》2014年第6期。
[②] 陶学良:《论〈阿诗玛〉的社会历史背景》,赵德光《阿诗玛国际学术研讨会论文集》,云南民族出版社2006年版,第61页。

"kine"（雌牛）替换外，译者基本是用直译法来翻译这节诗的。译者把"厚脸来抢亲"译为"Have come to steal a bride!"（来偷新娘），"steal"一词语气太弱，无法体现出热布巴拉家强抢阿诗玛的暴掠行径。"没有主人的客，／热布巴拉家也做了；／没有媳妇的喜酒，／热布巴拉家也喝了。"表现了热布巴拉家强行在阿诗玛家办喜酒的厚颜无耻，这样的婚礼场面是西方读者难以理解的，译者用意译法对这节诗歌进行了转换。"来了客抵得磕了头，／吃了酒抵得赌了咒，／好比几千年前立天地，／嫁不嫁都由不得你！"是热布巴拉家强迫大家接受他们强抢阿诗玛成亲行为的说辞。译者用意译法把"来了客抵得磕了头，／吃了酒抵得赌了咒"译为"When guests arrive and wine is drunk,／That serves as marriage vow"，同时省略了"好比几千年前立天地，／嫁不嫁都不由不得你"未译，使译文简洁明了。值得一提的是"可爱的阿诗玛，／被人往外拉！"一句的翻译。为了使读者更好地理解抢婚这个行为，译者添加了解释性的文字"Though Ahsima has no wish to wed,／She cannot disobey."但"She cannot disobey."（她不得不服从）这句译文没有很好体现阿诗玛对抢婚这个行为的强烈不满和对抗情绪，使译入语读者难以体味到源语文本所包含的对热布巴拉家强抢阿诗玛行为的批评、谴责态度。译者还添加了感慨的话语"Alas, poorAshima! Wicked man"，译者情绪介入译本，这是译者主体性的体现。

通过对《阿诗玛》源语文本中民俗文化负载词的统计、分析，发现1960年中国作家协会昆明分会《阿诗玛——彝族民间叙事诗（重新整理本）》中有大量带有鲜明民族特色和地域特色的民俗文化负载词，其中最多的是社会民俗文化负载词，其次是语言民俗文化负载词，最少的是宗教民俗文化负载词。这说明《阿诗玛》这个汉译本关涉风俗礼仪、社会规则、道德价值等内容较多，民族语言特色鲜明，但宗教内容涉及较少。

通过戴乃迭《阿诗玛》英译本中民俗文化负载词语料的统计、分析，发现戴乃迭《阿诗玛》英译本主要使用了意译法，其次是直译法、替换法和省略法，此外还有增译法、减译法、音译法、音译＋直译法、释义法。

第五章 《阿诗玛》英译本翻译研究

1. 使用意译法最多的是语言民俗文化负载词和社会民俗文化负载词的翻译，这说明《阿诗玛》的语言极具个性，特别是对隐含着撒尼人对事物特殊认知的方言以及体现撒尼人形象思维的叠词翻译有较大的难度。社会民俗文化负载词所包含的一些撒尼人的风俗礼仪、节庆文化元素，以及其他具有撒尼文化特色的表述方式，也是翻译的难点。译者往往会选择舍弃源语文本字面意义和表层形式，而抓住源语文本深层的意义，对源语文本的信息进行归纳、重组，最终把深层次的意义翻译出来，使译本可读性更强。

2. 使用直译法最多的是社会民俗文化负载词和物质民俗文化负载词的翻译，这说明虽然中西方生产生活方式存在差异，但是对于生活在地球上的人们，其生存环境的相似性使得其物理和生理基础有很大的相似性，在社会文化和物质文化方面有很多共同之处，因而存在文化所指相同的对等词汇，翻译时译者自然会选择直译法。但有时译入语文化中并不存在文化所指相同的对等词汇，而上下文语境所提供的信息足以帮助译入语读者通过自己拥有的已知知识去联想，来正确理解源语文本。翻译时译者往往也会选择直译法，按照源语文本逐字逐句一对一的翻译，在译文中尽量保留源语文本的表层形式。这种翻译方法一方面给译入语读者留下了无限的联想空间，虽然有时会感到突兀，但陌生化的表达有利于帮助读者去关注异域民俗文化的特质，更好地体味和了解不同的民俗文化；另一方面能够比较完整地保留源语文本的语言特征、民俗文化色彩和艺术风格。但直译法有时会使得译文晦涩难懂，从而降低了译入语读者的阅读兴趣。有时译文无法较好地传达民俗文化负载词的深层文化含义，甚至会导致意义上的改变，造成意义的缺失或误读。

3. 使用替换法最多的是生态民俗文化负载词和物质民俗文化负载词的翻译。《阿诗玛》中植物、动物、地理环境、气候、天气变化、饮食、服饰、器具、建筑等方面的民俗文化负载词体现了撒尼人对其居住环境、自然现象、食物、服饰等的独特认知，蕴含着丰富的情感意义和联想意义。当对这些词语进行翻译时，译入语就出现了词汇缺项，而替换法可以作为一种有效的代偿方式，实现词汇间不同程度的对等。譬如说，撒尼人常常把一些自然界的物质或自然现象神化或拟人化来暗示或传达人的某种行为和情感，还有撒尼人的饮食、服饰、器具、建筑等文化中有许多文化负载词，在译入语中就是零对等词汇和部分对等词汇，译者往往用译入语中与源语文本意义相近或联想意义相同的表达形式来转换，以保留最基本的语义传递。戴乃迭最常用的替换法是用译入语中相对应的上义词来替换源语文本中的下义词，或者用抽象名词代替具体名词，也有少量的用译入语中相对应的下义词来替换源语文本中的上义词的情况。这种翻译方法能使译入语读者很快理解其语义，但是往往会遮蔽了源语文本的文化内涵，如对"舅舅"的翻译遮蔽了撒尼族"舅舅为大"的习俗，使译入语读者不能得到与源语文本读者相同的审美体会。

4. 使用省略法最多的是社会民俗文化负载词的翻译，其次是物质民俗文化负载词的翻译。《阿诗玛》英译本中省略最多的就是源语文本中对社会民俗文化负载词、物质民俗文化负载词的注释。比如说，对撒尼人的迁移史、食物、乐器、农历节日的注释都进行了省略，未进行翻译。其次省略最多的就是《阿诗玛》源语文本中的起兴句和复沓句，对于英语语篇来说，这样的句子是多余的，会破坏语篇的连贯性，译者往往会省略这些起兴句不译。此外，《阿诗玛》源语文本中有些诗节为六句，译者选择的是用英国民谣（English Ballads）四行诗来翻译这首诗歌，为了照顾四行诗的体例，即每四行为一诗节（stanza），译者也会对一些诗句进行省略不译。从译者对省略法的运用来看，我们可以看出译者对《阿诗玛》的翻译，更多的是在文学视角下的叙事诗的翻译，译者更注重源语文本的文学性，至于其中所传达的与民俗文化相关的内容，如果对西方一般读者来说显得不重要的，就常常省略不译，以使译文更加简洁易读。

5.《阿诗玛》英译本中增译法的使用，一方面是为了把诗歌中隐含的情感意义做一定的体现；另一方面更多的是出于译入语诗歌体例的考虑，如让译诗符合英国民谣诗四行诗二、四行各三个音步的体例，使每一诗节的第二句与第四句押韵；减译法的使用更多的是使诗句更为紧凑；释义法的使用主要是对源语文本中那些蕴含着丰富文化背景和文化特征的内容进行文内补充解释。使用音译法的只有社会文化负载词的翻译，绝大多数地名、人名、还有一些乐器都是运用音译法进行翻译的。音译法有时与省略法连用，译文省略了源语文本对这些音译词的注释，有些省略能使译诗简洁明了，有些省略使译入语读者对音译词不知所云，如"口弦"的翻译就是如此；使用音译+直译的只有生态文化负载词的翻译，主要是针对译入语的词汇缺项所使用的翻译方法，这种翻译方法能避免音译法的不知所云，又能使译入语读者通过其先前知识结构正确理解源语文本意义，并经过思索与回味了解不同的民俗文化。

6.《阿诗玛》英译本中也不可避免地存在一些不足之处。如有时出于译入语诗歌的体例考虑，译文往往会用与撒尼文化不相符的词语来翻译；有时译文添加带有译者自己情感的话语，使译者情绪介入译本；有时译文省略了一些源语文本的重要注释，使一些体现撒尼文化特色的重要信息没有得到很好地传递；有时对一些并没有太多的含义，而译入语有对等的词语，用较多的文字来解释，使译文显得冗长啰唆。此外，还有一些因对撒尼文化了解不够而出现的误译。

通过对戴乃迭英译本的分析归纳，不难看出：戴乃迭译者对《阿诗玛》的翻译，更多的是在文学视角下的叙事诗的翻译，译者更注重源语文本的文学性。译者在追求译文符合译入语语言、文学、文化的规范，较好地满足译入语读者阅读习惯的同时，也灵活运用各种翻译方法，力求最大限度地传递和保留源语文本的民俗文化特色，展现异域文化的韵味，使译入语读者能准确恰当地理解撒尼人的思维方式、价值观念和审美情趣，实现深层次的跨文化交流。

第六节　《阿诗玛》英译本叙事翻译研究

叙事诗是为适应发展和变化了的现实生活的需要，在一般叙事短歌和抒情短歌的基础上，继承和发展前期口头文学叙事和抒情的艺术传统，以韵文体的形式，通过叙述完整的故事来塑造人物形象，反映社会生活的民间叙事诗。[①] 我国众多的少数民族都有着自己叙事风格独特、情节生动感人、语言瑰丽优美的叙事诗。这些叙事诗有着民族语言特有的思维模式和强烈的民族特性，诗中所歌颂的英雄已成为民族审美感情的凝结体，具有动人心扉的艺术感染力。叙事长诗是少数民族文学作品中形态最为发达的文学样式，既有活形态的口传叙事诗，也有写成定本的叙事诗。《阿诗玛》是云南彝族撒尼人的民间叙事长诗，被撒尼人民称为"我们民族的歌"。《阿诗玛》作为中国民间文学中最为经典的叙事长诗，集中体现了中国少数民族民间叙事诗的叙事特征。叙事长诗《阿诗玛》是以主人公"阿诗玛"为主线，用诗体语言，以吟唱或讲述的方式来叙述故事的。这部叙事诗故事的情节并不太复杂，而撒尼人民用带着自己强烈的、爱憎分明的情感一唱三叹，用了一千五百行诗句才唱完它。长诗采用浪漫的具有神话色彩的诗性手法，绘声绘色地描写了阿诗玛和阿黑，为反抗恶势力热布巴拉家用暴力强抢阿诗玛成亲所做的一场坚贞不屈而又颇富机智的斗争。撒尼人民通过这个故事的叙述来歌颂他们心目中的英雄人物，凸显英雄人物的善与美、智慧与力量、勤劳与勇敢。

叙事学是在结构主义基础上发展起来的对叙事文本进行研究的理论。叙事诗也是叙事文本，也是诗人向读者叙述一个故事，所以对叙事诗的叙事学研究是必不可少的。叙事诗既有一般诗歌在音律和文体方面的特点，又在叙事视角、叙事时间等方面有着独特的叙事特征。叙事诗的主题意义不仅体现在文字表层意思，还隐含在深层结构之中。[②] 在叙事诗的翻译过程中，译者不但要关注诗歌的音韵、修辞、文化意象等一般特征，更要努力去理解并传达源语文本中的叙事成分。本节从叙事学的角度，探讨戴乃迭在《阿诗玛》翻译过程中对叙事视角、叙事时间等叙事类型的转换方法以及影响转换的潜在

[①] 参见左玉堂《论〈阿诗玛〉人物形象的塑造》，赵德光《阿诗玛国际学术研讨会论文集》，云南民族出版社2006年版，第100页。
[②] 参见赵秀娟《从叙事学角度看古代叙事诗的英译》，硕士学位论文，中国海洋大学，2010年，第6页。

因素，揭示戴乃迭叙事艺术翻译方面的特点。

一 《阿诗玛》英译本叙事视角的翻译

作者从什么角度来讲述他的故事是叙事学研究的一个热点。观察故事的角度即叙事视角，它是指"故事的讲述方式——虚构作品中作者采取的向读者表现人物、对话、行为、背景和事件等构成故事要素的一种或多种方式"①。叙事视角是叙述学和文体学的热门话题，它是叙事文学创作中一种重要的形式技巧和叙事谋略之一。叙事视角"具有重要的文体功能：作者对不同视角的运用不仅能拓展叙事空间，还能影响情节的组织、意蕴的传达和结构的构建等，从而体现独特的文体风格"②。在叙事诗中，叙事视角往往是诗人的匠心所在，不同的叙事视角往往会导致对同一事实截然不同的书写。每一种叙事方式背后往往隐含着一个作者，甚至一个民族深层的思想文化观念。下面我们将对彝族叙事长诗《阿诗玛》的叙事视角类型及戴乃迭《阿诗玛》英译本叙事视角的转换方法和翻译特点进行分析和探讨。

（一）《阿诗玛》叙事视角类型

目前学术界对叙事视角的分类极其复杂，申丹提出了叙事视角的四分法，包括无限制型视角、内视角、第一人称外视角和第三人称外视角。③ 本文根据申丹对叙事视角的分类，结合彝族叙事长诗《阿诗玛》的叙事特点，把《阿诗玛》所涉及的叙事视角分为无限制型视角、内视角、第三人称外视角和联合式叙事视角。

1. 无限制型视角

从整体来看，《阿诗玛》主要采用的是无限制型视角，作者以吟唱者或讲述者的口吻讲述故事，虽然吟唱者或讲述者不是故事中的人物，也不参与故事的全过程，却无所不知，无所不晓，可以洞察一切。作者选择无限制型的

---

① M. H. Abrams, *A Glossary of Literary Terms*, 外语教学与研究出版社2004年版，第231页。
② 王菊丽：《叙事视角的文体功能》，《外语与外语教学》2004年第10期。
③ 参见申丹《视角》，《外国文学》2004年第3期。

叙事视角是与它所叙述的对象相适应的。《阿诗玛》叙述的是撒尼姑娘从出生到变成回声的故事，主要情节为"出生、成长、说媒、抢亲、追赶、考验（比赛、打虎、射箭、回声）"，就它反映生活的广度和时间的跨度来说，都不可能是现实中某一个实在的人所能感知了解和经历的。《阿诗玛》在无限制型视角的运用方面，主要体现在利用标题告知读者叙事诗故事情节的发展走向，以及利用全知的叙述者洞察故事中的一切，不仅描述人物的外在活动，还能透视人物的内心，揭示人物内心最隐蔽的思想感情和心理活动，甚至跳出叙事，对人物或情节进行评论。

其一，无限制型视角与诗歌标题。

标题在反映作者视角的同时也站在全局的高度引领着读者的视角。1960年汉译本共分十三章，每一章都有标题，标题结构为"数字序号+主题"，序号与主题之间没有标点符号，具体情况如下：

一　应该怎样唱呀？

二　在阿着底地方

三　天空闪出一朵花

四　成长

五　说媒

六　抢亲

七　盼望

八　哥哥阿黑回来了

九　马铃响来玉鸟叫

十　比赛

十一　打虎

十二　射箭

十三　回声

《阿诗玛》标题的作用，一是用来划分诗歌的章节，二是用来概括每一章的中心内容。从诗歌的标题开始,作者已经给读者提供了一个统观全局的无限制型视角,告知读者叙事诗故事情节的发展走向,比如说,"一 应该怎样唱呀?"这一标题已经告诉我们第一章是笼罩全诗的一个动人的抒情序曲,是故事开场的叙述,可以看作说唱者的引子或起兴部分,即叙述者话语。这个引子部分交代了说唱者要说唱的是"山中的姑娘,/山林中的花",这与叙述者即将叙述的故事是有联系的。而且告知读者这个故事是"爹妈曾经教过,/子孙也曾经听过,/一代一代传下来"的,是对往事的叙述,让读者与叙事诗中的故事保持一定的距离。叙述者的这番话语,一方面可以使读者感受故事的现实性;另一方面又可以使读者对故事进行一定的理性评判。第二章"二 在阿着底地方"则是介绍事件发生地点及人物等。同样的,通过诗歌其他章节的标题,读者都能够大致了解该章的中心内容。

其二,无限制型视角与全知叙述者。

在无限制型视角这种叙述模式中,全知的叙述者无所不知,无所不在,对故事的发展和故事人物的命运了然于心。他不仅能洞察故事中的一切,而且还能透视故事中人物的内心,把人物内心的活动一并托出。如:

(1) 微风轻轻地吹,
 传来了松子的香味,
 一面做活,一面讲知心话,
 个个都夸奖阿诗玛。[①]

(2) 阿诗玛的美名,
 热布巴拉家不出门也听见;
 阿诗玛的影子,
 热布巴拉家做梦也看见。[②]

[①] 赵德光:《阿诗玛文献汇编》,云南民族出版社2003年版,第67页。
[②] 同上书,第69页。

(3) 晒干了的樱桃辣，
比不上狠毒的热布巴拉。
他把阿诗玛关进黑牢，
要强迫阿诗玛嫁给他家。①

以上三例采用的是无限制型视角叙述模式，叙述者虽然不是故事的参与者，但他不仅能够感到"微风轻轻地吹"、闻到"松子的香味"、看到和听到阿诗玛的小伙伴们"一面做活，一面讲知心话""个个都夸奖阿诗玛"，而且能透视热布巴拉的内心，知道他听见"阿诗玛的美名"、能深入热布巴拉的梦里，看见热布巴拉的所梦——"阿诗玛的影子"。"晒干了的樱桃辣，比不上狠毒的热布巴拉"则是叙述者对人物热布巴拉暴行发表的公开评论。

2. 内视角

申丹认为，内视角指的是叙述者采用故事内人物的眼光来观察，带有偏见和感情色彩。内视角包含热奈特提及的三个分类：固定式、转换式、多重式，但固定式内视角不仅包括第三人称"固定型人物有限视角"，而且也包括第一人称主人公叙述中的"我"正在经历事件时的视角，以及第一人称见证人叙述中观察位置处于故事中心的"我"正在经历事件时的视角。② 《阿诗玛》内视角主要涉及第一人称内视角和第三人称内视角。如：

(4)"吃水想起我的因，
想起因来好伤心；
做活想起我的因，
想起因来好伤心。"

---

① 赵德光：《阿诗玛文献汇编》，云南民族出版社2003年版，第83页。
② 参见申丹《视角》，《外国文学》2004年第3期。

"堂屋里是囡走处,
屋前是囡玩处;
桌子旁边的小草墩,
是阿诗玛的坐处。"

"望见草墩想起囡,
草墩还在这里,
我囡不在啦,
日子好难过!"

"天空的玉鸟啊,
替我们传句话:
要阿黑快点回家,
救他的亲妹阿诗玛。"①

(5) 玉鸟天上叫,
太阳当空照,
阿黑满身大汗,
急追猛赶好心焦。

一口气跑了两座山,
两口气跑了五座山,
马嘶震动山林,
四蹄如飞不沾尘。

---

① 赵德光:《阿诗玛文献汇编》,云南民族出版社 2003 年版,第 77 页。

《阿诗玛》翻译传播研究

走到一个两家村，

见着一个放牛的老大妈：

"放牛的老大妈，

有没有看见我家阿诗玛？"①

通过例（4）开头的内容，我们可以发现，叙事者是以"阿诗玛爹/妈"的身份出现的，是以第一人称内视角来观察的，即以阿诗玛爹/妈"我"的口吻、语气来讲故事的，他/她是整个故事中的一个人物，他/她的身份是故事中的一个角色。例（5）中前面两节诗歌采用的是无限制型视角，后面一节转为第三人称内视角，即以阿黑的视角"见着"一个放牛的老大妈，并向她提问。阿黑是整个故事中的一个人物，他的身份是故事中的主要角色。

3. 第三人称外视角

第三人称外视角指的是故事外的叙述者用旁观眼光来观察，往往较为冷静可靠。如：

（6）这天，请了九十九桌客，

坐满了一百二十桌；

客人带来九十九坛酒，

不够，又加到一百二十坛。

全村杀了九十九个猪，

不够，又增加到一百二十个；

亲友预备了九十九盆面疙瘩饭，

不够，又加到一百二十盆。

妈妈问客人：

---

① 赵德光：《阿诗玛文献汇编》，云南民族出版社2003年版，第84页。

· 314 ·

第五章 《阿诗玛》英译本翻译研究

"我家的好因取个什么名字呢?"

爹爹也问客人:

"我家的好因取个什么名字呢?"

村中的老人,

齐声来说道:

"小姑娘就叫做阿诗玛,

阿诗玛的名字像香草。"①

例(6)采用第三人称外视角,即是故事外的叙述者用旁观者的眼光所看到的阿诗玛起名仪式上的热闹场面以及听到的阿诗玛的妈妈、爹爹和村中老人的对话。叙述者是以"第三人称"的口吻、语气来讲他的所见所闻的,这个"讲故事的人"并不是阿诗玛故事中的人物,他和故事中的人物,如阿诗玛、阿诗玛的妈妈和爹爹、村中老人等人无任何关系,也没有在故事中出现。

4. 联合式叙事视角

当代叙事学家希里斯·米勒认为:"在分析叙述者转述人物话语时,必须提出并回答下列问题:是谁在说话?跟谁说话?读者看到或听到的是谁的语言和语言风格?是人物的,还是叙述者的,还是两者的混合体?读者如何确定人物的语言和叙述者的语言在哪里交接?"②《阿诗玛》中就存在人物语言与叙述者语言的混合体,这就形成了一类独特的叙事视角,即联合式叙事视角。联合式叙事视角是指叙述者与人物不可区分地分享各种思想或两者之间具有对话性。

(7)满月那天早晨,

爹说要给我因请请客人,

---

① 赵德光:《阿诗玛文献汇编》,云南民族出版社2003年版,第65页。
② 申丹、韩加明、王丽亚:《英美小说叙事理论研究》,北京大学出版社2005年版,第343页。

妈说要给我囡起个名字，

哥哥说要给我妹热闹一回。①

(8) 阿诗玛呵，

可爱的阿诗玛，

在小伴们身旁，

你像石竹花一样清香。

妈的女儿呵，

爹的女儿呵，

在父母身旁，

你像白花草一样生长。

伸脚随囡心，

缩脚随囡意，

绣花随囡心，

缝衣随囡意。

做活随囡心，

不做随囡意，

任随囡的心，

任随囡的意。

你喜欢和谁相好，

爹妈不会打扰，

---

① 赵德光：《阿诗玛文献汇编》，云南民族出版社2003年版，第65页。

第五章 《阿诗玛》英译本翻译研究

你高兴和谁相爱，
谁也不会阻碍。①

（9）那三块地留给谁种？
要留给相好的人种；
那三所房子留给谁住？
要留给相好的人住。

没吃过的水有三塘，
塘水清又亮。
三塘水留给谁吃？
要留给相好的人吃。

没有人绕过的树有三丛，
树丛绿茸茸。
三丛树留给谁绕？
要留给相好的人绕。②

（10）谁把小伙子招进公房？
　阿诗玛的歌声最响亮。
　谁教小伴织麻缝衣裳？
　阿诗玛的手艺最高强。③

例（7）中"爹说要给我囡请请客人""妈说要给我囡起个名字""哥哥

---

① 赵德光：《阿诗玛文献汇编》，云南民族出版社2003年版，第68—69页。
② 同上书，第62—63页。
③ 同上书，第68页。

说要给我妹热闹一回"似乎都是间接引语,有引导词"爹说""妈说""哥哥说",但引语里的人称却没有改变,没有把"我囡""我囡""我妹"改为"他囡""她囡""她妹"。这样的转述结构意味着叙事者与阿诗玛的父母、哥哥不可区分地分享着同样的想法,即阿诗玛满月时要"请请客人""起个名字""热闹一回"。例(8)从整体来看似乎是无限制型视角,但诗句"你像石竹花一样清香""你像白花草一样生长""你喜欢和谁相好""你高兴和谁相爱"中"你"的使用,却意味着有对话的展开,即叙述者与故事中的人物——阿诗玛之间具有对话性。例(9)—(10)是《阿诗玛》源语文本中视角最为特殊的一类。从诗歌的整体来看,这些诗节似乎是叙述者话语,叙述者在那儿自问自答,但在逻辑上是说不通的。如果从诗节结构来分析,这应该是歌手对歌时的叙事模式,即一问一答。如果把这些诗节纯粹看作叙述者在向受叙者转述歌手的对歌,从整个情节的发展来看,又显得突兀。因此,把这些诗节看作叙述者借助歌手的思想来表达自己的思想和感情,则更为合理一些。这就意味着叙述者与隐藏的歌手之间具有对话性。

(二)《阿诗玛》英译本中叙事视角的翻译

1. 无限制型视角的翻译

《阿诗玛》源语文本主要采用的是无限制型视角,戴乃迭《阿诗玛》英译本保留了大多数源语文本中的叙事视角,但有时也把无限制型视角转换为其他叙事视角。戴乃迭《阿诗玛》英译本中,无限制型视角的翻译主要涉及诗歌标题的转换、无限制型视角转换为无限制型视角、无限制型视角转换为内视角、无限制型视角转换为外视角四种情况。

其一,诗歌标题的翻译与视角的转换。

1960年汉译本带有很强的文人色彩和汉文化传统,诗歌被分为13个章节,每章都有标题。整理者通过《阿诗玛》的诗歌标题提供了一个全知的视角,使读者能够预知叙事诗故事的主要内容、情节以及结局等。标题是叙事长诗《阿诗玛》文本的重要组成部分,也是叙事结构的重要组成部分。"叙述

第五章 《阿诗玛》英译本翻译研究

标记是文本中出现的对于理解故事来说具有标志作用的叙述手段。"[1] 标题属于叙述标记中的意图标记，是说唱者所要表达的感情和体现的思想的标志。戴乃迭英译本没有按照源语文本标题结构"数字序号+主题"来翻译，而是运用了罗马序号"Ⅰ、Ⅱ、Ⅲ、Ⅳ……"替换了"数字序号"，并且省略了主题未翻译。这样的处理方式，一方面是因为《阿诗玛》本为撒尼口传民间叙事诗，其原生态样式就是没有标题的，这可以从《阿诗玛原始资料集》所搜集的绝大部分资料里看到；另一方面可能是由于译者所选择的翻译文体为英国民谣（English Ballads）。英国民谣最初并没有固定形式，多半是歌手即兴演唱，带有很大的随意性，也不可能有标题。为了照顾英国民谣体例，译者没有翻译源语文本的主题，当然也无法传递源语文本的无限制型视角叙事方式，译入语读者也就无法得到与源语文本读者同样的审美体验。

其二，无限制型视角转换无限制型视角。

（1）哥哥阿黑呀，

半夜做怪梦，

梦见家中院子被水淹，

大麻蛇盘在堂屋前。[2]

译文：One midnight, wracked by fearful dreams,

Ahei rose up in dread,

Of flood, and of a monstrous snake

That reared its cruel head. （p. 44）

例（1）源语文本采用无限制型视角对故事中的人物——阿黑进行观察，窥视到了阿黑隐秘的意识活动——"半夜做怪梦"，看到阿黑梦的内容——"家中院子被水淹，大麻蛇盘在堂屋前"。译文保留了源语文本的无限制型视

---

[1] 童庆炳：《文学概论》，武汉大学出版社2000年版，第270页。
[2] 赵德光：《阿诗玛文献汇编》，云南民族出版社2003年版，第79页。

角。虽然在翻译过程中，译者对源语文本叙述者话语有所调整和增减，比如说增加了阿黑做梦时的动作"Ahei rose up in dread"（惊恐地坐起来）、蛇的动作"That reared its cruel head"（高高地抬着它那令人恐惧的头），删减了"家中院子""盘在堂屋前"这些梦中的内容。译文中所增加的动作描写，使叙述者的话语更加生动形象，使译入语读者能较好地体会到故事中人物半夜做怪梦时惊恐的体验，但所删减的内容在一定程度上削弱了源语文本中民俗梦文化的内涵。

其三，无限制型视角转换为内视角。

内视角指的是叙述者采用故事内人物的眼光来观察，往往较为主观，带有偏见和感情色彩。[1]内视角叙事角度存在于虚构的情景中，一切都严格地依据人物的知识、情感或知觉来表现。[2]戴乃迭《阿诗玛》英译本中，无限制型视角转换为内视角的情况有两种，即无限制型视角转换为第一人称内视角和无限制型视角转换为第三人称内视角。

第一，无限制型视角转换为第一人称内视角。

戴乃迭英译本有时也把全知叙述者话语转换为人物话语，即把无限制型视角转换为第一人称内视角。如：

(2) 玉鸟依然叫，
白云照样飘，
可爱的阿诗玛啊，
小伴见不着她了！

放羊想起阿诗玛，
想起阿诗玛来好伤心；
绣花想起阿诗玛，

---

[1] 参见申丹《视角》，《外国文学》2004年第3期。
[2] 参见罗钢《叙事学导论》，云南人民出版社1994年版，第159页。

第五章 《阿诗玛》英译本翻译研究

想起阿诗玛来好伤心！

乘凉的大树依然站着，
阿诗玛不在了；
公房中的火塘依然烧着，
听不到阿诗玛的歌声了！

指甲离肉疼透心，
仇恨在心里生了根，
亲密姊妹被拆散，
小伴们咬牙骂恶人。①

译文：The jade-white bird is crying still,
White clouds still float above;
But Ashima's young companions all
Have lost the friend they love.

Among our flocks we think of her;
Our hearts are filled with grief.
And when we sew we think of her;
Our hearts know no relief.

The spreading tree still sheds its shade,
But she has left the hill;
Our camp fire's light still blazes bright,

---

① 赵德光：《阿诗玛文献汇编》，云南民族出版社2003年版，第78页。

· 321 ·

But Ashima's voice is still. ①

When flesh is torn, the pain is keen;
Then cursèd be the day,
And cursèd be the wicked men
Who stole our friend away! ②

(3) 撒尼的人民,
一百二十个欢喜,
撒尼的人民,
一百二十个高兴。

没有割脐带的,
去到陆良拿白犁铧,
没有盆来洗,
去到泸西买回家。③

译文: The Sani folk made merry then,
And laughed aloud in glee.
Have you no tub to wash the babe?
Then buy one in Luxi. (p.12)

(4) 宜良抽红线,
澄江抽黄丝,
织成裹布带,

---

① Gladys Yang, *Ashima*, Beijing: Foreign Languages Press, 1981, p.40.
② Ibid..
③ 赵德光:《阿诗玛文献汇编》,云南民族出版社2003年版,第64页。

第五章 《阿诗玛》英译本翻译研究

把小姑娘背起来。①

译文：From Chengjiang we get silver thread,
From Yiliang thread of gold,
With which to make the swaddling－bands
The little babe to hold. （p.13）

（5）五音弹得全，
心事弹不完，
我的亲人呵，
你们有没有听见？②

译文：He played the five notes of the scale,
He played his flute all day.
"Oh, kinsfolk dear and friends at home,
Can you not hear me play?" （p.43）

例（2）—（5）译文都是把源语文本的全知叙述者话语转为人物话语，即把无限制型视角转换为第一人称内视角。例（2）是第七章"盼望"中阿诗玛被热布巴拉家强抢后，对阿诗玛小伙伴们心理活动的一段描写。源语文本采用的是无限制型视角来观察的，叙述者能深入阿诗玛小伙伴的内心，看到她们的伤心，看到她们对热布巴拉家的仇恨。译者把这部分的2—4节诗歌处理为"Q"式直接引语，直接引语可以通过人物的语言来塑造人物形象。把全知叙述者话语转换为人物话语，让阿诗玛的小伙伴们自己说话，让她们亲口说出她们的伤心与仇恨，凸显了故事中的人物形象，弱化了叙述者的显性地位。例（3）是第三章"天空闪出一朵花"中阿诗玛刚出生时家人忙着准备各种物品的一段描写。源语文本为两节，译文压缩为一节，并把全知叙

---

① 赵德光：《阿诗玛文献汇编》，云南民族出版社2003年版，第65页。
② 同上书，第79页。

述者话语"没有盆来洗，/去到泸西买回家"转换为自由直接引语"Have you no tub to wash the babe? / Then buy one in Luxi"（你没有浴盆洗婴儿吗？那么就去泸西买一个吧），这里用的是一个设问句，说话者自问自答，采用的是第一人称内视角来观察的。虽然我们不能明确知道这里的说话者是谁，但他/她一定不是置身事外的全知叙述者。译文自由直接引语的使用，可以给人一种身临其境的感受，读者仿佛置身于婴儿阿诗玛诞生的村子，那里人们正在为阿诗玛诞生忙碌着、欢庆着，读者似乎听到人们在商量去哪儿买婴儿的用品。例（4）是第三章"天空闪出一朵花"中阿诗玛刚出生时家人忙着到各地采购线、丝线织布做"裹布带"的一段描写。源语文本中采用的是无限制型视角来观察的，这个全能的观察者能跨越时空，看到人们在"宜良抽红线"，在"澄江抽黄丝"，这是全知叙述者的话语。译文第一句添加了"we"，叙述者就成了故事的参与者。译文把源语文本中全知叙述者话语转换为人物话语，无限制型视角转换为第一人称内视角。例（5）是第八章"哥哥阿黑回来了"中阿黑独自一人在外放牧时思念亲人心理活动的一段描写。源语文本采用的是无限制型视角来观察的，译者处理为"Q"式直接引语，是把全知叙述者话语转换为人物话语，让阿黑自己说话，表达对亲人的思念之情，使一个独立又注重亲情的人物形象跃然纸上。以上这些译文或通过把全知叙述者话语转换为直接引语、自由直接引语，或通过添加第一人称"we"等，把全知叙述者话语转为人物话语，也就是把无限制型视角转换为内视角。这里的转换使译文更加符合英语民谣体使用对话体的偏爱。

第二，无限制型视角转换为第三人称内视角。

在第三人称叙述中，"内视角"指的是叙述者采用故事内人物的眼光来观察，往往较为主观，带有偏见和感情色彩。

（6）热布巴拉砍不过，
　　心中想出坏主意：
　　"今天不是砍树天，

第五章 《阿诗玛》英译本翻译研究

各人砍的各人接。"①

译文：Rebubala saw they had lost,

And planned a third attack.

"This is no day for felling trees;

Now put the timber back!" (p.61)

(7) 热布巴拉家夜里偷商量，

阿诗玛句句都听到，

聪明的姑娘阿诗玛，

拿起口弦来吹三调。②

译文：But Ashima knew their wicked plot

To kill Ahei right soon;

And taking out her small mo-sheen,

She played a warning tune. (p.66)

例（6）—（7）译文都是把源语文本的无限制型视角转换为第三人称内视角。例（6）是第十章"比赛"中热布巴拉家与阿黑比赛砍树，热布巴拉家比输后，对热布巴拉行为及心理活动的描写。源语文本采用的是无限制型视角来观察的，叙述者带着上帝般的"观察之眼"，看到了"热布巴拉砍不过"，并直接透视热布巴拉的内心，即"心中想出坏主意：'今天不是砍树天，/各人砍的各人接。'"译文采用第三人称内视角"Rebubala saw"，即热布巴拉的视角看到了"they had lost"（他们失败了），紧跟其后的句子"And planned a third attack"，仍是全知叙述者话语，译文视角的转换不够自然。例（7）是第十一章"打虎"中热布巴拉家与阿黑比赛输了后，一心要害阿黑，阿诗玛听到他们的密谋，吹口弦通知阿黑的描写。从源语文本"热布巴拉家

---

① 赵德光：《阿诗玛文献汇编》，云南民族出版社2003年版，第87页。
② 同上书，第89页。

夜里偷商量，/阿诗玛句句都听到"中的"偷商量"和"阿诗玛句句都听到"，我们可以看到这里采用的是无限制型视角来观察的，通过无所不能的全知叙述者的眼睛看到或听到热布巴拉家夜里的"偷商量"的行为以及阿诗玛"句句都听到"的感知，但全知叙述者并没有告知读者热布巴拉家夜里偷商量的内容是什么以及阿诗玛听到的内容是什么，而译文用"Ashima knew their wicked plot/ To kill Ahei right soon"（阿诗玛知道他们马上就要杀害阿黑的邪恶阴谋）来翻译这两句。"Ashima knew"表明了译文采用的是第三人称内视角来观察和感知一切的，是由阿诗玛来聚焦，用阿诗玛的感知充当视角，替代了全知叙述者的感知。无限制型视角转换为第三人称内视角，削弱了叙述者的控制权，凸显了人物的个性和行为。

其四，无限制型视角转换为外视角。

戴乃迭《阿诗玛》英译本中，无限制型视角转换为外视角的只有一种情况，就是无限制型视角转换为第三人称外视角，没有无限制型视角转换为第一人称外视角的情况。在第三人称叙述中，"外视角"指的是故事外的叙述者用旁观者眼光来观察，往往较为冷静可靠。①

(8) 小姑娘日长夜大了，

长到五个月，

就会爬了，

爬得就像耙齿耙地一样。

爹爹喜欢了一场，

妈妈喜欢了一场。②

译文：From day to day sweet Ashima grew,

Until at five months old,

Her parents laughed to see her crawl,

---

① 参见申丹《视角》，《外国文学》2004年第3期。
② 赵德光：《阿诗玛文献汇编》，云南民族出版社2003年版，第66页。

So nimble and so bold! (p. 15)

（9）玉鸟天上叫，

太阳当空照，

阿黑满身大汗，

急追猛赶好心焦。①

译文：The jade-white bird is crying still,

The sun shines in the sky;

His body dripping sweat, Ahei

Comes riding madly by. (p. 55)

  例（8）—（9）译文都是把源语文本的无限制型视角转换为第三人称外视角。例（8）是第三章"天空闪出一朵花"中对阿诗玛长到五个月时，她父母看到其健康成长的感知的描写。源语文本中叙述者观察到了"爹爹喜欢了一场，/妈妈喜欢了一场"这样的心理活动，采用的是无限制型视角来观察的。译文转换为"Her parents laughed to see her crawl"，采用的是第三人称外视角，即是故事外的叙述者用旁观者的眼光观察到"她的父母笑着看着她爬"。例（9）是第九章"马铃响来玉鸟叫"中阿黑追赶阿诗玛的一个场景的描写。源语文本中叙述者不仅观察到了"阿黑满身大汗""急追猛赶"这样的外在表现，还深入人物阿黑的内心，感知到了人物"好心焦"这样的心理活动，采用的是无限制型视角来观察的。译文转换为"His body dripping sweat, Ahei / Comes riding madly by"，用"madly"（发狂地）这个描写人物外在表现的副词来翻译人物的心理活动"好心焦"。译文采用的是第三人称外视角。无限制型视角转换为第三人称外视角，译文叙述者客观冷静的叙述削弱了源语文本全知叙述者富有感染力的情感表达，译入语读者难以体会到源语文本全知叙述者的叙述力量。

---

① 赵德光：《阿诗玛文献汇编》，云南民族出版社2003年版，第84—85页。

2. 内视角的翻译

戴乃迭《阿诗玛》英译本中,内视角的翻译主要涉及第一人称内视角转换为第一人称内视角、第一人称内视角转换为第三人称外视角、第三人称内视角转换为第三人称外视角三种情况。

其一,第一人称内视角转换为第一人称内视角。

(10)"这个黑牢呀。

潮湿又阴暗,

风也吹不进,

太阳也照不见。"

"什么在墙外叫喊?

像是爹妈在呼唤,

仔细一听,

原来是蟋蟀的叫声!"

"什么在墙外闪?

像是飞龙马在眨眼,

仔细一看,

两只萤火虫扑腾向前。"①

译文:"Why has this dungeon drear and dark

No ray of sun or star?

How dank and grim these dungeon stones,

More cold than ice they are!"

---

① 赵德光:《阿诗玛文献汇编》,云南民族出版社2003年版,第84页。

第五章 《阿诗玛》英译本翻译研究

"Who calls me now beyond these walls?

My loving parents dear?

Ah no, for when I listen well,

'Tis only bats I hear."

"What gleam is that beyond the wall?

A flying charger bright?

Ah no, for when I look more close,

'Tis but the glow-worms' light." (p. 55)

例(10)用的是直接引语,是故事中人物——阿诗玛被热布巴拉投入黑牢后的一段独白。采用的是第一人称内视角,即故事中人物阿诗玛的视角,感受到了黑牢的"潮湿又阴暗",听到了墙外"蟋蟀的叫声",看到了"两只萤火虫扑腾向前"。译者保留了源语文本的第一人称内视角,同样使用直接引语,并通过增加了第一人称代词"me""my""I"等使第一人称内视角显性化。

其二,第一人称内视角转换为第三人称外视角。

(11) 热布巴拉一家人,

想给阿支娶亲,

要娶就娶阿诗玛,

娶到阿诗玛才甘心!①

译文:Rebubala resolved to find

A bride to wed his son,

And swore that Ashima must be theirs,

For sweeter girl was none. (p. 22)

---

① 赵德光:《阿诗玛文献汇编》,云南民族出版社2003年版,第70页。

· 329 ·

(12)"好心的老大爷,

请你告诉我,

我丢失了三颗细米,

应该到哪里去找?"①

译文:"O good old man, I ask your aid,"

Up spoke our brave Ahei.

"Where can I find three grains of rice

That I lost yesterday?" (p. 64)

例(11)—(12)译文是把源语文本的第一人称内视角转换为第三人称外视角。例(11)是第五章"说媒"中对热布巴拉家听到阿诗玛的美名后,想给儿子阿支娶阿诗玛的心理描写。源语文本叙述者话语与第一人称人物话语交错应用。第一、二句采用的是无限制型视角来观察的,是全知叙述者的话语,而第三、四句则运用自由直接引语,视角也过渡到人物的内视角——热布巴拉家的内视角,即采用第一人称内视角,武断专横地说出"(我们)要娶就娶阿诗玛,/娶到阿诗玛(我们)才甘心"。译文转换为"Rebubala resolved…/And swore that Ashima must be theirs, For sweeter girl was none",采用第三人称外视角,即是故事外的叙述者用旁观者的眼光观察到或听到"热布巴拉家发誓……"源语文本两种叙事视点交差错落,相得益彰。人物的"在场"凸显了人物形象的层次性和立体性。但译文的叙事视点只是单一性的第三人称(Rebubala),人物的行为基本上得到再现,但译文的单一视点缺乏错落美,给人审美想象的余地很少,表现力似乎不及源语文本,源语文本人物武断专横的形象受到一定程度的削弱。例(12)是第十章"比赛"中阿黑向老大爷请教如何找到比赛时丢失的"三颗细米"的话语的描写。源语文本采

---

① 赵德光:《阿诗玛文献汇编》,云南民族出版社2003年版,第88页。

第五章 《阿诗玛》英译本翻译研究

用无引导词的直接引语,原封不动地直接引用阿黑的原话,并采用第一人称内视角,用"请你告诉我""我丢失了三颗细米"等故事内"在场"的人物话语来叙述。译者则采用有引导词"Up spoke our brave Ahei"的直接引语,即用第三人称外视角来观察阿黑向老大爹请教的这个行为,并由故事外的叙述者叙述"阿黑大声地说"这个行为及其所说的内容。源语文本所采用的第一人称内视角使人物话语更具舞台效果,而译文所用的第三人称外视角,特别是形容词"brave"的添加,使叙述者的身份更加凸显,叙述的意味更浓。

其三,第三人称内视角转换为第三人称外视角。

(13) 两天路程一天追,
只见树林往后飞,
五天路程两天赶,
只见山坡朝后退。①
译文:He rides two journeys in one day,
And five days' course in two;
The woods and hills are left behind,
As he comes hurtling through. (p.56)

例(13)译文是把源语文本的第三人称内视角转换为第三人称外视角。这是第九章"马铃响来玉鸟叫"中阿黑追赶阿诗玛时的描写。源语文本中"两天路程一天追""五天路程两天赶"采用的是无限制型视角来观察的,是全知叙述者的话语。两个"只见"都是表示阿黑感知的叙述词,"只见"其后的部分"树林往后飞""山坡朝后退"运用了人物的有限视角。叙述者话语与第三人称人物话语交错应用。译文采用第三人称外视角,即是故事外的叙述者用旁观者的眼光所观察到的阿黑骑马追赶的速度"He rides two journeys in one day,/And five days' course in two""As he comes hurtling through"以及

---

① 赵德光:《阿诗玛文献汇编》,云南民族出版社2003年版,第85页。

周围景物的变化"The woods and hills are left behind"（树林和山都被落在后面）。源语文本两种叙事视点交差错落，相得益彰。人物的"在场"凸显了场景的真实性。但译文的叙事视点只是单一性的第三人称"he"，虽然阿黑的行为基本上得到再现，但译文的单一视点给人一种"隔"的感觉，难以传达源语文本给读者的那种身临其境的审美体验，使源语文本中人物阿黑驰马追赶的形象以及其焦急的神态的表现力受到一定程度的削弱。

3. 外视角的翻译

戴乃迭《阿诗玛》英译本中，外视角的翻译主要涉及第三人称外视角的翻译，没有涉及第一人称外视角的翻译。第三人称外视角的翻译主要有第三人称外视角转换为第三人称外视角、第三人称外视角转换为第三人称内视角两种情况。

其一，第三人称外视角转换为第三人称外视角。

（14）阿黑翻身跳上马，
挥鞭朝着马身上打，
照着老大爹指的方向，
飞赶阿诗玛。①

译文：Ahei whipped on his horse again,
And spurred his mare anew;
He took a road the old man showed,
And after Ashima flew. (p. 51)

例（14）采用的是第三人称外视角，即是故事外的叙述者用旁观者的眼光观察到，阿黑询问老大爹关于阿诗玛的去向后，骑马追赶阿诗玛的一系列动作："翻身跳上马""挥鞭朝着马身上打""照着老大爹指的方向，飞赶阿诗玛"。译文保留了第三人称外视角，再现了故事中人物的一系列动作

---

① 赵德光：《阿诗玛文献汇编》，云南民族出版社2003年版，第88页。

"whipped on his horse" "spurred his mare anew" "took a road the old man showed" "flew after Ashima"。

其二，第三人称外视角转换为第三人称内视角。

(15) 天黑的时候，
叫天子不叫，
野狗也不咬，
阿黑去把细米找。

走到远远的地方，
天色渐渐亮，
有个老人犁荞地，
犁铧闪银光。①

译文：And when the skylark ceased to sing,
And daylight left the plain,
And savage dogs no longer barked,
He went to find the grain.

When slowly, slowly rose the sun,
He saw, far far away,
An old man plough a buckwheat field,
His plough share bright as day. (p.64)

例（15）是第十章"比赛"中对阿黑寻找"细米"的描写。源语文本采用第三人称外视角，即是故事外的叙述者用旁观者的眼光观察到，阿黑寻找"细米"路途中时间的变化，即从"天黑的时候"到"天色渐渐亮"；地点的

---

① 赵德光：《阿诗玛文献汇编》，云南民族出版社2003年版，第88页。

变化，即"走到远远的地方"；景物、人物的变化，即"叫天子不叫，/野狗也不咬""有个老人犁荞地，/犁铧闪银光"。译文在诗歌第二节第二句中添加了"He saw"，以第三人称"he"为叙事视点，观察到时间的变化，即"slowly, slowly rose the sun"；地点的变化，即"far far away"；景物、人物的变化，即"An old man plough a buckwheat field, / His plough share bright as day"。译者把源语文本中贯串一致的第三人称外视角在诗歌的第二节转换为第三人称内视角。这里第三人称内视角的使用使得此节诗歌的译文与下节诗歌的译文"O good old man, I ask your aid, " / Up spoke our brave Ahei. / "Where can I find three grains of rice/ That I lost yesterday?"视角一致，使上下文的衔接更为自然，浑然一体。

4. 联合式叙事视角的翻译

戴乃迭《阿诗玛》英译本中，联合式叙事视角的翻译主要有联合式叙事视角转换为联合式叙事视角、联合式叙事视角转换为第三人称外视角以及联合式叙事视角转换为第一人称内视角三种情况。

其一，联合式叙事视角转换为联合式叙事视角。

（16）什么做石岩的伴？

黄栗树做石岩的伴。

什么做阿黑的伴？

笛子做阿黑的伴。（p.79）

译文：What company have mountain crags?

They have the chest nut tree.

What company had brave Ahei?

His shepherd's flute had he. (p.28)

（17）谁把小伙子招进公房？

阿诗玛的歌声最响亮。

谁教小伴织麻缝衣裳？

阿诗玛的手艺最高强。（p.68）

译文：What drew the young men to the camp?

Her singing clear and high.

And Ashima taught the other girls –

Their shuttles deftly fly. （p.19）

例（16）—（17）叙事视角较为特殊，叙述者与隐藏的歌手之间具有对话性，属于联合式叙事视角。例（16）叙述者借助歌手对歌的"一问一答"的形式及内容来讲述阿黑独自一人放牧时的孤独。"什么做石岩的伴？/黄栗树做石岩的伴"为歌手对歌时的起兴句，借势转接到故事中的人物——阿黑放牧时的生活状况上来，即"什么做阿黑的伴？/笛子做阿黑的伴"。译文保留了对歌"一问一答"的形式，较为忠实地传递了源语文本的叙事视角。例（17）叙述者同样借助歌手的对歌形式以及内容来表达对阿诗玛的赞赏之情，译者虽然保留了源语文本的联合式叙事视角，传达了叙述者的讲述内容，但未保留对歌"一问一答"的形式，从而弱化了源语文本的叙事特色。

其二，联合式叙事视角转换为第三人称外视角。

（18）满月那天早晨，

爹说要给我囡请请客人，

妈说要给我囡起个名字，

哥哥说要给我妹热闹一回。①

译文：The day that she was one month old,

Up spoke her father dear:

"To celebrate this happy day,

Let friends be gathered here."

---

① 赵德光：《阿诗玛文献汇编》，云南民族出版社2003年版，第65页。

"We'll choose a name to give the child,"
Her loving mother said.
"Let's all rejoice," said young Ahei,
"And food for guests be spread." (p. 13)

例(18)中"爹说要给我囡请请客人""妈说要给我囡起个名字""哥哥说要给我妹热闹一回"这样的转述结构意味着叙事者与阿诗玛的父母、哥哥不可区分地分享着同样的想法,采用的是联合式叙事视角。译者用带引导词和引号的直接引语来转换源语文本的转述结构,采用的是第三人称外视角,即是故事外的叙述者用旁观者的眼光观察到,阿诗玛满月那天早上,她的父亲、母亲和哥哥说话的动作以及所说的内容。译者把联合式叙事视角转换为第三人称外视角,使译文更为流畅,更符合译入语读者的阅读习惯。

其三,联合式叙事视角转换为第一人称内视角。

(19) 微风轻轻地吹,
传来了松子的香味,
一面做活,一面讲知心话,
个个都夸奖阿诗玛。

"你绣出的花,
鲜艳赛山茶;
你赶的羊群,
白得像秋天的浮云。"

"千万朵山茶,
你是最美的一朵。
千万个撒尼族姑娘,

你是最好的一个。"①

译文：Oh, gently then the light wind blew,

To waft the pine cone's smell;

And, chatting as they sat to sew,

Of Ashima all spoke well.

"The flowers on her embroidery

With bright camellias vie;

Her woolly sheep are whiter far

Than clouds in autumn sky."

"Among ten thousand lovely flowers,

Our Ashima blooms most fair;

Among ten thousand Sani girls,

None can with her compare."（p. 17）

例（19）这部分诗歌的第一节采用的是无限制型视角，第二节、第三节是叙述者直接引用阿诗玛与阿诗玛小伙伴们之间的对话中小伙伴们对阿诗玛的赞誉之词，来表达自己的思想感情。这就意味着叙述者与阿诗玛和阿诗玛小伙伴们之间具有对话性，视角为联合式叙事视角。译文保留了源语文本第一节的无限制型视角，但把第二节、第三节阿诗玛与阿诗玛小伙伴们之间的对话转换成了阿诗玛小伙伴们的独白，视角从联合式叙事视角转换成了第一人称内视角。这里视角的转换使译文更为流畅，更符合译入语读者的阅读习惯。

彝族叙事长诗《阿诗玛》的叙事视角主要有无限制型视角、内视角、第

---

① 赵德光：《阿诗玛文献汇编》，云南民族出版社2003年版，第67页。

三人称外视角和联合式叙事视角，其中以无限制型视角叙事为主，其中还穿插了第一人称内视角、第三人称内视角、第三人称外视角和联合式叙事视角，但没有第一人称外视角。这里值得一提的是，由于《阿诗玛》口头性的特点，文本存在人物语言与叙述者语言的混合体，这就形成其独特的叙事视角——联合式叙事视角，这种叙事视角使叙述者与人物不可区分地分享各种思想或两者之间具有对话性。

戴乃迭《阿诗玛》英译本叙事视角的翻译主要涉及无限制型视角、内视角、第三人称外视角和联合式叙事视角的转换。戴乃迭《阿诗玛》英译本保留了源语文本中的绝大多数叙事视角，译本中也有一些叙事视角转换的情况。无限制型视角的翻译中诗歌标题的转换、部分无限制型视角转换为内视角更多的是受译入语文学叙事传统的影响。译文未保留诗歌标题及通过把全知叙述者话语转换为直接引语、自由直接引语，或通过添加第一人称"we"等，把全知叙述者话语转为人物话语，把无限制型视角转换为内视角，这些译法使叙述者让位于人物，打断了叙述者的叙述，使译文不像源语文本那样一气呵成，但却使人物个性更加突出、鲜明，译文多了几分戏剧色彩。这些译法都是受译入语诗学规约的影响。直接引用人物的话语可以让读者直接感受到人物的音容笑貌，而不是让人物淹没在叙述者的语言风格里。[1] 英语诗剧传统和英语叙事诗常以人物的独白或对话体来塑造人物的形象，对话体也是英国民谣体塑造人物形象的主要手法之一。第三人称外视角转换为第三人称内视角、联合式叙事视角转换为第三人称外视角、联合式叙事视角转换为第一人称内视角，使上下文的衔接更为自然，译文更为流畅，更加符合译入语读者的阅读习惯。但是在无限制型视角转换为第三人称外视角、第一人称内视角转换为第三人称外视角、第三人称内视角转换为第三人称外视角的翻译中，一些译文未能使译入语读者感受到与源语文本读者同样的审美体验。此外，

---

[1] 参见余苏凌《诗歌叙事视角的碰撞——英美译者对汉诗叙事视角的调整及其作用》，《天津外国语大学学报》2012年第4期。

在对"一问一答"这一类特殊联合式叙事视角的翻译中,译者完全保留源语文本的叙事形式的只有一例,对其他的文本都采取了只保留源语文本的叙事视角和内容,不保留"一问一答"的叙事形式,从而弱化了源语文本的叙事特色。

从戴乃迭《阿诗玛》英译本叙事视角的翻译,我们可以看到译者对源语文本叙事视角特点有着较为清晰的认识,以及为尽力传达这些特点所做的努力。我们可以看到中西叙事传统的异同以及叙事诗叙事视角转换的可行性和所受的限制。戴乃迭《阿诗玛》英译本叙事视角的转换,可以说是源语文学叙事传统和译入语文学叙事传统碰撞和妥协的结果。译者一方面非常慎重地对待叙事视角的转换,以使译文能够有效地传递源语文本的叙事特点,让译入语读者获得与阅读源语文本最贴近的审美体验;另一方面,由于中西叙事传统的差异性,使得译者在翻译过程中,不得不考虑译入语的诗学规约,对译文叙事角度进行调整,使译文更加符合译入语读者的阅读习惯。

二 《阿诗玛》英译本叙事时间的翻译

叙事文本是时间的艺术,叙事时间是叙事文本的基本特征。法国叙事学家热奈特把时间区分为叙事时间和故事时间。事件发生的自然时间状态称为故事时间,而将在文本中的叙述时间状态称为叙事时间。热奈特指出:"研究叙事的时间顺序,就是对照事件或时间段在叙事话语中的排列顺序和这些事件或时间段在故事中的接续顺序。"[1]按照叙事时间和故事时间之间的关系热奈特把叙事时间分为时序(Order)、时距(Duration)和频率(Frequency)。[2]下面我们将从时序、时距和频率对彝族叙事长诗《阿诗玛》源语文本与戴乃迭《阿诗玛》英译本进行对比分析,在此基础上,针对《阿诗玛》叙事时间的特色,对戴乃迭《阿诗玛》英译本中停顿、场景、频率的翻译进行进一步

---

[1] [法]热拉尔·热奈特:《叙事话语·新叙事话语》,王文融译,中国社会科学出版社1990年版,第14页。

[2] 同上书,第13—15页。

分析和探讨，以期揭示戴乃迭《阿诗玛》英译本叙事时间的转换方法和翻译特点。

（一）《阿诗玛》源语文本与译文叙事时间对比研究

时序是故事时间中事件的接续前后顺序与文本时间中语言的排列顺序对照形成的关系，主要包括顺叙、预叙、插叙、追叙四类。顺叙是指按照事情发生的前后过程，讲清事情的来龙去脉、前因后果，是叙事诗中常用的重要手法。预叙是指"事先讲述或提及以后事件的一切叙述活动"。插叙是指叙述者打破事件发生的自然顺序，把几个同时发生的事件有先有后地排列起来。追叙是指"对故事发展到现阶段以前的事件的一切事后叙述"①。

时距是故事时间长度与文本时间长度对照形成的关系，主要包括省略（ellipsis）、概要（summary）、场景（scence）、停顿（pause）、延缓（stretch）五类。省略是指话语暂时停止，而时间则在故事中继续，即一定量的故事时间跨度的文本篇幅几乎是零，即述本时间小于底本时间。概要，或者说概略、概述，是指话语短于所描写的事件，即在叙事本文中把一段特定的故事时间压缩为表现其主要特征的较短的句子，以此来加快速度。场景是指故事时间的跨度和文本时间跨度大体上是相当的。停顿是指故事时间中断，话语则在描写性段落中继续着，也就是相应于一定量文本篇幅的故事时间跨度为零。延缓是指话语时间长于故事时间。②

"频率指的是一个事件在实际发生的故事中出现的次数与该事件在文本中叙述（或提及）的次数之间的关系。"③ 谭君强提出，根据实际发生的故事事件和叙事文本中各自提供的两种可能，即故事中的事件有无重复和叙事文本中的话语有无重复，把"叙述的频率分为三种类型：单一叙述、概括叙述及

---

① ［法］热拉尔·热奈特：《叙事话语·新叙事话语》，王文融译，中国社会科学出版社1990年版，第14页。
② 参见谭君强《叙事学导论：从经典叙事学到后经典叙事学》，高等教育出版社2008年版，第136—143页。
③ 同上书，第149—153页。

多重叙述。单一叙述是指在叙事文本中讲述一次在故事中发生一次的事，包括两种情况，即讲述一次发生过一次的事和讲述若干次发生过若干次的事。概括叙述指故事中多次发生的事件在叙事文中只讲一次，或者说，事件并不是发生多少次就被描述多少次，而是描述不像事件所发生的那样经常。多重叙述是指一个事件只发生一次而被多次描述。"① 表5-15是《阿诗玛》源语文本、译本在叙事时间三个范畴内的对比。

表5-15　　　　《阿诗玛》源语文本与译本叙事时间对比统计表

			源语文本	译文	
				翻译情况	改译比例(%)
叙事时间	时序	顺叙	以自然时序为主的连贯叙事	保留以自然时序为主的连贯叙事	0
		预叙	15处(包括13个标题、第一章序歌、第五章第十四节)	保留2处(省略13个标题，保留第一章序歌、第五章第十四节)	86.7
		插叙	3处	保留3处	0
		追叙	1处	保留1处	0
	时距	省略	22处	保留22处	0
		概要	18处	保留18处	0
		场景	109处	保留105处(4处改译为停顿)	3.67

---

① 参见谭君强《叙事学导论：从经典叙事学到后经典叙事学》，高等教育出版社2008年版，第149—153页。

续　表

<table>
<tr><th colspan="3" rowspan="2"></th><th rowspan="2">源语文本</th><th colspan="2">译文</th></tr>
<tr><th>翻译情况</th><th>改译比例(%)</th></tr>
<tr><td rowspan="7">叙事时间</td><td rowspan="2">时距</td><td colspan="2">停顿</td><td>146 处</td><td>保留 118 处(改译 28 处,其中 6 处改译为场景,其他 22 处省略未翻译)</td><td>19.2</td></tr>
<tr><td colspan="2">延缓</td><td>12 处</td><td>保留 9 处(3 处改译为场景)</td><td>25</td></tr>
<tr><td rowspan="5">频率</td><td rowspan="3">事件重复</td><td>单一叙述</td><td>10 处</td><td>保留 10 处</td><td>0</td></tr>
<tr><td>概括叙述</td><td>0 处</td><td>保留 0 处</td><td>0</td></tr>
<tr><td>多重叙述</td><td>0 处</td><td>保留 0 处</td><td>0</td></tr>
<tr><td colspan="2">话语重复</td><td>135 处(其中话语完全重复 62 处,部分话语重复 73 处)</td><td>保留 69 处(直译 69 处;改译 66 处,其中意译 52 处,省略 14 处)</td><td>48.9</td></tr>
</table>

从表 5-15 可以看出,《阿诗玛》源语文本在叙事时序上是以单向性、直线式顺叙的叙事时间为主,即采用以自然时序为主的连贯叙事,叙事时间与故事时间的矢向上大体都是一致的。在《阿诗玛》中还出现了预叙、插叙、追叙等叙事顺序,这三种叙事时序打破时间的矢量流程,重新安排所讲故事的顺序。这三种叙事时序在《阿诗玛》中使用频率较低。预叙共出现 15 处,插叙有 3 处,追叙有 1 处。

《阿诗玛》源语文本叙事时序上基本是按照故事中事件发生的先后顺序,即"出生—成长—说媒—抢亲—追赶—比赛—打虎—射箭—回声"依次展开叙事的,环环相扣。《阿诗玛》不仅在整体上采用以自然时序为主的连贯叙事,而且在许多情节内部,叙述仍然是按故事发生的先后顺序来进行的。比如说,文本按照自然时间顺序叙述了阿诗玛从出生一直到十七岁的成长过程。用表示年龄的数字顺序"出生、满三天、满月、三个月、五个月、七个月、

第五章 《阿诗玛》英译本翻译研究

六七岁、八九岁、十岁、十二岁、十四岁、十五岁、十六岁、十七岁"和形象的语言把不同年龄阶段的阿诗玛的特点具体、生动地叙述出来。通过这些叙述,读者似乎在伴随着阿诗玛的成长,看到了出生时"又白又胖"的阿诗玛,满三天时"哭的声音像弹口弦""头发像落日的影子"的阿诗玛,满月时的阿诗玛、三个月时"笑声就像知了叫一样"的阿诗玛,五个月时"爬得就像耙齿耙地一样"的阿诗玛,七个月时"跑得就像麻团滚一样"的阿诗玛,六七岁时"坐在门槛上帮母亲绕麻线"的阿诗玛,八九岁时"把网兜背在背上,拿着镰刀挖苦菜去"的阿诗玛,十岁时"手上拿镰刀,皮条肩上挂,脚上穿草鞋,到田埂上割草去"的阿诗玛,十二岁时"挑水做饭"的阿诗玛,十四岁时"手中拿棍子,头上戴笠帽,和小伴放羊去"的阿诗玛,十五岁时"学织麻"的阿诗玛,十六岁时"背粪箩,脸上汗水流",跟着哥哥一起干活的阿诗玛,十七岁时"绣花包头头上戴,绣花围腰亮闪闪,人人看她看花了眼""去公房"的阿诗玛。《阿诗玛》作为口头吟唱的叙事文本,"头绪不宜过多,跳动不宜过大。在结构上就做到线索单一,人物不多,没有纷繁复杂的线索交织。吟唱形式这种单线式的结构形式,既便于歌手吟唱,又适应彝族人民的审美要求和欣赏习惯,也便于在群众中传唱与流传"[①]。作为一种口头吟唱的语言艺术,彝族叙事长诗《阿诗玛》在时间上涉及更多的还是线性时间,顺时叙事在结构功能上有助于形成连贯紧凑的情节与清晰易记、易懂的故事线索。戴乃迭《阿诗玛》英译本对源语文本的叙事时序——顺序进行了忠实地再现。

《阿诗玛》源语文本预叙共出现 15 处,其中 13 处为标题,1 处为序歌——第一章"一应该怎样唱呀?"1 处为第五章"说媒"第十四节。《阿诗玛》章节标题明示、预先告知读者叙事诗故事情节的发展走向以及每一章的中心内容。第一章"一应该怎样唱呀?"为序歌,叙述者通过对歌"一问一

[①] 左玉堂:《论〈阿诗玛〉人物形象的塑造》,赵德光《阿诗玛国际学术研讨会论文集》,云南民族出版社 2006 年版,第 144 页。

答"的形式"应该唱一个呀,/应该怎样唱呀,/山中的姑娘,/山林中的花",预先告知读者下面故事所要讲述的是"山中的姑娘,/山林中的花"。第五章"说媒"第十四节"讨厌的猴子下山来,/为了偷吃庄稼;/讨厌的海热到阿着底来,/是为了劝说阿诗玛",是对媒人海热到阿着底的目的的预叙,即劝说阿诗玛家同意阿诗玛嫁给热布巴拉家。下文"海热——阿诗玛的母亲""海热——阿诗玛的父亲""海热——阿诗玛"之间的一系列对话都是围绕这个预叙展开的。戴乃迭《阿诗玛》英译本对源语文本预叙的改译比例为86.7%,仅对序歌及第五章"说媒"第十四节进行了忠实地再现,但对标题则运用了罗马序号"Ⅰ、Ⅱ、Ⅲ、Ⅳ……"进行了替换,未能忠实传递标题的预叙作用。标题的省略受到译入语诗学规约的影响。因为预叙把故事发生的结果提到了故事产生之前,这样一来,就容易弱化读者的阅读期待。在西方小说中,预叙较为少见。①

《阿诗玛》源语文本插叙有3处。在第九章"马铃响来玉鸟叫"中,事件1"阿黑追赶阿诗玛"与事件2"抢婚路上阿诗玛与海热舌枪唇战的对话"、事件3"在热布巴拉家阿诗玛与阿支舌枪唇战的对话"、事件4"在热布巴拉家阿诗玛与阿支、热布巴拉舌枪唇战的对话"、事件5"阿诗玛被鞭打关进黑牢"、事件6"在黑牢阿诗玛的内心独白"同时发生。从本章标题看,叙述主线应该是阿黑追赶阿诗玛的情节。其实"阿黑追赶阿诗玛"这个情节从第八章"哥哥阿黑回来了"的最后一节已经开始。在以"阿黑追赶阿诗玛"情节为主线的叙述中,首先插入的是事件2"抢婚路上阿诗玛与海热舌枪唇战的对话"和事件3"在热布巴拉家阿诗玛与阿支舌枪唇战的对话"。在抢婚路上,海热通过"放神主牌的石头""洗金银的水塘""摘桃打梨的果木园""养虎豹的山林"等不断向阿诗玛夸耀热布巴拉家的富有,在热布巴拉家阿支拿出金银财宝和牛羊等向阿诗玛炫耀自己家的富有,阿诗玛则热嘲冷讽进行回击。而这场舌战的结局尚未结束,叙述者话题一转,又回到了没有叙述完的"阿

---

① 参见何秋瑛《汉译佛经叙事时序分析》,《中南林业科技大学学报》2011年第6期。

第五章 《阿诗玛》英译本翻译研究

黑追赶阿诗玛"的场景上去了。阿黑遇见一个拾粪的老人，问他是否看见阿诗玛，是否还能赶得上抢亲的队伍？经拾粪老人指点后，阿黑继续赶路。追赶阿诗玛的情节尚未叙完，作者话题一转，插进去了事件4"在热布巴拉家阿诗玛与阿支、热布巴拉舌枪唇战的对话"和事件5"阿诗玛被鞭打关进黑牢"。但阿诗玛被关进黑牢的情节还未叙完，话题一转，又回到了叙述主线"阿黑追赶阿诗玛"的场景上去了。阿黑遇见一个放牛的老大妈，问她是否见到一群抢婚的人，是否见到"阿诗玛"，是否还能赶得上抢亲队伍？经放牛老大妈指点后，阿黑继续追赶。紧接着叙述者又插进去了事件6"在黑牢阿诗玛的内心独白"，之后又回到"阿黑追赶阿诗玛"的场景上去。叙事时序为：事件1——事件2、事件3——事件1——事件4、事件5——事件1——事件6——事件1。几个事件同时发生，《阿诗玛》运用插叙重新组合叙事时间，既可以形成结构的整体效果，又可以造成行文上的重点事件突出，从而借助插叙之事与顺叙之事之间的张力产生电影"蒙太奇"的艺术效果。我们可以设想"追赶"这一情节，假如没有"插叙"，一连气用复沓的语言程式，用同样的话问拾粪的老人、放牛的老大妈、放羊的娃娃，而拾粪的老人、放牛的老大妈、放羊的娃娃3人用同样的话、同样的语气回答阿黑的话，"那该多乏味，多死板。作者用了'插叙'的手法后，把本是乏味的话题平添了不少的生气，这就是插叙的巧妙之处"①。戴乃迭《阿诗玛》英译本对源语文本中3处插叙进行了忠实地再现。

《阿诗玛》源语文本追叙1处。在第七章"盼望"中，阿诗玛被热布巴拉家强行抢走后，有一段阿诗玛妈妈的独白，在独白中阿诗玛的妈妈回忆起阿诗玛在家的情形："堂屋里是囡走处，/屋前是囡玩处；/桌子旁边的小草墩，/是阿诗玛的坐处。"这里的追叙表达的是母亲对女儿的思念。戴乃迭《阿诗玛》英译本同样运用追叙的叙事方式重现了源语文本的叙事时序。

《阿诗玛》源语文本在叙事时距上，加长了重点人物、故事、场面以及评

---

① 黄建明：《阿诗玛论析》，云南民族出版社2004年版，第54—55页。

论干预的叙事时间。《阿诗玛》主要是以停顿和场景为主，省略、概要、延缓较少。停顿运用最多，为146处，其次是场景，有109处。省略有22处，概要有18处，延缓有12处。戴乃迭《阿诗玛》英译本完全保留了源语文本省略和概要两种叙述速度，对停顿的改译较多，其次是场景的改译，再次是延缓的改译，省略和概要不存在改译现象。从改译的比例来看，延缓最高，停顿次之，场景为第三，省略和概要最低。

对于延缓这一叙述速度，译者保留了9处，改译了3处，改译比例为25%。译者把第七章"盼望"中的第十节、第十一节、第十二节改译为场景。第十节、第十一节、第十二节均为叙述者以全知的视角对阿诗玛小伙伴们在阿诗玛被热布巴拉家强抢后的心理描写，叙述者深入阿诗玛小伙伴们心里的几秒钟功夫，这几秒钟的时间里，出现了三节的篇幅。在这片刻之间，以阿诗玛小伙伴们的心理活动为内容，使叙述有所扩展，形成了叙述速度的延缓。译者运用场景形式——人物的独白，把话语的控制权从全知的叙述者手中转移到人物的手中，让人物自己说话，在连续的独白中，人物的内心活动一无遮拦地显示出来。把延缓改译为场景，使叙述速度从故事时间跨度小于文本时间跨度，变为故事时间跨度基本等于文本时间跨度，从而改变了源语文本的叙述速度。这是为了符合译入语的诗学规约，即英语诗剧传统和英语叙事诗常以人物的独白来塑造人物的形象或揭示人物的情感。

对于停顿这一叙述速度，译者保留了118处，改译了28处，其中6处改译为场景，其他的22处减译或省略未翻译，改译比例为19.2%。译者把第九章"马铃响来玉鸟叫"中的第三节、第五节、第七节，第十一章"打虎"中的第十九节，第十二章"射箭"中的第一节，第五章"说媒"中的第五十八节改译为场景。这6处都以带引导词和引号的直接引语形式呈现，为叙述者对人物话语的转述，译者把这些带引导词的直接引语转换为不带引导词的直接引语，把话语的控制权完全交由人物来控制，让人物自己说话，把源语文本叙述者对人物话语的转述改为最纯粹的场景形式——对话，在人物毫无遮拦的言语交锋中展现人物的性格或对事物的态度。把停顿改译为场景，使叙述速度从无故事时间流动,故事时间跨度小于文本时间跨度,变为有故事时间流动,故事时间跨度基本等于文本时间跨度,从而改变了源语文本的叙述速度。这些改译是为了符合译入语的诗学规约,即英语诗剧传统和英语叙事诗常以人物的对话来塑造人物的形象。对于停顿的减译或省略未翻译,往往出现在源语文本的复沓结构或每节诗行超过4行的地方。这些改译是为了符合译入语的诗学规约,即英国歌谣诗每节为四行的诗歌体例。

对于场景这一叙述速度,译者保留了105处,改译了4处,都改译为停顿,改译比例为3.67%。即把第九章"马铃响来玉鸟叫"第十四节、第十章"比赛"第二节、第七节、第九节改译为停顿。这4处都以不带引导词的直接引语形式呈现,为人物话语的直接展示(showing),与上下文的人物话语构成最纯粹的场景形式——对话。译者把这些不带引导词的直接引语形式转换为带引导词的直接引语,把话语的控制权交由叙述者来控制,让叙述者来讲述(telling)人物的话语。把场景改译为停顿,使叙述速度从有故事时间流动,故事时间跨度基本等于文本时间跨度,变为无故事时间流动,故事时间跨度小于文本时间跨度,从而改变了源语文本的叙述速度。

《阿诗玛》源语文本在叙事频率上,仅存在单一叙述和话语重复两种情况,无概括叙述及多重叙述。单一叙述有10处,即"出生—成长—说媒—抢亲—盼望—追赶—比赛—打虎—射箭—回声"。话语重复有135次,话语重复又分两类,即话语完全重复和部分话语重复。完全重复的有62次,部分话语重复的有73次。话语完全重复的情况主要集中在以下6章中,第三章"天空闪出一朵花"——阿诗玛的出生、第四章"成长"——阿诗玛的成长、第七章"盼望"——阿诗玛的父母、小伙伴、老年人在阿诗玛被强抢后,盼望阿黑能回来解救阿诗玛、第九章"马铃响来玉鸟叫"——阿黑追赶阿诗玛、第十章"比赛"——阿黑为救阿诗玛与热布巴拉家进行各种比赛、第十二章"射箭"——热布巴拉家变卦,阿黑射箭震慑热布巴拉家。部分话语重复的情况在叙事文本的各个章节基本都有分布。《阿诗玛》话语重复的翻译主要运用了3种方法,即直译法、意译法和省略法。直译法运用最多,为69次,运用意译法的次之，有 52 次，省略法 14 次。意译法和省略法都属于改译，改译比例为 48.9%。这表明译者戴乃迭，一方面在尽力运用直译法保留话语重复的叙事方式；另一方面由于《阿诗玛》汉译本诗节的行数并不都是四行诗节，其中也有六行诗节，和其他数目的诗节。为了遵循英国歌谣的体例，译者对源语文本不是四行诗节的地方进行了改译，往往把话语重复的地方省略不译，或是压缩减译，以使译文呈现四行诗节的形式。

(二)《阿诗玛》英译本停顿的翻译

停顿时，"对事件、环境、背景的描写极力延长，描写时故事时间暂时停顿，叙事时间与故事时间的比值为无限大，当叙事描写集中于某一因素，而故事却是静止的，故事重新启动时，当中并无时间流逝"[①]。《阿诗玛》源语文本中停顿出现的频率很高，主要涉及叙述者干预与描写。"叙述者干预即故事讲述人所发表的评论及离题话。另一类涉及叙述停顿的就是描写。也就是说，在对某一对象进行大量描述的时候，将聚焦集中在描写的对象上，在这一描写的过程中并未出现时间的流动。"[②]

1. 叙述者干预停顿的翻译

叙述者在叙事时总要或显或隐地表现出对于人物、事件甚至叙述本身的态度和观点。[③]《阿诗玛》中，由于故事的讲述者是由一个无所不知的叙述者充任，叙述者的干预随处可见。这个叙述者常常停下故事的讲述，对所叙的人或各种事物发表评论，或加以解释。在这种干预中，一般不存在故事时间的流动，因而涉及停顿。

(1) 好酒灌进肚，/酬劳在后边，/麻蛇的舌头动了，/八哥的嘴张开了，/海热愿做媒人了。//黄老鼠的头算尖了，/海热比它还要尖；/黄蜜

---

① [法] 热拉尔·热奈特：《叙事话语·新叙事话语》，王文融译，中国社会科学出版社 1990 年版，第 63 页。
② 谭君强：《叙事学导论：从经典叙事学到后经典叙事学》，高等教育出版社 2008 年版，第 141 页。
③ 参见桑迪欢《叙事中的评论干预研究》，博士学位论文，江西师范大学，2014 年，第 3 页。

第五章 《阿诗玛》英译本翻译研究

蜂算会讲了，/海热比它还会讲。①

译文：Then flushed with wine and sure of gain, / The wily snake held forth: / His parrot's tongue began to wag: / Haire would prove his worth! // A rat is always counted sharp, / But sharper still was he; / A bumble – bee is known to prate, / But he outdid the bee. （p. 24）

这是第五章"说媒"中叙述者对海热利欲熏心，成为恶势力帮凶所发表的评论。这两节诗歌中，有两个情节，即"好酒灌进肚"——热布巴拉家请海热喝酒、"海热愿做媒人了"——海热答应为热布巴拉家做媒，向阿诗玛家提亲。这里虽然存在一定故事时间的流动，但这两个情节的语用功能更多的是为叙述者表达其观点服务的。叙述者运用停顿性描写，如比喻"麻蛇的舌头动了""八哥的嘴张开了"，以及对照"黄老鼠的头算尖了，/海热比它还要尖""黄蜜蜂算会讲了，/海热比它还会讲"等修辞格，形象地塑造了海热贪婪、狡诈、巧舌如簧的嘴脸，借此把自己对海热的讥讽和憎恶之情酣畅淋漓地表达出来。译者保留源语文本叙述者全知的视角以及修辞格，忠实地传达了叙述者对海热的主观评价、情感和态度。译文较好地体现了源语文本的叙述运动形式。

（2）天空闪出一朵花，/天空处处现彩霞，/鲜花落在阿着底的上边，/阿诗玛就生下地啦。//撒尼族的人民，/一百二十个欢喜，/撒尼族的人民，/一百二十个高兴。②

译文：One day, out of the azure sky, /A flower fell to earth; /It fell into the Azhedi land, /And this was Ashima's birth. // The Sani folk made merry then, /And laughed aloud in glee. （pp. 11 – 12）

这是第三章"天空闪出一朵花"中叙述者对阿诗玛出生时情境的描写。

---

① 赵德光：《阿诗玛文献汇编》，云南民族出版社 2003 年版，第 71 页。
② 同上书，第 64 页。

叙述者通过大量"叠床架屋"的铺陈,如"天空闪出一朵花,/天空处处现彩霞,/鲜花落在阿着底的上边"、复沓结构和数字夸张修辞"撒尼族的人民,/一百二十个欢喜,/撒尼族的人民,/一百二十个高兴"以及附在句子"阿诗玛就生下地啦"。末尾,起强调和加重感情作用的助词"啦"等,来表达自己对阿诗玛出生的喜悦之情。铺陈往往是用来强调,本来可以直书其事,但却反复叙说,明明一句话可以说完,却反复去说。源语文本中的铺陈、复沓结构和数字夸张修辞都是停顿性描写,译文对停顿性描写进行了省译或减译。译者用较为平实的语言"One day, out of the azure sky, /A flower fell to earth /It fell into the Azhedi land"(一天,一朵花从蔚蓝的天空落到地上,落到阿着底这片土地上)翻译铺陈的叙述"天空闪出一朵花,/天空处处现彩霞,/鲜花落在阿着底的上边",没有把"闪出""天空处处现彩霞"等这些体现叙述者情感意义的词句翻译出来。此外,译文没有体现源语文本的复沓结构,对数字夸张修辞则用了意译法进行处理。对铺陈、复沓结构、数字夸张修辞等的省译和减译,使译文的故事时间有了一定的流动,使译文故事的时间流动速度比源语文本增快了。

(3) 放羊想起阿诗玛,/想起阿诗玛来好伤心;/绣花想起阿诗玛,/想起阿诗玛来好伤心!//乘凉的大树依然站着,/阿诗玛不在了;/公房中的火塘依然烧着,/听不到阿诗玛的歌声了!//指甲离肉疼透心,/仇恨在心里生了根,/亲密姊妹被拆散,/小伴们咬牙骂恶人。//伤心的泪啊,/星星也不忍看!/怨恨的歌啊,/月亮也不忍听![①]

译文:"Among our flocks we think of her; / Our hearts are filled with grief. / And when we sew we think of her; / Our hearts know no relief." // "The spreading tree still sheds its shade, But she has left the hill; / Our camp fire's light still blazes bright, / But Ashima's voice is still. // "When flesh

---

① 赵德光:《阿诗玛文献汇编》,云南民族出版社2003年版,第78页。

第五章 《阿诗玛》英译本翻译研究

is torn, the pain is keen; / Then cursed be the day, / And cursed be the wicked men/ Who stole our friend away!" // Such bitter, bitter tears of grief/ No stars could bear to see, / The moon grew faint to hear their plaint/ Of hate and agony. (p.40)

这是第七章"盼望"中阿诗玛被热布巴拉家强抢后,对她的小伙伴们心理及行为的描写。叙述者以无所不知的视角,深入阿诗玛小伙伴们的内心,看到了她们的伤心,看到了她们的仇恨,看到了她们"伤心的泪",听到了她们"骂恶人",听到了她们"怨恨的歌",甚至知晓星星、月亮的情感活动。叙述者借她们/它们的情绪和行为来表达自己对阿诗玛遭遇的同情,对热布巴拉家的憎恨。叙述者通过一系列的复沓结构以及比喻、拟人等修辞来表达自己的强烈情感,这里不存在故事时间的流动,因而涉及停顿。源语文本均为无限制型视角,叙述者运用的是停顿性的叙事方式。译文把源语文本的第一、二、三节均改为直接引语,把陈述体改为了人物的独白,让人物自己说话,把无限制型视角改为了人物的内视角,隐藏了叙述者的评论干预,使得读者在毫无察觉的情况下就欣然接受了叙述者的价值观念。这也就意味着译文改变了源语文本的叙述运动形式,即把停顿改为了场景。这样的改译使译文更加符合英语诗剧传统和英语叙事诗的叙事方式。

(4) 谁把小伙子招进公房?/阿诗玛的歌声最响亮。/谁教小伙伴织麻缝衣裳?/阿诗玛的手艺最高强。//阿诗玛疼爱小伙伴,/小伙伴疼爱阿诗玛,/她离不开小伙伴,/小伙伴也离不开她。//阿诗玛呵,/可爱的阿诗玛,/在小伴们身旁,/你像石竹花一样清香。[①]

译文:What drew the young men to the camp? / Her singing clear and high. / And Ashima taught the other girls -/ Their shuttles deftly fly. // Oh, Ashima, you are sweet and fair/ Beside the other maids. / As sweet as grew the

---

[①] 赵德光:《阿诗玛文献汇编》,云南民族出版社2003年版,第66页。

sweet wild pinks/ That blow in Sani glades. （p. 19）

这是第四章"成长"中对阿诗玛长大成人后，受到小伙子的爱慕和小伙伴的爱戴的描写。叙述者运用了四个复沓结构，即"谁把小伙子招进公房"与"谁教小伙伴织麻缝衣裳"，"阿诗玛的歌声最响亮"与"阿诗玛的手艺最高强"，"阿诗玛疼爱小伙伴"与"小伙伴疼爱阿诗玛"，"她离不开小伙伴"与"小伙伴也离不开她"，最后甚至亲自站出来，用感叹句"阿诗玛呵，/可爱的阿诗玛，/在小伴们身旁，/你像石竹花一样清香"，来表达自己对阿诗玛的赞誉之情。这里叙述者停下故事的讲述，对所叙的人发表评论。在这种干预中，故事的时距接近于零。译文用一般性叙述"Her singing clear and high. / And Ashima taught the other girls –/ Their shuttles deftly fly"替换了源语文本第一节的复沓结构，使故事情节有了发展，故事时间有了一定的流动，即阿诗玛唱歌——阿诗玛教小伙伴们织布——小伙伴们的梭子灵巧地穿梭。这就意味着译文改变了源语文本的停顿类型，即把叙述者干预性停顿改为了描写性停顿。此外，译者省略了源语文本第二节未译，使整个译文的叙述话语变短了。这些改译使故事更为紧凑，但却削弱了源语文本的口头性特征。

2. 描写中停顿的翻译

其一，景物描写中停顿的翻译。

"《阿诗玛》采用抒情与叙事相结合的富有诗意化的比、兴来尽情抒写。写景起兴，触景生情。"[①]《阿诗玛》中那些带有强烈撒尼味的语言就是通过多姿多彩、自然朴素，又极富于感染力和艺术表现力的景物描写体现出来，即停顿的时间机制体现出来的。

（1）满天起黑云，/雷声震天裂，/急风催骤雨，/大雨向下泼。[②]

译文：The sky was rent by thunderbolt, / Black clouds began to

---

① 多思：《论〈阿诗玛〉的艺术成就》，赵德光《阿诗玛国际学术研讨会论文集》，云南民族出版社 2006 年版，第 147 页。

② 赵德光：《阿诗玛文献汇编》，云南民族出版社 2003 年版，第 93 页。

flown; / A hurricane swept up and made/ The rain come pouring down. (p.76)

这是第十三章"回声"中,阿黑、阿诗玛兄妹俩战胜热布巴拉家后,在回家的路上遭遇崖神迫害景象的描写。叙述者通过夸张"雷声震天裂"、拟人"急风催骤雨,/大雨向下泼"等修辞手法对天气的恶劣状况进行了生动的描写,从而暗示了恶势力的强大。这里大量的描述都是集中在天气骤变的情形上,在这一描写过程中没有出现故事时间的流动,属于停顿性景物描写。译文虽然对源语文本的句子顺序进行了调整,先译第二句"雷声震天裂"(The sky was rent by thunderbolt),再译第一句"满天起黑云"(Black clouds began to flown),但是还是较为忠实地传达了源语文本的叙述运动形式。

(2) 路边的荞叶,/像飞蛾的翅膀,/长得嫩汪汪,/阿诗玛高兴一场。//阿诗玛像荞叶,/长得嫩汪汪,/只知道高兴,/不知道悲伤。//路边的玉米,/叶子像牛角,/长得油油亮,/阿诗玛高兴一场。//阿诗玛像牛角,/长得油油亮,/只知道高兴,/不知道悲伤。//天上的白云彩,/不会变黑云彩,/没有黑云彩,/雨就下不来。//好心的阿诗玛,/从来不把人骂,/要不是听见海热的话,/白光不闪雷不打。[①]

译文:The buckwheat leaves besides the road/ Appeared like moths in flight, / So green they were and beautiful, / Her heart leapt at the sight. // And Ashima, too, so young and faire, / Was like a buckwheat leaf; / Untouched by sorrow all her life, / She knew nor care nor grief. // The yellow maize beside the road/ Grew curved and glossy too, / And Ashima's heart was filled with joy/ To see how green it grew. // Oh, like a leaf of golden maize/ Was Ashima young and faire; /Untouched by sorrow all her life, / She knew nor grief nor care. // In all her life, the gentle maid/ Had said no bitter

---

① 赵德光:《阿诗玛文献汇编》,云南民族出版社2003年版,第74—75页。

word; / But when she heard the go‐between, / Then Ashima's wrath was stirred. (pp. 31—32)

这里诗歌的前四节是对阿诗玛还不知道海热提亲一事时,所看到的周围事物及其感受的描写,此外还借物对人物——阿诗玛进行了描写。后两节是对阿诗玛知道海热提亲一事时的态度和行为的描写。前四节运用复沓结构和比喻修辞,形象地描写了"路边的荞叶""路边的玉米"的性状以及阿诗玛的长相。这里大量的描述都是集中在所描写的对象上,在这一描写的过程中基本没有出现时间的流动,属于停顿性描写。第五节"天上的白云彩,/不会变黑云彩,/没有黑云彩,/雨就下不来"是一个起兴句,通过描写天上云彩的变化以及云彩与雨的关系,来暗示阿诗玛知道海热提亲一事前后情绪的变化。这里也不存在故事时间的流动,也属于停顿性描写。译者基本保留源语文本前四节的复沓结构和比喻修辞,忠实地传达了源语文本的叙事节奏。源语文本第五节起兴句中的"白云彩""黑云彩""雨"以及第六节中的"白光不闪雷不打"与阿诗玛情绪的变化之间的关联性,在译入语读者头脑中很难建立起来,因而译文对第五节起兴句进行了省略。这样一来,译文的叙事节奏比源语文本的叙事节奏加快了。

(3) 马铃响来玉鸟叫,/兄妹二人回家乡,/远远离开热布巴拉家,/从此爹妈不忧伤。//松树尖上蜜蜂不停留,/松树根下蜜蜂嗡嗡叫,/远远离开热布巴拉家,/从此爹娘眯眯笑。[①]

译文:The mare's bell rang, the jade bird sang, / They left Rebuba‐la; / And now that they were riding home, / Their parents grieved no more. (p.75)

这是第十三章"回声"中,叙述者对阿黑、阿诗玛兄妹俩战胜热布巴拉

---

① 赵德光:《阿诗玛文献汇编》,云南民族出版社2003年版,第93页。

家后,返家途中景物和心情的描写。叙述者描述了"马铃响""玉鸟叫""松树根下蜜蜂嗡嗡叫""松树尖上蜜蜂不停留"等景象,这些自然景色的描写,与人物当时的心境和行动的情境是合拍的,这些描写使人物的情感得以充分地展现。此外,还运用了复沓结构"远远离开热布巴拉家,/从此爹妈不忧伤""远远离开热布巴拉家,/从此爹娘眯眯笑"等,来衬托了阿黑、阿诗玛兄妹俩战胜热布巴拉家后,返家途中愉悦的心情。但在这一描写的过程中基本没有出现时间的流动,属于停顿性描写。译文较为忠实地传达了源语文本第一节的叙述运动形式,但省略了第二节未译。译文对"松树尖上蜜蜂不停留,/松树根下蜜蜂嗡嗡叫"这一停顿性景物描写的省译,主要是因为这一停顿性景物的描写与上下文关系不大,而对复沓结构"远远离开热布巴拉家,/从此爹娘眯眯笑"的省译更多的是出于对译入语读者阅读习惯的考虑。这里的省译,使译文的故事时间有了一定的流动,使译文的叙事节奏比源语文本的叙事节奏加快了。

其二,人物描写中停顿的翻译。

叙事诗以人物为主线,重在表现人物悲欢离合的命运,在故事的叙述中,完成人物形象的塑造。《阿诗玛》的故事能在撒尼人中世代相传,并成为中国少数民族文学的经典,归根结底是体现在人物的塑造、情节的描写和由之产生的氛围上面。"在《阿诗玛》来说,故事情节并不出奇,其吸引读者的地方主要在于人物,故事的情节是为表现人物性格特点服务的。彝族叙事长诗《阿诗玛》的人物不多,阿诗玛是这首叙事长诗的主人公,整个故事都是围绕着阿诗玛展开的。《阿诗玛》的主要人物是阿诗玛和哥哥阿黑,对立面人物是热布巴拉父子、媒人海热,次要人物是阿诗玛的父母、小伙伴等。"[①]《阿诗玛》对人物的描写实际上是叙事者从自己的视角,带着自己的感情色彩对人物的描写,因而绝对不是纯客观的描写。《阿诗玛》中对于人物的描写主要采

---

① 左玉堂:《论〈阿诗玛〉人物形象的塑造》,赵德光《阿诗玛国际学术研讨会论文集》,云南民族出版社 2006 年版,第 104 页。

取的是白描手法，寥寥数笔就把主人公的形象和性格特征鲜明地勾勒出来。

（1）"泸西出的盆子，/盆边镶着银子，/盆底嵌着金子，/小姑娘赛过金子、银子。/三塘水又清又亮，/三塘水都给了小姑娘。/一个塘里舀三瓢，/脸洗得像月亮白，/身子洗得像鸡蛋白，/手洗得像萝卜白，/脚洗得像白菜白。"①

译文："The tubs and basins in Luxi/ Are all with gold inlaid；/ And she will be as good as gold，/ The pretty little maid. // Three pools of water crystal clear，/ From each bring ladles three；/ And lave therein the bonny babe，/ How fair the child will be！// No moon is whiter than her face/ Or tiny form so sweet，/ No turnip whiter than her hands，/ No egg shell than her feet."②

这是第三章"天空闪出一朵花"中，对阿诗玛出生后，家人到泸西去买盆为阿诗玛洗浴以及阿诗玛洗浴后模样的描写。叙述者通过"字"的反复重叠使所要表达的情感、气氛更加强烈、更加突出。镶银嵌金的"盆子""盆边""盆底"的重复是为了强调阿诗玛洗浴所用的盆的贵重，从而突出家人对阿诗玛出生的重视，他们认为阿诗玛"赛过金子、银子"。洗浴后的阿诗玛"又白又胖"。叙述者通过"白"字的反复重叠以及自然朴实、别有风味的比喻，把阿诗玛婴儿时的模样生动、形象地展现在读者面前。这里大量的描述都是集中在阿诗玛洗浴用的盆以及阿诗玛洗浴后模样的描写上，在这一描写的过程中没有出现故事时间的流动，属于停顿性人物描写。对于源语文本"盆"字的反复重叠——"盆子""盆边""盆底"的分述，译文仅用了上义词"The tubs and basins"和副词"all"来处理，而对"镶着银子""嵌着金子"这样的铺陈叙述，则只用了"with gold inlaid"来翻译，没有对"镶着银子"进行翻译。对于源语文本"白"字的反复重叠以及一系列比喻，译者主

---

① 赵德光：《阿诗玛文献汇编》，云南民族出版社2003年版，第64—65页。
② Gladys Yang, *Ashima*, Beijing: Foreign Languages Press, 1981, p. 12.

第五章 《阿诗玛》英译本翻译研究

要运用比较句式"No……than"来翻译,其间也运用了意译法把"身子洗得象鸡蛋白"翻译为"tiny form so sweet",使诗歌第二、四行押韵。这样的处理难免有点削足适履和舍意求韵的感觉。此外,还运用了替换法把"白菜"改译为"egg shell"(鸡蛋壳)。这样的处理方式,更多的是出于尊重译入语读者的阅读习惯和保持英国民谣诗的韵式的目的,但使译文的叙事节奏比源语文本的叙事节奏加快了。

(2) 场子里的树长得格权权,/生下个儿子长不大,/他叫阿支,阿支就是他,/他像猴子,猴子更像他。①

译文:His countryard trees grew all awry, / His son was just the same; / A surely, wizened ape was he, / And Azhi was his name. ②

这是第二章"在阿着底地方"中,对恶势力热布巴拉的儿子——阿支长相的描写。叙述者通过起兴句"场子里的树长得格权权",比喻"他像猴子,猴子更像他"。顶针"他叫阿支,阿支就是他""他像猴子,猴子更像他"等修辞手法对阿支长相进行了生动、形象的描写,突出了阿支的丑,以衬托阿诗玛的美丽和阿黑的英俊。这里大量的描述都是集中在阿支的长相上,在这一描写过程中没有出现故事时间的流动,属于停顿性人物描写。源语文本两个顶针修辞,不仅形式上有所重复,意义上也是重复的,这是民间口传文学的重要特征之一。译文未保留源语文本形式上的重复手段——顶针修辞手法,省略了"他叫阿支""猴子更像他"未译,同时运用意译法把明喻"他像猴子"转换为暗喻"A surely, wizened ape was he",用替换法把喻体"猴子"转换为"wizened ape"(干瘪的猿)。这样的处理方式,更多的是出于尊重译入语读者的阅读习惯,但未能忠实地传达源语文本的叙述运动形式。

(3) "格路日明家,/儿子叫阿黑,/他就像高山上的青松,/断得弯

---

① 赵德光:《阿诗玛文献汇编》,云南民族出版社2003年版,第63页。
② Gladys Yang, *Ashima*, Beijing: Foreign Languages Press, 1981, p. 9.

不得。//圭山的树木青松高,/撒尼小伙子阿黑最好;/万丈青松不怕寒,/勇敢的阿黑吃过虎胆。"①

译文:Quite otherwise was Geluriming's son, / And he was named Ahei; / Like some green pine upon the hill, / He'd break but ne'er give way. // No tree grows taller than the pine: / It fears not winter's cold; / As if he'd supped on tiger's blood, / Ahei was lithe and bold. ②

这里是第三章"天空闪出一朵花"中叙述者对阿黑的描写。叙述者通过比喻"他就像高山上的青松,断得弯不得",起兴句"圭山的树木青松高""万丈青松不怕寒",夸张"勇敢的阿黑吃过虎胆"以及自己的直接评论"撒尼小伙子阿黑最好"等塑造了英俊挺拔、不畏权贵、刚正不阿的英雄形象。这里是对人物的描写,故事时间是停止的,属于停顿性人物描写。译文基本保留了源语文本的比喻、夸张和起兴句,但对第二节叙述者赞美阿黑的评论"撒尼小伙子阿黑最好"做了省译。此外,由于"吃过虎胆"的这个表达对于译入语读者来说是很难理解的,译者除了用替换法把"吃过虎胆"译为"supped on tiger's blood"(吃过老虎血),同时还用解释法对"吃过虎胆"做进一步解释,从而把一句话扩为两句话。这些改译使第二节诗的译文在遵循英国歌谣四行诗体例的同时,也使其叙事节奏与源语文本相当。

(4) 小姑娘日长夜大了,/不知不觉长到十七岁了,/绣花包头头上戴,/美丽的姑娘惹人爱;/绣花围腰亮闪闪,/人人看她看花了眼。③

译文:From day to day sweet Ashima grew, / Till she was seventeen; / With turban bright and apron gay, / No fairer maid was seen. ④

---

① 赵德光:《阿诗玛文献汇编》,云南民族出版社2003年版,第63页。
② Gladys Yang, *Ashima*, Beijing: Foreign Languages Press, 1981, p. 10.
③ 赵德光:《阿诗玛文献汇编》,云南民族出版社2003年版,第68页。
④ Gladys Yang, *Ashima*, Beijing: Foreign Languages Press, 1981, p. 19.

第五章 《阿诗玛》英译本翻译研究

这是第四章"成长"中对青年时期阿诗玛穿着打扮及美丽形象的描述。此节诗歌由六句组成,前两句"小姑娘日长夜大了,/不知不觉长到十七岁了"叙述运动形式为省略,为明示的省略。后面四句则集中在阿诗玛形象的描述和评论上。叙述者对阿诗玛所穿戴的颇具撒尼族服饰文化特色的"绣花包头"和"绣花围腰"进行了描写,在这一描写的过程中没有出现故事时间的流动,属于停顿性人物描写。叙述者对阿诗玛的评论"美丽的姑娘惹人爱""人人看她看花了眼"则属于叙述者干预性停顿。译者把"绣花包头头上戴,绣花围腰亮闪闪"合并翻译为一个介词短语"With turban bright and apron gay",省略"绣花"未译,而用"bright"和"gay"两个形容词来描写包头和围腰的艳丽和华美。此外,译者把"美丽的姑娘惹人爱""人人看她看花了眼"调整在一起,合并意译为"No fairer was seen"(没见过比她更美丽的姑娘)。这里对源语文本的合并意译,使译文更加符合英国民谣四行诗每节为四行的诗学规范,但改变了源语文本的叙事节奏,使译文的叙事速度加快了。

(三)《阿诗玛》英译本场景的翻译

"场景传统地被作为戏剧情节的集中点。在场景中,故事时间的跨度和文本时间跨度大体上说是相当的。最纯粹的场景形式是对话。"[①] 叙述者使用场景叙事方式,往往可以为读者制造一种舞台戏剧效果,让读者有身临其境的感受,可以更好地与主人公发生情感共鸣。这里叙述者是在呈现某一场景,是纯粹客观的"展示"。《阿诗玛》场景通常出现在富于戏剧性的内容、情节的高潮以及对某个事件的详细描述等情况下,在事件发展的关头或处于激烈变化的情况下,往往会伴随着浓墨重彩的场景,甚至几个相连的场景。

(1) 不是黑云不成雨,　　From storm clouds only pours the rain,
　　不是野兽不吃人;　　　Wild beasts alone seek prey;
　　坏人才能做坏事,　　　Vile men alone do wicked deeds,

---

① 谭君强:《叙事学导论:从经典叙事学到后经典叙事学》,高等教育出版社2008年版,第139页。

坏人坏话坏良心。①   And vile is all they say.
（第五章第六十节）

"热布巴拉说的话，   "Rebubala, like some great rock,
好比石岩压着嫩树芽。   Can crush a tender tree;
热布巴拉家要娶你，   'Tis his command you wed his son,
你不愿嫁也得嫁！"②   And you must come with me."
（第五章第六十一节）

"不嫁就是不嫁，   "I answer: Ninety-nine times No!
九十九个不嫁，   I will not go with you!
有本事来娶！   He cannot make me wed his son.
有本领来拉！"③   No! That he cannot do!" ④
（第五章第六十二节）

这里是第五章"说媒"中媒人海热与阿诗玛之间的一段对话。这段对话前的第六十节"不是黑云不成雨，/不是野兽不吃人；/坏人才能作坏事，/坏人坏话坏良心"是叙述者是对媒人海热的直接评论，属于叙述者干预性停顿。叙述者干预性停顿之后，紧接着便是第六十一节、第六十二节，这两节是最纯粹的场景形式——对话。第六十一节、第六十二节运用不带引导词的直接引语形式呈现人物之间的对话，为人物话语的直接展示，读者制造了一种舞台戏剧效果，让读者有置身于故事中的感受，仿佛可以听到媒人海热与阿诗玛之间针锋相对的口舌之战，感受到代表恶势力一方的媒人海热以势压人的嚣张气焰，感受到阿诗玛坚贞不屈、不畏强权的大无畏气概，从而使读者与

---

① 赵德光：《阿诗玛文献汇编》，云南民族出版社2003年版，第75—76页。
② 同上。
③ 同上。
④ Gladys Yang, *Ashima*, Beijing: Foreign Languages Press, 1981, p. 34.

第五章 《阿诗玛》英译本翻译研究

主人公阿诗玛发生共鸣，并对她产生敬佩和同情之情。译者运用不带引导词的直接引语形式进行转换，保留了源语文本的叙述运动形式——场景。

（2）金子亮晃晃，　　　The gold it gleamed and glittered there,
　　　银子白闪闪，　　　The silver sparkled gay:
　　　阿诗玛笑也不笑，　But Ashima would not smile or look,
　　　阿诗玛瞧也不瞧。　She turned her head away.
（第九章第十三节）

"有名的阿诗玛，　　　"O lovely Ashima," Azhi said,
你为什么不愿来我家？"Why treat me with disdain?
这么大的家当，　　　You shall be mistress of this house,
你为什么不喜欢它！"　Great treasure be your gain!"
（第九章第十四节）

"你家谷子堆成山，　　"Although your barns are stuffed with grain,
我也不情愿。　　　　Your cattle fill the leas;
你家金银马蹄大，　　Your ingots large as horses' hooves,
我也不稀罕。"①　　　I set no store by these." ②
（第九章第十五节）

这里是第九章"马铃响来玉鸟叫"中阿支与阿诗玛之间的一段对话。这一段对话前的几节是对阿支向阿诗玛展示他家财富，以及阿诗玛对其财富不屑一顾的描写。紧接着这些描写之后的第十四、十五节，便是最纯粹的场景形式——对话。第十四、十五节运用不带引导词的直接引语形式呈现人物之

---

① 赵德光：《阿诗玛文献汇编》，云南民族出版社2003年版，第82页。
② Gladys Yang, *Ashima*, Beijing: Foreign Languages Press, 1981, pp. 49 – 50.

间的对话，创设了一种客观性，叙述进度与现实进度同进退，增加真实感。译文添加了引导词"Azhi said"，把第十四节不带引导词的直接引语形式转换为带引导词的直接引语，把阿支自己说话变为了让叙述者来讲述阿支的话语，把话语的控制权交由叙述者来控制，从而改变了源语文本的叙述运动形式，即把场景改译为停顿。这里的改译是为了遵循英国民谣音步的体例，但引导词的添加给人一种"隔"的感觉。

（3）阿支关起大铁门，　　　Then Azhi barred the iron gate,
拦住阿黑不准进。　　　　　To shut Ahei outside.
（第十章第一节）　　　　　"First let me see if you can guess
　　　　　　　　　　　　　My riddles!" Azhi cried.

"小米做成细米饼，
我们比赛讲细话。
谷子做成白米花，
我们比赛讲白话。"
（第十章第二节）

"唱得赢，　　　　　　　　"If you sing best and pass the best,
就准你进，　　　　　　　　you shall come in, Ahei.
唱不赢，　　　　　　　　　But if you cannot answer me,
就不开门。"　　　　　　　Then you must go your way."
……
阿支坐在墙头，　　　　　　Then Azhi sat upon the wall,
阿黑坐在果树下，　　　　　Beneath a tree, Ahei;
一个急开口，　　　　　　　The one uneasy in his mind,
一个慢回答。　　　　　　　The other calm and gay.

第五章 《阿诗玛》英译本翻译研究

(第十章第六节)

"春天的季鸟，
什么是春季鸟？"
(第十章第七节)

And straightway Azhi asked Ahei:
"Which is the bird of spring?"
"The cuckoo is the bird of spring;
Spring comes when cuckoos sing."

"布谷是春季鸟，
布谷一叫，
青草发芽，
春天就来到。"
(第十章第八节)

"夏天的季鸟，
什么是夏季鸟？"
(第十章第九节)

"Which is the bird of summer, then?"
Asked Azhi, sore downcast.
"The skylark is gay summer's bird,

"叫天子是夏季鸟，
叫天子一叫，
荷花开放，
夏天就来到。"
(第十章第十节)

When lotus blooms at last."

"秋天的季鸟，
什么是秋季鸟？"
(第十章第十一节)

"Which is the bird of autumn, then,
That sings when leaves do fall?"
"The nightjar is rich autumn's bird;

"阳雀是秋季鸟，

阳雀一叫，

天降白霜，

秋天就来到。"

（第十章第十二节）

"冬天的季鸟，

什么是冬季鸟？"

（第十章第十三节）

"雁鹅是冬季鸟，

雁鹅一叫，

大雪飘飘，

冬天就来到。"

（第十章第十四节）

The frost comes at its call."

"Which is the bird of winter cold,

Which comes when snowflakes fly?"

"The swift wild goose, for when it calls

We know that winter's nigh." (pp. 58—59)

  这里是第十章"比赛"中阿支与阿黑之间对歌比赛的一段描写。诗歌第一节只有两行，是对阿支行为的场景描写，即关门不让阿黑见阿诗玛，紧接着便是第二节至第五节最纯粹的场景形式——阿支向阿黑挑战，与阿黑之间的对话。然后是第六节，是对阿支与阿黑对歌比赛场景的描写，紧接着便是第七节至第十四节最纯粹的场景形式——阿支与阿黑之间的对话（对歌），诗歌第七、九、十一、十三节只有两行，是对歌时阿支向阿黑所提的四个问题。源语文本运用不带引导词的直接引语形式呈现人物之间的对话（对歌），是人物话语的直接展示。译者把源语文本第一节与第二节、第七节与第八节、第九节与第十节、第十一节与第十二节、第十三节与第十四节进行了合并，并对合并的诗节内容进行了意译、减译和省略，以保证译文每一节为四行的体例。此外还把第二节不带引导词的直接引语形式转换为带引导词"Azhi cried"

的直接引语,把第七节不带引导词的直接引语形式转换为带引导词"And straightway Azhi asked Ahei"的直接引语,把第九节不带引导词的直接引语形式转换为带引导词"Asked Azhi, sore downcast"的直接引语,把话语的控制权交由叙述者来控制,让叙述者来讲述人物的话语,把场景改译为停顿。译文改变了源语文本的叙述速度。把场景改译为停顿,一是为了使译文符合英国民谣一节为四行的体例,二是因为源语文本场景出现前都未明确交代说话人是谁。译者为使译入语读者较快了解说话人是谁,所以运用了带引导词的间接引语,来明示谁是说话者。

(四)《阿诗玛》英译本频率的翻译

《阿诗玛》源语文本在叙事频率上,话语重复是最基本的,也是最普遍的。《阿诗玛》"娴熟地运用了山歌的'盘'与'绕'的艺术手法。……'盘''绕'手法的运用,使《阿诗玛》表现出鲜明的地方特色和民族特色"[1]。"盘""绕"手法往往是以话语重复的形式呈现出来。话语完全重复往往会制造出了一种节奏感,集中在一起为了体现一个明确的主题。部分话语重复话语往往通过多次重复的略微变化来推动情节的发展。例如:

小姑娘日长夜大了,	From day to day sweet Ashima grew,
长到三个月,	Till three months old was she;
就会笑了,	When gay as cricket was her laugh,
笑声就像知了叫一样。	She crowed so merrily. [2]
爹爹喜欢了一场,	
妈妈喜欢了一场。[3] (第四章第一节)	

小姑娘日长夜大了,　　　From day to day sweet Ashima grew,

---

[1] 李力等:《彝族文学史》,四川民族出版社1994年版,第21—22页。
[2] Gladys Yang, *Ashima*, Beijing: Foreign Languages Press, 1981, p. 15.
[3] 赵德光:《阿诗玛文献汇编》,云南民族出版社2003年版,第66页。

长到五个月，	Until at five months old,
就会爬了，	Her parents laughed to see her crawl,
爬得就像耙齿耙地一样。	So nimble and so bold! ①
爹爹喜欢了一场，	
妈妈喜欢了一场。②（第四章第二节）	

小姑娘日长夜大了，	At nine months old she learned to run,
长到七个月，	And blithe and gay did dart
就会跑了，	Like some small ball of hempen yarn
跑得就像麻团滚一样。	To cheer her parents' heart. ③
爹爹喜欢了一场，	
妈妈喜欢了一场。④（第四章第三节）	

长到六七岁，	At six or seven, beside the door,
就会坐在门槛上，	She wound her mother's thread;
帮母亲绕麻线了。	At eight or nine, with pack on back,
长到八九岁，	Wild herbs she harvested. ⑤
就会把网兜背在背上，	
拿着镰刀挖苦菜去了。⑥（第四章第四节）	

谁帮爹爹苦？

谁疼妈妈的苦？

---

① Gladys Yang, *Ashima*, Beijing: Foreign Languages Press, 1981, p.15.
② 赵德光:《阿诗玛文献汇编》，云南民族出版社2003年版，第66页。
③ Gladys Yang, *Ashima*, Beijing: Foreign Languages Press, 1981, p.15.
④ 赵德光:《阿诗玛文献汇编》，云南民族出版社2003年版，第66页。
⑤ Gladys Yang, *Ashima*, Beijing: Foreign Languages Press, 1981, p.15.
⑥ 赵德光:《阿诗玛文献汇编》，云南民族出版社2003年版，第66页。

第五章 《阿诗玛》英译本翻译研究

因帮爹爹苦,
因疼妈妈的苦。
爹爹喜欢了一场,
妈妈喜欢了一场。①(第四章第五节)

小姑娘日长夜大了,   From day to day sweet Ashima grew,
不知不觉长到十岁了,   Till she knew summers ten;
手上拿镰刀,   In shoes of straw, she took a scythe
皮条肩上挂,   To mow the hillside then. ②
脚上穿草鞋,
到田埂上割草去了。③(第四章第六节)

谁帮爹爹苦?   Oh, who could ease her father's toil,
谁疼妈妈的苦?   And cheer her mother sad?
因帮爹爹苦,   Young Ashima helped her parents dear,
因疼妈妈的苦。   And made their hearts right glad. ④
爹爹喜欢了一场,
妈妈喜欢了一场。⑤(第四章第七节)

小姑娘日长夜大了,   From day to day sweet Ashima grew,
不知不觉长到十二岁了, Till twelve years old was she;
小姑娘走路谁做伴?   And water bucket, kitchen stove

---

① 赵德光:《阿诗玛文献汇编》,云南民族出版社2003年版,第66页。
② Gladys Yang, *Ashima*, Beijing: Foreign Languages Press, 1981, p. 16.
③ 赵德光:《阿诗玛文献汇编》,云南民族出版社2003年版,第66页。
④ Gladys Yang, *Ashima*, Beijing: Foreign Languages Press, 1981, p. 16.
⑤ 赵德光:《阿诗玛文献汇编》,云南民族出版社2003年版,第66页。

· 367 ·

水桶就是她的伴；　　　　　　Were all her company.①
小姑娘站着谁做伴？
锅灶就是她的伴。②（第四章第八节）

小姑娘日长夜大了，　　　　　From day to day sweet Ashima grew,
不知不觉长到十四岁了，　　　Until she was fourteen;
手中拿棍子，　　　　　　　　And, staff in hand, to tend her flocks
头上戴笠帽，　　　　　　　　She climed the mountain green.③
和小伴放羊去了。④（第四章第九节）

荒山上面放山羊，　　　　　　On mountain crags she tended goats,
荒地上面放绵羊，　　　　　　And sheep within the pass;
风吹草低头，　　　　　　　　The flowers bowed before the wind,
羊群吃草刷刷响。⑤　　　　　Her cattle cropped the grass.⑥
（第四章第十节）

"千万朵山茶，　　　　　　　"Among ten thousand lovely flowers,
你是最美的一朵。　　　　　　Our Ashima blooms most fair;
千万个撒尼族姑娘，　　　　　Among ten thousand Sani girls,
你是最好的一个。"⑦　　　　　None can with her compare."⑧
（第四章第十四节）

---

① Gladys Yang, *Ashima*, Beijing: Foreign Languages Press, 1981, p. 16.
② 赵德光：《阿诗玛文献汇编》，云南民族出版社2003年版，第67页。
③ Gladys Yang, *Ashima*, Beijing: Foreign Languages Press, 1981, p. 16.
④ 赵德光：《阿诗玛文献汇编》，云南民族出版社2003年版，第67页。
⑤ 同上。
⑥ Gladys Yang, *Ashima*, Beijing: Foreign Languages Press, 1981, p. 16.
⑦ 赵德光：《阿诗玛文献汇编》，云南民族出版社2003年版，第67页。
⑧ Gladys Yang, *Ashima*, Beijing: Foreign Languages Press, 1981, p. 17.

第五章 《阿诗玛》英译本翻译研究

小姑娘日长夜大了，　　From day to day sweet Ashima grew,

不知不觉长到十五岁了，　Until she was fifteen;

麻团怀中夹，　　　　　　A ball of yarn beneath her arm,

麻线机头挂，　　　　　　She learned the way to spin.①

母亲来教囡，

教囡来织麻。②（第四章第十五节）

……

小姑娘日长夜大了，　　From day to day sweet Ashima grew,

不知不觉长到十六岁了，　Until she was sixteen;

哥哥扛锄头，　　　　　　She helped Ahei with all her might

妹妹背粪箩，　　　　　　To till the ridges green.③

脸上汗水流，

兄妹一齐去做活。④（第四章第十七节）

……

小姑娘日长夜大了，　　From day to day sweet Ashima grew,

不知不觉长到十七岁了，　Till she was seventeen;

绣花包头头上戴，　　　　With turban bright and apron gay,

美丽的姑娘惹人爱；　　　No fairer maid was seen.⑤

绣花围腰亮闪闪，

人人看她看花了眼。⑥

（第四章第二十一节）

---

① Gladys Yang, *Ashima*, Beijing: Foreign Languages Press, 1981, p.17.
② 赵德光:《阿诗玛文献汇编》, 云南民族出版社 2003 年版, 第 67 页。
③ Gladys Yang, *Ashima*, Beijing: Foreign Languages Press, 1981, p.18.
④ 赵德光:《阿诗玛文献汇编》, 云南民族出版社 2003 年版, 第 67 页。
⑤ Gladys Yang, *Ashima*, Beijing: Foreign Languages Press, 1981, p.19.
⑥ 赵德光:《阿诗玛文献汇编》, 云南民族出版社 2003 年版, 第 68 页。

· 369 ·

这是第四章"成长"中的诗节，该章共有36节，是对阿诗玛成长过程的描写，其中涉及大量的话语重复。完全重复的诗节有第五节与第七节，完全重复的句子有"小姑娘日长夜大了""爹爹喜欢了一场，/妈妈喜欢了一场。"这些完全重复的话语制造出了一种节奏感，重复体现了"阿诗玛从小到大都能吃苦耐劳，帮助父母做事，使父母很开心"这一主题。部分话语重复的有："长到三个月""长到五个月""长到七个月""长到六七岁""长到八九岁"；"不知不觉长到十岁了""不知不觉长到十二岁了""不知不觉长到十四岁了""不知不觉长到十五岁了""不知不觉长到十六岁了""不知不觉长到十七岁了"；这些话语通过多次重复的略微变化来推动情节的发展，展示了阿诗玛成长的过程。此外，部分话语重复的还有："小姑娘走路谁做伴？/水桶就是她的伴；""小姑娘站着谁做伴？/锅灶就是她的伴。""千万朵山茶，/你是最美的一朵""千万个撒尼族姑娘，/你是最好的一个""荒山上面放山羊""荒地上面放绵羊""麻团怀中夹""麻线机头挂""绣花包头头上戴""绣花围腰亮闪闪"。

译文中，对于第五节与第七节的完全重复，运用了省略法，省略了整个第七节未翻译。对于第一、二、三、六、八、九、十五、十七、二十一节等9次完全重复的话语"小姑娘日长夜大了"，译文除了第三节外，其他8节都保留了源语文本的话语重复，把其译为"From day to day sweet Ashima grew"，第三节的"小姑娘日长夜大了"则被省略未译。"爹爹喜欢了一场，/妈妈喜欢了一场"，完全重复了5次，其位置在第一、二、三、五、七节的句末，为每节诗的第五句和第六句。译文省略了第一、五节的重复话语"爹爹喜欢了一场，/妈妈喜欢了一场"未译。第二节译文运用意译法将"爹爹喜欢了一场，/妈妈喜欢了一场"译为该节的第三行，与源语文本的第三行融合在一起，译为"Her parents laughed to see her crawl"。第三、七节译文运用意译法将"爹爹喜欢了一场，/妈妈喜欢了一场"合并，译为该节的第四行，分别译为"To cheer her parents' heart"和"And made their hearts right glad"。

第五章 《阿诗玛》英译本翻译研究

译文中，对于第一、二、三、四节部分重复的话语结构"长到……月"，译者或用时间状语从句"Till three months old was she""At nine months old she learned to run"，或用介词短语"Until at five months old""At six or seven""At eight or nine"进行翻译。对于第六、八、九、十五、十七、二十一节部分重复的话语结构"不知不觉长到……岁了"，译者均运用时间状语从句进行翻译，分别译为"Till she knew summers ten""Till twelve years old was she""Until she was fourteen""Until she was fifteen""Until she was sixteen""Till she was seventeen"。对于第八节部分重复的话语结构"小姑娘……谁做伴？/……就是她的伴"，译者并未保留源语文本部分重复话语的形式，而是运用意译法将其意思译出，译为"And water bucket, kitchen stove/ Were all her company"。对于第十四节"千万朵山茶，/你是最美的一朵""千万个撒尼族姑娘，/你是最好的一个"，译者保留了第一句与第三句部分重复话语的形式，译为部分重复的话语结构"Among ten thousand …"，而对第二句与第四句部分重复话语的形式则未进行保留，分别译为"Our Ashima blooms most fair""None can with her compare"，以使第二句与第四句押韵。对于第十节的部分重复的话语"荒山上面放山羊"与"荒地上面放绵羊"，译者为了使译文符合英语的表达习惯，避免重复，省略了第二句的主语和谓语"she tended"，同时为了第二句与第四句的押韵，把第二句的地点状语"within the pass"置后。对于第十五节的部分重复的话语"麻团怀中夹""麻线机头挂"，译者省略了"麻线机头挂"未译。对于第二十一节部分重复的话语"绣花包头头上戴""绣花围腰亮闪闪"，译者把这两句话整合在一起，压缩译为一个介词短语"With turban bright and apron gay"。

彝族叙事长诗《阿诗玛》在叙事时序上是以单向性、直线式顺叙的叙事时间为主，预叙、插叙、追叙等叙事顺序使用频率较低。戴乃迭《阿诗玛》英译本对源语文本的叙事时序的顺序、插叙进行了忠实地再现，但受译入语诗学规约的影响，对预叙中的标题进行了省略。

《阿诗玛》源语文本在叙事时距上，主要是以停顿和场景为主，戴乃迭

· 371 ·

《阿诗玛》英译本完全保留了源语文本省略和概要两种叙述速度，对停顿的改译较多。延缓、停顿主要改译为场景，这些改译都是为了符合译入语的诗学规约，即英语诗剧传统和英语叙事诗常以人物的独白或对话来塑造人物的形象或揭示人物的情感。停顿减译或省略不译，往往出现在源语文本的复沓结构或每节诗行超过 4 行的地方，这些改译是为了符合英国民谣每节为四行的诗歌体例。《阿诗玛》停顿主要涉及叙述者干预停顿、景物描写中的停顿、人物描写中的停顿等。大部分译文忠实地传达了源语文本的停顿类型，但有些译文把叙述者干预性停顿改为描写性停顿，有些译文省略源语文本停顿未译，特别是省略译入语读者难以理解的起兴句未译，这些改译使译文符合译入语语篇特点和诗学规范，更符合译入语读者的阅读习惯，但却削弱了源语文本的口头叙事特征。《阿诗玛》英译本忠实地再现了源语文本的绝大部分场景类型，这是因为场景的大量运用本身是符合译入语诗学规范的。有些译文把场景改译为停顿，一是为了使译文符合英国民谣一节为四行的体例，二是运用带引导词的间接引语来明示谁是说话者。

《阿诗玛》源语文本在叙事频率上，话语重复是最基本的，也是最普遍的。译文对完全重复的诗节，运用了省略法。对于完全重复的诗句或部分重复的诗句，译文或保留源语文本的话语重复，或省略未译、或意译、或合并压缩翻译，重复话语的改译使译文形式更为工整，符合译入语诗学规范，但同样也削弱了源语文本的口头诗学特征。

从戴乃迭《阿诗玛》英译本叙事时间的翻译处理方式，我们可以看到译者戴乃迭，一方面在尽力保留源语文本的叙事时序、时距和频率，以重现源语文本的叙事时间方面所做的努力；另一方面在把《阿诗玛》翻译成英国民谣时，译者首先必须要考虑的是译入语的诗学规约和读者的阅读习惯，因而对一些源语文本的叙事时序、时距和频率进行了改译。从戴乃迭《阿诗玛》英译本叙事时间的翻译来看，她的翻译更看中的是译文的可读性和文学性。

第六章 《阿诗玛》法译本翻译研究

　　以19世纪法国传教士保禄·维亚尔用法文译介的采集自《婚礼上唱的诗歌》以及《新娘悲歌》为肇始，彝族撒尼叙事长诗《阿诗玛》开始了它的法国之旅。1954年黄铁、杨知勇、刘绮、公刘的汉语译创本《阿诗玛——撒尼人叙事诗》发表后，引发了彝族撒尼叙事长诗《阿诗玛》汉译外高潮，外文出版社也组织了彝族撒尼叙事长诗《阿诗玛》的对外译介活动。1957年外文出版社出版的何如法语译本 Ashma 就是外译本之一，其源语文本为1955年3月人民文学出版社出版的由云南省人民文工团圭山工作组搜集，黄铁、杨知勇、刘绮、公刘汉语整理的《阿诗玛》汉译本。这些译本为彝族撒尼叙事长诗《阿诗玛》在法国的传播立下汗马功劳。本章将对保禄·维亚尔、何如的法译本进行分析和探讨，揭示这两个《阿诗玛》法译本的翻译特点。

第一节　保禄·维亚尔《阿诗玛》法译本研究

一　保禄·维亚尔与《阿诗玛》

　　根据史料记载，天主教最早传入云南始于元代，最初它只是基督教的一个异端派别——聂斯托里派。文献记载，当时进入云南传教的共有两支派别，除了罗马天主教，其中一支就是聂斯托里派，但具体入滇的时间，目前尚无定论。天主教在传入云南后，历经了几个朝代的更替和洗礼，于1696年正式成为天主教的一个传教区，雷勃郎（Le Blanc，？—1720）任首任代牧主教，之后巴黎外方传教会的法国神父马蒂亚（Enjobert de Martilliat，？—1755）继任云南教区的主教，在此期间，马蒂亚通过外交途径向罗马教廷提出把川滇黔这三个省的教务全部交给巴黎外方传教会，由其统一管理的请求，1753年罗马教皇同意了这一请求，正式批准将云南和四川的传教权交给巴黎外方传教会，自此天主教在云南的传教活动就完全被巴黎外方传教会牢牢控制了。

因此，传教士从元代第一次入华进行传教，其目的就带有很浓厚的宗教意义，自1583年利玛窦入华以来，具有现代意义的西方文化科学和艺术就随着传教士进入中华大地，掀起了一场西学东渐的高潮，可以说，传教士带来的不止是耶稣福音，也带来了中西文化的碰撞和交汇，不仅仅是掀起了西学东渐的浪潮，同时也将东方文化带到了西方，形成了东学西渐，可以说是比较早的跨文化传播的成功例子。

1876年，保禄·维亚尔（Paul Vial）进入了巴黎外方传教会的神学院，于三年后被任命为司铎，派往中国的云南。保禄·维亚尔的中文名字是"邓明德"，作为传教士，他不是第一个进入云南的传教士，但却是最早关注彝族文化的传教士，究其在云南传教的三十年间，可以说取得了累累硕果，传教成绩斐然，在当地有一定的影响力。但实际上他最开始在云南的传教并不成功，直到偶然遇到了云南人口中的"罗罗人"，这些少数民族"那一张张正直、天真、温和的面孔"征服了保禄神父，让他决心在这群当时大家认为落后的民族中间传播福音。于是在1887年，保禄·维亚尔再次来到路南，开始了他投入毕生精力的彝区传教事业。

在进入彝区后，保禄·维亚尔的传教活动主要涵盖了教堂建盖，西方医学的引入与传播，兴修水利，以及文化的传播等各方面。由于1840年和1856年西方帝国主义国家对我国发动了两次鸦片战争，战争的结果就是迫使当时的清朝政府签订了一系列丧权辱国的不平等条约，因此，保禄·维亚尔以法国神父的身份进入云南传教必然会受到当时民众的抵制。除此之外,要在当时一个汉文化并未普及并且排斥汉族文化的少数民族地区进行传教,对于一个外国人来说可谓困难重重,传教之路举步维艰。虽然在来华传教前,教会对于派往中国的传教士都进行过严格且系统的训练,他们学习的范围不只是圣经和神学这些基本的内容,而是更多地涵盖了西方的自然科学和人文科学,基本上,每个能被派往中国进行传教的神父都可以称作饱学之士。但是,在进入云南后,保禄·维亚尔很快就觉察到在这样一个多民族的地区传播福音,仅靠之前教会教授的知识是远远不够的。因此,要完成传教的任务,保禄·维亚尔必然要转变传教策略,以达到其最初来华的目的。《巴黎外方传教会报告书(1918)"邓明德神父传"》中这样写道:"不久,他在路上遇到一些民族,服装、习俗、语言都跟汉人不大相同。这就是罗罗族。当时他的好奇心非常浓厚,并立刻起了一种劝化他们,做他们开教者的希望。这计划是很新鲜的。他为接近他们起见,1887年在天生关(属陆良县)租了一间房子;不多时他便移居路美邑,那是路南平原上的一个好村子,离城一小时。全村除了少数几家外,全属撒尼族。这些土著都很老实,温良而胆小。他们憎恶汉人,因为汉人曾经征服他们,并常施虐待,侵占土地。他们对这一位欧洲人颇愿亲近,他也对他们表示好感,并开始学习他们的语言,凡可以获得他们信托的方法,他都逐渐地学会。"[①] 自此,保禄·维亚尔在云南彝族地区居住了近30年,一直到去世,并埋葬于彝区。

二 人类学视野与保禄·维亚尔的翻译目的

著名的圣经翻译家奈达(Nida)在他的 *Customs and Cultures*(《风俗与文化》)一书的副标题是 Anthropology for Christian Missions(基督教的人类学使命),这本书开篇的第一句话是 "Good missionaries have always been good an-

---

① 《罗罗人研究者 VIAL 传略——福音云南》,http://catholicyn.org/htmxd/001/2006-7-241wsc.htm。

thropologists."(优秀的传教士从来就是优秀的人类学家)。① 保禄·维亚尔可谓是优秀的传教士,也是优秀的人类学家。

保禄·维亚尔在云南彝族地区 30 年间,不仅完成了他最初的传教任务,同时对彝族文化做了非常系统的调查研究,撰写编著了很有代表性的作品或著作,包括首部外文与彝语对照的工具书——《法罗词典》;印制了第一批彝文字模铅印,并用这批字模印制了书籍——《教义问答》。保禄·维亚尔的彝学研究代表作主要有:《云南彝族的语言与文字》《彝族地域及其概貌》《撒尼彝人的历史和宗教》《撒尼——云南的倮倮部落》《云南撒尼倮倮的传统和习俗》《倮倮的一场竞技》《一篇倮倮奇文》《倮倮有宗教信仰吗?》等。虽然这些记录与描述难免带有欧洲人的偏见和时代的局限性,但无疑是首次对石林地区撒尼人社会的全面介绍,法国文学院也因此而授予保禄·维亚尔文学博士学位。保禄·维亚尔记录了 19 世纪末 20 世纪初云南石林地区撒尼人的社会历史及其民族文化,其有关撒尼文化的研究著述被西方学术界视为彝族研究的经典,他也被誉为"第一个系统研究彝族文化,并且是当时最有成就的外国学者之一。他的彝族研究实践翻开了国际彝学的新篇章"②。

保禄·维亚尔一篇名为 LES LOLOS: Histoire, religion, mœurs, langue, écriture(《倮倮人:历史、宗教、风俗习惯、语言、文字》)的文章对彝族撒尼人的文化做了多方位的介绍。尤其值得注意的是,在文章中的《倮倮的文学和诗歌》这一章中,保禄·维亚尔对彝族撒尼文学艺术风格特色进行了介绍。保禄·维亚尔用撒尼婚礼上男女对歌中的一小段诗歌来做例子,对撒尼诗歌的特点进行说明。而就是这短短的诗歌,黄建明通过对比诗歌主人公的名字,从内容和艺术形式上做了大量比对,判定这就是彝族叙事诗《阿诗玛》③。保禄·维亚尔成为向海外介绍《阿诗玛》的第一人。

---

① Eugene Nida, *Customs and Cultures*, New York: Harper and Row, 1954, p. 1.
② 《保禄·维亚尔:种瓜得豆的"撒尼通"》,http://www.tlfjw.com/xuefo-615026.html。
③ 参见黄建明《19 世纪国外学者介绍的彝族无名叙事诗应为〈阿诗玛〉》,《民族文学研究》2001 年第 2 期。

第六章 《阿诗玛》法译本翻译研究

保禄·维亚尔对彝族撒尼文学的译介采用的是人类学的民族志研究和书写方式。"民族志是文化人类学家和社会人类学家以文字形式形成的研究成果，同时也是对他族文化的一种写作方式。民族志学者通过民族志的田野工作方法，对他族文化进行理解、研究、记录，介绍给本族同胞。"[①] 保禄·维亚尔在《倮倮的文学和诗歌》这一章开篇写到"文学是一个民族的心灵反映"。然后把撒尼人与法国人、德国人、英国人、中国人的性格以及把汉人文学与彝族撒尼文学做了比较，认为"倮倮人质朴"，"倮倮文学当然也有其章句组合，但其美妙之处不在表意，而在节奏。无论什么主题都能写入五音节的诗句中，而且诗句能唱"。他还对彝族撒尼文学做了如下总结："倮倮文学的三个基本特点：形象化、重复性和谐音字。而简明性、乡土性和纯朴性则构成了倮倮文学的品格。"这就是倮倮人的文学，它质朴温柔而又优雅多姿。这一文学可能追溯到遥远的远古时期，而撒尼人也许是把自己原始遗产保护得最好的民族。[②] 这些表述无疑都是民族志的书写方式。

保禄·维亚尔在《倮倮的文学和诗歌》这一章写到，"（倮倮文学）其表达的方法，鉴于其格律简明易写，我试着把'创世''洪荒'等宗教故事用倮倮诗句表达出来，我的信徒们果然十分容易地将它掌握了"。很显然，保禄·维亚尔到中国来的目的就是传教，对少数民族文化以及《阿诗玛》的译介是当时的西方人对非西方文化进行的人类学的考察活动之一，是有针对性地对他国实施殖民统治的需要，因此传播基督教精神的重要方式之一的翻译活动打从一开始就具有了鲜明的意识形态的色彩。保禄·维亚尔对彝族撒尼文学和彝族撒尼长诗《阿诗玛》的译介活动本身就带有鲜明的殖民文化色彩。正如段峰所指出的那样，"西方对'遥远、奇异'的土著文化的描述，以民族志的形式将异族风貌呈现给他们的同胞。在西方殖民主义者对他族的思想和

[①] 段峰、刘汇明：《民族志与翻译：翻译研究的人类学视野》，《四川师范大学学报》2006年第1期。
[②] 黄建明、燕汉生编译：《保禄·维亚尔文集——百年前的云南彝族》，云南教育出版社2000年版，第74—76页。

文化殖民化过程中，民族志通过语言和文字的方式，在一定意义上起到了共谋的作用"[1]。

三 民族志书写与保禄·维亚尔的翻译策略

翻译不是无意识进行的，而是一种有目的性的行为活动，这种行为活动将决定译者采取何种翻译方法和策略。保禄·维亚尔对《阿诗玛》的翻译并不是有意识去进行的，他最初的本意并不是要把这首彝族长诗介绍给西方人。保禄·维亚尔带着传播福音、殖民中国、满足西方读者猎奇心理等目的，采用人类学民族志的书写方式对《阿诗玛》进行了译介。从译介学角度看，这种翻译采取的是译述、编译和摘译的形式，而翻译策略更多表现的是异化策略。异化策略有利于保留源语文本中的异国情调，虽然译入语读者阅读译文时会感觉有些别扭，但正是这种陌生化的表述形式，给读者带来了一种不同于阅读熟悉的本族文化的新鲜感，可以更直观地感受到和体验到不同民族的语言文化特色。

保禄·维亚尔的《阿诗玛》翻译是对现场口头演唱文本的翻译，并没有真正意义上的书写源语文本。下面为了研究的方便，我们采用黄建明、燕汉生编译的《保禄·维亚尔文集——百年前的云南彝族》上对保禄·维亚尔译文的回译以及黄建明的《19世纪国外学者介绍的彝族无名叙事诗应为〈阿诗玛〉》中所引用的彝文记录的书面文学作品作为对照文本来进行对比研究。

保禄·维亚尔在翻译时，为了保持原诗的口头特色，在用语上也尽量地口语化，其次，译本的时态多以直陈式现在时为主，体现了口头创作的特点。同时为了保持诗歌的流畅，在需要表示过去时态时，保禄·维亚尔使用了简单过去时，在常规语法中，简单过去时是不可能与直陈式现在并用的，而在这个译本里，保禄·维亚尔对时态的这种使用方法，只能解释为是为了保持原诗歌的节奏感。对于诗中出现的地名，保禄·维亚尔用音译法，也保留了

---

[1] 段峰、刘汇明：《民族志与翻译：翻译研究的人类学视野》，《四川师范大学学报》2006年第1期。

原来的发音，如 Adjo, Jeka, Neka，这使得整首诗充满了异域风格。此外，在译本里大量使用了排比和重复的句型，这样的处理方式也是为了保留原诗中复沓的表现形式，同时也完整地再现了原诗的行文特点，原汁原味地传递了原诗的文学魅力。

保禄·维亚尔在译介《阿诗玛》时，保留了彝族撒尼诗歌的特点——复沓结构。在译本里有大量的复沓结构，如：En montant au pays d'Adjo/En montant jusqu'au haut; Trois fois il adore l'Esprit/Trois fois il se proster ne devant l'Esprit……/Trois fois il sacrifient à l'Esprit/Trois fois il sa dorent l'Esprit。保禄·维亚尔在他的书中明确地提到了彝族撒尼诗歌的这一特性："作品中的重复很多，碰到同样的意思，作家并不考虑如何换一个表达形式，而是用同一句子、同一词藻，只要需要，可以无穷尽地重复下去。朗读者费时间，听者也需要有同样的耐心。"①

《阿诗玛》原诗中为了表现阿诗玛的母亲看到自己女儿成长的喜悦心情，原诗分别从阿诗玛出生满三个月开始，每一小节末尾都重复使用阿妈喜多少场的句式来表达母亲看到女儿成长的每一步那种无与伦比的激动心情。虽然保禄·维亚尔觉得这种重复形式"朗读者费时间"，但他的译文中还是忠实地再现了这一形式：

"阿妈喜两场"——Le coeur de la mère deux fois content；

"阿妈喜三场"——Le coeur de la mère trois fois content；

"阿妈喜四场"——Le coeur de la mère quatre fois content；

"阿妈喜五场"——Le coeur de la mère cinq fois content；

"阿妈喜六场"——Le coeur de la mère six fois content……

彝族撒尼诗歌中经常用数字表达概数，常使用数字六，九十九，一百二

---

① 黄建明、燕汉生编译：《保禄·维亚尔文集——百年前的云南彝族》，云南教育出版社2000年版，第74—76页。

十来表达很多的意思,而这在法语中没有对应的文化概念,属于文化缺项。在翻译到这些带有鲜明撒尼文化特色的数字时,保禄·维亚尔并没有采用法国人熟悉的表达方式来转换,而是沿用了撒尼人的表达,让读者直观地去感受撒尼人的数字文化。比如,原诗中这样描写阿诗玛取名时的热闹场景:

女儿的父亲,

灌满99坛酒,

请来120名客。

女儿的母亲,

挑选99朵花,

请来120名客①。

保禄·维亚尔的译文为:

Le père de la jeune fille

Remplit quatre – vingt – dix – neuf dames – jeannes;

Il invite cent vingt convives. La mère de la jeune fille

choisit quatre – vingt – dix – neuf fleurs blanches;

Elle invite cent vingt convives.

保禄·维亚尔把数字"99"译为"quatre – vingt – dix – neuf","120"译为"cent vingt",保留了撒尼人的数字表达方式和数字文化。

在保禄·维亚尔的译本中,在提到阿诗玛的夫家和阿诗玛家为了要孩子去拜神时译文中使用了l'Esprit(Trois fois il sa dorent l'Esprit)这个词,而没有使用西方宗教文化中的Dieu(上帝),Divinité(上帝、天主)这些词语。这说明保禄·维亚尔作为神职人员和人类学家的专业性,他通过l'Esprit一词很好地将彝族人崇拜的神灵和基督教中提到的神灵进行了区分。因为在天

---

① 黄建明、燕汉生编译:《保禄·维亚尔文集——百年前的云南彝族》,云南教育出版社2000年版,第74—76页。

第六章 《阿诗玛》法译本翻译研究

主教中，l'Esprit 指的是圣灵或者是圣神。根据教义上帝借助圣灵和人类对话，圣灵只是上帝的三个位格中的第三位格，但绝非上帝。因为保禄·维亚尔到中国的目的还是传教，所以在向法语读者介绍彝族文化时，使用 l'Esprit 一词能使教徒在阅读时不至于出现混淆概念的情况。

有时保禄·维亚尔在对一些不太重要的文化缺项翻译时，也会采用注释法、替换法、意译法等进行翻译。如提到阿诗玛的名字时，保禄·维亚尔是这么写的：Elle s'appelle a Chema（belle doré）。保禄·维亚尔译本主要是根据彝族的口头版本，演唱者往往会根据演唱的地点以及听众，来更换所演唱诗歌中的地名、人名。此处的 Chema 是音译，很可能是当时新娘名字的发音。为了让读者更直观地理解这个名字的意思，保禄·维亚尔在后面还加注了解释 belle doré（"美金花"），这也是学者黄建明推测这首节选诗来自《阿诗玛》的证据之一。黄建明认为，叙事诗《阿诗玛》的彝语诗名叫《耐安阿诗玛》，在诗中当描述"阿诗玛"的形象时，经常使用"耐安阿诗玛"的句式。"耐安"在撒尼彝语中可以理解为"美女"或"名女"，"阿诗玛"既有金子之义，"耐安阿诗玛"连贯起来可理解成"金美女"。即保禄·维亚尔根据"耐安阿诗玛"的彝语含义，意译为"金美女"。此外，译文中使用了 dames-jeannes 一词，这个词在法语里面表示一种大肚玻璃瓶。当时的撒尼人不可能使用玻璃瓶来装酒，而是使用陶土做的大土罐，然则这种撒尼人装酒的容器在法国是没有的，保禄·维亚尔就使用了法国人日常用的酒瓶 dames-jeannes 来替代，让读者理解原诗想要表达的意思。

通过对保禄·维亚尔的《阿诗玛》译本的翻译策略分析，我们可以看出翻译《阿诗玛》并不是保禄·维亚尔最初的本意，在《倮倮的文学和诗歌》一文中，他也提到只是通过这首节选的诗来表现彝族的诗歌特点。保禄·维亚尔对彝族地区文化的研究出发点还是为了西方读者，特别是传教士更好地了解彝族人和彝族的文化，为更好地在当地进行福音布道，所以他对彝族文化的翻译也是以此为出发点，对《阿诗玛》的译介采用了异化翻译策略，使其译文较好地体现了彝族诗歌的原貌，即简单、纯洁和质朴的特点和特色。

异化翻译策略和陌生化的表达较好地保留和体现了异域文化特色，这正是具有文化学视野的译者对他族文化民族志书写的方式。

第二节　何如《阿诗玛》法译本研究

一　何如与译作《阿诗玛》

何如是我国著名的法国语言文学教授、博士生导师，同时也是一位翻译家、诗人，更确切地说，他是一位诗人翻译家。何如谙熟中国文化和法国文化，中文和法语造诣高深，使之对两门语言的运用均达到了炉火纯青的境界。何如对中国的古典诗词有着深刻的理解力和敏锐的感受力，并深谙中国古诗词的音韵与格律。同样，他熟练掌握了法国诗歌音韵和句法的特点，能写法文诗，他用法文创作的诗篇曾经惊动巴黎诗坛。出于对中国古典诗词的热爱，何如立志要将中国的经典诗词翻译为法语，让法兰西民族了解中国博大精深的传统文化。他在教学之余，笔耕不辍地进行翻译，为后人留下了许多优秀的译作，其中就包括彝族叙事长诗《阿诗玛》。何如法译本 Ashma 源语文本为1955年人民文学出版社出版的黄铁、杨知勇、刘绮、公刘整理的《阿诗玛》。

在翻译叙事长诗《阿诗玛》的过程中，何如既重视源语文本内容的传达，也重视源语文本形式的传达，在内容和形式上都尽量忠实于原诗。何如法译本《阿诗玛》采用了法语四行诗（quatrain）的格式，每节诗由四行诗句组成，并且严格遵循八音节诗（octosyllabe）的韵律，每一行诗都是由八个音节构成。何如翻译的法译版《阿诗玛》富有诗歌韵味，语言贴切自然，并尽量保留了原诗的"意美""音美"和"形美"，让法语读者能够更好地领略到中国民间文学的独特魅力。如此优秀的译作正是源于他渊博的知识和其高超的翻译技巧。

第六章 《阿诗玛》法译本翻译研究

（一）何如的文学之路

何如于1909年10月15日出生于广东省梅县（今梅州市）白土堡龟谭乡，原名何亮泰，号亮亭。何如从小对数学和机械比较感兴趣，他认为只有先进的科学技术和强大的工业才能使中国站立起来，跻身于强国之林，1925年他报考了当时以桥梁和机械闻名全国的唐山大学。两年后，学潮迭起，为了继续工科的学习，在叔叔的资助和鼓励下，他踏上了到法国的求学之路。

在国内念书时学的是英语，不懂法语的他无法继续深造数学和机械学，所以他决定先从参加法国高中的学习开始。而正是这三年的中学学习使他对法国文学产生了浓厚的兴趣。他常常整本整本的背大部头的法国文学名著，尤其酷爱法国诗词。临近中学毕业时，到底应该坚持初衷继续学习工科还是转向文学，他在这两个选择间犹豫不决。再三思索后，何如选择了文学。一方面是因为自己被文学的魅力所深深吸引；另一方面，他认为中国有悠久的历史和灿烂的文化，应该把中国文化介绍到法国去，让世人了解中国的历史和文化。同样，法兰西也是一个有着悠久历史的民族，法语也是当今世界上最优美、最精细、最悦耳的语言之一，应该让中国人民更多地了解西方文化、西方文学艺术精品。最终，何如报考了久负盛名的巴黎大学文学院，从此走上了文学的道路。

何如于1930年进入巴黎大学文学院学习，先后攻读了法国文学、哲学、语言学三门课程，分别考取三张文凭，并获得硕士学位。1935年3月何如发表了他的处女作——法语长诗《贵妃怨》（*YANG KOUI FEI*），全诗由巴黎墨山出版社（ALBERT MESSIN, EDITEUR）出版。该诗得到了法国大诗人、后期象征派大师保尔·瓦莱里（Paul Valery，1871—1945）的高度赞赏，并亲自为这首诗作序。

《贵妃怨》是一首法文格律体长诗，长四百八十二行，由"繁星""山岩""争辉"三个篇章组成。[①]该诗将杨贵妃的爱情故事以法国古典诗歌的形

---

① 《贵妃怨：珍藏散落的珍珠》，http://www.xici.net/d185012732.htm。

式表达出来介绍给法国人民,是中国古典文学与法国古典诗歌融会贯通的结晶,它的发表轰动了法国诗坛,许多法国人不相信作者是个中国人,且是个在读的留学生。法国著名哲学家阿兰(Alain,1868—1951)在给何如的信中赞赏道:"先生,这还不是您自己的作品,这是瓦莱里风格的诗。"从开始学法语到《贵妃怨》的创作,只用了八年的时间就取得如此成就,在中国学者中寥寥无几。中法文学研究学会的程曾厚教授对他的评价是:"我国学者能用法语创作格律长诗者,迄今未曾听闻,何先生是唯一的例外。"① 可见何如的法语造诣和文学功底之深厚。

(二) 何如及其翻译

何如于1936年7月学成归国。正值国难当头之际,他义无反顾地投入革命中去,参加抗日宣传,从事翻译和教学工作。先后在桂林第五军任法文编译(1937),汉口国际反侵略大会中国分会任法文秘书(1938),重庆军事委员会法国顾问室任法语编译(1939),陆军大学任法文教官(1940),中央政治学校兼任法文和逻辑学教授(1942—1945)。抗日战争胜利后,何如先后在南京政治大学、中央大学、南京金陵女子大学、南京大学等多所高校任教。何如并不是职业翻译家,但出于对翻译的热爱,在教学工作之余仍然笔耕不辍,译作颇丰。

他先后翻译了《山地战》《大军统帅》和《辛亥革命》,并参加了《毛泽东选集》一至五卷的翻译和定稿工作。这些译作有力地宣传了如火如荼的中国革命,让世界人民进一步了解中国,特别是《毛泽东选集》的译著,几乎在所有的法语地区得到了传播:教科书的选用、集会的朗诵、广告的栏目、杂志的刊头都引用过他的译文。何如先生对于毛泽东思想在亚非拉地区包括欧洲地区的传播,做出了不可磨灭的贡献。

从年轻时就立志要将中国优秀传统文化介绍到法国的何如,一生致力于文学翻译,特别是诗歌的翻译,给后人留下了许多脍炙人口的翻译作品。他

---

① 程曾厚:《何如教授再祭》,http://www.fenfenyu.com/Memorial_Static/1056/Article/4.html。

第六章 《阿诗玛》法译本翻译研究

陆续翻译了《屈原赋选》《文心雕龙》《木兰辞》《杜甫诗选》《十五贯》《女神》《王贵与李香香》《阿诗玛》和《毛泽东诗词》等。何如的译作为中国文学在法语世界的传播做出了突出贡献,其中《毛泽东诗词》曾被法国的中学教材采用。先生采用法国格律诗的形式翻译毛泽东诗词,严格遵循法国古典诗的写作要求,准确地表达了源语文本的风貌和神韵。他的翻译有如神来之笔,得到了国内外读者的高度赞赏。1979 年,法国国民议会国防委员会副主席让·玛丽·达耶(J-M. Daillet)因公务来华,在上海买到一本何如翻译的《毛泽东诗词》法译本,读后迫不及待地给何如先生写了一封信,他在信中说:"在我还没有返回法国之前,我想刻不容缓地向您表示敝人对阁下译本的欣赏……我不懂中文,过去无法领略毛主席文学作品的绚丽而深感遗憾,如今多亏了您,使我这种遗憾的心情不复存在了。因为您那完美的表达手法,完美的韵律,使您翻译的诗篇清纯、含蓄,犹如用拉辛、维克多·雨果、兰博、瓦列里、阿拉贡、科克托的语言直接写成的。同样也多亏您,我才更好地理解了作为革命家和政治家的毛泽东。因此,我怀着激动的心情,向您这一高超的译作表示祝贺。"①

达耶做过译者,本人也是诗人,所以深知译诗之难。他对何如的翻译做出如此高度的评价,正是对先生语言上的精深造诣以及高超翻译技巧的极大肯定。

何如在翻译方面获得的成就与其严谨的态度和孜孜以求的精神密不可分。先生曾说过:"翻译不同于写作,它既要忠实于源语文本的内容和形式,又要力求重现源语文本的风格和笔调,特别是诗词的翻译,既要对中文的诗词有较深的理解和研究,熟知其音韵与格式,又要掌握法国诗词的规格、音韵和格式以及法语新旧词汇的变化和时代背景,才能使译作做到恰如其分和得心应手。在这方面,除了苦读与勤于实践外,别无捷径可循!"②

---

① 徐日琨:《妙笔传伟著,扬名法兰西——深切怀念卓越的法文翻译家何如同学》,http://blog.sina.com.cn/s/blog_4bf6bd9901008vfz.html。
② 何瑜文:《父亲自叙文章》,http://blog.sina.com.cn/s/blog_4bf6bd99010008ms.html。

他认为世上没有廉价的成功，只有刻苦努力、经受一番磨炼才能有所成就。在法国求学期间，他不会浪费时间去参加娱乐社交活动或是游览参观，而是一心专注于读书。他从刚开始学习法语时就整本整本地背诵法语名著，这不仅让他的法语水平迅速得到提高，更让他深入了解了法国的古典文学，他在六七十岁的时候还能熟练背诵很多法国的名诗名著。回国后，为了时刻保持纯正的法语，先生每天坚持半夜起来收听法国的广播电台，因为在凌晨两三点钟是收听效果最好的时间。正是这十年磨一剑的钻研精神使他在法语语言上有了如此高的造诣。

　　何如一生严谨治学，对待翻译力求完美。在进行翻译创作时，他的桌上总是摆有大小十几本中法字典，为了找到一个恰当的词，先生需要在浩如烟海的词汇中苦苦搜寻，反复琢磨、反复推敲。他常常废寝忘食只为翻译一句诗，最后还不一定使自己满意。他曾向学生这样说过自己译诗的体会："译诗等于痛苦，越是你欣赏的作品，痛苦越大。"何如的作品是用他那炽热的真心浇筑而成的，正是他那严谨治学的态度和孜孜以求的精神使其翻译出了无愧于时代的作品，为后人留下了一笔宝贵的财富。

　　何如一生致力于教育和翻译事业，他在为国家培养大批法语人才的同时，呕心沥血进行翻译创作，以期弘扬中国的传统文化。无论是在饱受迫害的"文化大革命"时期，还是躺在医院的病床上，老先生始终笔耕不辍，坚持创作。他翻译的许多作品，成为我国对外宣传和对外文化交流的精品，为加深中法两国文化交流做出了重大贡献。1983 年，法国总统密特朗访问中国在南京大学演讲时，高度赞扬了何如先生的学术水平；1986 年，法国总理希拉克委托法国驻华大使馆授予何如先生法国教育部教育棕榈军官勋章，他是国内获此殊荣第一人。这些赞赏和荣誉正是对何如先生所做出的贡献的肯定。

　　本章选取 1957 年由外文出版社出版的何如法译本 *Ashma* 及其源语文本——1955 年人民文学出版社出版的黄铁、杨知勇、刘绮、公刘整理翻译的《阿诗玛》汉译本为研究语料，对何如法译本中的比喻修辞、拟人修辞、夸张修辞、排比修辞、反复修辞等进行分析和探讨，揭示何如法译本的修辞翻译特点。

二 《阿诗玛》法译本比喻修辞的翻译

下面我们拟通过对法译本《阿诗玛》中比喻修辞的翻译方法进行统计和分析，揭示译者在处理比喻修辞翻译方面的特点。

表6-1　　　　　法译本《阿诗玛》中比喻修辞翻译方法统计

翻译方法 数量、占比	直译法		意译法		替换法		省略法		合计	
	数量	%	数量	%	数量	%	数量	%	数量	%
合并	39	67.2	9	15.5	7	12.1	3	5.2	58	100

从表6-1我们可以看出，《阿诗玛》源语文本共使用比喻辞格58例，法译本中比喻辞格的翻译主要使用了直译法，共39例，占全部译例的67.2%；其次为意译法，共9例，占15.5%；而替换法和省略法分别为7例和3例，各占12.1%和5.2%。

从表6-2我们可以看出，《阿诗玛》源语文本共使用比喻辞格58例，其中明喻46例，暗喻和借喻各为6例。在《阿诗玛》法译本中，明喻修辞翻译使用了直译、意译、替换和省略四种翻译方法。在四种翻译方法中，译者主要使用直译的方法进行翻译，直译法占65.2%，而意译法、替换法和省略法所占比例分别为17.4%，10.9%和6.5%；在暗喻修辞的翻译中，译者采用了直译和替换两种翻译方法，两种方法所占比例分别为66.7%和33.3%；借喻修辞主要运用直译法和意译法两种方法，分别占83.3%和16.7%。

表6-2　　　　　法译本《阿诗玛》中各类比喻修辞翻译方法统计

译法 类型	直译法	%	意译法	%	替换法	%	省略法	%	合计	%
明喻	30	65.2	8	17.4	5	10.9	3	6.5	46	100
暗喻	4	66.7	0	0	2	33.3	0	0	6	100
借喻	5	83.3	1	16.7	0	0	0	0	6	100

从以上数据统计可以看出，何如在翻译《阿诗玛》中的比喻辞格时，主要采用了直译的翻译方法，在各类比喻修辞的翻译方法中，直译法所占比例最高。接下来我们将对《阿诗玛》法译本中三大类比喻修辞的翻译方法进行逐一分析。

(一)《阿诗玛》法译本中明喻的翻译

在法语中，明喻（comparaison）的特点是句中同时出现本体、喻体和比喻词，有时还会点明本体和喻体的相似点。常用的喻词除 comme 外，还包括一些带有比较意义的形容词、动词或数量比较结构等。下面将对何如翻译的法译本《阿诗玛》中明喻修辞的翻译方法进行分析和探讨。

1. 直译法

根据表 6-2 的统计，在《阿诗玛》源语文本中共出现明喻 46 例，其中 30 例采用了直译的翻译方法，直译法是《阿诗玛》法译本中明喻修辞的主要翻译方法，但译者在进行直译的过程中，具体的翻译方法有所不同，主要分为以下几种情况：

1）采用与源语文本对应的句子结构进行直译。译者在翻译过程中保留了明喻的修辞及其所指的意义。句中同时出现本体、喻体和比喻词，在译文中多用 comme, tel, semblable à, pareil à, aussi…que 等比喻词来连接本体和喻体。如：

(1) 哭的声音像弹口弦 (p.27)

译文：Ses vagissements semblaient les soupirs d'une flûte. (p.15)

在以上这个例子中，源语文本用了"本体+比喻词+喻体"即"甲像乙"的句子结构构成明喻的修辞。译文中使用动词"semblaient"连接本体和喻体构成明喻，句子成分与源语文本完全对应，译文中喻体、比喻词以及比喻的指示意义与源语文本完全对等。直译不仅保留了源语文本的比喻辞格，也向译文读者呈现了具有民族特色的形象表达。

第六章 《阿诗玛》法译本翻译研究

2）采用与源语文本不同的句法结构进行翻译，往往将源语文本中的明喻辞格转换为其他类型的比喻辞格。在译文中，译者并未使用"本体+比喻词+喻体"的结构构成明喻的修辞，而是用系动词"être"或限定结构将本体和喻体连接在一起构成比喻修辞，如：

（2）热布巴拉说的话，/好比石岩压着嫩树芽。（p. 38）

译文：Lorsque Giboubla a parlé, / C'est un roc qui presse un bourgeon. （p. 39）

源语文本中用比喻词"好比"连接本体和喻体构成明喻的修辞。译文中，何如同样运用了比喻的修辞手法，但译文中的比喻是用系动词"est"来连接本体和喻体，将比喻的类型从明喻转化为暗喻。另外，源语文本的本体为偏正短语"热布巴拉说的话"，而译文中的本体则被译为句子"lorsque Giboubla a parlé"；源语文本的喻体为句子"石岩压着嫩树芽"，而译文中的喻体由关系从句修饰的名词，即"un roc qui presse un bourgeon"。何如采用了与源语文本句子成分不对应的方法进行直译，在译文中保留了源语文本中的比喻辞格及其所指意义。

3）译者在直译的同时，运用了增译、减译等方法，在译文中增加一些限定成分或减译部分词语。如：

（3）可爱的阿诗玛站在那里，/像竹子一样笔直。（p. 45）

译文：Ashma se tenait là, debout, / droite comme un jeune bambou. （p. 57）

译文中，译者使用了与源语文本句子成分相对应的结构构成明喻修辞。直译的同时，何如在前半句中减译了形容词"可爱的"，这一减译主要是出于整行诗音节的考虑。而在后一行诗中，译者在喻体"bambou"前增加了一个形容词"jeune"来修饰喻体。"jeune"指"年轻的、小的"，该形容词在译

· 389 ·

文中主要起两方面的作用：第一，从其指示意义来讲，更加突出阿诗玛娇小可爱、充满活力的形象，补充了前一句诗中减译的形容词的意义；第二，满足法语八音节诗音节构成的需要，即后一行诗中加上"jeune"的两个音节才能划分出八个音节。总之，增译和减译的运用主要是出于诗句音节的考虑，并不影响源语文本辞格及其所指意义的传达。

2. 意译法

根据表 6-2 的统计，在 46 例明喻修辞中，有 8 例采用了意译的翻译方法。何如在翻译的过程中并没有保留源语文本的比喻修辞，而是用解释的方式来传达源语文本中比喻修辞所要表达的意义，如：

（4）拉弓如满月，/箭起飞鸟落。（p. 26）

译文：Son arc vibre, sa flèche monte, /Et c'est la chute d'un oiseau. (p. 13)

（5）头发闪亮像菜油。（p. 27）

译文：Les cheveux qui brillèrent de lueurs d'or. (p. 15)

例（4）中，源语文本"拉弓如满月"，用比喻词"如"连接本体和喻体构成明喻的修辞，用满月的形状来比喻拉弯的弓箭，使描写更加生动形象。而法语译文中，何如舍弃了源语文本的比喻辞格，将原句翻译为"Son arc vibre, sa flèche monte（译为：拉弯弓将箭射出）"。译文用解释的方式描述了拉弓射箭这一动作，译文言简意赅，但失去了源语文本生动形象的表达。例（5）中，源语文本用"头发闪亮像菜油"这一比喻来形容头发油亮有光泽。何如并未翻译喻体"菜油"，译文舍弃了源语文本的比喻修辞，用解释的方式传达了源语文本比喻辞格的所指意义。意译法虽然传达了源语文本的内容，但译文中并未重现比喻辞格，使译文失去了源语文本的生动表达，部分具有民俗特色的表达在译文中并未得到有效传达。

3. 替换法

在明喻修辞的翻译中，译者采用了替换的翻译方法，共有 5 例。在这些

第六章 《阿诗玛》法译本翻译研究

句子的翻译过程中,译者保留了源语文本中比喻的修辞,但因为中法文化背景的差异,或是出于对法语诗歌音节的考虑,译者选用了与源语文本喻体意义不对等的事物来替换译入语中的喻体,如:

(6)院子里的树长得香悠悠,生下姑娘如桂花。(p.25)

译文:Les arbres parfumaient la cour, /Tels leur fille, fleur de cassier. (p.11)

(7)像尖刀草一样宽。(p.29)

译文:Aussi large que l'achillée. (p.22)

例(6)中,源语文本用"桂花"来比喻"姑娘",而在译文中,译者将喻体"桂花"换成了"cassier"(金合欢),这主要是出于诗句音节的考虑。法语中"桂花"对应的单词为"osmanthus",这个单词有三个音节,若在译文中使用该词,这句诗共有九个音节,但换用"cassier"这个双音节词,则可构成八音节诗。例(7)中,源语文本中的喻体"尖刀草"是撒尼人对生长在山野中一种野草的称呼,在法语中并没有对应的单词,所以译者使用了意义相似的"l'achillée"(蓍草,又称锯齿草)来代替源语文本中的喻体。

4. 省略法

省略法在明喻修辞的翻译中用得不多,仅占3例。译者在翻译的过程中,未翻译源语文本中使用了比喻辞格的句子,直接将其省略。何如运用省略法主要是考虑到法语四行诗的结构要求。法译本《阿诗玛》全文采用四行诗的结构,每节诗都由四行诗句构成,所以译者为了遵循这一原则,在不影响译入语读者理解的情况下,省略了部分句子,例如:源语文本中的诗句"对面石岩像牙齿,/那是他家放神主牌的石头"。这句诗的重点是后半句所要表达的内容,所以何如在翻译时为了遵守整节诗由四行诗句构成的原则,翻译了后半句诗而省略了前半句。总之,省略法的运用虽然使译文失去了源语文本中部分生动的比喻,但并不影响源语文本主要内容的传达。

(二)《阿诗玛》法译本中暗喻的翻译

暗喻，又叫隐喻，本体和喻体都出现，一般使用"是""变成""成为""胜"等比喻词来连接本体和喻体。有的暗喻也不使用比喻词，本体和喻体之间通过偏正关系、同位关系或各自成句来组成暗喻的修辞。在暗喻中，本体和喻体的关系被隐藏了起来而不太明显。法语中与之相对应的修辞是"la métaphore in praesentia"，该辞格属于法语隐喻修辞（métaphore）的一种，其特点是本体和喻体靠系动词、限定结构、同位语或呼语连接在一起。下面将对《阿诗玛》法译本中的暗喻修辞的翻译方法进行分析和探讨。

1. 直译法

根据表6-2统计，在《阿诗玛》源语文本中共出现6例暗喻修辞，其中4例使用了直译的翻译方法。这4例暗喻的具体翻译方法有所不同，主要分为以下两种情况：

1）译者保留了源语文本中暗喻的修辞，并采用了与源语文本相对应的修辞格式进行直译，如：

（8）山中的姑娘，/山林中的花！（p.23）

译文：Celle des filles des montagnes, /Celle des forêts tout en fleur. (p.8)

（9）因是娘的肉，因是娘的心。（p.36）

译文：Ma fille est la chair de ma chair, /Ma fille est l'âme de mon âme. (p.35)

在例（8）中，源语文本里比喻的本体为"山中的姑娘"，喻体为"山林中的花"，句中没有比喻词，喻体和本体都是偏正关系的短语。在法语译文中，何如采用相对应的结构翻译了比喻的本体和喻体，译文中比喻的指示意义与源语文本对等。例（9）中，源语文本用比喻词"是"来连接本体和喻体，连用两个比喻。译文中同样使用系动词"est"将比喻的本体和喻体连在一起构成暗喻，保留了源语文本的暗喻修辞格式及其所指意义。

2）译者在翻译过程中保留了源语文本中的比喻修辞，但将暗喻转化为明喻，同时出于整句诗音节的考虑，译者运用了减译法，如：

（10）你家金银马蹄大。（p.44）

译文：Vos lingots d'or seraient massifs /Comme les sabots de cheval. (p.55)

上述源语文本中没有使用比喻词，只有本体和喻体构成暗喻的修辞。译文中，何如用比喻词"comme"将本体和喻体连接在一起，将源语文本中的暗喻转化为明喻，但句中的本体、喻体及比喻辞格的指示意义与源语文本一致；另外，在不影响源语文本意思传达的情况下，译者减译了源语文本中的"银"，使每行诗由八个音节构成，严格遵循了八音节诗的规则。

2. 替换法

在《阿诗玛》的暗喻修辞翻译中，有2例使用了替换法。在这2例暗喻修辞的翻译中，译者采用了与源语文本相对应的修辞格式保留了暗喻的修辞手法，但在翻译喻体时并没有直接翻译源语文本的喻体，而是选择其他含义的词语代替源语文本的喻体，具体情况如下：

（11）热布巴拉是豺狼心。（p.41）

译文：Ce Giboubla n'est qu'un loup vil. (p.46)

（12）热布巴拉家是虎牢。（p.41）

译文：Sa maison est une tanière. (p.46)

在以上2个例句中，源语文本都用比喻词"是"连接本体和喻体构成暗喻，法语译文同样使用了系动词"est"来连接本体和喻体构成暗喻，源语文本和译文句法结构一致。例（11）中，源语文本用"豺狼心"来形容热布巴拉的恶毒和卑鄙。在法国，狼既是勇敢的象征，也是恶的象征，如果将源语文本的比喻直译成法语，译入语读者可能不太理解这一比喻的意义，所以译者用"un loup vil"（一只恶狼）作为喻体来比喻热布巴拉的狠毒，使译入语读者能更好地理解源语文本中比喻辞格的所指意义。例（12）中，译者将源语文本比喻句的喻体"虎牢"用"une tanière"（兽穴）来替换，主要是出于对整句诗音节的考虑。

(三)《阿诗玛》法译本中借喻的翻译

法语中隐喻辞格的另一种类型（la métaphore in absentia）相当于汉语修辞中的借喻，其特点为本体缺席，由喻体取而代之。下面将对法译本《阿诗玛》中借喻的翻译方法进行分析和探讨。

1. 直译法

根据表 6-2 统计，《阿诗玛》源语文本中使用了 6 例借喻的修辞，法译本中有以下 5 例采用了直译的翻译方法：

（13）清水不愿和浑水在一起。（p.37）

译文：L'eau pure répugne à l'eau trouble. （p.38）

（14）绵羊不愿和豺狼做伙伴。（p.37）

译文：L'agneau ne peut sentir le loup. （p.38）

（15）那是他家洗血手的池塘。（p.43）

译文：Il lave ici ses mains sanglantes. （p.53）

（16）那是他家养虎豹的山林。（p.43）

译文：Dans ce bois il nourrit ses fauves. （p.53）

（17）旋风在山林中滚动，／黑云盖满了天空。（p.42）

译文：Un cyclone battait les monts,／Le ciel se couvrait de nuées. （p.52）

例（13）—（16）的法语译文中，何如采用了与源语文本成分对应的句子结构进行直译，保留了源语文本的借喻辞格。例（17）中，源语文本"黑云盖满了天空"是一个主动句,何如将其译为"Le ciel se couvrait de nuées",用被动态替换了源语文本中的主动态,使译文更加符合法语的表达习惯。以上五个例句通过句法成分对应或不对应的直译,保留了源语文本的比喻辞格,译文读者可以根据上下文语境很好地理解源语文本中借喻修辞所要表达的意义。

2. 意译法

在以上 5 例借喻修辞的翻译方法中,意译法占 1 例。由于中法两国文化间存在差异,有时相同的喻体在不同的民族中被赋予了不同的寓意,为了传达源语文本所要表达的意义,译者以求意为主,用解释的方式表述源语文本比喻辞格的所指意义,如:

(18) 好花离土活不成, / 姑娘不能在火坑生存。(p.42)

译文:Détachée, une fleur succombe ;/Dans les fers une fille meurt. (p.51)

中文中常用"火坑"来比喻极度悲惨的生活境地,源语文本中用"火坑"来指代热布巴拉家。而"火坑"在译入语文化中并没有对等的喻义,如果在译文中直接翻译该词会造成译入语读者的不解,所以译者换用"dans les fers"来表达处在极度悲惨的生活境遇这一含义,将整句诗译为"Dans les fers une fille meurt"(译为:受压迫的女孩将会死去)。

比喻是人们常用的修辞方法。无论叙事、写景、状物、刻画人物或是说明道理,比喻可以使本体变得更加形象和具体,引起人们的联想和想象,提高人们对事物的感知度。比喻不仅是语言修辞的重要部分,也是一种文化载体,受不同民族文化传统、风俗习惯、民族思想的制约和影响,其含义总与民族传统文化思想相契合。在叙事长诗《阿诗玛》中大量运用了比喻的修辞手法,使全诗的语言表达更加生动形象。诗中的比喻具有浓郁的民族特色,蕴含了丰富的撒尼文化,如何在翻译这些比喻辞格的过程中既忠实于源语文本内容,同时又能保留源语文本生动形象的表达,这对译者是个很大的挑战。

通过对《阿诗玛》汉语文本中比喻修辞种类的统计可以看出，明喻是汉语本《阿诗玛》中使用频率最高的修辞手法，暗喻和借喻的使用频率较低。与暗喻和借喻相比，明喻通过比喻词连接本体和喻体，强调两者间的相似点，使本体的形象更加生动、喻意更加明确，易于读者理解比喻的意义。《阿诗玛》中大量使用明喻修辞，说明像《阿诗玛》这样的少数民族民间文学作品善于使用通俗易懂且生动形象的语言，这也方便人们的记忆与传唱。为了尽量保留源语文本中比喻的修辞，何如在法译本《阿诗玛》的比喻修辞翻译中采用了以直译法为主，意译法、替换法和省略法为辅的翻译策略。

虽然中法文化间存在很大差异，但两国人民对世界的认知和对生活的体验存在很多共同点。所以在汉语和法语中往往出现很多用相同或相似的喻体来表达相同或相近喻意的例子。在法译本《阿诗玛》的比喻修辞翻译中，对于中法两种语言中喻体相同，意义对等的比喻，何如直接套用译入语已有的基本格式进行翻译，从而保留了源语文本中比喻的修辞及其指示意义。何如采用直译法的同时，出于对法语八音节诗格式的考虑，也运用了增译和减译的手段。在翻译过程中并不能总是形意兼顾，当民族文化差异造成喻体不对应而出现文化空缺时，何如采用了意译法进行翻译，以求意为主，放弃源语文本中的比喻修辞，用解释的方式来表达出源语文本中比喻所要表达的意义。另外，在翻译的过程中，因为文化背景的差异或是出于对法语诗歌音节的考虑，何如主要运用了替换法，选用了与源语文本喻体意义不对等的词语来替换译入语中的喻体。总体来说，何如翻译的法语本《阿诗玛》保留了源语文本中大部分的比喻修辞，较好地传达了源语文本生动形象的表达方式及其内涵。

三 《阿诗玛》法译本拟人修辞的翻译

下面我们拟在统计分析的基础上，探讨何如法译本《阿诗玛》中各类拟人修辞的翻译方法及其特点。

表6-3　　　　　法译本《阿诗玛》中拟人修辞翻译方法统计

翻译方法 数量、占比	直译法		意译法		替换法		省略法		合计	
	数量	%	数量	%	数量	%	数量	%	数量	%
合并	19	54.2	14	40	1	2.9	1	2.9	35	100

根据表6-3统计，在35例拟人修辞的翻译过程中，何如主要采用了直译法和意译法，两种翻译方法分别为19例和14例，各占54.2%和40%。替换法和省略法用得较少，各为1例，仅占2.9%。

表6-4　　　　法译本《阿诗玛》中各类拟人修辞翻译方法统计

译法 类型	直译法	%	意译法	%	替换法	%	省略法	%	合计	%
动物拟人	6	50	5	41.7	1	8.3	0	0	12	100
植物拟人	4	33.4	7	58.3	0	0	1	8.3	12	100
无生物拟人	9	81.8	2	18.2	0	0	0	0	11	100
合计	19	54.2	14	40	1	2.9	1	2.9	35	100

根据表6-4的统计可以看出，《阿诗玛》源语文本共使用拟人辞格35例，其中动物拟人辞格和植物拟人修辞各为12例，无生物拟人辞格11例。法译本《阿诗玛》中共出现动物拟人12例，其翻译主要运用了直译法和意译法，分别出现6例和5例，各占50%和41.7%，替换法仅1例，占8.3%；植物拟人修辞共12例，翻译中，何如主要采用了意译法和直译法，两种翻译方法分别为7例和4例，各占58.3%和33.4%，省略法仅1例，占8.3%；无生物拟人修辞共出现11例，其中9例采用直译法进行翻译，占81.8%，2例使用了意译法，占18.2%。

通过上述对法译本《阿诗玛》中各类拟人修辞翻译方法的统计分析，可以看出，在《阿诗玛》源语文本中的拟人修辞主要为动物拟人、植物拟人和无生物拟人这三种拟人修辞。何如在翻译动物拟人和无生物拟人时，主要运用了直译的翻译方法；翻译植物拟人则以意译法为主。下面笔者将对各类拟人辞格中的翻译方法进行具体分析。

（一）动物拟人的翻译

1. 直译法

何如翻译的法译本《阿诗玛》中，有6例动物拟人辞格的翻译使用了直译法。在法语译文中，译者保留了源语文本的拟人辞格，并采用了与源语文本拟人修辞相同的表现形式，同时运用了增译、减译等手段，具体情况如下：

（1）四月的布谷唱得忙。（p.23）

译文：Les coucous chantent en avril. （p.7）

（2）天空的玉鸟啊，替我们传句话。（p.40）

译文：Oiseau de jade qui t'envoles, /Veux-tu dire au frère d'Ashma. （p.47）

例（1）和例（2）的译文中，译者采用了动词拟人的方式构成拟人修辞，与源语文本中拟人的表现形式相同。例（1）中，源语文本将"布谷"人格化，通过动词"唱"赋予布谷鸟人的动作，在译文中，何如同样通过动词"chantent"赋予本体"les coucous"人的动作，构成与源语文本相同的拟人辞格。但在译文中，译者省略了源语文本中的副词"得忙"，这主要是出于对整行诗句音节的考虑，减译并未影响源语文本意思的传达。例（2）中，源语文本将"玉鸟"拟人化，赋予玉鸟"传话"这一人所特有的动作，在译文中，译者同样通过动词"dire"赋予本体"oiseau de jade"人的动作，构成拟人的修辞。但在译文中，译者增译了"frère d'Ashma"，明确了传话的对象为阿诗玛的哥哥，更便于译入语读者理解诗句的内容。

2. 意译法

根据表6-4统计，法译本《阿诗玛》中有5例动物拟人修辞使用了意译法。译者在译文中舍弃了源语文本中拟人的修辞，并通过解释的方式来表达源语文本中拟人修辞的含义，如：

（3）麻蛇给了你舌头/八哥给了你嘴巴。（p.32）

译文：Du serpent vous avez la langue，/Le bec coupant du perroquet. （p.28）

源语文本中通过动词"给某人……"分别赋予"麻蛇"和"八哥"人的动作，构成拟人修辞。但在译文中何如并未保留源语文本的拟人修辞，而是译为"Du serpent vous avez la langue，/ le bec coupant du perroquet"（译为：你从麻蛇那里得到舌头，从八哥那里得到一张能说会道的嘴）。由于文化的差异，译入语读者可能不太理解"从麻蛇那里得到舌头"这句话所要表达的意思，但在后半句中，何如增译了形容词"coupant"（能说会道的）来修饰"le bec"，明确了句子所要表达的意思，使译入语读者能够理解这句诗表达了媒人海热的能说会道。

3. 替换法

法译本《阿诗玛》动物拟人修辞翻译中只有1例使用了替换法。

（4）过路马鹿也停脚。（p.26）

译文：Cheval et cerf de suspendre leurs pas. （p.14）

源语文本通过动词"停脚"赋予本体"马鹿"人的动作，构成拟人修辞。文中通过"过路马鹿也停脚"这句诗来形容阿黑哥的笛声悠扬、悦耳动听，连动物都会被他的笛声吸引。译文中，何如将源语文本的"停脚"译为"suspendre leurs pas"，保留了源语文本的拟人辞格，但用"cheval et cerf"替换了源语文本的"马鹿"。中文里马鹿指的是一种动物，属于鹿的一类，而译文中的"cheval et cerf"分别指"马"和"鹿"两种动物。译文中的替换并没有影响源语文本意思的传达，译者使用替换法主要是出于对诗句音节的考虑。原诗分为两行："Soupirait sa flûte ; cheval / Et cerf de suspendre leurs pas."，cheval 与上一行诗中的其他单词一起凑成八个音节，而后一行诗也是由八个音节构成，译文中替换法的运用使诗句严格遵循了法语八音节诗的音节构成要求。

（二）植物拟人的翻译

1. 直译法

根据表6-4统计，法译本《阿诗玛》植物拟人修辞翻译中，有4例使用了直译法。译者采用与源语文本相同的句法结构及相同的拟人表现形式，保留了源语文本中拟人的修辞，生动形象地传达了源语文本拟人辞格的意义，具体情况如下：

（5）什么做石岩的伴？黄栗做石岩的伴。（p.41）

译文：Quels compagnons ont les rochers？/L'ombre amie des grands noisetiers. （p.48）

（6）山上的青松，/不怕吹邪风。（p.50）

译文：Un jeune pin dans la montagne/Ne craint aucun souffle infernal. （p.69）

例（5）源语文本用名词"伴"来描述"黄栗"，将植物通过名词拟人化。译文中，译者同样使用名词"amie"来实现本体的拟人修辞，将黄栗树比作石岩的朋友、伙伴。例（6）中，源语文本使用动词"不怕"赋予"青松"人的动作特征，构成拟人修辞，借青松的品格来形容阿黑哥的勇敢无畏。译文中何如同样用了动词"ne craint aucun…"来描述青松的坚强和勇敢，保留了源语文本中拟人的修辞，译入语读者可以根据上下文理解勇敢的青松指的就是勇敢的阿黑哥。在上述两例诗的翻译中，译者同时采用了增译的手段，分别用形容词"grands"和"jeune"来修饰本体"noisetiers"和"pin",这主要是出于诗句音节的考虑,增译并不影响源语文本的修辞及其意义的传达。

2. 意译法

意译法是法译本《阿诗玛》植物拟人修辞翻译中使用频率最高的一种翻译方法。译文中,何如舍弃了源语文本的拟人辞格,用解释的方式传达了与源语文本修辞对等的意义,具体情况如下:

(7) 山顶上的老树好意思一辈子站着。(p. 35)

译文：Seuls les vieux arbres sur la cime/Restent à jamais solitaires. (p. 32)

(8) 乘凉的大树依然站着。(p. 40)

译文：L'arbre étend toujours son ombrage (p. 45)

例(7)源语文本中用"好意思站着"和"一辈子"等描写人的词将"老树"拟人化,构成拟人修辞。源语文本中这句话是媒人海热劝说阿诗玛父母嫁女的,他认为老树可以一直孤独地待在山顶,但阿诗玛不能一辈子不嫁人而孤独地生活。何如在翻译时舍弃了源语文本的拟人修辞,译为"Seuls les vieux arbres sur la cime/ Restent à jamais solitaires.",直接解释了源语文本拟人辞格的所指意义。例(8)源语文本通过动词"站着"赋予"大树"人的动作,将大树拟人化。何如将其译为"L'arbre étend toujours son ombrage",舍弃了源语文本中的拟人辞格。译文虽然译出了大树下依然可以乘凉的意思,但不能烘托出伙伴们因失去阿诗玛而感到伤心、难过的心情。

3. 省略法

《阿诗玛》法译本植物拟人翻译中,只有1例使用了省略法。何如未翻译源语文本中的"大树不转弯"。本句诗的前一句为"山上的千年树,/长得直挺挺",两句诗表达的是同一个意思,一方面译者省略了后一句诗可以避免重复表达;另一方面也是出于本节诗行数的考虑。省略这句诗的翻译,译文的诗节则由四行句子构成,符合法语四行诗的诗节构成要求。

(三）无生物拟人的翻译

1. 直译法

直译法是《阿诗玛》法译本无生物拟人修辞翻译中使用频率最高的一种翻译方法。何如在法语译文中保留了源语文本的拟人辞格，但在具体的翻译中，同时运用了增译、减译、改变拟人辞格的表现形式等手段，具体情况如下：

（9）小姑娘站着谁做伴？/锅灶就是她的伴。(p. 29)

译文：Quelle était sa compagne en place ? /Chez elle, c'était le fourneau. (p. 20)

（10）小姑娘走路谁做伴？/水桶就是她的伴。(p. 29)

译文：Qui l'accompagnait dans sa course ? /Le baquet d'eau l'accompagnait. (p. 20)

（11）斑鸠扑的落下地，/嗉子里吐出三颗米。(p. 51)

译文：Que la tourterelle, en tombant/Rendit trois petits grains de riz. (p. 70)

例（9）源语文本中，用名词"伴"来指"锅灶"，将锅灶人格化，译文中译者同样使用名词"sa compagne"来指称本体，构成与源语文本相同的名词拟人修辞。译文使用了与源语文本相同的句法结构进行直译，但在译文中，译者增加了地点状语"chez elle"（在她家）。译者采用增译，主要是出于本句诗音节的考虑，加上地点状语的三个音节才构成整行诗的八个音节。增译的内容与源语文本并不矛盾，反而让译文的表述更加具体。例（10）源语文本中通过名词"伴"将"水桶"拟人化，但在译文中，译者使用动词"accompagnait"赋予本体人的动作，构成动词拟人，译文保留了源语文本的拟人辞格，但拟人修辞的表现形式不同。例（11）源语文本中通过动词"吐出"将"嗉子"拟人化，赋予嗉子人的动作。译文中，译者并未翻译"嗉子"，将本体变为"la tourterelle"（斑鸠），用动词"rendit"（归还）赋予斑鸠人的动作，构成拟人修辞。本体的变换更易于译入语读者理解源语文本的意思，而动词"rendit"表达了与源语文本"吐出"相似的含义。

2. 意译法

法译本《阿诗玛》无生物拟人翻译中仅有两例使用了意译的翻译方法。译者在译文中舍弃了源语文本中的拟人辞格，虽然通过解释的方式传达了源语文本拟人辞格所要表达的意思，但使译文失去了源语文本生动形象的表达，具体情况如下：

（12）铃子敲在马脸上。（p. 42）

译文：Faisant tinter tous les grelots.（p. 51）

（13）旋风在山林中滚动。（p. 42）

译文：Un cyclone battait les monts.（p. 52）

例（12）源语文本中，动词"敲"赋予无生物"铃子"人的动作，将铃子拟人化，构成拟人辞格，使语言生动有趣。"铃子敲在马脸上"这句话描述了铃铛在马奔跑的过程中发出叮叮咚咚响声的情景。在译文中，译者舍弃了拟人的修辞，将句子译为"Faisant tinter tous les grelots"，用了"faisant + 动词不定式"构成"使动句"（使铃铛发出叮叮咚咚的响声），解释了源语文本拟人辞格所要表达的含义。例（13）源语文本中通过动词"滚动"赋予"旋风"人的动作，构成拟人修辞，形象地刻画出旋风肆意席卷山林的情景，烘托出阿诗玛被抢走时狂风怒吼、人神共愤的气氛。译者在译文中舍弃了拟人的辞格，译为"Un cyclone battait les monts"，平铺直叙地讲述了旋风吹打山林的事件，不及源语文本生动形象。

通过上文的统计和分析可以看出，彝族撒尼叙事长诗《阿诗玛》中运用了大量的拟人修辞。拟人的运用，使全诗语言生动有趣，所描写的事物形象更加鲜明。诗歌创作者将物和人融合为一体，寓情于物，抒发了强烈的感情，使人印象深刻。

拟人修辞作为语言的特殊成分，受到文化传统、地理环境等诸多因素的影响和制约。《阿诗玛》中拟人修辞的运用蕴含了丰富的撒尼文化,具有浓郁的民族特色。上文的统计结果显示,《阿诗玛》中的拟人修辞主要为动物拟人、植物拟人和无生物拟人,这与撒尼人的文化和生活环境息息相关。撒尼人主要生活在山区,对大自然中的事物比较熟悉且充满感情,所以善于借助身边的动物、植物以及大自然中的无生命事物来抒发自己的情感。这些拟人修辞充满了撒尼人民的智慧及其丰富的想象,体现了独特的民族文化。何如在翻译《阿诗玛》的过程中尽量保留源语文本的形美,即保留诗的特征,也竭力保留源语文本中拟人的修辞手法,力图重现源语文本的语言美。根据对法译本《阿诗玛》拟人修辞翻译方法的统计和分析,何如在翻译中主要采用了直译和意译两种翻译方法。在直译的句子中,保留了源语文本的拟人修辞,同时通过运用增译、减译等手段来严格控制诗句的音节数,既传达了原句的语言美,又保留了原诗的形美。对于一些具有较强民俗特色的拟人修辞,直译有可能使译文读者较难理解时,何如通常采用意译法进行翻译。在意译的句子中,译者并未保留源语文本的拟人辞格,而是通过解释的方式传达了源语文本中拟人辞格的所指意义。译文虽然传达了源语文本的内容,但语言表达不及源语文本生动形象,易致使译入语读者未能体会到源语文本作者所要抒发的强烈感情。

四 《阿诗玛》法译本夸张修辞的翻译

由于中法文化和语言间的差异,使得夸张辞格在两种语言中的具体运用及其表现形式存在一些差异。下面我们拟在统计分析的基础上,探讨法译本《阿诗玛》中夸张修辞的翻译方法及其特点。

表6-5　　　　　　法译本《阿诗玛》中夸张修辞翻译方法统计

翻译方法 数量、占比	直译法		意译法		替换法		省略法		合计	
	数量	%	数量	%	数量	%	数量	%	数量	%
合并	19	56	13	38.2	1	2.9	1	2.9	34	100

由表6-5可见,在34例夸张修辞的翻译中,19例使用了直译法,占56%;13例使用了意译法,占38.2%;替换法和省略法各为1例,分别占2.9%。

在现代汉语修辞学中,夸张修辞可以从不同的角度,按照不同的标准进行分类。按性质内容来分,夸张可以分为扩大夸张、缩小夸张和超前夸张三大类;按表现方法分,夸张可以分为一般夸张和借助夸张两种;按照夸张的程度,可以将夸张分为轻度夸张、中度夸张、高度夸张和悖言夸张四大类。本节将按第一种分类标准将《阿诗玛》源语文本中出现的夸张修辞进行分类,并对法译本《阿诗玛》中各类夸张修辞的翻译方法进行统计和分析。

表6-6　　　　　法译本《阿诗玛》中各类夸张修辞翻译方法统计

译法 类型	直译法	%	意译法	%	替换法	%	省略法	%	合计	%
扩大夸张	15	50	13	43.4	1	3.3	1	3.3	30	100
缩小夸张	4	100	0	0	0	0	0	0	4	100
超前夸张	0	0	0	0	0	0	0	0	0	0
合计	19	56	13	38.2	1	2.9	1	2.9	34	100

根据表6-6统计,《阿诗玛》源语文本中共使用夸张修辞34例,扩大夸张为30例,缩小夸张为4例,全诗并未使用超前夸张的修辞。扩大夸张的翻译中,有15例采用了直译法,占50%;13例采用了意译法,占43.4%;各有1例采用了替换法和省略法,分别占3.3%。译者对缩小夸张的翻译则全部采用直译法。由此可见,在《阿诗玛》源语文本中主要运用了扩大夸张的修辞,何如在翻译夸张修辞的过程中则以直译法为主。下面将对法译本《阿诗玛》中各类夸张修辞的翻译进行逐一分析和探讨。

(一) 扩大夸张的翻译

《阿诗玛》源语文本中的夸张修辞以扩大夸张为主,下面将对法译本《阿诗玛》中扩大夸张的翻译方法进行分析和探讨。

1. 直译法

直译法是法译本《阿诗玛》中扩大夸张修辞翻译使用频率最高的翻译方法。译者采用了与源语文本相对应的修辞格式，保留了源语文本中夸张的修辞。同时，译者在翻译过程中运用了增译和减译的手段，这主要是考虑到整行诗的音节数量，具体情况如下：

（1）老鼠有九斤重。（p. 36）

译文：Ses rats mafflus pèsent neuf livres.（p. 35）

（2）黄牛遍九山，／水牛遍七山，／山羊遍九林，／绵羊遍七林。（p. 36）

译文：Ses boeufs parsèment neuf montagnes；／

Ses buffles en recouvrent sept；／

Ses chèvres peuplent neuf forêts；／

Ses moutons fouillent dans sept bois.（p. 36）

（3）你家金银马蹄大。（p. 44）

译文：Vos lingots d'or seraient massifs／Comme les sabots de cheval.（p. 55）

（4）老虎的毛算多了，／你们的坏主意多过老虎毛。（p. 54）

译文：Les poils des tigres sont nombreux，／Plus nombreux sont vos noirs desseins.（p. 78）

上述四个例句中，译者采用了与源语文本相对应的修辞格式构成夸张的修辞。例（1）中，源语文本通过数字"九"夸大了老鼠的体重。因为地主热布巴拉家粮仓堆满粮，所以老鼠能够吃得那么胖，文中媒人海热借此夸张的说法来形容地主热布巴拉家的富有。例（2）中同样用"七"和"九"两个数字来形容地主家的牲畜之多，以此突出他家的富有。以上两例中，源语文本利用数字进行夸张，译文中译者直接翻译了数字，同样通过数字构成夸张的修辞。例（3）中，"你家金银马蹄大"借助比喻构成夸张的修辞，译者在译文中同样运用喻词"comme"构成比喻，借助比喻来夸大金银的大小。例（4）中，源语文本采用比较的方式构成了夸张，将坏主意的数量和老虎毛的数量进行比较。译文中，译者使用了形容词的比较级"plus nombreux"构成了夸张的修辞，形象地描述了热布巴拉家的卑鄙、阴险。在直译的同时，译者还采用了增译、减译等手段：例（1）中，译者增译了形容词"mafflus"来修饰老鼠，使九斤重的老鼠的臃肿、肥胖的形象跃然纸上，另外，增加该形容词也是出于整行诗音节的考虑，所以这里的增译起到一箭双雕的效果；例（3）中，译者省译了"银"，同样是出于音节数量的考虑，金和银都代表了财富，所以译文中只翻译了"金"而省译"银"，这并不影响原句意思的传达。

2. 意译法

意译法也是法译本《阿诗玛》中扩大夸张修辞的主要翻译方法之一。源语文本中出现很多具有撒尼族特色的表达方式，由于两种文化的差异，直译源语文本可能会令译入语读者费解或难以使译文语句通顺。在这种情况下，译者放弃了源语文本中夸张的修辞，以求意为主，用解释的方式传达源语文本中夸张修辞所要传达的意义，具体情况如下：

（5）撒尼族的人民，／一百二十个欢喜，／撒尼族的人民，／一百二十个高兴。（p. 26）

译文：Tous les Yi de s'en réjouir/ Et de nager dans l'allégresse.（p. 14）

（6）笛子一吹百鸟团团转。（p. 31）

译文：Et flûtiste aimé des oiseaux。（p. 25）

例（5）中，源语文本借助数词"一百二十"进行夸张，"一百二十个欢喜""一百二十个高兴"描述了阿诗玛出生时众人高兴的心情。通过数词一百二十来对抽象名词喜欢和高兴进行计数以此突出高兴的程度，这属于撒尼族特有的表达方式,如果直译为法语会令译入语读者难以理解,所以译者在译文中舍弃了夸张的修辞,省略了数词"一百二十",直接将源语文本译为"Tous les Yi de s'en réjouir/Et de nager dans l'allégresse"(所有彝族人都沉浸在欢乐中)。例(6)中,源语文本同样借助数字进行夸张。这里的数词"百"是个泛指的约数词,指很多鸟。由于中法数字文化的差异,如果将"百"直译为法语数词"cent"则失去了泛指的意义,所以译者在译文中省略了数词"百",用冠词"des"来限定"oiseaux";另外"团团转"属于撒尼族特有的表达,文中用"笛子一吹百鸟团团转"来形容吹笛人的演奏技巧高超,悠扬的笛声将鸟儿都吸引来了。何如在译文中舍弃了源语文本的夸张修辞和具有民族特色的表达,以取义为主,将源语文本翻译为"Et flûtiste aimé des oiseaux"(鸟儿喜欢这笛声)。译文虽然传达了源语文本所要表达的内容,但语言不及源语文本生动形象。

3. 替换法

法译本《阿诗玛》中扩大夸张翻译仅有 1 例使用了替换法。译者将"豺狼虎豹死他手,/少说也有九百九十九"翻译为"Chacals, loups, tigres et panthères,/il en tua près d'un millier"。何如在译文中用数词"un millier"(一千)替换了源语文本中的数词"九百九十九"。在西方文化中,习惯用满数来表达"多"的概念,所以译文中将"九百九十九"译为"un millier"来形容阿黑杀死的野兽数量之多,这更符合法语的表达习惯;另外法语数词"九百九十九"是"neuf cents quatre-vingts dix-neuf",何如将其更换为"un millier"也是出于整行诗音节数的考虑。

4. 省略法

省略法在法译本《阿诗玛》扩大夸张翻译中仅出现 1 例。何如在译文中省略了源语文本的诗句"四蹄如飞不沾尘"。源语文本用"飞"来形容马奔跑的速度之快,而在本节诗中前文已有用来形容马的速度之快的诗句,所以省略该句诗可以避免重复表达;另外,译者在译文中省略该句诗主要是考虑到法语四行诗的结构要求,省略的诗句并不影响源语文本意思的传达,同时可以使整节诗由四行八音节诗构成，既强调了内容的传达又强调了形式的传达。

（二）缩小夸张的翻译

《阿诗玛》源语文本中缩小夸张的手法运用得较少，仅出现4例，译文全部采用了直译的翻译方法。何如在译文中借助数词、具有否定意义的词语或形容词、副词的最高级构成了夸张的修辞，保留了源语文本的辞格及其所指意义，例如：

(7) 她的眼睛闪着光，／没有半点畏惧。（p. 45）

译文：Et ses yeux lançaient des éclaires, / sans témoigner la moindre peur. （p. 57）

上述例（7）中，源语文本用"没有半点畏惧"这一缩小夸张来强调阿诗玛的勇敢。译文中使用了否定词"sans"和形容词最高级"la moindre"构成夸张的修辞来突出阿诗玛的勇敢。译文采用了与源语文本相同的辞格，并传达了源语文本辞格的所指意义，实现了等值翻译。

从上文分析可以看出，彝族撒尼叙事长诗《阿诗玛》中大量运用夸张的修辞手法。诗歌创作者善于借助数量、动词、比喻、对比等方式故意夸大或缩小事物的形象、性质、程度等，借以突出事物某种特征或抒发创作者强烈的情感。夸张修辞的运用，使全诗的语言具有很强的感染力，更加突出了描写对象鲜明的形象。夸张在《阿诗玛》中不仅是一种常用的修辞手法，同时也是撒尼族文化的一种载体，很多夸张的表达极具民俗色彩，体现了撒尼族独特的民族文化。

通过对《阿诗玛》源语文本中夸张修辞的统计发现，文中的夸张修辞以扩大夸张为主，说明诗歌创作者善于使用故意夸大事物数量、作用、性质等来突出描写对象的特征。在夸张的具体运用中，创作者则更喜欢借助数量词、比喻和对比等方式来突出夸张的形象。对于源语文本中出现的各类夸张修辞，何如在翻译的过程中采用了不同的翻译方法。通过法译本《阿诗玛》夸张修辞方法的统计和分析来看，何如在翻译源语文本中的夸张修辞时主要采用了直译法和意译法。夸张修辞在中法两种语言中的定义相似，不论在内容还是形式上都存在许多共性。对于一些在中文和法语中有着相同夸张修辞格式和修辞内容的句子，何如采用了直译的方法进行翻译，保留了源语文本中的夸张辞格及其所指意义。对于部分具有撒尼族特色的表达，在译入语读者完全可以根据上下文语境理解夸张修辞的所指意义时，译者同样采用了直译的方法。直译较完整地保留了源语文本的夸张辞格，使译入语读者能够体会源语文本生动形象的表达以及诗歌创作者强烈的情感，重现了源语文本语言的美，也让译文读者领会到撒尼族特有的民俗文化。而对于一些具有撒尼民族特色的表达，直译会令译入语读者费解或难以使译文语句通顺，何如通常采用意译法进行处理。在译文中舍弃了夸张的修辞，用译入语读者易于理解的方式表达源语文本辞格的所指意义。采用意译法保证了译文内容的准确、表达的顺畅并易于译入语读者的理解，但有时也失去了源语文本表达的形象和新颖，描写对象的形象不及源语文本鲜明，译文未能较好地传达源语文本创作者的强烈情感。另外，在翻译的过程中，何如同时运用了增译、减译、替换和省略等方法，这主要出于法语诗歌音节和格式的考虑。译文中出现的增译、减译、替换和省略不仅没有影响源语文本中夸张的修辞格式及其所指意义的传达，反而让译文更好地传达了源语文本诗歌的形美。

五 《阿诗玛》法译本排比修辞的翻译

在法语修辞格中，排比称为 parallélisme，其定义为"un procédé de construction présentant deux phrases ou deux groupes de mots, dont les éléments se correspondent parallèlement"[1]，即法语的排比是指将两个结构对应的词组或句子排列在一起的修辞手法。下面我们拟通过统计和分析的方式，来探讨法译本《阿诗玛》中排比修辞的翻译方法及其特点。

---

[1] J. Joyeux, *Les Figures de Style*, Paris：Hatier, 1997.

(一) 法译本《阿诗玛》中排比修辞翻译方法统计与分析

表 6-7　　　　法译本《阿诗玛》中排比修辞翻译方法统计

翻译方法 数量、占比	直译法		意译法		替换法		省略法		合计	
	数量	占比 %	数量	占比 %	数量	占比 %	数量	占比 %	数量	占比 %
合并	41	58.6	15	21.4	8	11.4	6	8.6	70	100

根据表 6-7 进行统计，《阿诗玛》源语文本中使用的排比修辞共 70 例。在法译本《阿诗玛》中排比修辞的翻译，译者主要采用了直译法、意译法、替换法和省略法。由于排比辞格往往由三个或三个以上内容密切关联、结构相同或相似、语气一致的短语或句子并列放置而构成，在部分排比辞格的翻译中，出现两种或多种翻译方法并用的情况。总体来说，在四种翻译方法中，使用频率最高的是直译法，共出现 41 例；其次为意译法，共 15 例；替换法和省略法分别出现 8 例和 6 例。下面将对《阿诗玛》法译本中排比修辞的各种翻译方法逐一进行分析和探讨。

(二) 法译本《阿诗玛》中排比修辞翻译方法的运用及分析

1. 直译法

由于在中法两种语言中，排比辞格的修辞格式和语用功能非常相似，所以在两种语言互译的过程中，直译法成了译者首选的翻译方法。法译本《阿诗玛》排比辞格的翻译大多采用了直译法。何如通过直译，保留了源语文本的排比辞格，基本再现了源语文本的形式美和节奏美。在直译的过程中，译者又根据不同的情况同时运用了增译、减译等手段，使译文表达更顺畅。如：

(1) 脸洗得像月亮白，/身子洗得像鸡蛋白，
　　 手洗得像萝卜白，/脚洗得像白菜白。(p. 26)

译文：Son corps était blanc comme un oeuf, /Son visage comme la lune, Et Ses mains comme des navets, / Comme des choux ses petits pieds. (p.15)

(2) 黄牛遍九山，/水牛遍七山，/山羊遍九林。/绵羊遍七林。(p.36)

译文：Ses boeufs parsèment neuf montagnes, / Ses buffles en recouvrent sept; Ses chèvres peuplent neuf forêts, / Ses moutons fouillent dans sept bois. (p.36)

例（1）源语文本通过重复提挈语"洗得像……白"组成结构相同的四个比喻句连用，整节诗的四个比喻句构成了排比辞格，将刚出生的阿诗玛白白胖胖的可爱模样描写得栩栩如生。排比辞格的运用使整节诗句式整齐匀称、充满韵律，念起来朗朗上口。何如在法语译文中同样使用连词"comme"构成四个结构相似的比喻句，保留了源语文本的排比辞格。何如对整节诗进行直译的同时，运用了减译的手段。源语文本中"洗得像……白"属于撒尼人特有的表达方式，为了使译文符合译文读者的表达习惯，何如省译了"洗得"，直接将比喻句翻译为"像……一样白"。另外，汉语中排比辞格的一个重要特征是要求在并列的结构中有一个相同的词语作为提挈语，但法语中的排比辞格只需要属于同一类词或同一语法范畴的词并列，不一定都有一个相同的词语作为提挈语。因此，在后三句诗的翻译中，何如减译了源语文本中的提挈语，使用"本体+喻词+喻体"的句子结构，使译文更加符合法语语言审美的习惯。而在最后一句诗中何如增译了形容词"petits"（小的），这主要是出于整行诗音节需求的考虑，同时增译的形容词突出了刚出生小孩脚小的特征，使译文的描写更加生动。

例（2）源语文本用了四个结构相同的句子构成排比辞格，以此突出热布巴拉家牲畜之多。何如采用了句法成分对应的方法进行直译，在译文中保留了源语文本的排比辞格。不同的是，源语文本四个句子中都用了相同的动词

"遍"作为提挈语,而译文中,何如则分别用了"parsemer""recouvrir""peupler""fouiller"这四个意思相近的动词作为谓语代替了源语文本中的动词"遍",以避免重复,这更符合法语语言的审美习惯。另外,根据法语表达习惯,名词前要有限定词来限定和修饰名词,所以何如在每个句子的主语名词前增译了限定词"ses",使译文更符合译文读者的表达习惯。

2. 意译法

法译本《阿诗玛》排比辞格的翻译共15例运用了意译法。何如在部分排比句的翻译中同时采用了意译法和其他的翻译方法,有的译文保留了源语文本的排比辞格,而对于部分难以保留源语文本形美的译文则放弃了源语文本的排比辞格,以求意为主进行意译,具体情况如下:

(3) 那三块地留给谁盘?/要留给相好的人盘;

那三所房子留给谁住?/要留给相好的人住。

三塘水留给谁吃?/要留给相好的人吃。

三丛树留给谁绕?/要留给相好的人绕。(pp. 24—25)

译文:Pour qui ces terres sans culture? / Pour un couple de vrais amants.

Pour qui ces demeures vacantes? / Pour un couple de vrais amants.

Pour qui cette onde restée pure? / Pour un couple de vrais amants.

Pour qui ce recoin solitaire? / Pour un couple de vrais amants. (p. 10)

(4) 小米做成细米饼,/我们比赛讲细话。

谷子做成白米花,/我们比赛讲白话。(p. 47)

译文:Adji dit:"chantons à l'envi." (p. 63)

例(3)源语文本中分别用了四次"留给谁"和"要留给相好的人"作为提挈语,构成一个排比修辞文本。何如在译文中保留了排比辞格,但源语文本中的部分表达属于撒尼族特有的表达方式,直译会令译文读者难以理解,所以何如采用意译法进行翻译。如源语文本中的"那三块地留给谁盘",句中的动词"盘"指的是"耕种"。何如并未直接翻译动词"盘",而是采用介词短语"sans culture"（未耕种）来修饰名词"ces terres"（这些土地）的结构,将整个问句译为"Pour qui ces terres sans culture"（未耕种的这些土地留给谁）;同样,在后三个问句中,何如并没有直接翻译动词"住""吃""绕",而是用"名词+形容词"的结构分别将其译为:"Pour qui ces demeures vacantes?"（这些空着的房子留给谁?）"Pour qui cette onde restée pure?"（这个干净的水塘留给谁?）和"Pour qui ce recoin solitaire?"（这个僻静的地方留给谁?）,同时源语文本中的数词"三"分别用指示形容词"ces/cette/ce"代替,因为上文已经提到过"有三块地无人盘,三所房无人烟……没吃过的水有三塘,没绕过的树有三丛",当第二次提到时何如便用指示形容词代替了源语文本中的数词,以避免重复。在答句的翻译中,何如分别省略了动词"盘""住""吃""绕",将源语文本四个不同的答句翻译为同一个句子,在译文中同时运用了排比和反复两种辞格,这不仅不影响译文读者对源语文本内容的理解,反而使整节诗表达更顺畅,充满节奏和韵律。总体来说,整节诗的翻译不仅传达了源语文本的内容,同时也保留了源语文本的形式,意译法的运用有利于译文读者对源语文本内容的理解,也使译文更符合法语语言的表达习惯。

何如翻译例（4）时也采用了意译法,但与例（1）不同的是,译文中并未保留源语文本的排比辞格。例（2）的整节诗是撒尼人在唱歌比赛时吟唱的歌词,诗的前半句"小米做成细米饼"和"谷子做成白米花"讲述的是撒尼人的一种饮食习惯,与整节诗的主题无关,主要是为了和后一句诗押韵,而整节诗要表达的主题就是邀约对方进行歌唱比赛。如果将整节诗进行直译,译文读者肯定无法理解前半句诗和后半句诗的关系,从而无法理解源语文本所要表达的意思,所以何如只能舍弃源语文本的排比辞格,化繁为简,以求意为主,将整节诗译为"chantons à l'envi"（我们比赛唱歌吧）。译文言简意赅地传达了源语文本的内容,但撒尼族特有的饮食文化并未得到有效传播,从民族文化传播的角度来看是有缺陷的。

第六章 《阿诗玛》法译本翻译研究

3. 替换法

法译本《阿诗玛》排比辞格的翻译中共有 8 例文本采用了替换法，在这 8 例排比文本中何如同时运用了替换法和其他的翻译方法。何如在译文中采用替换法，要么出于诗句音节和韵律的考虑，要么因为源语文本中的一些表达属于撒尼族特有的表达方式，无法在法语中找到对应的词语。如：

（5）客人带来九十九坛酒，／不够，又加到一百二十坛。

全村杀了九十九个猪，／不够，又增加到一百二十个

亲友预备了九十九盆面疙瘩饭，／不够，又加到一百二十盆。（p. 27）

译文：Les hôtes offraient comme vin / Quatre – vingt – dix – neuf grandes jarres ;

Mais cela suffisait à peine, / On en vida jusqu'à cent vingt.

Le nombre de porcs abattus/ Montait à quatre – vingt – dix – neuf ;

Mais cela ne suffisait pas/ On en tua jusqu'à cent vingt.

Amis et parents préparaient/ Quatre – vingt – dix – neuf plats de nouilles ;

Mais cela n'était pas assez, /On en mangea jusqu'à cent vingt. (p. 17)

（6）吃水想起我的因，／想起因来好伤心；

做活想起我的因，／想起因来好伤心。（p. 39）

译文：A table je pense à ma fille, / Et mon âme en est déchirée !

Au travail je pense à ma fille, /Et mon âme en est déchirée ! (p. 44)

以上两例排比文本的翻译中，何如同时运用了直译法和替换法，译文保留了源语文本的排比辞格。例（5）源语文本中的"面疙瘩饭"是彝族特有的一种食品，由于饮食文化的差异，法语中并没有相对应的词语来指称该食物，所以何如在译文中用"nouille"来代替源语文本的"面疙瘩饭"。例（6）中，何如用"à table"（吃饭）代替源语文本中的"吃水"。法语中"喝水"一般译为"boire de l'eau"，何如将其译为"à table"一方面是出于整行诗

· 415 ·

音节数的考虑，另一方面也是为了和后一句的"au travail"押韵。

通过上文的统计和分析可以看出，彝族撒尼叙事长诗《阿诗玛》中大量使用排比辞格，并常与其他一些修辞手法，如比喻、反复等一起使用。诗中通过重复相同或相似的结构形成排比辞格，使全诗结构整齐、层次分明、充满节奏和韵律；通过参与项的排叠，增添了全诗的语势，表达出诗歌创作者的强烈情感；同时，在诗中通过重复提挈语，使全诗衔接顺畅、易记易颂。通过对法译本《阿诗玛》中排比语料的统计和分析，发现何如主要采用了直译的方法来翻译源语文本中的排比辞格。由于中法两种语言都是利用排列结构相同或相似、内容相近、语气一致的词组或句子来构成排比辞格，因此两种语言中的大部分排比文本都可以使用直译法进行互译。何如在法译本《阿诗玛》中尽量采用直译法保留了源语文本的排比辞格，使译文重现源语文本的形美和音美。为了使译文更加符合法语的表达和审美习惯，何如在直译的同时运用了增译、减译、替换等手段。另外，译文中运用增译、减译等手段有时是出于诗句音节和韵律的考虑。而对于一些富有民俗特色的表达，何如往往采用意译法进行翻译。在运用意译法的过程中，何如尽量保留了源语文本的排比辞格。部分排比文本具有较强的民俗特色，在法语中没有相对应的表达，较难理解时，何如往往舍弃源语文本的排比辞格，以求意为主，用解释的方式翻译源语文本，这有助于译入语读者理解源语文本的内容，但也使译文失去了源语文本的生动表达，致使撒尼族的特色文化在译文中不能得到有效传播。替换法和省略法在排比修辞的法译中使用较少。在同一排比文本中，替换法往往和其他翻译方法一起使用。替换法的运用要么是出于诗的音节和韵律的考虑，要么是因为在译入语文化中没有与源语文本相对应的表达。

六 《阿诗玛》法译本反复修辞的翻译

无论在中文还是在法语中，反复都是常用的一种修辞手法，尤其在诗歌等对韵律要求比较高的话语中运用较为广泛。下面我们拟通过统计和分析的方式，来探讨法译本《阿诗玛》中反复修辞的翻译方法及其特点。

（一）法译本《阿诗玛》中反复修辞翻译方法统计与分析

表6-8　　　　　　法译本《阿诗玛》中反复修辞翻译方法统计

翻译方法 数量、占比	直译法		意译法		省略法		合计	
	数量	占比%	数量	占比%	数量	占比%	数量	占比%
合并	24	75	7	21.9	1	3.1	32	100

由表6-8可见，在32例反复修辞的翻译中，译者主要采用了直译法，共24例，占75%；7例使用了意译法，占21.9%；省略法仅为1例，占3.1%。

（二）法译本《阿诗玛》中反复修辞翻译方法的运用及分析

1. 直译法

直译法是何如在处理法译本《阿诗玛》反复辞格时使用频率最高的一种翻译方法。译者保留了源语文本反复的修辞手法，无论是词语的反复还是诗句、诗节的反复，在译文中都有所体现。何如通过直译的方法不仅保留了源语文本的内容，也保留了源语文本的形式，使译文的语言表达同样充满节奏和韵律。在直译的过程中，何如主要采用了句法成分对应的直译、句法成分不对应直译、增译、减译等手段，具体情况如下：

（1）撒尼族人民个个喜欢，/撒尼族人民个个赞扬。（p.26）

译文：Tous les Yi l'aimaient comme un frère, /tous les Yi faisaient son éloge. （p.14）

（2）妈妈问客人：/"我家的好因取个什么名字呢？"

爸爸也问客人：/"我家的好因取个什么名字呢？"（p.27）

译文：Aux hôtes demanda la mère: /"Quel nom conviendrait à l'enfant?"

Aux hôtes demanda le père：/ "Quel nom conviendrait à l'enfant?"（p. 17）

（3）心里想一想：/妈的女儿呀，/你不嫁不行了。

心里想一想：/爹的女儿呀，/你不嫁不行了。（p. 35）

译文：Réfléchit et dit en soi – même/: "C'est vrai, mon petit, ma mignonne, / Il est temps de te marier."

Réfléchit et dit en soi – même/: "C'est vrai, mon petit, ma mignonne, / Il est temps de te marier."（p. 33）

（4）阿诗玛高兴一场。（重复2次）（pp. 36—37）

译文：Le coeur d'Ashma bondit de joie.（重复2次）（pp. 36—37）

上述例句中，前三例都采用了句法成分基本对应的直译法进行翻译，但具体情况有所不同。例（1）源语文本中重复两次"撒尼族人民个个"，以此突出年轻小伙子阿黑受欢迎的程度，译文中同样重复两次"tous les Yi"，产生了与源语文本相同的表达效果。撒尼族是彝族的一个分支，何如没有直接翻译成"tous les Sani"，而译为"tous les Yi"，可能是出于整行诗音节的考虑，同时译文中的"tous les Yi"扩大了人群的范围，更加凸显出阿黑受欢迎的程度。译文中，何如增译了"comme un frère"，补充说明了大家对阿黑的爱不是一般的喜爱，而是情如手足般的爱，使译文的表达更加生动形象。

例（2）中分别两次重复短语"问客人"和问句："我家的好囡取个什么名字呢？"，译文中同样分别重复了"Aux hôtes demanda"和"Quel nom conviendrait à l'enfant?"保留了源语文本的反复辞格。另外，在翻译"妈妈问客人"和"爹爹也问客人"时，何如将宾语提到句首，译为"aux hôtes demanda la mère""aux hôtes demanda le père"，在译文的两行诗中形成头语重复的修辞，增强了诗句的节奏和韵律。在这节诗的翻译中，何如同时运用了减译的手段。源语文本中"我家的好囡"指自己的孩子，属于撒尼族特有的一种表达方式，译文中，何如省译了所有格"我家的"，以及形容词"好"，直接译为"l'enfant",减译不仅没有影响源语文本意思的传达,反而使译文更加符合译入语读者的表达习惯。

例(3)中重复了两次"心里想一想:/……女儿呀,/你不嫁不行了",译文则直接重复两次同一个句子"Réfléchit et dit en soi-même/: C'est vrai, mon petit, ma mignonne, /Il est temps de te marier"。源语文本中"爹的女儿啊""妈的女儿啊"是撒尼族人对自己女儿的一种称呼,何如按法语的表达习惯将其译为"mon petit"和"ma mignonne"。源语文本并未重复"爹的女儿啊"和"妈的女儿啊",而译文中,何如在同一行诗中连用"mon petit"和"ma mignonne"构成同义重复,不仅生动地刻画了父母焦虑的心情,同时也增强了诗句的节奏;另外,何如增译了"C'est vrai"(译为:的确如此),表明父母内心对媒人观点的赞同,觉得女儿是该出嫁了,但父母又不愿将阿诗玛嫁给坏人。整行诗中的增译和同义重复进一步描述了父母听过媒人的话以后内心的挣扎与无奈,将父母为女儿婚事感到焦虑的心情描写得更加形象。

例(4)采用了句子成分不对应的直译。源语文本中"阿诗玛"作为主语,动词为"高兴"。译文中主语为"le coeur d'Ashma",动词谓语为"bondir","joie"则作为宾语,译文的句子成分与源语文本完全不对应。何如通过句子成分不对应的直译使译文的表达更符合法语的表达习惯。本行诗在源语文本中间隔重复了两次,何如在译文中同样重复了两次,保留了源语文本的反复辞格。

2. 意译法

意译法在法译本《阿诗玛》反复辞格的翻译中使用较少,共出现7例。由于中法两种语言和文化间的差异,直接按照字面意思来翻译源语文本中的一些诗句有可能造成译入语读者的不解,或不符合译入语的表达习惯,所以译者采取了意译法进行翻译,确保译文的表达通顺流畅,使译文读者能够准确理解源语文本。在意译法的运用过程中,不同诗句的具体处理方法又有所区别:有的译文保留了源语文本中的反复辞格,有的则舍弃了源语文本中的反复辞格,如:

(5) 撒尼族的人民，／一百二十个欢喜，

撒尼族的人民，／一百二十个高兴。（p. 26）

译文：Tous les Yi de s'en réjouir/ et de nager dans l'allégresse. (p. 14)

(6) 谁帮爹爹苦？／谁疼妈妈的苦？

因帮爹爹苦，／因疼妈妈的苦。（重复2次）（p. 28）

译文：Qui courait aider le vieux père？／C'est Ashma qui le soulageait.

Qui calmait les soins maternels？／C'est Ashma, baume de la mère.（未重复）（p. 20）

(7) 爹爹喜欢了一场，／妈妈喜欢了一场。（重复5次）（p. 28）

译文：Ses parents pleurèrent de joie. （重复3次）（p. 19）

例（5）源语文本中分别两次重复"撒尼族的人民"和"一百二十个"，表达了住在阿着底的撒尼人为阿诗玛的出生而感到无比高兴的心情。文中的"一百二十个欢喜"和"一百二十个高兴"表达了非常高兴、无比喜悦的心情。用数量词"一百二十个"来强调高兴的程度属于撒尼族特有的一种表达，如果采用直译的方法会让译入语读者难以理解源语文本的意思，所以何如按照法语的表达习惯将其译为"s'en réjouir"和"nager dans l'allégresse"。在译文中，译者舍弃了源语文本的反复辞格，并未重复"撒尼族的人民"和"一百二十个"，而用介词de引出名词"tous les Yi"的两个并列补语，翻译了源语文本的整节诗。译文虽然传达了源语文本的内容，但表达不及源语文本生动形象，也失去了源语文本的节奏和韵律。

例（6）中不仅在同一诗节分别两次重复"帮爹爹苦"和"疼妈妈的苦"，整个诗节也重复了两次，但在译文中译者并未保留源语文本的反复辞格。文中"帮爹爹苦"指帮助父亲分担，"疼妈妈的苦"指理解母亲的烦恼和痛苦，这是撒尼族特有的表达方式，所以译者按法语的表达方式进行了意

译。同时译者调整了译文诗句的位置，将源语文本"两问两答"的结构变为"一问一答"，构成头语重复的修辞，取得了与源语文本反复辞格相同的表达效果。

例（7）同一节诗中两次重复"喜欢了一场"，并在不同诗节重复了五次"爹爹喜欢了一场，/妈妈喜欢了一场"，表达了阿诗玛的成长为父母带来的喜悦之情。而源语文本中的"喜欢了一场"属于撒尼族特有的表达方式，所以何如采用意译法，将其译为"pleurèrent de joie"（喜极而泣）。同时出于对法语四行诗诗句行数的考虑，何如将源语文本的两行诗合并译为一行，将"爹爹"和"妈妈"译为"ses parents"（父母），所以译文并未重复短语"喜欢了一场"，但在不同诗节中重复了诗句"Ses parents pleurèrent de joie"，保留了源语文本的反复辞格。

3. 省略法

在法译本《阿诗玛》反复辞格的翻译中只有 1 例使用了省略法，何如省译了源语文本中的"去央告洪水神，/崖子脚下来显灵（重复 2 次）(p.54)"。源语文本讲述了热布巴拉家去乞求洪水神发大水阻止阿诗玛和阿黑回家的故事。由于中法两国文化的差异，尤其是宗教文化方面的巨大差异，给译者的翻译工作带来很大的障碍，有时译文中有关宗教的内容也使译入语读者难以理解。在本节诗中，不知译者出于何种考虑，直接将与神灵有关的诗句省略，译为"Giboubla, ainsi que sa bande, /Décida de rompre la digue : / Les eaux emporteraient Ashma, / L'arrachant enfin à son frère"。译文中用"Giboubla, ainsi que sa bande, /Décida de rompre la digue"（热布巴拉及其同伙决定冲毁堤坝）替换了源语文本中的诗句"去央告洪水神，/崖子脚下来显灵"，译文淡化了宗教的色彩，强化了人的作用。省译虽然便于译文读者的理解，但令人遗憾的是源语文本中撒尼族特有的宗教文化却没有得到有效传达。

综上所述，彝族撒尼叙事长诗《阿诗玛》中大量运用了反复的修辞手法。因其特有的修辞功能，反复辞格成为《阿诗玛》中必不可少的一种修辞手段。反复辞格最重要的功能之一就是通过重复来突出话语的节奏美，使话语回环复沓，增强韵律，可以收到一唱三叹使人感心动耳的作用，所以对韵律要求比较高的叙事长诗《阿诗玛》来说，反复辞格的运用显得尤其重要；另外，反复辞格不仅具有增强韵律的功能，而且还可以起到衔接语段的作用，特别是一些间隔反复。享誉中外的彝族撒尼叙事长诗《阿诗玛》最初是一种口传文学，并没有书面的文本，民间艺人往往通过反复吟唱诗句或诗节来帮助记忆；此外，诗歌创作者往往借助反复来强化所要表达的意思或抒发强烈的情感。由此可见，反复辞格在彝族撒尼叙事长诗《阿诗玛》中起很重要的作用。

何如在翻译的过程中尽量保留了源语文本中的反复辞格。通过法译本《阿诗玛》反复修辞方法的统计和分析来看，何如在翻译源语文本中的反复修辞时主要采用了直译法。通过句法成分对应或不对应的直译保留了源语文本的反复辞格，无论是词语的反复还是诗句或诗节的反复，在译文中同样得到保留。在直译的基础上，何如还采用了增译、减译等手段，有些是出于法语诗的音节或行数的考虑，有些则是出于译文读者表达习惯的考虑。增添或删减的内容不仅没有影响源语文本内容的忠实传达，反而使译文表达更加通顺流畅，保留了源语文本的节奏美和音乐美。对于因中法两种语言和文化差异而无法实现直译的诗句，何如主要运用了意译法。彝族撒尼叙事长诗《阿诗玛》中很多表达都具有浓郁的民俗特色，生搬硬套的直译则会造成译文语义含混不清，无法使译文读者理解源语文本的内容，在这种情况下，何如以求意为主，用解释的方式来传达源语文本的内容。在采用意译法时，何如尽可能地保留了源语文本的反复辞格，在译文中保留了部分诗句和诗节的间隔反复，或通过对诗句位置进行调整的方式构成头语重复的修辞，取得和源语文本反复辞格同样的修辞效果。而对于无法同时保留内容和形式的诗句，何如则以忠实于源语文本内容为原则，舍弃源语文本中的反复辞格，这也让译文失去了源语文本中具有民俗特色的生动表达，有时这也是翻译过程中不可避免的损失。

第七章 结语

第一节 翻译、文本旅行、传播与经典建构

《阿诗玛》原本是一首由撒尼民间习惯法建构起来的"撒尼人的歌",歌唱、书写和倾听者都基本固定在撒尼文化的场域中。从19世纪末《阿诗玛》开始了其文本的跨文化之旅,特别是随着20世纪50年代被主流文化选中,原本单纯的角色和场域变得复杂起来。语际翻译——汉译、外译,符际翻译——舞台剧、影视等从不同的角度共同演绎和建构着少数民族经典《阿诗玛》,形成了彝族撒尼叙事长诗《阿诗玛》由狭小到广阔、平面到立体的叙事空间,使得封闭一隅的民间叙事诗《阿诗玛》走出彝区、走出中国、走向世界,成为中华文学、文化的经典,成为世界文学、文化的经典。可以说,《阿诗玛》的翻译过程也就是其动态经典化的过程,《阿诗玛》的翻译过程构筑了《阿诗玛》的传播世界,《阿诗玛》的翻译与传播见证的是对他者解读和转移的多层效果构成的复杂网络。

彝族叙事长诗《阿诗玛》原初的口头性质、多样式的演述形式以及多语种、不同媒介的翻译和多元文化的共同模塑,使其所涉及的翻译类型问题较为复杂。"活形态"口传文本《阿诗玛》有着复杂的翻译途径和方法。在由

口头说唱文本转向经典文本的过程中,不仅仅涉及口头语到书面语、书面语到书面语的语内翻译,还涉及口头语到书面语、书面语到书面语等的语际翻译、由媒介转换带来的符际翻译。特别是在《阿诗玛》翻译中所发生的译创、往复翻译、记音对译以及口头语与其他语言或符号转换而产生的多元符号多行对照译本、书面语与其他语言和符号转换而产生的多元符号多行对照译本、书面语与其他多种语言和符号转换而产生的多语种、多元符号多行对照译本等翻译问题为我们展现了与其他文学样式翻译有显著区别的翻译图景,扩大了翻译类型的版图,为少数民族口头文学独特的实践问题与理论问题的进一步研究打下了基础,这也是对目前翻译研究的拓展和丰富。

从彝族撒尼叙事长诗《阿诗玛》翻译文本的谱系图,我们可以看到撒尼叙事长诗《阿诗玛》文本旅行有以彝语"口头文本"或"口传文本"为出发语的翻译,有以"源于口头的文本"为出发语的翻译,有以"以传统为导向的文本"为出发语的翻译,还有无确定源语文本的翻译。《阿诗玛》翻译文本之间如此复杂的谱系关系在其他民族典籍翻译中可能已有先例,但并非达到如此典型的情况。

彝族撒尼叙事长诗《阿诗玛》通过不同类型的翻译,通过六条不同的翻译传播线路进行着其文本之旅,在这个旅途中,不同翻译传播主体带着不同的翻译传播目的,通过不同的传播媒介,在不同的传播空间,面对不同的受众,对《阿诗玛》进行着传播。彝族撒尼叙事长诗《阿诗玛》通过翻译从源语文化场域被迁移至译入语文化场域的过程中,逐渐建构起了其经典身份。

纵观《阿诗玛》的翻译史和经典化过程,我们可以看到意识形态、诗学和赞助人以及译者对《阿诗玛》的经典化操纵非常明显。意识形态通过对《阿诗玛》源语文本的文本类型、主题思想的选择、对译本的操纵等方面对翻译文本生产、流通、接受产生影响。《阿诗玛》能够在翻译中实现其经典身份的建构,首先在于彝族叙事长诗《阿诗玛》文本自身的审美价值,彝族叙事长诗《阿诗玛》符合当时译入语阅读社团的审美喜好和阅读口味。其次,彝族叙事长诗《阿诗玛》的译介符合国家主流意识形态和文艺、经济政策。最后，通过彝族叙事长诗《阿诗玛》这一具有利用潜质文本的译介，使其成为经典，而后通过这个经典发挥典范作用。在《阿诗玛》经典身份的建构过程中，翻译赞助人、主流诗学也起着重要作用，它们往往通过对《阿诗玛》翻译策略选择的操控和影响，使《阿诗玛》的翻译生产符合主流意识形态，从而使其经典身份得以顺利建构。在《阿诗玛》经典化过程中，译者的主体性一方面表现为：在翻译的过程中译者不断与所面临的种种权力因素进行斗争、协商，甚至妥协，使《阿诗玛》的翻译生产符合当时的社会语境，从而使其经典身份得以顺利建构；另一方面，其更深层次的意义在于有着强烈自觉文化意识、人文品格和文化、审美创造性的译者，为实现翻译目的而对源语文本采取一系列有意义的改写。这也使得《阿诗玛》赢得了读者、赢得了市场，使其经典身份得以顺利建构。

《阿诗玛》的翻译是《阿诗玛》得以成功传播的重要路径，对《阿诗玛》在传播中最具代表性和影响力的译本进行细读和分析，探究其得以成功传播的翻译策略和翻译方法，对少数民族文学的翻译理论和实践显得尤为重要。

总体来看，19世纪《阿诗玛》的法语翻译和20世纪50年代《阿诗玛》的汉语翻译，翻译文本的选择大多为"口头文本"或"口传文本"（Oral Text），翻译活动带有强烈的意识形态色彩，但值得注意的是，文本的搜集、整理、翻译带有一定的文化人类学意识。19世纪法国传教士保禄·维亚尔用法文译介了采集自《婚礼上唱的诗歌》以及《新娘悲歌》，经学者考证为彝族叙事诗《阿诗玛》，保禄·维亚尔成了向海外介绍《阿诗玛》的第一人。保禄·维亚尔带着传播福音、殖民中国、满足西方读者猎奇心理等目的，采用人类学民族志的书写方式对《阿诗玛》进行了译介。这是当时的西方人对非西方文化进行的人类学的考察活动之一。保禄·维亚尔的《阿诗玛》翻译是对现场口头演唱文本的翻译，采用了异化翻译策略，使其译文较好地体现了彝族诗歌的原貌。异化翻译策略和陌生化的表达较好地保留和体现了异域文化特色，这正是具有文化人类学视野的译者对他族文化民族志书写的方式。

20世纪50年代的《阿诗玛》汉语翻译活动，是中国政府组织的民间文学搜集、整理和翻译活动之一。这一时期的翻译活动秉承了"五四"时期及西南联大以来的民歌搜集传统和精神，那就是深入各少数民族地区，深入当地人民的生活，了解少数民族的传统、习俗、情感、语言等。对《阿诗玛》的文本以及相关材料尽可能地全面搜集。译前对源语文本相关背景，如对撒尼人的民族性格、民族发展情况及政治经济、宗教信仰、婚姻制度、文化生活等各方面的情况的分析研究以及李广田所提出的整理和翻译"四不原则"，这些都体现了 20 世纪 50 年代《阿诗玛》汉语翻译活动的民族学、人类学意识。这一时期的汉译本采用的主要是"译创"的翻译策略和翻译方法，即通过合作翻译，把口头文本译为汉语书面文本，然后参照多种汉语书面文本，以翻译兼创作的方法形成一个汉语书面语文本，即"以传统为导向的文本" (Tradition - Oriented Text)。由于翻译文本的选择大多为口头文本，所以译本具有韵散结合的口头诗体特点。在韵律、语词程式及修辞的运用方面都体现出彝族口头诗歌的特点。译者注重诗歌的文学性，更注重诗歌的叙事与人物形象的塑造，有较多的汉语文人整理创作痕迹。译者的汉语文化圈文艺工作者身份以及文学政治宣传的目的都是形成这种风格的原因。

20 世纪八九十年代的《阿诗玛》汉语翻译，翻译文本的选择大多为"源于口头的文本"(Oral - Derived Text)，翻译主体为彝族学者，翻译活动带有一定的民族学意识。20 世纪 80 年代以后，随着改革开放的进一步深入，民族身份及民族意识得到提升，少数民族对自己的典籍和文化极为珍视。这个阶段，一些有着民族自觉意识的彝族学者带着强烈的民族意识形态，出于保存和传承民族文学文化以及复兴民族语言、文学、文化的目的，以非常严谨的态度、科学的方法对《阿诗玛》的源语文本进行了选择和翻译。这个时期，《阿诗玛》翻译文本的选择都是较为权威的毕摩彝文手抄本，采用的是较为忠实的翻译策略和翻译方法。译本采用的体例也较为独特，有"多行对照译本"，有"多行多语对照译本"，译文后还对有关的风俗习惯加注进行说明。译本明显受到彝文书面语的影响，更接近于书面语诗歌的表述风格。这一时期的汉译本在韵律、语词程式及修辞的运用方面体现出古彝文传统口头诗歌的特点，同时严格的五言诗体，又呈现出古典彝文诗歌的传统风格。译本既带有彝族民间口头诗歌叙事的共同特点，又体现了彝语古典诗歌叙事范型的特点。源语文本的宗教背景及民族民间文学文化的保存研究整理目的，使译者更注重源语文本内容风格的忠实再现。

20世纪50年代《阿诗玛》的英语翻译和法语翻译，翻译文本的选择为"以传统为导向的文本"（Tradition – Oriented Text），翻译活动虽然带有一定的意识形态色彩，但值得注意的是译者都是精通中西语言、文学、文化的翻译家，翻译体现了强烈的译者主体性，译者有较为清晰的文体意识、读者意识和翻译传播学意识。

戴乃迭的双重民族文化身份建构了其独特的翻译策略，她一方面利用导言、注释等方式向西方传达了一个真实的中国文学、文化形象，同时采用能较好传递源语文本语言、文化特色的翻译方法，使译文在形式上、意义上尽可能忠实于源语文本语言和文化；另一方面又充分发挥译者主体性，在充分考虑中西语言、文体、文化异同的前提下，采用符合译入语诗学规范和读者阅读习惯的对应或对等的方式进行翻译，减少了文化隔阂和理解障碍，增强了译文的可读性。戴乃迭英译本采用英国民谣诗四行诗对彝族撒尼叙事长诗《阿诗玛》进行翻译。在对诗歌诗节的处理上，严格按照四行诗体（quatrain）四行为一诗节的体例对源语文本进行了改写。在诗歌的韵式、音步的处理上，戴乃迭更多的是尽量使译本符合译入语的诗学规范，但有时也做一些变通，因而译文并不完全遵循英国民谣韵式、音步体例。修辞手法的翻译主要使用了直译和意译两种翻译方法。直译的翻译方式最大限度地保留源语文本修辞的语言文化特色，增加译入语读者阅读的新奇感和审美体验。民俗文化翻译主要使用了意译法，其次是直译法、替换法和省略法。译者在力求最大限度地传递和保留源语文本的民俗文化特色，展现异域文化的韵味，使译入语读者能准确恰当地理解撒尼人的思维方式、价值观念和审美情趣，在实现深层次的跨文化交流的同时，往往也会选择舍弃源语文本字面意义和表层形式，而抓住源语文本深层的意义，对源语文本的信息进行归纳、重组，最终把深层次的意义翻译出来，使译本的可读性更强。叙事风格的翻译，使我们更多看到的是中西叙事传统的异同以及叙事诗叙事风格转换的可行性和所受的限制。戴乃迭英译本叙事风格的转换，可以说是源语文学叙事传统和译入语文学叙事传统碰撞和妥协的结果。戴乃迭具有强烈的翻译传播学意识和明晰的文体意识，具体表现为在中国文学文化本身传递方面所做的努力，以及对译入语诗学规范和读者阅读习惯的更多考量。戴乃迭始终将传递中国文学和文化作为第一目标，她所运用的灵活的、富有创造性的翻译方法是为了更好地传播中国文学、文化而采取的变通策略。

何如是一位诗人翻译家，谙熟中国文化和法国文化，中文和法语造诣高深，故对于两门语言的运用均达到了炉火纯青的境界。在翻译《阿诗玛》的过程中，何如既重视源语文本内容的传达，也重视源语文本形式的传达，在内容和形式上都尽量忠实于原诗。何如法译本采用了法语四行诗（quatrain）的格式，每节诗由四行诗句组成，并且严格遵循八音节诗（octosyllabe）的韵律，每一行诗都是由八个音节构成的。何如在修辞手法的翻译上，主要使用了直译法，以求最大限度地保留源语文本修辞的语言文化特色，使译入语读者能够体会源语文本生动形象的表达以及诗歌创作者强烈的情感，重现了源语文本的语言美。而对于一些具有撒尼民族特色的表达，何如通常采用意译法进行处理，保证了译文内容的准确、表达的顺畅，并易于译入语读者的理解。另外，在翻译的过程中，何如同时运用了增译、减译、替换和省略等方法，这主要出于法语诗歌音节和格式的考虑。何如翻译的法译版《阿诗玛》富有诗歌韵味，语言贴切自然，并尽量保留了原诗的"意美""音美"和"形美"，让法语读者能够更好地领略到中国民间文学的独特魅力。

第二节　人类学翻译诗学观照下的民族文学翻译与传播

联合国教科文组织大会的《世界文化多样性宣言》指出："文化在不同的

第七章 结语

时代和不同的地方具有各种不同的表现形式。这种多样性的具体表现是构成人类的各群体和各社会的特性所具有的独特性和多样化。文化多样性是交流、革新和创作的源泉,对人类来讲就像生物多样性对维持生物平衡那样必不可少。从此意义而言,文化多样性是人类的共同遗产,应当从当代人和子孙后代的利益考虑予以承认和肯定。"黄友义指出"在全球化的今天,文明多样性仍是人类社会的客观现实,是当今世界的基本特征,也比任何时候都更加显得可贵。而维护人类文明多样性、促进不同文明间的对话与交融、促进人类的共同进步是各国翻译工作者义不容辞的使命和职责"[①]。要维护人类文明多样性、促进不同文明间的对话与交融,翻译工作者必须树立人类学意识,注重少数民族文学的搜集、整理和翻译,关注少数民族文学翻译的特殊性,在通过大量少数民族文学翻译及研究的基础上,构建人类学翻译诗学。彝族撒尼叙事长诗《阿诗玛》作为翻译和传播的成功案例,为少数民族文学翻译和传播以及人类学翻译诗学的建构提供了很多启示。

1. 关于少数民族文学翻译传播文本的选择:首先,少数民族文学的文本类型较为复杂,有"口头文本"或"口传文本"(Oral Text)、"源于口头的文本"(Oral-Derived Text)、"以传统为导向的文本"(Tradition-Oriented Text),特别是目前还存在大量的"活形态"的口头文本,所以在翻译文本的选择上要考虑翻译的目的和读者的需求。其次,少数民族文学浩如烟海,翻译文本的选择"需要对选题做比较统一的规划,有计划地选择蕴含'普世价值、公平正义、捍卫真理、伸张正义、兼爱非攻、亲仁善邻、以和为贵、和而不同、推己及人、立己达人'等具有优秀传统价值观的中国少数民族文学作品向外译介"[②]。

2. 关于少数民族文学翻译的基本原则和方法:首先,译者要具有一定的人类文化学、民族学知识,要深入少数民族地区,深入当地人民的生活,了

[①] 黄友义:《发展翻译事业,促进世界多元文化的交流与繁荣》,《中国翻译》2008年第4期。
[②] 魏清光、曾路:《中国少数民族文学"走出去"——机遇、现状、问题及对策》,《当代文坛》2016年版,第2页。

解少数民族的民族性格、民族发展情况及政治经济、宗教信仰、婚姻制度、文化生活等各方面的情况,熟悉民族语言艺术表达形式,充分做好译前准备。其次,要遵循李广田所提出的整理和翻译少数民族文学的"四不原则",即"不要把汉族的东西强加到少数民族的创作上;不要把知识分子的东西强加到劳动人民的创作上;不要把现代的东西强加到过去的事物上;不要用日常生活中的实际事物去代替或破坏民族民间创作中那些特殊的富有浪漫主义色彩的表现方法"[①]。当然,这也可以推衍到少数民族文学外译的原则上去。这里要强调的是通过译本前言、译后语以及在文中加注等这些"深度翻译"方法以及民族志书写方式可以较好地传达中国少数民族文学中所蕴含的丰富的民族志信息,这些信息是民族文化的身份表征。此外,少数民族文学的翻译还要注重"往复翻译"这种形式,"往复翻译"体现的是"西方"(西方汉学)的影响,具有文化反哺的意味和文化返销的意义。王宏印指出,"通过往复翻译,传统文化在经过自己的典籍输出和评价之后,进入了一个异域的和现代化的新视野,使得这一部分国粹不再是古董,而是活了起来,成为可以转化为现代精神的那一部分文化产品和普遍的价值来源,为本民族和全人类所共同享用"[②]。

3. 关于少数民族文学翻译传播的路径和方法:首先,对于存在不同"活形态"口头文本的少数民族文学,"译创"是整理和翻译的一种重要方式,但"译创"的运用一定要在人类学、文化人类学、文学人类学、人类学诗学以及民族志等理论的指导下进行。"译创"是介于翻译与创作之间的一种居间状态。这种形式,是对翻译与创作边界的突破,是对翻译概念的扩展与丰富。对于"口头吟唱文本"的翻译可以采用"曲谱+汉语译意""曲谱+汉字记音对译+汉语译意"等形式,这是使口头吟唱文本在书面翻译文本中呈现出口头艺术表演性的最佳形式。其次,少数民族文学翻译传播的路径可以以民

---

① 李广田:《撒尼族长篇叙事诗〈阿诗玛〉序》,人民文学出版社1978年版,第22—23页。
② 王宏印:《文学翻译批评概论》,中国人民大学出版社2009年版,第171—173期。

族母语"口头文本"或"口传文本"为出发语;可以以"源于口头的文本"为出发语;也可以"以传统为导向的文本"为出发语。通过语内翻译、语际翻译——汉译、外译,符际翻译——舞台剧、影视等多元、立体的传播途径,可以更为有效地促进少数民族文学走出少数民族集聚区,走出中国、走向世界,成为中华文学、文化的经典,成为世界文学、文化的经典。此外,在对少数民族文学的译介中,译者要有较为清晰的文体意识、读者意识和翻译传播学意识,一方面要努力做到少数民族文学文化的本真传递,另一方面,也要对译入语诗学规范和读者阅读习惯有更多的考量。最后,译本可以根据翻译的目的和市场需求采用多种体例,可以是单语译本、双语对照译本,也可以是四行对照译本和多行多语对照译本等。

由于时间、精力的限制,本研究对《阿诗玛》翻译传播的考察还不够全面。特别是由于语言的限制,对目前所收集到的日译本、俄译本、世界语译本、彝汉对照译本等翻译文本还未展开研究。《阿诗玛》翻译传播的全景图以及理论上的、更为深入而系统的研究,还需要假以时日,合作进行。同时,要对少数民族文学翻译传播做较为全面的研究,就必须在《阿诗玛》之外,进一步研究其他少数民族文学翻译文本,从中找出更为广泛的联系和更具规律性的东西,而本研究只能为少数民族文学翻译理论及实践提供一个参考案例。

参考文献

一 中文文献

巴莫曲布嫫：《"民间叙事传统格式化"之批评（下）》，《民族艺术》2004年第1期。

巴胜超：《口语文化中〈阿诗玛〉的传承与传播》，《民族文学研究》2011年第6期。

巴胜超：《象征的显影：彝族撒尼人阿诗玛文化的传媒人类学研究》，北京大学出版社2013年版。

白靖宇：《文化与翻译》，中国社会科学出版社2000年版。

陈才宇：《Ballad译名辨正》，《外语教学与研究》1988年第1期。

陈望道：《修辞学发凡》，世纪出版社2001年版。

程光炜：《中国当代诗歌史》，中国人民大学出版社2003年版。

崔晓霞：《民族叙事话语再现——〈阿诗玛〉英译研究》，博士学位论文，南开大学，2012年。

崔晓霞：《〈阿诗玛〉英译研究》，民族出版社2013年版。

戴延年、陈日浓：《中国外文局50年大事记（一）》，新星出版社1999年版。

丁文江：《爨文丛刻（甲编）·献酒经》，商务印书馆1936年版。

段宝林主编：《民间文学教程》，高等教育出版社2006年版。

段峰、刘汇明：《民族志与翻译：翻译研究的人类学视野》，《四川师范大学学报》2006年第1期。

段凌宇：《民族民间文艺改造与新中国文艺秩序建构——以〈阿诗玛〉的整理为例》，《文学评论》2012年第6期。

段凌宇：《现代中国的边地想象——以有关云南的文艺文化文本为例》，博士学位论文，首都师范大学，2012年。

方岩：《民谣——英国文学的一份宝贵遗产》，《兵团教育学院学报》2002年第1期。

傅光宇：《〈阿诗玛〉难题较量探析》，《民族文学研究》1990年第3期。

付文慧：《多重文化身份下之戴乃迭英译阐释》，《中国翻译》2011年第6期。

郭建中：《当代美国翻译理论》，湖北教育出版社1999年版。

郭建中：《文化与翻译》，中国对外翻译出版公司2000年版。

郭佩：《近三十年彝族宗教崇拜观念研究综述》，《四川民族学院学报》2015年第4期。

何秋瑛：《汉译佛经叙事时序分析》，《中南林业科技大学学报》2011年第6期。

何耀华：《彝族的自然崇拜及其特点》，《思想战线》1982年第6期。

胡安江：《文本旅行与翻译研究》，《四川外国语学院学报》2007年第5期。

胡安江、周晓琳：《语言与翻译的政治——意识形态与译者的主体身份建构》，《四川外国语学院学报》2008年第5期。

胡安江：《翻译文本的经典建构研究》，《外语学刊》2008年第5期。

胡安江：《寒山诗：文本旅行与经典建构》，清华大学出版社2011年版。

胡家峦：《历史的星空——英国文艺复兴时期诗歌与西方宇宙论》，北京大学出版社2000年版。

胡壮麟、朱永生、张德禄、李战子：《系统功能语言学概论》，北京大学出版社 2005 年版。

黄建明：《19 世纪国外学者介绍的彝族无名叙事诗应为〈阿诗玛〉》，《民族文学研究》2001 年第 2 期。

黄建明：《阿诗玛论析》，云南民族出版社 2004 年版。

黄建明、普卫华：《长诗〈阿诗玛〉选编》，《民族文学》2007 年第 1 期。

黄建明、燕汉生编译：《保禄·维亚尔文集——百年前的云南彝族》，云南教育出版社 2002 年版。

黄毅：《论搜集整理对〈阿诗玛〉传承的影响》，《民族文学研究》2011 年第 1 期。

黄毅：《〈阿诗玛〉的当代重构研究》，博士学位论文，云南大学，2013 年。

贾芝：《谈各民族民间文学搜集整理问题》，《民间文学论集》，作家出版社 1963 年版。

姜庆刚：《戴乃迭短文两则》，《新文学史料》2011 年第 3 期。

金普：《浅谈夸张修辞格》，《安徽文学》2008 年第 3 期。

金素秋：《京剧〈阿黑与阿诗玛〉的创作和演出》，《云南戏剧》1986 年第 4 期。

雷音：《杨宪益传》，明报出版社 2007 年版。

李力等：《彝族文学史》，四川民族出版社 1994 年版。

李清：《彝族自然崇拜与稻作祭仪》，《楚雄师专学报》2001 年第 2 期。

李竞立：《世界的"阿诗玛"——〈阿诗玛〉国际学术研讨会侧记》，《云南日报》2004 年 9 月 15 日第 10 版。

李亚丹、李定坤：《汉英辞格对比研究简编》，华中师范大学出版社 2005 年版。

李缵绪：《阿诗玛原始资料集》，中国民间文艺出版社 1986 年版。

李战子：《话语的人际意义研究》，上海外语教育出版社 2002 年版。

廖七一：《当代西方理论探索》，译林出版社 2000 年版。

林文艺：《英文版〈中国文学〉译介的少数民族形象分析——以阿诗玛和阿凡提为例》，《民族文学研究》2012 年第 5 期。

刘禾：《跨语际实践——文学，民族文化与被译介的现代性（中国，1900—1937）》，宋伟杰等译，生活·读书·新知三联书店 2002 年版。

刘禾：《语际书写：现代思想史写作批判纲要》，上海三联书店 1999 年版。

刘立华：《评价理论研究》，外语教学与研究出版社 2010 年版。

刘世生：《石林阿诗玛文化发展史》，云南人民出版社 2010 年版。

刘顺利：《文本研究》，博士学位论文，中国社会科学院，2002 年。

刘怡：《从夸张修辞格的处理谈译者主体性发挥——唐诗英译本比较》，硕士学位论文，华东师范大学，2007 年。

罗钢：《叙事学导论》，云南人民出版社 1994 年版。

罗钊：《石林彝族撒尼人"祭祀词"语词程式分析》，《昆明师范高等专科学校学报》2004 年第 2 期。

骆小所：《现代修辞学》，云南人民出版社 2004 年版。

龙珊：《文学传播学视阈中的〈阿诗玛〉》，《云南师范大学学报》2007 年第 1 期。

毛泽东：《在延安文艺座谈会上的讲话》，人民出版社 1953 年版。

孟宪玲：《阿诗玛：从神话走向世界》，《中国民族报》2004 年 9 月 10 日第 5 版。

牟泽雄、杨华轲：《〈阿诗玛〉版本论》，《楚雄师范学院学报》2007 年第 2 期。

皮姆：《翻译史研究方法》，外语教学与研究出版社 2007 年版。

濮侃：《辞格比较》，安徽教育出版社 1983 年版。

群言杂志社：《对外文化交流与翻译工作》，《群言》1990 年第 7 期。

桑迪欢：《叙事中的评论干预研究》，博士学位论文，江西师范大学，

2014年。

申丹：《视角》，《外国文学》2004年第3期。

申丹、韩加明、王丽亚：《英美小说叙事理论研究》，北京大学出版社2005年版。

孙太群：《中美饮食文化的对比研究》，《齐齐哈尔大学学报》2009年第1期。

台湾中华书局：《简明大英百科全书》，台湾中华书局1988年版。

谭君强：《叙事学导论：从经典叙事学到后经典叙事学》，高等教育出版社2008年版。

童庆炳：《文学概论》，武汉大学出版社2000年版。

王宝童：《用歌谣体译介中国的创世神话》，《外语教学与研究》1996年第1期。

王德春、陈晨：《现代修辞学》，上海外语教育出版社2001年版。

王冠：《叠词的巧妙运用》，《语文世界》2013年第5期。

王宏印：《文学翻译批评概论》，中国人民大学出版社2009年版。

王宏印、崔晓霞：《论戴乃迭英译〈阿诗玛〉的可贵探索》，《西南民族大学学报》2011年第12期。

王宏印、李绍青：《翻译中华典籍传播神州文化——全国典籍翻译研究会会长王宏印访谈录》，《当代外语研究》2015年第3期。

王娟：《民俗学概论》，北京大学出版社2002年版。

王菊丽：《叙事视角的文体功能》，《外语与外语教学》2004年第10期。

王黎光：《音乐的文化追究——寻访电影〈阿诗玛〉的生态音源》，《北京电影学院学报》2011年第5期。

王宁：《文学研究中的文化身份问题》，《外国文学》2007年第4期。

王明贵：《阿诗玛国际学术研讨会综述》，《彝族文学》2004年第3期。

王倩予：《阿诗玛的悲剧》，《民族文学研究》1994年第4期。

王希杰：《汉语修辞学》，商务印书馆2004年版。

王先灿：《〈阿诗玛〉研究综述》，《玉溪师范学院学报》2013年第9期。

王文融：《法语文体学导论》，上海外语教育出版社2007年版。

王友贵：《意识形态与20世纪中国翻译文学史》，《中国翻译》2003年第5期。

王友贵：《中国翻译的赞助问题》，《中国翻译》2006年第3期。

王振华：《评价系统及其运作》，《外国语》2001年第3期。

王佐良：《翻译：思考与试笔》，外语教学与研究出版社1989年版。

万瓦良：《彝人的荞麦歌和荞麦情》，《四川日报》2006年11月10日第4版。

吴丽冰：《漳州民俗文化英译的应用研究——以目的论为视角》，《闽南师范大学学报》2015年第1期。

吴倩雯：《论"天"与"Heaven"》，硕士学位论文，国际关系学院，2007年。

鲜益：《彝族口传史诗的语言学诗学研究——以〈勒俄特衣〉（巴胡母木本）为中心》，博士学位论文，四川大学，2004年。

邢福义：《文化语言学》，湖北教育出版社1990年版。

谢世坚、邓霞：《莎剧中的拟人修辞及其翻译》，《贵州大学学报》2014年第1期。

徐有富：《诗学原理》，北京大学出版社2007年版。

许钧：《文学翻译的理论与实践》，译林出版社2001年版。

徐丽华著，黄建明编：《藏文〈旁唐目录研究〉》，民族出版社2013年版。

杨芳梅：《意识形态在〈阿诗玛〉译文中的操纵途径探析》，《曲靖师范学院学报》2014年第4期。

杨红明：《自然景观与人文景观的水乳交融：彝族撒尼服饰》，《服装科技》2000年第8期。

杨宪益：《杨宪益自传》，薛鸿时译，人民日报出版社2010年版。

杨宪益：《我有两个祖国——戴乃迭和她的世界》，广西师范大学出版社

2003 年版。

杨亚东：《英国民谣研究》，《辽宁行政学院学报》2007 年第 1 期。

叶晓楠：《"阿诗玛"感动世界》，《人民日报》（海外版）2004 年 8 月 9 日第 4 版。

殷晓璐：《"抢婚"民俗传承与搭救的主题展开》，《现代中文学刊》2014 年第 6 期。

余苏凌：《诗歌叙事视角的碰撞——英美译者对汉诗叙事视角的调整及其作用》，《天津外国语大学学报》2012 年第 4 期。

云南编辑组：《云南彝族社会历史调查》，云南人民出版社 1986 年版。

查明建、田雨：《论译者主体性——从译者文化地位的边缘化谈起》，《中国翻译》2003 年第 1 期。

张海燕：《洛特曼的文化符号诗学理论研究》，博士学位论文，山东师范大学，2007 年。

张洪明：《语言的对比与诗律的比较》，《复旦大学学报》1987 年第 4 期。

张姣妹、高俊、陈梅：《彝族撒尼人》，《今日民族》2011 年第 6 期。

张南峰：《伊塔马·埃文佐哈尔多元系统论》，《中外文学》2001 年第 3 期。

张智中：《汉诗的反复之美及其英译》，《外文研究》2013 年第 3 期。

赵德光编著：《阿诗玛研究论文集》，云南民族出版社 2002 年版。

赵德光编著：《阿诗玛原始资料汇编》，云南民族出版社 2002 年版。

赵德光编著：《阿诗玛文艺作品汇编》，云南民族出版社 2002 年版。

赵德光编著：《阿诗玛文献汇编》，云南民族出版社 2003 年版。

赵德光：《阿诗玛文化重构论》，中国社会科学出版社 2005 年版。

赵德光编著：《阿诗玛国际学术研讨会论文集》云南民族出版社 2006 年版。

赵德光、黄建明：《石林撒尼人》，民族出版社 2006 年版。

赵蕤：《彝族撒尼民间叙事长〈阿诗玛〉在日本的译介与研究》，《当代文坛》2016 年第 2 期。

赵秀娟：《从叙事学角度看古代叙事诗的英译》，硕士学位论文，中国海洋大学，2010 年。

紫晨：《〈阿诗玛〉在日本》，《民间文学》1964 年第 3 期。

柴洁：《竹笛协奏曲〈阿诗玛叙事诗〉音乐本体分析》，《戏剧之家》2016 年第 13 期。

钟敬文：《民间文学概论》，上海文艺出版社 1980 年版。

仲林：《民族志视野中的叙事表演与口头传统——对〈阿诗玛〉三类文本的解读与反思》，《民间文化论坛》2006 年第 2 期。

庄晓东：《文化传播：历史、理论与现实》，人民出版社 2003 年版。

［美］马克·本德尔（Mark Bender）：《怎样看〈梅葛〉："以传统为取向"的楚雄彝族文学文本》，付卫译，《民俗研究》2002 年第 4 期。

［日］清水享：《〈阿诗玛〉在日本》，赵德光《阿诗玛研究论文集》，云南民族出版社 2002 年版。

［法］热拉尔·热奈特：《叙事话语·新叙事话语》，王文融译，中国社会科学出版社 1990 年版。

［美］司佩姬：《阿诗玛从哪里来，撒尼人彝族文化和世界主义》，赵德光《阿诗玛国际学术研讨会论文集》，云南民族出版社 2006 年版。

［美］W. C. 布斯：《小说修辞学》，华明等译，北京大学出版社 1987 年版。

［美］Hazard Adams：《经典：文学的准则/权力的准则》，曾珍珍译，《中外文学》1994 年第 2 期。

二 外文文献

A. Lefevere, *Translation, Rewriting, and the Manipulation of Literary Fame*, London: Routledge, 1992.

A. Lefevere, *Translation History Culture: A Source Book*, London: Routlege, 1992.

Adanan K. Abdulla, "Aspects of Ideology in Translating Literature", *Bebel*, No. 3, 1999.

Alex Preminger and others, *Princeton Encyclopedia of Poetry and Poetics*, Princeton: Princeton University Press, 1974.

D. Robinson, *Who Translates? ——Translator Subjectivities Beyond Reason*, Albany: State University of New York, 2001.

Edward B. Tylor, *Primitive Culture*, London: John Murray, 1871.

Even-Zohar, Itama, Polysystem Theory, *Poetics Today*, No. 11, 1990.

Eugene Nida, *Customs and Cultures*, New York: Harper and Row, 1954.

J. Joyeux, *Les figures de style*, Paris: Hatier, 1997.

J. R. Martin & D. Rose, *Working with Discourse: Meaning beyond the Clause*, London: Continuum, 2003.

Lewis Chase, *Coleridge's The Rime of the Ancient Mariner*, The Commercial Press, limited, Shanghai, China, 1924.

P. R. R. White, *Telling media tales: the news story as rhetoric*, Sydney: Department of University of Sydney, 1998.

R. Mustafa, *Dictionary of the History of Ideas*, Vol. 2, New York: Charles Scribners, 1973.

R. Jakobson, On linguistic aspects of translation, In Brower, R. A. (ed.), *On Translation*, Cambridge, MA: Harvard University Press, 1959.

S. Hunston & J. M. Sinclair, "Evaluation in Text. Authorial Stance and the Construction of Discourse", S. Hunston & G. Thompson, *A local grammar of evaluation*, Oxford: Oxford University Press, 2000.

Meir Sternberg, Point of view and the indirections of direct speech, *Language and Style*, No. 1, 1982.

M. H. Abrams, *A Glossary of Literary Terms*, 外语教学与研究出版社2004年版。

三 网络文献

章明：《首部"民族偶像剧〈阿诗玛新传〉"上海封镜》，http：//news.sina.com.cn/c/2014-07-04/10146343811s.shtml，2014年07月04日。

《"阿诗玛"的悲情》，http：//blog.sina.com.cn/s/blog_4c3ea0660100g6fl.html，2016年06月01日。

阿拉墨杰：《撒尼服饰》，http：//www.yixueyanjiu.com/news/13/z_13_6592.html，2016年08月06日。

《罗罗人研究者VIAL传略——福音云南》，http：//catholicyn.org/htmxd/001/2006-7-241wsc.htm，2006年7月24日。

《保禄·维亚尔：种瓜得豆的"撒尼通"》，http：//www.tlfjw.com/xuefo-615026.html。

程曾厚：《何如教授再祭》，http：//www.fenfenyu.com/Memorial_Static/1056/Article/4.html。

徐日琨：《妙笔传伟著，扬名法兰西——深切怀念卓越的法文翻译家何如同学》，http：//blog.sina.com.cn/s/blog_4bf6bd9901008vfz.html。

何瑜文：《父亲自叙文章》，http：//blog.sina.com.cn/s/blog_4bf6bd99010008ms.html。

《农历》，http：//blog.sina.com.cn/s/blog_64e4300701011p9x.html。

《没有新郎新娘参加别具一格的婚礼》，http：//qcyn.sina.com.cn/city/shilin/feelings/2011/0124/13172022779.html。

《贵妃怨：珍藏散落的珍珠》，http：//www.xici.net/d185012732.htm。

后　　记

"马铃儿响来玉鸟儿唱,我陪阿诗玛回家乡……"几十年过去了,电影《阿诗玛》那美丽凄婉的剧情,那感人的一幕幕仍然停留在我们记忆中,已然成为我们民族文化深刻的集体记忆。

笔者出生在阿诗玛的故乡——云南,从小到现在一直居住在云南省第二大城市——曲靖。曲靖就有一座家喻户晓,名为"腾云峰"的阿诗玛雕塑。这座雕塑是1982年秋,根据撒尼叙事长诗《阿诗玛》创作而成。"腾云峰"上,阿诗玛与阿黑共骑一匹神骏,腾空凌云,飞驰在崇山峻岭之上。马背上美丽善良的阿诗玛昂首挺胸,目视远方,身后紧紧相偎的是勇敢无畏的阿黑,他侧身开弓搭箭,射向凶恶残暴的土司热布巴拉及其黑恶势力。"阿诗玛"雕塑不仅是曲靖的地标建筑,更寄托着曲靖市民追求自由幸福生活和美好事物的情怀。

然而,笔者对家乡少数民族典籍翻译研究的热情却是由汪榕培先生点燃的。记得当年先生受邀到华东师范大学进行学术讲座。讲座后,先生与我的导师傅惠生教授和我们几个博士生闲聊。导师向他介绍我时,先生幽默地说:"好名字啊,'琼'为琼浆玉液,'英'为落英缤纷呀。"当听说我来自云南,先生说:"好地方啊,云南少数民族典籍丰富,翻译研究大有可为。"这一席话深深触动了我。这也是笔者博士毕业后,回到家乡云南,便开始关注和研究云南少数民族典籍翻译的缘起。虽然先生现已离我们而去,但先生开创的

后　记

中国典籍翻译事业已成燎原之势，吾辈定当追随先生，将中国典籍翻译事业进行到底！

经过几年的沉淀，我选择了自己神交已久的彝族撒尼叙事长诗《阿诗玛》作为自己的研究对象，于 2011 年申报了国家社科基金课题，并获得立项。课题计划完成时间为 2014 年年底，但 2012 年笔者生了一场大病，研究停滞了两年多的时间，最终专著于 2016 年得以完成，课题顺利结题。值此付梓之际，一直支持、帮助我研究的师友们，则在我的记忆中清晰可见：

首先要感谢我课题组的成员们，正是他们的支持与支撑，课题才得以完成。她们是浙江工商大学的郦青教授，曲靖师范学院的刘薇、何怡、杨芳梅、罗乐、张雁。郦青教授为《阿诗玛》的传播现状调查做了大量的工作，并撰写了专著的第五章第三节；刘薇撰写了第四章；何怡撰写了第六章第二节；杨芳梅撰写了第三章第三节的"三、译者对《阿诗玛》译文的操控"部分；罗乐撰写了第一章第二节；张雁撰写了第六章第一节。此外，上海师范大学硕士研究生李睿祺为课题的语料库建设及数据统计做了大量的工作，并撰写了第二章第二节。

课题开题时，云南师范大学原一川教授、何昌邑教授，曲靖师范学院高小和教授，石林彝族自治县政协副主席毕宏志先生为课题研究提出了非常精当的建议和指导意见，在此致谢。

感谢一直关心我学术研究的我的导师傅惠生先生。感谢为我课题申报提出宝贵建议的浙江师范大学卓振英教授。感谢远在上海的师弟李志强博士、读博时的室友尹笑飞博士，为课题搜集、复印资料，提供了非常及时和宝贵的帮助。感谢百色学院韩家权教授、丽江师范高等专科学校罗慧凡老师为《阿诗玛》的传播现状调查做了大量的工作。

我还要感谢曲靖师范学院各位领导和同人多年来在生活和工作上的关心，你们是我奋进的力量源泉。

感谢李正栓教授能够在百忙之中，拨冗为序，为拙作增色不少。感谢中国社会科学出版社所有为此书的出版付出辛勤劳动的编辑、审校人员。感谢国家社科基金项目及云南省哲学社会科学学术著作出版资助项目对本书的经费资助。

最后感谢我的父母、公婆、丈夫、儿子和好友。多年来，我受庇于你们的关爱多多，是你们为我营造了一个优裕的读书和生存环境，使我能够专心向学，你们是我坚强的后盾和温暖的港湾。

黄琼英

2018 年 5 月于潇湘新区水云上居